À LA CONQUÊTE DU ROYAUME

DU MÊME AUTEUR
chez Pocket

DIEU FLEUVE

L'ŒIL DU FAUCON

LE SEPTIÈME PAPYRUS

WILBUR SMITH

À LA CONQUÊTE DU ROYAUME

Presses de la Cité

Titre original : *Men of men*
Traduit par Thierry Piélat

Première édition en 1981 par William Heinemann Limited
Réédité en 1988 par Macmillan Publishers Limited
25 Eccleston Place, London SW1W 9NF

ISBN 2-266-12921-X

A ma femme Danielle, avec mon amour éternel

Il possédait sa forme depuis deux cents millions d'années, n'avait jamais été exposé à la lumière du jour et ressemblait pourtant à une goutte de soleil distillé.

Il avait été engendré sous des températures proches de celles qui règnent à la surface du Soleil, dans les profondeurs infernales du magma en fusion qui sourd du noyau de la Terre.

Cette chaleur terrifiante en avait brûlé toutes les impuretés, n'avait laissé que les atomes de carbone à l'état pur. Soumis à des forces inimaginables, ces atomes avaient été comprimés jusqu'à atteindre une densité supérieure à celle de toute autre substance naturelle.

Portée à travers une des failles de la croûte terrestre par la lente progression de la lave, la minuscule bulle de carbone liquide avait presque atteint la surface quand le flot de lave s'était figé.

La lave s'était refroidie au cours du millénaire suivant et avait pris la forme d'une roche bleuâtre tachetée, composée de gravier aggloméré en une matrice solide. Cette formation était naturellement dissociée de la roche qui l'entourait et se limitait à un puits circulaire – l'ouverture de ce puits, en entonnoir, atteignait presque un kilomètre et demi de diamètre et son fond se perdait dans les abysses de la Terre.

Pendant que la lave se refroidissait, la bulle de carbone subissait une transformation plus extraordinaire encore. Elle se solidifiait en un cristal à huit faces, géométriquement symétrique, de la taille d'une figue verte, si complètement débarrassé de ses impuretés dans la fournaise du centre de la Terre qu'il était aussi transparent et pur qu'un rayon de soleil. Les pressions auxquelles il avait été soumis avaient été si terribles et constantes, son refroidissement si régulier, qu'il ne présentait pas la moindre fissure.

Ce parfait morceau de feu refroidi était d'une telle blancheur qu'il eût semblé bleu à la lumière, mais il n'avait jamais resplendi. Il était resté piégé dans une obscurité totale pendant une éternité et jamais la moindre lueur n'avait pénétré ses profondeurs lumineuses. Pendant ces millions d'années, la lumière du soleil n'avait été éloignée que de quelque soixante mètres seulement, une fine pellicule de sol en comparaison des abîmes où avait commencé son voyage vers la surface.

Depuis quelques années – un instant en temps géologique –, cette couche de sol était creusée petit à petit, véritable travail de fourmi accompli par une colonie de créatures vivantes.

Leurs ancêtres n'étaient pas encore apparus sur Terre lorsque ce pur joyau avait pris sa forme définitive, mais à présent leurs outils de métal déclenchaient de légères vibrations à l'intérieur de la roche demeurée si longtemps en repos, et chaque jour ces vibrations devenaient plus fortes à mesure que la couche de sol entre elle et la surface diminuait. Son épaisseur était passée de soixante à trente puis à quinze mètres, et ensuite de trois mètres à soixante centimètres. Vingt centimètres à peine séparaient maintenant le cristal de la lumière du soleil qui donnerait vie à ses feux encore éteints.

Le major Morris Zouga Ballantyne se tenait à l'entrée du pont de cordes qui franchissait le gouffre circulaire, ouvert là où s'élevait naguère un tertre, au-dessus du plateau continental africain, plat et désolé.

Même par cette chaleur torride, il portait autour du cou un foulard de soie dont il avait fourré les extrémités dans sa chemise de flanelle, teintée d'ocre rouge indélébile.

C'était le pigment de la terre africaine, presque rouge sang, entaillée par les roues cerclées de fer des chariots, retournée par les pelles des prospecteurs – nuages de poussière pourpre quand les vents chauds et secs la balayaient ou boue glutineuse cramoisie lorsque les averses torrentielles l'emportaient.

Rouge était la couleur des mines. Elle colorait le poil des chiens et des bêtes de somme, les vêtements des hommes, leur barbe et la peau de leurs bras, elle teintait la toile de leurs tentes et la tôle ondulée de leurs baraques.

C'est seulement dans le trou béant au-dessus duquel se tenait Zouga que la couleur passait au jaune tendre.

Le trou avait jusqu'à soixante-dix mètres de profondeur par endroits. Les hommes qui travaillaient au fond faisaient songer à des insectes, des araignées en l'occurrence, car elles seules auraient pu tisser la vaste toile qui scintillait comme un voile argenté au-dessus de l'excavation.

Zouga s'arrêta quelques instants, souleva son chapeau à large bord dont la calotte était tachée par la transpiration et la poussière. Il épongea les gouttes de sueur qui perlaient sur la peau plus pâle de son front, puis examina l'auréole rouge sur son foulard de soie et grimaça de dégoût.

Protégée du féroce soleil d'Afrique par son chapeau, son épaisse chevelure bouclée avait conservé sa couleur de miel foncé, mais sa barbe décolorée était devenue or pâle et les années l'avaient semée de fils d'argent.

Sa peau était brune, cuite comme du pain frais ; seule la cicatrice de sa joue avait la blancheur de la porcelaine, là où le fusil à éléphants l'avait blessé en explosant bien des années plus tôt.

A force de grimacer pour se protéger de la réverbération, des petites rides s'étaient formées sous ses yeux, et des sillons profonds creusaient ses joues de la base du nez à la commissure des lèvres – marques laissées par les épreuves. Il regarda le puits en contrebas et le vert de ses yeux se voila au souvenir des folles espérances qui l'avaient amené là. C'était dix ans plus tôt – un jour ou une éternité, il ne savait plus trop.

Il avait entendu parler du kopje Colesberg pour la première fois en descendant de bateau sur la plage de Rogger Bay, au pied de l'énorme masse monolithique de la montagne de la Table, et le nom l'avait fait frissonner.

« On a trouvé des diamants à Colesberg, des diamants gros comme de la mitraille, et il y en a tant qu'ils usent la semelle des bottes rien qu'en marchant dessus ! »

Il avait tout de suite su que son destin l'appelait là-bas. Il savait que les deux années qu'il venait de passer dans la vieille Angleterre, à essayer désespérément de trouver un soutien financier pour sa grande aventure vers le Nord, le mèneraient là.

La route vers le Nord commençait dans les graviers diamantifères de Colesberg. Il en avait eu la certitude en entendant prononcer ce nom.

Il ne lui restait qu'un chariot et un attelage réduit de bœufs. Quarante-huit heures plus tard, ils avançaient d'un pas lourd sur la piste envahie par les sables qui, à travers les plaines du Cap, conduisait à ce kopje, à près de mille kilomètres au nord, sous la rivière Vaal.

Le chariot transportait tous ses biens, la plupart sans grande valeur. Pendant les douze années qui avaient suivi son rêve grandiose, il avait quasiment tout perdu. Les importants droits d'auteur que lui avait rapportés le récit de ses voyages à travers les régions inexplorées au sud du Zambèze, l'or et l'ivoire qu'il avait ramenés de ces terres lointaines, l'ivoire recueilli au cours de quatre autres expéditions de chasse dans ce paradis obsédant et pourtant bien imparfait – tout cela avait été dépensé. Des milliers de livres et douze ans de souffrance et de déboires, jusqu'à ce que son rêve splendide se voile et s'aigrisse ; il ne lui restait plus qu'un vieux bout de parchemin à l'encre jaunie, dont les pliures se déchiraient au point qu'il lui avait fallu le coller sur une feuille de papier pour l'empêcher de partir en lambeaux.

Ce parchemin représentait la « concession Ballantyne » accordée pour mille ans sur toutes les richesses minérales d'une immense région de l'intérieur de l'Afrique, vaste comme la France, concession qu'il avait réussi à obtenir d'un roi indigène. Zouga y avait trouvé de l'or rouge dans un filon de quartz qui affleurait.

C'était une terre riche et toute cette richesse lui était offerte, mais il avait besoin de capitaux, d'énormes capitaux pour en prendre possession et en extraire les trésors. Il avait passé la moitié de sa vie d'adulte à se battre pour réunir ces fonds – lutte vaine car il n'avait pas encore trouvé un seul homme riche pour partager son point de vue et son rêve. En désespoir de cause, il avait finalement décidé d'en appeler au public britannique. Il était une fois de plus retourné à Londres afin de promouvoir la création de la Compagnie minière et foncière d'Afrique centrale dans le but d'exploiter sa concession.

Il avait conçu et imprimé une élégante brochure qui vantait les richesses de la région qu'il avait baptisée Zambézie. Il l'avait illustrée de ses dessins des forêts et des plaines herbeuses où abondaient les éléphants et d'autres bêtes sauvages, et y avait inclus un fac-similé de son titre de concession, avec le grand sceau de Mosélékatsé, roi des Matabélés, apposé en bas. Et il avait distribué la brochure dans toutes les îles Britanniques.

Il était allé d'Édimbourg à Bristol en donnant des conférences et en organisant des réunions publiques, et avait appuyé cette campagne par des pleines pages de publicité dans le *Times* et d'autres journaux de bonne réputation.

Cependant, tout en acceptant le paiement des publicités, ces mêmes journaux avaient ridiculisé ses prétentions, tandis qu'au même moment le public des investisseurs était séduit par les émissions d'actions des compagnies de chemin de fer sud-américaines qui coïncidaient malencontreusement avec la promotion de Zouga. Il avait dû régler les factures d'impression et de diffusion de sa brochure, celles des publicités et des avocats ainsi que ses propres déplacements, et quand il eut payé son voyage de retour en Afrique, il ne lui restait plus que quelques souverains de ce qui avait été une fortune appréciable.

Sa fortune avait disparu mais les responsabilités demeuraient. Zouga se retourna et jeta un coup d'œil par-dessus ses bœufs noirs tachetés.

Aletta était assise sur la malle du chariot. Ses cheveux étaient toujours blond doré et chatoyaient au soleil, mais son regard était grave et le dessin de ses lèvres avait perdu sa douceur, comme si elle se préparait à affronter les épreuves auxquelles elle devait s'attendre.

En la regardant alors, on ne pouvait imaginer qu'elle ait été cette jolie jeune fille insouciante, l'enfant chérie et couvée d'un père riche, dont les seules préoccupations consistaient à attendre l'arrivée des derniers articles de mode apportés de Londres par le bateau postal et à se préparer pour le prochain bal dans le tourbillon des mondanités auxquelles se livrait la bonne société du Cap.

Elle avait été attirée par le romanesque du jeune major Zouga Ballantyne. Il était l'aventurier, l'explorateur de régions reculées à l'intérieur du continent africain, auréolé de sa réputation de grand chasseur d'éléphants et du prestige que lui avait procuré la publication récente de son livre à Londres. Toute la société du Cap s'était entichée de lui et enviait la cour qu'il faisait à Aletta.

Cela remontait à bien des années et la légende s'était ternie.

A cause de sa constitution délicate, Aletta avait mal supporté les rigueurs des contrées sauvages de l'intérieur, loin du climat tempéré et doux du littoral du Cap ; la dureté de ce pays et celle, plus grande encore, de ses habitants l'avaient épouvantée. Elle n'avait pas tardé à être terrassée par les fièvres et les maladies, qui l'avaient tant affaiblie qu'elle avait fait plusieurs fausses couches.

Toute sa vie de femme mariée, elle semblait l'avoir passée en couches, perdue dans les brumes des fièvres paludéennes, ou à attendre interminablement que son demi-dieu à barbe dorée revienne d'au-delà des océans ou de l'arrière-pays torride et malsain où elle ne pouvait plus l'accompagner.

Zouga avait tenu pour acquis qu'elle ne le suivrait pas dans ce voyage vers les champs de diamants et resterait une fois de plus au Cap, chez son père, pour veiller sur sa santé défaillante et s'occuper de leurs deux garçons, fruits des seules grossesses qu'elle avait réussi à mener à leur terme. Elle avait cependant montré une détermination inhabituelle et aucun des arguments qu'il avait avancés pour la convaincre de ne pas partir n'avait porté. Peut-être avait-elle une prémonition de ce qui allait advenir. « Je suis restée seule trop longtemps », lui avait-elle répondu avec douceur mais obstination.

Ralph, l'aîné des garçons, était assez grand pour chevaucher devant le chariot aux côtés de son père et tirer sur les troupeaux de springboks qui dérivaient comme une fine fumée brune à travers les plaines couvertes de broussailles du Grand Karroo. Il montait déjà son petit poney basouto avec le panache d'un hussard et maniait le fusil comme un homme.

Jordan, le cadet, se chargeait parfois à son tour de conduire les bœufs de tête ou s'éloignait un peu pour chasser un papillon ou cueillir une fleur sauvage, mais, la plupart du temps, il se contentait de rester assis près de sa mère sur la malle du chariot pendant qu'elle lisait à haute voix un petit livre de poésie romantique relié en cuir. A la musique de ces mots qu'il était encore trop jeune pour comprendre pleinement, ses yeux brillaient, et sous le soleil ardent du Karroo, se dessinait une auréole de boucles d'or.

La famille mit huit semaines à parcourir les mille kilomètres qui séparaient Bonne-Espérance des champs diamantifères. Chaque nuit, ils campaient sur le veld sous un ciel clair, froid et semé d'étoiles blanches, brillantes comme les joyaux qui, ils en étaient certains, les attendaient au terme de leur voyage.

Près du feu de bivouac, assis de chaque côté de leur père, les deux garçons étaient fascinés par le ton de sa voix au magnétisme irrésistible. Il leur décrivait inlassablement les chasses aux grands éléphants, les anciennes cités en ruine, les idoles sculptées et l'or que l'on trouvait dans la terre située au nord, où il les emmènerait un jour.

Enveloppée dans un châle pour se protéger du froid de la nuit, Aletta écoutait de l'autre côté du feu et se retrouvait sous le charme, comme lorsqu'elle était jeune fille ; elle s'étonnait de l'étrange attraction qu'exerçait sur elle cet homme impétueux qui était son mari depuis tant d'années et qui lui paraissait cependant encore si souvent un étranger.

Elle l'écoutait expliquer à ses fils comment il remplirait leurs casquettes de diamants, de diamants étincelants, avant d'entreprendre avec eux le voyage final vers le Nord.

Elle se prit à croire de nouveau à ce rêve, bien qu'elle ait connu longtemps auparavant les premières désillusions. Il était si persuasif, si énergique et convaincant que les échecs et les déceptions semblaient seulement des obstacles temporaires sur la route de la destinée qu'il avait établie pour eux tous.

Les jours s'écoulaient au rythme paresseux du chariot et devenaient des semaines, pendant lesquelles ils traversèrent une vaste plaine inondée de soleil, sillonnée par les lits profonds de cours d'eau à sec et parsemée d'alhagis, des arbres à épines aux branches desquels étaient accrochés les énormes nids communautaires de milliers de tisserins. Chaque nid avait la taille d'une botte de paille, et les oiseaux l'agrandissaient jusqu'à ce que la branche casse sous son poids.

La ligne monotone de l'horizon était brisée de temps à autre par une butte, le kopje du continent africain, et la piste les conduisait directement vers l'un d'eux, le kopje Colesberg.

C'est seulement quelques semaines après leur arrivée que Zouga apprit comment la butte contenant des diamants avait été découverte.

A quelques kilomètres au nord de Colesberg, la plaine était coupée par le lit d'une rivière large et peu profonde, le long des berges de laquelle les arbres étaient plus hauts et plus verts. Les Bœrs nomades l'avaient appelée le Vaal, ce qui en afrikaander signifiait la « rivière grise », couleur de ses eaux paresseuses. Une petite colonie de chercheurs de diamants avait pendant des années glané la pierre précieuse dans le sable de son lit et dans les graviers alluviaux des plaines inondables riveraines.

C'était un travail monotone et épuisant et, après la première ruée, seuls les plus durs à la tâche étaient restés. Car ces âmes vaillantes savaient depuis des années qu'il était possible de trouver de temps en temps un petit diamant de qualité inférieure à une cinquantaine de kilomètres au sud de la rivière. Et De Beer, le vieux Bœr revêche propriétaire des terres de cette région, vendait des concessions à qui voulait y chercher des diamants – mais il favorisait ses compatriotes et était notoirement réticent à accorder des autorisations aux Anglais.

Pour ces raisons, et à cause des conditions de vie

plus agréables le long de la rivière, les chercheurs de diamants ne s'étaient guère intéressés à ces terres arides du côté sud.

Puis, un jour, un serviteur hottentot s'était soûlé au « Cape Smoke », le redoutable cognac du Cap, et avait accidentellement mis le feu à la tente de son maître.

Quand il eut dessoûlé, il fut battu par son maître à coups de « sjambok », le fouet en peau de rhinocéros, jusqu'à ce qu'il fût de nouveau incapable de se relever. Lorsqu'il fut rétabli, toujours en disgrâce, il reçut l'ordre d'aller sur les terres arides et de creuser jusqu'à ce qu'il trouve un diamant.

Le Hottentot mit sa pelle et son paquetage sur l'épaule et s'en alla en boitillant. Son maître l'oublia jusqu'au moment où, deux semaines plus tard, il revint à l'improviste, déposant dans sa main une demi-douzaine de belles pierres blanches, dont la plus grosse avait la taille d'une noisette.

« Où ? » demanda Fleetwood Rawstorne. C'était le seul mot qu'il pût prononcer, la gorge soudain serrée et sèche sous le coup de l'excitation.

Quelques minutes plus tard, Fleetwood quittait le camp au galop, laissant en plan son crible et une brouette de gravier. Daniel, son serviteur hottentot, était suspendu à la lanière de son étrier, ses pieds nus effleurant la terre sèche, et son bonnet de laine rouge, signe distinctif de l'équipe de Fleetwood, flottait au vent comme une bannière invitant les autres à se rallier.

Ce comportement sema la panique dans la petite communauté où régnait une compétition féroce. Moins d'une heure après, une haute colonne de poussière rouge s'élevait au-dessus de la plaine : les cavaliers fouettaient furieusement leur monture, suivis par les charrettes bruyantes et les moins chanceux, qui couraient en trébuchant sur le sol sablonneux en direction du sud, vers les terres arides du vieux De Beer, où se dressait un petit kopje de roche dénudée pareil à des dizaines de milliers d'autres.

Ce même jour d'hiver froid et sec de 1871, le kopje fut baptisé kopje Colesberg, car Colesberg était le lieu de naissance de Fleetwood Rawstorne, et la ruée commença vers les terres de De Beer à travers les plaines poussiéreuses blanchies par le soleil.

Il faisait presque nuit quand Fleetwood atteignit le kopje, avec à peine une longueur d'avance sur les autres. Son cheval était éreinté, couvert de sueur et d'écume blanche, mais le Hottentot était toujours accroché à la lanière de l'étrier.

Maître et serviteur se précipitèrent jusqu'au tertre rocheux. A cinq cents mètres de là, on voyait leurs casquettes rouges danser au-dessus des buissons épineux, et une acclamation d'excitation s'éleva de la colonne dépenaillée des poursuivants.

Sur la crête de la colline, le serviteur hottentot avait creusé un puits de trois mètres de profondeur dans la terre dure. En jetant des regards inquiets en contrebas à la horde qui s'élançait vers lui, Fleetwood dessina frénétiquement la ligne protégeant sa concession, au milieu du puits, avec des piquets.

La nuit tomba sur un véritable champ de bataille où les vigoureux chercheurs s'insultaient, se battaient à coups de poing et de manche de pioche pour se faire une place et planter les piquets de leur concession. Le lendemain midi, lorsque De Beer sortit de sa modeste ferme pour commencer à rédiger les titres, tout le kopje était couvert de piquets, et même la plaine alentour en était hérissée sur quatre cents mètres à la ronde.

Chaque concession formait un carré de près d'un

kilomètre de côté, son centre et ses angles étant marqués par des pieux d'alhagi. Après paiement d'un droit annuel de dix shillings à De Beer, le prospecteur recevait son titre écrit, en vertu duquel il détenait et pouvait exploiter sa concession à perpétuité.

Avant la tombée de la nuit, ce premier jour, les plus chanceux, qui occupaient le centre du nouveau site, avaient à peine entamé le sol rocheux, mais ils avaient trouvé plus de quarante pierres de première eau, et des cavaliers étaient déjà en route vers le sud pour faire savoir que le kopje Colesberg était une montagne de diamants.

Quand le chariot de Zouga Ballantyne parcourut en grinçant les derniers kilomètres de la piste de terre rouge défoncée qui le séparaient du kopje, celui-ci était déjà à moitié démoli, rongé comme un fromage par des asticots, mais des hommes grouillaient encore sur ce qu'il en restait. En contrebas, dix mille âmes – des Noirs, des Blancs, des gens à la peau brune – campaient dans la plaine poussiéreuse. La fumée gris sale de leurs feux domestiques troublait le ciel bleu de Chine. Les chercheurs de diamants avaient presque dénudé la plaine à des kilomètres à la ronde pour alimenter ces feux avec les beaux alhagis.

Le camp se composait de tentes sales et usées par le mauvais temps, bien que déjà des baraques en tôle ondulée laborieusement acheminée de la côte aient été construites à la hâte. Certaines, approximativement alignées, formaient les premières ébauches de rues.

Elles appartenaient aux acheteurs de diamants, qui, récemment encore, vagabondaient d'une mine à l'autre, mais avaient jugé profitable d'ouvrir boutique de façon permanente sous les restes du kopje Colesberg. Selon les toutes nouvelles lois sur les diamants de l'État libre des Bœrs, chaque acheteur patenté était obligé d'afficher son nom de manière visible. Ils le faisaient en accrochant une enseigne peinte de lettres grossières sur le petit bureau en tôle, mais la plupart ne s'en contentaient pas et hissaient au sommet d'un mât une banderole disproportionnée, au motif extravagant et voyant, pour avertir les chercheurs de leur présence. Ces drapeaux donnaient au camp une allure de fête foraine.

Zouga Ballantyne marchait en tête de son attelage, le long d'une des étroites « rues » défoncées du camp. De temps à autre, il lui fallait dévier l'attelage pour éviter les résidus qui avaient coulé d'une des stations de récupération ou les flaques d'eaux usées et celles provenant des tables de triage.

Le camp était surpeuplé – c'est ce qui frappa Zouga tout d'abord. C'était un homme des plaines et de la savane, habitué aux vastes horizons, et la foule l'agaçait. Les chercheurs vivaient dans la plus grande promiscuité, chacun essayant de s'installer le plus près possible de sa concession afin de ne pas avoir à transporter trop loin le gravier qu'il en extrayait pour le traiter.

Il avait espéré trouver un espace découvert où dételer ses bœufs et dresser sa grande tente circulaire, mais il n'y en avait aucun à moins de quatre cents mètres du kopje.

Il regarda de nouveau Aletta, toujours assise sur la malle. Elle se tenait immobile et ne bougeait qu'au rythme des secousses du chariot, le regard fixé devant elle comme si elle ne voyait pas les hommes presque nus, dont beaucoup portaient simplement une bande de tissu autour des reins, qui concassaient le gravier jaune puis l'envoyaient par pelletées dans les berceaux. Ils juraient ou chantaient en travaillant, et tous avaient le corps luisant de sueur sous le cruel soleil blanc.

La saleté épouvanta même Zouga, qui avait pourtant connu les kraals des Machonas au nord et vécu dans un camp de Bochimans, avec ces petits hommes qui ne se lavaient pas une fois de leur vie.

Les hommes civilisés produisent des déchets particulièrement répugnants et il semblait que chaque centimètre carré de terre rouge entre les tentes et les baraques fût jonché de boîtes de « singe » rouillées, de tessons de bouteille et de porcelaine qui scintillaient au soleil, de bouts de papier, de cadavres en décomposition de chats perdus ou de chiens abandonnés, de restes de nourriture, des excréments de ceux qui étaient trop fainéants pour creuser des latrines et les recouvrir de paille, et de tous les détritus et ordures dont peuvent s'entourer dix mille êtres humains incontrôlés et sans règlement sanitaire.

Zouga croisa le regard d'Aletta et, pour la rassurer, lui adressa un sourire qu'elle ne lui rendit pas. Elle serrait les lèvres avec courage, mais ses yeux débordaient de larmes.

Ils se faufilèrent le long d'un chariot chargé de marchandises apportées de la côte, à mille kilomètres de là, dont le propriétaire tenait boutique sur les hayons du véhicule, ses prix inscrits à la craie sur un panneau :

Bougies – 1 £ le paquet
Whisky – 12 £ la caisse
Savon – 5 £ pièce

Zouga ne se retourna pas vers Aletta ; les prix étaient vingt fois plus élevés que sur la côte. Pour l'heure, les terres de De Beer devaient être l'endroit le plus cher du monde. Les quelques souverains qui restaient encore à Zouga, dans les poches de sa large ceinture de cuir, lui semblèrent subitement légers.

A midi, ils avaient trouvé un endroit où dételer le chariot, à la périphérie de l'immense camp circulaire. Tandis que Jan Cheroot, son serviteur hottentot, conduisait les bœufs plus loin pour trouver de l'herbe et de l'eau, Zouga se dépêchait de dresser la lourde tente. Pendant qu'Aletta et les garçons tenaient les cordes, lui-même enfonçait les piquets.

— Il faut que vous mangiez, marmonna Aletta, toujours sans regarder son mari, accroupie près du feu et remuant dans la marmite les restes du springbok abattu par Ralph trois jours plus tôt.

Zouga s'approcha d'elle, se pencha et, les mains sur ses épaules, la mit debout. Elle se déplaçait lentement, comme une vieille femme ; le voyage long et pénible l'avait durement éprouvée.

— Ça va aller, dit-il, mais elle s'obstina à ne pas le regarder, ayant peut-être entendu trop souvent ce genre d'assurance.

Il lui prit le menton. Aletta laissa ses larmes fondre sur ses joues en longues traînées. Celles-ci provoquèrent chez Zouga une colère excessive, comme si elles l'accusaient. Il lâcha sa femme et s'écarta.

— Je serai de retour avant la nuit, fit-il d'un ton dur, puis il tourna les talons et s'éloigna à grands pas vers les ruines du kopje Colesberg qui se découpaient nettement sur le ciel malgré la fumée et la poussière environnantes.

Zouga avait l'impression d'être un spectre invisible aux yeux des hommes. Ils se hâtaient près de lui sur l'étroite piste ou restaient penchés sur leur concasseur ou leur berceau, sans un signe de tête ni un regard, tous complètement absorbés par leur tâche, obsédés par une même chose.

Zouga savait d'expérience qu'il y avait un endroit où il pourrait établir un contact et obtenir ainsi l'information dont il avait tant besoin. Il se mit à la recherche d'une taverne.

Sous le kopje s'ouvrait un espace découvert, le seul du camp. Il était de forme grossièrement carrée, bordé de baraques en tôle ou en toile et encombré par les chariots des marchands.

Zouga jeta son dévolu sur l'une des baraques baptisée pompeusement *London Hotel* et dont l'enseigne annonçait du même coup :

Whisky 7 £ 6 s. Bière anglaise supérieure 5 £ le demi.

Il traversait la place défoncée et jonchée de détritus quand il fut arrêté par des acclamations et un concert de voix beuglant *For he's a jolly good fellow* provenant du kopje. Une bande de prospecteurs arrivaient en portant l'un des leurs sur leurs épaules, chantant et criant, le visage rouge à cause de la poussière et de l'excitation. Ils se frayèrent un chemin à coups d'épaule dans le bar miteux tandis que, des autres tavernes et des chariots, les curieux se précipitaient.

— Qu'est-ce qui se passe ? criaient-ils.

— Thomas le Noir a trouvé un mastard.

Zouga ne s'initia que plus tard au jargon des chercheurs. Un « mastard » était un diamant de cinquante carats ; un « mahousse », dont tous rêvaient, en pesait au moins cent.

« Thomas a trouvé un mastard. » La nouvelle fut transmise à travers la place et le camp, et la foule ne tarda pas à affluer dans la taverne, si bien que les demis de bière écumante devaient être passés par-dessus les têtes à ceux qui se trouvaient à la périphérie.

L'heureux Thomas était caché à la vue de Zouga par la cohue qui se pressait autour de lui, tous essayant de l'approcher comme si sa chance devait rejaillir sur eux.

Ayant entendu les clameurs, les acheteurs de diamants avaient apporté leurs banderoles et se hâtaient vers la taverne comme des charognards vers la carcasse d'un lion. Haletants, les premiers arrivaient en bordure de la foule des fêtards, et sautaient pour apercevoir le chanceux.

— Dites à Thomas que Werner Cœur-de-Lion lui fait une offre « ouverte ». Passez-lui le mot.

— Eh, Noiraud, c'est une ouverture de Cul-de-Lion.

En franchissant les rangs, le message fut dénaturé : l'offre « ouverte » devint ferme et le chercheur put raccrocher les autres acheteurs. Si aucun ne surenchérissait, il avait la possibilité de revenir vers le premier et de conclure avec lui.

Ses compagnons soulevèrent de nouveau Thomas sur leurs épaules afin qu'il puisse voir par-dessus leurs têtes. C'était un petit Gallois, noiraud comme un Gitan, et sa moustache était frangée de mousse de bière. De sa voix aux intonations mélodieuses du pays de Galles, il cria :

— Écoute-moi bien, Cul-de-Lion, je préfère... (en entendant ce qu'il se proposait de faire avec le diamant, même ces hommes rudes n'en crurent pas leurs oreilles et partirent d'un gros rire) plutôt que de te laisser y poser tes grosses pattes de voleur.

Dans sa voix résonnait le souvenir des dizaines de marchés humiliants et inéquitables qu'il avait été forcé de conclure auparavant. Ce jour-là, avec son « mastard », Thomas le Noir était le roi du camp et, bien que son règne risquât d'être de courte durée, il était bien décidé à profiter de tous ses privilèges.

Zouga ne put apercevoir la pierre et il ne revit jamais Thomas le Noir. Le lendemain à midi, le petit Gallois avait vendu le diamant et sa concession, et pris la longue route du Sud pour rentrer dans son pays plus aimable et plus vert.

Au milieu de la presse, des corps suants et puants, et tandis que les voix devenaient plus fortes et les plaisanteries plus salées à mesure que défilaient les bières, Zouga attendait de trouver un interlocuteur.

Il en choisit un qui, à en juger par son comportement et sa manière de s'exprimer, était un gentleman, élevé en Angleterre et non dans la colonie. L'homme buvait du whisky, et quand son verre fut vide, Zouga s'approcha et lui en commanda un autre.

— C'est très aimable à vous, mon vieux, remercia-t-il. Je m'appelle Pickering, Neville Pickering.

Il n'avait pas encore la trentaine et était remarquablement beau, avec sa peau claire d'Anglais et ses favoris soyeux.

— Ballantyne, Zouga Ballantyne, se présenta Zouga à son tour, et quand il serra la main que lui tendait Pickering, celui-ci changea d'expression.

— Bon sang, vous êtes le fameux chasseur d'éléphants. (Puis, à la cantonade :) Eh, les gars, c'est Zouga Ballantyne. Vous savez, l'auteur de *L'Odyssée d'un chasseur*.

Zouga doutait qu'il y ait eu dans l'assistance une douzaine d'hommes capables de lire, mais le fait qu'il ait écrit un livre faisait de lui un objet de curiosité et il devint le centre de l'intérêt général.

La nuit était déjà tombée quand il repartit vers son chariot. Il avait toujours bien tenu l'alcool et c'était la pleine lune, il réussit donc à retrouver son chemin à travers les ordures qui jonchaient la piste.

Il avait dépensé quelques souverains mais, en retour, en avait appris beaucoup sur le gisement de diamants, les espoirs et les craintes des chercheurs. Il connaissait le prix des concessions, l'aspect politique et économique du mécanisme des prix du diamant, la nature géologique du gisement et cent autres choses. Il venait aussi de nouer une amitié qui allait modifier le cours de sa vie.

Aletta et les garçons dormaient déjà sous la bâche du chariot, mais Jan Cheroot, le petit Hottentot, l'attendait, accroupi près du feu de camp, gnome dans le clair de lune argenté.

— Impossible de trouver de l'eau gratuitement, annonça-t-il d'un air morose. La rivière est à une journée de marche, et ces voleurs de Bœrs, propriétaires des puits, vendent l'eau au prix de la gnôle dans ce trou infernal.

On pouvait faire confiance à Jan Cheroot pour connaître le prix courant de l'alcool dix minutes après son arrivée dans une ville.

Zouga grimpa sur le chariot en faisant attention à ne pas réveiller les garçons, mais Aletta était allongée avec raideur sur l'étroit lit de voyage. Il s'étendit près d'elle et ils restèrent silencieux pendant de longues minutes.

Au bout d'un moment, elle murmura :

— Vous êtes décidé à rester dans cet... (sa voix se brisa, puis elle poursuivit avec une véhémence tranquille) dans cet endroit horrible ?

Il ne répondit pas ; sur son lit de camp, de l'autre côté de l'écran de toile qui séparait le chariot, Jordan poussa un petit gémissement. Zouga attendit qu'il se soit calmé pour répliquer :

— Aujourd'hui, un Gallois, un certain Thomas le Noir, a trouvé un diamant. Un des acheteurs lui aurait offert douze mille livres.

— En votre absence, une femme est venue me vendre un peu de lait de chèvre, dit Aletta, qui semblait ne pas l'avoir entendu. Elle dit qu'il y a une épidémie dans le camp. Une femme et deux enfants sont déjà morts et d'autres sont malades.

— On peut acheter une bonne concession sur le kopje pour mille livres.

— J'ai peur pour les garçons, Zouga, murmura Aletta. Allons-nous-en. Nous devrions renoncer définitivement à cette vie de nomades. Papa a toujours voulu que vous entriez dans son affaire.

Le père d'Aletta était un riche commerçant du Cap, mais Zouga haussa les épaules dans l'obscurité à l'idée d'un bureau dans la lugubre salle des comptables de la Compagnie Cartwright.

— Il est temps que les garçons aillent dans une bonne école, sinon ils vont devenir des sauvages. Je vous en prie, Zouga, repartons tout de suite.

— Une semaine, dit-il. Donnez-moi une semaine... nous avons fait une si longue route.

— Je ne suis pas sûre de supporter les mouches et cette puanteur encore une semaine.

Elle soupira et lui tourna le dos, en veillant à ne pas le toucher dans le lit étroit.

Le médecin de famille du Cap, qui avait mis au monde Aletta et l'avait assistée lors de ses deux accouchements et de ses nombreuses fausses couches, les avait avertis de manière inquiétante.

— Il se pourrait qu'une autre grossesse soit la dernière, Aletta. Je ne voudrais pas être tenu responsable de ce qui risquerait d'arriver.

Depuis lors, dans les occasions où ils partageaient le même lit, elle dormait en lui tournant le dos.

Zouga se glissa hors du chariot avant le lever du jour, alors qu'Aletta et les garçons dormaient encore. Dans l'obscurité, il remua les cendres et, accroupi près du foyer, avala une tasse de café. Puis, dans les premières lueurs roses de l'aube, il se joignit au flot de charrettes et d'hommes qui se hâtaient à l'assaut de la colline.

Dans des tourbillons de poussière, dans la lumière et la chaleur qui augmentaient, il alla de concession en concession, observant et évaluant. Il avait jadis acquis quelques connaissances en géologie et lu tous les livres qu'il avait trouvés sur le sujet, souvent à la lueur d'une bougie, pendant ses chasses solitaires sur le veld ; durant ses rares retours en Angleterre, il avait passé des semaines entières au Muséum national d'histoire naturelle de Londres, la plupart du temps au département de géologie. Il avait formé son œil et son instinct à reconnaître les formations rocheuses, le grain, le poids et la couleur d'un échantillon de roche.

Le plus souvent, les propriétaires des concessions accueillaient ses propositions par un haussement d'épaules ou en lui tournant le dos, mais un ou deux chercheurs se souvinrent de lui comme du « chasseur d'éléphants » ou du « gars qui écrit », et profitèrent de sa visite pour s'accorder un peu de repos et bavarder quelques minutes.

— J'ai deux concessions, lui dit un certain Jock Danby, mais je dis que ce sont celles du diable. (En levant ses énormes pattes aux paumes calleuses et aux ongles abîmés et noirs de crasse, il ajouta :) Avec ces deux mains j'ai déplacé quinze mille tonnes de terre et de cailloux, et la plus grosse pierre que j'ai trouvée ne pesait que deux carats. Celle-là appartenait à Thomas le Noir. (Il indiqua la concession voisine.) Hier, il a trouvé un mastard, un mastard sacrément gros, à soixante centimètres à peine de mon piquet latéral. Bon Dieu, y'a de quoi en faire une maladie.

— Je vous offre une bière, lança Zouga du bord de l'excavation, avec un signe de tête en direction de la taverne la plus proche.

L'homme passa sa langue sur ses lèvres, puis secoua la tête avec regret.

— Mon gosse a faim – on lui voit les côtes, à ce pauvre petit bonhomme – et je dois payer mes gars demain avant midi, dit-il en désignant la douzaine d'indigènes qui creusaient la terre près de lui avec pioches et seaux, au fond de l'excavation carrée. Ces salopards me coûtent une fortune.

Jock Danby cracha dans ses mains et leva sa pelle, mais Zouga l'arrêta avec douceur.

— On dit que le gisement va s'épuiser au niveau de la plaine. (A ce moment-là, le kopje ne dépassait plus la plaine environnante que de six cents mètres environ.) Qu'en pensez-vous ?

— Ça porte guigne de dire des choses comme ça, fit Jock Danby en arrêtant son mouvement et en jetant un regard mauvais à Zouga, mais il y avait de la peur dans ses yeux.

— Vous n'avez jamais songé à vendre ?

La peur disparut immédiatement et fit place à une expression rusée.

— Pourquoi ? Vous voulez acheter ? (Danby se redressa.) Laissez-moi vous donner un petit tuyau à titre gratuit. N'y songez pas, à moins que vous ayez six mille livres à mettre sur la table.

Il regarda Zouga avec espoir et celui-ci lui rendit son regard, impassible.

— Merci de vos conseils, et j'espère pour vous que le gisement ne va pas se tarir.

Zouga toucha le bord de son chapeau et s'éloigna d'un pas nonchalant. Jock Danby le regarda s'en aller, puis cracha sur la terre jaune et l'attaqua avec sa pelle comme une ennemie mortelle.

Zouga éprouvait une étrange exultation. A une époque, son sort dépendait d'une bonne carte ou d'un heureux coup de dés, et son instinct de joueur se réveillait. Il savait que le gravier n'était pas sur le point de s'épuiser, que le gisement, riche et pur, s'enfonçait dans les profondeurs du sol. Il le savait avec une certitude inébranlable et il savait autre chose avec une certitude égale.

— La route vers le Nord commence ici, dit-il à haute voix, et il sentit son sang frémir dans ses veines. C'est là qu'elle commence.

Il éprouva le besoin d'accomplir un acte de foi, manifestant son adhésion totale, et il savait lequel. Le prix du bétail était largement surévalué au camp et ses bœufs lui coûtaient une guinée par jour en eau. Il tenait le moyen de couper toute possibilité de revenir en arrière.

Au milieu de l'après-midi, il avait vendu les bœufs, cent livres chacun, et cinq cents livres pour le chariot. Il s'était à présent entièrement engagé et sentit un courant d'excitation le parcourir en posant sa pièce d'or sur le guichet en bois brut de la baraque en tôle qui faisait office de succursale de la Standart Bank.

La retraite était coupée. Il misait tout sur le gravier jaune et la route du Nord.

— Zouga, vous m'aviez promis, murmura Aletta lorsque l'acheteur vint chercher les bœufs. Vous m'aviez promis que dans une semaine...

En voyant son visage elle se tut – car elle connaissait cette expression – et attira contre elle les deux garçons.

Jan Cheroot alla vers les bêtes et leur murmura quelques mots avec la tendresse d'un amant, puis, tandis que l'attelage s'éloignait, il se retourna vers Zouga et lui lança un regard de reproche.

Ils ne parlèrent pas ; Jan Cheroot baissa les yeux et, tel un gnome, s'éloigna pieds nus sur ses jambes arquées.

Zouga crut qu'il l'avait perdu et se sentit désemparé. Le petit Hottentot était pour lui un ami, un mentor et un compagnon de douze ans. C'est lui qui avait pisté son premier éléphant et était à ses côtés quand il l'avait tué. Ils avaient marché ensemble à travers tout ce continent sauvage, bu à la même bouteille et mangé dans le même pot autour de mille feux de camp. Il ne put cependant se résoudre à le rappeler. Il savait que Jan Cheroot devait décider lui-même.

Il se tracassait inutilement. Quand arriva l'heure de l'« apéritif » ce soir-là, Jan Cheroot était là pour tenir son gobelet émaillé ébréché. Zouga sourit et, sans tenir compte de la ligne qui mesurait la ration quotidienne de cognac, remplit le gobelet à ras bord.

— C'était nécessaire, vieil ami, dit-il.

— C'étaient de bonnes bêtes, fit Jan Cheroot en hochant la tête gravement. Mais il est vrai que j'ai dû me séparer bien souvent de belles bêtes dans ma vie, à quatre et à deux pattes. (Il prit une gorgée d'alcool.) Après un moment et un ou deux petits verres, on n'y pense plus.

Aletta resta muette jusqu'à ce que les garçons soient endormis.

— Tout ce que vous avez trouvé, c'est de vendre les bœufs et le chariot, dit-elle finalement.

— Ils coûtaient une guinée par jour, et il n'y a plus d'herbe à des kilomètres à la ronde.

— Il y a encore eu trois morts au camp et j'ai compté trente chariots en partance aujourd'hui. Le camp est frappé par l'épidémie.

— C'est vrai, acquiesça Zouga. Certains des prospecteurs s'inquiètent. Une concession qui m'a été proposée hier à onze cents livres est partie aujourd'hui à neuf cents.

— Zouga, ce n'est pas juste pour moi et les enfants..., commença-t-elle.

— Je peux négocier votre passage avec un transporteur, coupa-t-il aussitôt. Il a vendu son stock et repart dans quelques jours. Il vous ramènera au Cap.

Ils se déshabillèrent dans le noir et en silence, et quand Aletta se glissa après lui dans l'étroit lit de camp, elle resta silencieuse ; il crut qu'elle s'était endormie. Puis il sentit sa main, tendre et douce, lui effleurer la joue.

— Excusez-moi, mon chéri, dit-elle d'une voix aussi douce que son toucher. J'étais très fatiguée et déprimée. (Il lui prit la main et porta ses doigts à ses lèvres.) J'ai été pour vous une piètre compagne, toujours malade et indisposée quand vous aviez besoin de quelqu'un de fort. (Timidement, elle laissa son corps toucher le sien.) Et maintenant, alors que je devrais vous soutenir, je ne fais que pleurnicher.

— Non, dit-il. Ce n'est pas vrai.

Cependant, au fil des années, elle l'avait contrarié bien souvent pour ces mêmes raisons. Elle avait été pour lui une entrave.

— Et pourtant, je vous aime, Zouga. Je vous ai aimé le premier jour où je vous ai vu et je n'ai cessé depuis.

— Moi aussi je vous aime, Aletta, assura-t-il, mais les mots lui étaient venus automatiquement, et pour compenser son manque de chaleur, il passa son bras autour de ses épaules.

Elle se rapprocha encore et posa sa joue contre sa poitrine.

— Je m'en veux d'être si faible et maladive, dit-elle en hésitant, de ne plus être capable d'être pour vous une vraie épouse.

— Allons, Aletta, ne vous mettez pas martel en tête.

— Je vais être forte maintenant, vous verrez.

— Vous avez toujours été forte, au fond de vous.

— Non, mais je le serai dorénavant. Nous remplirons ensemble nos casquettes de diamants, et ensuite nous partirons vers le nord. (Il ne répondit pas et c'est elle qui poursuivit.) Zouga, je veux que vous me fassiez l'amour – maintenant.

— Aletta, vous savez que c'est dangereux.

— Maintenant, répéta-t-elle. Maintenant, je vous en prie.

Elle prit sa main et la tira vers le bas, sous sa chemise de nuit, contre la peau douce et chaude de l'intérieur de ses cuisses. C'était la première fois qu'elle le faisait et Zouga en fut un peu choqué mais étrangement excité, puis l'envahirent une profonde tendresse et une compassion qu'il n'avait pas éprouvées depuis des années.

Quand la respiration d'Aletta redevint régulière, elle écarta doucement les mains de Zouga et se glissa hors du lit.

Appuyé sur un coude, il la regarda allumer la bougie puis s'agenouiller près de la malle attachée au pied du lit. Elle avait attaché ses cheveux avec un ruban, son corps était mince comme celui d'une jeune fille. La lumière de la bougie la flattait et estompait les rides laissées par la maladie et les soucis. Il se souvint combien elle avait été jolie.

Elle souleva le couvercle de la malle, prit quelque chose à l'intérieur et le lui apporta. C'était une petite cassette avec un fermoir en cuivre ouvragé. La clé était sur la serrure.

— Ouvrez-le, dit-elle.

A la lumière de la chandelle, il vit que le coffret contenait deux épais rouleaux de billets de cinq livres et une bourse de velours vert sombre fermée par un lacet. Il prit la bourse et constata qu'elle était lourde de pièces d'or.

— Je l'avais mise de côté pour le jour où ce serait vraiment nécessaire, dit-elle. Il y a presque mille livres.

— Comment avez-vous eu cet argent ?

— Mon père me l'a donné le jour de notre mariage. Prenez-le, Zouga. Achetez la concession avec cet argent. Cette fois-ci, ça va marcher.

Le lendemain matin, l'acheteur vint chercher le chariot. Il attendait avec impatience que la famille le décharge et mette ses maigres possessions dans la tente.

Quand Zouga eut débarrassé la partie bâchée du chariot des lits de camp, il put soulever les planches qui recouvraient l'étroit compartiment situé au-dessus de l'essieu arrière. Là était rangé le matériel le plus lourd, pour que le centre de gravité du véhicule reste bas : la chaîne de rechange du chariot, le plomb pour mouler les balles, des fers de hache, une petite enclume – et l'idole de pierre que Jan Cheroot et lui soulevèrent à grand-peine de son berceau rembourré et descendirent à terre.

Ils la portèrent jusqu'à la tente et l'y installèrent, debout, dans le fond.

— J'ai trimbalé cette vieillerie du Matabeleland au Cap puis jusqu'ici, se plaignit Cheroot, l'air dégoûté, en se redressant après avoir déposé la statue de l'oiseau sur son socle de pierre.

Zouga sourit avec indulgence. Le Hottentot avait pris en grippe cette ancienne idole dès le jour où ils l'avaient découverte, au milieu des ruines envahies par la végétation d'une cité abandonnée, une cité entourée de murailles qu'ils avaient trouvée par hasard en chassant l'éléphant dans cette région sauvage, loin au nord.

— Elle me porte chance, dit Zouga toujours souriant.

— Quelle chance ? demanda Jan Cheroot amèrement. Est-ce une chance d'avoir dû vendre les bœufs ? De vivre dans une tente pleine de mouches avec une tribu de barbares blancs ?

Le Hottentot sortit en marmonnant de la tente et tira d'un coup sec le licou des deux chevaux restants pour les amener boire.

Zouga s'arrêta un moment devant la statue. Sur sa fine colonne de stéatite polie, elle arrivait presque à hauteur de sa tête. Le faucon stylisé semblait sur le point de prendre son essor. La courbe cruelle de son bec fascinait Zouga ; dans un geste familier, il caressa la pierre lisse et les yeux vides de l'oiseau lui renvoyèrent un regard impénétrable.

Zouga ouvrit la bouche pour parler au faucon à voix basse. A ce moment-là Aletta entra en se baissant par l'étroite ouverture triangulaire de la tente et le vit.

Précipitamment, presque l'air coupable, Zouga laissa retomber sa main et se tourna pour lui faire face. Aletta détestait l'idole de pierre encore plus que Jan Cheroot. Elle restait là sans bouger, les bras chargés d'une pile de linge et de vêtements soigneusement repassés, mais ses yeux étaient inquiets.

— Zouga, devons-nous absolument garder cette chose à l'intérieur ?

— Ça ne prend pas de place, répondit-il d'un ton dégagé en s'avançant pour la débarrasser de son fardeau, qu'il posa sur le lit gigogne, avant de se retourner pour la prendre dans ses bras.

— Je n'oublierai jamais ce que vous avez fait la nuit dernière, dit-il.

Elle se détendit, se laissa aller contre lui et leva la tête. Il fut de nouveau pris de compassion en voyant les petites rides aux coins de ses yeux et de sa bouche, son teint grisâtre.

Il baissa la tête pour l'embrasser sur les lèvres, gêné par sa démonstration inhabituelle d'affection, mais à cet instant les deux garçons entrèrent en trombe dans la tente, excités, riant et traînant derrière eux un petit chien attaché à une ficelle. Toute rouge, Aletta s'écarta à la hâte de Zouga, arrangea son tablier et entreprit de réprimander affectueusement ses deux fils.

— Dehors avec cet animal ! Il est plein de puces.

— Oh ! maman, s'il vous plaît !

— Dehors, j'ai dit !

Elle regarda Zouga sortir et s'éloigner de sa démarche élastique et désinvolte sur la piste poussiéreuse, vers le centre du camp. Elle se retourna ensuite vers le cône de toile sale dressé sur la plaine aride et morne, sous l'impitoyable soleil africain, soupira et se sentit envahie par une vague de lassitude.

Dans sa jeunesse, des servantes se chargeaient des tâches ménagères – cuisine et nettoyage. Elle n'avait toujours pas compris comment maîtriser les flammes vacillantes et fumantes du feu de camp, et une fine couche de poussière rouge avait déjà tout recouvert, y compris la surface du lait de chèvre dans la cruche en terre. Elle fit effort pour rassembler son courage et se baissa avec détermination pour entrer dans la tente.

Ralph avait suivi Jan Cheroot vers les puits pour l'aider à abreuver les chevaux. Ils ne seraient pas de retour avant midi. Le vieil Hottentot desséché et le bel enfant insouciant, déjà plus grand et plus robuste que son inséparable protecteur et précepteur, formaient une paire incongrue.

Jordan était resté avec Aletta. Il n'avait pas encore dix ans, mais sans sa compagnie, elle n'était pas certaine qu'elle aurait supporté le long et terrible voyage, la chaleur torride et la poussière dans la journée, le froid cuisant de la nuit.

L'enfant savait déjà faire la cuisine, et tous se régalaient à chaque repas de son pain sans levain et de ses scones. Elle lui avait appris à lire et à écrire et transmis son amour de la poésie et des belles choses. Il était déjà capable de raccommoder une chemise déchirée et de manier le lourd fer à repasser. Sa voix douce et flûtée et sa beauté angélique étaient pour elle une source de joie permanente. Pour la première fois, elle avait laissé pousser ses longues boucles dorées et s'était opposée à ce que son mari les coupe comme il l'avait fait avec Ralph.

Jordan l'aidait maintenant à attacher un paravent de toile à travers la tente pour séparer la partie chambre de la partie réservée aux repas. Elle éprouva soudain l'envie de se pencher et de toucher ses jolies boucles.

Les yeux levés vers elle, il lui sourit gentiment. C'est alors qu'elle fut prise d'un vertige. Elle tangua au-dessus du lit de camp en essayant de retrouver son équilibre et, comme elle tombait, Jordan fit son possible pour la retenir. Il n'avait pas la force nécessaire et le poids d'Aletta les entraîna tous deux par terre.

Les yeux écarquillés d'horreur, Jordan l'aida à se relever et elle se laissa tomber sur le lit de camp, envahie par des bouffées de chaleur, prise de nausées et d'étourdissements.

Zouga était le premier client, lorsque l'employé ouvrit la porte de la Standart Bank. Après avoir déposé le contenu de la cassette d'Aletta, que l'employé enferma dans le grand coffre vert, Zouga avait un solde créditeur de presque deux mille cinq cents livres.

Sa détermination s'en trouva renforcée et c'est avec assurance qu'il remonta l'allée centrale.

Les voies avaient trois mètres de large. Ayant retiré les enseignements des exploitations de Bultfontein et de Dutoitspan, le commissaire aux mines avait insisté pour que les voies d'accès aux concessions restent dégagées. Les chantiers formaient une mosaïque de parcelles carrées, chacune mesurant exactement neuf cents mètres de côté. Certains chercheurs, mieux équipés et organisés, avaient creusé plus vite que les autres, de sorte que les plus lents se retrouvaient perchés sur des îles de terre jaune d'or qui surplombaient les profonds puits carrés des concessions voisines où peinaient les manœuvres indigènes nus.

Se rendre d'une concession à l'autre était déjà devenu une entreprise laborieuse, et même franchement périlleuse : il fallait passer sur les chemins de planches au-dessus de puits vertigineux, escalader des échelles de corde qui se balançaient dans le vide ou descendre des échelles en bois dont les degrés craquaient et fléchissaient sous le poids d'un homme.

Debout sur le chemin qui s'éboulait, les excavations ouvertes à ses pieds, Zouga se demandait ce qu'il adviendrait si le gisement se continuait à une grande profondeur. Il fallait déjà avoir le cœur bien accroché pour se risquer à descendre dans le puits, et une fois de plus il s'étonna de l'acharnement des hommes à courir après la richesse en dépit de tous les dangers.

Il regarda un seau de cuir débordant de gravier jaune aggloméré en blocs concassés osciller au bout d'une longue corde, hissé par deux Noirs en nage, leurs muscles luisant au soleil tandis qu'ils se penchaient et se balançaient au-dessus du treuil.

Quand le seau arriva au bord de l'excavation, ils le prirent, le portèrent jusqu'à la charrette à moitié pleine

– à laquelle étaient attelées deux mules patientes – et y versèrent son contenu. Puis l'un renvoya le seau vide aux hommes qui attendaient au fond du trou, quinze cents mètres plus bas.

Parfois, le rythme monotone était interrompu par un incident : la couture d'un seau de cuir se défaisait, tandis que le gravier se déversait sur les hommes, ou bien une corde usée se rompait avec un claquement sec et, en criant pour avertir leurs compagnons, les mineurs s'écartaient brusquement afin d'éviter le seau.

Tout le chantier semblait enveloppé dans un bourdonnement affairé ; on entendait les ordres impérieux criés entre le puits et le chemin, le grincement des cordes, le son mat des pioches et des pelles, le chœur d'une équipe de Basoutos, petits montagnards maigres et nerveux venus de la cordillère du Dragon, qui chantaient en travaillant.

Les Blancs, tyranniques et actifs, dégringolaient les échelles de corde ou restaient aux aguets au bord du puits pour surveiller leur équipe et prévenir les chapardages, empêcher qu'un diamant mis au jour par une pelle soit prestement dissimulé à la première occasion par un des mineurs, dans sa bouche ou quelque autre orifice.

La vente illégale des diamants était déjà le fléau des chercheurs. A leurs yeux, tous les Noirs étaient suspects. Seuls les hommes qui avaient moins d'un quart de sang noir avaient le droit de détenir et d'exploiter une concession. Grâce à cette loi, il était plus facile de découvrir les fautifs, car un Noir trouvé avec un diamant en sa possession était coupable sans appel. Cette loi ne tenait cependant pas en échec les Blancs louches qui rôdaient autour du chantier et qui, sous le couvert de commerce itinérant, pseudo-cabots ou tenanciers d'infâmes tavernes, étaient en réalité des AID, des acheteurs illégaux de diamants. Les prospecteurs leur vouaient une haine féroce qui se déchaînait de temps en temps en une nuit d'émeute : les marchands innocents, comme les coupables, étaient battus et leurs biens brûlés tandis que la foule des chercheurs de diamants dansait autour des flammes en scandant : « AID ! AID ! »

Zouga marchait avec précaution le long de la crête du chemin, parfois poussé dangereusement au bord du puits par une charrette chargée de terre diamantifère.

Il atteignit l'endroit où il avait parlé la veille à Jock Danby, au-dessus des concessions de l'amical prospecteur.

Les deux concessions étaient désertes, les seaux de cuir et les cordes abandonnés, et une pioche fichée dans la terre se dressait à la verticale en contrebas de la route.

Un grand mineur barbu travaillait dans la concession voisine et, quand Zouga le héla, il répondit avec un regard mauvais :

— Qu'est-ce que vous voulez ?

— Je cherche Jock Danby.

— Il n'est pas là. (L'homme se retourna et décocha un coup de pied au plus proche des manœuvres.) Sabenza, espèce de singe noir !

— Où puis-je le trouver ?

— De l'autre côté de la place du Marché, derrière le *Lord Nelson*, répondit l'homme avec brusquerie sans tourner la tête.

La place carrée était autant jonchée d'ordures que le reste du camp et aussi encombrée par les chariots de transport et les charrettes des fermiers venus vendre du lait et d'autres produits, et celles des vendeurs d'eau, qui détaillaient au seau la précieuse marchandise.

Le *Lord Nelson* consistait en une bâche teintée de

poussière rouge tendue sur une charpente en bois. Trois clients de la nuit précédente étaient étendus comme des cadavres embaumés dans l'étroite allée qui longeait la taverne, tandis que les consommateurs du matin commençaient déjà à occuper l'unique salle de bar.

Un chien errant renifla l'haleine d'un des ivrognes inconscients et recula avec dégoût avant de se glisser furtivement vers le bidon ouvert qui servait de poubelle devant la baraque.

Zouga enjamba les corps allongés et se fraya avec précaution un chemin à l'intérieur de l'infecte taverne. Il lui fallut se renseigner encore une demi-douzaine de fois avant de trouver la cahute de Danby. Les chercheurs étaient si obsédés par leur course à la richesse et la population du camp si fluctuante que chacun semblait seulement connaître le nom de ses voisins immédiats. C'était une communauté de gens étrangers les uns aux autres, où chacun ne pensait qu'à soi et se désintéressait complètement de ceux qui l'entouraient, sauf dans la mesure où ils pouvaient le gêner ou l'aider dans sa quête des pierres précieuses.

La cabane de Jock Danby était semblable à des centaines d'autres : deux pièces aux murs d'adobe, couvertes de chaume et d'une toile en lambeaux. Il y avait un appentis à une extrémité, avec un feu domestique fumant surmonté d'une marmite à trois pieds, noire de suie.

Dans le désordre de la cour poussiéreuse trônait l'inévitable table de tri des diamants, une structure basse avec de solides pieds en bois, le dessus couvert par une plaque de fer brillant grâce au frottement des pierres diamantifères. Les grattoirs en bois avaient été abandonnés là, et un tas de gravier passé au crible et lavé formait une pyramide scintillante au centre de la table.

Devant l'entrée de la cahute, encore attelés à une charrette à deux roues, deux ânes somnolents agitaient leurs oreilles pour chasser une nuée de mouches noires. La charrette était remplie de mottes de terre jaune mais la courette était déserte.

Quelques géraniums rouges tout en longueur poussaient de manière incongrue dans des bidons galvanisés, de chaque côté de la porte. L'unique fenêtre étaient tendue de rideaux de dentelle délicate, si récemment lavés qu'ils n'étaient pas encore teintés d'ocre rouge ni maculés par les chiures de mouches.

Cela révélait manifestement une présence féminine, pensa Zouga, et, comme pour lui en donner confirmation, lui parvinrent par la porte des sanglots de femme, faibles mais poignants.

Tandis qu'il hésitait, déconcerté par ces pleurs, un homme de forte carrure apparut sur le seuil en se protégeant les yeux du soleil, de sa main noueuse et incrustée de terre.

— Qui êtes-vous ? demanda Jock Danby avec une brusquerie inutile.

— Nous avons bavardé hier, là-haut sur votre concession, expliqua Zouga.

— Que voulez-vous ? demanda Danby sans paraître le reconnaître, son visage exprimant de l'agressivité et un autre sentiment que Zouga n'identifia pas tout de suite.

— Vous m'avez dit que vous seriez peut-être vendeur de vos concessions, lui rappela Zouga.

Le visage de Danby donna l'impression de se gonfler et vira au rouge sombre, ses veines saillirent, tandis qu'il rentrait la tête dans ses épaules massives.

— Espèce de charognard, lâcha-t-il d'une voix étranglée en fonçant sur Zouga comme un buffle.

Il le dépassait d'une tête, pesait vingt-cinq kilos de

plus et avait dix ans de moins. Pris par surprise, Zouga se baissa une fraction de seconde trop tard et ne put éviter la charge de l'homme. Comme un boulet de canon, un poing le frappa à l'épaule, dans un coup oblique mais d'une telle force qu'il le projeta sur le dessus de la table de tri. Le gravier diamantifère s'éparpilla à travers la cour.

Jock Danby attaqua de nouveau, le visage grimaçant, le regard fou, et ses gros doigts se serrèrent sur le cou de Zouga. Celui-ci replia ses jambes, se ramassa sur lui-même, et lança un coup de bottes dans la poitrine de l'homme.

L'air s'échappa en sifflant de la gorge de Danby et celui-ci s'arrêta net, comme touché par une double charge de chevrotine. La tête et les bras projetés en avant avec un bruit sec, inertes comme ceux d'un mannequin de paille, il alla heurter le mur de la cabane et s'écroula sur les genoux.

Aussitôt Zouga se remit debout, léger comme un danseur, mais le bras gauche engourdi jusqu'au bout des doigts. Emporté par une colère froide, en deux enjambées il était sur Danby et lui lançait un crochet à la tempe. Le choc sur son poing le fit grincer des dents mais sous le coup son adversaire tournoya contre le mur et s'écroula dans la poussière.

Jock Danby était assommé, les yeux blancs ; Zouga le releva brutalement et le cala contre la charrette pour lui décocher le coup suivant. Sa colère et son indignation le poussaient à se venger de cette attaque délibérée et stupide ; il maintenait Danby avec sa main gauche et s'apprêtait à le frapper de son poing droit.

Il s'immobilisa brusquement et retint son coup, dévisageant avec incrédulité Jock Danby qui pleurait comme un enfant, ses puissantes épaules secouées d'un tremblement incontrôlable ; des larmes coulaient sur ses joues marquées par le soleil et se perdaient dans sa barbe poussiéreuse.

Voir pleurer un homme comme celui-là avait quelque chose de bouleversant et de gênant, et Zouga sentit sa colère s'apaiser rapidement. Il laissa retomber sa main.

— Bon Dieu..., lâcha Danby d'une voix étranglée. Quelle sorte d'homme êtes-vous pour essayer de profiter de la détresse d'un autre ?

Zouga le regarda sans mot dire, incapable de répondre à l'accusation.

— Vous l'avez senti, comme une hyène ou un vautour.

— Je venais vous faire une offre équitable, c'est tout, répliqua Zouga sèchement. (Puis, tirant un mouchoir de la poche de sa veste, il le tendit à Jock Danby et ordonna d'un ton bourru :) Essuyez-vous le visage.

Danby s'exécuta puis examina le linge taché.

— Vous ne saviez donc pas ? murmura-t-il. Vous n'étiez pas au courant à propos de mon fils ?

Il leva les yeux, scruta le visage de Zouga puis, y lisant la réponse à sa question, lui rendit son mouchoir et secoua la tête, essayant de reprendre ses esprits.

— Excusez-moi, grogna-t-il. Je croyais que vous saviez et que vous vouliez profiter de la situation pour me racheter mes concessions.

— Je ne comprends pas, lui dit Zouga.

Jock Danby fixait du regard la porte de la cabane.

— Entrez, dit-il, et il précéda Zouga à l'intérieur de la petite pièce de devant, encombrée et étouffante. Les fauteuils recouverts de velours vert foncé étaient trop grands pour la pièce et tous les trésors de la famille se trouvaient exposés sur la table centrale : une bible, des photos d'ancêtres passées, des couverts bon marché et un plat en porcelaine commémorant le mariage de la reine avec le prince Albert.

Zouga s'arrêta à la porte du fond et eut un pincement de cœur. Une femme était agenouillée près du lit, un châle lui couvrant la tête et les épaules. Ses mains jointes devant son visage étaient abîmées et rougies par le travail pénible et ingrat de triage des pierres.

Elle leva la tête et regarda Zouga. Elle avait dû être jolie, mais le soleil avait rendu sa peau grossière, ses yeux étaient gonflés et rougis par le chagrin, et les cheveux qui dépassaient du châle en mèches raides et ternes étaient gras et prématurément grisonnants.

Elle baissa de nouveau la tête et ses lèvres reprirent leur prière silencieuse.

Un enfant était étendu sur le lit, un garçon de l'âge de Jordan. Il avait les yeux clos, le visage exsangue, pâle comme de la cire, mais infiniment paisible. Il était vêtu d'une chemise de nuit propre, et ses mains étaient croisées sur sa poitrine.

Il fallut à Zouga une demi-minute pour comprendre qu'il était mort. « La fièvre », murmura Danby, puis il se tut.

Zouga prit la charrette de Jock Danby et acheta une douzaine de planches sur la place du Marché, payant le prix demandé sans marchander.

En manches de chemise dans la courette de Danby, il rabota les planches tandis que Jock les sciait à la bonne dimension. Ils travaillaient en silence et on entendait seulement le raclement de la scie et du rabot.

Le cercueil rudimentaire fut terminé avant midi, mais quand Danby y déposa le corps de son fils, Zouga sentit pour la première fois l'odeur de décomposition, accélérée par la chaleur africaine.

La mère de l'enfant était montée sur la charrette délabrée à côté du cercueil, et Zouga marchait près de Jock Danby.

La fièvre ravageait le camp. Au cimetière, situé en

bordure de la piste du Transvaal à un kilomètre au-delà des dernières tentes, il y avait déjà deux autres charrettes, chacune accompagnée par un petit cortège funèbre ; les tombes étaient creusées et le fossoyeur réclamait son obole.

Sur le chemin du retour, Zouga arrêta la charrette devant une des tavernes de la place du Marché et acheta trois bouteilles de cognac du Cap avec la monnaie qui lui restait.

Jock Danby et lui s'assirent face à face sur les fauteuils recouverts de velours vert, avec une bouteille ouverte et deux verres posés sur la table entre eux. L'inscription « Que Dieu bénisse la reine » était gravée en lettres d'or sur les verres que Zouga emplit à moitié. Puis il en poussa un vers Danby.

Le colosse, la tête baissée, le dos voûté, examina le contenu du verre qu'il tenait entre ses genoux dans ses énormes pattes.

— Ça a été si rapide, murmura-t-il. Hier soir, il a couru à ma rencontre lorsque je suis arrivé avec la charrette et il est rentré à la maison à califourchon sur mes épaules. (Il avala une gorgée de l'alcool sombre et haussa les épaules.) Il était si léger. Il n'y avait plus de chair sur ses petits os.

Ils burent à l'unisson.

— J'ai la poisse depuis que j'ai planté mon premier piquet sur ces satanées concessions, fit Danby en secouant sa grosse tête hirsute. J'aurais dû continuer à travailler au bord de la rivière, comme l'avait dit Alice.

Par la fenêtre tendue de dentelle, on voyait déjà le soleil se coucher en jetant ses feux sanglants à travers les nuages, et quand l'obscurité commença à envahir la pièce, Alice Danby entra et posa une lampe-tempête fumante sur la table, entre les deux hommes, et deux bols de porridge nageant dans un ragoût de mouton clair et gras. Puis elle disparut en silence dans la pièce de derrière et, de temps à autre, au cours de la longue nuit, Zouga l'entendit sangloter doucement à travers la mince cloison.

A l'aube, Jock Danby était affalé dans son fauteuil, son ventre velu dépassant de sa chemise ouverte jusqu'au nombril. La troisième bouteille était à moitié vide.

— Vous êtes un gentleman, fit Danby d'une voix inarticulée. Je ne veux pas dire quelqu'un de la haute, un aristo, mais un sacré gentleman, voilà ce que vous êtes. (Zouga était assis bien droit, grave et attentif ; mis à part ses yeux rouges, il ne semblait nullement éprouvé par cette nuit passée à boire.) Je ne souhaiterais pas à un gentleman comme vous d'avoir les concessions du Diable.

— Si vous partez, il faut pourtant que vous les vendiez, dit Zouga doucement.

— Elles ont la poisse, ces deux concessions, marmonna Danby. Elles ont déjà tué cinq hommes, elles m'ont brisé, j'y ai passé l'année la plus dure de ma vie. De chaque côté, j'ai vu mes voisins sortir des grosses pierres, je les ai vus devenir riches... tandis que moi... (Il fit un geste d'ivrogne qui embrassait la sordide petite pièce.) Voyez vous-même.

Le rideau qui séparait les deux pièces fut poussé d'un seul coup et Alice Danby apparut derrière son mari, tête nue. Elle avait les traits tirés, le teint gris et n'avait manifestement pas dormi de la nuit.

— Vends-les, dit-elle. Je ne peux pas rester là un jour de plus, vends tout... allons-nous-en, Jock, quittons cet endroit affreux. Je ne supporterai pas de passer encore une nuit ici.

Le commissaire aux mines était un petit magistrat buté, nommé par Brand, le président du jeune État bœr libre, qui revendiquait les exploitations minières.

Brand n'était pas le premier. Le vieux Waterbœr, chef des Bastards Griquas, avait lui aussi revendiqué les plaines arides où son peuple avait vécu pendant plus de cinquante ans. A Londres, lord Kimberley, secrétaire d'État aux Colonies, venait seulement de prendre conscience des richesses potentielles représentées par les mines de diamants et, pour la première fois, il prêtait une oreille attentive aux appels des impérialistes en vue de soutenir la revendication de Nicholaas Waterbœr et d'intégrer le pays des Griquas dans la sphère d'influence britannique.

Pendant ce temps, le commissaire aux mines de l'État libre essayait, avec un succès mitigé, de faire régner un certain ordre au sein de la communauté indisciplinée des chercheurs de diamants. De même que les chemins de terre s'écroulaient dans les puits du kopje Colesberg, son autorité s'érodait sous le flot des événements entraînés par l'accumulation des intérêts nationaux et l'apparition des premières figures puissantes de l'aristocratie financière des champs miniers.

Zouga et Jock Danby trouvèrent le commissaire en train de se lamenter sur la difficulté de sa tâche au-dessus d'un verre d'alcool, au bar du *London Hotel* ; et, en le soutenant chacun par un coude, ils le ramenèrent à son bureau en traversant la place du Marché.

Au milieu de la matinée, le commissaire avait consigné la vente des « concessions du Diable », concessions perpétuelles n°s 141 et 142, entre M. J.A.

Danby et le major M.Z. Ballantyne, avec paiement de l'intégralité du prix par chèque de deux mille livres sur la Standart Bank.

A une heure de l'après-midi, Zouga se tenait au coin de la place du Marché et regardait s'éloigner la charrette où étaient entassés les fauteuils de velours vert et le châlit en cuivre. Jock Danby conduisait l'attelage et sa femme, droite et mince silhouette, était assise sur le chargement. Aucun des deux ne se retourna vers Zouga et, quand ils eurent disparu dans le dédale de voies étroites et de baraques, celui-ci se tourna face au kopje.

Malgré sa nuit blanche, il n'éprouvait aucune fatigue et se sentait si léger qu'il parcourut presque en courant l'étroit chemin qui coupait l'imbroglio de concessions et de puits.

Les concessions du Diable étaient désertes : deux parcelles carrées de terre jaune nettement délimitées et jonchées de matériel abandonné. Les manœuvres noirs de Jock Danby étaient partis. Il y avait une cruelle pénurie de main-d'œuvre, et lorsque Danby ne les avait pas réunis la veille au matin, ils étaient tout simplement allés se louer pour la journée à un autre chercheur.

La majeure partie du matériel laissé sur les concessions était usée, les seaux en cuir sur le point de s'éventrer, les cordes si effilochées qu'elles ressemblaient à de gros mille-pattes et qu'il n'aurait pas osé s'y suspendre.

Il descendit avec précaution l'échelle oscillante et sa prudence avertit les chercheurs des concessions voisines qu'il était étranger.

— Vous êtes sur les concessions de Jock Danby, cria l'un d'eux. C'est une propriété privée. Vous feriez mieux de filer, et en vitesse.

— Je les ai rachetées à Jock, répondit Zouga. Il a quitté la ville il y a une heure.

— Qu'est-ce qui me le prouve ?

— Pourquoi n'allez-vous pas vérifier au bureau du commissaire ? suggéra Zouga.

Depuis le fond de son excavation, plus profonde de six mètres que celles des concessions du Diable, l'homme, perplexe, lui lança un regard mauvais.

Un peu partout dans le puits au niveau inégal, des mineurs avaient cessé de travailler, d'autres s'alignaient sur la chaussée au-dessus, et tous semblaient hostiles. La tension fut rompue par une voix jeune et claire dont la cadence et l'intonation révélaient un gentleman anglais raffiné.

— Mais c'est le major Ballantyne, si je ne me trompe.

Levant les yeux vers le chemin, Zouga reconnut Neville Pickering, le jeune homme à qui il avait offert à boire au *London Hotel* le jour de son arrivée.

— Vous ne vous trompez pas, monsieur Pickering.

— Tout est en ordre, les gars. Je réponds du major Ballantyne. C'est le célèbre chasseur d'éléphants, vous ne le saviez pas ?

Presque tout de suite, les hommes se désintéressèrent de la question et retournèrent à leur besogne.

— Merci, lança Zouga.

— Je vous en prie.

Pickering fit un large sourire, toucha le bord de son chapeau et s'éloigna d'un pas nonchalant, silhouette mince et élégante dans la foule des mineurs barbus couverts de poussière.

Zouga se retrouva seul, plus seul moralement qu'il ne l'avait jamais été au cours de ses vagabondages à travers le vaste continent africain. Il avait quasiment dépensé jusqu'à son dernier sou pour acheter ces quelques mètres carrés de terre jaune, au fond de ce puits étouffant et poussiéreux. Il n'avait personne pour y travailler, ni expérience ni capital, et il n'aurait probablement pas reconnu un diamant brut s'il en avait eu un sur la paume de la main.

Aussi brusquement qu'elle était venue, l'exultation du joueur, la prémonition de la chance qui l'attendait s'étaient évaporées. Il se retrouva instantanément pénétré par la conscience de sa présomption et de l'énormité du risque qu'il prenait.

Il avait tout misé sur des concessions qui jusque-là n'avaient pas donné une seule belle pierre ; le prix des diamants dégringolait et les pierres courantes, les petits éclats d'un demi-carat ou moins, qui formaient le gros des découvertes, ne se vendaient guère que cinq shillings pièce.

Il avait pris un risque terrible et son estomac se noua à la pensée d'un échec.

Le soleil était déjà presque à la verticale et dardait ses rayons ardents jusqu'au fond des mines ; l'air surchauffé tremblotait autour de lui et la chaleur remontait par ses semelles de cuir et lui brûlait la plante des pieds. Il eut la sensation de suffoquer, de ne pouvoir supporter cette fournaise un instant de plus, de devoir sortir au plus vite de ce terrible puits pour retrouver un air plus frais.

Il se rendit alors compte qu'il avait peur. C'était un sentiment auquel il n'était pas habitué. Il avait essuyé la charge d'un éléphant blessé et risqué sa vie – d'homme à homme, lame contre lame – aux frontières de l'Inde et au cours de violents affrontements aux confins de la colonie du Cap.

D'habitude, il ne connaissait pas la peur, mais pourtant des vagues de panique s'élevaient de quelque repli obscur de son âme, et il lutta pour les endiguer. Il avait l'impression qu'un désastre imminent allait l'écraser. Sous ses pieds, il sentait presque la stérilité de la terre brûlée par le soleil, le sol aride qui finirait par avoir raison de lui et par briser le rêve dont sa vie s'était nourrie au cours de toutes ces années.

Tout devait-il prendre fin dans ce puits infernal ?

Il inspira profondément et retint l'air un moment en luttant contre les vagues d'angoisse aveugle, qui lentement refluèrent et le laissèrent affaibli et ébranlé comme par un fort accès de paludisme.

Il s'agenouilla et prit une poignée de terre jaune qu'il tamisa entre ses doigts, puis examina le résidu de petits cailloux ternes et sans valeur. Il les laissa tomber et s'épousseta la main contre sa cuisse.

Il avait repoussé l'offensive de la panique, mais se trouvait dans un terrible état d'abattement et de faiblesse qu'il ressentait douloureusement dans ses os, de sorte qu'il eut à peine assez de force pour remonter par l'échelle de corde. Il prit le chemin du retour en traînant les pieds sur la terre rouge de la piste, tandis qu'autour de lui le camp vacillait dans la chaleur et la poussière.

Par-dessus le brouhaha général lui parvint une voix claire d'enfant. Zouga releva la tête et son humeur s'allégea quand il reconnut celle, flûtée, de son fils.

— Papa ! Oh, papa !

Jordan courait vers lui à toute allure, les coudes serrés, la masse de ses boucles soyeuses flottant autour de son joli visage.

— Oh, papa, on vous cherche partout depuis hier soir.

— Qu'est-ce qui se passe, Jordan ?

L'enfant était si bouleversé que Zouga fut de nouveau inquiet et se précipita vers lui.

Quand ils se rencontrèrent, Jordan lança ses bras

autour de la taille de son père et pressa son visage sur le devant de sa veste, de sorte que sa voix était étouffée.

— C'est maman, dit-il en tremblant comme un petit animal effrayé. Ça ne va pas. Il lui est arrivé quelque chose.

Le délire de la fièvre typhoïde enveloppa Aletta dans des nappes de brouillard gris et chaud qui voilaient la réalité et emplissaient son esprit de fantômes et de fantasmes, puis disparaissaient brusquement en la laissant dans un tel état de faiblesse qu'elle ne pouvait s'asseoir. Mais ses sens devenaient si aiguisés que le contact de la flanelle humide sur son visage lui était insupportable et que le poids de ses vêtements l'étouffait.

Sa vision était aiguë et les images agrandies comme à travers une loupe. Elle distinguait nettement chacun des longs cils recourbés qui frangeaient les beaux yeux verts de Jordan penché sur elle. Elle voyait les pores de la peau satinée de ses joues, prenait plaisir à examiner la texture de ses lèvres parfaitement dessinées, qui à présent tremblaient sous l'effet de la peur et de l'agitation.

Elle se perdit dans la contemplation de la beauté de son fils, puis ses oreilles recommencèrent à bourdonner et le visage bien-aimé de l'enfant s'estompa jusqu'au moment où elle ne le vit plus que par un long et étroit tunnel, à travers l'obscurité grondante.

Elle se cramponna à l'image mais celle-ci se mit à tourner, lentement d'abord, comme la roue d'une charrette, puis de plus en plus vite, jusqu'à ce que le visage de Jordan se brouille vertigineusement. Elle se sentit de nouveau dégringoler dans l'obscurité humide.

L'obscurité se déchira une nouvelle fois, un voile fut tiré quelque part dans les profondeurs de son cerveau, et avec joie elle chercha le visage de son fils, mais, à la place, c'est le faucon qui apparut au-dessus d'elle.

C'était la statue de l'oiseau qui faisait partie de sa vie depuis que Zouga y était entré. Dans chaque petite maison, chaque pièce ou camp qui avait été leur demeure pendant un jour, une semaine ou un mois, cette idole de pierre semblait avoir toujours été là, silencieuse, implacable, chargée d'une malveillance ruminée depuis des siècles. Aletta l'avait toujours détestée, avait toujours senti son aura malfaisante, mais maintenant sa haine et sa peur pouvaient se focaliser entièrement sur l'oiseau de pierre qui se dressait au-dessus de son lit de camp, perché sur sa colonne de stéatite verte polie.

Étendue sur le dos dans le lit étroit, sa chemise de nuit trempée de sueur collée à sa peau, elle le maudit et exprima silencieusement sa haine. De nouveau, sa vision se rétrécit et se concentra si bien que le faucon de pierre devint tout son univers.

Puis, comme par miracle, les yeux vides commencèrent à luire d'une étrange lumière dorée et tournèrent lentement dans leurs orbites de pierre, et subitement ils la regardèrent. Les pupilles étaient noires et brillantes, elles étaient vivantes et voyaient, mais leur regard semblait si cruel et si foncièrement méchant que, de terreur, les yeux fixés sur l'oiseau, Aletta eut un mouvement de recul.

Le bec de pierre recourbé s'ouvrit. A l'extrémité de la langue, acérée comme une flèche, pendait une goutte de sang rubis dans laquelle scintillait une étoile de lumière : Aletta sut que c'était le sang du sacrifice.

L'obscurité qui entourait l'oiseau s'emplissait d'ombres en mouvement, du spectre des victimes sacrificielles, du fantôme des prêtres du faucon morts depuis des millénaires, qui se réunissaient à nouveau pour renforcer leurs pouvoirs, qui se réunissaient pour l'accueillir...

Elle cria longtemps, sa terreur résonnant de façon démente dans ses propres oreilles, puis des mains fermes la secouèrent doucement, tendrement. Sa vue se dégagea une nouvelle fois, mais tout était vague et flou, si bien qu'elle plissa les yeux, haletante d'avoir hurlé.

— Ralph, c'est toi ?

Le visage hâlé aux traits vigoureux, déjà presque adultes, si différents de ceux de son frère, était tout près, au-dessus d'elle.

— Ne vous en faites pas, maman.

— Ralphie, pourquoi fait-il si sombre ? marmonna-t-elle.

— C'est la nuit, maman.

— Où est Jordie ?

— Il dort, maman. Il tombait de sommeil, je l'ai envoyé se coucher.

— Appelle papa, murmura-t-elle.

— Jan Cheroot est parti à sa recherche. Il ne va pas tarder à arriver.

— J'ai froid.

Elle était secouée de violents tremblements et, avant de sombrer encore dans l'obscurité, elle sentit qu'on remontait la couverture de grosse laine sous son menton.

Dans le noir, elle perçut les formes d'hommes qui accouraient et se pressaient autour d'elle ; elle perçut l'urgence, la passion de leur terrible dessein, et vit leurs armes luire dans l'ombre, l'éclair de l'acier dénudé et aiguisé pour la guerre. Elle entendit le claquement d'une culasse, le cliquetis d'une baïonnette dans son fourreau, et ici et là dans la foule, elle reconnaissait un visage, un visage qu'elle n'avait jamais vu mais identifiait instantanément dans un éclair d'intuition clairvoyante. L'un, un homme barbu et fort, était son fils – à cheval, il partait en guerre –, et les autres, tant d'autres, de son sang, de sa chair, s'avançaient dans cette affreuse multitude impatiente. Elle était consumée par un terrible chagrin pour eux, mais ne pouvait pleurer. Au lieu de cela, elle leva les yeux et vit de nouveau le faucon, tout là-haut, éclairé par l'unique rayon de soleil qui perçait les nuages noirs et menaçants roulant d'un point de l'horizon à l'autre, les terribles nuages de la guerre.

Le faucon planait, ses ailes déployées sous les nuages, sa tête cruelle regardant vers le sol, puis il replia ses ailes et fondit comme la foudre, ses grandes serres en avant. Elle les vit s'accrocher dans la chair vivante, elle aperçut la grimace sur un visage qu'elle n'avait jamais vu mais qu'elle connaissait aussi bien que le sien.

Elle cria de nouveau. Puis des bras puissants la tinrent, ces bras familiers et tant aimés pour lesquels elle avait attendu si lontemps. Elle leva son regard vers lui, ses yeux d'émeraude tout près des siens, sa mâchoire puissante à moitié cachée par sa barbe dorée.

— Zouga, souffla-t-elle.

— Je suis là, mon amour.

Les fantômes s'évanouirent, le monde cauchemardesque de son délire disparut, et elle se retrouva dans une tente, sur une plaine poussiéreuse, au pied d'un tertre à demi creusé. A travers l'ouverture de la tente, le brûlant soleil d'Afrique découpa une tranche de lumière blanche sur le sol de terre rouge. Elle était ébahie par le brusque passage de la nuit au jour, du fantasme à la réalité. Sa bouche et sa gorge étaient terriblement desséchées.

— J'ai soif, murmura-t-elle d'une voix rauque.

Il tint la cruche devant ses lèvres craquelées ; sous l'effet de la fraîcheur et de la douceur du liquide qui coulait dans sa gorge, une sensation de plaisir l'envahit.

Mais tout de suite après, le souvenir des cauchemars l'assaillit et elle lança un regard apeuré vers la statue silencieuse. Celle-ci paraissait soudain inoffensive, insignifiante, un symbole aveugle et muet ; mais Aletta conservait un peu de la terreur de la nuit.

— Prenez garde au faucon, murmura-t-elle.

Il semblait croire qu'elle délirait toujours et elle voulut le convaincre du contraire, mais elle était terriblement fatiguée ; elle ferma les yeux et s'endormit dans ses bras.

Quand elle se réveilla, les rayons du soleil s'étaient adoucis en une splendide lumière orangée qui emplissait toute la tente et semait de petites étoiles dans la barbe et les cheveux bouclés de Zouga. Elle était envahie par une sensation profonde de paix, tant les bras de son mari étaient puissants et rassurants.

— Veillez sur mes petits, dit-elle d'une voix faible mais claire, puis elle mourut.

La tombe d'Aletta n'était qu'un petit tumulus de plus dans la longue rangée régulière de levées de terre récemment retournée.

Après l'avoir enterrée, Zouga renvoya ses deux fils au campement avec Jan Cheroot. Jordan pleurait, inconsolable, son joli visage maculé de larmes. Ralph était assis derrière son frère sur le dos du hongre bai décharné, les bras serrés autour de sa taille. Il était silencieux, stoïque, mais le corps raidi par l'émotion contenue, et son chagrin inexprimé couvait dans ses yeux, du même vert clair et profond que ceux de son père.

Jan Cheroot conduisait le cheval et les deux garçons avaient l'air frêles et abandonnés.

Zouga se tenait devant la tombe dans une attitude militaire, aussi impassible que l'avait été son fils aîné, mais, derrière son masque marmoréen, il était étourdi par le chagrin et un sentiment envahissant de culpabilité.

Il eut envie de parler et de dire à Aletta qu'il regrettait, qu'il savait que c'était sa faute si elle se retrouvait dans cette tombe solitaire si loin de sa famille et des belles montagnes couvertes de forêt du cap de Bonne-Espérance qu'elle avait tant aimées. Il voulut lui demander pardon de l'avoir sacrifiée à son rêve, grandiose et impossible. Il savait cependant que les mots étaient inutiles et qu'Aletta n'entendait pas.

Il se baissa et de ses mains nues arrangea la terre qui s'était éboulée dans un coin.

« J'achèterai la pierre tombale avec le premier diamant », se promit-il. La terre rouge avait teinté ses ongles, demi-lunes couleur de sang.

Par un suprême effort, il surmonta son sentiment d'inutilité et de gêne pour s'adresser à haute voix à quelqu'un qui ne pouvait entendre.

— Je veillerai sur eux, ma chérie. C'est la dernière promesse que je vous fais.

— Jordie ne veut pas manger, papa, lui annonça Ralph quand il entra dans la tente.

Zouga sentit l'inquiétude prendre le dessus sur son chagrin. Il se dirigea à grandes enjambées vers le lit de camp où l'enfant était couché en chien de fusil, tourné vers la toile de tente.

La peau de Jordan était aussi brûlante que les rochers calcinés qui jonchaient la plaine, et ses joues soyeuses, maculées de larmes, étaient rouges de fièvre.

Le lendemain matin, Ralph était fiévreux aussi. En proie à une grande agitation, les deux garçons marmonnaient dans leur délire, leurs couvertures trempées de sueur. La tente était envahie par l'odeur aigre typique de la fièvre.

— Regardez Ralph, dit Jan Cheroot en s'arrêtant un instant d'éponger le corps robuste et charpenté. Il affronte la maladie comme une ennemie et se bat.

Zouga, qui, agenouillé de l'autre côté du lit de camp, l'aidait en regardant son fils, sentit la fierté percer sous son inquiétude. Il y avait déjà des petits tortillons de poils sous les bras de Ralph, des boucles plus sombres sur son bas-ventre, et son pénis n'était plus cet appendice minuscule terminé par un peu de peau ridée. Ses épaules s'élargissaient et se musclaient, ses jambes étaient droites et vigoureuses.

— Ça va aller, répéta Jan Cheroot.

Ralph battait furieusement des bras dans son délire, avec une expression renfrognée, sombre et déterminée.

Les deux hommes remontèrent la couverture et se tournèrent vers l'autre lit de camp.

Les cils longs et épais de Jordan s'agitaient comme les ailes d'un beau papillon ; il geignait pitoyablement et n'opposa aucune résistance quand ils le découvrirent pour l'éponger. Son corps encore potelé de petit garçon était aussi joliment formé que les traits de son visage, les fesses rondes comme des pommes, les membres fins et bien faits, les pieds et les mains longs et gracieux.

— Maman, gémissait-il. Je veux ma maman.

Les deux hommes se relayaient jour et nuit pour soigner les garçons et négligeaient ou oubliaient tout le reste. Ils prenaient de temps en temps une heure pour aller rapidement chercher de l'eau, s'occuper des chevaux, acheter un médicament ou les quelques légumes frais que vendaient les fermiers sur leur charrette. Mais ils ne pensaient plus aux diamants, n'en parlaient jamais dans la tente surchauffée où la lutte pour la vie se poursuivait, et les concessions du Diable étaient abandonnées et désertes.

En quarante-huit heures, Ralph avait repris conscience ; au bout de trois jours, il s'asseyait tout seul et engloutissait sa nourriture à belles dents ; après six jours, ils ne purent le retenir au lit.

Jordan reprit brièvement le dessus le deuxième jour, redevint lucide et réclama sa mère avec agitation, puis il se souvint qu'elle avait disparu, recommença à pleurer et sombra immédiatement. Sa vie vacillait ; la présence de la mort devenait plus forte sous la tente étouffante et sa puanteur domina finalement l'odeur de la fièvre.

Consumée par la fièvre, la chair de l'enfant fondait, et sa peau avait pris un lustre translucide et nacré ; dans la lumière incertaine du crépuscule et de l'aube, on avait l'impression de voir, au travers, sa délicate structure osseuse.

Jan Cheroot et Zouga le soignaient à tour de rôle, l'un restant de garde pendant que l'autre dormait – ou bien, quand aucun des deux ne pouvait fermer l'œil, ils restaient assis à son chevet et cherchaient un réconfort dans la présence de l'autre, s'efforçant d'oublier leur impuissance face à la mort imminente.

— Il est jeune et fort, se répétaient-ils mutuellement. Il s'en sortira aussi.

Pourtant, jour après jour, Jordan déclinait. Ses pommettes saillaient et ses yeux s'enfonçaient dans de profondes cavités cernées de bleu.

Épuisé par son chagrin, par son sentiment de culpabilité et par une inquiétude vaine, Zouga quittait la tente tous les jours avant le lever du soleil pour être le premier sur la place du Marché – peut-être un colporteur venait-il d'arriver avec des médicaments dans ses caisses, et il y aurait en tout cas des fermiers bœrs avec des choux, des oignons et, si la chance était favorable, quelques tomates rabougries et à moitié vertes, qui toutes seraient vendues une demi-heure après l'aube.

Le matin du dixième jour, Zouga se dépêchait de revenir à la tente ; il s'arrêta quelques instants à l'entrée, fronçant les sourcils avec colère. La statue du faucon avait été traînée hors de la tente et sa base avait laissé un long sillon dans la terre meuble. Elle avait été appuyée sans précaution contre le tronc de l'alhagi squelettique qui donnait une ombre maigre au campement.

Les branches de l'arbre étaient festonnées de rubans noirs de viande de springbok séchée ; y étaient aussi suspendus la sellerie et le harnais de l'attelage, de sorte que la statue semblait faire partie de ce fouillis. Une des poules brunes du campement était perchée sur la tête du faucon et une longue traînée liquide d'excrément maculait la statue.

Le sourcil toujours froncé, Zouga se baissa pour entrer dans la tente. Jan Cheroot était accroupi près du lit de camp de Ralph et tous deux s'absorbaient dans une partie d'osselets, utilisant des cailloux polis d'agate et de quartz pour compter les points.

Jordan était étendu, immobile et pâle, et Zouga sentit une poussée d'angoisse l'envahir. C'est seulement quand il se pencha sur le lit de camp qu'il vit la poitrine de son fils se soulever et s'abaisser en cadence et entendit le faible murmure de sa respiration.

— C'est vous qui avez sorti le faucon ?

Jan Cheroot grogna sans quitter des yeux les cailloux brillants.

— La statue semblait gêner Jordie. Il s'est encore réveillé en pleurant et n'arrêtait pas de crier contre elle.

Zouga ne voulait pas en rester là, mais cela lui parut soudain futile, tant il était fatigué et abattu. Il ramènerait la statue dans la tente plus tard.

— Je n'ai trouvé que quelques patates douces, il n'y avait rien d'autre, marmonna-t-il en prenant son tour de garde au chevet de Jordan.

Jan Cheroot prépara un ragoût avec des haricots secs et du mouton et y ajouta les patates douces bouillies. Le mélange n'était guère appétissant, mais ce soir-là, pour la première fois, Jordan ne détourna pas la tête de la cuillère qu'on lui tendait. Il guérit ensuite avec une rapidité étonnante.

Une seule fois, il posa encore des questions sur Aletta, à un moment où son père et lui se trouvaient seuls dans la tente.

— Est-elle partie au ciel, papa ?

— Oui.

Le ton convaincu de Zouga parut le rassurer.

— Va-t-elle devenir un des anges de Dieu ?

— Oui, Jordie, et elle sera toujours là pour veiller sur toi.

L'enfant médita ces paroles sérieusement puis hocha la tête avec contentement. Le lendemain, Zouga jugea qu'il était assez fort et en laissa la garde à Ralph pendant que Jan Cheroot et lui grimpaient sur le kopje et remontaient la voie nº 6 pour aller inspecter les concessions du Diable.

Tout le matériel – pelles et pioches, seaux et cordes, palans et échelles – avait été volé. Au prix où les colporteurs le vendaient, il en coûterait cent guinées pour le remplacer.

— Nous allons avoir besoin d'hommes, dit Zouga.

— Que ferez-vous quand vous les aurez ? demanda Jan Cheroot.

— Je continuerai à creuser.

— Et ensuite ? interrogea encore le petit Hottentot avec une lueur de malice dans ses yeux sombres et une grimace chafouine. Que ferez-vous ensuite ?

— Je verrai bien, répondit Zouga d'un air mécontent. Nous avons déjà perdu assez de temps comme ça.

— Je suis enchanté que vous ayez fait appel à moi, mon cher, dit Neville Pickering avec un charmant sourire. Je me proposais de toute manière de vous offrir mon aide. Il est toujours un peu difficile pour un bleu de trouver ses marques. (Il toussa avec déférence, et s'empressa d'ajouter :) Non que vous soyez un bleu, mais quoi qu'il en soit...

« Bleu » était un terme généralement réservé à ceux qui, pleins d'espoir, venaient de débarquer du « pays ». Le « pays » était l'Angleterre, même pour les personnes nées dans les colonies.

— Je parie un billet de cinq livres contre une pincée de crotte de girafe que vous connaissez mieux l'Afrique que n'importe lequel d'entre nous.

— J'y suis né, reconnut Zouga ; sur la rivière Zouga, plus au nord, sur le territoire de Khama, ce qui explique mon curieux prénom.

— Bon sang, je n'avais pas fait le rapprochement !

— Ne portez pas cela à mon passif, dit Zouga en

souriant légèrement, mais il savait que beaucoup le feraient.

Il était incomparablement mieux vu d'être né en Angleterre que dans les colonies. C'est pourquoi il avait voulu qu'Aletta effectue la longue traversée avec lui quand il apparut que sa grossesse allait arriver à son terme. Ralph et Jordan étaient nés tous deux dans la même maison du sud de Londres, et arrivés à Bonne-Espérance avant d'être sevrés. Ils étaient nés en Angleterre, c'était le premier cadeau que leur avait fait leur père.

Pickering glissa avec tact sur la remarque. Lui-même n'avait pas à faire état de son lieu de naissance. Il était un gentleman anglais, nul ne pouvait s'y méprendre.

— De nombreux passages de votre livre m'ont fasciné. Je vous apprendrai ce que je sais des diamants si vous répondez à mes questions. Marché conclu ?

Dans les jours qui suivirent, ils se bombardèrent mutuellement de questions. Zouga interrogeait Pickering en détail sur le travail d'extraction et de tri du gravier jaune tandis que celui-ci ramenait sans cesse la conversation sur les régions plus au nord, posant des questions sur les tribus et les filons aurifères, sur les cours d'eau, les montagnes et la faune qui pullulait dans les plaines et les forêts que Zouga avait évoquées de manière si vivante dans *L'Odyssée d'un chasseur*.

Chaque matin, une heure avant l'aube, Zouga rencontrait Pickering sur la voie qui bordait les excavations. Une bouilloire émaillée frémissait sur le feu et ils buvaient du café noir assez fort pour leur teinter les dents pendant qu'autour d'eux se rassemblaient les mineurs noirs à moitié endormis, encore enveloppés dans leur cape de fourrure, la voix assourdie mais musicale, les mouvements raides à cause du froid matinal.

En une centaine d'autres points autour de la mine, les équipes se formaient en attendant le jour. Lorsque les premières lueurs apparaissaient à l'orient, comme des colonnes de fourmis, les hommes descendaient en masse dans les excavations, le long des chemins de planches et des échelles de corde, et se répartissaient sur l'échiquier formé par les concessions. Le brouhaha augmentait – le chant des indigènes, le grincement des cordes, les cris impérieux des contremaîtres blancs, puis le fracas des seaux de gravier jaune déversé dans les charrettes qui attendaient sur les voies de desserte.

Pickering exploitait quatre concessions qu'il détenait en association.

— Mon associé est au Cap. Dieu seul sait quand il sera de retour. (Il haussa les épaules avec cet air apparemment indulgent qu'il cultivait.) Vous ferez sa connaissance un de ces jours. Ce sera une expérience... mémorable, mais pas forcément agréable.

Zouga s'amusait de voir comment Pickering s'ingéniait à conserver son élégance de dandy, comment il parvenait à parcourir la voie n° 6 sans que la poussière ne ternisse le cuir ciré de ses bottes, à escalader les échelles de corde sans que la sueur ne tache sa chemise ou à échanger des coups avec un prospecteur qui empiétait sur ses concessions sans froisser sa veste. Sa démarche désinvolte le portait si vite d'une extrémité à l'autre de la mine que Zouga devait allonger le pas pour le suivre.

Ses quatre concessions n'étaient pas contiguës, et Pickering faisait le va-et-vient entre elles pour coordonner les travaux ou déplacer une équipe vers un chantier où la besogne avait pris du retard.

Il apparaissait à brûle-pourpoint sur le chemin pour surveiller le chargement d'une charrette, puis, aussi soudainement, près de la concession clôturée, derrière la place du Marché, où les manœuvres noirs balançaient les berceaux de gravier.

Perchés sur leurs pieds à bascule, les berceaux à diamants étaient des versions géantes des berceaux de bébé dont ils avaient emprunté le nom. Deux hommes, un de chaque côté, leur imprimaient sans difficulté un mouvement de bascule, tandis qu'à l'aide d'une pelle, un troisième prenait le gravier dans le tas laissé par la charrette et le versait sur le crible du berceau, un grillage avec des ouvertures de cinq centimètres de côté.

Avec le balancement du berceau, le gravier allait et venait sur la grille. Tandis que le matériau le plus fin tombait sur le second crible, les cailloux les plus gros roulaient sous l'œil attentif des deux ouvriers qui guettaient l'éclat improbable d'un diamant trop volumineux pour passer à travers le tamis.

Un diamant d'une section supérieure à cinq centimètres eût fait la fortune du prospecteur ; c'était le « mahousse » dont rêvaient les chercheurs, la pierre de plus de cent carats.

Le second crible était beaucoup plus fin, avec des trous d'un centimètre et demi, et lorsque le berceau l'agitait, il s'en échappait en fumée une poussière jaune. Le troisième, encore plus fin, ne laissait passer au rebut que les résidus sans valeur, les matériaux plus petits que des cristaux de sucre raffiné.

Le gravier resté sur le troisième crible était recueilli avec un soin révérencieux et lavé dans un baquet rempli de cette eau si précieuse, transportée depuis la rivière Vaal, à cinquante kilomètres de là.

On le lavait dans un crible circulaire du même maillage que le troisième tamis du berceau, le plus fin. Le manœuvre l'agitait et le plongeait dans le baquet, les bras couverts de boue jusqu'aux coudes. Finalement, le contenu du crible, débarrassé de la boue, était répandu sur la surface métallique plane de la table de tri, et les trieurs commençaient à faire leur travail avec leurs grattoirs à lame de bois.

A cette dernière tâche, les femmes étaient de loin les meilleures ; elles avaient la patience, la dextérité et le coup d'œil pour reconnaître la texture et la couleur recherchées. Les prospecteurs mariés mettaient leur femme et leurs filles à la table de tri dès que la lumière matinale était assez forte, et jusqu'à la tombée du jour.

Pickering n'avait pas la chance d'avoir des femmes à ses tables de tri, mais il avait soigneusement formé les Africains dont il disposait, sans pourtant leur accorder sa confiance.

— Vous ne croiriez jamais ce qu'ils sont capables de faire pour essayer de détourner une belle pierre, dit-il. Il m'arrive de sourire en pensant à la réaction de la duchesse si elle savait que le diamant qu'elle a autour du cou a été retrouvé caché dans le derrière d'un grand Basouto. (Il pouffa de rire.) Venez, je vais vous montrer ce que vous devez chercher.

Le contremaître de la table de tri, un petit Noir sec et nerveux, affichait son statut en arborant ses plus beaux atours européens, gilet brodé et chapeau melon, mais il était pieds nus et portait sa corne à priser suspendue au lobe percé de son oreille. Il libéra gaiement son siège, Pickering prit le grattoir et commença à examiner le gravier, prenant plusieurs cailloux à la fois.

— Là ! grogna-t-il soudain. Votre premier diamant brut, mon vieux ! Regardez-le bien, et espérons que ce ne sera pas le dernier.

Zouga était surpris. Ce n'était pas ce qu'il avait espéré, et sa surprise fit rapidement place à la déception. C'était un petit caillou terne, pas plus gros qu'une des chiques qui pullulaient dans la poussière rouge du camp.

Il lui manquait le feu et l'éclat auxquels Zouga s'attendait, et la pierre était d'un jaune passé, peut-être couleur champagne mais sans l'étincelle.

— Vous êtes sûr ? demanda-t-il. Je ne trouve pas qu'il ait l'air d'un diamant. Comment pouvez-vous affirmer que c'en est un ?

— C'est un éclat, probablement un morceau d'une pierre plus grosse. Il doit faire dans les dix points, c'est-à-dire un dixième de carat, et nous aurons de la chance si nous en tirons cinq shillings, mais il paiera la semaine de salaire d'un de mes ouvriers.

— Comment faites-vous la différence entre cette pierre et celles-là ? demanda Zouga en montrant le monticule de gravier au centre de la table, encore humide du lavage, miroitant d'un millier de nuances différentes de rouge et d'or, d'anthracite et de rose chair, la palette de couleurs tapageuses déployée par le gravier diamantifère.

— C'est son mœlleux, expliqua Pickering, sa texture est celle du savon. Votre œil ne tardera pas à la reconnaître. Ne vous souciez pas de la couleur, cherchez le mœlleux.

Il prit la pierre avec une fine pince en bois, la fit tourner au soleil et reprit :

— Un diamant n'absorbe pas l'eau, il la repousse, de sorte qu'il se détache sur du gravier mouillé, et la différence, c'est cette texture pareille à celle du savon.

Pickering tendit la pierre à Zouga.

— Tenez, je vous l'offre, c'est votre premier diamant.

Ils chassaient depuis près de dix jours et s'étaient éloignés petit à petit vers le nord.

A deux reprises, ils avaient vu des proies. Mais à chaque fois, les petits groupes d'animaux s'étaient dispersés à la première approche.

Zouga commençait à désespérer. Ses concessions étaient laissées à l'abandon, le niveau des concessions voisines devait baisser rapidement, ce qui rendrait le travail plus difficile et augmentait chaque jour le risque d'éboulement. Les deux concessions du Diable avaient déjà tué cinq hommes, Jock Danby l'avait averti.

Il était allongé à plat ventre sur un petit kopje rocheux, à quatre-vingts kilomètres au nord de la rivière Vaal, à cent trente kilomètres du kopje Colesberg, et il ne savait trop quand la chasse finirait.

Jan Cheroot et les deux garçons étaient un peu plus bas sur la pente, avec les chevaux qu'ils gardaient dans un ravin peu profond envahi de buissons d'épines. La voix aiguë de Jordan parvint à Zouga, mêlée aux cris des oiseaux qui décrivaient des cercles. Il baissa ses jumelles pour se reposer les yeux et écouter la voix de son fils.

Il avait hésité à l'entraîner dans cette rude randonnée, surtout si peu de temps après son accès de fièvre, mais il n'avait pas le choix, ne disposant d'aucun endroit sûr où le laisser. Une fois encore, la résistance de Jordan avait démenti son apparence délicate. Il avait chevauché dur sans se laisser distancer par son frère, tout en reprenant le poids que la fièvre lui avait fait perdre et, dans les derniers jours, la pâleur mortelle de sa peau avait laissé place à un teint de pêche.

Penser à Jordan avait ramené Zouga à Aletta, souvenir toujours si mêlé de chagrin et de culpabilité qu'il ne put le supporter, releva ses jumelles et balaya la vaste plaine du regard pour chercher une distraction. Il la trouva avec soulagement.

Il y avait un mouvement inhabituel, au loin. Zouga

repéra un troupeau d'une centaine de gnous, le « bétail sauvage » des Bœrs. Ces animaux disgracieux au triste nez aquilin et à la barbe maigre étaient les clowns du veld. Ils se donnaient mutuellement la chasse en tournant en rond, nez au sol, et en lançant des coups de sabot vers le ciel, puis, brusquement, ils cessaient ces cabrioles extravagantes et restaient immobiles à se regarder en grognant, les yeux hagards et l'air stupéfait.

Au-delà, Zouga aperçut le vacillement d'un autre mouvement, jusque-là caché par la poussière que soulevaient les sabots des gnous. Il mit soigneusement au point ses jumelles et le mirage apparut à son regard, transformant le mouvement en un tortillement serpentin qui semblait flotter au-dessus de la plaine, sur un lac à la surface argentée.

« Des autruches ! » pensa-t-il, écœuré. Les formes paraissaient frétiller au loin comme de longs têtards noirs dans l'eau tremblotante du mirage. Les oiseaux semblaient flotter au-dessus du sol et surgir comme par enchantement dans l'air surchauffé de la plaine. Zouga essaya de les compter mais ils effectuèrent un mouvement et s'agglomérèrent en une masse sombre vacillante au-dessus de laquelle leurs dos empanachés dansaient.

Zouga s'assit soudain, baissa ses jumelles pour en essuyer les lentilles avec son foulard de soie, et les releva rapidement. Les formes grotesques s'étaient dissociées, les contours des corps devenant plus précis, et les jambes démesurées avaient pris des proportions normales.

— Des hommes ! murmura Zouga, et il les dénombra aussi impatiemment qu'il avait dénombré les gros éléphants mâles la première fois qu'il en avait vu.

Il en avait compté onze quand une nouvelle couche

d'air chaud vint s'interposer et transformer de nouveau les formes humaines en monstres grotesques et tremblotants.

Zouga mit ses jumelles en bandoulière et descendit la pente, les éboulis roulant sous ses bottes. Jan Cheroot et les garçons étaient allongés au fond du ravin sur leurs tapis de selle, celle-ci leur servant d'appui-tête.

— Il y a là-bas une bonne troupe d'hommes, annonça-t-il à Jan Cheroot.

Il se pencha, tira la courte carabine Martini-Henry du fourreau de cuir accroché à la selle de Ralph, releva le bloc de culasse et s'assura que l'arme était vide.

— Nous ne chassons pas des springboks. Ne charge pas avant que Jan Cheroot ou moi ne te le disions, ordonna-t-il avec fermeté.

Jordan était encore trop petit pour manier le lourd fusil, mais il montait assez bien pour effectuer le mouvement d'encerclement par lequel ils allaient essayer de refermer la nasse.

— N'oublie pas, Jordie, de rester assez près de Jan Cheroot pour entendre ce qu'il te dit, lui lança Zouga en regardant le soleil.

Il était largement plus de midi ; ils devaient se mettre en marche rapidement, car s'ils ne réussissaient pas à encercler la petite troupe du premier coup et à prendre les indigènes par surprise, il leur faudrait alors beaucoup de temps pour les pister individuellement. Les tentatives de ce genre étaient toujours interrompues par le brusque coucher du soleil africain.

— En selle, ordonna Zouga, et tous sautèrent sur leur monture.

Lui-même prit le hongre bai et lança un regard sévère à Ralph.

— Suis bien mes consignes ou je te chauffe les oreilles.

Il tira sur la bride et dirigea le cheval vers le bas du ravin tandis que derrière lui Ralph, rouge d'excitation, souriait à Jan Cheroot avec des airs de conspirateur. Le petit Hottentot lui fit un rapide clin d'œil mais son visage plat et ridé d'Oriental resta impassible.

Zouga avait soigneusement choisi le kopje ; un ravin en partait en serpentant à travers la plaine selon une direction à peu près est-ouest. Il le suivait à présent en se tassant sur sa selle afin que sa tête ne dépasse par le niveau du sol et en retenant son cheval pour qu'il marche sans soulever de poussière.

Après huit cents mètres, il ôta son chapeau à large bord, se dressa avec précaution sur ses étriers, jeta un rapide coup d'œil vers le nord puis baissa la tête immédiatement.

— Gardez Jordie près de vous, avertit Zouga en s'adressant à Jan Cheroot.

Dans un craquement de selle, il tourna bride dans l'étroit ravin, puis repartit au trot jusqu'au milieu de leur ligne d'attente où il fit halte en contenant avec peine son impatience, jetant sans cesse des coups d'œil au soleil qui déclinait.

L'occasion ne se représenterait probablement pas avant plusieurs jours, et chaque jour était vital pour ses concessions laissées à l'abandon. Zouga tira d'un coup sec le fusil du fourreau de cuir suspendu près de son genou, prit une cartouche dans la cartouchière passée autour de sa taille et la glissa dans la culasse. Puis il replaça le fusil chargé dans son fourreau. C'était par pure précaution, mais il n'avait aucun moyen de savoir quelle sorte d'hommes étaient ceux qui approchaient.

Même si leurs intentions étaient pacifiques et leur dessein identique au sien, ils étaient certainement armés et sur leurs gardes, au point d'éviter la route du Nord et de couper à travers le veld. Ils avançaient en troupe pour mieux se défendre, et Zouga savait qu'ils avaient dû être harcelés souvent en cours de route, par des Noirs et par des Blancs : les premiers pour essayer de les voler et de les dépouiller de leurs maigres possessions, les seconds pour quelque chose d'infiniment plus précieux, le droit de les faire embaucher par le plus offrant.

Le jour où Zouga avait remercié Neville Pickering pour ses leçons particulières et commencé à se préparer à exploiter les concessions du Diable pour son propre compte, il s'était heurté au problème auquel était déjà en proie le sud de l'Afrique.

Seuls les Noirs supportaient les conditions de travail dans les mines. Eux seuls acceptaient ce salaire qui rendait l'exploitation profitable, et pourtant ce salaire de misère restait dix fois supérieur à celui que les fermiers bœrs des républiques de l'intérieur pouvaient payer.

Les mines de diamants avaient drainé toute la main-d'œuvre à mille kilomètres à la ronde, et cela déplaisait aux Bœrs aussi fortement que le nid d'aventuriers qu'elles avaient attiré.

Les diamants avaient entraîné un bouleversement dans le mode de vie traditionnel des Bœrs. Non seulement les prospecteurs menaçaient leur approvisionnement en main-d'œuvre à bon marché, en conséquence de quoi un fermier laborieux et économe arrivait tout juste à vivoter avec sa famille sur cette terre sauvage, mais ils faisaient aussi autre chose qui, aux yeux des Bœrs, était impardonnable, allait à l'encontre de leurs convictions les plus profondes et menaçait leur vie même.

Les chercheurs de diamants payaient leur main-d'œuvre locale en armes à feu.

Les Bœrs avaient combattu les indigènes à Bloodriver et à Mosega ; mille fois, ils avaient formé le carré avec leurs chars à bœufs en attendant l'aube menaçante, moment habituel des attaques. Ils avaient vu la fumée s'élever de leur ferme et de leurs champs incendiés ; en commando, ils étaient partis à cheval sur les traces de leur bétail volé et avaient enterré les cadavres de leurs enfants vidés de leur sang par les terribles blessures que laissaient les sagaies. Ils les avaient enterrés à Weenen – le Pays des Larmes – et dans d'autres cimetières maudits et abandonnés.

D'instinct, ils s'opposaient à ce que les Noirs soient payés avec des armes à feu ; cela bafouait leurs lois et insultait la mémoire de leurs héros.

Pour toutes ces raisons, des commandos venus des petites républiques bœrs sillonnaient le pays et patrouillaient sur les routes du Nord afin d'essayer d'empêcher les indigènes d'atteindre les mines et de les pousser à travailler la terre.

Cinq shillings par semaine et un mousquet à l'échéance d'un contrat de trois ans constituaient cependant un attrait suffisant pour amener les indigènes à parcourir des centaines de kilomètres à pied, à braver les commandos et les innombrables dangers, pour atteindre les mines.

Ils arrivaient par centaines, mais n'étaient pas encore assez nombreux pour alimenter les puits. Zouga et Jan Cheroot avaient arpenté en vain les chantiers : tous les Noirs étaient déjà sous contrat et jalousement surveillés par leurs employeurs.

« Nous allons offrir sept shillings et six pence par semaine », avait annoncé Zouga à Jan Cheroot.

Le même jour, ils embauchèrent cinq hommes à ce salaire supérieur, et le lendemain, ils étaient une douzaine de déserteurs à attendre devant le campement de Zouga, impatients de commencer.

Avant qu'il ait pu leur faire signer un contrat, Neville Pickering était arrivé de son pas nonchalant.

« Visite officielle, mon vieux, avait-il chuchoté en matière d'excuse. En tant que membre du sympathique Comité des prospecteurs, je dois vous avertir que le salaire hebdomadaire est de cinq shillings et non de sept shillings et six pence. »

Lorsque Zouga avait ouvert la bouche pour protester, Pickering avait souri tranquillement et levé la main.

« Non, major. Je suis désolé. C'est cinq shillings et pas un penny de plus. »

Zouga n'avait d'ores et déjà aucun doute sur les pouvoirs considérables du Comité des prospecteurs. Pour faire respecter ses décrets, ce corps élu émettait d'abord un avertissement, puis recourait à la force, en l'espèce, une solide correction ; enfin, toute la communauté des prospecteurs passait à l'attaque en bonne et due forme, ce qui pouvait se terminer par l'incendie des biens du contrevenant ou même son lynchage.

« En ce cas, comment dois-je faire pour réunir une équipe ? avait demandé Zouga.

— Ce que nous faisons tous : allez chercher des gars à l'extérieur avant qu'un autre prospecteur ou les Bœrs aient mis la main dessus.

— J'ai bien l'impression qu'il va me falloir remonter jusqu'à la rivière Shashi, avait commenté Zouga d'un ton sarcastique.

— C'est fort possible », avait reconnu Pickering.

Zouga sourit par-devers lui au souvenir de sa première leçon sur les conflits entre prospecteurs, puis il arrangea son chapeau et rassembla les rênes de son cheval.

— Très bien, murmura-t-il, allons recruter.

Il enfonça ses talons dans les flancs du hongre et remonta le bord du ravin sur la plaine ouverte.

Les indigènes étaient à cinq cents mètres devant ; il en dénombra rapidement seize. S'il arrivait à les avoir tous, il pourrait rentrer au kopje Colesberg le lendemain à l'aube. Seize hommes suffisaient à exploiter les concessions du Diable et, à ce moment-là, ils avaient pour Zouga autant de valeur qu'un diamant de cinquante carats. Ils avançaient rapidement en file indienne, au trot typique des guerriers zoulous, et n'étaient accompagnés ni de femmes ni d'enfants.

— Excellent, grogna Zouga tandis que le hongre accélérait l'allure.

Il le ramena au petit galop en jetant un coup d'œil vers la droite. Jan Cheroot fonçait à travers la plaine, suivi par Jordan, cinquante pas derrière, dans un nuage de poussière. A cette distance, Jordan n'avait pas l'air d'un gamin et ils faisaient l'effet de deux cavaliers en armes. Jan Cheroot effectuait un large mouvement tournant pour essayer de prendre la petite troupe à revers afin de les bloquer avant qu'ils ne se dispersent, de les arrêter assez longtemps pour que lui-même arrive à portée de voix.

Zouga regarda à gauche et fit la grimace en voyant que Ralph filait au grand galop, penché sur le cou de son cheval et brandissant sa Martini-Henry. Il espéra qu'elle était encore vide, regretta de ne pas avoir ordonné à Ralph de cacher son arme et pourtant, même en cet instant de colère, ressentit un petit pincement de fierté en regardant chevaucher son fils ; il semblait né en selle.

Zouga ralentit encore son cheval et l'amena au trot afin de rendre son approche moins impressionnante et de laisser le temps aux indigènes de refermer le cercle. Il savait qu'ils les prendraient pour un commando armé et leur prêteraient des intentions hostiles ; il tenta donc de démentir cette impression en agitant son chapeau au-dessus de sa tête.

Puis, soudain, Jan Cheroot serra la bride à son cheval et fit signe à Jordan de l'imiter. Ils étaient passés derrière la petite troupe et, de l'autre côté du large cercle, Ralph faisait pirouetter et se cabrer sa pouliche qui agitait sa crinière théâtralement.

Au centre, les indigènes avaient réagi rapidement et de manière concertée, comme des combattants aguerris.

Ils s'étaient débarrassés de leur natte roulée, de leur marmite et de leur sac de cuir à céréales qu'ils portaient sur la tête et avaient formé un cercle défensif, épaule contre épaule, chaque bouclier de guerre recouvrant partiellement le suivant, tandis qu'au-dessus la pointe d'acier de leur sagaie dardait des piqûres d'épingle de soleil.

Ils ne portaient pas tous les insignes de leur régiment : pagnes en queues de singe, capes en peau de renard du désert, hautes coiffes en plumes d'autruche et de veuve. Ils voyageaient uniquement avec leurs armes, mais les boucliers qu'ils présentaient aux cavaliers et le reflet de l'acier révélaient à Zouga tout ce qu'il voulait savoir. Les boucliers donnaient son nom à la tribu, les Matabélés – le peuple aux longs boucliers.

Les quelques hommes qui restaient impassibles au soleil et regardaient Zouga approcher sur sa monture étaient les meilleurs guerriers que l'Afrique ait jamais produits. Ils se trouvaient cependant à près de huit cents kilomètres des frontières du Matabeleland.

« Je cherchais une compagnie de perdrix, se dit Zouga en souriant, et je tombe sur une couvée d'aigles. »

A cent mètres du cercle des boucliers, il serra la bride à son cheval, mais celui-ci, sensible à la tension ambiante, donna des signes d'impatience.

Les longs boucliers étaient faits de peaux de bœuf pommelées noir et blanc, et chaque régiment de Matabélés en portait un différent.

Zouga savait que le noir et le blanc étaient les couleurs du régiment des Inyati, les Buffles, et il fut envahi par une bouffée de nostalgie.

L'induna qui commandait naguère les Inyati avait été un ami, ils avaient traversé ensemble les plaines couvertes de mimosas du pays matabélé, chassé ensemble et partagé le confort rudimentaire des mêmes feux de camp. Tout cela était bien loin et remontait à sa première expédition à travers la région qui s'étend au sud du Zambèze, mais le souvenir en était si vivant en cet instant qu'il fallut à Zouga faire un effort de volonté pour le chasser de son esprit.

Il leva la main droite, doigts tendus dans le geste universel de la bienveillance.

— Guerriers du Matabélé, je vous vois [1], cria-t-il dans leur langue, qu'il parlait couramment et dont les mots lui revenaient aisément.

Il perçut derrière les boucliers le petit mouvement qui accueillait ses paroles.

— Jordan ! appela Zouga.

Décrivant un demi-cercle, son fils vint ranger son cheval à son côté ; la différence de taille entre l'homme et l'enfant était à présent apparente.

— Voyez, guerriers du roi Lobengula, mon fils chevauche avec moi.

Aucun homme n'amenait ses enfants à la guerre. Le cercle des boucliers s'abaissa de quelques centimètres, si bien que Zouga put voir les yeux noirs et attentifs des hommes qui se trouvaient derrière, mais quand il poussa le hongre quelques pas en avant, les boucliers remontèrent immédiatement en un geste défensif.

1. Expression de respect. *(N.d.T.)*

— Comment va Gandang, induna des Inyati, Gandang qui est comme mon frère ? cria encore Zouga sur un ton persuasif.

En entendant ce nom, un des guerriers ne put se contenir, il écarta son bouclier et sortit du cercle des sagaies.

— Qui se dit le frère de Gandang ? demanda-t-il d'une voix claire et ferme, jeune, mais dont le timbre et l'inflexion marquaient l'habitude de l'autorité.

— Je suis Bakela, le Poing, répondit Zouga en donnant son nom matabélé, et il se rendit compte que le guerrier qui lui faisait face était encore tout jeune, à peine plus âgé que Ralph.

Il était mince et droit, étroit de hanches, les épaules et les bras musclés par les jeux de la guerre. Zouga devina qu'il avait vraisemblablement déjà tué un homme, lavé sa lance dans le sang.

Il s'avançait à présent en terrain découvert en direction de Zouga avec une démarche souple, les jambes longues et bien faites sous son court pagne de cuir.

— Bakela, dit-il en s'arrêtant à une douzaine de pas de la tête du hongre. Bakela. (Sur son large et beau visage de Ngoni, son sourire découvrit des dents blanches et régulières.) J'ai connu ce nom en même temps que le lait de ma mère, car je suis Bazo, la Hache, fils de ce même Gandang que tu appelles ton frère et qui se souvient de toi comme d'un vieux et fidèle ami. Je te reconnais à la cicatrice de ta joue et à l'or de ta barbe. Je te salue, Bakela.

Zouga sauta de son cheval en laissant le fusil dans le fourreau de la selle et, avec un large sourire, vint serrer les bras de l'adolescent en un salut affectueux.

Puis, les poings sur les hanches, toujours souriant, il se tourna vers Ralph et lui cria :

— Va voir si tu peux tirer un springbok ou, mieux,

un gnou. Il va nous falloir beaucoup de viande pour ce soir.

Ralph laissa échapper un cri de joie et excita la jument avec ses talons ; elle se cabra de nouveau puis partit à toute allure, crinière au vent, martelant le sol de ses sabots. Sans avoir besoin qu'on le lui ordonne, Jan Cheroot secoua sa haridelle et suivit au petit galop.

Les deux cavaliers revinrent au crépuscule ; la chasse avait été bonne. Ils avaient trouvé du gibier rare, un éland mâle, si vieux que son cou et ses épaules étaient devenus bleus avec l'âge et que sa peau flasque et pendante balayait presque le sol entre ses épaisses pattes de devant.

Il était aussi gros qu'un taureau primé, le poitrail rond comme une barrique de cognac en chêne, et Zouga estima qu'il devait presque atteindre la tonne, car il était gras et son poil luisant. Sa poitrine devait contenir un plein baquet de lard blanc et il devait y avoir d'épaisses couches de graisse jaune sous la peau brillante. C'était bel et bien un animal exceptionnel et les Matabélés tambourinèrent avec leurs sagaies sur leurs boucliers de peau et crièrent de joie en le voyant.

L'éland grogna en entendant le tumulte et se lança dans un galop pesant pour essayer de s'échapper, mais Ralph lança la jument pour le détourner et, en l'espace d'une centaine de mètres, l'animal passait du galop à un petit trot essoufflé et se laissait reconduire vers le groupe des hommes qui attendaient.

Ralph tira la bride de sa jument, lâcha les étriers et, souple comme un chat, sauta à terre en épaulant sa carabine, faisant feu au même instant.

L'animal tressaillit sous le choc, cligna convulsivement ses grands yeux brillants au moment où la balle heurtait son crâne et s'effondra avec un bruit mat qui sembla faire trembler la terre.

Les Matabélés se précipitèrent sur l'énorme carcasse comme une meute de chiens sauvages et, utilisant la lame affûtée de leurs sagaies comme un couteau de boucher, entreprirent d'extraire les bons morceaux : les tripes, le foie, le cœur et la graisse blanche.

Les Matabélés se gavaient de viande d'éland, après avoir fait griller sur les braises les tripes, les morceaux de foie et de cœur embrochés sur des rameaux de mimosa dépouillés de leur écorce, et la graisse fondait en grésillant par-dessus les couches de viande.

— Nous n'avons tué aucun gibier depuis que nous avons quitté les forêts, dit Bazo pour expliquer leur appétit vorace. (Les troupeaux de springboks pullulaient dans le désert, mais il était difficile de les chasser à pied, armé seulement d'une sagaie.) Sans viande, le ventre d'un homme est comme un tambour de guerre, plein de bruit et de vent.

— Vous êtes loin de votre pays, admit Zouga. Aucun Matabélé n'est descendu aussi bas vers le sud depuis que le vieux roi a conduit la tribu au nord du Limpopo, et en ce temps-là, même Gandang, ton père, était un enfant.

— Nous sommes les premiers à faire le voyage, reconnut fièrement Bazo. Nous sommes le fer de lance.

Les guerriers qui étaient autour du feu levèrent les yeux avec la même expression de fierté. Tous étaient jeunes, les plus âgés n'avaient que quelques années de plus que Bazo et aucun n'avait encore vingt ans.

— Où ce long voyage vous mène-t-il ? demanda Zouga.

— Au sud, vers un endroit merveilleux d'où l'on revient avec de grands trésors.

— Quel genre de trésors ?

— Ceux-là. (Bazo traversa le cercle jusqu'à Ralph, adossé contre sa selle, et toucha la crosse de bois poli de la Martini-Henry qui dépassait de son fourreau.) *Isibamu*, précisa-t-il, des fusils.

— Des fusils ? Un *indoda*[1] matabélé avec un fusil ? demanda Zouga d'un ton légèrement moqueur. La sagaie n'est-elle pas l'arme du guerrier véritable ?

Bazo parut quelques instants mal à l'aise puis retrouva son aplomb.

— Les anciennes façons de faire ne sont pas toujours les meilleures, affirma-t-il. Les anciens nous disent qu'elles le sont afin que les jeunes les croient sages.

Les Matabélés qui faisaient cercle autour du feu hochèrent la tête et émirent des petits grognements d'approbation. Bien que le plus jeune du groupe, Bazo était de toute évidence leur chef. Fils de Gandang, il était par conséquent neveu du roi Lobengula et petit-fils du vieux roi Mosélékatsé lui-même. Sa noble naissance lui assurait la préférence, mais manifestement il était aussi vif et intelligent.

— Pour obtenir les fusils que vous convoitez, il faut travailler dur dans un trou profond creusé dans la terre, dit Zouga. Avant de recevoir un fusil en paiement, il faut perdre sa sueur à pleines calebasses, chaque jour, pendant trois ans.

— Nous avons entendu dire tout ça, acquiesça Bazo.

— A la fin de ces trois ans, chacun de vous recevra un beau fusil. Moi, Bakela, le Poing, je vous en donne ma parole.

---

1. Guerrier.

C'était une coutume à la mine, un rite d'initiation : quand un groupe d'indigènes arrivait au kopje Colesberg, les travailleurs noirs déjà installés s'alignaient de chaque côté de la piste, la plupart vêtus de vieilles nippes européennes comme témoignage de leur caractère évolué, et conspuaient leurs frères nouveaux venus.

— Regardez ! Les babouins sont descendus des collines.

— Non ! Les babouins sont astucieux, ça ne peut pas être des babouins.

Et ils les bombardaient de détritus aussi bien que d'insultes.

Bazo et les siens étaient les premiers Matabélés à arriver à la mine. La langue matabélée est presque identique à celle du Zoulouland et très proche du xhosa méridional. Aucune des plaisanteries n'échappait à Bazo et, calmement mais d'un air sinistre, il donna un ordre à sa petite troupe.

Ses hommes lâchèrent leur natte et les longs boucliers s'entrechoquèrent, les larges sagaies mises à nu étincelèrent au soleil. Les sarcasmes et les rires moqueurs se turent instantanément et firent place à des expressions de consternation.

— *Manje !* Maintenant ! siffla Bazo.

Le cercle des boucliers se déploya brusquement et, prise de panique, la foule s'enfuit en désordre.

Monté sur son hongre, Zouga était aux premières loges et ne se faisait aucune illusion quant au danger représenté par cette charge. Si elle se déchaînait, même une troupe si réduite d'*amadoda* matabélés pouvait plonger le camp dans le chaos et faire de terribles ravages parmi les travailleurs noirs désarmés.

— Bazo ! *Kawulisa !* Arrête-les ! rugit-il en éperonnant son cheval à travers le front meurtrier de pointes d'acier et de boucliers de cuir.

Les persécuteurs d'antan couraient en regardant derrière eux, hurlant de terreur, les yeux écarquillés. Dans la bousculade, ils trébuchaient les uns sur les autres et ceux qui étaient tombés rampaient dans la poussière. Dans sa course, un Noir corpulent, vêtu d'un pantalon de coutil sale bien trop petit pour lui et d'une redingote bien trop grande, heurta de plein fouet l'une des baraques qui longeaient la piste. La cloison de toile se déchira d'un seul coup, le toit de chaume s'écroula sur le fugitif et le recouvrit complètement d'herbe séchée, ce qui lui sauva sans doute la vie car la pointe de la sagaie matabélée ne se trouvait plus qu'à quelques centimètres de son pantalon au moment où la cahute s'effondra.

Bazo souffla une seule fois dans le sifflet de corne suspendu à son cou par un lacet et ses hommes s'immobilisèrent. La charge s'arrêta net et, tout sourire, les Matabélés revinrent au petit trot là où ils avaient laissé tomber leur maigre bagage. Tandis qu'ils reformaient les rangs, Bazo entonna le premier couplet du champ de guerre des Inyati de sa voix haute et sonore :

Voyez les boucliers de guerre noirs à minuit,
blancs comme des nuages d'orage à midi...

Et les hommes qui le suivaient reprirent en chœur :

Noirs comme le buffle des Inyati,
blancs comme les aigrettes qu'il porte sur le dos.

L'entrée de la petite troupe de guerriers sur le Colesberg se transforma en défilé triomphal. Chevauchant à leur tête, Zouga avait l'impression d'être un empereur romain.

Cependant, aucun des jeunes guerriers n'avait encore manié la pioche ou la pelle. Jan Cheroot dut leur montrer comment les tenir, comment placer leurs doigts convenablement sur le manche tout en marmonnant avec dédain face à une telle ignorance. Ils saisirent toutefois le tour de main en quelques minutes et leurs muscles d'un noir velouté, forgés à la guerre et à l'exercice, ayant changé les vulgaires outils en armes mortelles, ils attaquèrent la terre jaune comme si elle était une ennemie jurée.

Mis en présence d'une brouette pour la première fois, deux d'entre eux la soulevèrent et s'éloignèrent avec son contenu. Quand Ralph leur montra comment se servir de l'engin, ils témoignèrent d'un étonnement et d'un plaisir enfantins, et Bazo leur dit d'un ton satisfait :

— Ne vous avais-je pas promis mille merveilles ?

C'étaient des jeunes gens très disciplinés, habitués depuis leur enfance aux contraintes strictes de la vie familiale dans les kraals, puis, à partir de la puberté, à l'entraînement et au travail d'équipe des régiments.

Il régnait aussi entre eux un féroce esprit de compétition, et ils se plaisaient en toute occasion à mesurer leur force ou leur habileté à celle de leurs camarades.

Au fait de tout cela, Zouga les répartit en quatre équipes de quatre hommes, chacune portant un nom d'oiseau – les Grues, les Faucons, les Pies-Grièches et les Khoraans. L'équipe qui sortait le plus de gravier avait le droit de porter dans les cheveux les plumes de son oiseau emblématique et recevait une double ration de viande, de bouillie de maïs et de *twala*, la bière africaine à base de mil fermenté. Les jeunes guerriers avaient fait un jeu de leur travail.

Certaines mises au point mineures s'avérèrent nécessaires. Les Matabélés étaient des bouviers dont la vie entière consistait à élever, protéger et agrandir leurs troupeaux, même si cette dernière tâche se faisait aux dépens de leurs voisins moins belliqueux. Le bœuf et le *maas*, le lait fermenté dans des calebasses des Ngonis, formaient leur nourriture de base.

Le bœuf coûtait très cher à la mine, et c'est avec une répugnance manifeste qu'ils goûtèrent au mouton gras et filandreux que Zouga leur fournissait. Cependant, un rude travail physique creuse l'appétit, et après quelques jours, ils s'étaient habitués à leur nouveau régime, si ce n'est avec plaisir, du moins sans se plaindre.

Dans le même temps, le travail avait été réparti et chaque équipe faisait l'apprentissage de sa tâche.

Rien ne put décider Jan Cheroot à descendre au fond des puits.

— *Ek is nie 'n meerkat nie*, dit-il à Zouga avec condescendance, revenant pour l'occasion au mauvais hollandais du Cap. Je ne suis pas une mangouste et ne vis pas dans un terrier.

Zouga avait besoin d'un homme de confiance pour surveiller les tables de tri, et cette fonction revint à Jan Cheroot. Il était accroupi comme une idole jaune au-dessus des tas miroitants de gravier lavé, la forme triangulaire de son visage accentuée par sa barbichette, ses pommettes saillantes d'Oriental et ses yeux bridés entourés d'un réseau de petites rides.

Il ne tarda pas à reconnaître l'éclat mœlleux des pierres précieuses au milieu des rebuts, mais quelqu'un avait le regard encore plus aiguisé. Traditionnellement, les femmes étaient les meilleures trieuses, mais le petit

Jordan fit preuve d'un talent troublant pour repérer les diamants, quelles qu'en soient la taille et la couleur.

C'est lui qui découvrit la première pierre lors du premier passage au crible. Elle était minuscule, ne pesait que vingt points, un cinquième de carat, et avait la couleur du cognac foncé, de sorte que Zouga douta de sa qualité. Mais quand il la montra à l'un des acheteurs du camp, elle s'avéra un diamant et l'homme lui en offrit trois shillings.

Après cela, personne ne mit en doute le jugement de Jordan, et on lui demandait même son avis sur les pierres douteuses. Une semaine après, il était devenu le premier trieur des concessions du Diable.

Il s'asseyait à la table basse en face de Jan Cheroot. Presque aussi grand que lui, se protégeant du soleil avec un énorme sombrero de feuilles de maïs tressées, il triait le gravier comme si c'était un jeu dont il ne se lasserait jamais. Il rivalisait avec Jan Cheroot, signalait chacune de ses découvertes par un cri aigu et ses jolies petites mains volaient sur le gravier comme celles d'un pianiste sur le clavier.

Zouga avait trouvé quelqu'un pour donner des leçons à Ralph et Jordan. C'était l'épouse du pasteur luthérien, une femme à la poitrine opulente, au visage doux et aux cheveux gris fer tirés sur la nuque en un énorme chignon. Mme Gander était la seule maîtresse d'école à huit cents kilomètres à la ronde et, chaque matin, elle apprenait à lire, écrire et compter à un petit groupe d'enfants de prospecteurs dans la modeste église en tôle galvanisée située derrière la place du Marché.

C'était un rituel quotidien auquel Ralph ne se pliait que sous les menaces de son père, mais auquel Jordan sacrifiait avec autant d'enthousiasme qu'au travail de tri à la sortie de l'école. Avec son allure angélique et le goût de l'écrit qu'Aletta avait fait naître en lui, Jordan devint immédiatement le chouchou de Mme Gander.

Elle ne faisait rien pour cacher sa préférence. Elle l'appelait « mon petit Jordie » et lui donnait pour tâche d'essuyer le tableau noir, ce qui en fit immédiatement un honneur que les douze autres enfants lui auraient volontiers disputé à coups d'ongles.

Il y avait des jumeaux dans la classe. C'étaient les fils d'un prospecteur malchanceux des gisements d'opale australiens. Aussi solides que leur père, tous deux avaient le crâne rasé pour lutter contre les poux, les pieds nus car leur père, qui exploitait une concession peu rentable sur la lisière est du gisement, n'avait pas les moyens de leur acheter des chaussures, et sur leur chemise passée et effilochée leurs bretelles retenaient un pantalon raccommodé. Henry et Douglas Stewart formaient une paire bien assortie et redoutable et agissaient parfaitement de concert, prompts à envoyer un sarcasme cruel, mais à voix trop basse pour que Mme Gander l'entende, ou à décocher habilement un coup de coude, trop rapide pour qu'elle le voie.

Jordan était la proie tout indiquée. Ils l'avaient surnommé « Jordie-la-Fille » et prenaient un malin plaisir à lui tirer les cheveux et à le voir pleurer, surtout lorsqu'ils se rendirent compte que, par fierté, il ne faisait pas appel à son grand frère pour le protéger.

— Dis à cette dinde de Gander que j'ai mal au ventre et que je suis trop malade pour aller en classe, lui avait demandé un jour Ralph.

— Où vas-tu ? Qu'est-ce que tu vas faire ?

— Je vais au nid. Les petits ont dû éclore.

Ralph avait découvert un nid de faucon lanier au

sommet d'un kopje rocheux, à huit kilomètres de la piste du Cap. Il projetait d'emporter les petits et de les dresser pour la chasse. Ralph avait toujours des projets passionnants, et c'était une des multiples raisons pour lesquelles Jordan lui vouait une véritable adoration.

— Oh, laisse-moi venir avec toi, s'il te plaît, Ralph.

— Tu es encore trop petit, Jordie.

— J'ai presque onze ans.

— Tu viens d'en avoir dix, corrigea Ralph avec condescendance, et Jordan savait d'expérience qu'il était inutile de discuter.

Il transmit le mensonge de son frère d'une voix si douce et avec un battement de cils si candide qu'il ne vint jamais à l'idée de Mme Gander de mettre en doute la vérité de ses paroles. Les Stewart échangèrent un rapide coup d'œil de connivence.

Il y avait des latrines à l'arrière de l'église, un appentis en tôle ondulée avec un siège en buis dans lequel était percé un trou ovale au-dessus d'un seau en acier galvanisé. Ce cabinet était une véritable fournaise nauséabonde. Les jumeaux y prirent Jordan au piège à l'heure de la récréation.

Debout sur le siège, de chaque côté du trou, ils tenaient Jordan chacun par une cheville, essayant de faire passer sa tête et ses épaules par l'ouverture et de le plonger dans le seau, tandis que, la tête en bas, l'enfant se cramponnait désespérément à la lunette.

— Marche-lui sur les doigts, haletait Douglas.

Jordan avait opposé une résistance inattendue. Le cou de Douglas était marqué par une égratignure rouge et les jumeaux durent ouvrir de force les mâchoires de leur souffre-douleur, serrées sur le pouce de Henry. Ils avaient commencé en riant, mais ces blessures et ces atteintes à leur amour-propre les avaient mis en colère.

— Ferme-la, espèce de chochotte, lâcha Henry, et, suivant le conseil de son frère, il écrasa avec son talon les phalanges de Jordan.

Tandis que Jordan donnait des coups de pied et se débattait, ses cris de douleur et d'horreur résonnaient dans l'étroit cabinet. Il ne put résister plus longtemps à la force de ses deux tortionnaires. Ses doigts arrachèrent des éclats de bois blanc à la lunette des cabinets et ses cris devinrent hystériques, mais ils poussèrent sa tête vers le bas. La puanteur le suffoquait, le dégoût l'étouffait.

A l'instant où il sentit l'ordure humide et froide mouiller ses mèches blondes, la porte du cabinet s'ouvrit d'un seul coup et la silhouette maternelle de Mme Gander se découpa dans l'encadrement.

Incrédule, elle regarda un instant, puis, emportée par l'indignation, avec son bras droit musclé à force de pétrir le pain et de battre le linge, d'un moulinet elle expédia les jumeaux dans un coin des latrines. Elle remonta Jordan et le tint à bout de bras. Le visage empourpré et grimaçant sous l'effet de la puanteur qui se dégageait des cheveux trempés de l'enfant, elle se précipita avec lui à l'extérieur en criant à son mari d'apporter un seau d'eau et du savon.

Une demi-heure plus tard, Jordan empestait le savon phéniqué et, séchées par le soleil, ses boucles se gonflaient de nouveau pendant que, derrière la porte de la sacristie, le claquement de la canne de jonc du révérend Gander, stimulé par son épouse, ponctuait les glapissements de douleur émis par les jumeaux.

Les restes du kopje Colesberg étaient à présent entourés par une chaîne miniature de tertres élevés par les hommes. C'était les résidus provenant des berceaux, entassés au petit bonheur sur la plaine à l'extérieur du camp. Certaines de ces buttes artificielles atteignaient déjà six ou sept mètres de haut et aucun arbre, aucun brin d'herbe n'y poussait. La zone était sillonnée par un dédale de sentiers que laissaient des centaines de travailleurs noirs dans leur pèlerinage quotidien vers la mine.

Le raccourci entre l'église luthérienne et le campement de Zouga suivait l'un de ces sentiers ; dans la chaleur écrasante de midi, les mineurs travaillaient encore et les collines étaient désertes. Au zénith, le soleil ne jetait que des ombres courtes derrière les tas de gravier. Jordan se hâtait le long du sentier poussiéreux, les yeux encore rougis par ses larmes d'humiliation et les cheveux empestant toujours le savon phéniqué.

— Salut, Jordie-la-Fille.

Jordan reconnut immédiatement la voix et s'arrêta net ; clignant des yeux au soleil, il regarda le sommet d'un des monceaux de gravier que longeait le sentier.

La silhouette de l'un des jumeaux se découpait contre le ciel bleu pâle, les pouces accrochés à ses bretelles, sa tête rasée tendue en avant, ses yeux aux cils décolorés aussi méchants que ceux d'un furet.

— Tu as rapporté, l'accusa-t-il d'un ton catégorique.

— Je n'ai rien dit, glapit Jordan d'une voix hésitante.

— Tu as crié, ça revient au même. Et maintenant, tu vas crier encore, mais cette fois-ci, il n'y aura personne pour t'entendre.

Jordan tourna les talons et se mit à courir avec l'énergie du désespoir à la vitesse d'une gazelle poursuivie par un guépard, mais il n'avait pas fait douze pas que le deuxième jumeau se laissait glisser sur la pente en faisant rouler le gravier sous ses pieds nus et atterrissait au milieu de l'étroit sentier, les bras écartés pour lui barrer le passage, la bouche tordue en un rictus mauvais.

Ils avaient soigneusement tendu leur piège et l'avaient coincé à l'endroit le plus encaissé. Derrière Jordan, glissant sur une petite avalanche de gravier, le premier jumeau descendait à son tour pour l'empêcher de s'échapper.

— Mon petit Jordie, cria l'un d'eux.

— Jordie-la-Fille, fit l'autre en écho.

Ils se rapprochaient avec une lenteur calculée et Henry gloussait à en perdre haleine.

— Les petites filles ne devraient pas raconter des bêtises.

— Je ne suis pas une fille, murmura Jordan en se reculant.

— Alors, tu ne devrais pas avoir de boucles. C'est les filles qui ont des boucles.

Douglas fouilla dans sa poche, en sortit un couteau à cran d'arrêt à manche en corne, et ouvrit la lame avec les dents.

— On va faire de toi un garçon, Jordie-la-Fille.

— Puis nous allons t'apprendre à ne pas rapporter.

Henry sortit de derrière son dos une branche d'alhagi dont il avait enlevé les feuilles dentelées mais pas les épines.

— Nous allons te faire ce que le vieux Gander nous a fait. Quinze coups chacun. Ça t'en fera trente.

Fasciné, Jordan n'arrivait pas à détacher ses yeux de la branche. Elle était deux fois plus grosse que le pouce et ses épines, supportées par un petit nœud d'écorce sombre, faisaient un bon centimètre et demi de long. Henry effectua un moulinet à titre d'essai et elle siffla comme un serpent.

Cela galvanisa Jordan. Il se précipita vers le tas de gravier qui se dressait près de lui et se dérobait sous ses pieds ; il devait s'aider de ses mains pour grimper.

Derrière lui, les jumeaux criaient, excités comme une meute de chiens sauvages, et escaladaient l'éboulis à sa poursuite.

A cause de leur poids, ils s'enfonçaient jusqu'aux chevilles à chaque pas, si bien que Jordan, plus léger et emporté par la terreur, atteignit le sommet avant eux. Blanc comme un linge, il se mit à courir sur le dessus plat du tertre, augmentant encore son avance.

Henry ramassa une pierre, un morceau de quartz gros comme le poing, et, profitant de son élan, la jeta en direction de Jordan. Le projectile passa à quelques centimètres de l'oreille du jeune garçon. Celui-ci tressaillit, poussa un petit cri et, perdant l'équilibre, dégringola en bas du monticule.

— Arrête-le, cria Douglas en se lançant à ses trousses.

En contrebas, couvert de poussière et tout ébouriffé, Jordan se releva en vitesse, les cheveux dans les yeux. Il perdit une seconde à regarder autour de lui, puis s'élança entre les tas de gravier le long du sentier.

— Attrape-le. Ne le laisse pas s'enfuir.

Les jumeaux criaient, haletant de rire, comme deux chats jouant avec une souris, et, en terrain plat, leurs jambes plus longues leur permettaient de rattraper leur retard.

Jordan entendait leurs pieds nus frapper la terre dure sur un rythme saccadé et jetait des coups d'œil par-dessus son épaule, presque aveuglé par sa sueur et ses boucles, la respiration entrecoupée de sanglots, les yeux dilatés par la peur.

Henry se cala, le bras droit tendu en arrière, puis jeta son bâton qui tournoya au ras du sol et atteignit Jordan au creux des genoux, les épines déchirant la peau nue et y laissant de profondes écorchures parallèles, comme des griffes de chat.

Les jambes de Jordan ployèrent et il tomba à plat ventre. Avant qu'il ait pu se relever, Douglas atterrissait entre ses omoplates et lui pressait le visage contre terre pendant que Henry ramassait la branche et dansait autour d'eux en la brandissant au-dessus de sa tête à la recherche d'une ouverture.

— Les cheveux d'abord ! lâcha Douglas, étouffant de rire et d'excitation. Tiens-lui la tête.

Henry laissa tomber le bâton, se pencha sur Jordan, attrapa une pleine poignée de cheveux et tira en arrière de toutes ses forces afin d'obliger Jordan à lever la tête. Toujours perché sur son dos et le clouant au sol, Douglas brandit son couteau et ordonna à son frère :

— Tiens-le immobile !

Les fins cheveux d'or étaient tendus comme les cordes d'un violon et Douglas essaya de les couper.

Ils restaient en touffes dans la main de Henry, certains coupés, d'autres arrachés à la racine comme les plumes d'un poulet égorgé ; il les jetait en l'air et criait en riant :

— Maintenant, tu vas être un garçon.

Jordan abandonna toute résistance, écrasé au sol, secoué par ses propres sanglots. Henry attrapa une autre poignée de cheveux.

— Coupe plus court, ordonna-t-il à son jumeau avant de pousser un cri aigu de surprise et de douleur.

La fine lanière d'un fouet en peau de rhinocéros claqua autour du fond de culotte de Henry, sur les bleus que venait de laisser la canne du révérend Gander. Le garçon se redressa brusquement en se tenant les fesses des deux mains, et sauta sur place.

Une main se referma sur le col de sa chemise, il fut

soulevé brusquement et tenu en l'air à trente centimètres au-dessus du sol, toujours étreignant le fond de son pantalon, qui lui semblait rempli de charbons ardents.

Assis sur le dos de Jordan, Douglas leva les yeux. Excités par le traitement qu'ils infligeaient au jeune garçon, aucun des jumeaux n'avait entendu ni vu arriver le cavalier. Conduisant sa monture sur le sentier, il était tombé au détour d'un virage sur la mêlée hurlante et avait immédiatement reconnu les deux frères. Ils s'étaient rapidement acquis une triste réputation au camp, et il ne lui avait fallu qu'une seconde pour comprendre la cause de cette agitation, qui étaient les agresseurs et qui la victime.

Douglas se rendit compte tout de suite que la situation s'était retournée en voyant son frère suspendu tel un condamné à la potence. Il se releva en vitesse et partit comme une flèche, mais l'homme fit pirouetter son cheval avec ses talons et, tel un joueur de polo, donna un grand coup de son fouet en peau. La morsure du cuir paralysa Douglas. Sans la toile de son pantalon, le fouet lui aurait ouvert la peau.

Avant qu'il ait pu se remettre à courir, le cavalier se pencha, l'empoigna par l'avant-bras et le souleva aisément. De chaque côté du cheval, les jumeaux se tortillaient, gémissaient de douleur, et l'homme baissa les yeux vers eux l'air pensif.

— Je vous connais tous les deux, dit-il calmement. Vous êtes les mômes de Stewart, c'est vous qui avez conduit la mule du vieux Jacob dans les barbelés.

— S'il vous plaît, m'sieur, lâchez-nous, s'il vous plaît.

— Tais-toi, continua le cavalier d'un ton égal. C'est vous qui avez coupé les rênes du chariot de De Kock. Ça a coûté un penny à votre père, et le Comité des mineurs aimerait bien savoir qui a mis le feu à la tente de Carlo...

— C'est pas nous, m'sieur, plaida Henry.

De toute évidence, ils connaissaient tous deux celui qui les avait capturés et ils en avaient peur.

Jordan se mit à genoux et leva les yeux vers son sauveteur d'un air interrogateur. Ce devait être quelqu'un de très important, peut-être même un membre du Comité dont il avait parlé. Même dans son affliction, cette éventualité lui inspirait un respect mêlé de crainte. Ralph lui avait expliqué qu'un membre du Comité tenait à la fois du policier, du prince et de l'ogre des contes de fées que leur mère leur lisait.

Cet être fabuleux regardait à présent Jordan, sa joue maculée de larmes et de terre, sa chemise déchirée aux boutons pendillant à leur fil, le creux des genoux sillonné par des zébrures sanglantes.

— Ce garçon est deux fois plus petit que vous, dit le cavalier.

Il avait les yeux bleus, d'un bleu étrange, des yeux de poète... ou de fanatique.

— C'était pour jouer, m'sieur, marmonna Henry, le col de sa chemise remonté en tire-bouchon jusque sous son oreille.

— On voulait pas lui faire de mal, m'sieur.

Le cavalier tourna son regard vers les deux gamins qui gigotaient, suspendus à ses mains.

— C'était pour jouer ? Eh bien, la prochaine fois que je vous prends à jouer à ce genre de jeu, vous et votre père ferez bien de réfléchir à ce que vous aurez à dire devant le Comité, vous m'entendez ? (Il les secoua sans ménagement.) Vous m'avez bien compris ?

— Oui, m'sieur...

— Ainsi, vous aimez jouer, n'est-ce pas ? Eh bien,

voici un nouveau jeu, et nous y jouerons chaque fois que vous toucherez à un garçon plus petit que vous.

Il les laissa tomber par terre sans crier gare et, avant que les deux garçons aient pu reprendre leur équilibre, il avait donné un coup de sjambok à droite et à gauche. Les garnements prirent leurs jambes à leur cou et il les suivit sans difficulté au petit galop sur une centaine de mètres, se penchant sur sa selle pour leur lancer des petits coups de fouet à l'arrière des jambes et les empêcher ainsi de ralentir l'allure. Puis, brusquement, il les laissa filer et fit pirouetter son cheval pour revenir vers Jordan, debout, tremblant et pâle, sur le sentier.

— Si tu dois te battre, mon garçon, mieux vaut un adversaire à la fois, lui dit le cavalier en mettant pied à terre. (Il jeta les rênes par-dessus son épaule et s'accroupit devant Jordan.) Dis-moi où ça te fait le plus mal.

Il parut soudain suprêmement important à Jordan de ne pas passer pour un bébé. Il essaya de ravaler ses larmes et l'homme sembla comprendre.

— Voilà un gars courageux, dit-il en hochant la tête. (Il tira un mouchoir de sa poche et essuya les larmes mêlées de terre.) Comment t'appelles-tu ?

— Jordie... Jordan, corrigea l'enfant en reniflant bruyamment.

— Quel âge as-tu, Jordan ?

— Presque onze ans, monsieur.

La douleur cuisante provoquée par ses blessures et son humiliation commençait à s'estomper, remplacée par un flot de gratitude pour son sauveteur.

— Crache ! lui ordonna le cavalier en lui tendant le mouchoir.

Jordan s'exécuta et mouilla un coin du tissu avec sa salive.

L'homme le fit pivoter en posant une main sur son

épaule et nettoya avec le mouchoir les balafres qu'il avait sur les jambes. C'était un traitement superficiel et la main de l'homme était rude, mais cette attention réveilla chez l'enfant le souvenir de sa mère et la douleur causée par le vide qu'il avait en lui, au point qu'il faillit se remettre à pleurer. Il retint ses larmes et tourna la tête pour voir l'homme soigner ses jambes meurtries.

Ses doigts courts et puissants manquaient un peu de coordination. Les ongles, coupés court, étaient larges, solides et réguliers, avec un éclat nacré, et le dos de ses mains était couvert de fins poils dorés où se prenait le soleil.

L'homme leva les yeux. Seules les moustaches tranchaient sur la peau claire de son visage franc, rasé de près. Ses lèvres étaient charnues, colorées et sensuelles. Il avait le nez fort, mais pas trop pour sa grosse tête ronde à l'épaisse chevelure ondulée châtain clair.

Il était jeune, et avait sans doute à peine dix ans de plus que Jordan, mais possédait une telle présence, donnait une telle impression de maturité et de puissance qu'il semblait beaucoup plus âgé.

Quelque chose en lui contredisait cependant cette première impression. L'éclat de ses joues et de ses lèvres n'était pas celui de la santé, procuré par la vie au grand air. C'étaient les couleurs que donnent la fièvre ou le paludisme. Si la peau était unie, on décelait néanmoins des traces imperceptibles de souffrance aux coins des yeux et à la commissure des lèvres ; derrière son regard pénétrant, on devinait une ombre tragique, une tristesse que, peut-être, seul un enfant pouvait percevoir.

Pendant un instant, ils se regardèrent dans les yeux, et une étrange douceur envahit Jordan au plus profond de son être, presque douloureuse – faite de gratitude, d'amour, de compassion, de vénération pour le héros, tout cela et quelque chose de plus qu'il ne pourrait jamais exprimer par des mots.

Puis l'homme se redressa ; solidement bâti, il mesurait plus d'un mètre quatre-vingts, et Jordan ne lui arrivait qu'à la hauteur des côtes.

— Qui est ton père, Jordan ?

Celui-ci lui fut reconnaissant de ne pas avoir utilisé son diminutif.

— Oui, acquiesça le cavalier en recevant sa réponse, j'ai entendu parler de lui. Le chasseur d'éléphants. Bon, le mieux que nous puissions faire est de retourner chez toi.

Il se remit en selle, se baissa, prit Jordan par le bras et le hissa en croupe. Le jeune garçon était assis en amazone ; quand le cheval s'élança, il passa ses bras autour de la taille du cavalier pour se tenir.

Jan Cheroot se leva avec empressement de la table de tri lorsque le cavalier et Jordan entrèrent dans le campement de Zouga. Quand le cavalier eut serré la bride du cheval, il souleva Jordan et le déposa par terre.

— Il s'est battu, annonça-t-il à Jan Cheroot. Mettez un peu d'iode sur ses coupures et tout ira bien. C'est un garçon courageux.

Le Hottentot se montrait obséquieux, presque servile, bien loin de son comportement habituel, acerbe et cynique. Sous le regard direct et saisissant du cavalier, il semblait sans voix. Tenant Jordan d'une main, il enleva sa vieille casquette militaire et la tint contre sa poitrine, acquiesçant humblement aux ordres que l'homme lui donnait.

Le cavalier dirigea de nouveau son regard franc vers le garçon et sourit pour la première fois.

— A l'avenir, choisis un adversaire à ta taille, Jordan, conseilla-t-il.

Il prit les rênes et sortit au trot du campement, sans se retourner.

— Tu sais qui c'est, Jordie ? demanda Jan Cheroot solennellement en le regardant partir. C'est le grand patron du Comité des prospecteurs, l'homme le plus important du camp, Jordie. (Il marqua une pause pour ménager ses effets.) C'est M. Rhodes.

— M. Rhodes, répéta Jordan pour lui-même, M. Rhodes.

Il y avait quelque chose d'héroïque dans ce nom, comme dans les poèmes que lui lisait sa mère. Un événement important venait de se produire dans sa vie.

Les membres de la famille et de la suite de Zouga ne tardèrent pas à trouver leur place au travail : Jan Cheroot et Jordan à la table de tri, les *amadoda* matabélés dans les mines à ciel ouvert, et, naturellement, c'est là aussi que se trouvait Ralph.

Ils découvrirent donc des pierres dans les minuscules carrés de terrain, au fond du puits de plus en plus profond. Ils hissaient le gravier à la surface dans des seaux tirés par des cordes, le charroyaient sur les voies d'accès qui s'éboulaient et devenaient chaque jour plus dangereuses, puis le lavaient et le passaient au crible avant que Jan Cheroot et Jordie ne s'y attaquent à la table de tri.

Le soir, trois ou quatre ouvriers matabélés attendaient sous l'alhagi, près de la tente de Zouga.

— Faites-moi voir, grognait celui-ci, et avec un grand sens de la mise en scène, l'homme dénouait un morceau de tissu sale pour montrer un éclat de pierre ou un petit cristal transparent.

C'était les « découvertes » effectuées sur les concessions elles-mêmes. Lorsque les Matabélés enlevaient la terre à la pelle ou vidaient les seaux de cuir, leur œil était parfois attiré par le scintillement ou l'éclat d'un caillou. Une récompense était prévue pour les diamants ainsi trouvés et remis.

La plupart de ces pierres n'étaient pas de véritables diamants, car les Matabélés ramassaient tout ce qui brillait, tous les jolis cailloux d'une couleur inhabituelle. Ils rapportaient des agates, du quartz, du feldspath, du cristal de roche, du jaspe, du zircon – et de temps en temps un diamant. Pour chaque diamant, gros ou petit, clair ou terne, Zouga donnait un souverain d'or prélevé sur ses réserves en baisse. Il mettait ensuite la pierre dans le petit sac en peau de chamois qu'il portait dans sa poche de poitrine et cachait la nuit sous son oreiller.

Comme chaque samedi matin, alors que Jan Cheroot et les deux garçons étaient assis autour de la table de tri, à l'ombre de l'alhagi, Zouga renversa soigneusement le contenu du sac de cuir sur une feuille de papier blanc. Ils examinèrent alors la moisson de la semaine et Zouga s'efforça comme toujours de cacher sa déception en voyant les diamants minuscules, ternes et imparfaits que les concessions du Diable débitaient avec tant de parcimonie.

Puis, une fois son sac en peau de chamois glissé dans sa poche, il enfila ses bottes de cheval cirées par Ralph, sa chemise bien repassée au col élimé et aux boutons recousus par Jordan, monta son hongre étrillé par Jan Cheroot ; il entra dans le camp en faisant aussi bonne figure que possible, un cigare aux lèvres pour montrer qu'il n'avait pas vraiment besoin d'argent, et attacha sa monture à l'entrée de la cabane en tôle du premier acheteur de diamants.

— Les concessions du Diable, commenta celui-ci.

(C'était un Hollandais à l'accent difficile à comprendre, mais il n'était pas dupe de la mise en scène courageuse de Zouga et secoua la tête d'un air maussade en voyant ce qu'il lui apportait.) Les concessions du Diable, répéta-t-il. Elles ont tué cinq hommes et en ont estropié trois autres. Jock Danby a eu de la chance de s'en débarrasser au prix que vous lui avez payé.

— Combien m'en offrez-vous ? demanda calmement Zouga.

L'acheteur poussa doucement du doigt les petites pierres éparpillées.

— Vous voulez voir un vrai diamant ? demanda-t-il, puis, sans attendre la réponse de Zouga, il fit pivoter son fauteuil et ouvrit le coffre métallique fixé au mur derrière lui.

Avec vénération, il déplia un carré de papier blanc et montra la pierre étincelante, presque de la taille d'un gland, que Zouga regarda avec envie.

— Cinquante-huit carats, murmura-t-il. Je l'ai acheté hier.

— Qu'est-ce que ça vaut ? interrogea Zouga en se maudissant pour cette faiblesse.

— Six mille livres, répondit l'acheteur en repliant soigneusement le papier qu'il reposa dans le coffre avant de refermer la porte, de suspendre la clé à sa chaîne de montre et d'examiner les pierres de Zouga. (Avec brusquerie, il dit :) Quarante livres.

— Le tout ? demanda Zouga à voix basse.

Il avait seize hommes à payer et à nourrir ; il lui fallait en outre acheter des cordes neuves qu'il devrait payer au prix fort auprès des colporteurs.

— Le prix des pierres courantes a chuté, déclara l'acheteur en haussant les épaules. Tous les prospecteurs au sud du Vaal nous apportent de la camelote de ce genre.

Zouga remit les pierres dans leur sac et se leva.

— Je vous fais une faveur en vous offrant ce prix, avertit l'acheteur. Si vous revenez plus tard, ce sera trente livres.

— Je prends le risque, lança Zouga en touchant le bord de son chapeau et en sortant à grandes enjambées.

Le second acheteur chez qui il se rendit versa les diamants dans un des plateaux de sa balance et ajouta avec précaution des poids sur l'autre plateau, jusqu'au point d'équilibre.

— Vous auriez mieux fait de continuer à chasser l'éléphant, dit-il en notant le poids et en effectuant ses calculs sur un bloc-notes. Le marché du diamant est saturé. Le nombre de femmes riches qui ont envie de suspendre ce genre de babioles autour de leur cou n'est pas illimité, et ici, dans les mines du Vaal, nous avons trouvé plus de pierres en quelques années qu'au cours des six mille ans qui ont précédé.

— On les utilise dans les mouvements d'horlogerie et pour fabriquer les outils qui servent à couper le verre et l'acier, fit remarquer Zouga calmement.

— Une mode, fit l'acheteur en agitant ses mains pour rejeter l'objection. Les diamants, c'est fini. Je vous donne cinquante-cinq livres pour le tout, et c'est bien payé.

Un matin, Zouga trouva Ralph et Bazo qui travaillaient côte à côte au fond du puits, maniant la pioche en cadence sur le chant des Matabélés. Il resta pendant quelques minutes à regarder son fils, chez qui la musculature de l'adulte émergeait de la chair tendre de l'enfant ; il admira la largeur de ses épaules. Le ventre de Ralph était plat comme celui d'un lévrier et le tissu de son pantalon, devenu d'un seul coup beaucoup trop petit, se tendait sur ses fesses rondes quand il se penchait pour arracher la pointe de sa pioche de la terre compacte.

— Ralph, appela-t-il enfin.

— Oui, papa.

La sueur qui inondait son cou avait laissé de longues traînées sur son torse couvert de poussière et s'accrochait en gouttes brillantes aux fines boucles brunes apparues depuis peu sur sa poitrine.

— Mets ta chemise, lui ordonna Zouga.

— Pourquoi ? demanda Ralph, l'air surpris.

— Parce que tu es anglais. Par la grâce de Dieu et, si nécessaire, la force de mon bras droit, tu seras également un gentleman.

Ralph travailla donc chaussé de ses bottes, sa chemise boutonnée jusqu'en haut, à côté des Matabélés nus, et gagna tout d'abord leur respect, puis leur affection et leur amitié.

Du jour où ils l'avaient rencontré sur le veld, les Matabélés avaient été impressionnés par son talent de cavalier et son adresse au tir, qui lui avait permis d'abattre le vieil éland mâle. Ils commençaient à présent à l'accepter parmi eux, d'abord avec la condescendance de frères aînés, puis de plus en plus sur un pied d'égalité, jusqu'au jour où Ralph concourut avec eux dans tout ce qu'ils faisaient, le travail comme le sport. Il n'était pas aussi grand ni aussi fort qu'un Matabélé, et il gagnait donc rarement. Quand il échouait ou se faisait battre, il se renfrognait au point que son visage s'assombrissait et que ses sourcils abondants se rejoignaient au-dessus de son grand nez.

— Un bon sportif sait perdre avec le sourire, lui dit Zouga.

— Je ne veux pas être un sportif ni savoir perdre, répliqua Ralph. Je veux apprendre à gagner.

Il se remit à l'ouvrage avec une détermination nouvelle.

Sa force semblait augmenter chaque jour. Ses dernières rondeurs d'adolescent disparurent. Et il apprit à gagner.

Il commença par battre Bazo à l'enlèvement du gravier et remplissait seau après seau avec une telle frénésie que la terre jaune volait en véritables nuages. Il gagna une des courses dangereuses, qui consistait à descendre le plus vite possible au fond du puits par les échelles en bois ; il se brûla les paumes avec les cordes, se balança au-dessus du vide en passant par l'autre côté de l'échelle pour doubler un concurrent, courut comme un funambule sur une perche pour franchir un profond fossé entre deux concessions, et ce sans regarder ses pieds ou le sol trente mètres plus bas. Même Bazo secoua la tête avec incrédulité et cria « Hau ! », ce qui est une exclamation de profonde stupéfaction, tandis que Ralph, debout et haletant au fond du puits, levait les yeux vers lui et riait, triomphant.

Ralph apprit ensuite à manier les bâtons de combat, et l'apprentissage fut rude, car les Matabélés y jouaient dès le jour où ils gardaient les troupeaux sur le veld. Avant de maîtriser cet art, il lui fallut apprendre à étancher le sang des coupures laissées dans son cuir chevelu par le bâton de Bazo en les colmatant avec de la terre ramassée en vitesse pendant la partie.

Une semaine avant son seizième anniversaire, Ralph battit Bazo pour la première fois. Ils luttèrent derrière les ruches couvertes de chaume que les Matabélés avaient construites dans la plaine, derrière le campement de Zouga.

Cela avait commencé dans la bonne humeur. Bazo, l'instructeur, malmenait son élève, s'engageait et rompait en exécutant les pas du combat traditionnel avec la grâce indolente d'une panthère noire. Brandissant un bâton dans chaque main avec un art consommé, il formait un rempart fluide duquel une attaque pouvait être lancée à l'improviste.

Ralph tournait pour lui faire face et ils évoluaient sans à-coups, comme un couple de danseurs chevronnés, et, quand ils se raillaient, Ralph répliquait en matabélé. Nu jusqu'à la ceinture de sa culotte de cheval, son torse pâle, protégé si longtemps du soleil sur l'ordre de son père, contrastait avec ses bras et son cou bronzés.

— J'avais un babouin apprivoisé, lui lança Bazo. C'était un singe albinos, blanc comme la lune, et si stupide qu'il n'a jamais appris un seul tour. Il me rappelle quelqu'un, je ne sais pas qui.

Ralph sourit du bout des lèvres, les sourcils froncés.

— Comment un Matabélé peut-il se croire capable d'apprendre quelque chose à un babouin ? C'est certainement l'inverse.

Bazo fit un bond en arrière et se mit à hululer en entamant la *giya*, la danse de défi des guerriers. Il sautait très haut et faisait siffler ses bâtons au point que leur mouvement s'estompait comme les ailes d'un souïmanga en plein vol.

— Voyons si tes bras sont aussi rapides que ta langue, cria-t-il.

Il attaqua soudain, visant le genou de Ralph. Le sifflement aigu se termina par un bruit sec comme la détonation d'une arme, Ralph parant le coup. Bazo frappa immédiatement avec l'autre main, cherchant à lui atteindre le coude, et Ralph détourna une nouvelle fois le choc.

Les bâtons s'entrechoquaient à un rythme de plus en plus rapide et le cercle des Matabélés encourageait les jeunes gens de longs cris – « Djii ! » – lorsqu'un coup adroitement paré était suivi d'une riposte rapide.

Bazo fut le premier à reculer ; haletant, il fit un bond en arrière, ses muscles luisants de sueur transformés en velours noir, son petit rire un peu rauque.

Les combattants auraient normalement dû s'accorder un répit pour reprendre leur souffle, en tournant de nouveau l'un autour de l'autre en cette danse stylisée au pas traînant, s'envoyant mutuellement des piques, se baissant pour se sécher les mains dans la terre afin d'améliorer leur prise sur les bâtons – mais pas cette fois-ci, car au moment où Bazo rompait et baissait un instant son bras droit, Ralph attaqua.

Les mâchoires serrées, il ne faisait même plus semblant de sourire. Bazo avait baissé sa garde et son attention s'était déplacée vers le visage des spectateurs matabélés, pour le bénéfice desquels il préparait déjà sa prochaine raillerie.

« Djii ! » crièrent-ils pour l'encourager et l'avertir ; Bazo essaya désespérément de remonter sa garde et pivota pour soutenir l'attaque inattendue. Avec son bâton, il réussit à amortir le coup, évitant ainsi de se faire briser les os. Ralph lui toucha l'épaule et, brusquement, ce ne fut plus un jeu.

Le coup laissa sur le muscle de Bazo une zébrure large comme l'index et lui paralysa presque le bras jusqu'à l'extrémité des doigts. En parant le coup suivant, il sentit le bâton tressauter entre ses doigts gourds et faillit le lâcher ; le choc fut transmis au muscle. Malgré lui, il laissa échapper un petit grognement de douleur qui stimula Ralph.

Celui-ci avait le visage déformé par une fureur guerrière, ses yeux verts étaient froids, et à chaque coup qu'il portait, des gouttelettes de sueur s'échappaient de ses longs cheveux noirs.

Les Matabélés ne l'avaient jamais vu ainsi, mais ils reconnaissaient la rage de tuer car tous avaient participé à des batailles et fait couler le sang. La même folie les gagnait, ils dansaient et martelaient le sol sous l'effet de l'excitation, aiguillonnaient Ralph de la voix. « Djii ! »

Bazo reculait et, dans l'entrechoquement des bâtons, perdait du terrain sous les attaques de Ralph. La bouche ouverte, il cherchait sa respiration, une traînée de sang brillant coulait derrière son oreille et s'étalait sur son cou, puis sur son épaule, tel un manteau rouge. Un coup oblique reçu sur l'arcade sourcilière n'avait pas ouvert la chair mais laissé une cloque de sang noir grosse comme une noix, qui faisait penser à quelque sangsue. Les coups continuaient de pleuvoir autour de lui aussi dru qu'une averse tropicale et, transmis à son cou et à son bras par sa garde défensive, lui ébranlaient le crâne.

Puis un coup toucha son but et un filet de sang s'échappa du nez de Bazo, coulant dans sa bouche, maculant ses dents blanches. Un autre coup, le clouant sur place, l'atteignit à la cuisse : la chair enfla immédiatement et sa peau distendue devint noire et brillante. Et Ralph poursuivait son offensive, poussant d'instinct son adversaire sur sa jambe blessée, ce qui le rendait lent et maladroit dans ses parades. De nouveau, l'un des bâtons vrombit et frappa avec un bruit mat ; Bazo chancela, faillit tomber, fit un immense effort pour se rétablir et sa riposte manqua de puissance. Ralph la détourna.

Se servant de son bâton comme d'une épée plutôt que d'une massue, il en projeta la pointe à travers la garde de Bazo et le prit au dépourvu. Violemment touché au ventre, le Matabélé se plia sous le choc, lâcha l'un des bâtons et laissa l'autre pendre inutilement à son côté.

Il tomba à genoux, la tête penchée en avant, découvrant sa nuque et sa colonne vertébrale. Les yeux rivés sur le cou sans protection, Ralph leva haut sa massue, déplaça son poids sur son pied le plus avancé, et toute sa force se porta dans son dos et ses épaules pour donner le coup de grâce.

« Djii ! » rugirent les spectateurs, eux-mêmes emportés par une fureur meurtrière et attendant la mise à mort.

Ralph resta figé dans cette position, bras droit levé, corps tendu comme un arc, le Matabélé à ses pieds, puis lentement ses muscles se relâchèrent et il secoua la tête comme un homme s'éveillant d'un cauchemar. Il regarda autour de lui d'un air stupéfait, clignant des yeux comme pour en chasser le voile opaque de la folie, et soudain ses jambes se mirent à trembler, incapables de le porter. Il s'affala devant Bazo, agenouillé face à lui, le prit par le cou et posa sa joue contre la sienne.

— Mon Dieu, murmura-t-il. Oh, mon Dieu ! J'ai failli te tuer.

Leur sang et leur sueur se mêlèrent, ils haletaient, à la recherche de leur souffle.

— Ne jamais apprendre un tour à un babouin..., lâcha finalement Bazo d'une voix rauque. Il risque de l'apprendre trop bien.

En s'esclaffant, les Matabélés les relevèrent et les portèrent à la case la plus proche.

Ralph but le premier à la calebasse de gruau – de l'épaisse bière de mil – et la tendit à Bazo.

Celui-ci en prit une gorgée pour laver le sang qu'il avait dans la bouche et la recracha par terre, puis il but une douzaine de longues gorgées, la tête renversée en arrière, avant de baisser la gourde et de regarder Ralph.

Pendant un moment ils restèrent graves, les yeux

verts soutenant le regard sombre, puis subitement tous deux éclatèrent d'un rire incontrôlable et communicatif, si bien que les hommes accroupis en cercle autour d'eux commencèrent aussi à glousser et se joignirent à eux.

Toujours riant, Bazo se pencha en avant et serra brièvement le bras de Ralph.

— Je suis ton homme, dit-il, la bouche encore pleine de sang.

Lorsque Zouga atteignit le dernier barreau de l'échelle au fond de sa concession, la chaleur avait trempé le dos de sa chemise de flanelle bleue. Il leva son chapeau pour essuyer les gouttes de sueur qui perlaient sur son front, puis s'arrêta et fronça le sourcil.

— Ralph, lança-t-il d'un ton sec. Explique-moi ce que tu fais là !

Son fils planta sa pioche dans le gravier ocre puis se redressa, les mains sur les hanches.

— J'ai mis au point une nouvelle façon de procéder. L'équipe de Bazo commence par briser la roche, ensuite Wengi vient...

— Tu sais très bien ce que je veux dire, coupa Zouga avec impatience. C'est lundi, tu devrais être à l'école.

— J'ai seize ans maintenant. Et puis je sais déjà lire et écrire.

— Tu ne crois pas que tu aurais pu m'en toucher un mot, ne serait-ce qu'en passant ? demanda Zouga avec une aménité trompeuse.

— Vous étiez occupé, papa. Je ne voulais pas vous déranger avec quelque chose d'aussi peu important. Vous avez déjà assez de soucis.

Zouga hésita. Ralph présentait-il les choses habilement, comme d'habitude, ou bien se rendait-il compte du pétrin dans lequel son père se trouvait ? Mesurait-il effectivement l'étendue de ses soucis ?

Ralph profita de l'avantage.

— Nous avons besoin de tous les bras disponibles et ceux-là le sont, dit-il en montrant les siens.

Pour la première fois, Zouga remarqua combien les paumes calleuses étaient puissantes et larges.

— Quelle est cette innovation ? demanda-t-il en perdant son air renfrogné.

Ralph sourit en comprenant qu'il n'était plus un écolier et commença à expliquer avec force gestes pendant que son père hochait la tête.

— Très bien, dit-il enfin. Ce n'est pas bête. Nous allons essayer.

Il tourna les talons et s'éloigna.

— Allons, vous n'êtes pas en train de biner la terre pour en déterrer des ignames, cria Ralph en matabélé avant de cracher dans ses mains. Brisez-moi cette roche !

Sur la concession n° 183, Calvin Hine, un prospecteur américain, tomba sur un filon, une petite poche. En un seul seau, il sortit deux cent seize diamants, le plus gros dépassant vingt carats. De mendiant en haillons, ce barbu brûlé par le soleil, peinant dans la poussière, devint d'un seul coup un homme riche.

Hine se trouvait là le soir, lorsque Diamond Lil grimpa sur le comptoir en bois de sa taverne avec ses plumes d'autruche et ses paillettes scintillantes.

— Y a-t-il parmi vous un chic type qui m'offre un bon prix pour cette marchandise hors pair ? demanda-t-elle en pressant son opulente poitrine entre ses doigts aux ongles vernis de rouge.

Sa peau était plus lisse que le satin et un gros mamelon rose émergea de son corset en velours pourpre, comme un soleil au-dessus de l'horizon de son décolleté.

— Allez, mes chéris, une nuit au paradis, un petit aperçu du septième ciel.

— Dix livres, ma poule, cria un prospecteur du fond de la salle.

Lil se retourna et souleva l'arrière de ses jupes.

— Honte à toi, radin, lui lança-t-elle par-dessus son épaule blanche.

La culotte longue en dentelle, couverte de rubans, qu'elle portait sous ses jupes froufroutantes n'avait pas d'entrejambe, si bien qu'une fraction de seconde ils virent ce qu'elle avait à offrir et se mirent à brailler comme des bœufs sentant un point d'eau après cinq jours de marche.

— Lil, ma beauté, fit Hine qui, n'ayant cessé de boire depuis midi, quand il avait quitté le kopje, grimpa d'un pas mal assuré sur la caisse servant de table. (Il chantonna :) Lily, lune de mon âme, chaque nuit depuis un an j'ai rêvé de cet instant.

Il farfouilla dans la poche de son manteau et en sortit une poignée de billets de cinq livres froissés.

— Je ne sais pas combien il y a, lâcha-t-il, mais c'est à toi.

Quelques secondes, les sourcils épilés et maquillés de Lily se contractèrent pendant qu'elle calculait rapidement ce que représentait la liasse de billets, puis elle sourit, découvrant le petit diamant scintillant enchâssé dans une dent de devant.

— Tu es un bon gars. Ce soir, je suis ta fiancée. Prends-moi dans tes bras.

Le lendemain, quelqu'un trouva, dans la zone est des fouilles, une pierre de trente carats, un superbe diamant de première eau, et le surlendemain, on en sortit un autre, énorme, couleur champagne, chez Neville Pickering.

— Vous allez partir tout de suite ? lui demanda Zouga quand il croisa celui-ci sur la route, au-dessus des concessions du Diable, en espérant que son sourire ne trahissait pas sa jalousie.

— Non, répondit Pickering en lui rendant son sourire et en secouant la tête. J'attends toujours le bon filon. Mon associé et moi n'abandonnons pas la partie.

Le dieu des prospecteurs semblait vouloir dispenser ses largesses sur la mine, et toute la communauté fut prise d'une telle fièvre qu'à midi le grand puits bourdonnait comme une ruche au printemps. Trois importantes découvertes en trois jours, personne n'avait encore vu ça.

La nuit venue, autour des feux de camp et à la lanterne des tavernes, les prospecteurs, couverts de poussière et éméchés par l'alcool de mauvaise qualité et l'espoir renaissant, émettaient les théories les plus folles.

— C'est un filon en strates, pontifiait l'un. Il y a une couche de cailloux gros comme des bouchons de carafe en travers du kopje. Rappelez-vous ce que je vous dis, quelqu'un va sortir un mahousse avant la fin de la semaine.

— Pas du tout, objectait un autre. Les pierres sont dans des marmites. Il va y en avoir encore un qui va écumer le dessus comme l'a fait Calvin avec ses deux cent seize cailloux, ou Pickering avec son mastard.

Pendant la nuit du mardi de cette folle semaine, il plut. Dans cette région, en lisière du désert du Kalahari, les précipitations annuelles sont inférieures à soixante centimètres. En une nuit, il plut presque la moitié de cette quantité.

La pluie formait un rideau oblique de flèches argentées dans le crépitement des éclairs. Les gigantesques nuages amoncelés se heurtaient comme des taureaux de combat et le tonnerre ébranlait la terre tandis que la pluie tombait en sifflant.

A l'aube, il pleuvait toujours. En temps normal, les mineurs ne seraient pas descendus dans le puits et auraient attendu qu'il s'assèche, mais ce jour-là, avec l'excitation qui s'était emparée du camp, rien n'aurait pu les empêcher d'aller creuser.

Les excavations étaient devenues des bourbiers. Dans les plus profondes, on avait de la boue jaune et collante jusqu'aux genoux. Elle couvrait les jambes nues des mineurs noirs et formait une croûte dure sur les bottes des contremaîtres blancs, pesante comme un boulet au pied de détenus.

Sur les chemins, l'épaisse boue rouge bloquait les roues des chariots de gravier et il fallait l'enlever avec des barres de fer. Les mineurs retiraient la gadoue à la pelle. Quand ils avaient rempli leurs seaux et qu'ils les hissaient, la boue liquide retombait en cascade sur les hommes qui se trouvaient dessous, si bien qu'il devenait impossible de distinguer les Noirs des Blancs sous leur masque jaune et luisant.

Aucun de ceux qui travaillaient sur le chantier ne se rendait compte que le déluge de la nuit avait provoqué dans les restes du kopje Colesberg des changements moins évidents que la gêne et la saleté, mais infiniment plus importants.

Les torrents d'eau de pluie avaient pénétré dans une fissure de la voie n° 6 à son endroit le plus haut, et ils avaient creusé, affouillé et miné le remblai de 30 mètres de haut, y créant de profondes lézardes verticales cachées par la boue.

Seize chariots tirés par des mules encombraient la chaussée, la plupart lourdement chargés. Leurs conducteurs juraient et lançaient de grands coups de fouet pour essayer de se frayer un chemin et de transporter leur gravillon jusqu'aux berceaux.

Au fond des concessions du Diable, les Matabélés travaillaient côte à côte, mais la pluie glaciale qui cinglait leurs épaules et leurs dos nus ralentissait le balancement des pioches, et à chaque pas ils dérapaient sur le sol glissant. Leur chant de travail ressemblait à un hymne funèbre ; Zouga leur faisait accélérer le mouvement d'un ton hargneux et il régnait une atmosphère exécrable.

Là-haut, sur la piste, un chariot surchargé de gravier commença à glisser de côté, et le mulet de derrière tomba à genoux, incapable de le retenir. Une roue sortit de la chaussée, le chariot bascula et resta suspendu au-dessus du puits. L'attelage dérapait sur la chaussée étroite, dans les traits enchevêtrés, tandis que l'essieu arrière se brisait sous le poids inégalement réparti du gravier. Le chariot de Zouga se trouvait juste derrière, dans le même sens ; Ralph sauta du siège du conducteur et cria avec fureur :

— Espèce d'âne, vous nous avez coincés.

— Petit morveux, tu veux que je te fasse tâter de mon fouet ? répondit sur le même ton le conducteur du chariot embourbé.

Immédiatement, une douzaine de mineurs se mirent de la partie, prenant position en faveur de l'un ou de l'autre et criant des conseils ou des invectives.

— Coupe les traits, fais sortir ces fichues bêtes de la piste.

— Enlève le gravier, t'es trop chargé.

— Ne touche pas à mon attelage, cria le conducteur du chariot renversé à Ralph, qui avait tiré son couteau de sa ceinture et s'avançait.

— Vas-y, y faut le faire !

— Ce petit crétin mérite une leçon.

Hommes, chariots et bêtes maculées de boue formaient une mêlée furieuse et instable au bord du haut mur de terre. Le ton montait et, tandis qu'ils se disputaient, les hommes perdaient le contrôle des animaux pris de panique. Du fond du puits, voyant combien la situation devenait dangereuse, Zouga leva la tête et mit ses mains en porte-voix :

— Ralph ! beugla-t-il.

Sa voix fut presque noyée par le tohu-bohu. Ralph semblait ne pas l'avoir entendue. Il s'était agenouillé à côté de la mule la plus proche de la roue sortie de la piste et essayait de couper les courroies avec son couteau.

— Fiche le camp d'ici, hurla le conducteur.

Le long fouet siffla ; Ralph le vit et baissa vivement la tête derrière le corps massif de la mule. La lanière claqua dans l'air et l'animal fit un mouvement brusque qui projeta le brancard du chariot en travers du chemin. L'essieu cassé s'effondra, les courroies entamées se rompirent d'un coup ; libérée, la mule se releva et partit au galop sur la piste boueuse.

Ralph courut vers son attelage et cria à son mulet de l'arrière :

— Hue, Évêque !

Avec un bruit de succion, les roues s'engagèrent dans l'étroit passage entre le chariot renversé et le précipice.

— Ha, Rosie ! lança Ralph à la mule de tête qu'il guidait, au trot, par la bride.

— Ralph ! Arrête, bon sang ! rugit Zouga. Tu m'entends, arrête !

Mais il était bien trop loin. Cinq minutes au moins lui auraient été nécessaires pour atteindre la chaussée, en franchissant l'ensemble compliqué d'échelles et de passages en planches. Il ne pouvait rien faire pour empêcher la catastrophe.

Toujours monté sur son véhicule, le conducteur du chariot embourbé brandissait son fouet et hurlait de rage. Il n'était pas grand mais large d'épaules et lourd, musclé par le travail, et ses mains calleuses étaient brûlées par le soleil, le gravier et le manche de la pioche.

— Je vais te régler ton compte, cria-t-il en lançant un autre coup de fouet.

Ralph se baissa de nouveau, mais la lanière déchira la manche de sa chemise rapiécée et laissa sur son bras une fine coupure d'où le sang se mit à couler.

Ralph se redressa, s'appuya d'une main sur le garrot de son mulet de derrière. C'était une astuce que Jan Cheroot lui avait apprise pour sauter par-dessus une paire d'animaux de trait. Il ramena ses jambes sous lui et bondit sur le mulet de derrière. Son deuxième bond le porta sur la plate-forme de son chariot et, du même mouvement, il saisit son fouet près du frein.

Le manche avait trois mètres de long, la lanière, six mètres. Un bon conducteur était capable de tuer une mouche sur l'oreille de sa mule de tête. Jan Cheroot avait entraîné Ralph à ce genre d'exercice, et celui-ci maniait le fouet d'une main experte.

Ralph avait les lèvres blanches, une étincelle de fureur brillant dans ses yeux verts. La morsure du fouet l'avait mis dans une rage folle.

— Ralph ! Cesse immédiatement ! cria en vain Zouga.

Il n'avait jamais vu son fils dans cet état et cela l'effrayait.

Debout sur la plate-forme, Ralph leva le bras pour lancer la lanière derrière lui. Comme un pêcheur de saumon, il ramena d'un mouvement fluide le manche du fouet et la lanière claqua sur le conducteur de l'autre chariot.

Elle l'entailla de la poitrine à la ceinture comme un coup d'épée, et seul son épais ciré lui évita une blessure grave. Le vêtement déchiré battait sur son torse et la pluie diluait le sang qui dégoulinait de la blessure.

En entendant le claquement du fouet, les mules de Ralph firent une embardée et une roue se prit dans celle de la charrette embourbée, immobilisant les deux véhicules dans la boue.

Ralph était à présent trop près de l'autre conducteur pour lui lancer un deuxième coup ; il prit son fouet par le manche et, s'en servant comme d'une massue, en frappa l'homme à la tête.

En contrebas, les Matabélés encourageaient leur favori en poussant leur cri de guerre : « Djii ! » Aiguillonné, Ralph fut plus rapide que son adversaire et esquiva le coup de manche qu'il lui envoyait à son tour, se servant du sien comme des bâtons de combat avec lesquels il s'était entraîné avec tant d'assiduité.

Les mules étaient affolées par le tumulte, les claquements des fouets, les cris de guerre des Matabélés, les jurons et les clameurs des spectateurs.

Rosie se cabra et battit l'air avec ses sabots pendant que l'autre mule tirait sur la roue coincée.

Évêque se libéra du joug ; ses jambes arrière glissaient sur le bord éboulé de la chaussée et il bascula, suspendu en l'air dans un enchevêtrement de rênes et de chaînes, donnant des coups de pied dans le vide et poussant de grands hennissements.

Alors, tout doucement, comme un dormeur qui s'éveille d'un profond sommeil, la chaussée de terre s'ébranla.

Le mouvement commença sous les roues des chariots accrochés et sous les sabots des mulets terrifiés, puis il se propagea le long du remblai, jusqu'au bord du puits. A cet endroit, une profonde fente verticale s'ouvrit dans le mur de terre, avec un léger bruit de succion qui suffit à réduire les spectateurs au silence.

On n'entendit plus que le clapotement de la pluie et les hennissements du mulet suspendu dans le vide. Ralph resta immobile sur son chariot, semblable à la statue d'un athlète grec, le manche de son fouet rejeté en arrière. Dans son regard, la rage fit place à une expression de stupéfaction : la terre bougeait sous ses pieds.

— Ralph !

Cette fois-ci, la voix de son père lui parvint distinctement. Il baissa les yeux vers le fond du puits et lut la terreur sur les visages.

— Va-t'en ! Éloigne-toi de la chaussée ! cria encore Zouga.

Galvanisé par le ton de sa voix, Ralph jeta son fouet et sauta du chariot, son couteau encore à la main.

La rêne qui retenait Évêque, le gros mulet gris, était tendue à rompre. Elle se coupa d'un seul coup au contact de la lame et l'animal dégringola dans le vide en tournoyant sur lui-même. Les hommes qui se trouvaient dessous s'écartèrent et le corps massif tomba avec un bruit sec dans la gadoue, qui amortit le choc. La bête se releva alors tant bien que mal et resta debout, les jambes flageolantes, de la boue jusqu'au ventre.

La terre tremblotait sous les pieds de Ralph pendant qu'il tranchait les traits qui retenaient les autres mules. Dès qu'elles furent libérées, il cria pour les faire partir au galop.

— Fuyez, bon sang ! lança Ralph à l'homme qu'il avait combattu.

Celui-ci, debout sous la pluie, jetait autour de lui des regards hébétés.

— Allons, venez !

Ralph le saisit par le bras et le tira à la suite des mules.

L'un après l'autre, les portiques alignés le long de la chaussée, certains portant d'énormes seaux encore retenus par le palan, basculèrent dans le vide, parmi le fracas des madriers brisés et des cordes qui lâchaient avec un claquement sec, comme des fils de coton.

Devant Ralph, les mules atteignirent la terre ferme et s'éloignèrent au galop en fouettant l'air de la queue et en donnant des coups de pied, soulagées d'être débarrassées de leur fardeau.

La chaussée s'inclina et s'affaissa, si bien que Ralph eut soudain l'impression de gravir une pente escarpée. A son côté, l'homme trébucha et tomba à genoux, puis, comme il commençait à glisser en arrière, il se jeta face contre terre et étendit les bras comme pour embrasser le sol.

— Levez-vous, cria Ralph en s'arrêtant.

Derrière eux, la terre grondait comme un animal vorace, tandis que la masse mouvante de gravier était en train de s'effondrer. Quatorze chariots se trouvaient encore sur la chaussée. Une demi-douzaine de conducteurs avaient abandonné leur attelage et s'enfuyaient, mais ils étaient partis trop tard. Le petit groupe s'arrêta. Certains se jetèrent à plat ventre et s'agrippèrent à la terre. Un autre sauta hardiment dans le vide.

Il s'enfonça dans la boue et trois mineurs noirs le mirent en sécurité, malgré une jambe cassée qu'il glissait dans la boue derrière lui.

L'un des chariots chargés, avec quatre mules dans les traits, bascula et se fracassa sous le poids du gravier en heurtant le fond de la mine. Une mule noire empalée sur un brancard et perdant ses entrailles poussait des cris presque humains en battant l'air de ses sabots.

Ralph s'accroupit, releva le conducteur et le tira le long du plan de plus en plus incliné, mais l'homme était à moitié paralysé de terreur et gêné par les pans déchirés de son ciré.

La chaussée s'ouvrit brusquement au milieu et s'effondra dans un grondement de tonnerre, projetant telle une gigantesque catapulte chariots et bêtes dans le puits.

Ralph jeta un coup d'œil par-dessus son épaule sur le carnage et vit que toute la chaussée s'écroulait en une vague qui s'avançait à grande vitesse vers lui. La terre jaune pareille à un fluide épais et visqueux se brisait dans un bruit sourd.

— Venez ! lança Ralph à l'homme qu'il tenait.

Soudain, la terre bascula en sens inverse et les projeta de l'autre côté, vers le salut.

Ils se précipitèrent, le conducteur agrippé à l'épaule de Ralph. Une dizaine de pas les séparaient de la terre ferme et Ralph ne se retourna pas. Les bruits affreux montant du fond du puits mettaient les nerfs à vif et il savait que jeter un autre coup d'œil à la vague de terre qui s'effondrait risquait de le paralyser d'effroi.

— Allez ! haleta-t-il. Nous allons y arriver, nous y sommes presque. Allez !

La terre s'ouvrit alors devant leurs pieds dans un claquement sec, comme sous le coup de hache d'un géant. La crevasse avait un mètre de large et plus de vingt-cinq mètres de profondeur, mais dans les secondes qui suivirent, alors qu'ils chancelaient, elle continua de s'élargir – à deux, puis près de trois mètres –, et la chaussée s'inclina en une dernière convulsion.

— Sautez ! cria Ralph en poussant l'autre vers l'effrayante cassure qui semblait fendre la terre jusqu'en son centre.

L'homme tituba en agitant les bras pour retrouver son équilibre, puis sauta maladroitement par-dessus l'abîme, son ciré déchiré enveloppant ses jambes et sa tête. Il heurta le rebord opposé de la crevasse avec la poitrine, les jambes dans le vide, et s'accrocha au sol boueux. Mais il n'avait pas de prise et glissait inexorablement en arrière.

Il était impossible à Ralph de prendre du recul pour sauter. La crevasse qui s'élargissait de seconde en seconde dépassait maintenant les trois mètres, et le sol qui menaçait de s'écrouler n'offrait pas de point d'appui stable.

Il posa un genou à terre, se stabilisa en s'appuyant d'une main au sol, puis se détendit comme un ressort et sauta haut car la chaussée s'était déjà affaissée au-dessous du niveau du rebord opposé.

La puissance de sa détente le surprit lui-même. Il atterrit sur la terre ferme et, emporté par son élan, courut une demi-douzaine de pas.

Derrière lui, l'homme gémit et glissa encore de quelques centimètres. Autour de ses doigts étalés s'ouvrit un réseau de petites fissures parallèles au bord de la crevasse. Ralph pivota et se précipita vers lui. Il se jeta à plat ventre et l'attrapa par le poignet. L'homme était couvert de boue et glissant comme une truite ; Ralph ne pourrait pas le tenir longtemps.

Par-dessus la tête du conducteur, il regarda au fond du puits et vit s'effondrer ce qui restait de la chaussée en une masse de terre et de boue mélangée à d'énormes blocs de gravier aggloméré qui grinçaient les uns contre les autres ainsi que les mâchoires de quelque monstre stupide, en écrasant et étouffant entre eux hommes et bêtes.

La voie n° 6 avait disparu tout entière, et, au fond du puits, de profondes crevasses sombres s'élargissaient en formant comme une monstrueuse toile d'araignée.

Tout en bas, les hommes semblaient de minuscules insectes ; leurs cris, faibles et vains, et leur débandade paraissaient désordonnés.

Ralph reconnut soudain son père. Lui seul se tenait fermement campé sur ses pieds et, même de cette hauteur vertigineuse, Ralph percevait la puissance de son regard. Sa voix lui parvint affaiblie au milieu du tohubohu.

— Tiens bon ! On vient. Tiens bon !

Mais sous le ventre de Ralph la terre murmurait et était animée de secousses impatientes tandis que le poids de l'homme l'entraînait inexorablement vers le bord.

— Tiens bon, Ralph !

Zouga tendait les mains vers son fils en un geste plus éloquent que tous les mots – un geste de souffrance et d'amour impuissant.

Puis soudain Ralph entendit des hommes crier derrière lui, sentit que des mains rudes le saisissaient par les chevilles, perçut le frottement d'une corde de chanvre contre sa joue et vit le nœud de la corde pendre devant son visage. Avec un immense soulagement, il vit le conducteur lancer son bras libre à travers le nœud qui se resserra sur son poignet.

Ralph put alors le lâcher et reculer en rampant.

Il regarda son père. Chacun était trop éloigné pour distinguer l'expression de l'autre.

Zouga garda les yeux levés vers lui un moment, puis se retourna brusquement et partit à grandes enjambées donner ses ordres aux Matabélés.

Le travail de sauvetage se poursuivit toute la journée. Pour une fois, tous les mineurs étaient unis dans un but commun.

Le Comité ferma le chantier et ordonna que tous les hommes quittent les zones non touchées. Les cinq autres voies d'accès furent déclarées interdites à la circulation ; on les voyait, là-haut, menaçantes dans les nappes de pluie argentées.

Les restes éboulés de la voie n° 6 grouillaient de sauveteurs. C'étaient les hommes qui étaient restés coincés au fond du puits après que les échelles en bois et les portiques s'étaient écroulés.

Il n'y avait aucun membre du Comité dans la zone 6 et, avec son autorité naturelle, Zouga ne tarda pas à être considéré comme le chef des opérations. Il avait noté mentalement l'endroit de la voie où se trouvaient les chariots et leurs conducteurs au moment de l'effondrement et il répartit les hommes disponibles en plusieurs équipes qu'il chargea de fouiller là où ils devaient être ensevelis. Ils s'attaquèrent à la masse de terre informe et traîtresse avec une fougue mêlée de haine et de peur rétrospective, qui exprimait leur soulagement d'avoir échappé à cette avalanche de boue et de gravier.

Au cours de la première heure, les hommes qu'ils sortirent de l'éboulis étaient vivants, certains miraculeusement protégés par un chariot renversé ou par le cadavre d'une mule. Lorsque la terre fut dégagée autour de lui, l'un de ces survivants se releva sans aide, tout tremblant, ovationné avec une sorte d'hystérie par ses sauveteurs.

Trois mulets étaient sortis indemnes de leur chute – l'un était le vieil Évêque gris de Zouga –, mais d'autres avaient été affreusement mutilés par les chariots brisés. Quelqu'un fit descendre un pistolet et un paquet de cartouches dans le puits, et Zouga passa d'une équipe à l'autre pour achever les infortunés animaux qui hennissaient et lançaient des coups de pied dans la boue.

Pendant ce temps, des équipes s'activaient au-dessus d'eux, au niveau du sol. Sous les ordres du Comité, des hommes attachèrent des échelles de corde et installèrent un portique de fortune pour remonter les blessés et les morts. A midi, on put commencer à hisser les blessés, attachés à des planches qui se balançaient le long de la paroi du puits.

Les hommes qu'ils purent ensuite sortir de terre étaient morts.

Le dernier qu'ils retrouvèrent était emprisonné comme un fÜtus dans la matrice froide de la terre. Zouga et Bazo se baissèrent épaule contre épaule dans l'excavation, saisirent le poignet qui dépassait de la boue et d'un commun effort libérèrent le cadavre de sa gangue. Il en sortit en glissant comme au moment de la naissance, mais les membres de l'homme étaient contractés dans la rigidité de la mort et ses orbites pleines de boue. D'autres mains soulevèrent le cadavre et l'emportèrent. Zouga grogna et s'étira le dos pour détendre ses muscles noués par le froid et la fatigue.

— Nous n'avons pas encore fini, dit-il au jeune Matabélé qui hocha simplement la tête.

Zouga sentit monter une bouffée de gratitude et d'affection pour lui. Il posa la main sur l'épaule de Bazo et tous deux se regardèrent pendant un moment avec gravité, puis Bazo demanda :

— Que devons-nous faire ?

— Il n'y a plus de route. Le travail ne reprendra pas sur ces concessions avant longtemps, expliqua Zouga d'une voix sourde en laissant retomber la main avec lassitude. Si nous y laissons des outils et du matériel, nous nous les ferons voler.

Ils avaient déjà perdu le chariot, le palan avec ses poulies métalliques et sa corde, ainsi que les seaux à gravier.

Zouga soupira et la fatigue le submergea comme une vague sombre et froide. Il n'avait plus d'argent pour remplacer ce matériel indispensable.

— Nous devons sauver ce que nous pouvons des vautours, ajouta-t-il.

Bazo appela ses hommes dans leur langue et les emmena aux concessions du Diable en longeant l'éboulis duquel dépassaient du matériel brisé et de la corde emmêlée et trempée.

Dans sa chute, la chaussée avait enseveli le coin est de la concession 142, mais le reste avait été épargné. Une profonde crevasse en zigzag s'était cependant ouverte dans le sol et du matériel y était tombé, à moitié plongé dans l'eau boueuse.

Bazo descendit dans la fissure et chercha à tâtons les outils et la corde enchevêtrés, qu'il passait aux Matabélés restés sur la terre ferme. Zouga les surveillait pendant qu'ils attachaient les outils en paquets et les portaient en titubant jusqu'au talus est, où ils devaient attendre leur tour pour hisser le matériel avec le seul palan en état de fonctionnement.

Les derniers rayons du soleil percèrent la masse de nuages bas et parvinrent jusque dans l'énorme puits creusé par les hommes.

Bazo récupéra la dernière pioche, la passa aux autres et s'appuya contre la paroi pour se reposer un peu. Il ne se sentait plus la force de sortir de la profonde crevasse. Le froid avait engourdi ses jambes et l'eau avait tellement ramolli sa peau qu'elle était toute ridée, comme celle d'un noyé. Il frissonna et serra ses bras contre sa poitrine. Il avait l'impression que s'il fermait les yeux, il s'endormirait debout.

Il fit un effort et regarda la terre devant son visage. Un filet d'eau de pluie, qui coulait encore depuis la surface, avait ouvert une rigole de quelques centimètres de largeur et de profondeur. L'eau était presque claire, à peine colorée par la boue. A un endroit, elle avait rencontré un obstacle le long de la paroi et jaillissait par-dessus en une petite cascade.

Soudain, Bazo eut soif. Il se pencha et laissa le filet d'eau couler sur ses lèvres et sa langue avant d'en avaler une gorgée.

Les rayons du soleil atteignirent la paroi où une étrange lumière jaillit non loin de son visage. Elle s'échappait en dansant, puissante, pure et blanche, du filet d'eau auquel il se rafraîchissait.

Il la regarda d'un œil morne, et il lui vint lentement à l'esprit que l'obstacle qui empêchait l'eau de couler droit était enchâssé dans la paroi ; tandis que les rayons du soleil jouaient sur lui, le faisant luire et scintiller, il semblait changer de forme et de substance sous l'eau teintée de jaune.

Il le toucha avec son index, et l'eau courut le long de son bras puis dégoulina en arrivant au coude. Il essaya de le dégager, mais il était profondément enfoncé dans la paroi et sa surface glissante comme du savon empêchait ses doigts gourds d'avoir une bonne prise.

Il prit le sifflet en corne suspendu à son cou et se servit de la pointe pour extraire le joli petit objet, qui tomba lourdement dans sa paume.

C'était une pierre, mais une pierre comme il n'en avait encore jamais vu. Il la tint sous le filet d'eau, et avec son pouce la débarrassa de la boue qui la recouvrait. Il la regarda de nouveau avec curiosité en la faisant tourner au soleil.

Jusqu'à son arrivée à la mine, Bazo n'avait jamais

considéré que les pierres et les roches puissent être différentes, pas plus qu'une goutte de pluie ne diffère d'une autre ou qu'un nuage n'est plus précieux ou utile que ses voisins. La langue matabélée ne différenciait pas un morceau de granit d'un diamant, tous deux étaient des *imitshé*. Seule l'obsession maniaque des Blancs pour les pierres l'avait amené à porter sur elles un regard neuf.

Pendant tous ces mois passés à peiner dans les excavations, il avait vu bien des choses curieuses et appris beaucoup sur les Blancs et leurs mœurs. Au début, il n'avait pu croire qu'ils attribuent tant de valeur à des choses si insignifiantes. Qu'un vulgaire caillou pût être échangé contre six cents têtes de bétail lui semblait de la pure folie, mais il avait finalement constaté qu'il en était bien ainsi, et lui et sa petite bande d'*amadoda* s'étaient enthousiasmés pour le ramassage des pierres. Ils se précipitaient comme des pies sur n'importe quel caillou brillant ou coloré et l'apportaient fièrement à Bakela pour recevoir leur récompense.

Leur enthousiasme des débuts n'avait pas tardé à se refroidir, car il n'y avait aucune logique dans l'esprit de l'homme blanc. Les pierres les plus éclatantes étaient mises au rebut avec mépris. Bakela leur rendait en secouant la tête les plus jolis cailloux rouge et bleu, dont certains étaient émaillés de couleurs comme des perles de céramique. En revanche, de temps à autre, il choisissait un petit éclat de pierre terne et sans le moindre intérêt en donnant une pièce d'or à celui, aux anges, qui l'avait découvert.

Le paiement en pièces avait d'abord déconcerté les Matabélés, mais ils apprenaient vite. Ces petits disques de métal pouvaient être échangés à leur tour contre tout ce que l'on voulait – un fusil, un cheval, une femme ou un bœuf – dans la mesure où l'on en avait assez.

Bakela avait essayé d'expliquer à Bazo et à ses Matabélés comment reconnaître les pierres pour lesquelles il payait une pièce d'or. En premier lieu, elles étaient petites, jamais beaucoup plus grosses que les graines d'alhagi.

Bazo examina la pierre qu'il tenait dans sa paume. Elle était énorme ; c'était tout juste s'il pouvait refermer ses doigts dessus. Les pierres que voulait Bakela avaient en général une certaine forme, régulière, à huit côtés, une pour chaque doigt moins les pouces. Cette grosse pierre ne possédait pas une telle forme. D'un côté, elle était coupée net, comme avec un couteau ; le reste était arrondi et poli, avec un lustre rappelant l'apparence du savon.

Bazo la passa encore une fois sous l'eau ; quand il la sortit, la fine couche liquide qui en recouvrait la surface se rétracta immédiatement en gouttelettes et disparut, laissant la pierre sèche et brillante.

C'est étrange, estima Bazo, mais la pierre n'était pas de la bonne couleur. Bakela avait expliqué qu'elles devaient être jaune pâle, gris brillant ou même brunes. Lorsqu'on regardait cette pierre, on avait l'impression de voir une mare d'eau claire dans les montagnes. Il voyait la forme de sa main au travers, et elle était pleine de petites étoiles filantes qui, lorsqu'il la tournait, lui lançaient des petites flèches lumineuses dans les yeux. Non, elle est trop grosse et trop jolie pour avoir de la valeur, conclut Bazo.

— Bazo ! *Checha !* l'appela Bakela. Viens, allons manger et dormir.

Bazo laissa tomber la pierre dans le petit sac de cuir accroché à sa taille et escalada tant bien que mal la paroi de la crevasse. La file des Matabélés conduite par Zouga avançait déjà d'un pas lourd dans la boue, chacun ployant sous un chargement de pelles et de pioches, l'un des grands seaux en cuir ou un rouleau de corde boueuse.

— Il a la vie de six hommes sur la conscience. J'étais là, j'ai vu comment ça s'est passé. Il a amené son attelage sur le chariot de Mark Sanderson.

L'accusateur était un mineur de haute taille, bien pansu, à l'abondante chevelure grisonnante et aux lourdes épaules. En proie à une juste indignation, il était en train de se mettre dans tous ses états, et Zouga vit que son excitation était contagieuse : la foule commençait à gronder et à se presser nerveusement autour du chariot.

Le Comité des mineurs était réuni en séance publique. Dix minutes plus tôt, il s'était constitué en commission d'enquête sur l'effondrement de la voie n° 6.

Un chariot avait été tiré au milieu de la place du Marché pour servir de tribune, autour de laquelle s'était assemblée la foule compacte des mineurs de la section 6. Depuis l'effondrement de la route, ils n'avaient pu retourner travailler sur leurs concessions, et ils revenaient de l'enterrement des six hommes qui avaient péri écrasés par le glissement de terrain. La plupart avaient commencé la veillée en l'honneur de leurs compagnons disparus et tenaient des bouteilles débouchées.

Aux mineurs se mêlaient tous les flemmards du camp, les transporteurs et les marchands ; même les acheteurs de diamants avaient fermé leurs officines pour la circonstance. La réunion affecterait directement leur avenir.

— Voyons un peu ce drôle, cria quelqu'un à l'arrière de la foule, et il y eut un grognement d'approbation menaçant.

— Très juste, qu'il se présente !

Zouga se trouvait près d'une des grandes roues arrière du chariot, cerné par la cohue, et il jeta un coup d'œil à Ralph, à son côté. Pour le regarder, il n'avait plus besoin de baisser les yeux. Ils avaient la même taille.

— Je vais monter les affronter, murmura Ralph d'une voix rauque.

Sous son hâle, sa peau était grise et l'inquiétude se lisait dans ses yeux vert sombre. Il savait aussi bien que son père combien sa position était critique : il allait être jugé par une foule d'hommes en colère, vindicatifs et, pour la plupart, imbibés d'alcool bon marché.

L'effondrement de la voie avait complètement dévalorisé leurs concessions. Ils ne pouvaient plus en extraire le gravier ; les parcelles étaient isolées, coupées du reste, ils brûlaient de trouver un bouc émissaire et de se venger. Et cette vengeance allait être brutale.

Ralph s'apprêta à grimper sur le chariot où attendaient les douze membres du Comité.

— Reste là, l'arrêta Zouga en lui posant une main sur le bras.

— Papa..., commença à protester Ralph à voix basse, la peur toujours dans ses yeux.

— Ne bouge pas, répéta doucement son père, qui sauta avec légèreté sur la plate-forme du chariot.

Il salua les membres du Comité d'un rapide signe de tête, puis se tourna vers la foule, les pieds écartés, les poings sur les hanches. Il était nu-tête, sa barbe accrochait les rayons du soleil et se dressait de façon agressive.

— Messieurs, lança-t-il d'une voix claire qui porta jusqu'aux derniers rangs de l'assemblée, mon fils n'a que seize ans. Je suis là pour répondre à sa place.

— S'il est assez grand pour tuer six hommes, il l'est aussi pour répondre de ses actes.

— Il n'a tué personne, répondit froidement Zouga. Si vous tenez à attribuer la responsabilité de ces morts à quelqu'un ou à quelque chose, attribuez-la à la pluie. Descendez dans le puits, vous verrez comment elle a sapé le talus.

— C'est lui qui a cherché la bagarre, beugla le mineur chenu. Je l'ai vu donner un coup de fouet à Mark Sanderson.

— Pas une heure ne passe sans qu'il y ait une bagarre sur l'une ou l'autre des voies d'accès, rétorqua Zouga. Je vous ai vu y distribuer des coups de poing et vous faire fouetter les fesses en retour.

Il y eut quelques rires, l'atmosphère se détendit, et Zouga profita de l'avantage.

— Au nom de tout ce qui est sacré, messieurs, il n'y en a pas un parmi nous qui ne protège ses droits. C'est ce qu'a fait mon fils, face à un homme plus âgé et plus fort que lui, et s'il est coupable, alors nous le sommes tous.

Ils aimaient cela, s'entendre dire qu'ils étaient des hommes rudes et indépendants, fiers de savoir se battre et d'être des durs.

— Essayez-vous de me dire qu'un gamin a réussi à faire dégringoler la voie n° 6 à lui tout seul, d'un simple coup de fouet ? Si tel est le cas, je suis fier qu'il soit mon fils.

Ils rirent de nouveau et, derrière Zouga, un grand blond à la tenue négligée, au menton fendu et aux yeux bleu pâle, se pencha vers son voisin :

— Il est bon, Pickling, murmura-t-il, appelant Neville Pickering par son surnom. Il parle aussi bien qu'il écrit, c'est-à-dire pas mal du tout.

— Non, messieurs, reprit Zouga en changeant de

rythme. Cette voie d'accès était un piège mortel, prêt à se déclencher avant que la première charrette de gravier ne s'y engage vendredi matin. Ce glissement de terrain n'est la faute de personne. C'est tout simplement que nous avons creusé trop profondément et qu'il a trop plu.

Les hommes hochaient la tête à présent, l'air grave et préoccupé.

— Nous sommes allés trop profond, enchaîna Zouga, et à moins que nous mettions au point un nouveau système pour extraire le gravier de nos concessions, ce ne sont pas les derniers morts que nous aurons à enterrer.

Zouga regarda un des mineurs se frayer un chemin à travers la foule et grimper sur le brancard du chariot.

— Écoutez-moi, bande de canailles, cria-t-il.

— La présidence agrée M. Sanderson, murmura Neville Pickering d'un ton sarcastique.

— En vous remerciant, chef, lança le mineur en levant son chapeau melon cabossé qu'il avait mis spécialement pour venir à la réunion, avant de se tourner vers la foule avec une grimace. Mieux vaut ne pas chercher noise au mioche de Zouga Ballantyne et l'avoir de son côté en cas de grabuge. (Il ajouta à l'intention de Ralph :) Viens là, jeune Ballantyne.

Toujours pâle et inquiet, celui-ci restait en retrait, mais des mains rudes le poussèrent et il se hissa sur le chariot.

Le mineur dut lever le bras pour le prendre par l'épaule.

— Ce gamin aurait pu me regarder tomber dans le puits comme une tomate pourrie et me laisser m'écraser au fond, dit-il en faisant un bruit mat vaguement obscène avec ses lèvres pour illustrer son propos. Il aurait pu mettre les bouts et me laisser en plan, mais il ne l'a pas fait.

— Parce qu'il est jeune et stupide, lança quelqu'un. S'il avait été un peu sensé, il t'aurait poussé, misérable gredin.

Il y eut un concert d'acclamations et de huées.

— Je vais payer un coup à ce garçon, annonça Sanderson.

— Ça, pour une première, c'est une première. Tu n'as encore jamais offert à boire à personne.

Sanderson ignora la remarque d'un air hautain.

— Dès qu'il aura dix-huit ans, je lui paierai un coup.

Une tempête de sifflets et de rires éclata dans l'assistance et les mineurs se dirigèrent vers les tavernes.

Il était évident, même pour les plus butés, qu'il n'allait pas y avoir de lynchage, et c'est à peine si quelques-uns prirent la peine d'attendre le verdict du Comité. Il était plus important d'avoir une bonne place au bar.

— Cela ne signifie pas que nous approuvions votre comportement, jeune homme, déclara sévèrement Pickering. Nous ne sommes pas à Bultfontein ni à Dutoitspan. Nous essayons de montrer l'exemple. A l'avenir, efforcez-vous de vous comporter en gentleman. Je veux dire que donner des coups de poing est une chose, mais le fouet... (Il leva un sourcil dédaigneux et se tourna vers Zouga.) Si vous avez une idée de la façon dont nous allons exploiter la section n° 6 maintenant que la voie d'accès n'existe plus, nous aimerions que vous nous en fassiez part, major Ballantyne.

Hendrick Naaiman se serait volontiers qualifié lui-même de « Bastard », et avec un profond sentiment de fierté. Cependant, le ministère des Affaires étrangères britannique eût trouvé le mot curieux dans une correspondance officielle et des traités, surtout si ceux-ci devaient être soumis à la signature de la reine Victoria. On avait donné le nom de Griqua à la nation et la région où se trouvait la mine avait été rebaptisée Griqualand-Occidental, appellation qui permettait plus facilement à Whitehall de soutenir le vieux Nicholaas Waterbœr ainsi que la revendication du chef bastard sur le pays, contre celles des présidents bœrs des républiques du backveld.

Il était remarquable de constater qu'avant la découverte des diamants personne, y compris la Grande-Bretagne, ne témoignait du moindre intérêt pour cette plaine aride et désolée, quel que fût son nom.

Dans les veines d'Hendrick Naaiman coulait le sang mêlé de plusieurs peuples.

Celui des Hottentots dominait, de ces gens robustes à la peau dorée et aux yeux sombres rencontrés par les premiers navigateurs portugais qui avaient posé le pied à Bonne-Espérance.

Au sang hottentot s'ajoutait celui des femmes bochimans capturées par des générations d'hommes. Ces femmes ressemblaient à des poupées dont le teint beurre frais, le délicat visage triangulaire, les yeux bridés d'Orientales et les traits aplatis ne constituaient qu'une partie de leur attrait. Pour qui considérait des fesses imposantes comme une marque de beauté chez les femmes, celles des Bochimans étaient irrésistibles, renflements généreux comme les bosses d'un chameau et, dans les déserts arides du Kalahari, remplissant la même fonction.

Venait encore s'ajouter la contribution des parias fingos et pondos, qui avaient fui les ruses de leurs chefs cruels et de leurs sorciers impitoyables, et celle des esclaves malais, échappés à leurs maîtres hollandais, qui avaient réussi à franchir les défilés secrets des montagnes autour du cap de Bonne-Espérance pour rejoindre les bandes de Griquas nomades sur les vastes plaines de l'intérieur.

Le mélange était encore compliqué par la présence des orphelines anglaises ayant survécu au naufrage des navires qui, faisant le service des Indes orientales, s'étaient échoués sur les rochers battus par le courant des Aiguilles. Leurs sauveteurs à la peau plus sombre les avaient prises pour épouses à la puberté. Il ne fallait pas oublier les marins britanniques enrôlés de force dans la marine royale au moment des guerres napoléoniennes, qui préféraient la vie de déserteur dans les régions sauvages et désertes du sud de l'Afrique aux rigueurs de leur service. S'étaient également enfuis dans ces régions les détenus échappés des navires de transport qui faisaient escale à Bonne-Espérance avant d'entamer la dernière partie de leur long voyage vers l'Australie et les pénitenciers de Botany Bay.

Étaient arrivés ensuite des colporteurs juifs itinérants, des missionnaires écossais qui prenaient l'injonction divine « Croissez et multipliez » comme thème de leur sermon, et des commandos de maraudeurs, venus chercher des esclaves, qui prélevaient leur tribut dans un ravin poussiéreux ou derrière un buisson d'épineux sous l'insondable ciel d'Afrique. Les chasseurs d'éléphants étaient passés par là au début du siècle, et avaient fait halte pour y prendre un gibier plus tendre, plus facile.

C'étaient les ancêtres d'Hendrick Naaiman : il était bâtard et fier de l'être. Des frisettes sombres de Gitan pendaient sur le col de sa veste en daim. Il avait les dents régulières, solides et parsemées de petites taches blanches, ayant bu depuis son enfance les eaux riches en calcaire des puits du Karroo.

Ses yeux étaient noirs comme du charbon et sa peau

caramel semée de marques plus sombres laissées par la petite vérole, car ses ancêtres blancs avaient répandu sur la tribu d'autres bienfaits de la civilisation : poudre à canon, alcool et maladies en tout genre.

En dépit de ces cicatrices, Hendrick était bel homme, grand, large d'épaules, avec de longues jambes musclées, des yeux vifs et un sourire éclatant. Il était assis sur ses talons face à Bazo, de l'autre côté du feu, coiffé de son chapeau à large bord dont les plumes d'autruche se balançaient au rythme de sa gesticulation, de son rire et de sa harangue.

— Seuls l'oryctérope et le tamanoir creusent la terre sans attendre d'autre récompense qu'une bouchée d'insectes.

Naaiman parlait en zoulou, assez proche de leur propre langue pour que les Matabélés le comprennent aisément.

— Est-ce que ces êtres velus au visage pâle sont propriétaires de la terre et de tout ce qui est dessus ou dessous ? Sont-ils des créatures magiques, des sortes de dieux pour vous dire : « Je possède chaque pierre de la terre, chaque goutte de... » (Naaiman marqua un temps d'arrêt ; il était sur le point de dire « l'océan », mais il savait que son auditoire n'avait jamais vu la mer) « ... chaque goutte des rivières et des lacs. »

Il secoua la tête, agitant ses frisettes.

— Je vous le dis, lorsqu'ils pèlent, leur peau brûlée par le soleil, la chair que l'on voit, est de la même couleur que la vôtre ou la mienne. Si vous croyez que ce sont des dieux, allez sentir leur haleine le matin au réveil ou regardez-les s'accroupir sur les latrines. Ils le font exactement comme vous et moi, mes amis.

Le cercle des Noirs l'écoutait fasciné, car ils n'avaient jamais entendu exprimer de telles idées.

— Ils ont des fusils, fit remarquer Bazo.

Naaiman partit d'un rire moqueur.

— Des fusils, répéta-t-il en tapotant l'Enfield posé sur ses genoux. Moi aussi j'ai un fusil, et lorsque vous serez arrivés au bout de votre contrat, vous en aurez un aussi. Nous sommes donc des dieux, vous et moi. Nous sommes donc propriétaires des pierres et des rivières.

Habilement, il parlait à la première personne du pluriel, bien qu'il méprisât ces sauvages aussi cordialement que le faisait n'importe quel prospecteur blanc.

Bazo retira le bouchon de sa corne à priser et versa un peu de poudre rouge sur la paume de sa main. Il ferma la narine gauche avec son pouce et aspira profondément la poudre avec l'autre, puis recommença avec la droite. Ensuite il se redressa et cligna des yeux d'un air extatique avant de passer la corne à Kamuza, son cousin, assis à côté de lui.

Hendrick Naaiman attendait avec la patience d'un Africain que la corne à priser eût bouclé le cercle et fût arrivée entre ses mains. Il prit une pincée pour chaque narine et renversa la tête pour éternuer dans le feu, puis il demeura silencieux jusqu'au moment où Bazo prit la parole.

Le Matabélé regarda les charbons ardents en fronçant les sourcils, regarda les démons, les silhouettes et les faces d'étranges hommes et animaux, les esprits des flammes prendre forme et disparaître. Il aurait aimé qu'ils le conseillent.

Il leva enfin les yeux vers l'homme assis de l'autre côté du feu, examinant de nouveau ses bottes lacées, son pantalon en velours, son couteau en acier de Sheffield fixé à sa ceinture à clous de cuivre, son gilet de velours magnifiquement brodé et son foulard de soie.

C'était sans nul doute un homme important et un gredin. Bazo n'avait pas confiance en lui. Il sentait presque la tromperie et la ruse émaner de tout son être.

— Pourquoi un grand chef, un homme de valeur comme toi, vient-il nous dire tout cela ?

— Bazo, fils de Gandang, entonna Naaiman d'une voix profonde et lourde de présage, j'ai fait un rêve la nuit dernière. J'ai rêvé que sous ta case étaient enfouies certaines pierres.

Pendant quelques instants les yeux de tous les guerriers matabélés se tournèrent vers le sol en terre battue à l'arrière de la petite case enfumée, à l'endroit le plus sombre de la pièce circulaire, et Naaiman se retint de sourire.

Les trésors étaient toujours enfouis dans le sol des cases, là où l'on pouvait étendre sa couche et les garder même en dormant. La question n'était pas de deviner l'endroit mais de savoir si, oui ou non, la bande des Matabélés avait déjà appris à connaître la valeur des diamants et à en mettre de côté, comme le faisaient toutes les équipes de mineurs. Ces regards furtifs et coupables lui donnaient la réponse, mais il poursuivit tranquillement, sans laisser voir sa satisfaction :

— Dans mon rêve, j'ai vu que vous étiez trompés, que lorsque vous portiez les pierres à l'homme blanc, à Bakela, il ne vous donnait qu'une seule pièce d'or avec la tête de la reine blanche dessus. (Le beau visage de Naaiman s'assombrit.) Je suis venu te mettre en garde, mon ami. Faire en sorte que tu ne sois pas floué. Te dire que quelqu'un te paiera tes pierres à leur vraie valeur, et que tu auras un beau fusil tout neuf, un cheval avec une selle, un sac rempli de pièces d'or – tu auras tout ce que tu désires.

— Qui est cet homme ? demanda prudemment Bazo.

Naaiman ouvrit les bras et sourit pour la première fois.

— C'est moi, Hendrick Naaiman, ton ami.

— Combien donneras-tu ? Combien de reines blanches pour ces pierres ?

Naaiman haussa les épaules.

— Je dois les voir. Mais je te promets une chose : ce sera bien davantage que l'unique pièce que te donnerait Bakela.

Bazo redevint silencieux.

— J'ai une pierre, reconnut-il finalement. Mais je ne sais pas si elle possède l'esprit que tu cherches. Elle est étrange, différente de toutes celles que tu as jamais vues.

— Montre-la-moi, mon vieil ami, murmura Naaiman d'un ton encourageant. Je te donnerai le conseil d'un père à son fils préféré.

Bazo prit la corne à priser et la retourna dans tous les sens entre ses doigts, les muscles de ses épaules et de ses bras saillant puis se détendant, et ses traits réguliers, froncés à force de réfléchir, semblant taillés dans de l'ébène.

— Va-t'en, dit-il enfin, et reviens lorsque la lune sera levée. Viens seul, sans fusil, sans couteau. Et sache qu'un de mes frères sera toujours derrière toi, prêt à t'enfoncer la lame de sa sagaie dans la poitrine à la moindre pensée traîtresse.

Quand Hendrick Naaiman se mit à quatre pattes pour franchir de nouveau l'entrée de la case, il était minuit passé ; le foyer n'était plus qu'un tas de braises rougeoyantes, les fantômes gris de la fumée tourbillonnaient à la lumière de la lanterne qu'il portait, et les lames nues des courtes lances de guerre lançaient des reflets bleutés meurtriers.

Il sentait la sueur des hommes nerveux qui tenaient

ces armes redoutables et les ailes de la mort semblaient bruisser dans les recoins obscurs de la case. Il n'ignorait pas que cette sombre menace était toute proche, car des hommes apeurés sont des hommes dangereux. La menace omniprésente de la mort faisait partie intégrante de son métier, mais il ne pourrait jamais s'y habituer. Lorsqu'il salua Bazo, il sentit sa voix trembler.

Le jeune Matabélé était assis au même endroit que la dernière fois, face à la porte de la case, adossé à l'épais mur de torchis, sa sagaie à son côté, la hampe à portée de la main.

— Assieds-toi, ordonna-t-il au Griqua.

Naaiman s'assit en face de lui. Bazo fit un signe de tête à deux de ses hommes, qui, aussi silencieux que des léopards, montèrent la garde à l'extérieur tandis que deux autres guerriers s'accroupissaient derrière Naaiman, leur sagaie dans la main droite, la pointe à quelques centimètres seulement de la colonne vertébrale de l'homme.

On entendit au-dehors l'étrange « hou ! hou ! » d'un engoulevent, manifestement le signal que Bazo attendait : l'un de ses *amadoda* lui garantissait qu'ils n'étaient pas observés. Hendrick Naaiman hocha la tête d'un air approbateur : le jeune Matabélé était astucieux et prudent.

Bazo posa sur son giron le contenu d'un morceau de tissu auquel de la terre fraîche adhérait encore. Il écarta rapidement celui-ci et se pencha par-dessus le feu à moitié éteint pour déposer la pierre entre les mains de Naaiman.

Le grand Griqua resta paralysé, ses mains en coupe devant son visage, ses traits sombres figés dans une expression d'incrédulité, de complète stupéfaction. Puis ses mains commencèrent à trembler légèrement, et, les yeux exorbités, il déposa précipitamment par terre l'énorme pierre chatoyante, comme si elle lui avait brûlé les doigts.

Personne ne dit mot ni ne bougea pendant près d'une minute, puis Naaiman s'ébroua comme s'il venait de sortir d'un profond sommeil, mais il n'avait pas quitté la pierre des yeux une seule seconde.

— Ce n'est pas possible, murmura-t-il en anglais, elle est trop grosse.

Puis, pris d'une hâte soudaine, il saisit la pierre brusquement et la plongea dans la calebasse d'eau potable posée près du foyer. Il la tint ensuite à la lumière de la lanterne et regarda l'eau dégouliner de la pierre comme si elle avait été enduite de graisse, glisser comme sur les plumes d'une oie sauvage.

— Par le sang de vierge de ma fille, murmura-t-il aussitôt.

Les hommes qui l'observaient, et à qui il avait communiqué son excitation, s'agitèrent légèrement dans l'obscurité.

Naaiman tendit la main vers la poche latérale de son manteau en daim, et immédiatement la pointe d'une sagaie s'enfonça légèrement dans la peau derrière son oreille.

— Dis-lui d'arrêter ! bafouilla-t-il.

Bazo secoua la tête et la pointe métallique se retira. Naaiman prit dans sa poche un tesson de verre vert sombre, reste d'une bouteille de champagne vide jetée derrière une taverne.

Il le cala fermement par terre en enfonçant les pointes de verre dans le sol argileux, puis examina la pierre de près. Le cristal s'était fendu nettement d'un côté tandis que la surface supérieure arrondie tenait bien dans le creux de sa main.

Il plaça ensuite le bord aiguisé de la pierre sur le tesson de bouteille, puis appuya dessus de toutes ses forces en lui imprimant un mouvement tournant. Il y eut un crissement qui le fit grincer des dents, et une profonde rainure blanche apparut dans le verre : la pierre l'avait coupé aussi aisément qu'un couteau coupe du fromage.

Le Griqua la posa devant lui avec vénération ; la gemme sembla s'animer tandis que la lumière jouait dans ses profondeurs limpides, muées en étoiles magiques mauve, vert et écarlate.

Il était sans voix, la gorge sèche, et parvenait à peine à respirer, la poitrine prise comme dans l'étau de sa cupidité, mais ses yeux brillaient tels ceux d'un loup dans la clarté des braises.

Hendrick Naaiman connaissait les diamants comme un jockey sait reconnaître un pur-sang ou un tailleur le toucher du tweed de qualité entre ses doigts. Les diamants étaient son sel, son pain, son souffle même, et il savait que celui qui était posé devant lui se trouverait un jour dans le trésor de quelque grand roi.

C'était déjà une légende vivante, une pierre que seul un monarque pourrait acheter, un objet dont la valeur, convertie en livres ou en dollars, stupéfierait même un homme riche.

— Cette pierre a-t-elle l'esprit que tu recherches ? demanda Bazo à voix basse, et Naaiman avala sa salive avant de pouvoir parler.

— Je t'en donnerai cinq cents reines d'or, répondit-il d'une voix rauque, presque douloureuse.

Ses paroles frappèrent les Matabélés comme le vent d'est venu de la mer frappe les forêts de Tzikhama, si bien qu'ils s'agitèrent et murmurèrent sous le choc.

— Cinq cents, répéta Hendrick Naaiman. Ce qui vous permettra d'acheter cinquante fusils ou beaucoup de bétail.

— Donne-moi la pierre, ordonna Bazo.

Comme Naaiman hésitait, la sagaie le piqua de nouveau et le fit sursauter violemment.

Bazo prit la pierre et la contempla d'un air songeur, puis il soupira.

— C'est une affaire importante, dit-il. Je dois y réfléchir. Va-t'en maintenant et reviens demain à la même heure. Je te donnerai ma réponse.

Le silence s'éternisa dans la case obscure longtemps après le départ du Griqua, avant d'être rompu par Kamuza.

— Cinq cents pièces d'or, dit-il. Je languis après les collines des Matopos, je languis après le lait des bêtes de mon père. Avec cinq cents reines d'or, nous pouvons partir d'ici.

— Sais-tu ce que font les hommes blancs à ceux qui volent ces pierres ? demanda Bazo à voix basse.

— Ce ne sont pas leurs pierres. Le Bastard nous a dit...

— Peu importe ce qu'il a dit ; si les Blancs t'attrapent, tu seras un Matabélé mort.

— Ils ont brûlé vif un homme dans sa case, murmura un autre. Il paraît qu'il sentait le rôti de phacochère.

— Ils en ont attaché un autre par les pieds et l'ont traîné jusqu'à la rivière avec un cheval au galop. En arrivant, il n'avait plus forme humaine.

Ils songèrent un moment à ces atrocités, sans pourtant être choqués par elles car ils avaient déjà vu des hommes brûlés vifs. Au cours d'une razzia à l'est du Matabeleland, leur propre régiment avait pris en chasse deux cents hommes, femmes et enfants machonas, à travers le dédale de grottes creusées dans les kopjes au-dessus de leur village.

Il eût été fastidieux de les poursuivre pour les obliger à sortir des entrailles des collines, ils avaient donc obstrué toutes les entrées des passages souterrains avec des branches de mopani et y avaient mis le feu. Certains Machonas étaient finalement sortis en courant au milieu des flammes, torches vivantes et hurlantes.

— Le feu n'est pas une bonne façon de mourir, dit Kamuza en débouchant sa corne à priser.

— Et cinq cents pièces est une grande quantité d'or, ajouta un de ses compagnons.

— Un fils vole-t-il les veaux dans le troupeau de son père ? leur demanda Bazo.

La remarque fit son effet. Pour les Matabélés, les grands troupeaux de bétail formaient la richesse de leur nation, et ils avaient appris à connaître les lois et les sanctions sévères qui gouvernaient leur entretien lorsqu'ils étaient *mujiba*, apprentis vachers.

— Boire le lait de la vache d'un autre suffit à entraîner la peine de mort, leur rappela Bazo.

Tous se souvinrent qu'ils avaient au moins une fois risqué de perdre la vie et le respect de leurs pairs pour une gorgée de lait chaud, le faisant gicler directement du pis de la vache dans leur bouche, de sorte qu'il dégoulinait de leur menton sur leur poitrine nue.

— Ce n'est pas un veau, objecta Kamuza, mais une simple petite pierre.

— Gandang, mon père, considère Bakela comme son frère. Si nous volons quelque chose à Bakela, c'est comme si nous le volions à mon père.

— Si tu portes cette pierre à Bakela, il ne te donnera qu'une seule pièce. Si tu la portes au Bastard, il t'en donnera cinq cents.

— C'est une question délicate, convint Bazo. Je vais y réfléchir.

Longtemps après que les autres se furent pelotonnés sous leur couverture de fourrure, il resta assis devant le feu mourant avec dans sa main droite le gros diamant qui brillait d'une lueur froide.

Ce lundi matin, trois hommes entrèrent à cheval dans le campement de Zouga et celui-ci sortit de sa tente pour les accueillir. Neville Pickering était à leur tête.

— J'espère que nous ne vous dérangeons pas, major, dit-il en mettant pied à terre, mais je voudrais vous présenter mes amis.

— Je connais M. Hayes, fit Zouga en serrant la main de l'ingénieur texan dégingandé avant de se tourner vers le troisième homme. Et, naturellement, je connais M. Rhodes de vue et de réputation.

La main de Rhodes était froide, sa peau sèche et ses articulations noueuses. Sa poignée de main donnait une impression de force, bien qu'elle fût rapide et légère. Il était grand, de la même taille que Zouga, et étonnamment jeune ; il devait avoir à peine plus de vingt ans, ce qui était bien peu pour s'être forgé une telle réputation.

— Monsieur Rhodes...

Personne, pas même Neville Pickering, ne l'appelait par son prénom. On disait qu'il signait ses lettres à sa propre mère « Votre fils affectionné, C.J. Rhodes ».

— Major Ballantyne. (Zouga fut de nouveau saisi, car Rhodes avait une voix fluette, haut perchée et comme haletante.) Je suis ravi de faire enfin votre connaissance. J'ai, bien entendu, lu votre livre, et il y a des tas de questions que j'aimerais vous poser.

— Jordan, amène les chevaux, lança Zouga en s'apprêtant à conduire ses hôtes vers l'ombre chiche de l'alhagi.

Mais, comme le garçon se précipitait hors de la tente pour obéir, Rhodes marqua une pause.

— Bonjour, Jordan, dit-il.

L'enfant s'arrêta brusquement et leva les yeux vers lui, tout interdit, puis commença à rougir sous le regard de son héros, stupéfait d'avoir été reconnu et appelé par son prénom.

— Je vois que tu as préféré la lecture aux coups de poing.

Dans sa hâte, Jordan était sorti son livre à la main. Rhodes se baissa et le lui prit.

— Doux Jésus..., dit-il. Plutarque ! Tu as un goût affirmé pour un garçon de ton âge.

— C'est un livre passionnant, monsieur.

— Je suis tout à fait de cet avis, c'est l'un de mes livres de chevet. As-tu déjà lu Gibbon ?

— Non, monsieur, murmura timidement Jordan, qui passait du rouge vif au rose pâle. J'ignore où je pourrais en trouver un exemplaire.

— Je te prêterai le mien quand tu auras fini celui-là, fit Rhodes en lui rendant ses *Vies parallèles*. Sais-tu où se trouve mon campement ?

— Oh oui, monsieur Rhodes.

Tous les jours, lorsqu'il revenait de l'église où avaient lieu les cours, Jordan effectuait un détour pour passer lentement devant le camp de toile et de chaume où Pickering et Rhodes vivaient en célibataires. A deux reprises, il avait aperçu au loin son idole, mais à chaque fois, dans un accès de timidité, il avait décampé.

— Parfait. Viens me voir quand tu voudras le Gibbon.

Pendant quelques instants encore, il examina le visage angélique de l'enfant, puis il tourna les talons et rejoignit les autres sous l'alhagi.

Les quatre hommes s'assirent en cercle sur des caisses vides et des rondins de bois. Il était trop tôt pour offrir de l'alcool à ses invités et Zouga en fut soulagé. Il avait à peine de quoi acheter à manger pour les siens, sans parler de whisky, et il devina qu'une bouteille n'aurait pas fait long feu, ses trois hôtes étant de solides buveurs.

Ils burent un café à petites gorgées et échangèrent les nouvelles du camp pendant quelques minutes, puis Pickering évoqua le véritable objet de leur visite.

— Nous n'avons trouvé que deux moyens pour permettre au travail de reprendre dans la zone 6, dit-il. Le premier est de construire une rampe...

— Je suis contre, interrompit Rhodes avec impatience. Dans les mois qui viennent, nous serons de nouveau confrontés au même problème... le puits est bien trop profond !

— Je suis de l'avis de M. Rhodes, dit l'ingénieur Hayes. Ce ne serait au mieux qu'une mesure provisoire. La rampe finirait par s'effondrer.

— La suggestion du major Ballantyne est la seule qui mérite considération, coupa Rhodes. (Zouga fut frappé par sa façon d'aller à l'essentiel et de mettre fin aux discussions inutiles.) Construire des échafaudages au bord du chantier et faire courir des câbles jusqu'au fond des excavations est la seule façon de résoudre le problème de la profondeur. Tenez, Hayes a fait quelques dessins.

L'ingénieur déroula ses plans, les étala à ses pieds et en maintint les coins en place avec des cailloux diamantifères provenant des résidus qui envahissaient le campement et menaçaient de le submerger.

— J'ai pensé au cantilever, commença à expliquer Hayes en termes techniques tandis que les autres approchaient leurs sièges et se penchaient sur les plans.

Nous devrons utiliser des treuils manuels, et peut-être des treuils à manège, jusqu'à ce que nous puissions recourir à la vapeur.

Ils débattaient calmement du projet, posaient des questions pénétrantes et, lorsque les réponses manquaient de clarté, demandaient des précisions en termes brefs. Il n'y avait pas de mots ni de discussions inutiles et le travail avançait rapidement.

Les treuils d'extraction seraient installés sur des échafaudages construits à la périphérie du puits.

— Nous devrons utiliser des câbles d'acier, fit remarquer Hayes. Le chanvre ne pourra faire l'affaire. Il faudra se contenter d'un seul câble par concession et ce sera déjà beaucoup.

— En combien de temps pouvons-nous nous les faire livrer ?

— Deux mois de transport jusqu'au Cap.

— Qu'est-ce que ça va coûter ? demanda Zouga.

Cette question lui avait brûlé les lèvres toute la matinée.

— Plus qu'aucun de nous ne peut payer, répondit Pickering en souriant. Ces temps-ci, à la mine, celui qui a mille guinées en poche est un homme riche.

— Qu'adviendra-t-il des mineurs qui ne pourront payer leur part des échafaudages ? insista Zouga.

Rhodes haussa les épaules.

— S'ils ne font pas en sorte de trouver la somme nécessaire, ils n'auront pas de câble. Il faudra désormais de l'argent pour exploiter une concession sur la mine.

— Ceux qui n'en ont pas devront vendre... c'est aussi simple que cela.

— Depuis le glissement de terrain, le prix des concessions de la zone 6 est tombé à cent livres, dit Zouga. Ceux qui vendront maintenant perdront leur chemise.

— Et ceux qui achèteront à ce prix-là tireront un coup de fusil, répondit Rhodes en levant ses yeux bleu pâle vers Zouga.

Il soutint son regard un moment d'une façon significative. Zouga comprit qu'il lui donnait un avis et fut surtout impressionné par la force et la détermination qu'il lisait dans son regard assuré. Il ne s'étonna plus qu'un homme si jeune se soit attiré un tel respect sur la mine.

— Est-ce que nous sommes tous d'accord ? demanda-t-il.

Avec moins de vingt livres pour tout capital et ses concessions isolées à vingt-cinq mètres au-dessous de la surface, et en partie recouvertes par l'éboulis, Zouga hésita.

— Major Ballantyne, êtes-vous partant ?

Tous le regardèrent.

— Oui, répondit-il avec fermeté. Incluez-moi dans le projet.

Il finirait bien par trouver l'argent nécessaire.

Tous se détendirent et Pickering partit d'un petit rire compréhensif.

— Ce n'est jamais facile de tout miser sur une carte.

— Pickling, n'ai-je pas entendu votre sacoche de selle tinter lorsque vous êtes descendu de cheval ? demanda Rhodes.

Pickering se remit à rire et alla chercher la bouteille.

— Cordon Argent, annonça-t-il en retirant le bouchon. Tout à fait de circonstance, messieurs.

Ils retournèrent leurs gobelets afin d'en ôter le marc de café et les tendirent pour recevoir le cognac.

— Aux échafaudages de la zone 6... Puissent-ils être construits rapidement et rester debout longtemps ! lança Pickering, et tous burent.

Hayes essuya ses favoris avec le dos de sa main et se leva.

— J'aurai préparé les commandes demain matin ; elles pourront partir avec la voiture de midi, dit-il en se hâtant vers sa monture.

Les hommes qui travaillaient pour Rhodes étaient toujours pressés. Mais ni Pickering ni Rhodes ne se levèrent pour suivre Hayes. Rhodes étendit au contraire ses longues jambes – il portait un pantalon blanc de cricket un peu taché – et croisa les chevilles tout en tendant de nouveau son gobelet.

— Que je sois damné si nous n'avons pas autre chose à célébrer en ce jour mémorable, dit-il tandis que Pickering versait le cognac dans les timbales.

— L'Empire, suggéra Pickering.

— Bonne idée, reconnut Rhodes. (Quand il sourit, la fente de son menton se marqua plus profondément et, sous sa moustache blonde, la ligne mélancolique de ses lèvres pleines se détendit.) Même cette horrible créature de Gladstone n'a pas réussi à entraver la marche de l'Empire vers le nord de l'Afrique. Le Foreign Office a enfin bougé. Les Griquas doivent être reconnus comme sujets britanniques et la requête de Waterbœr a été acceptée. Le Griqualand-Occidental doit devenir partie intégrante de la colonie du Cap et de l'Empire. Lord Kimberley nous a donné sa garantie.

— C'est une merveilleuse nouvelle, interrompit Zouga.

— Vous le croyez ? reprit Rhodes en le fixant du regard.

— J'en suis sûr. Il n'y a qu'un seul moyen d'amener la paix et la civilisation en Afrique, et c'est sous l'Union Jack.

Immédiatement, la relation entre les trois hommes devint plus détendue, comme si un accord tacite existait entre eux. Ce rapprochement rendit la conversation plus facile, plus ouverte.

— Nous sommes la première nation du monde, et il serait indigne de notre part de ne pas nous consacrer entièrement à notre devoir, poursuivit Zouga, et Rhodes acquiesça. Nous avons mis un terme à la traite des Noirs sur le continent ; ce n'était qu'un début. C'est seulement quand on a vu la sauvagerie et la barbarie qui règnent encore au nord d'ici que l'on mesure toute l'étendue de sa tâche.

— Parlez-moi de l'hinterland, demanda Rhodes de sa voix fluette, presque plaintive, si mal assortie à sa grande carcasse.

L'« hinterland ». Le terme était inhabituel, mais il vous collait aux lèvres, et Zouga s'entendit l'utiliser en décrivant la région sauvage dans laquelle il avait voyagé, chassé et prospecté.

Rhodes s'assit sur un rondin de bois, sa chevelure léonine penchée en avant, songeur et silencieux, mais les yeux vifs, attentifs. Il écoutait avec une ferveur presque religieuse, sortait de temps à autre de sa rêverie et dressait la tête pour poser une question avant de la laisser retomber en écoutant la réponse.

Zouga évoqua les grands fleuves lents qui coulaient dans de profondes vallées et sur les hauts-fonds desquels des troupeaux d'hippopotames défiaient le voyageur en ouvrant leurs grandes gueules roses sur leurs longues dents incurvées.

Il décrivit les marais, dont les vastes étendues de papyrus se balançaient comme des danseurs d'un horizon à l'autre, où le ciel formait comme un couvercle, étouffant le monde sous sa couverture bleue trempée par les redoutables vapeurs malariennes. Il parla du soulagement que l'on éprouvait en gravissant l'escarpement rocheux jusqu'à la fraîcheur du haut plateau couvert d'herbages dorés.

Il leur représenta les vastes espaces vides, les plaines

semées de troupeaux d'animaux sauvages, les fraîches forêts de hautes futaies, les ruisseaux limpides qui pouvaient abreuver les gens et les bêtes.

Il évoqua les royaumes disparus de monarques morts depuis longtemps, le Mambo et le Monomatapa, qui avaient bâti des cités de pierre maintenant envahies par la végétation – leurs idoles renversées et fracassées, les fondations menacées par les énormes racines des caprifiguiers qui en disloquaient inexorablement les joints.

Il leur parla des puits de mine que ces peuples avaient creusés puis abandonnés, laissant le quartz aurifère là où ils l'avaient broyé avant de s'enfuir.

— On voit l'or, dit-il, épais comme du beurre dans les filons. Il est là-bas dans la savane.

Il parla aussi des habitants de ces régions, les descendants des sujets du Monomatapa, décimés par la guerre, leur gloire depuis longtemps révolue. Et aussi de leurs conquérants, les Matabélés, les cruelles légions venues du sud, qui appelaient « bétail » ou, avec mépris, « Machonas », « mangeurs de terre », les tribus inféodées réduites en esclavage, qu'ils tuaient pour le plaisir, pour prouver leur virilité ou selon les caprices de leur roi.

Il décrivit la richesse des Matabélés, leurs immenses troupeaux de bétail – des dizaines de milliers de têtes, des bovins originaires d'Égypte ou du pays entre le Tigre et l'Euphrate, avec une bosse sur le dos, de grandes cornes et des robes de toutes les nuances possibles entre le noir d'encre et le blanc le plus pur.

Il leur parla des cavernes secrètes dans les collines, où les prêtresses des royaumes disparus continuaient d'accomplir leurs rites mystérieux et de rendre des oracles, tissant un voile arachnéen de sorcellerie et de magie qui enveloppait même leurs fiers et arrogants suzerains matabélés.

Puis, tandis que le jour diminuait et que le soleil se couchait derrière un rideau flamboyant de poussière rouge, Zouga leur parla des kraals des Matabélés, des régiments de guerriers cafres entraînés pour devenir les machines à tuer les plus impitoyables que l'Afrique ait jamais produites, des guerriers qui couraient pieds nus dans la bataille, derrière leur long bouclier de peau, leurs plumes se balançant sur leur tête, l'éclat de leurs sagaies illuminant la plaine comme les étoiles illuminent le ciel nocturne.

— Comment les combattriez-vous ?

Rhodes posa la question brutalement et interrompit Zouga en plein élan lyrique. Pendant quelques instants ils se regardèrent, instants chargés de présage, dont dépendit la vie de milliers d'hommes, noirs et blancs. Puis lentement la balance pencha d'un côté, et le destin d'un continent s'infléchit, comme une planète change d'orbite.

— Je frapperais au cœur, répondit Zouga, ses yeux soudain verts et froids, avec une petite force mobile de cavaliers...

— Combien d'hommes ?

Et soudain, tandis que le soleil disparaissait sous la plaine mauve, laissant des ombres sinistres entourer le petit groupe installé sous l'alhagi, ils se mirent à parler de guerre.

Jan Cheroot jeta des bûches sur le feu, ils s'assirent à la lumière rougeoyante du foyer et parlèrent d'or, de diamants, de l'Empire et de la guerre, et leurs paroles firent sortir de la nuit des colonnes d'hommes armés et montés, fantômes qui chevauchaient vers le futur.

Zouga s'interrompit brusquement au milieu d'une phrase, comme s'il avait vu un spectre ou reconnu un ennemi implacable dans l'ombre de l'alhagi.

— Qu'y a-t-il, Ballantyne ? demanda vivement

Rhodes en tournant la tête pour suivre le regard de Zouga.

Le grand oiseau sculpté en stéatite verte était dressé contre le tronc d'un faux acacia. Caché par le fatras de harnais et de matériel qui festonnait les branches alentour, il était jusque-là passé inaperçu, mais un caprice des flammes, la chute et l'embrasement d'une bûche l'avaient éclairé d'une lumière soudaine et spectaculaire.

Le faucon dominait les hommes assis et semblait présider leurs délibérations, écouter et diriger leur conversation sur l'or et le sang. Éternel comme le mal lui-même, aussi ancien que les collines lointaines dans la pierre desquelles il avait été taillé, il rendait à Zouga le regard de ses yeux vides et pourtant perçants ; son bec à la courbe cruelle paraissait sur le point de s'ouvrir pour émettre son cri de chasse... ou pour s'enfoncer dans la chair vivante. Zouga avait l'impression que les paroles de la prophétie prononcée tant d'années plus tôt dans la profonde caverne des collines des Matopos par la belle *umlimo* nue, oracle du Monomatapa, planaient encore dans l'ombre au-dessus de la statue :

Les faucons de pierre s'envoleront au loin. Il n'y aura pas de paix dans les royaumes du Mambo et du Monomatapa tant qu'ils ne seront pas de retour. Car l'aigle blanc sera en guerre avec le buffle noir jusqu'à ce que les faucons de pierre reviennent sur leur perchoir.

Ces paroles, proférées par la voix doucereuse, revinrent à Zouga, et il lui sembla qu'elles résonnaient contre son crâne et ses tympans.

— Que se passe-t-il, mon cher ami ? demanda à son tour Pickering.

Quelque chose ondula le long de la colonne vertébrale de Zouga et glissa comme un insecte sur la peau de ses avant-bras ; il sentit ses cheveux se dresser sur sa tête et dut se secouer pour se libérer de son angoisse.

— Rien, répondit-il d'une voix rauque. Ce n'est rien, seulement une sombre pensée.

Mais il avait toujours les yeux fixés sur la statue, et Rhodes suivit son regard.

— Sapristi ! N'est-ce pas la statue dont vous avez parlé dans votre livre ? lança celui-ci en se levant d'un bond.

Il se dirigea à grandes enjambées vers l'oiseau sculpté et resta immobile un long moment avant de tendre la main et de lui toucher la tête.

— Quelle pièce extraordinaire, dit-il à voix basse, posant un genou à terre pour examiner le motif en dents de requin gravé dans le socle.

Dans cette attitude, il avait l'air d'un adorateur, d'un prêtre accomplissant quelque rite bizarre devant son idole. Zouga sentit de nouveau ce frisson nerveux lui parcourir le bras. Afin de rompre le charme, il appela Jan Cheroot pour qu'il apporte une lanterne.

Dans le faisceau de celle-ci, ils scrutèrent la statue verdâtre. Rhodes promenait ses doigts sur la pierre polie avec une expression d'extase, le regard au loin, comme un poète qui entend intérieurement un chant.

Il resta seul près du faucon longtemps après que Pickering et Zouga furent retournés s'asseoir près du feu, et lorsque finalement il les rejoignit, le ton de sa voix était accusateur.

— C'est un objet inestimable, Ballantyne. Il est impardonnable de le laisser dehors sous cet arbre.

— Il a été logé à plus mauvaise enseigne pendant des siècles, peut-être des millénaires, répondit sèchement Zouga.

— Vous avez raison, soupira Rhodes, son attention de nouveau attirée par l'oiseau. Il est à vous, vous en faites ce que vous voulez. (Puis il ajouta impulsivement :) J'aimerais vous l'acheter. Dites-moi votre prix.

— Il n'est pas à vendre, répondit Zouga.

— Cinq cents livres, insista Rhodes.

Zouga tressaillit en entendant la somme, mais sa réponse fut immédiate.

— Non.

— Mille.

— Bigre, intervint Pickering. Pour ce prix-là, vous pouvez acheter dix concessions dans la section 6.

Rhodes ne le regarda pas, mais il hocha la tête.

— C'est exact, major Ballantyne, ou bien payer votre part des échafaudages.

Zouga fut tenté d'accepter. Mille livres lui auraient permis de se tirer d'affaire.

— Non, je suis désolé, dit-il en secouant la tête. (Se sentant obligé de donner des explications, il ajouta :) Il est en quelque sorte devenu mon dieu lare, mon porte-bonheur.

— Porte-bonheur ! grogna Jan Cheroot de l'autre côté du feu.

Les trois hommes tournèrent la tête. Aucun ne l'avait encore remarqué, assis à la limite de la zone d'ombre comme un gnome ratatiné.

— Porte-bonheur ! répéta le Hottentot avec mépris. Depuis que nous avons trouvé cet oiseau de malheur, nous n'avons pas eu un jour de chance. (Il dit cela en crachant dans les flammes.) Il nous a donné des ampoules aux pieds et écorché la peau du dos, il a brisé l'axe de nos chariots et rendu nos chevaux boiteux. Il nous a apporté les fièvres, la maladie et la mort. Mme Aletta est morte en le regardant, et Jordie l'aurait suivie si je n'avais pas flanqué ce satané machin dehors.

— Cela n'a aucun sens, dit Zouga d'un ton sec. Ce sont des superstitions de vieille Hottentote.

— *Ja*, contesta vertement Jan Cheroot. C'est de la superstition de vieille Hottentote si nous sommes assis dans la poussière de ce trou infernal à chasser les mouches le ventre vide ? C'est de la superstition si nous ne trouvons que des petites cochonneries alors qu'autour de nous les autres extraient des diamants gros comme des bouchons de carafe ? Si la terre s'est éboulée sur nos concessions et a failli engloutir Ralph ? Est-ce là la chance dont vous vous vantez d'avoir bénéficié grâce à l'oiseau, maître Zouga ? Si c'est le cas, écoutez ce que vous dit le vieux Jan Cheroot : prenez les mille livres que vous offre M. Rhodes et remerciez-le de vous avoir débarrassé de ce... ce...

Jan Cheroot ne trouva pas le mot et jeta un regard furieux à l'oiseau, sous l'alhagi.

— Bon sang, fit Pickering en souriant, vous l'asticotez comme une épouse.

Aucun d'eux ne fut surpris que le serviteur lance à son maître cette apostrophe familière. En Afrique, les relations de ce genre étaient fréquentes, le serviteur considérant qu'il faisait partie de la famille et avait son mot à dire dans les affaires de celle-ci, prétention acceptée par tous.

— Jan Cheroot déteste l'idole depuis le jour où nous l'avons découverte.

— Parlez-moi de ce jour-là, Jan Cheroot, ordonna Rhodes d'un ton brusque.

Le Hottentot s'enfla visiblement de suffisance. Rien ne pouvait lui faire davantage plaisir qu'un auditoire attentif et une bonne anecdote à lui raconter. Tandis qu'il bourrait avec ostentation sa pipe de tabac noir de Magaliesberg et l'allumait avec une braise, les deux garçons se faufilèrent hors de la tente, attirés par la perspective d'entendre une histoire. Ils jetèrent un regard prudent à Zouga et, comme il ne faisait rien pour les renvoyer, s'enhardirent.

Jordie se plaça à côté de Jan Cheroot et appuya sa tête blonde contre l'épaule du Hottentot, tandis que Ralph allait timidement s'asseoir avec les hommes près du feu.

— Nous étions depuis un an dans la savane, commença Jan Cheroot, un an sans avoir vu un homme civilisé, un an de randonnée et de chasse...

Les deux garçons s'installèrent avec délectation en attendant la suite. Ils avaient déjà entendu l'histoire cent fois et l'appréciaient à chaque fois davantage.

— Nous avions tué deux cents grands éléphants depuis notre départ du Zambèze et combattu des fourbes et des sauvages. La plupart de nos porteurs avaient déserté ou succombé à la maladie et aux fauves, nos provisions étaient finies depuis longtemps : plus de sel, ni de thé ni de médicaments, très peu de poudre à canon. Nos vêtements étaient en loques, nos bottes trouées et ressemelées avec de la peau de buffle.

» La journée avait été éreintante ; nous avions franchi des montagnes sans cols et des rivières sans nom. Des hommes ordinaires se seraient effondrés depuis longtemps et les oiseaux leur auraient déjà nettoyé les os. Nous-mêmes étions fatigués, malades et égarés. Autour de nous s'étendaient à perte de vue des collines sauvages et une brousse épaisse à travers laquelle seuls les buffles pouvaient passer.

— Et vous aviez besoin de miel pour reprendre des forces, ne put s'empêcher de lâcher Jordie, qui connaissait l'histoire par cœur. Sinon, vous seriez morts dans la brousse.

— Et nous avions besoin de miel sous peine de

mourir dans la brousse, confirma Jan Cheroot d'un ton solennel.

» C'est alors que sortit des buissons un petit indicateur gris, qui se mit à chanter comme ça...

Jan Cheroot imita le grasseyement haut perché de l'oiseau et agita les doigts pour simuler son battement d'ailes.

— Mais ce n'était pas un véritable indicateur, n'est-ce pas, Jan ? s'écria Jordie tout excité.

— Non, Jordie, ce n'en était pas un.

— Et vous l'avez suivi.

— Et nous l'avons suivi plusieurs jours à travers ce pays inhospitalier. Lorsque maître Zouga, votre père, avait envie de faire demi-tour, le vieux Jan Cheroot tenait bon. Je lui disais : nous devons continuer, car, à ce moment-là, moi qui ai une connaissance profonde des fantômes et des esprits, j'avais compris que ce n'était pas un vrai indicateur, mais un lutin sous l'apparence d'un oiseau.

Zouga eut un léger sourire. Ils n'avaient suivi l'oiseau que pendant quelques heures, et c'était Jan Cheroot qui avait voulu abandonner le premier et qu'il avait fallu pousser et convaincre de continuer.

— Puis soudain... (Jan Cheroot marqua une pause et écarta les bras dans un geste théâtral.) Soudain, devant nous, une muraille de pierre grise émergea de la brousse. Une muraille haute comme une montagne. Avec ma hache, je coupai les plantes grimpantes et trouvai une grande porte gardée par des esprits féroces...

— Des esprits ? répéta Zouga en souriant.

— Ils étaient invisibles à des yeux ordinaires, expliqua Jan Cheroot avec condescendance. Et je les ai mis en fuite avec un signe magique.

Zouga fit un clin d'œil à Pickering, mais Jan Cheroot ignora leurs sourires.

— Derrière la porte s'ouvrait la cour d'un temple, et c'est là que se trouvaient les statues. Elles avaient été jetées par terre, certaines fracassées, mais toutes recouvertes par des tas d'or, des montagnes d'or.

— Cinquante livres pour être exact, corrigea Zouga en soupirant. Des fragments et des petits morceaux que nous avons trouvés en tamisant la terre. J'en aurais préféré une montagne.

— Nous avons recueilli l'or et transporté cette statue sur quinze cents kilomètres...

— En ronchonnant à chaque pas, précisa Zouga.

— ... jusqu'à notre arrivée au Cap.

Il était minuit passé quand Jan Cheroot amena les chevaux sellés.

— Dites-moi, major, demanda Rhodes en prenant les rênes, cette région au nord, cette Zambézie, comme vous l'appelez dans votre livre, qu'est-ce qui vous empêche d'y retourner ? Qu'est-ce qui vous retient ici ?

— J'ai besoin d'argent, répondit franchement Zouga. Et je sais que la route commence ici. L'argent nécessaire pour prendre et tenir la Zambézie viendra de la mine.

— J'aime ceux qui voient grand, approuva Rhodes avec un hochement de tête.

— Pour l'instant ma fortune se réduit à bien peu de chose.

— Nous pouvons y remédier, reprit Rhodes en jetant un coup d'œil vers la statue de l'oiseau, mais Zouga eut un petit rire et secoua la tête. Si vous vous décidez à la vendre, je tiens à être informé le premier.

— C'est d'accord.

Rhodes mit le pied à l'étrier, sauta en selle et sortit du campement.

Pickering rapprocha sa monture de Zouga et se pencha vers lui :

— Il l'aura, dit-il d'un ton sérieux. Vous finirez par la lui vendre.

— Je ne crois pas.

Pickering sourit.

— Il obtient toujours ce qu'il désire vraiment. Toujours.

Il salua Zouga d'un signe de main, lança son cheval au petit galop et suivit Rhodes sur la piste poussiéreuse éclairée par les étoiles.

— Donne la pierre au Griqua, exhorta Kamuza à voix basse. Avec cinq cents reines d'or, nous retournerons chez nous chargés de trésors. Ton père, l'induna des Inyati, sera content, et le roi lui-même nous accordera une audience dans le grand kraal de Thabas Indunas. Nous deviendrons des hommes importants.

— Je ne fais pas confiance au Bastard.

— Peu importe. Ne fais confiance qu'aux pièces d'or qu'il apportera avec lui.

— Je n'aime pas ses yeux. Ils sont froids et, quand il parle, il siffle comme un cobra.

Ils restèrent silencieux, un cercle de visages sombres dans la case enfumée, accroupis autour du diamant qui, posé sur la terre battue, scintillait étrangement à la lumière du feu.

Ils discutaient depuis que le coucher du soleil avait mis fin à leur journée de travail. Ils avaient discuté en mangeant leur mouton filandreux, à la couenne bien grasse, et leur bouillie de maïs grillée jusqu'à devenir ferme comme un gâteau.

Ils avaient discuté en prisant leur poudre rouge et en buvant leur bière. Il était tard et le Bastard n'allait pas tarder à gratter à la porte pour demander sa réponse.

— La pierre ne nous appartient pas. Elle est à Bakela. Est-ce qu'un fils vend les veaux qui font partie du troupeau de son père ?

Kamuza eut un grognement exaspéré.

— Il est bien entendu contraire à la loi et à la coutume de voler sa tribu, de voler les anciens de la tribu, mais Bakela n'est pas matabélé. C'est un *buni*, un homme blanc. Il n'est pas plus contraire à la loi et à la coutume de lui prendre quelque chose que de percer la poitrine d'un Machona d'un coup de sagaie, de monter sa femme ou de prendre le bétail d'un Tswana et de mettre le feu à son kraal pour entendre crier ses enfants. Ce sont des choses normales et justes.

— Bakela est mon père, la pierre est comme son veau, confié à ma garde.

— Il ne te donnera qu'une seule pièce, se lamenta Kamuza, mais Bazo ne parut pas l'entendre.

Il ramassa une nouvelle fois le diamant et le fit tourner dans sa main.

— C'est une grosse pierre, dit-il l'air songeur, une très grosse pierre.

Il la tint devant ses yeux et la regarda en profondeur, subjugué par le chatoiement de ses feux et de ses formes.

— Si j'apporte à mon père un veau nouveau-né, reprit-il sans la lâcher des yeux, il sera content et me donnera une récompense. Mais si je lui en apporte une centaine, sa joie sera incomparablement plus grande et la récompense sera cent fois supérieure.

Il posa la pierre et donna une série d'ordres : ses

hommes partirent en toute hâte dans la nuit et revinrent immédiatement avec les outils qu'il les avait envoyés chercher. Ils le regardèrent alors en silence effectuer ses préparatifs.

Il étendit d'abord par terre une couverture en peaux de chacal argenté, puis plaça au milieu de celle-ci une petite enclume en acier avec laquelle il avait vu Zouga mettre en forme les fers des chevaux et le cerclage métallique des roues de chariot.

Il déposa le diamant sur l'enclume puis se débarrassa de son manteau. Nu devant le feu, les muscles de son ventre saillant sous sa peau satinée, ses larges épaules extraordinairement développées par le maniement de la lance et du bouclier, bien campé sur ses jambes écartées, Bazo leva sa pioche au manche poli par la sueur.

Il plissa les yeux, se renversa en arrière, l'outil touchant presque le toit de chaume, et, de toutes ses forces, donna le coup.

La pointe de la pioche atteignit le diamant au sommet de sa partie incurvée, et la pierre vola en éclats. Ce fut comme si un seau d'eau limpide avait été jeté par terre.

Les fragments étincelants de l'inestimable cristal emplirent la case comme un soleil. Ils crépitèrent contre les murs de chaume, flagellèrent la peau nue des Matabélés, soulevèrent de petits nuages de cendre en tombant dans le feu et s'éparpillèrent sur la fourrure lustrée de la couverture, brillants comme des poissons pris dans une nasse.

— Fils du Grand Serpent, s'exclama joyeusement Kamuza. Nous sommes riches !

Et en riant, les Matabélés entreprirent de recueillir les fragments.

Ils les ramassèrent parmi les cendres, les balayèrent

sur la terre battue, secouèrent la couverture en fourrure pour les faire tomber et les déposèrent dans les deux mains jointes de Bazo jusqu'à ce qu'elles soient pleines. Des petits éclats tombés dans la poussière ou le feu leur avaient pourtant échappé, perdus à jamais.

— Tu es un homme sage, dit Kamuza à Bazo avec une sincère admiration. Bakela aura ses pierres – il aura ses cent veaux – et nous recevrons plus de pièces que le Bastard ne nous en proposait.

Le travail était interrompu dans la zone 6 et il n'y avait nul besoin de se lever avant l'aube. Le soleil était déjà au-dessus de l'horizon lorsque Zouga sortit de sa tente en bouclant sa ceinture pour rejoindre Jan Cheroot et ses deux fils sous l'alhagi.

Une caisse faisait office de table, le couvercle couvert de taches de café et de cire de bougie, et le petit déjeuner consistait en une bouillie de maïs sans sucre, le prix de celui-ci ayant récemment atteint une livre le demi-kilo.

Zouga avait les yeux rouges, car il avait mal dormi. Il avait passé une bonne partie de la nuit à se tracasser et à tirer des plans, revoyant mentalement tous les détails de l'installation des échafaudages, et revenant toujours à la question essentielle, celle pour laquelle il n'arrivait pas à trouver de solution : le coût, l'énorme coût qu'il lui faudrait supporter.

En voyant son visage, ses deux fils comprirent qu'il était de méchante humeur et se turent immédiatement, s'appliquant à manger leur gruau peu appétissant.

Une ombre tomba sur le groupe ; Zouga dressa la tête avec irritation et plissa les yeux pour se protéger du soleil, la cuillère levée.

— Qu'y a-t-il, Bazo ?

— Des pierres, Bakela, répondit le jeune Matabélé.

— Des pierres ? Fais-moi voir.

Zouga était quasiment certain qu'il s'agissait d'éclats de quartz ou de cristal de roche sans valeur. Bazo plaça un petit paquet de tissu sale à côté du bol de Zouga.

— Eh bien, ouvre ! ordonna celui-ci.

Bazo défit le nœud et étala le tissu.

« Du verre ! » pensa Zouga avec mépris. Il y en avait des centaines, des petits morceaux, les plus gros à peine plus grands qu'une tête d'allumette.

— Du verre ! dit-il en faisant le geste de les repousser, mais le soleil tomba sur le petit tas, renvoyant un rayon multicolore.

Lentement, sans y croire, il tendit la main en hésitant, presque avec vénération, vers les pierres, mais Jordan le devança. Les doigts fins de l'enfant dansaient sur le tas et il poussa un cri de joie.

— Des diamants, papa ! Ce sont de vrais diamants !

— Tu en es sûr, Jordie ? demanda Zouga d'une voix rauque, mais la question était inutile.

C'était trop beau pour être vrai. Des centaines de pierres, petites, toutes petites, mais d'une superbe couleur, blanc-bleu, qui semblaient lancer des éclairs tant elles brillaient. Toujours hésitant, Zouga prit l'une des plus grosses des doigts de Jordan.

— Tu es sûr, Jordie ? répéta-t-il.

— Ce sont des diamants, papa. Tous.

Les derniers doutes de Zouga se dissipèrent, pour faire place immédiatement à une incertitude plus grande encore.

— Bazo, dit-il. Il y en a une telle quantité...

Quelque chose l'intrigua alors. Il ramassa rapidement les vingt plus grosses pierres et les aligna sur le couvercle de la caisse.

— De la même couleur, elles sont toutes exactement de la même couleur !

Zouga secoua la tête, fronça les sourcils, déconcerté, puis brusquement tout devint clair.

— Oh, mon Dieu ! murmura-t-il.

Lentement le sang quitta son visage et sa peau devint aussi jaune que celle d'un homme atteint de malaria.

— Les mêmes, ce sont toutes les mêmes. Les brisures sont nettes et toutes récentes.

Il leva lentement les yeux vers Bazo.

— Quelle taille... (Sa voix s'étrangla et il lui fallut l'éclaircir.) Quelle taille avait la pierre avant... avant que tu la brises ?

— Elle était comme ça, répondit Bazo en fermant le poing. Je l'ai cassée d'un coup de pioche pour te faire plaisir, Bakela, parce que je sais que tu veux beaucoup de pierres.

— Je vais te tuer ! murmura Zouga d'une voix toujours rauque. Je vais te tuer.

La cicatrice qui barrait sa joue se transforma peu à peu en une affreuse zébrure enflammée, stigmate de sa rage, et il se leva lentement, tremblant, les lèvres frémissantes.

— Je vais te tuer, hurla-t-il, et Jordan poussa un cri, de terreur cette fois-ci.

Il n'avait jamais vu son père dans cet état, emporté par une fureur folle. Zouga empoigna le fusil Martini-Henry appuyé contre le tronc de l'alhagi, près du faucon sculpté. Avec un claquement, il enfonça une cartouche dans la chambre et, du même mouvement, leva le canon.

— Je vais te tuer ! rugit-il avant de s'immobiliser.

Ralph s'était levé d'un bond. Faisant face à son père, il s'avança vers lui jusqu'à ce que la gueule du fusil armé touche la boucle de sa ceinture.

— Il faudra que vous me tuiez d'abord, papa, dit-il, aussi pâle que Zouga, ses yeux hagards du même vert profond.

— Ote-toi de là, murmura celui-ci d'une voix cassée.

Ralph ne put lui répondre mais secoua la tête, sa lourde mâchoire serrée avec une telle détermination qu'on entendit ses dents grincer.

— Je t'avertis, écarte-toi, reprit Zouga haletant.

Tous deux étaient face à face, tremblants d'indignation.

La gueule du lourd fusil hésita et s'abaissa progressivement vers la terre rouge, entre les bottes de Ralph.

Le silence se prolongea plusieurs secondes, puis Zouga prit une profonde inspiration. Avec un geste de dépit, il lança son arme contre le tronc de l'arbre, et la crosse se cassa net.

— Allez-vous-en. Allez-vous-en tous.

Sa fureur avait disparu, sa voix était calme et désespérée. Il resta assis seul sous l'alhagi. Il se sentait vidé, défait, consumé par l'émotion et la colère, ravagé comme le veld balayé par un incendie.

Quand finalement il leva la tête, la première chose qu'il vit fut le faucon, posé sur son socle en face de lui. Une torsion cruelle de son bec semblait un sourire sardonique, mais, en regardant mieux, Zouga vit que ce n'était qu'un jeu d'ombre et de lumière à travers les branches de l'arbre.

L'acheteur était un petit homme, aux jambes si courtes que ses bottes ne touchaient pas le sol lorsqu'il était assis sur son tabouret pivotant derrière son bureau.

Ce meuble occupait la majeure partie de la baraque en tôle ondulée et une chaleur si étouffante régnait dans la minuscule pièce que l'air tremblotait. Tout l'attirail de l'acheteur de diamants était étalé sur les planches brutes du bureau : la bouteille de whisky et les verres pour amadouer le vendeur, la feuille de papier sur laquelle examiner les pierres, les pinces en bois, la loupe de joaillier, la balance et le chéquier.

Formant une liasse aussi épaisse qu'une bible, les chèques à motifs multicolores imprimés sur du papier doré représentaient des chœurs d'anges célestes, des nymphes montées sur des coquillages tirés par des attelages de dauphins, la reine d'Angleterre portant casque, bouclier et trident, une corne d'abondance déversant les richesses de l'Empire et une douzaine d'autres symboles patriotiques évoquant la puissance élisabéthaine.

Le carnet de chèques était de loin l'objet le plus impressionnant de la baraque, y compris la lavallière en soie de l'acheteur et les demi-guêtres jaunes qui recouvraient ses bottes. Il y avait peu de chances qu'un mineur refuse le prix qui lui était proposé dans un tel décorum.

— Combien, monsieur Werner ? demanda Zouga.

Werner avait rapidement réparti les éclats scintillants de diamant en fonction de leur taille.

Les plus petits faisaient trois points, trois centièmes de carat, à peine plus qu'un grain de sable, les plus gros atteignaient presque un carat.

Werner posa ses pinces et passa sa main dans ses boucles brunes.

— Un autre whisky ? murmura-t-il. (Comme Zouga refusait, il ajouta :) Eh bien, moi, je vais en prendre un.

Il remplit deux verres à ras bord et en poussa un vers Zouga en dépit de son froncement de sourcils.

— Combien ? insista celui-ci.

— Le poids ? (Werner but une gorgée de whisky et fit claquer ses lèvres épaisses et jaunâtres d'hépatique.) Quatre-vingt-seize carats en tout. Quel diamant ça devait être ! Nous n'en reverrons plus de pareil...

— Combien m'en offrez-vous ?

— Je vous en aurais donné cinquante mille livres, s'il avait été entier.

Zouga grimaça et ferma les yeux un instant comme s'il avait reçu une gifle.

Avec une somme pareille, il aurait pu prendre la Zambézie – c'était assez d'argent pour réunir les hommes, les chevaux et les armes nécessaires, acheter les machines indispensables pour exploiter le filon et broyer le minerai, posséder le matériel d'exploitation agricole et les semences. Il rouvrit les yeux.

— Bon sang, ce n'est pas ce qu'il aurait valu qui m'intéresse, murmura-t-il. Dites-moi seulement combien vous m'offrez pour ça.

— Deux mille livres ; c'est le maximum que je puis faire, je n'irai pas au-delà.

La pierre avait été brisée en près de deux cents éclats. Cela impliquait de payer à Bazo un nombre équivalent de souverains. La chose lui restait en travers de la gorge, mais il devait cet argent et il le paierait. Sur le solde, au moins mille seraient absorbés par sa quote-part aux nouveaux échafaudages de la zone 6.

Il resterait huit cents livres, et l'exploitation de ses concessions lui coûtait cent livres par semaine. Il avait gagné soixante jours de répit au lieu d'un pays. Soixante jours au lieu de près de trois cent mille kilomètres carrés de terre riche.

— C'est d'accord, dit-il à voix basse en prenant le verre de whisky qu'il vida d'un coup.

L'alcool brûla le mauvais goût qu'il avait dans la gorge.

L'oiseau de Ralph était un lanier, membre à part entière de la famille *Falco*, à longues ailes, et parfait pour la chasse dans les plaines dégagées du Griqualand. Après de multiples tentatives, il avait fini par s'approprier cette femelle – la femelle est plus grosse que le mâle, ou laneret, qui n'est pas un faucon mais un tiercelet.

C'était un jeune faucon, capturé dans le nid lorsqu'il avait eu presque toutes ses plumes. Ralph avait grimpé sur les branches hautes d'un acacia géant et rapporté l'oiseau dans sa chemise, le ventre ensanglanté par ses serres.

Bazo l'avait aidé à confectionner le chaperon et les jets en cuir souple, mais c'était Ralph qui le promenait sur sa main, heure après heure, jour après jour, en le caressant et lui parlant doucement – il l'appelait « chérie » et « ma beauté » – jusqu'à ce qu'il mange dans sa main et l'accueille avec un doux « Kouit ! Kouit ! » de reconnaissance quand il le voyait. Il le dressa ensuite à attraper des leurres fabriqués avec des plumes de pigeon et qu'il faisait tourner au bout d'une longue corde.

Enfin, conformément au rituel traditionnel de la fauconnerie, il resta assis toute la nuit, l'oiseau sur son poing, à côté d'une bougie. Dans cette épreuve d'endurance destinée à affirmer la domination du jeune garçon, l'animal fixa sur lui ses yeux jaunes flamboyants pendant des heures jusqu'à ce que ses paupières se ferment et qu'il s'endorme sur son poing. Ralph avait vaincu. Il pouvait à présent chasser.

Jordan aimait l'oiseau pour sa beauté, et, après son dressage, Ralph le laissait parfois le porter et lui caresser le plumage. C'est lui qui trouva son nom en relisant les *Vies parallèles* de Plutarque : le faucon fut appelé Scipion. Mais Jordan n'accompagna qu'une fois Ralph à la chasse, se disqualifiant irrémédiablement en fondant en larmes au moment de l'attaque. Ralph ne l'invita plus.

Les pluies qui avaient miné la voie d'accès avaient inondé toutes les dépressions et tous les marécages à plus de cent kilomètres à la ronde. Dans les mois de sécheresse et de chaleur consécutifs à ce déluge, les mares et les marais les moins profonds s'étaient peu à peu asséchés, mais à sept ou huit kilomètres au sud de la route du Cap, à mi-chemin de la ligne basse des collines de Magersfontein, il y avait encore un étang ; des massifs de roseaux avaient déjà poussé sur le pourtour et des colonies d'euplectes noirs y avaient tissé leurs nids suspendus. C'est à cet endroit que Ralph et Bazo se camouflèrent.

Ils tirèrent les longues tiges par-dessus leurs têtes, en faisant attention à ne pas se couper les mains avec les feuilles affûtées comme des rasoirs ; le duvet blanc et soyeux des têtes de roseaux chargées de graines tombait sur eux comme des flocons de neige, et ils tressèrent les tiges afin de se rendre invisibles.

Ralph ramassa une poignée de boue noire et s'en frotta le visage. Il savait que, sinon, lorsqu'il regarderait le ciel, sa peau blanche brillerait comme un miroir et attirerait l'œil des oiseaux, même à haute altitude.

— Si tu étais né matabélé, tu n'aurais pas besoin de boue, lui dit Bazo en riant, et Ralph lui répondit par un geste obscène avant de se préparer à l'attente.

Il était fascinant de constater que Scipion, aveuglé par son chaperon de cuir, parvenait néanmoins à déceler l'approche des oiseaux à leurs battements d'ailes, bien avant que les hommes aient pu les voir ou les entendre, et ils en furent avertis par la façon dont il tenait sa tête et tendait ses serres.

— Pas encore, chérie, murmura Ralph. Bientôt, chérie.

Puis Bazo poussa un sifflement aigu et fit un geste du menton.

Ralph les vit, très haut dans le ciel, de l'autre côté du marais, encore à deux ou trois kilomètres. Il y en avait trois, aux grandes ailes noires qui se courbaient dans leur mouvement nonchalant et lourd vers le bas, si caractéristique.

— Les voilà, mon amour, chuchota Ralph à Scipion en effleurant de ses lèvres son plastron moucheté de roux, sentant le rapide battement de cœur de l'oiseau contre son visage.

— Dieu qu'ils sont gros ! murmura-t-il encore.

Le beau petit corps du faucon était léger comme une plume sur son bras. Il ne l'avait encore jamais envoyé attaquer des oies et le doute l'assaillait.

Le vol en delta des oies descendit en cercles paresseux de l'autre côté du marais, puis repartit à basse altitude en direction du soleil. C'était l'idéal, Scipion aurait le soleil dans le dos. Les doutes de Ralph s'évanouirent.

Il retira le chaperon et les yeux perçants de Scipion s'ouvrirent comme deux pleines lunes. Il secoua ses plumes et son plastron se gonfla, puis il vit les oies se détacher sur le ciel, aplatit son plumage, luisant comme de l'acier au soleil du matin, et se ramassa sur le poignet de Ralph.

Tandis qu'il faisait tourner l'oiseau pour lui faire suivre le vol des oies, Ralph sentait les pointes mordantes de ses serres et la tension de son corps à travers le gant de cuir. Il semblait vibrer comme une corde de violon sous l'archet.

De sa main libre, Ralph défit le nœud des jets qui retenaient la patte de Scipion.

— Chasse ! cria-t-il en le lançant haut au-dessus des roseaux.

Scipion s'éleva rapidement comme un javelot en direction du soleil, ses ailes pareilles à des lames de couteau.

Les oies le virent immédiatement et décrochèrent sur leurs grandes ailes au vol devenu disgracieux sous l'effet de la surprise. Leur formation serrée en V se rompit, chaque oiseau effectuant un virage pour prendre la fuite – deux d'entre eux s'élevèrent à tire-d'aile tandis que le troisième repartait vers le nord en direction de la rivière, descendant rapidement pour reprendre de la vitesse avant de se stabiliser à basse altitude, cou tendu, pieds palmés repliés sous sa queue.

Scipion montait toujours, s'élevant sur ses ailes effacées par la vitesse et muées en disques dorés dans les rayons obliques du soleil.

Sa tactique était dictée par son instinct de chasseur. Il lui fallait aller le plus haut possible afin de gagner en vitesse lorsqu'il commencerait à plonger. Il était incomparablement plus léger que les oies et devait les tuer sous l'effet du choc et de la vitesse.

Tout en poursuivant son ascension, il gardait la tête baissée afin de surveiller ses proies éparpillées au-dessous de lui.

— Ne plonge pas encore, ma douce, lui cria Ralph.

Le faucon courait un réel danger, car, bien qu'il fût impatient de chasser, il n'avait jamais attaqué des oiseaux comme ceux-là. Et la nature ne l'avait pas équipé pour le choc contre des volatiles aussi massifs.

Plus il montait, plus ressortait la différence de taille entre le chasseur et ses proies. Tout à coup, Scipion jugea l'altitude suffisante, et il commença à planer, le cœur battant dix fois plus vite que celui de Ralph.

Le faucon était impressionné par ses proies trop grosses et paraissait vouloir se dérober.

— Chasse, chérie, chasse ! cria Ralph.

Le faucon parut l'entendre. Il poussa son terrible cri, perçant et féroce, replia ses ailes et piqua.

— Elle a choisi celle qui vole le plus bas ! cria Ralph triomphant.

Scipion ne se dérobait pas et allait couper la trajectoire de l'autre oiseau suivant un angle aigu.

— Il y a un cœur de lion dans ce petit corps, lança Bazo d'un ton émerveillé, les yeux levés vers la minuscule flèche qui traversait le ciel.

Ils entendaient le vent siffler à travers les ailes à moitié repliées du faucon, distinguaient les infimes mouvements de ses plumes à leur extrémité, grâce auxquels il contrôlait son plongeon vertigineux.

Lourde, massive, le plumage noir semé de blanc, l'oie fouettait l'air de ses ailes, chacun de leurs battements frénétiques trahissant sa panique.

La vitesse à laquelle Scipion fondait sur elle était terrifiante. Comme touché par un vent glacial, Ralph sentit ses cheveux se dresser à l'instant où le faucon tendit ses serres d'acier.

C'était dans l'attente de ce moment, le moment suprême de l'attaque, que l'oiseau et lui s'étaient exercés si longtemps. Un cri involontaire, sauvage et animal, s'échappa de sa gorge quand Scipion atteignit l'oie, et le bruit du choc, pareil à un coup de grosse caisse, parut faire trembler l'air autour de la tête de Ralph.

Les ailes déployées de l'oie tournoyèrent, ressemblant aux rayons d'une roue, une nuée de plumes noires emplit le ciel comme si un obus avait été tiré par un lourd canon. Le gros volatile dégringola, traînant derrière lui une aile cassée, son long cou arqué en arrière dans les convulsions de l'agonie, Scipion accroché à son grand corps noir, ses serres plongées dans le cœur encore battant. Le choc avait brisé les os de l'oie et rompu ses artères.

Ralph commença à courir en poussant des cris d'excitation. A ses côtés Bazo riait la tête renversée pour regarder les oiseaux tomber en laissant derrière eux une longue traînée de plumes.

Contrairement aux faucons, les éperviers se cramponnent à leur proie jusqu'au moment où elle touche terre. Scipion aurait dû normalement lâcher l'oie, mais il restait agrippé, et Ralph fut pris d'inquiétude. Son oiseau s'était-il brisé un os ou blessé ?

— Lâche ! Lâche, ma beauté ! cria-t-il.

Scipion risquait d'être pris sous le corps de l'oie et écrasé au sol. Il ne fallait pas qu'il le tienne jusqu'en bas.

— Lâche ! cria-t-il encore, et il le vit battre l'air de ses ailes effilées.

L'oiseau était étourdi et la terre approchait à toute vitesse.

Puis soudain, il s'élança, lâcha sa prise et se mit à planer, laissant l'oie poursuivre sa chute vers le sol rocailleux au-delà du marais. C'est seulement quand elle se fut écrasée dans un bruit mat qu'il reprit sa descente avec légèreté et assurance et vint se poser sur la carcasse noire. Ralph fut envahi par une bouffée de fierté et d'amour pour son beau et courageux faucon.

— Kouit ! appela Scipion en le reconnaissant.

Il prit entre ses serres la proie pour laquelle il avait risqué sa vie et vint se poser sur la main de Ralph.

Celui-ci se pencha et l'embrassa sur la tête.

— Nous ne recommencerons pas, murmura-t-il. Je voulais voir si tu en étais capable, mais nous ne recommencerons pas.

Ralph donna la tête de l'oie à Scipion, qui la déchira avec son bec recourbé, s'arrêtant pour regarder son maître entre deux bouchées.

— Cet oiseau t'aime, dit Bazo en levant les yeux du feu sur lequel rôtissaient des morceaux de l'oie dont la graisse tombait en grésillant sur les braises.

Ralph sourit, leva le faucon et embrassa son bec sanglant.

— Moi aussi, je l'aime.

— Toi et l'oiseau avez le même esprit. Kamuza et moi l'avons souvent dit.

— Il n'y a pas plus courageux que mon Scipion.

Bazo secoua la tête.

— Tu te souviens du jour où Bakela a voulu me tuer ? Lorsqu'il a levé son fusil vers moi, il était fou, fou au point de me tuer.

Ralph changea d'expression. Plusieurs mois étaient passés depuis qu'il était intervenu pour sauver le jeune Matabélé de la colère de son père.

— Je ne t'en ai pas parlé jusqu'ici, reprit Bazo, les yeux fixés sur ceux de Ralph. Les hommes ne bavardent pas de ce genre de choses comme des femmes qui vont chercher de l'eau. Nous n'en parlerons probablement plus jamais, toi et moi, mais sache que je ne l'oublierai pas... (Bazo marqua une pause, puis répéta solennellement :) Je ne l'oublierai jamais, Henshaw.

Ralph comprit immédiatement. « Henshaw, le Faucon. » Le Matabélé lui donnait un nom de louange, chose qui ne se faisait pas à la légère et témoignait d'un immense respect. Son père était Bakela, le Poing, et lui était désormais Henshaw, le Faucon, par référence au courageux oiseau qu'il portait sur son poignet.

— Je m'en souviendrai, Henshaw, mon frère, répéta Bazo, la Hache. Je m'en souviendrai.

Zouga ne savait trop pourquoi il avait accepté ce rendez-vous ; sans doute pas uniquement parce que Jan Cheroot l'avait pressé de le faire ni parce que le produit de la vente des morceaux du gros diamant avait duré moins longtemps qu'il ne l'avait espéré, ni, non plus, à cause de l'augmentation continuelle du prix des nouveaux échafaudages. Sa quote-part semblait devoir être plus proche de deux mille que de mille livres. Lorsqu'il était d'humeur peu charitable, il lui arrivait de soupçonner Pickering, Rhodes et quelques autres membres du Comité d'être contents de voir le coût grimper et la pression éliminer peu à peu les petits prospecteurs incapables d'en supporter le poids. Le prix courant des concessions de la zone 6 continuait de chuter à proportion de l'augmentation du coût des échafaudages, et il y avait toujours quelqu'un pour les racheter : si ce n'était Rhodes et ses associés, c'était Beit ou Werner, ou même le nouveau venu, Barnato.

Peut-être Zouga avait-il pris ce rendez-vous pour se distraire de ses graves problèmes ou était-il tout simplement intrigué par le mystère qui entourait tout cela, mais quand il était honnête avec lui-même, il devait en convenir, c'était plus probablement la perspective d'un profit qui l'attirait. Il flairait la possibilité d'en retirer un bénéfice, or il se trouvait dans une situation désespérée. Il ne lui restait plus grand-chose à vendre en dehors des concessions elles-mêmes. Le faire revenait à abandonner son rêve. Il était prêt à envisager toutes les solutions possibles, à prendre tous les risques pour l'éviter.

— Quelqu'un souhaite vous parler, avait annoncé Jan Cheroot.

Tout avait commencé par ces paroles du petit Hottentot, et au ton de sa voix, Zouga avait brusquement dressé la tête. Voilà de nombreuses années qu'ils étaient ensemble, et ils se connaissaient bien.

— Rien de plus simple, avait répondu Zouga. Envoyez-le au campement.

— Il désire vous parler en privé, dans un endroit où vous ne puissiez être vus.

— Cela ressemble fort aux manières d'un gredin, fit Zouga en fronçant les sourcils. Comment s'appelle-t-il ?

— J'ignore son nom. Il a envoyé un gamin avec un message, expliqua Jan Cheroot.

— Vous n'avez qu'à lui faire dire qu'il peut me trouver ici tous les soirs et que je me ferai un plaisir d'entendre ce qu'il a à me raconter dans l'intimité de ma tente.

— Comme vous voudrez, grommela Jan Cheroot dont le visage ridé se renfrogna au point de ressembler à une vieille noix. Nous continuerons donc à manger notre bouillie de maïs.

Ils n'en reparlèrent plus pendant plusieurs semaines, mais le ver était dans le fruit. Il rongea Zouga jusqu'au jour où celui-ci demanda :

— Jan Cheroot, qu'est devenu votre ami ? Qu'a-t-il répondu ?

— Il a fait dire qu'il n'est pas possible d'aider celui qui refuse de s'aider lui-même, répondit Cheroot avec désinvolture. Et il est évident que nous n'avons pas besoin d'aide. Il suffit de regarder vos jolis vêtements ; c'est la dernière mode de se promener les fesses à l'air.

Zouga sourit à cette exagération, car son pantalon avait été soigneusement rapiécé par Jordan.

— Et regardez-moi, enchaîna Jan Cheroot. De quoi me plaindrais-je ? Voilà seulement un an que je n'ai pas été payé, n'est-ce pas ?

— Six mois, corrigea Zouga.

— Je ne m'en souviens plus exactement, fit Jan Cheroot d'un air boudeur. De même que j'ai oublié le goût du bœuf.

— Lorsque les échafaudages seront achevés..., commença Zouga.

Le Hottentot grogna.

— Il est plus probable qu'ils nous tombent sur la tête. Au moins, nous n'aurons plus à nous soucier de manger le lendemain.

De graves défauts étaient en effet apparus dans la conception des échafaudages. Ils ne pouvaient supporter le poids du câble. Ceux qui les reliaient pesaient plus de trois cents tonnes et ils devaient être suffisamment tendus pour porter les bennes de gravier.

Le premier jour, les échafaudages de la partie nord de la zone avaient lâché sous la contrainte. Deux treuils s'étaient cassés et les câbles étaient tombés dans les excavations en vibrant. Ils tractaient alors une benne de gravier emportant cinq mineurs noirs qui descendaient rouvrir le chantier depuis longtemps désert. Ils avaient hurlé tout le long de la chute et été éjectés de la benne avant de se faire prendre dans l'enchevêtrement de câbles d'acier.

Il avait fallu tout le reste de la journée pour sortir les corps affreusement mutilés, et le Comité avait une nouvelle fois fermé la zone 6 pendant que les échafaudages étaient modifiés et renforcés.

La zone n'avait pas encore été rouverte.

Il restait à Zouga une bouteille de cognac du Cap. Il alla la chercher, retira le bouchon avec ses dents et en versa deux gobelets.

Jan Cheroot et lui burent dans un silence maussade, puis Zouga soupira.

— Dites à votre ami que je suis prêt à le rencontrer.

Le ciel, au-dessus de la plaine, était tendu d'un voile de poussière pâle, de sorte que les objets, dépourvus de substance, semblaient s'éloigner comme dans un rêve vers un horizon indéfini.

Il n'y avait pas un seul être vivant, aucun oiseau dans le ciel d'un bleu laiteux, pas le moindre troupeau de springboks dérivant à travers les broussailles basses.

C'est dans cette solitude que se dressait le petit groupe de constructions depuis longtemps abandonnées. Les toits étaient affaissés, le torchis tombait des murs par plaques, découvrant l'armature en bois.

Zouga toucha les rênes et amena son hongre au pas. Avachi sur sa selle, il montait avec de longs étriers et l'air indifférent de celui qui effectue un voyage interminable et ennuyeux – mais, sous le large bord de son chapeau, ses yeux étaient vifs et en alerte.

Il sentait avec une certaine inquiétude le fourreau vide de son fusil sous son genou droit.

« Sans armes », avait précisé sans équivoque l'invitation. « Vous serez observé. »

L'homme avait choisi un lieu de rendez-vous idéal. Pour arriver à cette ferme abandonnée, il n'y avait d'autre possibilité que de parcourir des kilomètres de veld désert, dont la maigre végétation ne dépassait pas la hauteur du genou – et, avec le soleil à l'ouest, la lumière était assez bonne pour le tirer comme à un stand de foire. Zouga changeait sans cesse de position sur sa selle, et le gros Colt qu'il dissimulait sous son manteau s'enfonçait sous ses côtes, douleur qu'il supportait volontiers, bien que le sentiment de sécurité procuré par son arme fût illusoire. Un homme armé d'un fusil avait tout le temps de le mettre en joue pendant qu'il approchait.

L'enclos à moutons, aux murs de pierres sèches, était accolé à la ferme, et devant la maison il y avait un puits également en pierre ; à côté, on voyait la carcasse d'un chariot auquel manquaient trois roues et le brancard ; sa peinture était écaillée et l'herbe poussait entre les planches de la plate-forme.

Zouga toucha l'encolure de son cheval et s'arrêta près du chariot. Il mit prestement pied à terre du côté opposé à la bâtisse, se servant de l'animal comme bouclier, et examina de nouveau la construction tout en faisant semblant d'ajuster la sangle.

Les fenêtres n'étaient plus que des trous noirs, comme des dents creuses, et un tireur aurait très bien pu se tenir embusqué en retrait dans l'obscurité. La porte était blanchie par le soleil ; Zouga voyait la lumière passer par les fentes tandis qu'elle claquait dans le vent, qui gémissait sous les avant-toits et à travers les fenêtres vides.

Caché par son cheval, Zouga s'assura que son revolver était facile à tirer de sa ceinture. Il attacha les rênes du hongre au chariot avec un nœud lâche, puis il s'arma de courage, prit une bonne inspiration et sortit de derrière le cheval.

Il se dirigea vers la porte, en se tenant à l'écart du champ de l'entrée, avant de s'aplatir le dos au mur.

Il s'aperçut avec une certaine surprise que sa respiration était haletante. Autre surprise, il trouvait agréables sa peur, l'impression d'hypersensibilité de sa peau, la poussée d'adrénaline dans son sang, sa tension nerveuse, la conscience d'être sous la menace de la mort. Cela faisait trop longtemps qu'il manquait de stimulants.

Il posa une main sur l'appui de la fenêtre, sauta par-dessus et se laissa tomber sur la terre battue, puis se releva rapidement face à la pièce. Elle était petite et vide, des toiles d'araignée poussiéreuses tombaient des chevrons, et le sol était jonché de crottes de geckos.

Zouga se déplaça le dos au mur et entra dans la deuxième pièce. Le foyer de la cheminée était noir de suie, et l'odeur de cendre froide prenait à la gorge. Par la porte ouverte, il regarda l'enclos à moutons inondé de soleil. Dans un angle était attaché un cheval gris et pommelé, à crinière noire et longue queue qui traînait presque par terre. Le fourreau de la carabine attaché à la selle était vide, le cavalier devait avoir pris son fusil. Le sang de Zouga ne fit qu'un tour.

Il sortit à moitié le long canon de son Colt de sa ceinture, scrutant l'enclos du regard.

— Ne touchez pas à votre arme. (La voix venait de derrière lui, de la pièce qu'il venait de traverser.) Laissez-la où elle est et ne vous retournez pas.

La voix était calme, assurée et très proche. Zouga obéit et resta ainsi, l'air embarrassé, la main droite dans son manteau, puis il sentit le contact de l'acier entre ses omoplates. L'homme s'était montré habile ; il s'était caché à l'extérieur, l'avait laissé entrer dans la maison et l'avait suivi.

— Vous allez maintenant sortir lentement votre revolver et le poser par terre, à vos pieds. Très lentement, je vous prie, major Ballantyne. Je ne veux pas avoir à vous tuer, mais si je vous entends armer le chien, je le ferai – croyez-moi, je le ferai.

Lentement, Zouga sortit le lourd pistolet et se baissa pour le déposer sur le sol de la cuisine. Il jeta un coup d'œil entre ses jambes et vit les pieds de l'homme. Il portait des bottes en peau de koudou et des leggings en cuir ; il avait de grands pieds, des jambes puissantes, lui-même était grand et fort.

Zouga se redressa en tenant ses mains bien écartées du corps.

— Vous n'auriez pas dû apporter une arme, major. C'est un manque de confiance de votre part, et dangereux pour tous les deux.

Il percevait un soulagement dans la voix de l'homme, et cette voix lui était familière. Il chercha dans sa mémoire. Où avait-il déjà entendu cet accent étrange ? Il entendit l'homme reculer.

— Vous pouvez vous retourner maintenant, major. Lentement, très lentement.

L'inconnu se tenait dans l'ombre des murs noircis par la suie, mais un rayon de soleil tombait par la fenêtre sur ses mains et l'arme qu'il tenait.

C'était un fusil de chasse. Les deux gros chiens fantaisie étaient tirés et les doigts de l'homme sur les détentes.

— Vous ! lâcha Zouga.

— Eh oui, major, c'est moi !

Le Bastard Griqua à la peau vérolée lui souriait, ses dents blanches éclairant son beau visage, ses frisettes de Gitan tombant sur son col.

— Hendrick Naaiman, à votre service une nouvelle fois.

— Si vous voulez acheter du bétail, voilà une curieuse manière de faire des affaires.

C'était le Griqua qui lui avait acheté son attelage de bœufs, avec le prix duquel il avait acquis les concessions du Diable.

— Non, major, cette fois-ci, je suis vendeur. (Puis d'un ton sec :) Non, major, ne bougez pas, et gardez vos mains où elles sont afin que je les voie. J'ai chargé mon fusil avec des Big Loopers... pour tirer le lion, major. A cette distance, je vous coupe en deux.

Zouga écarta largement les bras.

— Que vendez-vous ?

— La richesse, major, un nouveau mode de vie pour vous, et pour moi.

Zouga eut un sourire sarcastique.

— Je vous suis vraiment reconnaissant de votre gentillesse, Naaiman.

— Faites-moi le plaisir de m'appeler Hendrick, major... si nous devons devenir associés.

— Je l'ignorais, fit Zouga en inclinant la tête d'un air grave. Très honoré.

— Vous savez, nous avons tous les deux quelque chose dont l'autre a besoin.

— Continuez.

— Vous possédez deux excellentes concessions... vraiment excellentes en tout point, si ce n'est qu'elles donnent peu de diamants.

Zouga sentit s'enflammer la cicatrice de sa joue, mais il resta impassible.

— Et, comme vous le savez, major, mon ascendance, le soupçon de sang nègre que j'ai dans les veines, mon sang cafre, m'interdit de posséder une concession.

Ils restèrent silencieux un moment, se regardant de manière belliqueuse à travers la pièce sombre. Zouga avait renoncé à tout espoir de récupérer son revolver. Il commençait à être intrigué par la voix claire et le ton persuasif du grand Griqua.

— Pour cette raison, je ne peux pas vous vendre mes concessions, même sous la menace d'un fusil, dit calmement Zouga.

— Non, non, vous ne comprenez pas. Vous avez les concessions mais pas les diamants, alors que je n'ai pas les concessions mais...

Hendrick tira de sa poche intérieure un sac de tabac qu'il tint suspendu à son index.

— ... mais j'ai les diamants, acheva-t-il en lançant le sac à travers la pièce.

Zouga le prit instinctivement. Le sac crissait dans ses mains comme les paquets de bonbons de son enfance. Il le tenait, les yeux fixés sur Hendrick Naaiman.

— Ouvrez-le, je vous prie, major.

Zouga obéit lentement et regarda à l'intérieur du sac. Malgré la lumière incertaine, quelque chose y luisait. Il sentit l'émotion qu'il éprouvait immanquablement quand il voyait briller des diamants lui étreindre la poitrine.

Il inclina le sac et renversa un petit tas de pierres brutes dans le creux de sa main. Il les compta rapidement ; il y en avait huit.

L'une était jaune canari, une vingtaine de carats à tout le moins. Deux mille livres, estima Zouga.

— Ce n'est qu'un échantillon de mes marchandises, major. La moisson de la semaine.

Il y avait un autre cristal parfait à huit facettes, brillant et gris argent, plus gros que le jaune. Au moins trois mille livres.

Une des pierres avait une forme triangulaire symétrique, comme celle des pastilles pour la gorge, autre souvenir d'enfance. Un superbe diamant d'une grande pureté. Zouga le prit entre le pouce et l'index et le tint à la lumière.

— Des diamants achetés illégalement ? demanda-t-il.

— Je n'aime pas ces mots, major ; ils offensent mon éducation raffinée. Ne vous préoccupez pas de savoir d'où ils viennent et comment je me les procure. Sachez seulement qu'il y en aura d'autres, beaucoup d'autres. Chaque semaine, il y aura un sac de pierres de la première eau.

— Chaque semaine ? répéta Zouga, conscient de l'accent de cupidité qui transparaissait dans sa voix.

— Chaque semaine, confirma Naaiman en observant Zouga, certain que la mouche était déjà prise dans la toile d'araignée. (Il baissa le canon de son fusil et eut un large sourire.) Chaque semaine, vous aurez un sac comme celui-là à répandre sur votre table de tri.

Il y avait une autre pierre dans la paume de Zouga. D'abord il avait cru que c'était un bort, un diamant industriel presque sans valeur, mais son cœur se mit à battre plus fort en voyant jaillir à la lumière la couleur profonde de l'émeraude. Il le leva entre ses doigts qui tremblaient légèrement.

— Oui, major, fit Hendrick Naaiman avec un hochement de tête, vous avez l'œil, c'est un dragon vert.

C'était une pierre rare, un diamant vert, une couleur « fantaisie » dans le jargon du métier. Il y avait des diamants fantaisie de la couleur du rubis, du saphir ou de la topaze, et ces pierres atteignaient des prix exorbitants. Il n'était pas impossible que ce dragon vert aille chercher dans les dix mille livres et finisse dans les joyaux de la couronne de quelque empereur.

— Vous avez parlé d'association ? demanda Zouga à voix basse.

— Oui, acquiesça Naaiman. Je m'occuperai de trouver les pierres. Laissez-moi vous donner un exemple. J'ai payé trois cents livres ce diamant vert. Vous le mettez sur votre table de tri et le déclarez comme provenant des concessions du Diable...

Zouga le regardait fixement, avec colère, les mains toujours tremblantes, et Naaiman s'avança vers lui avec confiance.

— Vous devriez obtenir quatre mille livres d'une pierre comme celle-là, soit un profit de trois mille sept cents, et nous partageons moitié-moitié. Je ne suis pas âpre au gain. Associés à égalité, major. Mille huit cent cinquante livres pour vous et mille huit cent cinquante pour moi.

Zouga versa les pierres scintillantes dans sa main gauche. Il n'avait pas quitté des yeux les lèvres d'Hendrick Naaiman.

— Qu'en dites-vous, major ? *Fifty-fifty*.

Naaiman prit le fusil dans sa main gauche et tendit la droite.

Lentement, Zouga tendit aussi la sienne, paume ouverte, et, au moment où leurs doigts se touchaient, il lança la poignée de diamants au visage de Naaiman, de toutes ses forces, emporté par la colère d'avoir été si cruellement tenté, par l'indignation d'avoir été attaqué dans son amour-propre.

Les diamants lacérèrent le visage du Griqua : l'un, aux angles aigus, lui ouvrit le front, un autre la lèvre.

Naaiman leva les mains instinctivement et tituba sous le coup de cette attaque inattendue en portant la gueule de son fusil encore armé devant son visage, mais au même instant sa main droite se referma sur la crosse du pistolet, son index chercha les détentes de la carabine et il abaissa le double canon vers le ventre de Zouga.

Celui-ci attrapa le canon et força Naaiman à le relever en lui agrippant le poignet de sa main gauche. Le grand Griqua bondit en arrière avec les deux armes. Zouga ne tenta pas de lui résister, se lança en avant et projeta le fusil dans le visage de son adversaire. Le canon d'acier claqua contre la mâchoire de Naaiman, qui suffoqua sous le choc et chancela. Zouga poursuivit son offensive et le plaqua contre le mur, gémissant de douleur, son fusil de chasse pointé vers le plafond. Il en profita pour passer son pouce dans la garde de la gâchette et tira sur les deux détentes.

Les deux coups partirent simultanément avec un bruit assourdissant. Les éclairs orange vomis par la gueule de l'arme illuminèrent la petite pièce comme la foudre et la charge éventra le toit pourri, ouvrant des trous à travers lesquels le soleil darda ses rayons.

Sous l'effet du violent recul, la crosse s'enfonça dans le ventre de Naaiman, qui se plia en deux avec un cri de douleur.

Le fusil était vide et inoffensif. Zouga le lâcha, plongea par terre et atteignit du bout des doigts la crosse du Colt. Tandis qu'il essayait de la saisir, il entendit Naaiman avancer vers lui et se coucha sur le dos la tête au ras du sol.

A deux mains, le Griqua avait levé son arme vide au-dessus de sa tête, comme une hache de bourreau, et il portait déjà son coup. Le fusil décrivit en sifflant un grand arc de cercle. Zouga roula de nouveau sur lui-même, mais trop tard.

La crosse ne fit que lui toucher l'épaule ; la secousse fut cependant telle que ses dents claquèrent et son bras droit se paralysa instantanément jusqu'à l'extrémité des doigts. Le Colt lui échappa et partit en tournoyant par terre jusqu'au mur opposé.

Naaiman se retourna pour aller s'en emparer, mais Zouga lui décocha un coup de talon à l'arrière du genou. La jambe du Griqua se plia sous le choc, et il se serait effondré si le mur n'avait pas été là pour le retenir. Il tomba contre la cloison, cloué quelques instants, et Zouga se releva d'un bond.

Il frappa avec sa main gauche valide et sentit la mâchoire de Naaiman résister sous son poing. Il lui porta un nouveau coup, entendit craquer le cartilage du nez et vit le sang jaillir des narines du Griqua.

Il allait en faire de la charpie.

— Arrêtez ! cria Naaiman. Je vous en prie, arrêtez !

L'appel était si frénétique, l'expression de terreur si pitoyable sur son visage ensanglanté que, malgré sa colère meurtrière, Zouga cessa de frapper.

Il se recula et baissa les bras. A ce moment, le Griqua lui lança son fusil vide au visage. La riposte était inattendue, Zouga avait baissé sa garde et, bien qu'il essayât d'esquiver, il savait que c'était en vain et s'en voulut de sa crédulité.

Le sang rétrécit et brouilla soudain sa vision. Il se lança en avant et plongea une nouvelle fois pour prendre le revolver. A l'instant où il en touchait le canon, Naaiman le heurta de tout son poids et le projeta contre le montant de la porte. Mais Zouga n'avait pas lâché le canon du pistolet, et il s'en servit comme matraque.

Il sentit la crosse heurter la chair, et il frappa à coups redoublés. Il sanglotait et haletait, aveuglé par son propre sang, et, pendant quelques secondes, il ne se rendit pas compte que Naaiman l'avait lâché.

Zouga recula contre le mur et essuya le sang coulant sur ses yeux. Puis, tel un vieillard, il regarda à travers le voile rouge. Naaiman se trouvait étendu sur le dos à côté de lui, les bras écartés comme un crucifié, et le sang coulait en bouillonnant de ses narines. Il était immobile et seule sa respiration montrait qu'il était encore en vie.

Zouga abaissa son revolver et se mit debout en s'appuyant contre le mur. Il resta là, chancelant, la tête penchée, le pistolet pendant de sa main soudain si faible qu'elle parvenait à peine à en porter le poids.

— Maître Zouga !

Jan Cheroot se précipitait à travers la cour, essoufflé d'avoir couru, portant son fusil devant sa poitrine. La sueur dégoulinait de sous son calot de fantassin et son visage se décomposa quand il vit Zouga couvert de sang.

— Vous avez pris votre temps, l'accusa celui-ci d'une voix rauque, cramponné à la porte pour ne pas tomber.

Il avait laissé Jan Cheroot, caché avec un fusil, dans un ravin à moins d'un kilomètre de là, dans la plaine poussiéreuse.

— Je me suis mis à courir dès que j'ai entendu les coups de feu.

Zouga se rendit compte que le combat n'avait duré que quelques minutes, le temps nécessaire pour parcourir cette distance au pas de course. Jan Cheroot prit la gourde qu'il portait en bandoulière et essaya de laver un peu le sang que Zouga avait sur le visage.

— Laissez, lâcha ce dernier en se reculant brusquement. Regardez s'il y a une corde dans les sacoches de selle du Bastard, ou quelque chose pour l'attacher.

Un rouleau de corde en cuir tressé était attaché au pommeau de la selle de la jument grise. Jan Cheroot l'emporta à la hâte et marqua un temps d'arrêt à la porte de la bicoque.

— Je le connais, dit-il en regardant le visage ensanglanté d'Hendrick Naaiman. Je crois bien que je le connais, mais vous l'avez mis dans un tel état...

— Ligotez-le, murmura Zouga avant de boire à la gourde.

Il défit ensuite le foulard en soie qu'il avait autour du cou, le mouilla et essuya avec précaution le sang mêlé de poussière de ses blessures.

La plus mauvaise se trouvait à la lisière du cuir chevelu, là où la culasse du fusil de chasse l'avait touché ; elle avait apparemment besoin d'être suturée.

Tout en attachant Hendrick Naaiman, Jan Cheroot grommelait des insultes à son intention.

— Espèce de serpent jaune, fit-il en le retournant sur le dos. Tu te prends pour un monsieur parce que tu as des chaussures aux pieds et des pantalons pour couvrir ton cul noir.

Il attacha d'une main experte les bras de Naaiman dans le dos, puis lui passa la corde autour des chevilles et la serra.

— Même un vautour ne voudrait pas de toi, lança-t-il.

Zouga referma la gourde, prit la blague à tabac vide et se mit à la recherche des diamants. Ils avaient été projetés tout autour de la pièce. Le huitième et dernier qu'il retrouva était le dragon vert, dissimulé dans un coin de la pièce sombre.

Zouga lança le sac à Jan Cheroot, qui siffla lorsqu'il y jeta un coup d'œil.

— Des diamants achetés illégalement, marmonna-t-il, son visage se plissant tel une sculpture évoquant la cupidité. Le serpent jaune est un AID.

— Il voulait que nous les écoulions en les faisant transiter par notre table de tri.

— A quelles conditions ? demanda Jan Cheroot en jouant avec les diamants.

— Moitié-moitié.

— Ça n'est pas inintéressant. Nous pourrions devenir riches en six mois et quitter pour toujours ce fichu désert.

Zouga lui arracha le sac des mains avec brusquerie, de nouveau soumis à la tentation.

— Prenez son cheval, ordonna-t-il avec colère.

Ils soulevèrent le corps du Griqua et le jetèrent sur la selle de la jument. Pendant que Jan Cheroot l'attachait au cheval, Naaiman donna des coups de pied sans force et essaya de tourner la tête pour regarder Zouga, les yeux troubles.

— Major, dit-il d'une voix cassée, à demi-conscient. Major, laissez-moi vous expliquer. Vous ne comprenez pas.

— Fermez-la, grogna Zouga.

— Major, je ne suis pas un voleur, laissez-moi vous expliquer d'où viennent ces diamants.

— Je vous ai dit de la fermer, répéta Zouga.

Il ouvrit de force la mâchoire du Griqua en plantant sans ménagements ses pouces dans les joues cireuses et ensanglantées, puis lui fourra le sac de diamants dans la bouche.

— Étouffe-toi avec tes fichus diamants, espèce de voleur, lui lança-t-il en lui fermant la mâchoire avec son foulard, bloquant du même coup le sac de pierres.

Naaiman poussait des cris rauques, roulait des yeux et agitait la tête d'un côté et de l'autre, ses cris étouffés par le bâillon.

— Ça vous fera tenir tranquille jusqu'à ce qu'on vous emmène devant le Comité.

Jan Cheroot grimpa en selle derrière le Griqua ligoté et suivit Zouga monté sur le hongre.

Il grimaçait, soupirait et secouait la tête.

— Quel gaspillage ! grommela-t-il assez fort pour que Zouga l'entende. Grâce à ce sac nous aurions pu repartir vers le nord.

Il jeta un coup d'œil en coin mais son patron ne réagit pas.

— De toute façon, le Comité va faire pendre ce Bastard. Il est déjà bon pour servir de dîner aux vautours...

Naaiman se tortillait, impuissant, et nasillait, le nez tuméfié.

— ... Si nous faisions le travail à leur place, vite et proprement ? Une balle dans la tête, nous l'abandonnons à ses frères et sœurs, les chacals et les hyènes, et personne ne le saura jamais. (Il jeta de nouveau un coup d'œil plein d'espoir à Zouga.) Ce qu'il y a dans ce sac nous permettrait de repartir vers le nord, aussi loin que nous le voulons.

D'un coup de talons, Zouga mit sa monture au petit galop ; devant eux, les toits de tôle et les tentes poussiéreuses de la mine rougeoyaient dans le soleil couchant. Jan Cheroot soupira, aiguillonna la jument doublement chargée et suivit Zouga à l'intérieur du camp.

Pickering et Rhodes mangeaient avec quelques autres prospecteurs célibataires, juste derrière la place du Marché, en bordure des principaux tas de résidus de la mine. Deux grands acacias au feuillage abondant leur donnaient de l'ombre, et ils avaient planté une haie de galactodendrons autour du groupe de bicoques en adobe et de baraques en tôle ondulée.

Tous les membres du petit groupe possédaient de bonnes concessions et trouvaient des pierres ; il le fallait du moins pour payer les factures de champagne et de cognac vieux qui semblaient faire partie de leur ordinaire. L'un était le plus jeune fils d'un noble puissant, un autre était lui-même baronet, bien que seulement aristocrate irlandais. La plupart appartenaient au Comité, et quand on parlait d'eux, on disait le « gratin ».

Lorsque Zouga entra dans leur campement, le soleil était encore au-dessus de l'horizon, mais une demi-douzaine de membres du gratin dînaient tranquillement sous les acacias en arrosant leur repas de « Veuve Clicquot ». Ils avaient parié gros sur le nombre de mouches qui viendraient atterrir sur les morceaux de sucre posés devant eux et disputaient amicalement pour savoir qui avait perdu.

Pickering leva les yeux et, pour une fois, ses traits ouverts et agréables se froncèrent d'étonnement en voyant Zouga entrer dans l'enceinte.

— Messieurs, annonça celui-ci, j'ai quelque chose pour vous.

Il se pencha, coupa les lacets de cuir qui liaient les pieds de Naaiman à la sangle de selle puis poussa celui-ci et le fit tomber tête la première dans la poussière, devant le groupe attablé du Comité des mineurs.

— Un AID, déclara Zouga.

Pickering réagit le premier et se leva d'un bond.

— Où sont les diamants, major ? demanda-t-il.

— Dans sa bouche.

Pickering posa un genou à terre près du Griqua, défit le foulard qui le bâillonnait, puis sortit le sac trempé de salive et en versa le contenu sur la table au milieu des mouches, des morceaux de sucre et des bouteilles de champagne.

— Huit, compta rapidement Rhodes, visiblement soulagé. Tout y est.

— Je vous avais dit de ne pas vous inquiéter, fit Pickering en souriant à Rhodes. J'ai parié cinquante guinées qu'il n'en manquerait aucun, ne l'oubliez pas.

Puis il se retourna vers le Griqua ligoté, qui gigotait par terre comme un poulet. Il l'aida avec sollicitude à se relever.

— Mon pauvre ami ! dit-il. Ça ira ?

— Il a failli me tuer, bêla amèrement Naaiman. C'est un fou furieux !

— Je vous avais dit d'être prudent, commenta Pickering. Ce n'est pas un homme à prendre à la légère. (Puis, tapotant le dos du Griqua :) Bravo, Hendrick, vous avez fait du bon travail. (Il s'adressa ensuite à Zouga avec un sourire engageant :) Nous vous devons quelques excuses, major.

Zouga l'avait regardé, interdit, si pâle que ses éraflures étaient apparentes. Mais à présent la cicatrice de sa joue commençait à rougir et il retrouva sa voix.

— Un piège ! murmura-t-il. Vous m'avez tendu un piège.

— Il fallait que nous ayons toute assurance à votre égard, expliqua Rhodes. Nous devions savoir quel genre d'homme vous étiez avant de vous admettre au sein du Comité.

— Espèce de cochon, fit Zouga d'une voix étouffée. De cochon arrogant.

— Vous vous en êtes sorti avec les honneurs, monsieur, lui dit avec raideur Rhodes, qui n'avait pas l'habitude qu'on s'adresse à lui en ces termes.

— Si j'étais tombé dans le panneau, qu'auriez-vous fait ?

Rhodes haussa les épaules.

— La question ne se pose pas. Vous vous êtes comporté en authentique gentleman.

— Vous ne saurez jamais à quel point j'étais près de succomber.

— Oh si, je le sais. La plupart d'entre nous ont subi l'épreuve.

— Que se serait-il passé ? Une séance de lynchage ? demanda de nouveau Zouga en se tournant vers Pickering.

— Probablement rien d'aussi théâtral, mon cher ami. Peut-être auriez-vous tout simplement glissé de la chaussée et dégringolé dans les excavations, ou bien auriez-vous eu la malchance de vous trouver sous une benne de gravier au moment où la corde lâchait.

Il eut un rire joyeux auquel se joignirent les autres.

— Vous avez besoin d'un bon verre, major !

— Joignez-vous à nous, s'écria un des membres en se poussant pour lui faire de la place. C'est un honneur de boire avec un gentleman.

— Venez donc, major, lança Pickering en souriant. Je vais envoyer chercher le toubib pour qu'il voie la coupure que vous avez à la tête.

Il s'interrompit alors et changea d'expression. Zouga s'était libéré de ses étriers et avait sauté à terre, fonçant vers lui. Ils étaient de la même taille, grands et solides, et le groupe de convives fut instantanément attentif. Ça allait être plus amusant que des mouches sur des morceaux de sucre.

— Bon sang, il va faire une grosse tête à Pickering.

— Ou l'inverse.

— Dix guinées que le chasseur d'éléphants a le dessus.

— Je désapprouve les bagarres, murmura Rhodes, mais j'en parie dix sur Pickling.

— L'autre s'est déjà bien battu. Vous pourriez parier quelque chose, Beit.

Le sourire de Pickering était devenu glacial ; il se tenait sur la pointe des pieds, les poings serrés, la garde haute. Zouga laissa tomber les bras et se tourna d'un air dégoûté vers le groupe attablé sous l'acacia.

— Je vous ai donné assez de divertissement pour aujourd'hui, dit-il froidement. Vous pouvez garder vos fichus diamants et votre satané Comité, et vous pouvez...

Un concert d'applaudissements et de rires couvrit la sortie de Zouga. Il sauta en selle et partit au galop, suivi par les acclamations ironiques.

— J'espère que nous ne l'avons pas perdu, dit Pickering en abaissant les poings, le regard fixé sur Zouga. Dieu sait que nous avons besoin d'hommes honnêtes.

— Ne vous inquiétez pas, lui dit Rhodes. Laissez-lui le temps de se calmer et nous arrangerons ça.

— Henshaw, elle n'est pas encore prête à se battre de nouveau, dit Bazo en regardant mélancoliquement le panier d'osier qu'il tenait.

Il était assis près du feu, au centre de la case à toit de chaume. Ralph se sentait davantage chez lui là que dans la tente sous l'alhagi. Il s'y trouvait avec des amis, des amis plus intimes qu'il n'en avait jamais eu au cours de sa vie nomade, et échappait en outre à la surveillance sévère et incessante de son père.

Il plongea la main gauche dans la marmite commune et prit un peu de bouillie de maïs. Tout en roulant une boulette entre ses doigts, il répondit au Matabélé qui lui faisait face :

— S'il ne tenait qu'à toi, elle ne se battrait plus jamais, dit-il en trempant la boulette dans la sauce au jus de mouton et aux herbes sauvages.

— Sa nouvelle patte n'est pas encore assez forte, objecta Bazo en secouant la tête.

— Elle est forte et dure comme de l'acier, contesta Ralph en se fourrant le morceau dans la bouche.

Bazo fit la moue et prit l'air encore plus lugubre ; dans l'ombre derrière lui, sur son perchoir, Scipion, le faucon, agita ses plumes et émit un petit « Kouit ! » de sympathie.

La décision de Bazo, bien que fortement influencée par les arguments de Ralph et les exhortations des autres jeunes Matabélés, ferait autorité, car c'était lui qui avait capturé la bête dont il était question.

— Chaque soir où elle ne se bat pas, nous devenons plus pauvres, remarqua Kamuza pour soutenir Ralph. Henshaw a raison. Elle est aussi féroce qu'une lionne et prête à nous faire gagner des reines d'or.

— Tu parles et penses déjà comme un Blanc, répliqua Bazo avec condescendance. Tu as en tête les pièces jaunes, nuit et jour.

— A quoi elle pourrait servir d'autre ? demanda Kamuza, qui frissonna légèrement en montrant le panier. Si elle te pique, ta lance virile se ratatinera comme un fruit pourri jusqu'à devenir comme un doigt de nouveau-né.

— Ce serait une grosse perte de volume, fit Ralph en riant. Comme si un hippopotame ne devenait pas plus gros qu'une souris.

Bazo sourit et fit mine de poser le petit panier sur les genoux de Kamuza.

— Allez, laisse-la téter un peu. Ça lui donnera de la force pour la bataille.

Le cercle des convives éclata de rire en voyant Kamuza pousser un cri d'horreur et faire un bond en arrière.

Les quolibets dissimulaient leur malaise à proximité du panier, et, lorsque Bazo en souleva le couvercle avec précaution, ils se turent immédiatement.

Ils tendaient le cou avec une fascination morbide ; au fond du panier, une créature grosse comme un rat, sombre et velue, remua.

— Haou ! Inkosikazi ! lança Bazo en guise de bienvenue.

La bête se dressa sur ses multiples pattes, levant la paire de devant en un geste défensif, et les rangées d'yeux brillèrent dans la lumière vacillante du feu. Bazo leva la main droite pour rendre son salut aux longues pattes velues.

— Je te vois aussi, Inkosikazi.

Bazo l'avait surnommée Inkosikazi, la Reine, car, comme il l'avait expliqué à Ralph, elle était « royale dans sa fureur combative et aussi assoiffée de sang qu'une reine matabélée ».

Lui et Ralph déchargeaient des billes de bois à l'extrémité est des nouveaux échafaudages. Au moment où l'un des chargements s'était élevé, tiré par les cordages, la grosse araignée était sortie de son nid caché entre les planches sciées, puis, levant son abdomen velouté, elle avait trottiné sur le bras de Ralph et sauté par terre de trois mètres de haut.

Lorsque ses pattes étaient étendues, l'araignée était de la taille d'une assiette. Son apparence hirsute et ses sauts phénoménaux lui avaient valu le nom vulgaire d'« araignée babouin ».

— Attrape-la, Bazo ! avait crié Ralph perché sur le chariot.

Depuis que le Griqualand-Occidental et la mine faisaient partie du territoire de la colonie du Cap et de l'Empire britannique, il y avait eu des changements.

La mine, initialement appelée New Rush, avait été rebaptisée Kimberley, en mémoire de lord Kimberley, le ministre des Colonies à Londres, et la ville de Kimberley commençait à jouir des bienfaits de la civilisation et de la moralité victorienne. Parmi les interdictions formelles se trouvait celle des combats de coqs, strictement appliquée par le nouvel administrateur. Les prospecteurs, toujours avides de distractions, n'avaient guère tardé à en trouver une nouvelle. Les combats d'araignées faisaient fureur.

— Ne la laisse pas s'échapper ! avait lancé Ralph, qui sauta du chariot en déchirant sa chemise.

Bazo s'était montré plus rapide. Il avait arraché son pagne et s'en était servi pour arrêter l'araignée comme un matador effectue des passes avec un taureau. Acculée, la bête s'était cabrée et l'avait menacé avec les pattes de devant, mais Bazo avait retourné sur elle le morceau de tissu puis, nu et triomphant, l'avait fourrée rapidement dans un sac.

A présent, il plongeait délibérément la main dans le panier : l'araignée se dressa plus haut en agitant ses mandibules de façon menaçante et une goutte de venin pâle et brillante apparut sur son croc recourbé émergé de sa gaine.

Tous retenaient leur souffle, et le léger pétillement des cendres leur semblait assourdissant dans le silence tandis qu'ils regardaient Bazo approcher la main de plus en plus près de la bête.

Il la toucha alors du bout des doigts et commença à caresser sa carapace velue. Peu à peu l'araignée abandonna sa position d'attaque ; les spectateurs poussèrent un soupir de soulagement et se remirent à respirer.

Inkosikazi avait combattu cinq fois et cinq fois elle avait tué son adversaire, bien qu'au cours du dernier combat contre une autre femelle énorme et féroce elle eût perdu une patte, coupée à l'articulation. Cela s'était passé près de trois mois plus tôt ; le membre sectionné s'était régénéré, plus clair que les autres, comme une jeune pousse de rosier.

Bazo tourna lentement la paume vers le haut ; l'araignée y grimpa à toute vitesse et s'y tapit les pattes repliées, la remplissant entièrement.

— Une reine, une véritable reine, dit-il. (Puis il fronça les sourcils.) Henshaw voudrait que tu combattes encore. (Il leva les yeux vers Ralph avec une petite grimace malicieuse.) Allez, Henshaw. Parle-lui.

C'était un défi, et les autres Matabélés s'agitèrent, dans l'expectative. Si le défi n'était pas relevé, leurs moqueries n'épargneraient pas Ralph. Celui-ci essaya de bouger, mais le dégoût le paralysait et il sentit sur son front une sueur soudain glaciale.

Bazo souriait toujours, mais son regard devenait progressivement dédaigneux et railleur. Ralph dut faire un effort terrible pour lever la main ; l'araignée se dressa et son abdomen gonflé semblait palpiter lentement de manière obscène.

Seul Bazo jusque-là avait touché Inkosikazi et la réaction de l'animal à ce contact inconnu était totalement imprévisible ; cependant, Ralph se força à tendre la main vers elle.

La pointe de ses doigts se rapprocha petit à petit du corps velu, et soudain l'araignée bondit. Elle décrivit une parabole et atterrit sur l'épaule de Ralph.

Pris de panique, les spectateurs s'égaillèrent comiquement, hurlant de terreur et se bousculant vers l'entrée. Seuls Bazo et Ralph restèrent assis. Ce dernier avait toujours la main tendue et la grosse araignée était tapie sur son épaule. Avec une lenteur infinie, il pencha la tête et la regarda ; la bête commença à bouger, levant ses longues pattes velues avec une délicatesse effrayante, et elle se glissa dans le creux, contre le cou de Ralph – il ne la voyait plus, mais sentit soudain le bout pointu de ses pattes gratter sa peau.

Un cri d'horreur montait dans sa gorge, mais il réussit à le retenir par un suprême effort de volonté. L'araignée grimpa sur son menton et y resta suspendue, la tête en bas, comme une chauve-souris. Ralph ne broncha pas.

Il leva les yeux et soutint le regard du Matabélé. Bazo avait perdu son expression railleuse et, derrière lui, les autres s'approchaient, fascinés et craintifs. Ils restèrent ainsi pendant une longue minute, puis Ralph leva la main. Son geste était si mesuré que l'araignée ne montra aucun signe d'alarme, puis elle monta de bonne grâce sur les doigts tendus, et il la déposa doucement dans le panier.

Il avait envie de se lever et de courir vomir son

dégoût, mais il s'obligea à rester et fixa Bazo d'un regard impassible jusqu'à ce que le Matabélé baisse les yeux.

— Elle combattra comme tu le désires, Henshaw. Elle combattra demain.

Inkosikazi n'avait pas combattu depuis près de trois mois, et les parieurs, toujours inconstants, l'avaient oubliée. En son absence, d'autres champions avaient fait leur apparition et attiré leurs admirateurs fanatiques et fidèles. En attendant le premier combat de l'après-midi, ils se pressaient sur quatre rangs autour des « maîtres-araignées » et s'évertuaient à regarder à l'intérieur des paniers afin d'évaluer la force des créatures qui y étaient enfermées.

Des rencontres avaient lieu chaque soir, à la lumière des lanternes, derrière le cabaret de Diamond Lil, mais celles du dimanche après-midi constituaient le principal événement de la semaine, car tous les mineurs de Kimberley pouvaient s'assembler dans le coin ouest de la place du Marché et choisir leur « poulain ».

L'arène était une structure carrée en bois de deux mètres sur deux et de un mètre de profondeur, recouverte par une vitre. Cette plaque de verre était la plus grande du Griqualand. Destinée à l'origine à équiper la vitrine d'une boutique d'articles pour dames de Main Street, elle était miraculeusement arrivée entière après le long voyage en chariot depuis la côte, et c'était sans aucun doute l'un des objets les plus hautement appréciés de Kimberley. Sans elle, il n'y aurait pas eu de combats d'araignées et les dimanches après-midi auraient été bien ennuyeux.

La vitre et l'enceinte sablée appartenaient à un ancien acheteur de diamants qui avait trouvé les araignées plus rentables que les pierres précieuses. La possession de la vitre lui conférait un monopole du jeu et lui permettait de réclamer un droit d'entrée exorbitant, ainsi que de prendre la part du lion sur les gains.

Une demi-douzaine de chariots avaient été disposés en carré autour de l'arène, pour servir de gradins à la foule. Les tavernes autour de la place assuraient le service des boissons et les serveurs chancelaient sous des plateaux chargés de grandes chopes de bière moussante destinées à étancher la soif des mineurs, dévorante après une semaine de travail au fond des excavations.

La population féminine avait doublé deux fois depuis que Kimberley faisait partie de l'Empire, et les dames profitaient de l'occasion pour faire admirer leur joli chapeau ou leur cheville bien tournée. Lorsque les araignées étaient lâchées, leurs cris d'horreur ravis ajoutaient à l'excitation générale.

Dans l'une des allées qui conduisaient à l'arène, Ralph et ses Matabélés étaient en grande conversation.

— J'ignore ce que ce nom signifie, protestait Bazo.

— C'est celui d'une femme redoutable, qui dansait si bien que lorsqu'elle le demanda au roi, pour lui faire plaisir il coupa la tête d'un homme et la lui offrit.

Tous eurent l'air impressionné. C'était le genre d'histoires qui parlaient à l'esprit des Matabélés.

— Répète-moi ce nom, demanda Bazo pensivement.

— Salomé...

— Mais pourquoi ne peut-elle pas combattre sous son vrai nom ? Pour quelle raison changer le nom d'Inkosikazi ? Ce n'est pas de bon augure.

Ralph semblait exaspéré.

— Si nous l'engageons sous le nom d'Inkosikazi, ils se souviendront que c'est elle qui a déjà vaincu cinq fois. Rien ne ressemble davantage à une araignée qu'une autre araignée : si nous l'appelons Salomé, ils ne la reconnaîtront pas. Ils croiront qu'elle n'a jamais combattu, et nos gains seront supérieurs.

— C'est une bonne raison, intervint Kamuza.

— Qui a trouvé ce nom ? demanda Bazo, ignorant sa remarque.

— C'est Jordie. Il l'a trouvé dans son grand livre.

Cela convainquit le Matabélé. Il témoignait d'un grand respect pour le jeune garçon et sa connaissance des livres.

— Salomé, acquiesça-t-il. C'est d'accord, mais seulement pour aujourd'hui.

— Parfait, fit Ralph en se frottant les mains. Où est l'argent ?

Tous les regards se tournèrent vers Kamuza, le trésorier du groupe. Au cours de ces années de travail ininterrompu, les jeunes Matabélés avaient accumulé un butin de pièces d'or et d'argent, car à leurs salaires ils avaient ajouté les primes reçues pour les pierres découvertes. Il y avait en outre les gains considérables provenant des victoires d'Inkosikazi.

Kamuza enfouissait ce trésor dans le sol de la case commune, et il en avait exhumé avec répugnance une partie la veille au soir. Il sortit un sac en fourrure blanche de springbok et compta à contrecœur un certain nombre de pièces dans la main de Ralph. Aucun bookmaker blanc n'aurait accepté de pari d'un Noir, et celui-ci faisait donc office d'homme de paille du syndicat matabélé.

— Fais une inscription, dit Kamuza.

Ralph griffonna un reçu pour seize souverains sur une page de son calepin, la déchira et la tendit à Kamuza, qui l'examina minutieusement. Il faisait entière confiance à Ralph et ne savait pas lire, mais les rituels du commerce des Européens le fascinaient et il avait vu des hommes blancs échanger des bouts de papier chaque fois qu'ils donnaient des pièces.

— Bien, dit-il en fourrant le reçu dans sa bourse en springbok.

— De mon côté, j'ai quatre reines d'or, annonça Ralph en montrant toutes ses économies. Je paierai ma part de l'entrée et parierai le reste.

— Puissent les dieux être avec nous, Henshaw, dit Bazo en lui tendant le précieux petit panier.

Ralph inclina sa casquette afin de se cacher le visage autant qu'il était possible. Il était peu probable que son père se trouve dans la foule, et s'il l'était, la casquette ne camouflerait pas suffisamment son premier-né pour qu'il ne le reconnaisse pas. Son geste était donc instinctif, comme l'était sa crainte de la colère paternelle.

— Je vais attendre ici que tu rapportes l'argent, déclara Kamuza.

— Si elle gagne, corrigea Ralph.

— Elle gagnera, dit Bazo d'un air sombre. Je voudrais l'y aider de mes propres mains.

Aucune loi n'interdisait à un Noir d'inscrire son champion sur les listes, mais nul ne l'avait fait. Les raffinements de cette société complexe étaient tacites mais compris par tous.

Ralph se glissa hors de l'allée et se mêla à la foule, se frayant un chemin à travers la presse jusqu'à la lisière du groupe des maîtres-araignées qui attendaient le tour de leur champion, chacun portant son panier d'osier.

— Ah, le fils Ballantyne. (Chaïm Cohen leva les yeux de son registre, ses lunettes cerclées de métal sur le bout du nez, suant abondamment dans la poussière et le soleil ardent.) Voilà longtemps que je ne t'ai vu.

— Je n'avais pas de championne, monsieur Cohen. J'en ai une maintenant.

— Qu'est-il arrivé à... comment l'appelais-tu déjà ? Ce n'était pas un nom cafre ?

— Elle est morte. Elle avait perdu une patte et elle est morte après son dernier combat.

— Comment s'appelle ta nouvelle ?

— Salomé, monsieur.

— Salomé, très bien. Ça fera deux livres.

Les pièces disparurent avec une étonnante rapidité dans la poche déjà bourrée que Cohen avait cousue à l'intérieur de sa redingote, et Ralph se faufila avec soulagement dans la foule, essayant de passer inaperçu jusqu'à l'annonce du tirage au sort.

Il trouva une place près du hayon d'un des chariots, où il était à moitié caché et d'où il pouvait voir les dames présentes dans la foule. Certaines étaient jeunes et jolies, et le savaient. De temps en temps, l'une d'elles passait assez près de Ralph pour qu'il entende le frou-frou de ses jupons et sente son odeur, car la chaleur faisait ressortir le musc subtil de la peau des femmes, que sublimaient sans le cacher les effluves de leur parfum français. Il prenait Ralph à la gorge et l'empêchait de respirer librement, et il éprouvait comme un creux douloureux à la base du ventre tandis que d'étranges pensées lui traversaient l'esprit.

L'odeur fruitée du cognac masqua soudain celle du parfum et une voix rauque, près de son oreille, chassa ses fantasmes.

— Je vois que tu présentes une nouvelle championne, jeune Ballantyne.

— Oui, c'est exact, monsieur Lennox.

Barry Lennox était un grand gaillard, un bagarreur qui avait la réputation de taper dur et était respecté jusque chez les prospecteurs de la rivière. C'était un flambeur ; il avait parié mille guinées sur un seul combat de coqs, et gagné. Cela s'était passé avant que la civilisation n'atteigne la mine, mais à présent il jouait aussi gros sur les combats d'araignées. C'était un homme riche selon les critères du camp ; il possédait en effet dix-huit concessions dans la zone 4. Il avait de la couperose et la voix rauque des bons buveurs, mais ce qui intriguait le plus Ralph était qu'il employait trois jeunes femmes – pas une, mais trois – pour tenir sa maison. L'une était une jolie Griqua à la peau ambrée, une autre, une Portugaise mulâtre au regard fier, originaire du Mozambique, et la troisième une Basouto à la peau noire comme de l'encre, avec une croupe de jument. Chaque fois que Ralph pensait à ce solide trio, et il y pensait souvent, son imagination faisait surgir un jardin des délices.

Bien entendu, ni le père de Ralph ni aucun des membres du Comité n'admettait le genre d'existence de Lennox, et ils l'évitaient quand ils le croisaient dans la rue. Sa candidature pour se faire admettre au Kimberley Club avait été rejetée par cinquante-six voix, ce qui était un record. Cela n'empêcha pas Ralph de retirer sa casquette avec respect lorsque Lennox lui demanda de sa voix gutturale :

— Qu'est-il arrivé à Inkosikazi ? J'ai gagné un paquet grâce à elle.

— Elle est morte, monsieur Lennox. De vieillesse, je présume.

— Les araignées babouins vivent près de vingt ans, voire davantage, grogna l'autre. Montre-moi ta nouvelle championne.

— Je préfère ne pas la déranger avant le combat, monsieur.

— Est-ce que ton papa sait où tu passes tes dimanches après-midi, Ballantyne junior ?

— Bon, d'accord.

Ralph capitula et entrouvrit le couvercle de son

panier. Lennox y jeta un coup d'œil, injecté de sang mais connaisseur.

— Ça ressemble fort à une solide patte de devant, à une patte neuve.

— Non, monsieur... Enfin, ça se pourrait. Je viens de l'attraper. J'connais pas son passé.

— Dis-moi, tu ne serais pas en train d'aligner un sosie ? Allez, avoue. (Lennox regarda sévèrement Ralph dans les yeux, et celui-ci les baissa.) Tu ne veux pas avoir à te présenter devant le Comité, n'est-ce pas ? Imagine la honte que ce serait pour ton père. Ça lui briserait le cœur.

Cela ne briserait peut-être pas le cœur de Zouga, mais le crâne de Ralph, certainement. Il secoua la tête piteusement.

— Puisqu'il en est ainsi... C'est effectivement Inkosikazi, monsieur Lennox. Sa patte a repoussé. Je pensais que j'aurais des cotes plus intéressantes en ne l'inscrivant pas sous son nom... Mais maintenant, je vais la retirer de la compétition. Je vais aller dire à M. Cohen que j'ai menti.

Barry Lennox se pencha si près que ses lèvres touchèrent l'oreille de Ralph et que l'odeur du cognac faillit le terrasser.

— Tu ne feras rien d'aussi stupide, mon gars. Ta championne combattra, et si elle gagne, il y aura une récompense pour toi, c'est promis. Barry Lennox ne t'oubliera pas. Maintenant, excuse-moi, mais j'ai quelques petites affaires à régler.

Lennox fit tournoyer sa canne et s'ouvrit un chemin à travers la foule grâce à son ventre proéminent.

Chaïm Cohen grimpa sur le brancard du chariot le plus proche de l'arène et entreprit d'inscrire à la craie le résultat du tirage au sort sur un tableau. Les bookmakers tendirent la tête pour voir comment étaient appariées les adversaires, puis commencèrent à annoncer leurs cotes pour chaque rencontre.

— Trois sur M. Gladstone dans la première.

— Cuirasse à un contre un.

— Bouton-d'Or, cinq dans la deuxième.

Ralph attendait tandis que les dix rencontres s'énuméraient. On en était déjà à la neuvième et le nom d'emprunt d'Inkosikazi n'avait pas encore été cité. Ralph était au comble de la tension nerveuse.

— Dixième rencontre, annonça M. Cohen tout en écrivant. Mesdames et messieurs, c'est une véritable bataille biblique, un affrontement diamantifère sorti tout droit de l'Ancien Testament.

Chaïm Cohen mettait l'adjectif « diamantifère » à toutes les sauces, qu'il s'agisse d'un pur-sang ou d'un whisky de quinze ans.

— Un combat entre la grande, l'unique Goliath...

Il y eut un tonnerre d'applaudissements et de sifflets. Goliath était championne de la mine avec douze victoires à son crédit.

— ... contre votre favorite, une jolie petite nouvelle venue, Salomé !

Le nom fut accueilli avec indifférence et les parieurs se précipitèrent pour miser sur la championne.

— Je donne dix sur Salomé ! criait un bookmaker désespéré en essayant d'endiguer le flot des paris sur Goliath, la grande favorite.

Ralph, qui partageait sa détresse, regagna l'allée en traînant les pieds. Kamuza avait entendu l'annonce du tirage au sort.

— Rends-nous les seize reines, lui dit-il, mais ses paroles piquèrent Bazo au vif.

— Inkosikazi va la saigner...

— L'autre est une géante.

— Inkosikazi est vive, rapide comme un mamba,

courageuse comme une lionne, rétorqua Bazo, comparant sa championne aux animaux les plus intrépides et les plus indomptables du veld.

Tandis qu'ils argumentaient, des clameurs s'élevèrent autour de l'arène, signalant le début du premier combat, et, d'après les cris aigus que poussèrent les dames, la mise à mort avait été rapide.

Ils se disputaient âprement, et Bazo ne put rester assis plus longtemps. Il se leva d'un bond et se lança dans une *giya*, la danse de défi des Matabélés se préparant au combat.

— Voilà comment a sauté Inkosikazi et comment elle a plongé sa sagaie dans la poitrine de *Nélon*, s'écria-t-il en imitant le coup mortel porté par sa championne, mais il avait toujours du mal à prononcer les *r* et écorchait le nom de l'empereur romain en racontant le combat.

— Tu dois prendre une décision, intervint Ralph.

Bazo interrompit brusquement sa *giya* et regarda Kamuza.

En matière d'argent, celui-ci avait sans conteste la haute main sur le groupe, comme Bazo pour tout le reste.

— Henshaw, demanda-t-il gravement, vas-tu parier tes quatre reines contre ce monstre ?

— Inkosikazi risque sa vie, répondit Ralph sans hésitation. Et moi, je risque mon argent pour elle.

— Soit ! Nous ferons comme toi.

Il ne restait plus que quelques minutes avant le dixième combat de l'après-midi. Chaïm Cohen terminait déjà son pichet de bière et, considérablement rafraîchi, essuyait la mousse accrochée à ses favoris. D'un moment à l'autre, il allait remonter sur le chariot et demander aux maîtres-araignées d'amener leurs championnes dans l'arène pour la dernière rencontre.

Ralph avait encore cinq souverains à placer.

— Vous aviez dit douze, soutenait-il désespérément au bookmaker à lavallière et aux yeux de fouine.

— Si vous pariez sur votre championne, c'est dix seulement.

— C'est de l'arnaque.

— Toute la vie est comme ça, répondit le bookmaker. C'est à prendre ou à laisser.

— Bon, je prends.

Ralph emporta le bout de papier et se dirigea vers le cercle des chariots. Une fois de plus, il se heurta au ventre imposant de Barry Lennox.

— Tu as parié sur elle ?

— Tout ce que j'ai, monsieur.

— C'est ce que je voulais savoir, mon garçon.

Il se dirigea vers le bookmaker le plus proche en tirant sa bourse de sa poche au moment où, perché sur son chariot, Chaïm Cohen lançait :

— Belles dames, messieurs les parieurs ! Dixième et dernier combat du jour ! La puissante Goliath rencontre Salomé, la danseuse !

Goliath s'avança comme un crabe dans l'arène vitrée, en ondulant majestueusement sur ses quatre paires de pattes.

C'était une araignée énorme. Elle avait mué récemment, car sa carapace était cuivrée, luisante, et les longs poils qui couvraient son abdomen et ses pattes avaient des reflets dorés. Elles laissaient derrière elles un double feston de minuscules empreintes dans le sable balayé. La foule l'acclama. Les spectateurs avaient depuis longtemps perdu leurs inhibitions en assistant à ces affrontements primitifs, et la plupart d'entre eux buvaient depuis midi : il y avait dans leurs voix un accent de férocité et de cruauté.

— Tue-la ! criait une jolie blonde dont les anglaises étaient agrémentées de fleurs. (Le visage empourpré et les yeux brillants elle hurlait encore :) Mets-la en pièces !

— Monsieur Ballantyne, introduisez votre championne, ordonna Chaïm Cohen en élevant la voix pour se faire entendre par-dessus le vacarme.

Ralph laissa cependant l'autre araignée achever son tour et s'éloigner de son côté de la cage, puis il leva la porte coulissante et donna une tape sur le panier pour réveiller Inkosikazi.

Elle sortit avec précaution en levant son abdomen au-dessus du sable, marchant sur la pointe des pattes, puis se figea en voyant son adversaire de l'autre côté de la cage. Ses yeux multiples étincelaient comme des éclats de diamant.

Goliath sentit sa présence, fit un grand bond, tourna sur elle-même en l'air et retomba face à son adversaire. Les deux araignées se défiaient sur le sable blanc soigneusement égalisé, et c'est seulement alors que leur différence de taille devint patente. Goliath était énorme ; elle enflait de rage et ses longs poils hérissés comme les piquants d'un porc-épic la faisaient paraître plus grosse encore tandis qu'elle entamait sa danse de défi.

Inkosikazi répondit immédiatement à ce défi, soulevant et abaissant son abdomen au rythme du balancement de sa carapace, dressant et agitant ses pattes par paires avec une grâce terrifiante, telle Shiva, la déesse aux cent bras.

Un silence complet était tombé sur les spectateurs, qui s'efforçaient de saisir cette danse de mort dans ses moindres nuances, puis, quand Goliath sauta, ils laissèrent échapper un rugissement d'excitation.

Elle jaillit brusquement et s'éleva, ses pattes griffues tendues, parcourant toute la longueur de l'arène sans effort pour atterrir exactement à l'endroit où Inkosikazi se trouvait un millième de seconde plus tôt. Celle-ci avait esquivé l'attaque-éclair en effectuant un bond de côté et faisait face à l'énorme créature enragée en dansant pour la défier.

C'était cette stupéfiante agilité des grandes araignées qui attirait les foules. Elles ne s'arc-boutaient pas pour prendre leur élan, aucun signe préliminaire n'annonçait leurs sauts fantastiques. Elle se lançaient comme des balles sur leur rivale, avec soudaineté et assurance, et réagissaient aussi vite à la contre-attaque. Puis, entre deux assauts, reprenait leur effrayante danse hypnotique.

— Djii ! Djii !

Le cri de guerre des Matabélés brisa le silence, le cri qui avait porté à travers le continent la vague des corps noirs et nus, coiffés de leurs plumes et éclairés par le scintillement argenté de leurs sagaies.

Bazo, qui rôdait en retrait, n'y avait plus tenu : il s'était glissé dans la foule jusqu'aux chariots, et l'excitation du jeune guerrier avait augmenté en même temps que la tension de la lutte. Il s'était frayé un passage jusqu'au premier rang, et là, il n'avait pu se retenir plus longtemps.

— Djii ! Djii !

Il émit son cri sifflé, et Ralph se surprit à l'imiter.

Inkosikazi se battait d'instinct, réagissant impulsivement à la présence de l'autre femelle en une implacable rivalité sexuelle. C'était le mouvement des pattes de sa gigantesque adversaire qui la rendait furieuse, et sa première attaque fut synchronisée par pur hasard avec le cri de guerre.

Elle se lança à deux reprises, et à chaque fois Goliath battit en retraite. A son troisième bond, Inkosikazi s'éleva trop haut et toucha la plaque de verre qui couvrait l'arène. L'impact brisa la parabole parfaite de son saut, elle manqua son adversaire et atterrit déséquilibrée, en tâtonnant frénétiquement dans le sable blanc. Sa rivale en profita pour attaquer.

Les hommes poussèrent un hurlement de joie cruelle, les femmes crièrent d'horreur et de plaisir : les deux énormes bêtes velues s'étaient rencontrées poitrine contre poitrine et leurs pattes se mêlaient en un hideux embrassement.

Dans son élan, Goliath les envoya rouler à travers l'arène comme une balle contre la paroi opposée, et les deux araignées luttèrent dans un tourbillon de pattes. Toutes deux avaient dressé leur croc recourbé, et elles s'attaquaient avec leurs bouches velues. Les pointes acérées de leurs crocs frappaient l'armure impénétrable de leur carapace et leurs pattes articulées glissant sur les surfaces lisses et laissant des gouttelettes d'épais venin couleur de miel sur la poitrine de leur adversaire.

Elles essayaient instinctivement de ne pas exposer leur abdomen vulnérable tout en luttant pour se libérer de leur embrassement et tenter de frapper dans la peau tendre de l'autre. Elles continuèrent la lutte en se dressant sur leurs pattes arrière, et immédiatement le poids de Goliath commença à se faire sentir.

Dans un craquement sec, l'une des pattes d'Inkosikazi fut arrachée à l'articulation, et elle eut un mouvement convulsif qui contracta son ventre en un horrible spasme.

— Tue-la ! s'écria de nouveau la jolie blonde en réduisant en lambeaux son mouchoir de soie, le visage rouge, les yeux fous. Mets-la en pièces !

Goliath modifiait ses prises, cherchant à tâtons un endroit tendre où planter son croc.

— Djii ! Djii ! scandait Bazo, les yeux injectés de sang.

Inkosikazi poussait de toutes ses pattes restantes pour se libérer de l'étreinte du grand corps velu qui l'étouffait peu à peu. Il y eut de nouveau un horrible craquement, l'une de ses pattes de devant cassa en libérant un petit jet de liquide, et instinctivement Goliath prit le membre sectionné dans sa bouche.

Profitant de cet instant de distraction, Inkosikazi s'arracha à son emprise, traversa la moitié de l'arène d'un bond et roula par terre, mais elle se rattrapa vite. Goliath continuait de jouer avec la patte coupée ; ravie par l'odeur du sang de sa rivale, elle la ramassait avec sa bouche, la frappait de son croc, entièrement captivée, tandis qu'Inkosikazi rebondissait comme une balle.

Elle se laissa tomber sur le dos de Goliath, l'immobilisa avec ses pattes et plongea son long croc rouge dans l'abdomen gonflé de sa rivale, y injectant le poison avec un mouvement de va-et-vient de la tête.

Le corps de Goliath s'arqua, ses longues pattes se tendirent dans un spasme d'agonie, son ventre ballonné pris de convulsions. Tapie sur son dos comme un monstrueux incube, Inkosikazi lui inocula le fluide fatal jusqu'à ce que ses membres fléchissent et que son ventre s'affaisse au point de toucher le sable.

Tandis que les parieurs poussaient des rugissements de dépit et les femmes, des clameurs où se mêlaient horreur et jubilation, Ralph et Bazo se lancèrent dans les bras l'un de l'autre avec des cris de triomphe. Dans l'arène, Inkosikazi retira lentement son long croc hypodermique. Non seulement le venin paralysait et tuait sa proie, mais il liquéfiait ses tissus. Ses mâchoires s'ouvrirent puis se refermèrent sur le corps gélatineux, et pendant qu'elle aspirait les fluides corporels de sa rivale vaincue mais encore vivante, son propre abdomen s'enflait et se dégonflait alternativement.

Ralph lâcha les bras musclés de Bazo.

— Fais-la sortir de l'arène, lui dit-il. Je vais chercher l'argent.

Sur le chemin du retour, Bazo portait le panier bien haut. Ses Matabélés à la poitrine nue couraient derrière lui de leur allure aérienne, mi-danse, mi-trot, en brandissant leurs bâtons de combat, et ils entonnaient le chant de louange composé par Kamuza en l'honneur d'Inkosikazi :

Observe-la avec tes mille yeux,
Tiens-la bien avec tes multiples bras d'acier,
Embrasse-la avec ta longue sagaie rouge,
Goûte son sang ; n'est-il pas plus riche
que le lait des troupeaux de Mosélékatsé ?
Goûte son sang ; n'est-il pas plus doux
que le miel dans le rayon ?
Bayété ! Bayété !
Nous te saluons, Reine Noire,
Nous te saluons, Grande Reine.

Ralph mourait d'envie de se joindre à leur procession triomphale, mais il savait ce que dirait son père s'il apprenait que son fils avait participé à une telle manifestation barbare dans les rues poussiéreuses, aux portes mêmes du Kimberley Club où il passait vraisemblablement son dimanche après-midi.

Ralph suivit la petite troupe d'une manière qui correspondait mieux à l'idée que Zouga se faisait du comportement d'un jeune gentleman anglais, mais la casquette rejetée en arrière, les mains dans les poches, et il arborait un sourire béat. Ce sourire s'épanouit encore lorsque Ralph vit une silhouette pansue à l'entrée du cabaret de Diamond Lil.

— Monsieur Ballantyne ! beugla Barry Lennox. Monsieur Ballantyne, voulez-vous me faire l'honneur de prendre un verre avec moi ?

— Avec grand plaisir, monsieur.

Ralph se sentait assez sûr de lui pour répondre de manière facétieuse. Lennox partit d'un gros rire, passa un bras autour de ses épaules et le conduisit à l'intérieur de l'établissement.

Ralph jeta un rapide coup d'œil circulaire ; c'était la première fois qu'il entrait et il pensait y voir des femmes nues dansant sur les tables, des joueurs de cartes en gilet à fleurs sortir des carrés d'as et rafler des monceaux de souverains d'or.

La seule personne en partie nue était Charlie, l'entrepreneur de pompes funèbres, qui ronflait affalé sur le plancher couvert de sciure, la chemise ouverte sur son ventre poilu, et les visages des joueurs, tous familiers, étaient ceux des hommes avec lesquels il travaillait quotidiennement sur les échafaudages ou dans les excavations. Ils étaient en vêtements de travail, jouaient avec des cartes cornées et graisseuses, et le pot n'était qu'un petit tas de pièces de cuivre et d'argent.

— Ralph, lança l'un d'eux en levant les yeux. Est-ce que ton père sait que tu es là ?

— Et le tien ? rétorqua Ralph du tac au tac, toujours aussi sûr de lui. Et sais-tu qui il est ?

Les autres éclatèrent de rire et eurent un sourire bon enfant.

— Bon sang, ce gamin a la langue bien pendue, lança l'un.

— Une bière pour mon ami, dit Lennox au barman, qui hésita.

— Quel âge a votre ami ?

— Il aura quarante ans à l'un de ses prochains anniversaires. La question me semble toutefois insulter son honneur. J'ai cassé les dents de gens moins impertinents.

— Voilà, voilà, monsieur Lennox. Deux bières.

Barry Lennox et Ralph trinquèrent et Lennox porta un toast.

— A une dame de notre connaissance. Bénis soient ses yeux brillants et ses longues pattes.

La bière était un peu tiède et avait le goût de savon et de quinine, mais Ralph en avala une gorgée et claqua des lèvres. Il aurait préféré de beaucoup une bouteille fraîche de boisson gazeuse au gingembre.

— Cigare ? demanda Lennox en ouvrant son étui en argent.

Ralph n'hésita qu'un instant puis choisit l'un des gros havanes et en coupa le bout d'un coup de dent, comme le faisait Zouga.

Il l'alluma à l'allumette que lui tendait Lennox et retint avec précaution la fumée dans sa bouche. Ce fut la seule bouffée qu'il tira ; il se servit ensuite du cigare comme d'une baguette de chef d'orchestre, l'agitant avec désinvolture au milieu d'un nuage de fumée bleutée, sans le porter vraiment à ses lèvres et plastronnant, appuyé au bar de bois brut.

— ... tout le monde connaît la tactique classique des Zoulous. Ils attendent de se trouver en terrain difficile et au milieu d'épais fourrés ; rares sont les soldats à utiliser le couvert et le défilement comme ils le font.

Tout en buvant sa bière à petites gorgées et en brandissant son cigare, Ralph évoquait la campagne que lord Chelmsford menait alors contre Cetewayo, le roi zoulou. Les points de vue qu'il exprimait étaient ceux de son père, qu'il avait retenus par cœur et régurgitait tels quels, de sorte que, si les auditeurs se faisaient des clins d'œil et se poussaient du coude à ses prétentions, ils ne trouvaient rien à redire à sa logique.

— Le truc qui consistait à attirer la colonne volante de Chelmsford hors du camp puis à revenir sur ses pas pour détruire sa base à effectif réduit est aussi vieux que Chaka lui-même. Chelmsford a commis là une erreur, cela ne fait aucun doute.

Il y eut des hochements de tête attristés, comme toujours lorsqu'on mentionnait le catastrophique revers militaire subi par Chelmsford en manœuvrant sur la colline de Little Hand, dans l'Isandhlwana, après avoir franchi la rivière Buffalo dans le Zoulouland.

Les cadavres de sept cents soldats et miliciens britanniques traînaient depuis déjà six mois sur les mornes herbages au pied de la petite colline. Lord Chelmsford avait abandonné le terrain et ses morts étaient étendus là où ils étaient tombés, le ventre ouvert à coups de sagaie par les Zoulous pour permettre à leur âme de s'échapper, les débris des chariots et du matériel de guerre éparpillés autour d'eux, leur chair mangée par les vautours, les chacals et les hyènes.

Le fait d'avoir laissé des soldats britanniques sans sépulture sur le champ de bataille semblait menacer les fondations mêmes de l'empire le plus puissant que le monde ait jamais connu.

— Chelmsford doit regagner le terrain, dit l'un des hommes accoudés au bar.

— Non, monsieur, fit Ralph en secouant la tête avec fermeté. Ce serait courir au-devant d'un nouveau désastre pour un geste sentimental.

— Que suggérez-vous, monsieur Ballantyne ? demanda l'autre d'un ton sarcastique.

— S'inspirer des Bœrs. (Ralph avait un auditoire d'adultes qui l'écoutaient, si ce n'est avec respect, du moins avec attention. Cette situation le grisait, bien que les idées fussent celles de son père, et il jura.) Par Dieu, ces gars-là savent se battre contre les indigènes. Des cavaliers pour couvrir une colonne de chariots que l'on peut former en laager en quelques minutes. Viser le cœur de la nation zouloue – les troupeaux de bétail –, amener les régiments cafres en terrain découvert contre les chariots disposés en carré...

Ralph n'acheva pas l'exposé de son plan de bataille ; il avait perdu brusquement l'enchaînement de ses idées et s'était mis à bégayer, son joli visage d'adolescent subitement empourpré.

Barry Lennox suivit son regard et sourit.

Diamond Lil venait d'entrer dans la salle par la porte de derrière. Il était six heures du soir ; elle s'était réveillée une heure plus tôt en s'étirant et en bâillant comme un léopard sur son lit de cuivre dans la chambre attenante à la taverne.

Un serviteur avait rempli d'eau fumante son tub émaillé et Lil avait versé une fiole de parfum dans le bain avant d'y entrer et de s'installer voluptueusement en appelant son gérant.

Les sourcils légèrement froncés, elle l'avait écouté attentivement lui donner le chiffre de la recette de la nuit précédente tout en détournant les yeux de la peau blanche sans défaut de ses épaules et de ses seins fermes qui pointaient au-dessus de l'eau savonneuse. Elle l'avait ensuite congédié d'un geste de la main et était sortie de son bain, la peau rosie par l'eau chaude. Dans un verre vénitien de couleur, elle s'était versé un peu de gin qu'elle avait bu d'un seul trait avant de commencer à se maquiller et à se poudrer en grimaçant devant le miroir, travaillant son sourire commercial qui découvrait le petit diamant brillant au milieu de ses dents blanches. Elle s'était ensuite regardée calmement pour apprécier le résultat.

A vingt-trois ans, elle avait parcouru un chemin long et difficile depuis la maison de Mayfair où Madame

Hortense avait vendu sa virginité pour cent guinées à un vieux ministre whig. Elle avait alors treize ans ; c'était à peine une dizaine d'années plus tôt, mais, depuis, elle avait l'impression d'avoir vécu une douzaine de vies.

La maison de Mayfair était en fait la seule qu'elle avait connue, et elle pensait souvent à cette époque avec nostalgie. Madame Hortense la traitait plus comme sa fille que comme une pensionnaire. Elle lui offrait toujours un joli chapeau ou une robe neuve à son anniversaire et à Noël, et la faisait bénéficier de privilèges. Lil serait éternellement reconnaissante à Hortense pour ce qu'elle lui avait appris sur les hommes, l'argent et le pouvoir.

Puis, un samedi soir, une demi-douzaine de jeunes officiers qui appartenaient à un régiment de cavalerie fameux et fêtaient leur départ à l'étranger étaient venus dans la maison de Mayfair. Parmi eux se trouvait un jeune capitaine, fringant, riche et beau ; il avait vu Lil de l'autre côté du salon à l'instant même où il était entré. Dix jours plus tard, Lil s'était embarquée avec lui pour l'Inde à bord du navire postal. Sur le quai, Madame Hortense pleurait ; elle agita son mouchoir jusqu'à ce que le navire soit sorti du port de Londres et ait disparu derrière le premier méandre du fleuve. Quarante jours plus tard, Lil était abandonnée par son protecteur.

Par la fenêtre de sa chambre, à l'hôtel *Mount Nelson* du Cap, elle regardait le bâtiment du capitaine de cavalerie sortir de la baie de la Table à destination de Calcutta, la douleur de la séparation atténuée par le cadre luxueux dans lequel le jeune officier l'avait laissée. D'un haussement d'épaules, Lil chassa son chagrin. Elle but un verre de gin et se remaquilla, puis demanda à voir le directeur de l'hôtel.

— Je ne peux pas payer ma note, dit-elle et, le prenant par la main, elle l'entraîna dans la chambre de sa suite sans qu'il émît de protestations.

— Madame, puis-je vous donner un conseil ? demanda-t-il un peu plus tard en renouant sa lavallière et en remettant son gilet.

— Les bons conseils sont toujours les bienvenus, monsieur.

— Il y a un endroit appelé New Rush, à huit cents kilomètres d'ici, où se trouvent cinq mille mineurs, les poches pleines de diamants.

Lil fit donc son entrée dans son cabaret. Il était encore tôt pour un dimanche. C'était une des choses qu'elle avait apprises de Madame Hortense : toujours arriver longtemps avant le moment où l'on vous attend. Cela plaît aux clients et oblige le personnel à se comporter honnêtement.

D'un coup d'œil, elle jaugea sa clientèle. C'était la foule habituelle du dimanche après-midi, et ce serait mieux un peu plus tard. Elle se baissa et compta les bouteilles rangées sous le comptoir, examinant les bouchons de cire pour s'assurer qu'on n'y avait pas touché.

« Ne soyez jamais âpre au gain, chérie, lui avait dit Hortense. Coupez la bière, ils s'y attendent, mais ne baptisez pas le bon whisky. »

Elle se redressa et ouvrit l'énorme caisse enregistreuse de style très orné afin de vérifier qu'elle annonçait le prix correct, puis elle toucha la rangée de souverains d'or dans le tiroir à compartiments. Le contact du métal sous ses doigts était merveilleusement agréable, et elle prit une pièce pour le seul plaisir d'en sentir le poids. L'or était la seule chose à laquelle elle croyait au monde. Le barman la regardait dans la glace tout en essuyant le dessus du comptoir ; elle fit semblant de remettre le souverain à sa place, puis le cacha dans sa paume et referma le tiroir-caisse. Le barman était nouveau ; il serait intéressant de voir s'il signalerait ou non qu'il manquait une pièce. C'étaient des petites choses comme celle-là qui l'avaient rendue riche à vingt-trois ans.

Elle jeta un coup d'œil dans le miroir pour juger de son apparence à la lumière moins flatteuse du soleil qui pénétrait dans le cabaret. Elle avait le regard perçant et la peau autour de ses yeux était claire et fraîche comme des pétales de rose, sans le moindre signe de ride.

« Vous vous conserverez bien, lui avait dit Hortense, si vous usez du gin sans le laisser vous user. » Elle avait raison, estima Lil. Elle était exactement comme à seize ans.

Dans le miroir, elle balaya la salle du regard. La glace n'était pas en bon état, le tain commençait à s'en aller par plaques, ce qui déformait légèrement le visage qui s'y réfléchissait et la contemplait avec avidité. Elle le regarda un bref instant puis revint.

Le jeune garçon rougissait et mangeait la jeune femme des yeux, l'attention aimantée. En le regardant de nouveau, elle s'aperçut qu'il ne devait pas avoir l'âge d'entrer, et elle avait déjà eu des problèmes avec le Comité. Il portait une casquette de gamin rejetée en arrière et n'avait manifestement pas achevé sa croissance, car son veston tirait sur ses bras et ses épaules solides.

Trop jeune et certainement sans le sou. Il fallait qu'elle le fasse sortir en vitesse ; elle se tourna rapidement, les poings sur les hanches, sa tête blonde inclinée de manière agressive.

— Bonjour, mademoiselle Lil, lança Ralph, stupéfait de s'adresser de façon aussi audacieuse et directe à cette présence céleste. Je m'apprêtais à offrir une tournée à mon ami. (Faisant claquer un souverain sur le comptoir il ajouta :) Nous ferez-vous l'honneur de prendre un verre avec nous ?

Lil pencha la tête et se passa la main sur les cheveux.

— J'aime les gens qui dépensent sans compter, répondit-elle avec un sourire qui découvrit le diamant enchâssé dans sa dent de devant.

Elle fit un signe au barman pour qu'il prenne la bouteille de gin remplie d'eau de pluie provenant du réservoir galvanisé installé à l'arrière de la taverne. Elle se rendit compte soudain que Ralph était un beau garçon, avec une mâchoire volontaire, de belles dents blanches et des yeux d'un vert émeraude intense. Maintenant qu'il avait cessé de rougir, sa peau était aussi claire et lisse que la sienne. Son ardeur et sa spontanéité la changeaient des mineurs couverts de poils et de poussière rouge, formant sa clientèle habituelle, et qui sentaient le bouc.

Que le jeune homme paye sa tournée, et il serait temps de se débarrasser de lui ensuite. En attendant, son adoration transparente l'amusait et la flattait.

— Lil, ma chérie, dit Barry Lennox en se penchant par-dessus le comptoir. Donnez-moi votre charmante petite oreille.

Elle ne recula pas devant son haleine. Avec son sourire radieux, elle tendit l'oreille et mit sa main en cornet en une pantomime exagérée de secret.

— Est-ce que vous travaillez ce soir, Lil ?

— Je suis toujours prête pour une petite partie avec vous, mon mignon. Vous voulez y aller tout de suite ou finir votre verre ?

— Non, chérie, ce n'est pas pour moi. Cela vous ferait plaisir d'être la première à mettre la selle sur un poulain encore indompté ?

Il roula des yeux en direction de Ralph. Le sourire

éclatant et dur de Lil s'adoucit. C'était un beau gars, et pour la première fois depuis que son capitaine de cavalerie l'avait laissée au Cap, elle sentit ses reins la picoter et sa gorge se serrer.

— Il est encore tôt, Lil, et il n'y a pas encore grand monde à cette heure-ci, fit Barry Lennox, cajoleur. C'est un joli garçon et c'est moi qui devrais vous demander quelque chose, mais je me contenterai de vous laisser me faire un prix d'ami.

Lil sentit son émotion s'envoler, son expression languissante s'évanouit instantanément et c'est d'une voix acerbe qu'elle répondit :

— Je ne vous compterai pas les frais de scolarisation, Barry Lennox, seulement les dix guinées habituelles.

— Vous êtes dure, Lil, fit Lennox en secouant la tête. Je vous l'enverrai, mais soignez-le bien. Faites en sorte qu'il s'en souvienne toujours, même s'il doit vivre cent ans.

— Est-ce que je vous apprends à chercher des diamants, Barry Lennox ? rétorqua-t-elle en sortant de la salle sans se retourner.

Ils entendirent claquer la porte de sa chambre, et Ralph la regarda partir avec consternation ; mais Barry Lennox le prit par les épaules et, tandis qu'il lui parlait à voix basse en ponctuant chaque phrase d'un petit rire lubrique, Ralph pâlit.

— Entrez !

Sa voix rappela à Ralph le roucoulement des pigeons le soir, sur la branche haute de l'alhagi qui ombrageait le campement de son père.

La main sur la poignée de porte en cuivre, il frotta la pointe de ses bottes sur l'arrière de son pantalon pour les faire briller. Il s'était mouillé la tête sous le robinet du réservoir d'eau de pluie et peigné les cheveux en se dégageant le front ; les gouttes avaient coulé sur la poussière du col de sa chemise reprisée, la transformant en boue rougeâtre.

Il jeta un coup d'œil à ses mains, vit qu'il avait les ongles noirs et essaya désespérément de les nettoyer avec ses dents.

— Entrez !

Le roucoulement avait fait place cette fois-ci à un ton impérieux, et Ralph tourna la poignée. La porte s'ouvrit, Ralph entra au pas de charge dans le boudoir de Diamond Lil, se prit le pied dans le bord effiloché du tapis oriental bon marché et s'étala tête la première sur le lit.

La coiffure blonde magnifiquement élaborée de Lil apparaissait au-dessus d'un paravent chinois qui occupait un coin de la petite chambre, meublée avec un goût tapageur.

— Oh, lâcha-t-elle doucement, amusée, écarquillant ses yeux en amande. Vous vouliez donc commencer sans moi, chéri.

Ralph se releva précipitamment et resta au garde-à-vous au milieu de la pièce, tenant des deux mains sa casquette sur son ventre.

Derrière le paravent s'élevèrent les sons les plus évocateurs qu'il ait jamais entendus : un frou-frou de tissu et de dentelle, le tintement de la porcelaine et le glouglou de l'eau versée d'une cruche. Le paravent laqué était décoré de personnages orientaux : des femmes se baignaient dans un étang entouré de saules, avec une cascade en arrière-plan. Elles étaient nues et l'artiste s'était attardé sur la représentation de leurs charmes. Ralph se sentit de nouveau rougir et enragea contre lui-même.

Il regrettait de ne pas avoir gardé son cigare pour prouver qu'il était un homme. Il regrettait de ne pas avoir mis une chemise neuve, il regrettait... mais il n'eut pas le temps de regretter davantage. Lil sortit de derrière le paravent. Elle était nu-pieds, ses orteils aussi potelés et roses que ceux d'une petite fille.

— Je vous ai vu en ville, monsieur Ballantyne, lui dit Lil à voix basse. Et j'ai admiré votre allure virile. Je suis contente que nous ayons l'occasion de nous connaître.

Ces paroles eurent un effet miraculeux. Ralph eut l'impression de grandir, ses jambes cessèrent de trembler et il se sentit assuré.

— Aimez-vous mon peignoir ? demanda Lil en le faisant tournoyer.

Raph hocha la tête stupidement, ses forces nouvelles n'ayant pas encore atteint sa langue, les yeux écarquillés.

Elle s'approcha de lui ; sans ses chaussures, elle lui arrivait seulement à l'épaule.

— Laissez-moi vous aider à retirer votre veston, dit-elle, et quand il fut en manches de chemise, elle le prit par la main et l'entraîna vers le canapé.

— Est-ce que je vous plais, monsieur Ballantyne ? demanda-t-elle ensuite.

Il put enfin parler :

— Oh, oui.

— Vous permettez que je vous appelle Ralph ? J'ai l'impression de vous connaître depuis toujours.

Il y avait bien longtemps, un matin de janvier, elle était sortie de la maison de Mayfair et était entrée dans le parc enseveli sous la neige tombée pendant la nuit. Elle avait quitté l'allée couverte de gravier, la neige poudreuse s'éboulant sous ses pieds. En se retournant, elle avait vu le chapelet de ses pas sur la neige immaculée, comme si elle était la seule femme au monde. Cela lui avait donné un extraordinaire sentiment de son importance. A présent, assise sur le châlit à côté de l'adolescent, elle éprouvait le même sentiment.

Ce n'était plus un gamin, mais elle le considérait comme tel. Physiquement, il était arrivé à maturité, mais son innocence le rendait aussi vulnérable qu'un petit enfant et son corps était comme la neige vierge.

Le soleil avait tanné son cou jusqu'au col ouvert de sa chemise, mais sa poitrine et son ventre plat avaient la blancheur brillante du marbre humide. Elle les toucha de ses lèvres, et quand ses petits mamelons couverts de poussière se dressèrent, elle eut un délicieux petit frisson et lui prit les mains. Le travail sur les échafaudages et dans les excavations avait rendu ses paumes calleuses. Ses ongles étaient cassés et noirs de crasse, mais il avait de belles mains, longues et élégantes. Elle avait appris à juger les hommes d'après la forme de leurs mains ; elle leva celles de Ralph jusqu'à ses lèvres et les embrassa doucement tout en le regardant dans les yeux.

Puis, lentement, elle les posa sur ses seins. Elle sentit la peau rugueuse râper contre ses mamelons, qui sortirent comme des pleines lunes, rose pâle et fermes.

— Vous aimez ça, Ralph ?

Elle lui posa la même question cinq fois. Pour la dernière, la chambre était presque devenue obscure et, enfermé dans le cercle de ses bras et de ses cuisses, il était secoué par des spasmes de jouissance.

— Vous aimez ça, Ralph ?

— Oh oui, mademoiselle Lil, répondit-il haletant.

Elle fut soudain envahie de tristesse. La neige n'était plus immaculée, la magie avait disparu, de même que le pouvoir qu'elle avait exercé n'était que transitoire.

Il y avait dix ans qu'elle n'avait pas pleuré – depuis

le premier soir dans la maison de Mayfair –, et elle était bouleversée de sentir sa gorge se serrer et ses yeux la brûler.

« Sur quoi pleurer ? se demanda-t-elle, désolée. Il est trop tard pour ça. »

D'une main experte, elle fit rouler Ralph – sans résistance – sur le dos et, pendant quelques instants, elle le regarda avec haine. Il avait touché en elle un point sensible qui l'avait fait insupportablement souffrir. Puis il ne lui resta plus que la tristesse.

Elle l'embrassa encore une fois, avec douceur, avec regret.

— Il faut que vous partiez maintenant, Ralph, dit-elle.

Il s'attarda à la porte, son veston sur le bras, sa casquette à la main.

— Je reviendrai vous voir, Lily.

Elle fit la moue et se remaquilla prestement avant de répondre, mais tout en maniant son bâton de rouge à lèvres, elle l'observait dans la glace.

Elle vit qu'il n'était déjà plus le même. Il se tenait avec assurance, les épaules dégagées, la tête relevée avec fierté. Le charmant manque de confiance en soi avait disparu, l'attendrissante timidité s'était évaporée. Une heure plus tôt, il aurait dit : « Puis-je revenir vous voir, mademoiselle Lil ? »

Elle sourit dans le miroir et le diamant de sa dent étincela sardoniquement.

— Revenez quand vous voulez, chéri – et quand vous avez économisé dix guinées.

Le récit de l'incursion de Ralph dans les jardins de Vénus vint lentement aux oreilles de son père. C'était surprenant, car Barry Lennox avait répété l'histoire à qui voulait l'entendre, en lui donnant du piquant et en brodant, et, chaque soir, les plaisanteries allaient bon train dans le cabaret de Diamond Lil.

— Messieurs, vous parlez du fils aîné de l'un des piliers de la société de Kimberley, les admonesta Lil avec impertinence. N'oubliez pas que le major Ballantyne est non seulement un membre respecté du Kimberley Club, mais aussi un fleuron du Comité des mineurs.

Elle savait que quelqu'un succomberait à la tentation et rapporterait l'épisode à Zouga Ballantyne. « J'aimerais entendre ce que dira ce cul pincé quand il l'entendra, se dit-elle. Même l'eau froide qui coule dans ses veines va bouillir. »

— Des putains et des souteneurs, dit Zouga, debout sous la large véranda, à l'ombre du toit de chaume qui remplaçait la tente du premier campement.

Ralph clignait des yeux sous le soleil en regardant son père, qui se tenait au-dessus de lui et barrait l'entrée de la petite maison en adobe.

— Peut-être n'as-tu aucun respect pour ta famille et pour le nom de Ballantyne, mais n'en as-tu pas pour toi-même ?

Zouga était nu-tête, son épaisse chevelure or sombre brillant comme un casque de guerre, et sa barbe bien taillée accentuait le caractère prognathe de sa forte mâchoire. La longue lanière effilée de son kurbash, son fouet en cuir d'hippopotame, pendait de sa main droite et touchait le sol près de sa botte.

— Peux-tu me répondre ? demanda Zouga d'un ton terriblement calme.

Ralph était encore couvert de poussière, comme un meunier revenant du moulin. Épaisse et rougeâtre dans ses cheveux, elle soulignait la courbure de ses narines et coulait comme des larmes au coin de ses yeux. Il s'essuya le front avec la manche de sa chemise, pour échapper au regard de son père, puis examina la tache boueuse avec attention.

— Réponds-moi, répéta Zouga du même ton. Donne-moi une raison pour ne pas te jeter hors de cette maison... définitivement.

Jordan n'y tint plus. La pensée de perdre Ralph vainquit la terreur que lui inspirait la colère de son père.

— Papa ! Je vous en prie, papa... ne le chassez pas.

Sans même le regarder, Zouga donna un coup de fouet qui atteignit Jordan en travers de la poitrine et le projeta contre le mur de la véranda.

— Jordie n'a rien fait, dit Ralph aussi calmement que son père.

— Oh, tu as donc une langue, fit Zouga, sarcastique.

— Ne te mêle pas de ça, Jordie, ordonna Ralph. Ça ne te regarde pas.

— Reste où tu es, Jordan, dit Zouga sans le regarder, les yeux rivés sur le visage de Ralph. Reste là, tu vas en apprendre sur les putains et le genre d'hommes qui les fréquentent.

Jordan était éberlué, le visage gris comme cendre, les lèvres blanches et sèches. Il savait de quoi ils parlaient car il avait entendu Bazo et Ralph exprimer leurs fantasmes ; son intérêt piqué, il avait interrogé Jan Cheroot à la dérobée, et les réponses l'avaient écœuré et terrifié.

— Pas comme des animaux, Jan Cheroot, ce ne peut pas être comme les chiens ou les boucs.

Les questions qu'il avait posées au Hottentot avaient une portée générale ; elles concernaient les hommes et les femmes, et personne qu'il ne connaisse, aime ou respecte. Il lui avait fallu plusieurs jours pour comprendre pleinement les réponses de Jan Cheroot, puis la terrible réalité l'avait frappé : tous les hommes et toutes les femmes, son père, qui incarnait pour lui ce qu'il y avait de plus noble, de plus fort et de plus juste, sa mère, cet être si doux et si gentil, qui était un souvenir... non, pas eux, ce n'était pas possible.

Cela l'avait rendu malade, il avait vomi et avait été pris de terribles crampes intestinales, si bien que Zouga lui avait administré du soufre et de la mélasse.

Et les voilà qui reparlaient de ces choses si effrayantes qu'il avait essayé de chasser de sa mémoire. Les deux personnes qui, pour lui, comptaient le plus au monde en parlaient ouvertement, utilisaient des mots qu'il n'avait vus qu'imprimés et qui l'avaient néanmoins rendu honteux. Ils se servaient de ces mots, et l'atmosphère était pleine de honte, de haine et de dégoût.

— Tu t'es vautré comme un porc là où mille autres porcs se sont vautrés avant toi, dans le cloaque fétide entre les cuisses de cette putain.

Jordan s'éloigna en se collant au mur ; il atteignit le coin de la véranda et ne put aller plus loin.

— Si tu n'avais pas honte de traîner dans cette auge, n'as-tu pas pensé au moins à ce que ces cochons t'y avaient laissé ?

Les paroles de son père évoquèrent des images réalistes dans l'esprit de Jordan. Son estomac se souleva, et il porta une main à sa bouche.

— La maladie que répandent les prostituées en ce monde est la malédiction lancée par Dieu sur les débauchés et les luxurieux. Si tu avais pu les voir à l'hôpital de Greenwich, radoter et baver comme de parfaits imbéciles, le cerveau à moitié rongé par la maladie, les dents pourries...

Jordan se plia en deux et vomit sur ses bottes.

— Arrêtez, dit Ralph. Vous rendez Jordie malade.

— Je le rends malade ? fit doucement Zouga. C'est toi qui rendrais malade toute personne convenable.

Zouga descendit les quelques marches et fit siffler son fouet. Ralph ne broncha pas et leva le menton de façon provocante.

— Si vous me donnez un coup de fouet, papa, je me défendrai.

— Tu me défies, lança Zouga en s'immobilisant.

— Vous n'utilisez votre fouet qu'avec les bêtes.

— Oui, avec les bêtes... c'est pourquoi je vais t'en faire tâter.

— Papa, je vous ai averti.

Zouga pencha gravement la tête et examina le jeune homme.

— Très bien. Tu prétends être un homme, prouve-le.

Il jeta le fouet avec désinvolture puis se retourna vers son fils. Ralph était prêt, bien calé sur ses deux pieds, les poings fermés.

Il ne vit pas arriver le coup. L'espace d'un instant, il crut qu'on l'avait frappé par-derrière avec un gourdin et eut l'impression d'une explosion sous son crâne. Il chancela, le nez gourd et horriblement gonflé. Quelque chose de chaud lui chatouillait la lèvre supérieure, et il le lécha, abasourdi. Cela sentait le sel ; il s'essuya avec le dos de sa main et regarda fixement la tache de sang sur son poignet.

Une rage féroce l'envahit. Il l'entendit gronder dans son oreille, sans reconnaître sa propre voix, et se rua en avant.

Le visage de son père se trouvait devant lui, beau, grave et froid ; il lui lança un coup de poing de toutes ses forces, voulut sentir la chair écrasée sous ses articulations, le cartilage du nez busqué et arrogant craquer, les dents tomber de cette bouche impitoyable.

Son poing décrivit un arc de cercle sans rencontrer d'obstacle et les tendons de son épaule furent violemment étirés par le mouvement inattendu de son bras.

De nouveau le fracas à l'intérieur de son crâne, le grincement de ses dents, sa tête projetée en arrière d'un coup, sa vision semée quelques instants de points lumineux, avec des zones d'un noir profond rempli d'échos, puis la vision qui se dégage, le visage de son père réapparaissant.

Jusqu'à cet instant, les seuls sentiments qu'il avait jamais éprouvés pour Zouga étaient le respect, la peur et un amour monumental et pesant, mais brusquement, de quelque repli profond de son âme, s'éleva une haine furieuse et impie.

Il le haïssait pour une centaine d'humiliations et de punitions, il le haïssait pour les entraves et les frustrations par lesquelles il l'accablait chaque jour, il le haïssait pour la vénération et le profond respect que lui témoignaient les autres, pour l'exemple qu'il était censé devoir suivre fidèlement toute sa vie, ce qu'il doutait de pouvoir faire. Il le haïssait pour l'énorme poids de l'obéissance et de la dévotion qu'il lui devait et dont il savait qu'il ne pourrait jamais se libérer. Il le haïssait pour l'amour qu'il lui avait volé, l'amour que sa mère avait donné sans réserve à son père et qu'il voulait avoir entièrement pour lui. Il le haïssait parce que sa mère était morte et qu'il ne l'avait pas empêché.

Mais, par-dessus tout, il le haïssait d'avoir souillé ce qui avait été merveilleux, d'avoir rendu honteux ce moment magique.

Il se rua de nouveau sur Zouga en battant l'air de ses poings ; les coups qui pleuvaient sur sa tête et son visage résonnaient comme si, au loin, quelqu'un coupait un arbre à coups de hache.

Zouga se repliait soigneusement avant chaque

attaque, balançait la tête en arrière ou sur le côté, déviait un coup avec les bras, se baissant prudemment pour esquiver, et ne contre-attaquait qu'avec la main gauche, frappant avec une légèreté trompeuse, car, à chaque fois, la tête de Ralph était rejetée en arrière avec un bruit sec et le sang qui coulait de son nez et de ses lèvres tuméfiées lui barbouillait le visage.

— Arrêtez, oh, je vous en prie, arrêtez ! cria Jordan, accroupi contre le mur de la véranda, le devant de sa chemise souillé par la vomissure.

Il voulut se couvrir le visage de ses mains, occulter la violence, le sang et la haine, mais en vain. Il était pris d'une étrange fascination et regardait chaque coup, chaque goutte de sang qui giclait du visage de son frère.

Comme un taureau de corrida, Ralph finit par s'épuiser ; haletant, les genoux ployant sous son poids, les pieds écartés, les poings encore fermés, mais trop faibles et trop lourds pour se lever au-dessus de la taille, il essayait mollement de chasser l'obscurité qui lui envahissait le cerveau, le sang qui lui coulait dans les yeux ; il oscillait d'avant en arrière et reprenait son équilibre à intervalles réguliers, cherchant en aveugle, autour de lui, son persécuteur.

— Là, lança calmement Zouga.

Ralph tituba en direction de la voix et Zouga utilisa pour la première fois sa main droite. Il le faucha proprement sous l'oreille, d'un petit coup mesuré, et Ralph s'effondra dans la poussière, son souffle soulevant des petits nuages rouges à chaque expiration.

Jordan se précipita en bas des marches et se laissa tomber à genoux près de son frère ; il lui tourna la tête sur le côté pour qu'il puisse respirer et essaya sans succès d'essuyer le sang avec ses doigts.

— Jan Cheroot, appela Zouga.

Il respirait profondément mais lentement ; au-dessus de sa barbe ses joues étaient légèrement colorées, et il essuya quelques gouttes de sueur sur son front avec son foulard.

— Jan Cheroot ! cria-t-il avec irritation.

Cette fois-ci le petit Hottentot se réveilla et descendit les marches à la hâte.

— Allez chercher un seau d'eau, dit Zouga.

Jan renversa le contenu du seau sur le visage du garçon, lui ôtant du même coup son masque ensanglanté ; Ralph suffoqua et essaya de se mettre à genoux.

Jan Cheroot laissa tomber le seau et prit Ralph par le bras ; Jordan se baissa et passa la tête sous l'autre aisselle de son frère, et à eux deux, ils l'aidèrent à se relever.

Ils étaient beaucoup plus petits que Ralph, accroché entre eux comme une couverture sale ; du sang mêlé d'eau tombait goutte à goutte sur le devant de la chemise de celui-ci, formant des cocardes rose pâle.

Zouga alluma un petit cigare, en étudia la cendre pour s'assurer qu'il brûlait, puis le replaça entre ses dents.

Il s'approcha de son fils aîné. Avec le pouce, il tira sur ses paupières inférieures et regarda la pupille, puis émit un grognement de satisfaction. Il examina son arcade sourcilière ouverte, puis prit son nez entre ses doigts et le fit bouger doucement pour vérifier qu'il n'était pas cassé. Finalement, il tira la lèvre de Ralph et inspecta les dents avant de reculer.

— Jan Cheroot, amenez-le au dispensaire de Jameson. Demandez au toubib de lui recoudre l'arcade et de lui donner une poignée de pilules au mercure contre la syphilis. (Jan commençait à s'éloigner avec Ralph, mais Zouga poursuivit.) Au retour, arrêtez-vous au gymnase de Barnato et inscrivez-le aux leçons de boxe.

Il faut qu'il apprenne à se battre un peu mieux que ça ou il va se retrouver le crâne enfoncé avant même d'avoir succombé à la vérole.

Jan Cheroot et Ralph revenaient de la place du Marché.

— Pourquoi crois-tu qu'on l'appelle Bakela, le Poing ? demanda Jan.

Ralph fit une grimace de douleur. Il avait le visage boursouflé et ses ecchymoses commençaient à prendre les nuances prune foncé et bleu plombé des nuages d'orage. Les points de suture en crin de cheval dépassaient tout raides de son sourcil et de sa lèvre, et une croûte commençait à se former sur les coupures.

Jan Cheroot sourit et eut un gloussement de sympathie, puis il posa la question qui lui brûlait la langue depuis qu'il avait appris la raison de la colère de Zouga.

— Est-ce que tu as aimé la bagatelle ?

Ralph s'arrêta net en réfléchissant à la question, puis il répondit sans bouger sa lèvre abîmée :

— C'était sacrément bon.

Jan Cheroot gloussa derechef et, de joie, le serra dans ses bras.

— Maintenant, écoute-moi, mon gars, et écoute-moi bien. J'aime beaucoup ton papa. Nous faisons route commune depuis tant d'années que je suis incapable de les compter, et quand il dit quelque chose, on peut le croire – presque à chaque fois. Mais moi, de ma vie, je n'ai jamais laissé passer une occasion, jamais. Jeune ou vieille ou entre les deux, laide comme une guenon ou belle à briser le cœur, chaque fois que c'était proposé, et bien souvent quand ça ne l'était pas, le vieux Jan Cheroot prenait, mon gars.

— Et ça ne t'a pas tué, conclut Ralph à sa place.

— Je crois au contraire que je serais mort si j'en avais été privé.

Ralph se remit en marche.

— J'espère que Bazo alignera de nouveau sa championne dimanche prochain. Il faut absolument que je trouve dix guinées.

La lune émergeait au-dessus de l'horizon et faisait pâlir les étoiles. Il manquait encore quelques jours pour qu'elle soit pleine, mais il y avait assez de lumière sur la véranda de Zouga pour lire les titres d'un exemplaire chiffonné du *Diamond Fields Advertiser* posé à côté du rocking-chair vide.

Seuls troublaient le silence les aboiements d'un chien au loin et le bruissement des ailes des chauves-souris qui décrivaient de hautes paraboles au clair de lune ou venaient voltiger sous le surplomb de la véranda pour y attraper un papillon de nuit. La porte était grande ouverte pour permettre à la fraîcheur d'entrer. Jordan la franchit timidement.

Il était pieds nus et la vieille chemise de flanelle qu'il portait en guise de chemise de nuit était l'une de celles que Zouga avait mises au rebut. Les basques battaient contre ses genoux nus quand il descendit les marches et s'arrêta devant le faucon en pierre posé sur son piédestal à l'extrémité couverte de la véranda.

La lune éclairait un côté de l'oiseau sculpté et en laissait une moitié dans l'ombre.

Jordan se tenait devant la statue. Le sol argileux était

froid sous ses pieds ; il frissonna, mais pas uniquement de froid, et regarda subrepticement autour de lui.

Le campement de Zouga dormait du sommeil profond qui précède l'aube.

Les boucles de Jordan, ébouriffées par l'oreiller, brillaient comme une auréole dans la clarté lunaire, et ses yeux étaient, dans l'ombre, des trous sombres comme ceux d'un crâne. Il était resté couché toute la nuit sans bouger dans son petit lit, à écouter son frère respirer avec difficulté, le nez gonflé.

A cause du manque de sommeil, Jordan se sentait exalté, un peu extralucide. Il ouvrit le bout de journal roulé qu'il avait caché sous son oreiller en allant se coucher.

Il contenait une poignée de riz et une fine tranche de rôti d'agneau. Il les posa au pied de la colonne en stéatite et recula.

Une fois de plus, il jeta un coup d'œil pour s'assurer qu'il était seul. Puis il se laissa tomber à genoux, un livre serré contre sa poitrine, et salua.

Le livre était relié de cuir bleu, le titre gravé à la feuille d'or sur le dos : *Religions of the American Indians*.

— Je te salue, Panes, chuchota Jordan, fermant ses paupières gonflées.

« Les Indiens de Californie de la tribu des Acagchemem adorent le grand urubu Panes. » Le livre que Jordan tenait était devenu, et de loin, son bien le plus précieux. Il répugnait à se rappeler comment il se l'était procuré. C'était la seule chose qu'il ait jamais volée de sa vie, mais ce péché lui avait été pardonné. Il avait prié la déesse et il avait été absout.

« Panes était une femme, une belle jeune femme qui s'était enfuie dans les montagnes et avait été changée en oiseau par le dieu Chinigchinich. »

Jordan savait au fond de lui qui était ainsi décrit. Sa mère était jeune et belle, et elle s'était enfuie sans lui dans la montagne noire de la Mort.

Il ouvrit le livre et inclina la tête. Il n'y avait pas assez de lumière pour déchiffrer les petits caractères du texte, mais Jordan connaissait par cœur l'invocation à la déesse.

— Pourquoi vous êtes-vous enfuie, murmura-t-il. Vous auriez été mieux avec nous. Ne sommes-nous pas ceux qui vous aiment ? Il aurait mieux valu que vous restiez, car maintenant vous êtes devenue Panes. Si nous vous faisons une offrande de riz et de viande, reviendrez-vous avec nous ? Voyez l'offrande que nous déposons à votre intention, grande Panes.

Le vent du matin se leva et Jordan entendit la branche de l'alhagi gratter contre le toit avant que la brise ne l'atteigne. C'était un vent tiède et doux qui faisait gonfler ses cheveux.

Jordan serra encore davantage les paupières et sentit un petit frisson de crainte mêlée de respect le parcourir. La déesse avait bien des façons de manifester sa présence. C'était la première fois qu'elle se présentait sous forme d'une brise tiède.

— Oh, grande Panes, je ne veux pas me vautrer dans la fange comme Ralph. Je ne voudrai jamais sentir le cloaque où mille cochons se sont déjà vautrés. Je ne veux pas devenir fou et perdre mes dents. (Il parlait à voix basse mais avec ardeur, puis les larmes commencèrent à déborder de ses paupières.) Je vous en prie, sauvez-moi, grande Panes. (Il déversa alors toute son horreur et tout son dégoût devant la femme-oiseau sacrée.) Ils se tapaient dessus. Ils se haïssaient, et ce sang, tout ce sang...

A la fin il se tut, tête penchée, frissonnant, puis se releva, et pour la première fois regarda la statue.

L'oiseau lui renvoya un regard froid, mais Jordan inclina sa jolie tête comme s'il écoutait.

Il tourna les talons, toujours serrant son livre, et se glissa sans bruit jusqu'à la véranda. Tandis qu'il en franchissait le coin, des mulots sortirent de l'ombre, se précipitant pour se disputer les offrandes avec des petits cris.

Jordan poussa la porte de la cuisine et sentit l'odeur de la fumée, du curry et du savon phéniqué.

Il se baissa vers le cendrier du poêle en fer, souffla doucement à travers la grille, et les braises se ranimèrent.

Il passa une bougie fine entre les barres, souffla de nouveau ; une petite flamme bleue apparut. Il traversa la cuisine en tenant la bougie avec précaution et en l'abritant d'une main, puis il alluma le bout de chandelle enfoncé dans le goulot d'une bouteille de champagne. Il éteignit alors la bougie, plaça la bouteille sur la table en pin et recula.

Pendant quelques secondes encore il hésita, puis releva jusqu'à ses épaules les basques de sa chemise de nuit rapiécée et examina son corps.

Les rondeurs de l'enfance avaient disparu de son ventre et de ses hanches. Son nombril formait un œil au milieu de son abdomen lisse et ses jambes avaient une jolie forme. Ses fesses étaient maigres et fermes comme des fruits encore verts.

Son corps était glabre en dehors des poils dorés du pubis, encore rares et fins.

Du centre de cette masse duveteuse, son pénis pendait mollement. Sa taille avait augmenté de façon alarmante au cours des derniers mois, et Jordan imaginait avec horreur le jour où il serait aussi gros et lourd que son bras, énorme fardeau honteux à porter jusqu'à la fin de ses jours.

Pour l'instant, il était flasque, blanc et innocent, mais quand le garçon se réveillait le matin, son sexe était dur comme du bois, chaud et palpitant d'une douleur agréablement coupable.

C'était mal, mais ces dernières semaines, ce gonflement et ce durcissement terribles s'étaient produits aux moments les plus inattendus : au dîner, son père assis en face de lui ; en classe, quand la maîtresse se penchait sur lui pour corriger son orthographe ; assis à la table de tri à côté de Jan Cheroot ; sur le dos du hongre, lorsque le frottement de la selle avait déclenché le phénomène et que cette affreuse chose dure avait soulevé le devant de son pantalon.

Il le prit dans ses mains ; il semblait faible et doux comme un chaton nouveau-né, mais Jordan ne s'y laissait pas prendre. Il le caressa doucement d'avant en arrière, le sentit instantanément changer de forme entre ses doigts et le lâcha précipitamment.

Le rôti de mouton dont ils avaient dîné la veille se trouvait sur la table, sous une cloche en treillage. Jordan souleva la cloche ; le couteau de chasse à manche en corne de son père se trouvait à côté du rôti froid. La lame longue et pointue était couverte de graisse de mouton figée.

Jordan prit le couteau dans sa main droite.

La veille au soir, il avait vu son père frotter la lame contre le long aiguisoir. Ce travail le fascinait toujours parce que Zouga tenait le tranchant tourné vers ses doigts.

La façon dont le lourd couteau semblait s'enfoncer dans la viande attestait du savoir-faire de son père. Le tranchant était une lame de rasoir.

Jordan baissa de nouveau les yeux vers cette longue chose blanche qui dépassait de son corps. La peau de l'extrémité était à moitié rétractée, de sorte que le gland rose émergeait.

Il retint le pan de sa chemise avec son menton pour avoir les mains libres, saisit ses bourses, enserrant dans le cercle de ses doigts le sac de peau ridée, et tira dessus, tandis que de l'autre main il abaissait le couteau et posait la lame contre son ventre, juste au-dessus de la fine toison de poils pubiens.

La lame était si froide qu'il suffoqua, et la graisse de mouton laissa une empreinte sur son ventre. Il prit une longue inspiration, puis commença lentement à descendre la lame pour se débarrasser à jamais de cette honteuse excroissance vermiforme.

— Jordie, qu'est-ce que tu fais là ?

La voix qui venait de la porte, derrière lui, le fit sursauter si fort qu'il poussa un cri. Il jeta le couteau sur la table, laissant en même temps retomber sa chemise pour couvrir sa nudité.

— Jordie !

Il se retourna brusquement, respirant avec difficulté, et Ralph vint vers lui. Il portait seulement un short trop large, et avait la chair de poule à cause de la fraîcheur du matin.

— Qu'est-ce que tu faisais ? répéta-t-il.

— Rien, je ne faisais rien, répondit Jordan en secouant la tête avec véhémence.

— Tu étais en train de te toucher, dis la vérité, accusa Ralph en souriant. Tu es un petit cochon.

Jordan laissa échapper un sanglot étouffé et passa en flèche devant lui pour gagner la porte. Ralph gloussa et secoua la tête.

Il prit ensuite le couteau et se coupa une épaisse tranche de mouton, trempa la lame dans le pot de pierre et étala une grosse noix de moutarde sur la viande, qu'il mastiqua bruyamment en préparant le feu dans le poêle et en mettant l'eau à bouillir pour le café.

Le dimanche après-midi suivant, sur le sable blanc de l'arène de combat, Inkosikazi, l'araignée, mourut en d'atroces souffrances dans l'horrible étreinte d'une adversaire plus petite et plus agile.

Bazo pleura sa disparition comme l'aurait fait un amant, et Kamuza chanta la mélopée funèbre tout aussi tristement, car le syndicat matabélé avait perdu vingt souverains dans l'affaire.

Le retour au campement de Zouga, après le combat, ressemblait à la retraite de Russie, en une procession conduite par Ralph et Bazo qui portaient entre eux le panier avec son triste contenu.

En passant en face du cabaret de Diamond Lil, Ralph arrêta le cortège quelques instants, contempla mélancoliquement les fenêtres peintes de l'autre côté de la rue et écouta les rires fuser de derrière la porte verte, s'imaginant qu'il pourrait distinguer celui, cristallin, de Lil.

En arrivant à la case circulaire commune, Kamuza tendit à Ralph la chope d'argile pleine de bière de mil moussante.

— Combien as-tu perdu, Henshaw ?

— Tout, répondit Ralph tragiquement en buvant une longue gorgée de bière épaisse comme du gruau. La raison même de vivre.

— C'est grave ; seul un imbécile met toutes ses vaches dans le même kraal.

— Kamuza, tes paroles sont toujours une grande consolation, rétorqua Ralph amèrement. Mais je suis indigne d'une telle sagesse. Garde tes trésors pour toi.

Kamuza prit l'air supérieur et s'adressa à Bazo.

— Tu comprends maintenant pourquoi je ne voulais

pas miser cinquante reines d'or comme tu me le demandais.

Bazo lança un regard à Ralph, et ils agirent.

Ralph passa un bras apparemment fraternel autour des épaules de Kamuza, le serrant dans un étau qui l'immobilisait, et, de l'autre main, il écarta le devant de son pagne. Bazo ramassa la carcasse velue de la grande araignée et la laissa tomber dans l'ouverture.

Quand Ralph le lâcha, Kamuza fit un bond, ruant comme un étalon qui sent la selle pour la première fois, et hurla d'horreur en se battant l'aine des deux mains.

Si Ralph ne l'avait pas retenu, Bazo, secoué par un accès d'hilarité, serait tombé dans le feu, au centre de la case.

Kamuza était parti pendant près de trois ans.

Lorsque Bazo et les autres Matabélés avaient signé le renouvellement de leurs contrats pour une troisième période, seul Kamuza avait demandé à Bakela de *bala isitupa*, de résilier le contrat, et il avait pris la route vers le nord pour rentrer au Matabeleland.

Il avait beaucoup manqué à Bazo, qui regrettait sa langue acérée, ses conseils judicieux et acerbes et sa compréhension intuitive des façons de penser de l'homme blanc, que Bazo trouvait toujours insondables.

Bien que Henshaw fût son ami, qu'ils aient travaillé épaule contre épaule pendant toutes ces années, chassé ensemble, plongé leurs doigts dans la même bouillie de maïs et bu à la même chope de bière ; bien que Henshaw ait parlé sa langue si couramment que, assis dans l'obscurité autour du feu qui s'éteignait, on aurait pu le prendre pour un jeune Matabélé – tant il savait prendre la cadence profonde des gens du Nord, tant il maîtrisait le langage familier et utilisait des images poétiques –, Henshaw ne serait jamais matabélé. Il ne pourrait jamais être son frère comme l'était Kamuza, il n'avait pas partagé avec lui les rites d'initiation comme l'avait fait Kamuza, n'avait jamais formé avec lui les « cornes de buffle » au moment où les régiments de guerriers refermaient leur étau pour l'assaut final, et il n'avait jamais plongé sa sagaie dans la chair et vu jaillir le sang comme l'avait aussi fait Kamuza.

La joie avait donc envahi Bazo quand on avait passé le mot : « Kamuza est de retour. »

C'était un autre Matabélé qui le lui avait chuchoté alors qu'ils faisaient la queue à la porte de l'enceinte de sécurité.

« Kamuza vient en tant qu'homme du roi », murmuraient-ils autour des feux de camp, et il y avait du respect, voire de la peur dans leurs voix. « Kamuza porte maintenant le bandeau d'induna. »

Ces dernières années, les jeunes Matabélés étaient nombreux à venir travailler à *Umgodi Kakulu*, le « Grand Trou », et, chaque mois, empruntaient la longue et pénible route du Nord, par petits groupes de dix ou vingt, parfois à deux ou trois, de temps à autre seuls.

Combien étaient arrivés à Kimberley ? Personne n'avait fait le compte – mille, certainement, deux mille, peut-être. A tous le Grand Éléphant Noir avait « donné la route » – tous avaient reçu du roi la permission de voyager hors des frontières du Matabeleland, car, sans elle, ils auraient été abattus à coups de sagaie par les détachements de guerriers qui gardaient toutes les voies d'accès au grand kraal royal de Thabas Indunas, les Collines des Chefs.

Même en exil, ces jeunes Matabélés formaient une association tribale très unie. Chaque nouvel arrivant était porteur de nouvelles, de longs messages adressés par les pères et les indunas, répétés mot pour mot avec toutes les nuances de l'original. De même, tout Matabélé qui quittait les champs diamantifères, que son contrat de trois ans fût arrivé à expiration, qu'il ait éprouvé le mal du pays ou qu'il ait eu des démêlés avec la justice compliquée et absurde des Blancs et qu'il ait déserté, dans tous les cas, il emportait les messages et les instructions confiés à sa mémoire phénoménale, caractéristique des peuples sans écriture.

La nouvelle était transmise rapidement de Matabélé à Matabélé : « Kamuza est là. »

Kamuza n'avait jusqu'ici jamais justifié une telle attention. Il était l'un parmi mille autres, mais à présent il était revenu en tant que représentant du roi, et tous baissaient la voix quand ils prononçaient son nom.

Bazo avait constamment été à sa recherche, fouillant du regard les visages des hommes au travail sur les échafaudages ou dans les bennes. Il était resté sans dormir sur sa natte, près du feu presque à moitié éteint, à guetter le chuchotement de Kamuza dans l'obscurité.

Il avait ainsi attendu de longs jours et de longues nuits, puis soudain Kamuza était apparu ; il était entré en se baissant dans la case et avait salué Bazo.

— Je te vois, Bazo, fils de Gandang.

Bazo contint sa joie et répondit calmement :

— Je te vois aussi, Kamuza.

Ils lui firent une place dans le cercle, en lui laissant de l'espace car Kamuza portait désormais la simple tiare noire sur son crâne rasé, l'insigne de conseiller, d'induna du roi du Matabeleland.

Ils l'appelaient « Baba », terme extrêmement respectueux ; même Bazo applaudit doucement pour l'accueillir et lui passa la chope de bière.

C'est seulement quand Kamuza se fut rafraîchi que Bazo put lui poser les questions sur le pays, dissimulant son impatience sous un ton mesuré et une expression de calme dignité.

Comme Bazo, Kamuza n'était plus un jeune ; les années avaient passé rapidement et ils étaient tous deux dans le plein épanouissement de leur âge d'homme. Les traits de Kamuza étaient plus anguleux que ceux des Matabélés de sang zanzi, la souche ancienne venue du Zoulouland, car il était métissé de Tswana, les sujets du roi Khama moins belliqueux mais plus fins et astucieux. La grand-mère de Kamuza avait été capturée quand elle était encore impubère par des guerriers du roi Mosélékatsé et prise pour épouse par l'induna qui commandait le détachement. Kamuza avait hérité d'elle sa peau noire comme des mûres et ses yeux bridés d'Égyptien, ses narines étroites et la courbe délicate et fine de ses lèvres.

Rares étaient les Matabélés à pouvoir encore faire remonter leur lignée jusqu'à la souche zanzi pure, la lignée de Chaka et de Dingaan, les Zoulous, les Fils du Ciel, et Bazo en faisait partie. C'était cependant Kamuza qui portait maintenant le bandeau d'induna.

Du temps de Mosélékatsé, il fallait qu'un homme ait les cheveux blanchis par les ans et la sagesse, que les queues de vache accrochées à ses coudes et à ses genoux proclament ses hauts faits guerriers avant que le roi ne lui ordonne de prendre l'*isicoco*. Ses épouses tissaient alors le bandeau dans ses cheveux et le maintenaient en place définitivement avec de la gomme, de l'argile et du sang de bœuf, auréole honorifique permanente qui donnait droit à un siège au Conseil de la nation matabélée.

Cependant, les choses évoluaient. Plus rusé que féroce, Lobengula, fils de Mosélékatsé, cherchait à s'entourer d'hommes astucieux. Mosélékatsé était un guerrier et avait vécu comme tel. Bien qu'il eût déjà versé le sang, Lobengula n'était pas un guerrier et méprisait leur simplicité de pensée et le caractère direct de leur action. A mesure que les vieilles barbes de son père disparaissaient, il les remplaçait par des hommes qui pensaient aussi vite que les anciens maniaient la lance.

L'inquiétude qu'éprouvaient les vieillards en voyant le monde évoluer l'impatientait et il cherchait des jeunes au regard neuf, des hommes capables comme lui de voir les nuages sombres s'accumuler à la frontière méridionale.

Des hommes capables de sentir les changements et les terribles événements annoncés par ses sorciers et ses propres divinations. Des événements qui n'allaient pas tarder à s'abattre sur lui comme les incendies balaient les lits de roseaux dans les marais du Zambèze à la fin de la saison sèche.

Lobengula, le Grand Éléphant Noir, dont le pas ébranlait les fondations de la Terre et dont la voix fendait les cieux, choisissait des hommes avec des yeux pour voir et des oreilles pour entendre.

Kamuza portait donc maintenant l'*isicoco* des indunas et, tandis qu'il parlait autour du feu en murmurant, ses yeux noirs bridés brillant comme ceux d'un mamba, les autres écoutaient, et avec une vive attention.

Le fait que Kamuza ait ouvert le conseil, l'*indaba*, en retraçant l'histoire de la nation matabélée, soulignait la gravité des nouvelles qu'il apportait du Nord. Tous l'avaient entendue pour la première fois alors qu'ils tétaient encore leur mère, ils en avaient été abreuvés en même temps que du lait maternel, mais ils l'écoutaient à présent avec autant d'avidité, ils la gravaient plus profondément dans leur mémoire afin de pouvoir, le moment venu, la répéter à leurs enfants dans tous ses détails, afin que le récit n'en soit jamais perdu.

L'histoire commençait avec Mosélékatsé, commandant des régiments zoulous, guerrier sans égal, camarade bien-aimé et ami intime du roi Chaka en personne. Elle évoquait la maladie du roi Chaka, rendu fou de chagrin par la mort de sa mère, Nandi la Douce. Chaka avait décrété un an de deuil, pendant lequel il était interdit de planter des graines sous peine de mort, pendant lequel le lait des vaches devait être répandu à terre et les hommes ne pouvaient coucher avec leur femme, sous peine de mort.

Fou de douleur, Chaka remâchait sa peine dans sa grande case et cherchait des prétextes pour abattre tous ceux qui l'entouraient, même ceux en qui il avait le plus confiance, ceux qu'il aimait le plus.

C'est ainsi que les messagers de Chaka vinrent rendre visite à Mosélékatsé, le jeune chef de guerre. Ils le trouvèrent dans les champs, entourés de ses régiments, cinq mille hommes parmi les guerriers les plus courageux et les meilleurs du Zoulouland, tous encore échauffés par la bataille, poussant devant eux leur butin : les troupeaux capturés, les filles jeunes et belles attachées ensemble par le cou.

Les messagers du roi portaient sur leur coiffe les longues plumes de queue des majestueuses cigognes bleues, marque du caractère solennel de leur mission.

— Le roi accuse l'induna Mosélékatsé..., commença le premier messager. (En levant les yeux vers son visage arrogant, Mosélékatsé sut qu'il regardait le visage de la mort.) Le roi accuse Mosélékatsé de lui avoir volé sa part de butin.

Puis le second messager parla ; ses paroles renvoyèrent l'écho de la folie du roi Chaka et elles restèrent dans l'air, au-dessus des régiments de Mosélékatsé, comme les vautours planent sur les champs de bataille, leurs grandes ailes immobiles.

Si la sentence de mort n'avait concerné que lui,

Mosélékatsé se serait peut-être rendu au roi pour la subir avec courage et dignité. Mais ses cinq mille guerriers avaient été eux aussi condamnés, et Mosélékatsé les considérait comme ses enfants.

Il s'empara donc des messagers et pendant quelques instants la Terre sembla vaciller sur son orbite, car poser la main sur ceux qui portaient les plumes de cigogne bleue revenait à la poser sur le roi lui-même. Avec le tranchant affûté de sa sagaie, Mosélékatsé coupa les plumes qu'ils avaient sur la tête et les leur jeta au visage.

— Voilà ma réponse à Chaka, qui n'est plus mon roi.

C'est ainsi que commença le grand exode vers le nord et, assis près du feu de camp, Kamuza, l'homme du roi, raconta une nouvelle fois l'histoire du début à la fin.

Il évoqua les honneurs de la guerre recueillis par Mosélékatsé, le renégat. Il raconta comment Chaka avait envoyé ses régiments les plus fameux aux trousses des cinq mille fuyards, et comment Mosélékatsé les avait affrontés en recourant à la tactique habituelle des Ngonis, comment il les avait attendus en terrain difficile.

Kamuza parla de la façon dont Mosélékatsé avait refermé les « cornes de buffle » autour des régiments de Chaka et dont ses jeunes guerriers criaient « *Ngi dhala !* J'ai mangé ! » en plongeant la pointe de leur sagaie dans le corps des assaillants. Dans la case obscure, ses auditeurs murmuraient et s'agitaient, les yeux brillants, la main contractée convulsivement sur la hampe de leur sagaie.

Quand ce fut fini, les survivants des régiments décimés de Chaka vinrent à Mosélékatsé et, à genoux, lui firent allégeance, à lui qui n'était plus un rénégat mais un petit roi.

Kamuza raconta comment le petit roi avait marché vers le nord avec ses régiments et ses nouveaux effectifs, et comment il était devenu un grand roi en dominant d'autres petits rois.

Kamuza raconta que, après le meurtre de Chaka par ses frères, Dingaan, le nouveau chef de la nation zouloue, n'avait pas osé envoyer d'autres régiments à la poursuite de Mosélékatsé. Celui-ci avait donc prospéré et, comme un lion en maraude, mangé les autres tribus. Leurs guerriers étaient venus gonfler les rangs de ses régiments et ses Zanzis, les Zoulous de sang pur, avaient fécondé les jeunes filles capturées ; les Matabélés étaient devenus une nation et Mosélékatsé un empereur noir dont le domaine éclipsait même celui de Chaka.

Les hommes assis autour du feu écoutaient et sentaient leur cœur se gonfler de fierté.

Puis Kamuza dit comment les *buni*, les étrangers blancs, avaient traversé le fleuve dans leurs petits chariots et campé sur les terres que Mosélékatsé avait conquises à la pointe de sa sagaie. Celui-ci avait alors fait défiler ses régiments ; ils avaient dansé avec leur plumes de guerre au vent, leurs longs boucliers s'entrechoquant quand ils passaient devant lui.

Après avoir passé en revue les forces de sa nation, Mosélékatsé avait pris la petite lance rituelle, symbole de sa royauté : il se tint en équilibre devant ses régiments puis projeta la sagaie miniature en direction des berges de la rivière Gariep, sur lesquelles les Blancs avaient dressé leur camp.

Ils les surprirent dans l'heure qui précède l'aube, l'« heure des cornes », où les cornes du bétail commencent à se détacher sur le ciel. Les premiers rangs des guerriers noirs lancés au pas de course essuyèrent la première volée des longs fusils comme une poignée de cailloux jetés dans une mer d'orage.

Ils frappèrent alors les hommes barbus pendant qu'ils rechargeaient frénétiquement, maniant leur corne à poudre et leur baguette. Ils frappèrent les femmes blanches qui sortaient en courant des chariots, en chemise de nuit, pour tenter d'apporter le second fusil à leurs maris. Ils arrachèrent les bébés de leur berceau et leur firent éclater le crâne en les projetant contre les grandes roues cerclées d'acier des chariots.

C'était un festin exceptionnel qu'ils préparaient aux « poussins » de Mosélékatsé, les grotesques vautours au cou déplumé ! Ils pensaient que ce serait fini, mais ce n'était qu'un début, car les Matabélés n'allaient pas tarder à apprendre combien ces étrangers à la peau claire étaient obstinés et courageux.

La vague suivante d'hommes blancs arriva du sud, et quand ils trouvèrent les chariots abandonnés et les os blanchis sur les rives de la Gariep, leur fureur fut telle que les Matabélés n'en avaient jamais rencontré de pareille au cours de toutes leurs expéditions guerrières.

Les *buni* affrontèrent les régiments cafres en terrain découvert, refusant de se laisser entraîner dans les ravins et les broussailles épineuses. Ils arrivèrent par maigres escadrons sur des poneys à longs poils, mirent pied à terre et tirèrent leurs salves dans un tonnerre de fumée bleue, puis remontant en selle, ils s'éloignèrent devant la charge de boucliers en peau. Ils rechargèrent et firent volte-face, libérant de nouveau le tonnerre sur la foule des corps à demi nus luisant d'huile et de sueur.

Les *buni* construisirent des forteresses au milieu de la plaine, avec leurs chariots attachés par les roues, et ils laissèrent les guerriers cafres venir mourir contre ces remparts de bois tandis que, derrière eux, leurs femmes prenaient leurs fusils au canon encore chaud et leur tendaient leurs seconds fusils, chargés et armés.

Lorsque les régiments de guerriers matabélés, malmenés et ébranlés, battirent en retraite, le cercle des chariots se déroula telle une vipère clotho, lente mais mortelle, et serpenta en direction du kraal de Mosélékatsé. Les redoutables cavaliers galopaient en avant, tiraient et décrivaient des cercles inlassablement.

Mosélékatsé compta tristement ses morts. Les pertes étaient très lourdes ; à la boue rouge dans laquelle s'enfonçaient les roues des chariots se mêlait le sang des Zanzis, le sang des Cieux.

Il battit donc le rappel de la nation. Les jeunes vachers rentrèrent les troupeaux, les femmes roulèrent les nattes, les fillettes posèrent en équilibre sur leur tête les marmites en argile ; Mosélékatsé mit le feu aux kraals et emmena son peuple. Ses régiments décimés protégeaient l'immense foule de gens et de bêtes, tandis que les Blancs montés sur leurs robustes poneys les conduisaient et leur montraient le chemin comme le font les chiens de berger. Mosélékatsé emmena les siens vers le nord, jusqu'à ce qu'ils traversent le grand fleuve et parviennent dans un pays inconnu.

— Les oiseaux blancs se rassemblent de nouveau, déclara Kamuza aux hommes assemblés autour du feu de camp. Chaque jour, ils parcourent la route de Thabas Indunas et apportent en guise de cadeaux leur camelote et leurs petites bouteilles vertes qui rendent fou. Leurs paroles sont douces comme le miel mais elles restent dans la gorge de ceux qui essayent de les avaler, comme de la bile de crocodile.

— Que cherchent-ils à obtenir de notre roi ? demanda Bazo, posant la question que tous avaient sur les lèvres.

Kamuza haussa les épaules.

— L'un réclame le droit de chasser l'éléphant et d'emporter ses dents, un autre demande qu'on lui envoie des jeunes filles dans son chariot, un troisième veut parler au peuple d'un étrange dieu blanc à trois têtes, un quatrième souhaitera creuser un trou et chercher le métal jaune, un autre encore voudra acheter du bétail. L'un affirme qu'il ne veut que ceci, l'autre cela, mais en fait, ils veulent tout. Ces gens sont consumés par une faim qui ne peut jamais être apaisée, par une soif inextinguible. Ils veulent posséder tout ce qu'ils voient, et même ça ne leur suffit pas. Ils prennent la terre elle-même, mais cela n'est pas assez, alors ils l'éventrent comme on ouvre la matrice d'une femme pour lui arracher son enfant. Ils prennent les rivières, mais cela n'est pas assez, alors ils construisent des murs en travers du courant pour les transformer en lacs. Montés sur leurs chevaux, ils poursuivent les éléphants et les abattent, non pas un ou deux, non pas seulement les grands mâles, mais tous : les femelles et leurs petits aux défenses pas plus longues que le doigt. Tout ce qu'ils voient, ils le prennent, et ils voient tout, car ils ne restent jamais en place et ne cessent de chercher, de fureter.

— Lobengula doit les anéantir, dit Bazo. Il doit les éliminer comme l'aurait fait Mosélékatsé, son père.

— Haou ! fit Kamuza en souriant finement. Comme mon frère est avisé ! Il se souvient probablement de la façon dont Mosélékatsé a éliminé les hommes blancs sur les berges de la Gariep, et perdu un pays entier. Écoutez Bazo, mes enfants. Il conseille au roi Lobengula de jeter la lance de guerre et de perdre ses régiments comme l'a fait Cetewayo, le roi des Zoulous, sur la colline de Little Hand. Combien d'Anglais Cetewayo a-t-il abattus ? On ne les a pas comptés, car leurs vestes rouges étaient entassées comme les neiges sur les montagnes du Dragon, lorsque le soleil couchant les embrase, et leur sang a si abondamment abreuvé la terre que sur les pentes de Little Hand l'herbe continue encore de pousser plus verte, plus drue et plus tendre qu'ailleurs. Oh, ça a été un beau carnage, mes enfants... et Cetewayo l'a payé de sa lance royale, il l'a payé de ses troupeaux, des entrailles de ses jeunes guerriers, des collines herbeuses du Zoulouland. Car après le grand massacre de Ulundi, les vengeurs ont tout pris ; ils ont enchaîné Cetewayo, ses indunas et ses capitaines de guerre par les poignets et les chevilles, et ils les ont emmenés. Voilà l'heureuse initiative qu'avait prise le roi Cetewayo, et Bazo, le sage, voudrait maintenant que le roi Lobengula prenne la même avec les hommes blancs.

Pendant que Kamuza le tançait et se moquait de lui, Bazo resta grave et digne, mais il tripotait sa corne à priser et se tournait vers le coin sombre de la case où étaient rangés leurs boucliers et leurs sagaies.

Quand Kamuza eut fini, il secoua la tête.

— Personne ici n'ose conseiller le roi ; nous ne sommes que ses chiens. Aucun d'entre nous, qui sommes confrontés chaque jour à leurs étranges façons de faire, ne doute de la puissance et de la détermination des hommes blancs. La seule chose que nous demandons est ceci : que dit le roi ? Dis-nous ce que désire Lobengula, car entendre c'est obéir.

Kamuza hocha la tête.

— Écoutez donc le roi, car, avec tous ses grands indunas – Babiaan, Somabula et Gandang –, tous les indunas de la maison de Kumalo, il s'est rendu dans les collines des Matopos, à l'endroit où séjourne l'*umlimo*.

Un frisson de superstition parcourut le groupe, comme si la sorcière des Matopos avait rampé sur leur peau telle une mouche tsé-tsé.

— L'*umlimo* a rendu l'oracle, annonça Kamuza avant de marquer une pause théâtrale pour piquer leur attention et dramatiser l'effet de ses paroles. Le premier jour, elle a répété l'ancienne prophétie, les paroles qui nous viennent du temps du Monomatapa. Le premier jour, elle a dit ceci : « Les faucons de pierre s'envoleront au loin. Il n'y aura pas de paix dans les royaumes du Mambo et du Monomatapa tant qu'ils ne seront pas de retour. Car l'aigle blanc sera en guerre avec le buffle noir jusqu'à ce que les faucons de pierre reviennent sur leur perchoir. »

Tous avaient déjà entendu la prophétie, mais elle comportait à présent une signification nouvelle et sinistre.

— Le roi a médité l'ancienne prophétie, reprit Kamuza, et voici ce qu'il a dit : « Les oiseaux blancs se rassemblent, l'aigle et le vautour, blancs tous les deux, et ils sont déjà perchés sur le toit de mon kraal. »

— Quel est le sens de ces faucons de pierre ? demanda l'un des auditeurs.

— Ce sont les dieux-oiseaux que les anciens ont laissés sur le lieu de sépulture des rois de jadis, le Zimbabwe.

— Comment des oiseaux de pierre peuvent-ils voler ?

— L'un s'est déjà envolé, répondit Bazo. L'un des faucons de pierre se trouve tout près de nous. Il est sur la véranda de Bakela, le Poing. C'est lui qui a pris le faucon et l'a emporté.

— Lorsque les autres oiseaux se seront envolés, la guerre fera rage dans le Matabeleland, affirma Kamuza. Mais écoutez maintenant l'oracle de l'*umlimo*. Le deuxième jour, elle a prophétisé ceci : « Lorsque le ciel de minuit apparaîtra à midi et que les étoiles brilleront sur les collines, le poing portera le fer sur la gorge du buffle noir. » Telle a été la prophétie du deuxième jour.

Tous gardèrent le silence en méditant ces paroles, puis, perplexes, regardèrent Kamuza pour qu'il leur révèle leur signification.

— Seul Lobengula, l'Éléphant Noir, comprend le sens de la prophétie du second jour. N'est-il point versé dans les mystères des sorciers ? N'a-t-il pas passé son enfance dans les cavernes et les lieux secrets des sorciers ? Ainsi a parlé Lobengula : « Le moment n'est pas encore venu d'expliquer à mes enfants les paroles de l'*umlimo*, car ce sont des paroles capitales, et le peuple comprendra en temps opportun. »

Bazo hocha la tête et fit passer sa corne à priser. Kamuza la prit et aspira la poudre rouge par les narines en deux rapides inhalations. En le regardant, Bazo n'osa dire qu'il soupçonnait Lobengula, le puissant tonnerre des cieux, d'être aussi mystifié par la prophétie du deuxième jour que l'était le petit groupe assemblé autour du feu.

— Est-ce là tout l'oracle ? demanda-t-il à la place, et Kamuza secoua la tête.

— Le troisième jour, l'*umlimo* a émis une dernière prophétie : « Pique le mamba avec son propre venin, terrasse le lion avec ses propres griffes, trompe l'habile babouin chacma avec ses propres astuces. » Telle a été la prophétie du troisième et dernier jour.

— Le roi pense-t-il que nous, son humble bétail, puissions comprendre le sens de la prophétie du troisième jour ?

— Ainsi a parlé Lobengula : « Nous, les Matabélés, ne pourrons l'emporter tant que nous ne serons pas armés comme l'est notre adversaire, tant que nous n'aurons pas rassemblé pour nous-mêmes la force que l'on trouve uniquement dans les pièces jaunes et les pierres brillantes. Car ce sont ces choses qui ont rendu fort l'homme blanc. »

Le silence suivit, car ils pressentaient que ce n'était pas tout.

— Le roi m'a donc fait venir au kraal royal et m'a ordonné de passer le mot à tous les Matabélés qui vivent hors de ses frontières. Il m'a dit ceci : « Rapportez-moi des fusils pour répondre à la fumée des fusils de l'homme blanc. Rapportez-moi des diamants et des pièces jaunes pour que je puisse devenir aussi puissant que la reine blanche qui vit au-delà des mers. Alors, ces soldats n'oseront plus m'affronter. »

Bazo répondit au nom de tous.

— Fais savoir à Lobengula qu'il obtiendra de nous ce qu'il nous demande. Nous aurons des fusils, car cela est prévu par le contrat que nous avons passé avec l'homme blanc. Chacun de nous portera un fusil quand il repartira pour le Matabeleland. Ceux d'entre nous qui ont achevé deux *isitupa* porteront deux fusils. Certains en auront même trois.

— Cela, nous le savons déjà, acquiesça Kamuza.

— Lobengula aura des pièces d'or, car nous sommes payés en pièces et ce que nous rapporterons à Thabas Indunas appartiendra au roi.

— Ce qui est juste et normal.

— Mais les diamants ? demanda Bazo. Les diamants appartiennent à l'homme blanc. Il les défend aussi férocement que la lionne défend ses petits. Comment pouvons-nous rapporter des diamants au roi ?

— Écoutez-moi, chuchota Kamuza. Vous ne ferez plus de « découvertes ». Lorsque l'un d'entre vous verra apparaître l'éclat d'un diamant dans le gravier, ce diamant appartiendra à Lobengula.

— C'est contraire à la loi.

— Contraire à la loi de l'homme blanc uniquement, et non à celle de Lobengula, qui est votre roi.

— Entendre c'est obéir, grommela Bazo, mais il songea à Bakela, qui était son père, à Henshaw, qui était son frère, et la pensée de leur voler les pierres pour lesquelles ils travaillaient autant que lui ne lui dit rien qui vaille.

— Cela ne vaut pas seulement pour le travail dans la mine, poursuivit Kamuza. Vous guetterez toutes les occasions qui vous seront offertes autour des tables de tri. (En s'adressant à un jeune homme au front intelligent et aux fortes mâchoires il dit :) Toi, Donsela, tu as été choisi pour travailler dans le nouvel atelier de tri.

— Les tables sont gardées, répondit Donsela. Et elles sont protégées par une grille d'acier.

Ils avaient tous entendu Donsela parler des prodiges du nouvel atelier.

Une fois de plus, grâce à son ingéniosité, l'homme blanc avait tiré parti des qualités uniques du diamant. Comme sur les plumes d'oie, l'eau ne tient pas sur les diamants. Ainsi, alors que le gravier mouillé roule sur les tables métalliques recouvertes d'une graisse épaisse, les diamants secs y restent collés.

Le pipe-line de la rivière Vaal avait enfin atteint Kimberley, et à l'eau qu'il fournissait venait s'ajouter celle qui était pompée dans les excavations. Il y avait à présent assez d'eau pour laver le gravier passé au crible sur les tables inclinées barbouillées de graisse au lieu de le trier laborieusement. Les diamants restaient à moitié encastrés dans la graisse comme des petites cloques, et il suffisait alors de les ramasser avec une spatule en acier à la fin de chaque période de travail.

— Il y a une grille d'acier au-dessus des tables, répéta Donsela.

Kamuza sourit et lui tendit un roseau fin à l'extrémité duquel adhérait un peu de cire d'abeille.

— Le roseau passera à travers la grille, lui dit Kamuza, et les diamants colleront plus solidement à la cire qu'à la graisse.

Donsela examina le roseau avec circonspection.

— La semaine dernière, un Basouto a été trouvé en possession d'une pierre. Le même jour, quand on l'a fait sortir du puits, il est tombé de la benne. Ceux qui volent des pierres ont des accidents, des accidents toujours mortels.

— Le devoir d'un guerrier est de mourir pour son roi, répondit sèchement Kamuza. Ne te laisse pas prendre par le contremaître, et ne ramasse que les pierres les plus grosses et les plus brillantes.

En trois ans, entre le départ de Kamuza et son retour inopiné, Ralph était devenu adulte. A quelques mois de son vingt et unième anniversaire, il était aussi grand que Zouga, mais, contrairement à son père, il se rasait, ne gardant qu'une épaisse moustache sombre qu'il laissait retomber aux commissures de ses lèvres.

De temps à autre, il parvenait à réunir les dix souverains d'or nécessaires à entretenir sa liaison clandestine avec Diamond Lil. Puis, du jour au lendemain, cela devint inutile, car il tomba amoureux.

Cela se produisit dans la rue, devant le Kimberley Club, institution extrêmement fermée, d'ores et déjà la plus célèbre de l'Afrique au sud de l'équateur. En être membre conférait un immense prestige et confirmait l'appartenance quasi mythique à l'élite qui manipulait la richesse croissante et le pouvoir de plus en plus considérable engendrés par les champs diamantifères.

Et pourtant le Kimberley Club n'était qu'un bâtiment en bois et en tôle à un étage, aussi terne que tous ceux de l'agglomération. Il est vrai qu'il s'enorgueillissait d'une salle de billard équipée d'une grande table, d'une clôture en fonte très ornée et d'une porte d'entrée à vitraux – mais il était situé dans la rue la plus bruyante, tout près de la place du Marché, et recevait plus que sa part de mouches et de poussière rouge.

C'était le milieu de la matinée, et Ralph ramenait l'une des charrettes à gravier de chez le forgeron qui avait remplacé les jantes métalliques des roues.

Il y eut du remue-ménage un peu plus loin dans la rue et il vit des hommes, la plupart tête nue et en bras de chemise, sortir en courant des tavernes et des bureaux des acheteurs de diamants.

Un véhicule déboucha à vive allure de la place – un véhicule extraordinaire, léger et rapide, avec des roues hautes et étroites, si habilement suspendu qu'il semblait flotter derrière son équipage à deux chevaux, deux bêtes bien assorties, d'une étrange couleur cuivrée, plus pâle que le miel, et à la crinière blond clair.

Une martingale avait été passée aux chevaux pour les obliger à cambrer l'encolure, et leurs longues crinières platine flottaient comme les bannières d'un régiment fameux.

Peut-être par hasard, mais plus probablement grâce à l'habileté de la conductrice, les chevaux levaient leur jambe avant à l'unisson, en un trot exagéré, et en lançant leurs sabots presque à toucher leur tête qu'ils hochaient au rythme de leur course.

Ralph fut pris d'une envie si violente qu'elle en fut presque douloureuse. Il n'avait jamais rien vu d'aussi beau que les bêtes à la robe pâle et brillante et que la voiture qu'elles tiraient – jusqu'au moment où il leva les yeux vers la conductrice.

Elle portait un tricorne bleu nuit, incliné sur le côté d'un petit air crâne. Au-dessus de ses immenses yeux en amande, ses sourcils fins et noir de jais s'incurvaient d'une façon exquise.

En approchant de la lourde charrette, c'est à peine si elle leva sa main gantée qui tenait les rênes ; les deux chevaux firent un léger écart, et l'élégant véhicule passa à toute vitesse, si près que, s'il avait osé, Ralph aurait pu, d'un geste, toucher l'une de ces fines chevilles qu'il apercevait sous la jupe ajustée en taffetas moiré, dans leurs bottines de cuir verni.

Elle laissa ensuite retomber sa main. Les deux chevaux emportèrent la voiture devant la porte en fer forgé du Kimberley Club et s'arrêtèrent en agitant leur crinière et en frappant le sol de leurs pieds.

— Bazo, conduis la charrette jusqu'aux échafaudages, lança Ralph. J'arrive tout de suite.

Il traversa la rue comme une flèche et leva la main pour tenir la tête du pur-sang le plus proche.

Il était temps, car une demi-douzaine de flâneurs s'étaient eux aussi précipités. Ralph ôta sa casquette et leva les yeux vers la femme assise sur le siège de cuir de la voiture. Elle le regarda et le remercia d'un sourire fugitif ; Ralph vit que ses yeux étaient du même bleu sombre que son chapeau. Son regard ne s'arrêta sur lui qu'un instant avant de se tourner de nouveau vers la porte du club, mais il reçut un coup dans la poitrine et en eut le souffle coupé.

Ralph entendait des voix d'hommes, provenant du club, mais il ne pouvait détacher les yeux de ce ravissant visage. Il se pénétrait de chaque détail : la natte de ses cheveux noirs comme du charbon, aussi épaisse qu'une queue de lionne, qui lui tombait jusqu'à la taille, les taches de rousseur sombres sur ses pommettes, qui semblaient rehausser la pureté de la peau. L'angle de ses petites oreilles conférait une vivacité particulière à son visage. La pointe de cheveux en V qui dépassait de son chapeau soulignait la largeur de son front. Elle avait le nez droit et fin, des narines élégamment évasées qui lui donnaient un air hautain démenti dès qu'elle souriait, comme maintenant – mais ce n'était pas destiné à Ralph.

Elle souriait au groupe d'hommes qui venaient d'apparaître sur le perron du club et bavardaient avec animation en ajustant leur chapeau.

— Un excellent déjeuner, monsieur.

Le seul homme que Ralph ne connaissait pas remercia son hôte puis précéda le groupe jusqu'à la rue.

Il était grand, bien proportionné et vêtu sobrement. La coupe de son costume n'était pas anglaise, mais il le portait avec un panache qui faisait paraître éclatantes ses couleurs sombres.

Il avait un bandeau sombre sur un œil, qui lui donnait des allures de pirate. Sa barbe, taillée en pointe, était poivre et sel.

« Il a au moins quarante ans », pensa Ralph avec amertume en se rendant compte que le sourire de la femme était précisément adressé à cet homme.

A la droite de celui-ci se tenait un petit personnage soigné, au visage banal, au crâne légèrement dégarni surmontant une petite moustache de couleur indéterminée, mais dont les yeux si intelligents et pleins d'humour modifiaient son apparence et la rendaient intéressante, voire frappante.

— Ah, Ralph, murmura-t-il en remarquant la présence du jeune homme, mais celui-ci ne put soutenir son regard.

Le docteur Leander Starr Jameson était un ami intime de son père, et bien sûr au courant de la honte et de la disgrâce de Ralph. C'est lui qui lui avait administré les pilules de mercure, qu'il lui avait données en l'avertissant sévèrement d'éviter à l'avenir les courtisanes. Ralph se demanda un moment si le médecin allait faire part de son infâme secret à la belle dame assise sur la voiture – cette pensée le révulsa.

De l'autre côté de l'homme barbu se trouvait M. Rhodes. Grand, fort, sérieux et débraillé, il avait le nœud de sa cravate à moitié défait, des poches aux genoux de son pantalon, mais cet air déterminé et assuré qui impressionnait toujours beaucoup Ralph.

Il était suivi comme son ombre par Alfred Beit, personnage érudit au dos voûté.

Les quatre hommes s'arrêtèrent près de l'équipage ; l'inconnu prit la main de la dame et en effleura les doigts de ses lèvres.

— Messieurs, permettez-moi de vous présenter ma femme, Mme Saint-John.

On ne pouvait se méprendre sur l'origine de son accent ; même Ralph reconnaissait ce débit traînant particulier aux gens du sud des États-Unis. Cependant, ce n'était pas cet accent qui l'avait frappé, mais le titre utilisé par l'homme :

« Mme Saint-John, ma femme... Mme Saint-John. »

Tandis que Ralph se tenait tout raide près de la tête du cheval, anéanti par une adoration qu'il savait d'ores et déjà sans espoir, les messieurs l'ignoraient et saluaient la dame.

— Louise, ma chère, voici M. Rhodes dont nous avons tant entendu parler...

Pour ce qu'en saisissait Ralph, ces formules de politesse auraient pu être prononcées en une langue étrangère. Il comprenait seulement qu'elle s'appelait Louise et qu'elle était mariée.

Le général Saint-John grimpa sur le siège à côté de sa femme, avec agilité pour un homme de cette taille et de cet âge, reconnut Ralph à contrecœur, et il ne l'en haït que davantage. Saint-John prit les rênes des mains de sa femme, salua les trois hommes en levant son chapeau et lança les chevaux. Ralph dut sauter en arrière pour ne pas être renversé. Louise parlait avec animation au général ; aucun des deux ne lui accorda un coup d'œil, et l'équipage s'éloigna le long de la rue.

Ralph le regarda avec mélancolie.

Jordan décorait des menus avec des scènes représentant la vie de la mine : les échafaudages s'élançaient au-dessus du puits béant, des personnages héroïques travaillaient sur les murs de terre ocre jaune, un trieur était à sa table et, en tête de la feuille, un homme tenait ses mains en coupe, débordantes de diamants bruts. Il coloriait les illustrations à l'aquarelle.

— Qu'est-ce que veut dire « Velouté de la Nouvelle Ruée » ? demanda Ralph.

— Soupe « New Rush », répondit Jordie sans lever les yeux de son travail.

— Une soupe à quoi ?

— Os à mœlle et orge perlé.

— ... Et qu'est-ce que le « Quartier de Chevreuil Diamant Bleu » ?

— Cuissot de springbok à la diamant bleu.

— Pourquoi éprouves-tu le besoin d'employer le français ? se plaignit Ralph. Et de toute façon, je me demande ce que peut bien être un cuissot à la « diamant bleu ».

— On larde le cuissot, on le fait mariner dans de l'huile d'olive et du cognac avec de l'ail, puis on le cuit au four dans une croûte.

Ralph saliva. Les préparations culinaires de Jordie étaient toujours un régal.

— Très bien... J'en mangerai.

Jordan lécha son pinceau, laissant une traînée de bleu de Prusse sur sa langue, puis leva les yeux vers son frère.

— Tu vas le servir et non le manger... (Jordan marqua une pause avec affectation et ajouta comme si cela expliquait tout :) M. Rhodes vient dîner.

— Bien, si je ne suis pas digne de m'asseoir à la même table que ton fameux M. Rhodes... que je sois damné si je joue les serveurs. Tu n'as qu'à prendre Donsela. Pour un shilling, il renversera de la soupe sur M. Rhodes ; pour un shilling, il en aspergerait le roi Lobengula lui-même. Je vais le soudoyer.

Mais la curiosité et la perspective de récupérer les restes l'emportèrent ; Ralph passa la vareuse ridicule que lui avait confectionnée Jordan et porta le plateau du velouté sur la véranda... où il faillit le lâcher.

— Madame, vous me rappelez l'héroïne d'un poème de M. Longfellow, complimentait Neville Pickering.

Louise Saint-John, assise au milieu de la tablée, lui rendit son sourire.

— Merci, monsieur.

Elle portait une veste en daim crème aux manches ornées de glands et au plastron décoré de motifs géométriques en perles de couleurs vives, une jupe-culotte, également en daim, et ses bottes étaient aussi en cuir souple orné de perles. Elle avait séparé ses cheveux par le milieu, et noué un ruban bleu autour de chacune des épaisses tresses noires qui, retenues par un bandeau, pendaient sur sa poitrine.

Louise était la seule femme à la longue table dressée sur la véranda du camp de Zouga. Les hommes assis à ses côtés faisaient déjà partie sur ce continent des sujets les plus influents d'une reine omnipotente. Comme les hommes qu'une autre reine d'Angleterre avait envoyés aux quatre coins du monde, ceux-là étaient les nouveaux élisabéthains, la plupart déjà riches – tous agités et consumés par leur soif de terre, de pouvoir et de richesse. Chacun avait son propre rêve, dont il poursuivrait la réalisation inlassablement sa vie durant ; tous étaient des hommes d'action impitoyables.

Ballantyne. Beit. Jameson. Rhodes. Robinson. La liste de leurs noms évoquait l'appel d'un régiment de flibustiers, et pourtant ils écoutaient là un discours sur la mode féminine, comme s'il s'était agi d'un rapport sur le tonnage traité et le charroi récupéré.

Zouga Ballantyne était le seul à ne pas sourire. La présence de cette femme le blessait : sa beauté était trop flamboyante, ses couleurs trop vives. Il préférait les cheveux blond pâle et le teint clair et rose, conception anglaise de la beauté.

Il trouvait son aspect vestimentaire extravagant, sa coiffure prétentieuse. Son regard était trop direct, ses yeux trop bleus, sa conversation trop facile et sa façon de s'adresser aux autres trop familière. Il est vrai que les Américaines avaient la réputation d'affecter des manières masculines, mais Zouga aurait préféré une autre Louise Saint-John.

Déjà, montée à califourchon, elle était entrée au galop dans son campement, précédant son mari, et elle avait sauté de son cheval en libérant en même temps ses deux pieds bottés des étriers. Mais, ensuite, elle avait gravi les marches de la véranda avec une allure et un sourire assurés ; la main tendue, comme un homme, et sans attendre que son mari les ait présentés, elle avait dit : « Vous êtes certainement Zouga Ballantyne. Je vous reconnaîtrais entre mille d'après la description que Mungo a faite de vous. »

Sa main était fine, sa peau chaude et sèche, mais elle

avait une poigne masculine, celle d'une cavalière expérimentée.

Ces tranquilles déjeuners dominicaux que Zouga donnait à son campement étaient sa seule extravagance. Ils étaient devenus l'une des traditions de Kimberley car l'excellente cuisine, les alcools fins et la compagnie d'hommes intelligents les rendaient mémorables.

Les femmes participaient rarement à ces réunions, et Louise Saint-John ne se serait pas trouvée là si Zouga avait eu la possibilité de faire venir son mari seul, mais Mungo Saint-John avait intentionnellement répondu à son invitation : « Le général Saint-John *et* son épouse ont le plaisir d'accepter... »

L'amitié entre Saint-John et Zouga s'était nouée bien des années plus tôt. Saint-John était le genre d'homme que Zouga admirait : dur et déterminé, comme lui, il vivait selon son propre code, sans accepter de compromis. Il n'espérait aucun passe-droit, aucune faveur ; il était l'artisan de ses victoires et acceptait ses défaites avec courage, sans chercher d'excuse, même quand elles étaient dues à l'adversité.

A la fin des années 1850, Saint-John avait bâti un empire commercial, une flotte de navires qui transportaient l'ivoire noir, les esclaves, d'Afrique en Amérique du Nord. Selon la légende, en trois voyages au cours d'une seule période de douze mois, il aurait fait traverser l'Atlantique à des cargaisons humaines représentant près de deux millions de dollars, profits avec lesquels il avait acquis de vastes terres en Louisiane.

C'était à cette époque que Zouga avait fait sa connaissance. Il voyageait, venant de Bristol, au sud de l'Angleterre, vers le cap de Bonne-Espérance sur le *Huron*, le magnifique clipper de Saint-John. Zouga ignorait alors que celui-ci se livrait à la traite des Noirs et, ironie de la situation, le but déclaré de sa sœur Robyn, missionnaire et médecin, qui l'accompagnait au cours de ce voyage, était de contribuer à faire cesser ce commerce sur le continent africain.

Lorsque Robyn Ballantyne avait découvert que Saint-John ne se rendait pas en Afrique pour échanger des perles de pacotille et du fil de cuivre contre de l'ivoire et des plumes d'autruche, du copal et de la poussière d'or alluvial en provenance du royaume du Monomatapa, mais afin d'aller y chercher sa cargaison plus précieuse d'êtres humains, la honte d'avoir navigué en compagnie d'un tel homme avait rendu sa haine plus implacable.

Robyn avait appelé le spectre vengeur de la Royal Navy. Elle avait été le principal instrument de la capture de Saint-John et de son navire, avec sa cargaison de cinq cents esclaves de première qualité, par une canonnière de l'escadre antiesclavagiste britannique.

Comme c'était son droit en tant que capitaine américain, Saint-John avait résisté aux abordeurs britanniques, et dans le sauvage affrontement qui s'en était suivi, la moitié de son équipage avait été tué ou estropié, et son magnifique *Huron* si gravement endommagé qu'il avait dû être remorqué jusque dans la baie de la Table par les vainqueurs.

A la suite de son emprisonnement dans le château du Cap, le gouverneur britannique avait finalement libéré Saint-John et lui avait permis de reprendre la mer, mais sa cargaison humaine avait été saisie, les esclaves libérés de leurs chaînes, et la côte africaine à jamais interdite à ses navires.

A ce moment-là, Zouga l'avait perdu de vue, mais après la publication de son livre, *L'Odyssée d'un chasseur*, Saint-John lui avait écrit à Londres, aux bons soins de ses éditeurs, et depuis, ils avaient correspondu à intervalles réguliers. En réalité, c'était la description des champs de diamants faite par Zouga dans l'une de ses lettres qui avait provoqué la présence de Saint-John à Kimberley.

A travers leur échange épistolaire, Zouga avait pu suivre la carrière de Saint-John. Il avait appris que, après sa libération du château du Cap, Saint-John était retourné à Fairfields, ses plantations de coton et de canne à sucre près de Baton Rouge, quelques semaines seulement avant que les premiers coups de canon aient été tirés à Fort Sumter.

La Louisiane avait voté sa sécession de l'Union et, au début de la guerre, Saint-John avait levé sa propre force de cavalerie et l'avait conduite en une série de raids-éclairs contre les voies d'approvisionnement et les bases arrière de l'armée fédérale. Ces attaques avaient si bien réussi que les nordistes l'avaient surnommé « Attila », l'avaient déclaré hors la loi et avaient mis sa tête à prix pour cinquante mille dollars. Promu général de division, il avait par la suite été touché à l'œil gauche par un éclat d'obus, et traîné sur près de deux kilomètres par son cheval emballé. A sa sortie de l'hôpital, Vicksburg était tombée. Conscient que c'était là un coup fatal porté à la Confédération, il avait repris en boitant la route déserte de Fairfields.

La puanteur du jus de canne à sucre en fermentation mêlée à celle de la chair calcinée lui semblait plus insupportable que toutes les odeurs de champ de bataille. Quatre colonnades se dressaient encore au-dessus des cendres de sa maison comme des monuments à la gloire de ses rêves passés.

A présent, après toutes ces années, Saint-John était arrivé de Bonne-Espérance avec ses magnifiques chevaux à la robe or pâle et à la crinière blanche qu'il appelait « palaminos », un long cigare entre ses dents blanches, une lueur prédatrice dans son unique œil d'aigle et cette femme à la présence étrangement dérangeante à côté de lui, sur le siège de son phaéton.

En arrivant à Kimberley, il s'était d'abord rendu à l'agence de la Standart Bank, sur la place du Marché, et avait présenté une lettre de crédit à l'employé sidéré. La lettre était imprimée en caractères en relief, rose et or sur un lourd papier, et frappée du sceau de MM. Coutts et Cie, sur le Strand, pour la somme d'un demi-million de livres sterling.

Saint-John n'avait retiré que cent livres et pris des chambres pour sa femme et lui au *Craven Hotel*, le plus confortable de Kimberley.

Après s'être remis de son choc, l'employé de banque s'était empressé de répandre la nouvelle : un général américain venait d'arriver sur la mine, qui disposait d'un demi-million de livres en liquide.

Le lendemain, Saint-John avait accepté avec désinvolture une invitation à déjeuner au Kimberley Club, et souri avec indulgence lorsque son admission au club avait été proposée par M. C.J. Rhodes, appuyée par le docteur Leander Starr Jameson, alors que depuis la fondation du club, des hommes riches et influents avaient essayé en vain d'y entrer.

C'est avec le même sourire indulgent que Saint-John, renversé contre le dossier de sa chaise, regardait en faisant tourner le pied de sa flûte à champagne les autres invités flatter son épouse.

Même M. Rhodes, connu pour son insensibilité aux artifices de la gent féminine, et qui d'ordinaire mettait sans ménagements un terme aux conversations frivoles, répondait à ses questions ingénues et riait à ses saillies.

Avec effort, Zouga détourna son attention de Louise et s'adressa à Mungo Saint-John. Il dévia délibérément la conversation, qui roulait sur les jupes-culottes grâce auxquelles sa femme pouvait monter à califourchon, pour s'enquérir de ce que lui-même avait fait depuis leur dernière rencontre.

La raison de ce changement de sujet n'avait pas échappé à Louise. Elle lança un regard aiguisé à Zouga, puis sourit gracieusement et se tut avec soumission tandis que la conversation devenait enfin sérieuse.

Saint-John avait résidé au Canada et en Australie, et tous comprirent que les deux voyages avaient été profitables, car il parla de blé et d'opales, de laine et d'or. Ils écoutaient avidement, posaient question sur question, et hochaient la tête en entendant les réponses adroites de l'Américain.

— Puis j'ai appris par mon vieil ami Zouga ce que vous faisiez ici, messieurs, et j'ai pensé que le moment était venu de me rendre compte par moi-même, expliqua-t-il en conclusion.

A ce moment, Ralph apporta le plateau chargé de venaison rôtie en robe croustillante. La compagnie applaudit en poussant des exclamations de plaisir et d'approbation.

Zouga se leva pour découper le rôti et, tout en aiguisant le couteau de chasse, jeta un coup d'œil à son fils qui s'attardait sur la véranda.

— Tu te sens bien ? demanda-t-il du coin des lèvres.

Ralph sortit de sa rêverie et s'arracha à la contemplation de Louise Saint-John.

— Oui, papa, je vais très bien.

— Tu n'en as pas l'air. On dirait que tu as mal au ventre. Tu ferais bien de demander à Jan Cheroot une dose de soufre et de mélasse.

Vêtu de sa vieille veste militaire à boutons dorés et coiffé de son calot rouge incliné avec désinvolture, Jan Cheroot apporta d'autres bouteilles de champagne dans des seaux à glace.

— De la glace ! s'exclama Louise en applaudissant. Je ne m'attendais pas à trouver ici de tels raffinements.

— Oh, vous savez, madame, nous ne manquons de rien, ou presque, assura Rhodes. Mon usine à glace tourne depuis au moins un an. Dans un an, la voie ferrée atteindra Kimberley, qui deviendra alors une ville, une vraie ville.

— Et tout cela pour répondre aux exigences futiles des femmes, fit Louise en secouant ses longues tresses brunes avec un air faussement consterné. Des babioles de dame, une ville bâtie sur des anneaux de fiançailles !

Malgré les efforts de Zouga, l'attention générale s'était à nouveau déplacée. Tous buvaient les paroles de Louise avec cette expression légèrement ahurie que prend même le plus sensé des hommes quand il regarde une jolie femme.

« Une jolie femme... » C'était la première fois que Zouga admettait ce fait, et cela ajoutait à son ressentiment à l'égard de Louise.

— Monsieur Rhodes, dit-elle sur le ton de la confidence en se penchant par-dessus la table, je suis ici depuis cinq jours maintenant et, bien que j'aie examiné les trottoirs avec le plus grand soin, je n'ai pas entrevu un seul diamant, alors qu'on m'avait assurée que les rues de Kimberley en étaient pavées.

Tous rirent, avec plus de cœur que ne le justifiait le bon mot, et Rhodes chuchota quelques mots à Pickering avant de se retourner vers Louise.

— Nous ferons tout notre possible pour y remédier, madame Saint-John, annonça-t-il pendant que Pickering griffonnait un petit mot et appelait l'un des valets d'écurie noirs qui se prélassaient et fumaient à l'ombre de l'alhagi.

— Major, puis-je vous emprunter un de vos seaux à glace ? demanda-t-il, et, Zouga ayant accepté, il tendit le seau vide et le petit mot au valet.

Zouga était en train de découper de nouvelles tranches de rôti quand le domestique noir revint. Il était suivi par un Blanc, difficile à classer, monté avec une assise incertaine sur un cheval placide. Il arriva sur la véranda en portant le seau comme s'il était rempli de la gélatine explosive récemment mise au point par M. Alfred Nobel.

Il le déposa devant Rhodes avec un grand geste du bras, puis il sembla disparaître à la vue. Avec ses cheveux fins et ternes, ses yeux de myope derrière ses lunettes à monture métallique et à verres épais, sa veste sombre lustrée aux coudes et aux poignets, il se fondait dans l'arrière-plan comme un caméléon.

— Où est le petit Jordan ? demanda Rhodes. Ce gamin aime les diamants autant que nous tous.

Jordan arriva de la cuisine avec son tablier, le visage rougi par la chaleur du poêle. Il salua Rhodes timidement.

— Madame, messieurs, M. Jordan Ballantyne est non seulement le meilleur chef de la région, mais il est aussi le meilleur trieur de diamants que nous ayons, déclama-t-il, expansif comme on l'avait rarement vu. Viens près de moi, Jordan. D'ici, tu verras mieux.

Lorsque Jordan fut près de sa chaise, Rhodes pencha le seau avec précaution et même Zouga s'entendit haleter tandis que Louise Saint-John poussait un petit cri.

Le seau était plein de diamants bruts. Ils tombaient en cascade sur la nappe blanche, formant une pyramide rutilante de laquelle s'échappaient des traits de lumière éblouissants.

— Allez, Jordan. Dis-nous quelque chose à propos de ces pierres, l'invita Rhodes.

L'adolescent se pencha sur le tas fabuleux ; ses longs doigts effilés voltigeaient au-dessus des diamants, les étalaient et les répartissaient en tas plus petits. Il commentait en même temps, et sa voix était aussi ravissante que son visage, basse et mélodieuse. Avec aisance, il donna des précisions sur la forme des cristaux, montra les défauts de l'un, en plaça deux côte à côte pour comparer leurs couleurs, en fit tourner un autre à la lumière pour qu'il lance tous ses feux.

Zouga était perplexe. Cette petite scène était trop théâtrale pour le style de Rhodes, et il ne se serait jamais donné autant de peine pour impressionner une femme, même belle. En mélangeant ainsi un plein seau de pierres, il donnait à ses trieurs plusieurs jours de travail supplémentaire. Chacun de ces diamants devrait être de nouveau calibré et évalué, puis remis dans sa petite enveloppe blanche.

— Voilà une pierre parfaite, fit Jordan en ramassant un diamant de la taille d'un petit pois. Regardez cette couleur, bleu comme un coup de tonnerre et plein de feu.

Rhodes le lui prit des mains, le considéra quelques instants en le tenant entre le pouce et l'index, puis il se pencha par-dessus la table et le posa devant Louise Saint-John.

— Votre premier diamant, madame, dit-il. Et j'espère sincèrement que ce ne sera pas le dernier.

— Monsieur Rhodes, je ne peux accepter un tel cadeau, répondit Louise, les yeux écarquillés de plaisir. (Puis elle se tourna vers son mari.) Que dois-je faire ?

— Si je suis du même avis que vous, vous ne me le pardonnerez jamais, murmura Mungo Saint-John.

Louise se retourna vers Rhodes.

— Monsieur Rhodes, mon mari insiste, et les mots me manquent pour exprimer ma gratitude.

Zouga observa la scène attentivement : tant de choses se passaient là, avec tant de nuances et de courants sous-jacents.

Superficiellement, c'était simplement la démonstration du remarquable effet que ces cailloux durs et brillants exerçaient sur une femme. Là était leur véritable, peut-être leur seule valeur. Sur le visage de Louise Saint-John, il voyait que ce n'était pas la cupidité qui l'illuminait ainsi, mais une émotion mystique pas très éloignée de l'amour – l'amour pour un être vivant, un enfant, un cheval, un homme, une chose qui réchauffait quand on la regardait.

Zouga se surprit tout à coup à regretter de ne pas avoir été à l'origine de cette joie, de ne pas avoir fait lui-même le cadeau. Il lui fallut quelques instants pour chasser ce regret de son esprit, si bien que le regard lancé par Rhodes par-delà le visage de Louise Saint-John faillit lui échapper.

Soudain l'intention apparut clairement à Zouga : Rhodes n'appâtait pas la femme ; il cherchait à attraper l'homme. Cet étalage de richesse était destiné à Mungo Saint-John, l'homme qui disposait d'un demi-million de livres.

Rhodes avait besoin d'argent. S'étant donné pour but de racheter toutes les concessions minières de Kimberley, et d'y parvenir vite, il pouvait avoir un besoin pressant de capitaux. L'ambition de Rhodes n'était un secret pour personne. Zouga lui-même était là lorsqu'il avait fait sa déclaration d'intention au bar du Kimberley Club.

— Il n'y a qu'un seul moyen pour stabiliser le prix des marchandises (par cet euphémisme, il désignait les diamants), c'est une politique de marché méthodique et centralisée. Il n'y a qu'une seule façon d'empêcher le vol de marchandises par les AID, et c'est par l'institution d'un système de sécurité rigoureux. Et il n'y a qu'une seule manière pour atteindre ces deux objectifs, c'est que toutes les concessions de la mine appartiennent à une seule firme.

Tous ceux qui l'écoutaient savaient qui Rhodes pressentait à la tête de cette firme.

Cela s'était passé un an plus tôt, et avec le seau de diamants Rhodes montrait où en était l'exécution de son plan, et dans quelle mesure il avait absorbé ses voisins. Il avait déjà accompli plus de la moitié du chemin vers la réalisation de son but, mais il avait été forcé de prendre des associés et continuait néanmoins à manquer cruellement de capitaux.

Car l'obstacle le plus sérieux qui l'empêchait de devenir propriétaire de l'ensemble du champ minier était la firme de Barney Barnato. Il lui fallait littéralement des millions de livres sterling pour accomplir le dernier pas.

La raison de cette petite mise en scène était à présent tout à fait claire aux yeux de Zouga, et il était sur le point d'observer la réaction du général Mungo Saint-John quand le tableau, à l'autre bout de la table, le frappa.

Il voyait un jeune homme à la mise un peu négligée, aux lourdes épaules, courbé en avant sur sa chaise, les cheveux ébouriffés tombant sur le large front au-dessus de son visage rubicond, ses bras épais et ses mains puissantes refermées sur un tas scintillant de pierres précieuses. Et, à son côté, la mince et gracieuse silhouette de l'adolescent, son joli visage rayonnant. Puis, derrière, dressée au-dessus d'eux, les tenant tous les deux sous son emprise, la statue du dieu-oiseau.

Zouga frissonna, en proie pour la première fois à une

inquiétude superstitieuse en la présence du faucon. Pour la première fois, il prenait conscience de l'influence maléfique que le vieil Hottentot avait tout de suite perçue dans les yeux froids de l'oiseau de pierre. L'espace d'un instant, Zouga eut l'impression que celui-ci allait étendre ses ailes en forme de lame sur les deux êtres humains, pour les tenir emprisonnés sous son dais. Puis l'image se brisa.

Rhodes balayait les gemmes de la main pour les remettre dans le seau et parlait à voix basse avec Jordan.

— Es-tu toujours en train d'étudier le cours de sténo de Pitman que je t'ai envoyé, Jordan ?

— Oui, monsieur Rhodes.

— Très bien. Tu te rendras compte un jour de son intérêt.

L'adolescent comprit que c'était une phrase de congédiement et regagna discrètement la cuisine, tandis que Rhodes tendait avec désinvolture le seau de diamants à son employé et s'adressait directement au général Saint-John.

— Dans la zone des mines dont nous sommes propriétaires, nous récupérons en moyenne dix carats par tonne de gravier traitée, auxquels nous devons ajouter au moins deux carats volés par la main-d'œuvre entre le puits et la salle de calibrage. A mesure que notre système de sécurité gagne en efficacité et que nous disposons de meilleures lois pour contrôler les achats illégaux, nous pouvons espérer éliminer ce coulage...

Rhodes s'exprimait clairement, de sa voix haut perchée si incongrue chez un homme aussi grand et fort, et il accompagnait son discours de gestes de ses grandes mains carrées. Débitant chiffre sur chiffre – coûts de production, taux d'amortissement estimé, profit espéré par tonne traitée, rendement du capital investi –, il ne s'adressait qu'à une personne, à cet homme barbu et borgne, et pourtant il était si persuasif que tous l'écoutaient avec une vive attention, y compris l'épouse du général.

Zouga jeta un coup d'œil à celle-ci et vit qu'elle se concentrait sur cette avalanche de chiffres, et qu'elle semblait capable de les assimiler. Elle le prouva immédiatement :

— Monsieur Rhodes, vous avez dit tout à l'heure que les coûts d'exploitation sur la zone 9 étaient de dix shillings et six pence, alors que vous parlez maintenant de douze shillings. Expliquez-nous pourquoi.

Cette observation était inattendue. Rhodes marqua une pause et, avant de répondre, hocha la tête pour montrer qu'il appréciait sa perspicacité.

— Plus on creuse, plus le coût augmente, expliqua-t-il avec une nuance nouvelle de respect. Notre coût actuel est de dix shillings six pence ; douze shillings est celui que nous prévoyons dans douze mois. Je suis flatté que vous ayez suivi mon discours d'aussi près, madame. (Puis, se retournant vers Saint-John :) Ainsi que vous le verrez, général, il ressort de tout cela que le rendement du capital investi ici est à peu près le meilleur que vous puissiez trouver au monde : dix pour cent sûrs, quinze pour cent possibles.

Saint-John avait gardé un cigare aux lèvres, sans l'allumer ; il le retira et regarda Rhodes de son œil unique.

— Jusqu'ici, monsieur Rhodes, vous n'avez pas parlé du bleu.

Le « bleu ». Tous les convives se figèrent, comme si Saint-John les avait réduits au silence par quelque grossièreté.

C'était surtout à cause du bleu que Rhodes avait un tel besoin de capitaux.

C'était à cause de cela que les banques demandaient à tous les prospecteurs qui avaient emprunté en nantissant leurs concessions de réduire leur découvert de moitié. Rhodes avait lui-même emprunté un million de livres pour financer sa tentative d'acquisition de toutes les concessions du « New Rush ». Dès qu'il en avait acheté un lot, il le donnait immédiatement en garantie pour emprunter encore afin d'acheter le lot voisin, cumulant ainsi emprunt sur emprunt, dette sur dette.

Zouga était l'un des rares à avoir jusqu'ici décliné les propositions de Rhodes ; après avoir longuement réfléchi, il avait fini par refuser avec peine de lui céder les concessions du Diable pour cinq mille livres. L'offre lui avait été faite six mois plus tôt, avant que le mot tant redouté – le « bleu » – ait été murmuré dans ce saint des saints, le bar du Kimberley Club.

Désormais, personne n'offrirait plus à Zouga d'acheter ses concessions pour cinq mille livres. Au contraire, une semaine après qu'il eut entendu parler du bleu pour la première fois, le directeur de la Standart Bank lui avait demandé par courrier de venir le voir.

— Major Ballantyne, avait-il dit, compte tenu de l'évolution actuelle de la situation, la banque a été contrainte de revoir à la baisse la valeur des biens qui garantissent les découverts de ses clients. En fonction du marché actuel, nous avons estimé la valeur de vos concessions à cinq cents livres chacune.

— C'est ridicule, monsieur.

— Major, le bleu est apparu sur les concessions de la Société Orphen. (Le directeur de la banque n'avait pas à en dire davantage. Les concessions de ladite société n'étaient séparées de celles du Diable que par une douzaine d'autres.) Ce n'est pas de gaieté de cœur, major, mais je me vois contraint de vous demander de ramener votre découvert à mille livres.

A cause du « bleu », bon nombre de commerçants de Kimberley réduisaient leur stock afin de se préparer à fermer boutique.

C'était par crainte du « bleu » que beaucoup de transporteurs changeaient d'itinéraire et desservaient à présent la région aurifère de Pilgrim's Rest.

— Qu'est-ce que le bleu ? demanda Louise Saint-John.

Comme personne ne soufflait mot, son devoir d'hôte obligea Zouga à lui répondre.

— Le bleu est le nom donné par les mineurs à un certain type de formation rocheuse, madame Saint-John. C'est un conglomérat volcanique bleu foncé et très dur... trop dur pour être travaillé aisément.

Zouga prit sa coupe de champagne, but à petites gorgées puis regarda pétiller les bulles.

— C'est tout ? interrogea Louise de nouveau.

— Il contient des petits zircons de la taille d'un grain de sucre, mais il n'y a pas de marché pour les zircons, poursuivit Zouga à contrecœur.

— Quelles conséquences ce... bleu entraîne-t-il ? insista Louise.

Zouga marqua une pause afin de choisir ses mots.

— Le sol diamantifère est un gravier jaune friable... c'est-à-dire, qui s'effrite.

— Merci, lâcha Louise en souriant aimablement. Je sais ce que veut dire friable.

— Bon. Donc, dans certaines des excavations les plus profondes de la zone nord, le gravier jaune s'est épuisé et on est venu buter contre cette couche bleue et dure... dure comme du marbre et tout aussi stérile.

— Cela n'a pas été prouvé, coupa Rhodes avec brusquerie.

Zouga inclina la tête en signe d'acquiescement.

— Non, cela n'a pas été prouvé, mais c'est ce que

nous craignons tous : d'être arrivés au bout, que les champs soient épuisés.

Tous restèrent alors silencieux, envisageant cette terrifiante éventualité.

— Quand serez-vous fixés ? demanda Mungo Saint-John. Quand saurez-vous si cette couche de roche bleue s'étend sous toute la surface du champ diamantifère et si elle contient ou non des diamants ?

— Il faudra plusieurs mois avant que les concessions où les excavations sont les moins profondes soient creusées jusqu'au niveau de celles où l'on s'est heurté au bleu, répondit Rhodes. Si nous constatons alors qu'il couvre l'ensemble du champ minier, nous devrons en extraire des prélèvements pour nous assurer que ce n'est pas une couche fine et que le gravier jaune ne se retrouve pas au-dessous.

— Je vois, fit Saint-John en hochant la tête. J'ai apparemment eu de la chance d'arriver à Kimberley après que cette roche bleue a été découverte. Sinon, je risquais de me retrouver propriétaire d'une montagne de marbre bleu à la place de diamants.

— Vous avez toujours eu de la chance, Mungo, fit remarquer Louise en lui souriant.

— C'est vous, ma chère, qui êtes ma plus grande chance.

Avec un soulagement évident, l'assemblée passa à des sujets plus légers. Seul Rhodes ne participa pas à la conversation et resta à ruminer au haut bout de la table.

Bien que Zouga ait souri et hoché la tête à la repartie, il était lui aussi distrait par l'évocation du désastre qui menaçait, et ses pensées l'isolaient des autres, si bien que Louise Saint-John dut répéter son nom pour attirer son attention :

— Est-ce possible, major Ballantyne ?

Zouga sortit de sa sombre rêverie et se tourna vers elle :

— Excusez-moi, madame Saint-John. Voulez-vous répéter votre question ?

Louise n'avait pas l'habitude qu'un homme soit distrait quand elle s'adressait à lui. Cet Anglais froid et convenable commençait vraiment à l'agacer, et elle eut envie de provoquer en lui une réaction. Elle avait songé à glisser dans la conversation un mot typiquement masculin, l'un des termes militaires qu'employait Mungo, mais son bon sens l'avait avertie qu'il se contenterait de lever le sourcil. Mieux valait l'interroger directement et l'obliger à reconnaître sa présence afin qu'il s'en irrite.

— Je me suis laissé dire que vous étiez le président du club sportif de Kimberley.

— J'ai en effet cet honneur, confirma Zouga.

— J'ai aussi entendu dire que vos steeple-chases et vos parcours libres – je ne suis pas certaine de votre terminologie anglaise – sont les divertissements les plus appréciés de la ville.

Zouga secoua la tête et sourit.

— Je ne suis pas non plus certain de la terminologie. Il n'y a en tout cas pas de steeple-chases, car nous manquons totalement d'obstacles dans la région, et ce ne sont pas exactement des parcours libres car nous y ajoutons un petit exercice de tir. Nous préférons appeler ces courses des « chevauchées sauvages », ce qui me semble correspondre fort bien à la réalité.

— J'ai pensé inscrire un de mes chevaux à une « chevauchée sauvage », dit Louise.

— Votre participation sera la bienvenue. Je vous fournirai une liste de nos meilleurs jockeys, parmi lesquels vous pourrez faire votre choix.

— Je préfère monter moi-même, répondit Louise en secouant la tête.

— Je crains que ce ne soit pas possible, madame Saint-John.

— Pourquoi donc ?

— Parce que vous êtes une femme.

L'expression de Louise procura à Zouga sa première véritable satisfaction de la soirée. Elle était devenue pâle comme cire, de sorte que ses taches de rousseur ressortaient effrontément sur ses joues, et ses yeux bleus brillaient d'une lueur furieuse plus intense, plus brillante.

Zouga attendit sa réplique, mais elle le sentit et, avec un gros effort sur elle-même, lui refusa ce plaisir. Au lieu de cela, elle se tourna vers son mari.

— Il est trois heures passées, dit-elle en se levant prestement. Le déjeuner a été très agréable, mais j'aimerais rentrer à l'hôtel maintenant.

Mungo Saint-John haussa les épaules d'un air résigné et se leva à son tour.

— Je vous en prie, que notre départ ne perturbe pas cette plaisante réunion.

Son sourire et le ton de sa voix sollicitaient l'indulgence de l'assistance pour ce caprice féminin.

Le valet d'écurie amena le cheval de Louise et elle caressa son museau soyeux et pâle. Puis elle rassembla les rênes, leva les yeux vers le groupe d'hommes assemblés sur la véranda, soutint le regard de Zouga un instant, avant de se détourner délibérément.

Elle posa une de ses jolies mains gantées sur le garrot du cheval, là où la longue crinière blanche formait une crête ; l'instant d'après elle était assise sur le dos large et puissant de l'animal, ses pieds menus bien enfoncés dans les étriers à étoiles d'argent de style mexicain.

Zouga était stupéfait. Il n'avait jamais vu une femme sauter en selle. D'ordinaire, un valet d'écurie tenait la tête du cheval et un autre hissait la cavalière sur le dos de sa monture en lui faisant la courte échelle.

Louise Saint-John était montée si légèrement et si facilement qu'elle donnait l'impression de voler, et pour apercevoir le mouvement de sa main gauche par lequel elle avait fait se cabrer le cheval, il fallait avoir le regard dessus.

Le grand cheval se dressa sur ses jambes de derrière et recula, décrivant un cercle en battant l'air de ses sabots de devant, jusqu'au moment où il se trouva face à la clôture de un mètre cinquante de haut, en fil de fer barbelé, qui séparait le campement de Zouga de la route.

Louise bougea de nouveau la main et l'étalon se laissa retomber au sol, pour se lancer au galop vers la clôture.

Les hommes poussèrent un cri car l'étalon n'avait qu'une vingtaine de pas pour prendre son élan, et pourtant il fonçait, ses narines roses dilatées, les veines de ses joues gonflées par l'effort.

Les épaisses tresses noires de Louise se levèrent à l'horizontale sous l'effet de l'accélération, puis elle fit sauter sa monture en la soulevant avec ses genoux et ses mains.

Pendant un bref instant, le cheval et la petite silhouette qui le chevauchait semblèrent suspendus sur le bleu pâle du ciel, les pieds de devant du pur-sang ramenés sous sa noble tête, la femme levée au-dessus de sa selle pour amortir le décollage et l'atterrissage. La seconde d'après, ils avaient passé l'obstacle.

L'étalon atterrit bien groupé, sa cavalière en parfait équilibre, et poursuivit sa course sans à-coups.

Les spectateurs laissèrent échapper un petit soupir, et Zouga éprouva un soulagement aussi grand que le bond de l'étalon. L'image de la femme accrochée dans les fils barbelés tel un oiseau pris au piège lui avait traversé l'esprit.

Zouga se trouvait au sommet de l'échafaudage central, à une dizaine de mètres au-dessus de la plaine, et sa vue portait jusqu'à la rivière Vaal, au nord. Le long des berges, la tache vert sombre de broussailles et d'herbes luxuriantes ressemblait à l'ombre d'un nuage sur la terre pâle, mais il n'y avait pas la moindre nuée sur la voûte du ciel, et le soleil ardent projetait sous les échafaudages des dessins nets et géométriques qui représentaient en deux dimensions la structure complexe de bois, de fer et de câbles d'acier posée en équilibre au bord du précipice.

Là, un gigantesque météore semblait s'être enfoncé dans le sol jaune, creusant un trou en forme de bol dans la croûte terrestre. Dans les profondeurs, il atteignait déjà presque soixante mètres, et chaque pelletée de gravier avait été enlevée à la main, hissée à la surface et laborieusement triée avant d'être jetée sur les énormes tas. Ceux-ci formaient un monument à la persévérance de ces créatures qui grouillaient comme des fourmis au fond du puits.

Zouga essuya le cambouis de ses mains avec un vieux morceau de tissu et fit un signe de tête au Matabélé responsable du treuil à vapeur, qui abaissa le levier de commande.

Le fracas assourdissant résonna de nouveau dans le crâne de Zouga et les câbles d'acier glissèrent sur les tambours. Le treuil et la chaudière à vapeur avaient coûté plus de mille livres, ce qui représentait tous les gains d'une semaine de travail particulièrement fructueuse, au cours de laquelle Jordan avait ramassé onze beaux diamants sur la table de tri. Cette moisson exceptionnelle était l'une des fausses promesses des concessions du Diable à Zouga.

Il s'approcha du bord de l'échafaudage pour échapper au bruit. C'était un balcon en bois sans garde-fou, et le vide exerçait son attraction, mais Zouga l'ignora.

Il avait dix minutes de repos devant lui, le temps nécessaire à la benne de gravier pour monter du fond de la mine. Il la voyait s'élever vers lui comme une grosse araignée sur son fil, mais elle était encore trop loin pour qu'il puisse reconnaître la personne montée sur l'énorme benne d'acier.

Zouga alluma un petit cigare ; il sentait la graisse de moteur. Il regarda de nouveau, en contrebas, le puits qui rappelait davantage une ruche qu'une fourmilière. Même à ces profondeurs, la dimension précise de chaque concession était préservée, et ces formes géométriques évoquaient les cellules d'un rayon de miel.

« Si seulement la mienne pouvait en produire un peu plus », pensa-t-il.

La benne était maintenant assez proche pour distinguer le jeune homme de haute stature qui se tenait négligemment au bord de la benne, les deux mains sur les hanches.

C'était à qui, parmi les mineurs les plus jeunes, monterait sur la benne de la façon la plus désinvolte ou spectaculaire. Zouga avait interdit à Ralph d'y danser, selon la mode lancée par un jeune Écossais qui avait dansé tout le long de la montée en s'accompagnant d'une cornemuse.

Ralph se rapprochait, tandis que la benne s'élevait à travers le réseau scintillant de câbles d'acier suspendus au-dessus du puits. Des centaines de câbles – un par concession – d'acier poli par le frottement contre les poulies et les tambours accrochaient les rayons du soleil et miroitaient en une brume argentée, éthérée et superbe, cachant les dures réalités de la mine, avec ses dangers et ses déceptions.

Tout en attendant l'arrivée de la benne, Zouga se remémora le jour où il avait conduit le chariot tiré par les bœufs à l'intérieur du camp, Aletta assise à son côté sur le coffre, et où il avait levé les yeux vers le kopje éventré et creusé.

Tant de terre avait été déplacée depuis lors, tant d'hommes étaient morts dans ce terrible puits creusé là où s'élevait naguère le kopje, et tant de rêves avaient péri avec eux !

Zouga leva son chapeau à large bord. Il s'épongea soigneusement le front avec son foulard, puis examina la trace de boue rouge sur le tissu et grimaça. Elle ressemblait à du sang.

Il noua le foulard autour de son cou, le regard toujours fixé sur les profondeurs du puits, et les yeux voilés au souvenir des immenses espoirs qui l'avaient amenés ici. Dix ans s'étaient-ils vraiment écoulés depuis ? C'était une éternité.

Il se mit à rêver et les événements qui s'étaient succédé pendant toutes ces années perdues défilèrent dans son esprit, les chagrins et les joies amplifiés par son imagination et le passage du temps.

Au bout des dix minutes, Zouga sortit de sa rêverie. Il ne servait à rien de regretter le passé ; seul aujourd'hui comptait. Il redressa les épaules, regarda Ralph qui montait toujours : quelque chose l'ébranla et dissipa le dernier de ses rêves.

La benne n'avait pas son allure habituelle. Elle ne semblait pas aussi lourde que d'ordinaire et Zouga ne parvenait pas encore à distinguer le gravier jaune que, en dépit de ses ordres, Ralph chargeait bien au-dessus du bord de la benne.

Elle était vide, et Ralph était seul. Il remontait sans l'équipe des Matabélés qui l'aidaient d'habitude à passer la benne par-dessus les barreaux et à la renverser au-dessus de la cheminée vers la charrette qui attendait.

Zouga mit ses mains en porte-voix pour interroger son fils, mais les paroles lui restèrent dans la gorge.

Ralph se trouvait maintenant assez près, et il put voir son expression grave.

Il baissa les mains et regarda son fils avec appréhension. La benne heurta les barreaux d'arrêt dans un fracas métallique et l'ouvrier tira le levier de commande, bloquant la benne contre les barreaux de manière experte.

Ralph sauta légèrement sur la plate-forme et y resta, les yeux fixés sur son père.

— Qu'y a-t-il, mon garçon ? demanda Zouga à voix basse, et pour toute réponse Ralph se retourna et baissa les yeux vers le fond de la benne.

Zouga vint à côté de lui, suivit son regard et vit qu'il s'était trompé : la benne n'était pas vide.

— Il a fallu toute la matinée pour arracher ça à la face ouest, expliqua Ralph.

Le bloc ressemblait à une pierre tombale grossièrement taillée, aussi large que les deux bras tendus et imparfaitement coupée au carré, portant les marques encore toutes fraîches des coins métalliques et des pioches.

— Nous avons cassé dessus quatre manches de pioche, poursuivit Ralph d'un air sombre, et nous avons réussi à la sortir parce qu'il y avait une ligne de fracture que nous avons ouverte avec des coins.

Zouga fixait du regard la plaque de pierre, refusant d'y croire, essayant de fermer ses oreilles aux paroles de son fils.

— Dessous, c'est la même chose : massif, aussi dur qu'un cœur de courtisane, sans la moindre faille.

Les outils d'acier avaient laissé des marques et des sillons plus clairs sur le bloc de pierre terne et marbré.

— Il a fallu qu'on s'y mette à seize pour le sortir, enchaîna Ralph en montrant les paumes de ses mains.

Les cals s'étaient ouverts ; dessous, la chair était abîmée et couverte de poussière et de terre.

— Toute la matinée, nous nous sommes cassé les reins à taper dessus... et ce caillou pèse moins d'une demi-tonne.

Zouga se pencha lentement par-dessus le bord de la benne et toucha la pierre. Elle était d'un bleu marbré et aussi froide qu'il sentait son cœur.

— Le bleu, confirma Ralph. Nous avons atteint le bleu.

— Dynamite ou gélatine explosive, dit Ralph. C'est la seule façon de le faire sauter.

Il était torse nu, les bras luisants de sueur, de petites gouttes suspendues comme de la rosée aux poils de sa poitrine.

Le bloc de marbre bleu était à ses pieds, et Ralph se reposait sur le manche de son marteau de forgeron. Le coup qu'il avait donné sur le roc avait fait jaillir une gerbe d'étincelles et de petits nuages d'une poussière blanche qui leur piquait le nez comme du poivre – mais il n'avait pas fendu la pierre.

— Nous ne pouvons utiliser d'explosifs dans le puits, objecta Zouga avec lassitude, en secouant la tête. Imagine deux cents prospecteurs faisant sauter de la dynamite comme bon leur semble.

— Il n'y a pas d'autre moyen de le sortir, dit Ralph.

— Et si vous y parvenez quand même ? demanda Jordan depuis la véranda, où il était resté, silencieux jusque-là.

— Que veux-tu dire ? demanda Zouga, percevant la tension dans sa propre voix et sur le point de laisser éclater sa colère et son dépit.

— Que ferez-vous quand vous l'aurez sorti ? insista Jordan, et tous regardèrent le bloc de pierre. (Il reprit, exprimant ce qu'ils pensaient :) Il n'y a pas de diamants dans cette roche.

— Comment le sais-tu ? demanda Ralph d'un ton sec, sa voix aussi électrique que celle de Zouga.

— Je le sais, répondit simplement Jordan. Je le sens. Il suffit de la regarder. Elle est dure, morne et nue. (Personne ne trouva rien à répondre, et Jordan secoua ses boucles avec regret.) Même si elle contenait des diamants, comment feriez-vous pour les extraire ? Vous ne pouvez les faire sortir en tapant avec un marteau, vous obtiendriez de la poudre de diamants.

— Ralph, dit Zouga en se tournant vers lui, cette roche, ce bleu... on en trouve uniquement sur la face est, n'est-ce pas ?

— Jusqu'à maintenant, acquiesça Ralph. Mais...

— Recouvrez la face est ! Cachez la roche avec du gravier. Personne ne doit la voir, personne d'autre ne doit être au courant. (Ralph hocha la tête et Zouga poursuivit :) Nous allons continuer à remonter le gravier des autres parties de la concession comme si de rien n'était. Personne, aucun d'entre vous, ne doit en parler. (Il regarda Jordan dans les yeux.) Tu as compris, pas un mot à qui que ce soit.

Zouga se tenait avec aisance sur la selle, montant avec de longs étriers, comme un homme né dans les colonies ou un chasseur bœr.

Il savait que Rhodes allait s'absenter dans les

semaines suivantes pour passer ses examens à l'université d'Oxford. Peut-être son départ imminent rendrait-il son jugement hâtif.

— Espérons-le, en tout cas. (Le cheval coucha les oreilles pour écouter sa voix et Zouga lui toucha le garrot.) Du calme, mon vieux.

Il éprouva un bref sentiment de culpabilité. Il allait essayer de vendre des biens défectueux, et il se cuirassa contre les reproches de sa conscience.

Il toucha les flancs de sa monture avec ses genoux et la fit sortir de la piste poussiéreuse et franchir dans la haie de galactodendrons la brèche qui marquait l'entrée du campement de Rhodes.

Celui-ci était assis, le dos appuyé au mur en torchis de sa baraque, un gobelet émaillé à la main, sa grosse tête léonine inclinée pour écouter ce que disait Pickering.

On disait qu'il était déjà multimillionnaire, du moins sur le papier, et Zouga avait vu de ses yeux le seau à champagne plein de diamants bruts renversé sur sa table. Et pourtant Rhodes était assis sur une caisse à savon, dans sa cour en terre battue ; ses vêtements étaient élimés et son gobelet ébréché.

Zouga lâcha les rênes. Son cheval s'arrêta docilement et, quand il mit pied à terre, Zouga n'eut pas besoin de l'attacher.

Il traversa la cour vers le petit groupe en souriant intérieurement. Le gobelet de Rhodes était peut-être ébréché mais il contenait un cognac vieux de vingt ans. Peut-être était-il assis sur une caisse à savon, mais il y était assis comme sur un trône, et les hommes qui l'entouraient, tels des courtisans ou des solliciteurs, étaient tous riches et puissants, et appartenaient à la nouvelle aristocratie de la mine.

L'un d'eux se leva et vint à la rencontre de Zouga avec un rire léger, en brandissant un journal.

— Bon Dieu, major, quand on parle du loup..., dit-il en lui tapant sur l'épaule. J'espère que vous prenez cette attaque contre notre fierté masculine aussi au sérieux que nous... et que vous venez nous proposer de défendre notre cause.

— Je ne vois pas de quoi vous parlez, protesta Zouga, mais ses paroles se perdirent dans les rires et les bourrades amicales que lui donnèrent les hommes qui se pressaient autour de lui.

Seul Rhodes n'avait pas quitté son siège, mais lui aussi souriait.

— Laissez-le lire, suggéra-t-il, et Pickering tendit le journal à Zouga avec un grand geste.

C'était un exemplaire du *Diamond Fields Advertiser*, si fraîchement imprimé que l'encre s'étalait sous les doigts.

— Première page, la manchette, indiqua Pickering en jubilant.

UNE DAME INSULTÉE
VEUT OBTENIR RÉPARATION

Votre éditeur a eu le privilège de recevoir ce matin la visite d'une dame belle et distinguée de Kimberley. Mme Louise Saint-John est l'épouse d'un héros de la guerre de Sécession, et elle-même une cavalière chevronnée.

Son étalon, Étoile Filante, est un remarquable échantillon de cette race américaine récemment développée, appelée « palamino ». Il a été champion de Louisiane et c'est sans doute l'une des bêtes les plus magnifiques qu'on ait jamais vues dans la région.

Mme Saint-John a tenté d'inscrire sa monture aux courses régulièrement organisées par le Kimberley Sporting Club, mais elle a été informée par le major

Ballantyne, le président du Club, qu'elle en était empêchée...

Zouga passa rapidement sur les paragraphes suivants :

Simplement parce que j'étais une femme... Intolérable arrogance masculine.

Il sourit et secoua la tête.

Je défie le bon major de se mesurer à moi dans la course de son choix, pour n'importe quel enjeu.

Zouga riait franchement à présent, et il renvoya le journal à Pickering.

— Cette dame n'a pas seulement des charmes, elle a aussi du cœur au ventre.

— Je vous prêterai Roi Chaka, promit Beit.

Roi Chaka était un excellent cheval de chasse, avec un mélange de sangs anglais et arabe. Il venait d'un des meilleurs haras du Cap et Beit l'avait payé trois cents guinées.

Zouga secoua la tête et lança un regard affectueux à sa propre monture.

— Ce ne sera pas nécessaire, dit-il. Je ne courrai pas.

Ces paroles soulevèrent un concert de protestations joviales.

— Bon sang, Ballantyne, vous ne pouvez pas nous laisser tomber.

— Cette satanée mégère va dire que vous vous dégonflez, mon vieux.

— Ma femme va pavoiser pendant une semaine. Vous allez briser mon mariage.

Zouga leva les mains.

— Je suis désolé, messieurs. Ce n'est que de l'idiotie féminine et je ne me cache pas pour le dire.

— Vous ne courrez vraiment pas ?

— Certainement pas. J'ai d'autres chats à fouetter, répondit Zouga en souriant, mais d'une voix un peu crispée.

— Vous avez raison. (La voix flûtée de Rhodes leur imposa silence.) Cette bête va comme le vent et la dame monte comme une championne, nous en avons tous été témoins.

La cicatrice que Zouga avait sur la joue pâlit, et il eut soudain une étincelle verte dans les yeux, mais il ne se départit pas de son sourire.

— Ce steppeur de luxe galope bien sur le plat, je vous l'accorde, mais, sur le terrain, je suis prêt à parier qu'il aura de la chance s'il finit... sans parler de gagner.

— Vous allez courir, alors ? reprit le groupe en chœur.

— Non, messieurs. C'est mon dernier mot.

Pickering, Rhodes et Zouga restèrent longtemps après le départ des autres. Le soleil s'était couché et seule la lueur orangée du feu éclairait leurs visages. La première bouteille de cognac était vide et Pickering en ouvrit une autre.

— Ainsi, major, vous êtes enfin décidé à vendre, et je me pose une question, une simple question : pourquoi ? dit Rhodes sans lever les yeux de son gobelet.

Zouga ne répondit pas, et après quelques instants Rhodes leva la tête.

— Pourquoi, major ? répéta-t-il. Pourquoi maintenant ?

Zouga constata que le mensonge qu'il avait préparé refusait de franchir ses lèvres. Il était muet, mais soutenait le regard de Rhodes, et c'est ce dernier qui rompit le silence.

— Rares sont ceux à qui j'ai fait confiance dans ma vie, dit-il, et ses yeux se tournèrent involontairement vers Pickering avant de revenir à Zouga, mais vous faites partie de ceux-là, major.

Il prit la bouteille de cognac et en versa dans le gobelet de Zouga.

— On vous a offert un jour cent mille livres en diamants illicites, et vous n'avez pu vous résoudre à accepter la proposition, dit-il d'une voix si basse que Zouga dut se pencher pour entendre. Hier, votre fils a remonté le premier morceau de roche bleue des concessions du Diable, et vous n'avez pu vous décider à mentir.

— Vous étiez au courant ! murmura Zouga.

Rhodes hocha la tête et soupira.

— Par Dieu, j'aimerais en savoir plus, fit-il en secouant sa crinière d'un ton devenu brusquement sérieux. Je vous ai offert un jour cinq mille livres pour vos concessions. Eh bien, je maintiens ma proposition... (Il leva la main pour imposer silence à Zouga.) Attendez ! Écoutez la suite avant de me remercier. L'oiseau fait partie du lot.

Pendant quelques instants, Zouga ne comprit pas la proposition.

— L'oiseau de pierre, la statue, reprit Rhodes. Elle fait maintenant partie de la transaction.

— Bon sang ! lâcha Zouga en se levant de surprise.

— Attendez ! l'arrêta de nouveau Rhodes. Écoutez... avant de refuser. (Zouga se laissa retomber sur le rondin qui lui servait de siège.) Vous relèverez le défi.

Zouga eut de nouveau un geste d'incompréhension.

— Vous courrez contre cette femme, Mme Saint-John, et, si vous gagnez, vous garderez les concessions, l'oiseau et mes cinq mille livres.

Le silence se prolongea pendant une bonne minute, puis Zouga demanda d'une voix rauque :

— Et si je perds ?

— Vous avez dit vous-même que le risque n'était pas grand, lui rappela Rhodes.

— Oui, mais si je perds ? insista Zouga.

— Vous quitterez la mine comme vous êtes venu... les mains vides.

Zouga détourna les yeux vers le cheval qui se tenait à la limite de la zone ombragée. Il l'avait appelé Tom, en mémoire d'un ami, un vieux chasseur mort depuis des années, qui, le premier, lui avait parlé du pays situé au nord et expliqué comment y aller. Ainsi, son cheval faisait partie de son rêve : c'était lui qui le porterait quand il repartirait vers le nord, vers la Zambézie. Il l'avait choisi avec soin. Mélange de diverses lignées, Tom avait les larges narines, le fort poitrail et donc l'endurance des chevaux arabes, les jambes solides et les pieds sûrs des Basoutos, l'œil malin et la tête en forme de marteau des mustangs, le cœur et la force d'un hunter anglais. C'était cependant un cheval louvet à la robe brun grisâtre uniforme et terne. Celle-ci, longue et épaisse, mais non étrillée, lui servait de protection efficace contre la fraîcheur de la nuit et le soleil de midi, contre les cailloux projetés par les sabots de la proie pourchassée ou les déchirures des épineux.

La lueur d'intelligence qui brillait dans les yeux de ce cheval n'était pas une illusion. Il restait en place quand on lui laissait la bride sur le cou, ce qui permettait à son cavalier de disposer de ses deux mains pour tirer, et aussi immobile qu'une statue lorsque les coups de fusil claquaient autour de sa tête ; seule l'agitation de ses oreilles trahissait sa consternation.

Lorsque Zouga l'emmena dans le veld pour poursuivre son dressage, Tom montra qu'il avait le pied agile sur les pentes rocailleuses des kopjes et une peau de buffle pour traverser les buissons d'épines. Il apprit à chasser et semblait aimer le claquement du bambou et la poursuite échevelée. Pendant la traque, il faisait rempart entre Zouga et la proie, biaisait au cours de son approche, et les troupeaux de springboks laissaient le cheval apparemment sans cavalier venir à leur hauteur. Tom portait ensuite la carcasse fraîche sans broncher ni s'agiter à l'odeur du sang. Il courait gauchement, le dos rond, mais il pouvait cependant conserver cette allure un jour entier, sur n'importe quel terrain.

Il suivait son maître comme un chien et Zouga, qui n'était pas sentimental avec les animaux, en était venu à l'aimer.

Ballantyne détourna les yeux du cheval et regarda de nouveau son interlocuteur.

— C'est d'accord, dit-il sans insister. Avons-nous besoin d'autres témoins ?

— Je ne le pense pas, major, répondit Rhodes. Vous non plus, n'est-ce pas ?

— Au coup de pistolet, les concurrents partiront du premier drapeau...

Neville Pickering était commissaire en chef de la réunion, et, grâce à son porte-voix, toutes les personnes présentes dans l'immense foule dominicale qui se répandait au pied des collines de Magersfontein l'entendaient.

— Au drapeau rouge, ils tireront sur les cibles fixes, expliqua-t-il. Lorsqu'ils auront démoli les quatre cibles à la satisfaction des commissaires, ils pourront contourner le drapeau jaune, puis retourner vers la ligne d'arrivée. (Il montra les deux poteaux couronnés de banderoles de couleur.) Le premier concurrent à passer sera déclaré vainqueur. (Pickering marqua une pause et prit sa respiration avant de continuer.) Avez-vous des questions à poser ?

— Voulez-vous énoncer les règles, je vous prie, monsieur Pickering, lança Louise Saint-John.

Elle avait l'air d'une enfant sur le dos du grand étalon à robe pâle. Elle lui faisait décrire des cercles au pas et se penchait en avant pour lui tapoter l'encolure, car la cohue le rendait nerveux. Il mâchonnait son léger mors de filet et des taches sombres de sueur couvraient ses épaules aux muscles ondulants.

— Il n'y a pas d'autres règles, madame, répondit Pickering, assez fort pour que les personnes situées à l'arrière de la foule entendent.

— Pas de règles... et en cas de bousculade ou de coups défendus ?

— Il n'y a pas de coups défendus, madame. Bien que, si l'un des concurrents tire délibérément sur un adversaire, il risque d'être accusé de crime... mais il ne sera pas disqualifié.

Louise tourna la tête vers l'homme assis sur le siège du phaéton garé derrière les jalons du parcours. Elle était pâle, ses taches de rousseur ressortaient sur ses joues, et, comme elle était nu-tête, son épaisse tresse battait contre son épaule.

Mungo Saint-John lui rendit son sourire au-dessus de la foule et haussa légèrement les épaules, de sorte que Louise fut forcée de se retourner vers Pickering.

— Soit, admit-elle. Mais l'enjeu... Nous n'avons pas décidé de l'enjeu.

Alors, Zouga vit que, pour la première fois depuis qu'il l'avait rencontrée, Louise Saint-John n'était pas sûre d'elle. Personne d'autre ne semblait l'avoir remarqué ; peut-être Zouga était-il devenu plus sensible aux nuances de sa voix et de son expression. Mais il était certain d'avoir vu une ombre passer au fond de ses yeux bleus, et elle se mordit légèrement la lèvre inférieure en regardant de nouveau son mari, presque furtivement.

Ce n'était pas dû à l'imagination de Zouga. Mungo Saint-John ne rendit pas son regard à Louise ; il regardait Zouga et, sous son calme, on percevait un léger malaise.

Zouga éleva la voix pour qu'elle porte jusqu'à Saint-John.

— Premièrement, le perdant publiera à ses frais une reconnaissance de sa défaite en première page de l'*Advertiser*, dans les termes dictés par le gagnant.

— Voilà une petite rédaction qui ne sera pas pour me déplaire, lança Louise qui avait bien vite retrouvé son aplomb. Quoi d'autre, major ?

— Le perdant procédera au paiement, à une œuvre de charité choisie par le vainqueur, de... (Zouga marqua une pause tandis que mari et femme observaient son visage avec un calme apparent) la somme de un shilling !

— Topez-la !

Il y avait une note légèrement discordante dans le rire de Louise, peut-être de soulagement, et, bien que Mungo Saint-John ne bronchât pas, ses épaules se détendirent.

— Madame Saint-John, vous êtes sous les ordres du starter, lança Pickering à travers son porte-voix. Voulez-vous avoir l'obligeance de contrôler votre monture ?

— Je la contrôle parfaitement, monsieur, cria-t-elle en réponse au moment où Étoile Filante baissait la tête et décochait une ruade en direction de la foule.

— Si vous le contrôlez, m'dame, alors j'ai complètement dompté ma belle-mère, lâcha un farceur, et il y eut un concert de rires.

— Je compte jusqu'à trois, entonna Pickering, sa voix rendue caverneuse et solennelle par le porte-voix. Un.

Étoile Filante recula jusqu'à la foule, qui s'écarta quand il lança une ruade.

— Deux.

En levant haut les pieds, il entama un cercle, si serré que son nez toucha presque la botte de Louise.

— Et trois.

Louise leva la main gauche. Étoile Filante s'arrêta de pirouetter et pour la première fois se présenta face à la ligne de départ, en s'avançant majestueusement. Au coup de pistolet, l'étalon partit en un galop tel que la frêle silhouette de sa cavalière parut aussi vulnérable que celle d'un enfant.

Aucun cheval de la région ne pouvait démarrer aussi vite, et l'écart entre les deux chevaux se creusa, mais pas autant que s'y attendaient les spectateurs. Le galop peu élégant de Tom emportait son cavalier à une vitesse surprenante, et il ne courait pas dans les traces d'Étoile Filante.

— Il s'écarte, Thomas, lui dit Zouga, et le cheval inclina ses oreilles pour écouter. Ils ne vont pas courir le risque de franchir la rivière. Nous le savions, d'ailleurs, n'est-ce pas ?

Devant Zouga, la rivière entamait une série de boucles paresseuses, des virages symétriques en épingle à cheveux qui la faisaient s'enrouler sur elle-même.

Zouga avait placé le drapeau rouge de telle façon que la ligne directe traverse trois fois le lit de la rivière, et, comme pour la plupart des rivières d'Afrique australe, les berges de celle-ci étaient abruptes et surplombaient de trois mètres le sable sec et les quelques piscines naturelles creusées dans le roc, éparpillées le long de son cours. Chacune de ces traversées constituait un piège dans lequel un cheval risquait de se casser une jambe, et son cavalier, le cou.

Celui qui voulait éviter de franchir ces chausses-trappes devait effectuer un grand détour au-delà des méandres. La distance jusqu'au premier drapeau en était presque doublée.

Étoile Filante n'était déjà plus qu'une silhouette au loin, apparaissant de temps à autre entre les broussailles, et signalée par le petit panache de poussière que soulevaient ses sabots.

— Nous y sommes, dit Zouga, et sous le nez de Tom le sol s'ouvrit brusquement.

Zouga lui lâcha la bride, mais c'est tout juste si le cheval s'arrêta au bord de la berge à pic. Il s'assit et se laissa glisser sur son large arrière-train, les jambes de devant raides devant lui. Cheval et cavalier dégringolèrent dans le lit de la rivière et touchèrent ensemble le sable ; l'instant suivant Tom s'était relevé et s'élançait vers l'autre rive, qu'il escalada à moitié avant que l'argile séchée ne s'éboule sous ses sabots, le faisant glisser en arrière. Les jambes de Tom étaient tremblantes sous l'effort.

Zouga lui fit décrire un cercle sur le sable blanc et le lança de nouveau à l'assaut de la berge. Tom grimpa avec détermination en une série de sauts, déplaçant son poids avant que l'argile ne s'effrite sous ses sabots. Le maître et son cheval émergèrent alors brusquement en haut de la pente et reprirent leur course en direction de la courbe suivante de la rivière, quatre cents mètres plus loin.

Tom avait saisi la bonne manière, et il effectua la deuxième traversée sans coup férir, descendant la berge et remontant de l'autre côté d'un seul élan. A son approche, des oiseaux jaillissaient de l'herbe dans un bruyant tourbillon d'ailes ; avec un cri sauvage qui eût affolé un autre cheval, une grosse outarde au ventre noir s'envola devant lui. Le cheval roula un regard dédaigneux en direction du volatile, reprit son aplomb, se ramassa sur lui-même pour la troisième et dernière traversée et descendit dans le lit de la rivière en glissant sur les petits cailloux et la poussière.

Quand Zouga et Tom remontèrent sur la berge opposée, Zouga vit le drapeau rouge, à deux cents pas devant eux.

Il pivota sur sa selle et regarda vers la droite.

— Bravo, Tom, dit-il, tu as pris de l'avance.

Loin dans la plaine, le cheval à la robe dorée venait de franchir le dernier méandre de la rivière. Couchée sur son encolure, Louise le poussait à une vitesse imprudente sur ce mauvais terrain.

— Si elle monte comme ça pour un shilling...

Zouga s'interrompit et se pencha pour suivre le rythme du galop de Tom. L'avance était minime et l'enjeu de la course énorme : sa fortune, son rêve, non, sa vie même.

— Vas-y, Thomas, vas-y ! glissa-t-il avec force dans les longues oreilles du cheval qui martelait le sol de ses sabots.

Zouga ne regarda plus en arrière ; il savait que l'étalon remontait rapidement sur eux, trop rapidement, mais il le chassa de son esprit. Il tira sa carabine du fourreau accroché près de son genou et ouvrit la culasse pour vérifier son chargement.

Les cibles étaient des assiettes à soupe en porcelaine blanche, placées à deux cents mètres, distance maximale concevable après un galop comme celui-là. Les commissaires agitaient leurs chapeaux pour le guider vers la ligne de tir.

— Par ici, major.

En atteignant la barrière de branches d'épineux qui marquaient cette ligne, Zouga lâcha les rênes et Tom s'arrêta net. Le cavalier leva sa carabine et tira à l'instant où la crosse touchait son épaule. L'une des lointaines taches blanches se volatilisa. Il introduisit une autre cartouche dans la chambre et jeta un coup d'œil par-dessus son épaule. L'étalon était toujours à un mile de distance, mais il avançait dans un battement de sabots pareil au roulement d'un tambour de guerre.

Zouga tira une nouvelle fois, mais entre ses genoux Tom, qui soufflait à la suite de son violent effort, le fit bouger et il jura. Il ne devait surtout pas commettre de faute en agissant avec précipitation et commença pourtant à recharger maladroitement : une cartouche glissa et tomba par terre. Il en introduisit une autre dans la culasse, prit une profonde inspiration et jaugea, sous lui, les mouvements du cheval.

La crosse lui heurta violemment l'épaule et une bouffée de fumée âcre lui sauta au visage. La deuxième cible vola en éclats.

— Deux, major, cria l'un des commissaires.

Zouga fit encore feu.

— Et de trois, major. Plus qu'une !

L'étalon doré arriva alors près de Zouga et s'arrêta net, s'arc-boutant sur son arrière-train.

Louise sauta à terre dans un tourbillon de jupe en daim ornée de perles, découvrant un instant la peau satinée de son mollet et les fossettes de son genou. Même dans la hâte du moment, Zouga en fut assez troublé pour bouger au moment où il visait, et le coup manqua la cible.

Louise tirait avec le dernier modèle de Winchester 73 à répétition, dont le corps, en cuivre poli à l'origine, était à présent en acier bleuté ; Zouga savait que son mécanisme moderne lui conférait une puissance et une précision étonnantes.

Elle jeta les rênes de l'étalon sur son épaule gauche et se mit en position en se penchant légèrement pour amortir le recul de la Winchester. Son premier coup partit.

Elle tirait à l'américaine, épaulant et tirant du même mouvement, sans tenir en joue ni laisser le temps au canon de bouger. Elle fit mouche.

— Une cible touchée par Mme Saint-John, cria le commissaire.

Le coup de fusil avait cependant effrayé Étoile Filante, qui se cabra et recula, tirant sur les rênes passées autour de l'épaule de Louise et la projetant en arrière, de sorte que son deuxième coup partit vers le ciel dans un long jet de fumée. Elle se retrouva à terre, sa jupe entortillée autour de ses jambes. Sa Winchester était tombée au sol.

L'étalon retomba sur ses jambes. L'un de ses sabots, aiguisé comme une hache, érafla la nuque de Louise, laissant une grande traînée rose sur sa peau.

Zouga eut une sueur froide. Il fit pirouetter Tom brusquement, pour détourner l'étalon.

Pendant quelques secondes, Louise fut cachée par le nuage de poussière soulevé par les sabots qui martelaient le sol ; Zouga voulut lui crier de s'éloigner du cheval, mais il avait la gorge serrée ; l'instant d'après, Louise avait pu se remettre sur les genoux.

Elle faisait face à Étoile Filante, cramponnée aux rênes des deux mains, et, quand il se cabra de nouveau, elle se servit de sa force pour se remettre sur pieds.

— Doucement ! cria-t-elle. Doucement, je t'ai dit.

Elle était couverte de poussière et une petite mèche échappée de sa natte lui pendait sur les yeux, mais elle était indemne et furieuse. Sa voix claquait. Zouga se sentit soulagé, mais se moqua d'elle en amenant Tom vers la ligne de tir pour la dernière cible.

— Je vous conseille de faire dresser convenablement cet animal, madame.

— Allez au diable, major Ballantyne ! lui lança-t-elle du même ton qu'elle avait réprimandé sa monture.

Sur ses lèvres, le juron n'était pas du tout choquant mais étrangement agaçant.

Zouga attendit que Tom se calme et reprenne son souffle, puis il leva son fusil, visa soigneusement la lointaine tache blanche et effleura la détente.

— Quatre cibles touchées. Vous pouvez repartir, major, cria le commissaire.

Louise tirait Étoile Filante vers un prunier sauvage aux branches basses et solides. Elle l'attacha rapidement à l'une d'elles, puis revint au pas de course en tenant ses jupes. Les commissaires lorgnèrent ses chevilles enserrées dans leurs bottines étroites.

Elle ramassa la Winchester dans une touffe de sansevière et courut jusqu'à la ligne de tir tout en rechargeant. Zouga vit que des gouttes de sueur couvraient son front et qu'elle était durement ébranlée, car, lorsqu'elle leva son arme, elle ne tira pas tout de suite et le lourd fusil vacilla.

Elle l'abaissa ; ses épaules tremblaient. Elle prit deux profondes inspirations, puis leva de nouveau la Winchester et tira.

— Touché ! cria le commissaire.

La lèvre inférieure de Louise frémissait ; elle la mordit et tira encore.

Zouga remit sa carabine au fourreau et toucha le bord de son chapeau en un salut cavalier.

— Beau coup, madame, dit-il en détournant Tom de la ligne de tir.

Lorsqu'ils parvinrent au prunier sauvage, Zouga se pencha hors de sa selle. Louise avait attaché les rênes d'Étoile Filante avec un nœud de marin, solide mais facile à larguer.

Zouga tira d'un coup sec sur l'extrémité libre du nœud qui se défit, puis il frappa la joue d'Étoile Filante du plat de la main en criant : « Allez ! Vas-y ! »

L'étalon secoua la tête, s'aperçut qu'il était libre et décocha une ruade.

Quand il atteignit la première ondulation de la plaine, Zouga se retourna : l'étalon paissait tranquillement, mais, même à cette distance, on voyait bien qu'il avait l'œil sur sa cavalière qui courait après lui, gênée par ses jupes. Dès que Louise était sur le point d'atteindre sa bride, il rejetait la tête en arrière et s'éloignait au trot jusqu'à la prochaine touffe d'herbe.

— Allez, Tom, dit Zouga en essayant de ne pas se laisser troubler par sa conscience.

Il n'y avait pas de règles, toutes les ruses étaient acceptables, mais il se sentait mal à l'aise. Néanmoins l'enjeu lui revint à l'esprit – un shilling contre tout ce qu'il possédait – et il lança Tom au galop pour de bon.

Après un autre mile, il jeta un coup d'œil par-dessus son épaule et vit Étoile Filante et sa cavalière arriver en haut de la légère élévation. Ils semblaient planer au-dessus du sol, portés par la poussière qu'ils soulevaient comme par un tapis volant.

— Vite ! Tom, vite !

Zouga prit son chapeau et en frappa l'encolure de son cheval, aiguillonnant celui-ci au maximum de sa vitesse.

Après un autre demi-mile, les épaules de Tom étaient chaudes et luisantes de sueur. Des filets de salive s'échappaient des coins de sa bouche et éclaboussaient les bottes de Zouga – mais le drapeau jaune était en vue.

— On est tout près, lança Zouga anxieusement. Il faut que nous les battions.

Il regarda en arrière et eut peine à le croire, mais ils étaient tout près.

La tête de l'étalon scandait lourdement sa course effrénée ; son encolure et ses épaules étaient noires de sueur. Louise l'avait affreusement poussé. Elle le conduisait avec ses bras et la force rythmique de son corps. Ses cheveux emmêlés lui fouettaient le visage, ses yeux bleus flamboyaient.

Cependant, tandis qu'elle regagnait du terrain, elle se redressait sur sa selle, le menton levé, et regardait Zouga sans expression, à la façon dont une reine aurait pu jeter un coup d'œil à un garnement courant près de la roue de son carrosse.

Zouga leva la main droite pour saluer sa performance. Il lui avait fallu chevaucher à une vitesse folle pour rattraper un tel retard. Il était légèrement tourné vers elle, et l'expression de froide indifférence de Louise l'endormit jusqu'au moment où elle amena Étoile Filante à la hauteur de Tom.

Zouga ne la vit pas commander sa monture – probablement de l'autre côté du poitrail de son cheval. Il ne s'attendait pas à ce qu'un cheval de concours connaisse les petites astuces d'un poney de polo. L'énorme épaule d'Étoile Filante vint heurter violemment Tom au niveau des côtes flottantes, avec une telle force que celui-ci expulsa l'air de ses poumons en poussant un grognement. Projeté de côté, Tom essaya de reprendre son équilibre, mais, trop fatigué pour accuser le choc et pris au dépourvu, il se tordit les jambes et tomba sur les genoux, le museau dans la poussière.

Zouga perdit un étrier et fut projeté contre l'encolure de Tom. Il s'y cramponna désespérément, sentant la selle glisser sous lui ; puis Tom se releva d'un seul coup, Zouga passa par-dessus lui et atterrit sur les épaules et la nuque.

Il lui sembla heurter le roc et une obscurité écrasante lui envahit le crâne. Lorsqu'elle se dissipa, il était de nouveau debout, titubant, clignant des yeux en direction du pur-sang qui s'éloignait vers le dernier drapeau en martelant le sol de ses sabots.

Zouga fit relever Tom et s'assura rapidement qu'il n'avait ni entorse ni fracture, puis il se jeta en selle.

— Nous n'avons pas encore perdu, dit-il à Tom. Il reste les épineux.

Loin devant, Étoile Filante contournait le dernier drapeau. A partir de là, Louise pouvait choisir son chemin vers la ligne d'arrivée, mais il y avait encore les massifs d'épineux.

Tom était hors d'haleine, sa poitrine frissonnant sous l'effort à chaque respiration. Zouga et son cheval atteignirent le drapeau dans un trot maladroit et entamèrent le virage. Devant eux, les buissons formaient une barrière continue.

Les concurrents pouvaient filer à travers les épineux ou en faire le tour.

— Par où est-elle allée ? cria Zouga aux commissaires postés sous les drapeaux.

— Elle est partie vers la brèche, s'égosilla l'un d'eux en réponse, et Zouga vit, sur la droite, le petit panache de poussière qui s'amenuisait lentement un mile plus loin.

La barrière d'épineux rabougris poussait sur les pentes rocailleuses des collines de Magersfontein, et une brèche s'y ouvrait au pied des falaises ferrugineuses – c'est là que se dirigeait l'étalon.

Zouga fit tourner Tom rageusement autour du drapeau et le dirigea sur les épineux. Cette route était plus courte de près de deux miles, et chaque pouce de terrain gagné était précieux. Lorsqu'ils arrivèrent à la haie, il arrêta cependant Tom et le laissa reprendre son souffle, tandis qu'il détachait et enfilait rapidement la lourde capote enroulée autour du pommeau de sa selle. Il la boutonna jusqu'en haut et, en enfilant les gants de cuir pour se protéger les mains, il sentit la sueur envahir son front.

— Allons-y, murmura-t-il.

Il s'allongea sur l'encolure de Tom et ils pénétrèrent en force dans les fourrés.

Les épines recourbées à bout rouge glissaient sur le feutre épais de son chapeau avec un bruit de râpe et s'accrochaient aux épaules et aux basques de sa capote.

Les broussailles arrivaient à présent à hauteur de la tête du cavalier, les troncs vigoureux des buissons juste assez distants pour laisser passer un cheval, mais les branches barbelées s'entremêlaient et prélevaient un lourd tribut. Tom continuait cependant d'avancer ; en louvoyant, il se faufilait entre les troncs à écorce blanche, les oreilles aplaties, les yeux à peine entrouverts, conservant ce qu'il fallait d'élan pour casser net les épines et faire tomber sur lui-même et sur Zouga une pluie de petites feuilles vertes. A intervalles réguliers, il grognait sous la piqûre des épines qui pénétraient sous sa peau rude protégée par les longs poils.

La peau d'Étoile Filante était si fine et délicate qu'on voyait à travers le réseau de ses veines et de ses artères. Les épines l'auraient à coup sûr mise en lambeaux.

Zouga sentit du sang dégouliner dans son cou, mais il se recroquevilla davantage et laissa Tom choisir son chemin.

— Brave Tom, dit-il pour l'encourager.

Lacéré par les épines rouges, le cheval hennissait de douleur mais ne s'arrêtait pas. Sa respiration était cependant plus facile à présent, l'allure plus lente lui permettant de récupérer. En séchant, la sueur laissait des cristaux de sel blanc sur ses épaules.

Brusquement, ils émergèrent des taillis. Zouga enleva ses gants de cuir et les jeta. Il arracha les boutons de sa capote et la laissa claquer dans le vent comme un grand corbeau noir, puis il se dressa sur ses étriers et se protégea les yeux de son chapeau.

Il scruta la plaine, mais elle était vide jusqu'aux petites taches blanches qui se dessinaient au loin : les robes des dames et les banderoles qui marquaient la ligne d'arrivée. Son cœur bondit, tant il était soulagé, et sous lui Tom s'élança en un galop disgracieux.

Mais, toujours debout sur ses étriers, Zouga regarda vers la ligne des collines sur sa droite, et il les vit.

L'étalon avait contourné l'extrémité de la barrière épineuse, à l'endroit où elle pénétrait dans les collines, et il se précipitait en bas de la pente rocheuse en une course effrénée et périlleuse.

Zouga apercevait la minuscule silhouette de sa cavalière ballottée dans tous les sens. Elle semblait projetée sur son encolure, puis, l'instant d'après, sur sa croupe, au rythme des efforts qu'Étoile Filante faisait pour conserver son équilibre.

— Nous les tenons, Tom. Voilà la ligne, elle est là, sous ton nez. Ils ne peuvent plus nous rattraper maintenant. Allez, mon vieux, allez !

Les sabots de Tom claquaient sur la terre dure comme le battement d'un tambourinaire joyeux. La traversée des buissons épineux avait été pénible, mais elle l'avait reposé et Zouga pouvait à présent le pousser.

— 'Tention au trou ! lui cria-t-il.

Tom agita les oreilles d'un air de reproche. Il avait vu le terrier avant Zouga et fit un crochet pour l'éviter, tandis que les petits écureuils fossoyeurs sortaient la tête avec curiosité sur leur passage.

Le sol était criblé de terriers, mais Tom ralentit à peine l'allure, zigzaguant parmi les monticules de terre fraîchement retournée ou allongeant le pas au-dessus d'un trou.

Seuls la rayure dessinée, parmi les longs poils, sur le dos des écureuils fossoyeurs, et leur habitat terrestre permettaient de les différencier de leurs cousins septentrionaux. Tandis que Tom passait en martelant le sol, ils étaient assis sur leurs pattes arrière à l'entrée de chaque terrier, amassés comme de petits spectateurs, avec une expression comique d'étonnement, leur longue queue touffue enroulée dans le dos.

Zouga jeta un coup d'œil en arrière. Étoile Filante était arrivé au bas de la pente, sur le plat, et, lancé dans un galop foudroyant, il brûlait manifestement ses dernières réserves. Louise le poussait avec ses bras, comme une lavandière travaillant sur sa planche, mais elle était trop loin pour que Zouga vît l'expression de son visage.

Bien trop loin, alors qu'il ne restait plus qu'un mile pour franchir la banderole de la ligne d'arrivée.

Zouga distinguait nettement la foule de chaque côté des poteaux, et d'autres spectateurs accouraient des chariots pour se joindre aux premiers.

Il entendait la détonation assourdie des coups de feu que ses supporters tiraient en l'air et voyait les petits panaches de fumée jaillir au-dessus de leurs têtes.

Il n'allait pas tarder à entendre leurs voix, leurs acclamations par-dessus le battement des sabots de Tom.

La course était finie. Il avait gagné. Il gardait ses concessions et sa chère statue du dieu faucon – et empochait les cinq mille livres avec lesquelles il pourrait emmener au loin les siens vers une nouvelle vie. Il avait accepté de jouer contre les dieux du hasard, et il avait gagné.

Il n'avait qu'un seul regret : que le cheval et la cavalière aient montré tant de courage en pure perte. Attentif à ne pas déséquilibrer le lourd galop de Tom, il lança un coup d'œil en arrière, sous son bras.

Par Dieu, elle n'avait pas encore accepté sa défaite ! Elle conduisait son grand cheval de toutes ses forces et de tout son cœur, le poussait aussi durement qu'elle-même, et allait si vite que Zouga regarda vers la ligne d'arrivée pour s'assurer de sa proximité. Non, il n'y avait aucun risque ; même à cette vitesse, Étoile Filante ne pourrait jamais les rattraper.

Il entendait déjà les voix des spectateurs, distinguait leurs visages, reconnaissait même Pickering, le commissaire général, assis sur le chariot, et, à ses côtés, la silhouette de Rhodes et ses cheveux en bataille.

Il se retourna une dernière fois vers Étoile Filante – juste pour le voir tomber. Cette chevauchée sauvage à travers le terrain taraudé par les écureuils était de trop : les jambes du cheval se dérobèrent sous lui. Zouga crut entendre l'os se briser avec un bruit sec, et la magnifique bête s'écroula en plein galop, épaule la première, l'encolure tordue comme le cou d'un flamant rose. Monture et cavalière furent enveloppées dans un nuage de poussière au-dessus duquel les sabots de l'étalon s'agitèrent convulsivement avant de s'effondrer.

Le nuage s'écarta, découvrant l'affreux enchevêtrement du cheval et de sa maîtresse. Étoile Filante était couché sur le côté et, tandis que Zouga serrait la bride à Tom et le faisait pirouetter, le grand étalon fit effort pour lever la tête, puis la laissa retomber.

Louise avait été désarçonnée. Elle était couchée sur la terre, recroquevillée, petite et immobile.

Zouga poussa sa monture. En proie à une profonde inquiétude, il galopait vers la jeune femme. Il y avait quelque chose d'irrémédiable, d'effrayant dans l'immobilité, l'absence de vie de ce corps ramassé sur lui-même.

— Mon Dieu, faites qu'il n'en soit pas ainsi, laissa-t-il échapper, la gorge desséchée par la poussière, la soif et l'appréhension.

Il imaginait les vertèbres brisées et son cou délicat tordu de manière étrange. Il imaginait son crâne enfoncé, le regard fixe de ses grands yeux sombres d'où disparaissait toute vie. Il imaginait... Il dégagea ses pieds des étriers et sauta à terre alors que Tom était encore en plein galop, trébuchant pour reprendre son équilibre puis courant vers l'endroit où elle était étendue.

Brusquement, Louise roula sur elle-même et se releva avec légèreté.

— Allez, mon chéri, debout ! lança-t-elle à Étoile Filante en courant vers lui. L'étalon tenta de se redresser et y parvint à la deuxième tentative.

— Quel malin petit chéri, fit-elle avec un rire rauque d'excitation et tremblant encore à la suite de son effort.

Elle n'avait plus assez de force pour sauter en selle et sautilla pendant quelques instants, un pied dans l'étrier, avant de trouver l'énergie nécessaire pour lancer son autre jambe par-dessus le dos d'Étoile Filante, tandis que Zouga la regardait bouche bée.

De sa selle, elle baissa les yeux vers lui.

— Faire le mort est une vieille astuce des Indiens Blackfoot, major ! lança-t-elle. (Elle tourna la tête de l'étalon vers la ligne d'arrivée.) Voyons de quoi vous êtes capable sur la dernière longueur, et sur un pied d'égalité !

Étoile Filante partit au grand galop. Pendant un moment, Zouga ne put croire qu'elle avait appris à l'étalon à tomber avec tant de naturel et à rester étendu, aussi parfaitement immobile. Puis, soudain, l'inquiétude qu'il avait éprouvée se mua en fureur et en indignation.

Tout en retournant vers Tom, il lui cria :

— Madame, vous êtes une tricheuse. Puisse Dieu vous le pardonner.

Elle se retourna sur sa selle et agita gaiement la main.

— Monsieur, vous êtes crédule, mais je vous le pardonne.

Et Étoile Filante parcourut la distance qui le séparait de la ligne d'arrivée à une vitesse que Tom ne pouvait atteindre.

Zouga Ballantyne était soûl. C'était la première fois, depuis vingt-deux ans qu'ils faisaient route ensemble, que Jan Cheroot le voyait dans cet état.

Il se tenait droit sur sa chaise et, au-dessus de sa barbe, son visage avait pris une curieuse apparence cireuse, les yeux vitreux comme des diamants bruts. La troisième bouteille de cognac du Cap trônait entre eux sur la table ; en voulant la prendre, Zouga la renversa. L'alcool s'échappa en glougloutant et trempa la nappe.

Avec un juron, Jan Cheroot la releva.

— Si ça vous chante de perdre les concessions du Diable, à votre guise... mais que vous fichiez en l'air le cognac, je ne suis plus d'accord, lança-t-il en butant un peu sur les mots car ils avaient commencé à boire une heure avant le coucher du soleil.

— Que vais-je dire aux gamins ? marmonna Zouga.

— Dites-leur qu'ils sont en vacances... pour la première fois depuis dix ans. Nous sommes tous en vacances.

Jan Cheroot versa du cognac dans le gobelet de

Zouga et le poussa près de sa main, puis il remplit le sien, réfléchit un instant et doubla la dose.

— J'ai tout perdu, mon vieux Jan.

— *Ja*, fit Cheroot gaiement, et ça ne faisait pas grand-chose, n'est-ce pas ?

— J'ai perdu les concessions.

— Très bien ! acquiesça Jan Cheroot. Pendant dix ans, ces fichus carrés de caillasse nous ont rongé l'âme... tout en nous affamant.

— J'ai perdu l'oiseau.

— Parfait ! lança Jan Cheroot en lampant son cognac avec un claquement de lèvres connaisseur. Au tour de M. Rhodes d'avoir son lot de malchance. Cet oiseau va l'achever, comme il a failli nous achever. Envoyez-le-lui aussi vite que possible et remercions Dieu d'en être débarrassés.

Lentement, Zouga enfouit son visage dans ses mains, et c'est d'une voix étouffée qu'il dit :

— Tout est fini. La route du Nord m'est fermée. Mon rêve s'effondre.

Le sourire aviné de Jan Cheroot s'évanouit peu à peu, et son visage jaune se plissa en une grimace de compassion.

— Ce n'est pas fini. Vous êtes encore jeune et fort, et vous avez deux fils robustes.

— Nous allons bientôt les perdre aussi, très bientôt.

— Il vous restera moi, vieil ami, comme cela a toujours été.

Zouga leva la tête et regarda le petit Hottentot.

— Qu'allons-nous faire, Jan ?

— Nous allons finir cette bouteille et en ouvrir une autre.

Le lendemain matin, ils chargèrent l'idole de stéatite sur la charrette et la déposèrent sur un lit de paille ; puis Zouga étendit une bâche tachée et déchirée que Jordan l'aida à arrimer.

Aucun des deux ne souffla mot tant qu'ils n'eurent pas fini, puis Jordan murmura si doucement que c'est à peine si Zouga saisit ses paroles.

— Vous ne pouvez pas la laisser partir ainsi, papa.

Zouga se tourna vers son cadet, le voyant vraiment pour la première fois depuis des années. Avec un petit choc, il se rendit compte que Jordan était un homme. Peut-être pour imiter Ralph, il s'était laissé pousser la moustache. Elle était couleur d'or cuivré et accentuait la ligne douce de sa bouche. L'adulte était encore plus beau que l'avait été l'enfant.

— N'y a-t-il donc pas moyen de la garder ? insista Jordan avec un accent de désespoir dans la voix.

Son père continuait de le regarder. Quel âge avait-il maintenant ? Plus de dix-neuf ans, alors qu'hier encore c'était un bébé, le petit Jordie. Tout avait changé.

Zouga se détourna et posa la main sur la bâche qui recouvrait le faucon.

— Non, Jordan. C'était un pari... une affaire d'honneur.

— Mais, maman..., commença Jordan, puis il s'interrompit brusquement en voyant son père lui lancer un regard sévère.

— Qu'est-ce qu'il y a ? demanda Zouga.

Jordan évita son regard et rougit.

— Rien, se hâta-t-il de répondre en se dirigeant vers la mule de tête. (A Zouga qui acquiesça immédiatement, soulagé qu'il lui épargne cette tâche pénible, il proposa :) Je vais amener l'oiseau à M. Rhodes.

— Demande-lui quel moment lui convient pour signer le transfert des concessions.

Zouga toucha de nouveau la statue enveloppée, comme pour un adieu, puis il grimpa les marches de la véranda et disparut dans la maison sans se retourner.

Jordan conduisit les mulets sur la route défoncée et

prit la direction de l'agglomération, tête nue au soleil. Il était grand et mince, et se déplaçait avec une grâce particulière, la démarche aérienne et légère. Le menton levé, les yeux fixés au loin, il avait le regard rêveur, et qui pourtant voit tout, d'un poète.

Quand il passait, hommes et femmes, ces dernières surtout, le regardaient, et leur expression s'adoucissait, mais Jordan poursuivait son chemin comme s'il était seul.

Ses lèvres ne bougeaient pas, mais les paroles de l'invocation à la déesse Panes continuaient de lui venir à l'esprit.

— Pourquoi es-tu partie ? Tu aurais été mieux avec nous...

Il les avait tant de fois prononcés que les mots faisaient partie de son existence.

— Ne reviendras-tu pas auprès de nous, grande Panes ?

La déesse s'en allait, et Jordan ne se croyait pas capable de supporter la douleur de cette séparation. La statue, la déesse et sa mère étaient une dans son esprit ; c'était son dernier lien avec Aletta, qui était devenue Panes.

Il était au désespoir, comme s'il perdait son grand amour, et lorsqu'il atteignit la haie de galactodendrons qui entourait le campement de Rhodes, il s'arrêta et de folles pensées l'assaillirent. Il allait emporter la déesse, fuir avec elle en pleine nature, la cacher dans une caverne lointaine. Son cœur battait la chamade. Non, il allait la ramener dans la cité abandonnée d'où elle était venue, là où son père l'avait volée et où elle serait en sûreté, tout là-bas dans le Nord.

Puis, en proie à un abattement soudain, il se rendit compte que c'étaient des fantasmes puérils et qu'il n'était plus un enfant.

D'un petit coup léger sur la bride, il guida la mule de tête à l'intérieur du campement. Rhodes était à la porte de son bungalow, nu-tête et en manches de chemise. Il parlait à voix basse, d'un ton pressant, à un homme qui se trouvait en bas de la véranda. Jordan reconnut l'un des contremaîtres de la Central Diamond Company.

Lorsque Rhodes leva les yeux et vit Jordan, il congédia sèchement le contremaître.

— Tu l'as apportée, dit-il d'un ton grave, sentant peut-être dans quel état d'esprit se trouvait le jeune homme.

Lorsque Jordan hocha la tête, il se retourna vers l'homme qui attendait.

— Faites venir quatre de vos meilleurs hommes, ordonna-t-il. Je veux qu'on décharge cette charrette, et avec précaution. C'est une œuvre d'art de grande valeur.

Il surveillait attentivement pendant qu'ils détachaient les cordes, puis pencha la tête pour écouter Jordan.

— Puisque nous ne pouvons la garder, je suis content que ce soit à vous qu'elle revienne, monsieur Rhodes.

— La statue représente quelque chose pour toi aussi, Jordan ?

— Tout, répondit simplement celui-ci. (Se rendant compte que cela avait l'air ridicule, il corrigea :) Je veux dire qu'elle était déjà dans ma famille avant ma naissance. Je me demande quelle impression cela va faire sans elle. Je ne peux imaginer d'en être séparé.

— Tu n'en seras pas nécessairement séparé.

Jordan le regarda, incapable de se résoudre à l'interroger sur le sens de ces paroles.

— Tu peux suivre la déesse, si tu le veux.

— Ne me taquinez pas, monsieur Rhodes.

— Tu es intelligent et de bonne volonté, tu as étudié la sténo et tu as une excellente plume. J'ai besoin d'un secrétaire... de quelqu'un qui, comme moi, connaît et aime les diamants. Quelqu'un avec qui je me sens à l'aise, que je connais, que j'apprécie et en qui j'ai toute confiance.

Jordan se sentit envahi par une joie plus intense et plus vive que tout ce qu'il avait connu jusque-là. Il était incapable de parler et, pétrifié, regardait fixement les beaux yeux bleus de l'homme qu'il vénérait depuis tant d'années.

— Eh bien, Jordan, je t'offre le poste. Le veux-tu ?

— Oui, répondit Jordan à voix basse. Plus que toute autre chose au monde, monsieur Rhodes.

— Parfait. En ce cas, ton premier travail sera de trouver une place pour installer l'oiseau.

Le contremaître avait découvert la statue en tirant la bâche, qui pendait sur le côté de la charrette.

— Doucement, maintenant, cria-t-il à l'équipe de travailleurs noirs. Attachez-la avec des cordes. Ne la laissez pas tomber, surtout. Faites attention, bon sang !

Ils se pressaient autour de la statue, trop nombreux pour le travail, et se gênaient mutuellement. La joie de Jordan après la proposition de Rhodes fit place à une inquiétude soudaine pour la sécurité de l'oiseau.

Il s'avança pour arranger lui-même les cordes, mais à ce moment-là, il y eut un bruit de sabots et Neville Pickering entra dans la cour. Il montait sa jument baie, un pur-sang fougueux, et la mit au pas.

Il jeta un coup d'œil à Jordan et son visage s'assombrit un instant, en brève manifestation d'irritation, ou d'un autre sentiment. Jordan comprit que Pickering n'appréciait pas sa présence.

L'ombre passa aussi vite qu'elle était venue sur les

beaux traits de Pickering, son charmant sourire éclaira son visage et il regarda la statue posée sur la charrette.

— Qu'est-ce que c'est que ça ? demanda-t-il d'un ton enjoué, détendu et insouciant.

Comme toujours, il était habillé avec élégance ; sa veste de drap fin mettait en valeur ses larges épaules, sa ceinture en cuir repoussé soulignait sa taille mince et ses courtes bottes vernies, la longueur et la forme de ses jambes. Il souriait, son chapeau à large bord incliné sur un œil.

— Oh, l'oiseau. (Il leva les yeux vers Rhodes debout sur la véranda du bungalow.) Vous avez donc fini par l'avoir, comme vous l'aviez dit. Vous méritez mes félicitations.

La journée avait été lourde et chaude, le temps n'allait pas tarder à changer. Bientôt le vent soufflerait du sud et la température chuterait, mais, en attendant, les seuls mouvements d'air étaient les tourbillons de poussière. De petites mais violentes tornades venaient de nulle part, soulevaient de l'herbe sèche et des feuilles à un mètre dans l'atmosphère immobile et parcouraient la plaine à toute vitesse, en suivant une route capricieuse. Tout aussi soudainement, elles s'effondraient et sombraient dans le néant.

L'un de ces tourbillons de poussière venait de s'élever derrière la haie, emportant un épais nuage de poussière rouge. Il dévia brusquement et pénétra en trombe dans la cour de Rhodes. Jordan fut pris d'une terreur superstitieuse.

« Panes ! Grande Panes ! » cria-t-il intérieurement.

Il reconnaissait en ce vent la présence de la déesse. Elle avait répondu tant de fois à ses invocations ! La cour tout entière fut soudain envahie par des flots de poussière tourbillonnants malmenés par le vent. Celui-ci soufflait au visage de Jordan, et il plissait les yeux pour se protéger. Ses cheveux bouclés lui battaient le visage, le vent plaquait sa chemise contre sa poitrine et son ventre plat.

Pickering avait perdu son chapeau, les pans de son pardessus lui fouettaient les reins et il leva la main pour se protéger le visage du sable et des brindilles emportés par la bourrasque.

Le vent s'engouffra alors sous la vieille bâche et la gonfla avec fracas, comme une grand-voile.

La toile rude cingla la tête de la jument baie, qui se cabra avec un hennissement de panique.

Elle se dressa si haut que Jordan crut qu'elle allait basculer sur le dos, et il bondit à travers le rideau de poussière rouge pour l'attraper par la tête, mais il était trop tard. A ce moment, Pickering portait la main sur son visage, et la réaction de la jument le prit au dépourvu ; il bascula et heurta durement le sol de la nuque et de l'épaule.

Le vacarme de la tornade, le grognement de Pickering, l'air expulsé violemment de ses poumons et le bruit mat de sa chute couvrirent presque le claquement sec de l'os qui se brisait quelque part dans les profondeurs de son corps.

La jument retomba sur ses jambes et partit au grand galop vers la brèche de la haie végétale, traînant derrière elle Pickering, la cheville prise dans l'étrier, son corps glissant et rebondissant sur le sol.

Lorsque la jument bifurqua brusquement par la brèche, Pickering fut projeté contre la haie, et les épines blanches, longues comme le doigt, lui entrèrent dans la chair.

Il fut ensuite tiré au loin à travers la plaine, glissant sur le sol rocailleux, aplatissant les petits buissons drus par-dessus lesquels sautait la jument, sa nuque heurtant le sol.

Jordan courut derrière lui, suffoquant et sanglotant d'horreur, en appelant la jument. Mais l'animal était devenu fou, terrifié par le vent et le claquement de la bâche, et à présent par le poids inhabituel qu'il traînait. Il atteignit les tas de rebuts et bifurqua de nouveau ; cette fois-ci, heureusement, la courroie de l'étrier lâcha. Libérée de son fardeau, la jument partit au galop.

Jordan tomba à genoux près du corps inerte de Pickering. Celui-ci était étendu à plat ventre, sa veste déchirée, ses bottes éraflées.

En tenant sa tête avec précaution, Jordan le fit rouler doucement sur le dos afin qu'il puisse respirer. Le visage de Pickering était couvert de sang et de poussière, un lambeau de chair blanche pendait de sa joue ; ses yeux étaient grands ouverts.

Son corps et ses bras étaient sans force, mais il semblait conscient. Il tourna les yeux vers Jordan et remua les lèvres.

— Je ne sens plus rien, rien du tout. Mes mains, mes pieds, mon corps sont paralysés.

Ils le transportèrent dans une couverture, un homme à chaque coin, et l'étendirent doucement sur le lit de camp, dans la chambre voisine de celle de Rhodes.

Le docteur Jameson arriva dans l'heure et hocha la tête en voyant comment Jordan avait nettoyé et pansé ses blessures, et l'avait installé.

— Très bien. Qui te l'a appris ? (Mais il n'attendit pas la réponse.) J'ai besoin de ton aide.

Avant d'enlever sa veste et de retrousser ses manches, il tendit son sac à Jordan.

— Tiens. (Puis s'adressant à Rhodes :) Ne restez pas là. Vous allez gêner.

Quelques minutes suffirent au médecin pour s'assurer que la paralysie était complète, puis il leva les yeux vers Jordan, en veillant à ce que Pickering ne le voie pas, et secoua la tête.

— J'en ai pour une minute, dit-il. Il faut que je parle à M. Rhodes.

— Jordie, murmura Pickering avec difficulté quand Jameson fut sorti, et Jordan se pencha vers ses lèvres. C'est mon cou... il est brisé.

— Non.

— Tais-toi et écoute-moi, répondit le blessé en fronçant les sourcils. Je crois que j'ai toujours su... que ce serait toi. Que d'une manière ou d'une autre, ce serait toi... (Il s'interrompit, des gouttes de sueur perlèrent sur son front, mais il fit encore un effort terrible pour parler.) Je pensais que je te haïssais. Mais plus maintenant. Il ne me reste plus assez de temps pour haïr.

Il ne parla plus de toute la nuit, ni le lendemain. Mais au crépuscule, lorsque la chaleur diminua dans la petite pièce aux murs en tôle ondulée, il ouvrit les yeux et les leva vers Rhodes. Il était dans un état effrayant. Les os de son front et de ses joues semblaient luire à travers la peau translucide et ses yeux étaient enfoncés dans des cavités bleu sombre.

Rhodes pencha la tête jusqu'à ce que son oreille touche les lèvres blanches et sèches de Pickering. Le murmure était très léger, comme celui d'une feuille morte poussée par le vent sur le toit, et Jordan ne put comprendre, mais Rhodes ferma les paupières, en proie à une angoisse mortelle.

— Oui, répondit-il, presque aussi doucement que l'agonisant. Oui, je sais, Pickling.

Lorsque Rhodes rouvrit les yeux, ils étaient inondés de larmes, et son visage marbré de taches sombres.

— Il est mort, Jordan, lâcha-t-il d'une voix étranglée, et il appuya une main contre sa poitrine, comme pour calmer les battements de son cœur.

Puis, très lentement, il baissa la tête et embrassa les lèvres déchirées de l'homme étendu sur le lit de camp.

Zouga crut que la voix appartenait à son rêve – une voix très douce, basse et pourtant vibrante et suppliante. Il se réveilla alors ; la voix appelait toujours et quelqu'un donnait des coups légers à la fenêtre au-dessus de la tête de son lit.

— J'arrive, répondit Zouga, à voix basse lui aussi.

Il n'avait pas besoin de demander qui c'était. Il s'habilla rapidement dans l'obscurité, son instinct l'avertissant de ne pas allumer de bougie, et il sortit sur la véranda, ses bottes à la main.

Il était minuit passé, à en juger par la hauteur de la lune, mais c'est à peine s'il la regarda avant de se tourner vers la silhouette appuyée contre le mur, près de la porte.

— Vous êtes seule ? demanda-t-il à mi-voix.

La femme se tenait voûtée, d'une façon qui l'effrayait.

— Oui.

La douleur et le chagrin transparaissaient dans la voix de Louise maintenant qu'elle et lui étaient proches.

— Vous n'auriez pas dû venir ici... pas seule, madame Saint-John.

— Je n'avais personne d'autre vers qui me tourner.

— Où est Mungo ? Où est votre mari ?

— Il a des ennuis... des ennuis terribles.

— Où est-il ?

— Je l'ai laissé au croisement de la route du Cap. (Sa voix s'étrangla un instant, puis elle parla précipitamment.) Il est blessé, grièvement blessé.

Elle avait élevé la voix et risquait de réveiller Jan

Cheroot et les garçons. Zouga lui prit le bras pour la calmer et elle se jeta tout de suite contre lui. Le contact de son corps le choqua mais il fut incapable de se dérober.

— J'ai peur, Zouga, dit-elle, l'appelant pour la première fois par son prénom. J'ai peur pour sa vie.

— Que s'est-il passé ?

— Oh, Dieu !

Elle sanglotait à présent, cramponnée à lui, et il se rendit compte de son état de tension. Il la prit par la taille et l'entraîna à travers la véranda.

Dans la cuisine, il la fit asseoir sur une chaise, puis alluma la bougie. Il eut un nouveau choc en voyant son visage. Elle était pâle et tremblante, les cheveux en désordre, une trace sale sur la joue, les yeux rouges.

Il prit la casserole émaillée posée sur la cuisinière et versa dans une tasse du café épais comme de la mélasse. Il y ajouta une goutte de cognac.

— Buvez.

Elle frissonna et s'étrangla en avalant le breuvage qui sembla l'apaiser un peu.

— Je ne voulais pas qu'il y aille... J'ai essayé de l'en empêcher, cela me rendait malade. Je lui ai dit que je ne pouvais plus supporter ces tromperies et ces mensonges. La honte et...

— Je ne comprends rien à ce que vous dites, interrompit Zouga avec brusquerie.

Elle prit une profonde inspiration et poursuivit :

— Mungo avait rendez-vous avec un homme qui devait lui apporter un paquet de diamants... pour cent mille livres de diamants, que Mungo devait acheter deux mille livres.

Le visage de Zouga prit un air sévère. Il s'assit face à elle et la regarda. Son expression intimida Louise.

— Oh, je sais, Zouga. Je déteste ça, moi aussi.

Voilà trop longtemps que je m'accommode de ce genre d'entreprises, mais il m'avait promis que ce serait la dernière fois.

— Continuez.

— Il n'avait pas la somme nécessaire. Nous sommes presque à sec... il ne nous reste plus que quelques livres.

Zouga ne put plus se contenir et l'interrompit :

— Et la lettre de crédit, le demi-million de livres ?

— C'est un faux, dit-elle à voix basse.

— Continuez.

— Il n'avait pas les deux mille livres pour payer les diamants... et je savais ce qu'il avait l'intention de faire. J'ai essayé de le retenir, je vous le jure !

— Je vous crois.

— Il a arrangé le rendez-vous de ce soir... à l'écart de la route du Cap.

— Savez-vous qui il devait rencontrer ?

— Je crois, je n'en suis pas sûre, répondit-elle en passant la main sur ses yeux. C'est un métis, un Griqua, un certain Henry... non, Hendrick Quelque Chose...

— Hendrick Naaiman ?

— Oui, c'est ça, Naaiman.

— Il tend des pièges aux AID.

— Il est de la police ?

— Oui.

— Oh ! mon Dieu, c'est encore pire que je ne pensais.

— Que s'est-il passé ? insista Zouga.

— Mungo m'a demandé de l'attendre au croisement et il est allé seul au rendez-vous. Il a dit qu'il devait se protéger et il a pris son pistolet. Il est parti avec mon cheval – avec Étoile Filante –, et c'est ensuite que j'ai entendu les coups de feu.

Elle but une autre gorgée de café brûlant et toussa.

— Il est revenu. Il avait été touché et Étoile Filante aussi. Ils ne pouvaient pas aller plus loin, ni l'un ni l'autre. Ils sont tous deux grièvement blessés, Zouga. Je les ai cachés près de la route et je suis venue à vous.

— Est-ce que Mungo l'a tué ? demanda Zouga d'une voix dure.

— Je ne sais pas. Mungo a affirmé que l'autre avait tiré le premier et qu'il avait seulement tenté de se défendre.

— Mungo a essayé de l'attaquer et de lui prendre les diamants. Mais Naaiman est un homme dangereux.

— Il y avait quatre cartouches vides dans le pistolet de Mungo, mais j'ignore ce qui est arrivé au policier. La seule chose que je sais, c'est que Mungo s'est échappé et qu'il est très gravement blessé.

— Bon, maintenant, restez un peu tranquille et reposez-vous un moment.

Zouga se leva et fit les cent pas dans la cuisine, silencieux sur ses pieds nus, les mains dans le dos. Louise le regardait anxieusement. Il s'arrêta finalement et se tourna vers elle.

— Nous savons tous deux ce que je devrais faire. Votre mari est un AID, un voleur, et, à l'heure qu'il est, probablement un assassin.

— Il est aussi votre ami, dit-elle simplement. Et il est grièvement blessé.

Zouga reprit sa déambulation, mais à présent il marmonnait dans sa barbe, troublé et renfrogné, pendant que, les mains sur les genoux, Louise se tordait nerveusement les doigts.

— Fort bien, dit-il finalement. Je vais vous aider à le sauver.

— Oh, major Ballantyne... Zouga...

Il la réduisit au silence d'un froncement de sourcils.

— Ne perdons pas de temps en parlote. Il nous faut des pansements, du laudanum et de la nourriture... (Pour faire la liste, il s'aidait de ses doigts.) Vous ne pouvez partir dans cette tenue. Ils guetteront une femme. De vieux vêtements de Jordan feront l'affaire...

Zouga marchait à côté de la mule, et la charrette était chargée de balles de foin.

Louise était étendue entre deux balles, prête à en tirer une autre sur elle au cas où la charrette serait arrêtée.

Les roues cerclées de fer crissaient dans le sable, mais, grâce à la rosée de la nuit, elles ne soulevaient pas de poussière. La lanterne accrochée au hayon se balançait au gré des mouvements de la charrette.

Ils venaient de dépasser la dernière maison sur la route du Cap et arrivaient à la hauteur du cimetière quand ils entendirent un battement étouffé de sabots derrière eux. Louise eut tout juste le temps de s'aplatir et de se couvrir avant qu'un petit groupe de cavaliers n'émerge brusquement de l'obscurité et les rattrape.

Lorsqu'ils passèrent au galop dans le halo de la lanterne, Zouga vit qu'ils étaient armés. Il courba la tête et baissa le menton dans le col de son pardessus, son bonnet de laine tiré sur les yeux. L'un des cavaliers s'approcha et lui cria :

— Dites donc ! Avez-vous vu quelqu'un passer par ici ?

— *Niemand nie !* Personne ! répondit Zouga en afrikaander.

Rassuré en entendant ce parler guttural, l'homme fit pirouetter son cheval et partit au galop rejoindre ses compagnons.

Lorsque le bruit des sabots eut disparu au loin, Zouga dit à voix basse :

— Ça veut dire que Naaiman a pu donner l'alerte. A moins qu'il soit mort ensuite de ses blessures, il n'y a pas eu meurtre.

— Dieu merci, murmura Louise.

— Cela signifie aussi que vous ne pouvez essayer de fuir ni par la route du Cap ni par celle du Transvaal. Elles vont être surveillées.

— Par où aller alors ?

— A votre place, je prendrais la piste du nord qui conduit à Kuruman. Il y a là-bas une mission ; elle est dirigée par mon grand-père. Il s'appelle Moffat, le docteur Moffat. Il vous donnera asile, et Mungo aura besoin d'un médecin. Quand il ira mieux, vous pourrez essayer de gagner un territoire allemand ou portugais, et quitter l'Afrique par Lüderitz Bay ou Lourenço Marques.

Ils se turent pendant un long moment. Zouga marchait péniblement à côté de la mule, et Louise sortit de sa cachette pour s'asseoir sur la banquette de la charrette. C'est elle qui rompit le silence.

— Je suis fatiguée de fuir sans arrêt. Nous avons dû nous enfuir d'Amérique, du Canada, d'Australie, et ne pouvons retourner dans aucun de ces pays.

— Vous devriez rentrer chez vous, en France, pour retrouver vos fils, dit Zouga.

Louise leva brusquement la tête.

— Pourquoi dites-vous cela ?

— Lorsque Mungo et moi avons fait connaissance, il m'a parlé de vous, de sa femme... il m'a dit que vous apparteniez à une famille française noble. Il m'a dit que vous aviez trois fils.

Louise baissa la tête et la casquette de Jordan lui couvrit les yeux.

— Je n'ai pas de fils, dit-elle. Mais je prie le ciel d'en avoir un jour. J'appartiens à une famille noble, c'est vrai... mais pas française. Ma grand-mère était la fille de Faucon au Vol Léger, le chef blackfoot.

— Je ne comprends pas. Mungo m'a dit...

— Il vous a parlé de sa femme, Solange de Montijo Saint-John.

Louise se tut de nouveau et Zouga dut lui demander :

— Elle est morte ?

— Leur mariage a été malheureux. Non, elle n'est pas morte. Elle est repartie en France avec ses trois fils, au début de la guerre de Sécession. Il ne l'a pas revue depuis.

— Mungo et elle sont donc... divorcés.

— Elle est catholique, répondit simplement Louise.

Pendant cinq minutes, ils restèrent tous deux silencieux.

— Oui, dit finalement Louise. Ce que vous pensez est exact. Mungo et moi ne sommes pas mariés et ne pouvons l'être.

— Cela ne me regarde pas, murmura Zouga.

Ce qu'elle avait dit ne le choquait pas. Il éprouvait au contraire un étrange soulagement, une sorte de joie rayonnante.

— C'est bon de parler en toute franchise, expliqua-t-elle. Après tous ces mensonges. Ce ne pouvait être qu'avec vous, Zouga. Je n'aurais jamais avoué tout cela à quelqu'un d'autre.

— Est-ce que vous l'aimez ? demanda Zouga d'une voix brusque.

— Je l'ai aimé de tout mon être... follement.

— Et maintenant ?

— Je ne sais plus... il y a eu tant de mensonges, tant de honte et de choses à cacher.

— Pourquoi restez-vous avez lui, Louise ?

— Parce que, pour l'instant, il a besoin de moi.

— Je comprends cela, dit-il d'une voix radoucie. Le devoir est un maître dur et implacable. Et pourtant vous avez aussi un devoir envers vous-même.

Les mules poursuivaient leur chemin dans l'obscurité. La lanterne n'éclairait pas le visage de la femme assise sur la banquette, mais à un moment donné elle soupira, et Zouga eut un pincement au cœur.

— Louise, dit-il enfin, je ne fais pas cela pour Mungo ; même une amitié ne peut amener à fermer les yeux sur le vol délibéré et le meurtre prémédité... La façon dont je vous regardais ne vous a probablement pas échappé... Dieu sait que je ne pouvais m'en empêcher. (Comme elle restait silencieuse, il insista.) Vous le saviez. Une femme comme vous devait connaître mes sentiments.

— Oui, dit-elle finalement.

— Lorsque je vous croyais mariée à un ami, c'était sans espoir. Maintenant au moins, je peux vous dire ce que j'éprouve.

— Je vous en prie, Zouga, taisez-vous.

— Je ferai tout ce que vous me demanderez, même de protéger un meurtrier, voilà ce que m'inspirent mes sentiments pour vous.

— Zouga...

— Je n'ai jamais rencontré une femme aussi belle, aussi intelligente et courageuse...

— Je ne suis rien de tout cela...

— Je pourrais vous envoyer, Mungo et vous, sur la route de Kuruman, puis retourner à Kimberley et dire à la police de la mine où vous trouver. Ils prendraient Mungo, et vous, vous seriez libre.

— Vous pourriez, mais vous ne le ferez jamais. Nous sommes tous deux liés par notre sens du devoir et de l'honneur, Zouga.

— Louise...

— Nous y voilà, dit-elle avec un soulagement manifeste. C'est le croisement. Quittez la route ici.

De la banquette, elle le guida à travers les buissons épars tandis que les grandes roues de la charrette rebondissaient sur le sol rocailleux. A quatre cents mètres de la route se dressait un grand alhagi, massif comme une colline et argenté au clair de lune. De l'obscurité impénétrable qui régnait sous son feuillage une voix rauque lança une sommation :

— Restez où vous êtes ! Ne vous approchez pas.

— Mungo, c'est moi, et Zouga est avec moi.

Louise sauta à terre, prit la lampe sur son support et s'avança en se baissant sous les branches. Zouga attacha les mules et la suivit. Louise était agenouillée près de Mungo Saint-John, étendu sur un tapis de selle, appuyé contre la selle mexicaine décorée d'argent.

— Merci d'être venu, dit-il à Zouga d'une voix brisée par la douleur.

— -tes-vous gravement touché ?

— Assez. Est-ce que vous avez un cigarillo ?

Zouga en alluma un à la lanterne et le lui tendit. Louise déroulait le pansement qu'elle lui avait fait autour de la poitrine, avec des morceaux de sa chemise.

— Un fusil de chasse ? demanda Zouga laconiquement.

— Non, Dieu merci, répondit Saint-John. Un pistolet.

— Vous avez de la chance, grommela Zouga. Naaiman se sert généralement d'un fusil à canon scié. Il vous aurait coupé en deux.

— Vous connaissez Naaiman ?

— C'est un policier qui tend des souricières aux AID.

— Un policier ! murmura Saint-John.

— Oui, dit Zouga. Vous vous êtes fourré dans un sacré pétrin.

— Je ne le savais pas.

— Quelle importance ? Vous vouliez faire un coup avec des diamants volés et vous saviez que vous auriez peut-être à tuer un homme.

— Ne me faites pas de sermon, Zouga.

— Très bien, dit ce dernier en s'accroupissant à côté de Louise qui mettait à nu la blessure.

A eux deux, ils assirent Mungo.

— La balle a traversé la poitrine, dit Zouga en voyant la blessure dans le dos de Saint-John. Et apparemment, elle a manqué le poumon. Vous avez eu une chance inouïe.

— Une balle est restée à l'intérieur, contesta Mungo en montrant sa jambe.

Son pantalon était déchiré tout du long. Il écarta le tissu taché de sang pour montrer un autre petit trou au milieu de sa cuisse, d'où suintait un fluide sombre.

— La balle est encore là, répéta Saint-John.

— L'os est touché ?

— Non, je ne le crois pas. J'arrivais encore à marcher.

— Nous ne pouvons essayer d'extraire la balle ici. Louise sait où trouver un médecin et je lui ai expliqué comment y aller.

— Louise ? demanda Mungo avec un rictus sardonique.

Elle s'appliquait à badigeonner la peau, autour des blessures, avec de l'iode et ne leva pas les yeux. Mungo regardait Zouga fixement, son œil unique brillant. Zouga sentit la cicatrice de sa joue le lancer et il ne chercha pas à cacher sa colère.

— Vous ne croyez pas que je fais cela pour vous, j'espère ? dit-il. Comme les autres prospecteurs, je hais les AID et je n'ai aucune complaisance pour les voleurs et les meurtriers.

Il prit le pistolet posé près de Saint-John, s'assura qu'il était chargé et se dirigea vers l'endroit où se tenait Étoile Filante, tête basse, derrière l'alhagi.

L'étalon leva la tête et s'ébroua à son approche, puis il changea de position maladroitement sur ses trois jambes valides.

— Là, mon beau, le cajola Zouga en lui caressant les flancs. Doucement, mon beau.

Le sang séché les rendait collants, et le cheval hennit quand Zouga toucha sa blessure : un trou derrière les côtes. Il la renifla rapidement. La balle avait perforé l'intestin.

Zouga posa un genou à terre et tâta doucement la jambe de devant, que l'étalon évitait de poser au sol. Il y trouva une deuxième blessure. La balle l'avait touché à quelques centimètres au-dessus du boulet et l'os était cassé. Le cheval avait pourtant porté Saint-John, qui était grand et fort, sur plusieurs miles. Il avait dû souffrir, mais son grand cœur lui avait permis de supporter l'épreuve.

Zouga se débarrassa de son pardessus et en enveloppa le pistolet qu'il portait dans sa main droite. Le coup de feu risquait d'alerter les hommes lancés à la recherche de Saint-John.

— Adieu, mon vieux, murmura-t-il en appuyant la gueule de l'arme sur le front de l'animal, entre les deux yeux.

Le tissu étouffa la détonation et l'étalon s'écroula lourdement sur le côté, sans même donner de coups de pied.

Toujours penchée sur Saint-John, Louise attachait le pansement. Zouga vit que ses yeux étaient inondés de larmes.

— Merci, chuchota-t-elle. Je n'aurais pas pu le faire.

Zouga l'aida à porter Saint-John jusqu'à la charrette. Celui-ci avait une respiration sifflante et la sueur qui trempait sa chemise était âcre.

Ils l'installèrent au milieu du foin et en répandirent un peu sur lui. Puis Zouga conduisit les mules à travers le veld jusqu'à ce qu'ils aient rejoint la piste qui menait vers le nord en direction de la rivière Vaal, et au-delà vers Kuruman et le vaste désert du Kalahari.

— Marchez de nuit et laissez paître les mules en les entravant pendant la journée, dit Zouga à Louise. Il y a plus de viande qu'il n'en faut, mais économisez le café et le sucre.

— Il n'y a pas de mots pour vous remercier, murmura-t-elle.

— N'essayez pas de franchir le Vaal là où le courant est le plus fort.

— Je sais que ce ne sont pas des adieux, dit-elle comme si elle n'avait pas entendu le conseil. Et lorsque nous nous reverrons...

— Continuez, dit-il, mais elle secoua la tête, lui prit les rênes des mains et mena les mules sur la piste.

La charrette sembla se fondre dans la nuit, et les roues ne faisaient aucun bruit dans le sable. Zouga regarda dans leur direction longtemps après qu'ils eurent disparu. C'est alors que Louise revint.

Elle arriva, silencieuse comme un spectre, sa longue chevelure, échappée de sous sa casquette, tombant en cascade dans son dos. Son visage était pâle, ses traits tirés.

L'étreinte de ses bras autour de son cou fut ardente, presque douloureuse, ses lèvres chaudes et humides quand elle les posa sur les siennes. Ils restèrent enlacés quelques secondes seulement. Zouga crut que son cœur allait éclater. Elle s'arracha ensuite de ses bras, et sans un mot, sans se retourner, disparut dans la nuit.

Dix jours après l'enterrement de Neville Pickering, Zouga signa les actes de transfert des concessions du Diable, regarda un secrétaire de Rhodes les enregistrer en faveur de la Central Diamond Company puis sortit dans le froid.

Pour la première fois, de mémoire d'homme, il neigeait sur les champs de diamants. De gros flocons tombaient en tourbillonnant comme les plumes d'une aigrette blanche touchée par une volée de plombs.

Les flocons s'évanouissaient en touchant le sol, mais le froid était vif et le souffle de Zouga se condensait sur sa barbe. Il montait péniblement vers les chantiers pour regarder l'équipe remonter des concessions du Diable pour la dernière fois. Tout en marchant, il se demanda comment il allait l'annoncer à Ralph.

Ils remontaient dans la benne. Zouga parvenait à distinguer Ralph, car il était le seul à porter un manteau. Les autres étaient presque nus.

Une fois encore Zouga s'étonna que les hommes ne se soient pas rebellés contre les mesures sévères du nouveau Diamond Trade Act, mises en vigueur par le colonel John Fry, de la police récemment recrutée des mines de diamants, qui visaient à éliminer les AID.

Les travailleurs noirs étaient à présent cantonnés à l'intérieur d'enceintes limitées par des fils barbelés ; les nouveaux règlements concernant le couvre-feu les empêchaient de sortir de ces enceintes après la tombée de la nuit ; des fouilles intermittentes des cantonnements, des contrôles dans la rue, avaient lieu même de jour, et chaque équipe était inspectée à la sortie du puits.

Même les prospecteurs, ou du moins quelques-uns, avaient protesté contre les plus draconiens des nouveaux règlements imposés par John Fry. Tous les travailleurs noirs étaient obligés d'aller travailler nus à la mine, afin de ne pouvoir cacher de pierres dans leurs vêtements.

John Fry avait été stupéfait que Zouga et une douzaine d'autres prospecteurs aient demandé à le voir.

— Bon sang, Ballantyne, ces sauvages vivent nus, de toute façon. La pudeur, quelle pudeur, je vous en prie...

Avec la coopération de Rhodes, ils l'avaient finalement contraint à accepter un compromis. A contrecœur, Fry avait permis aux travailleurs noirs de porter une bande de cotonnade sans couture pour couvrir leur nudité.

C'est pourquoi, dans la benne à côté de Ralph, Bazo et ses Matabélés ne portaient qu'un pagne. Le vent les serrait dans une étreinte glaciale, et Bazo frissonnait, la poitrine et les bras hérissés par la chair de poule.

Au-dessus de lui, Ralph Ballantyne se tenait négligemment en équilibre sur le bord de la benne, ignorant le vent et l'abîme à ses pieds.

Il baissa les yeux vers Bazo, accroupi à l'intérieur de la benne, et sur une impulsion, enleva le bout de toile tachée qui lui couvrait les épaules. Dessous, il portait une vieille veste en tweed et un gilet de laine couvert de poussière. Il laissa tomber la toile sur le cou de Bazo.

— C'est contraire à la loi de l'homme blanc, objecta celui-ci en faisant mine de s'en débarrasser d'une secousse des épaules.

— Il n'y a pas de police dans la benne, grommela Ralph.

Bazo hésita quelques instants, puis se tapit plus profondément et tira la toile sur sa tête et ses épaules.

Ralph prit dans sa poche de poitrine un cigarillo à moitié fumé, l'alluma, tira une profonde bouffée, exhala la fumée, tira une autre bouffée, garda la fumée et passa le mégot à Bazo.

— Non seulement tu as froid, mais tu as l'air malheureux, dit-il.

Bazo ne répondit pas ; il mit ses mains en coupe autour du bout de cigare et tira dessus avec application.

— C'est à cause de Donsela ? demanda Ralph. Il connaissait le règlement, Bazo. Il sait ce que le règlement prévoit pour ceux qui volent des pierres.

— C'était une petite pierre, murmura Bazo dans un nuage de fumée bleutée. Et quinze ans, c'est long.

— Il est vivant, fit remarquer Ralph en reprenant le cigarillo. Dans le temps, avant le Diamond Trade Act, il aurait été exécuté.

— Mieux vaudrait qu'il soit mort, murmura amèrement Bazo. On dit qu'on les fait travailler comme des bêtes de somme, enchaînés comme des singes, sur la digue du port, là-bas, au Cap.

Il tira encore sur le mégot qui lui brûla les doigts. Il l'écrasa sur sa paume calleuse et laissa le vent emporter ce qu'il en restait.

— Et toi, Henshaw... es-tu heureux ? demanda-t-il à voix basse.

— Heureux ? Qui est heureux ? répondit Ralph avec un haussement d'épaules.

— Ce puits, fit Bazo en embrassant d'un geste la profonde excavation au-dessus de laquelle ils étaient suspendus, n'est-ce pas lui ta prison ? Ne te retient-il pas aussi sûrement que les chaînes que Donsela traîne aux pieds ?

Ils étaient presque arrivés aux échafaudages, et Bazo

se débarrassa de la toile avant d'être repéré par les agents noirs qui patrouillaient la zone comprise à l'intérieur des nouvelles barrières de sécurité.

— Tu as dit que j'avais l'air malheureux, murmura Bazo en se levant, sans regarder Ralph. Je pensais au pays où je suis un prince de la maison de Kumalo. Les veaux dont je me suis occupé là-bas quand j'étais enfant sont devenus des taureaux, qui, à leur tour, ont eu des veaux que je n'ai jamais vus. Il fut un temps où je connaissais toutes les bêtes des troupeaux de mon père, quinze mille têtes de bétail de premier choix. Je les connaissais toutes, la saison de leur naissance, la courbure de leurs cornes et le marquage de leur peau.

Bazo soupira et vint se placer à côté de Ralph sur le rebord de la benne. Ils étaient de la même taille, grands tous les deux, bien proportionnés et beaux, chacun suivant les canons de sa race.

— Dix fois de suite, je n'ai pas été avec ceux de mon régiment quand ils ont dansé à la fête des Premiers Fruits, dix fois de suite, je n'étais pas là quand mon roi a jeté la lance de guerre pour nous envoyer sur les pistes rouges.

L'humeur de Bazo s'assombrit encore et sa voix se fit plus basse.

— Les garçons sont devenus des hommes depuis que je suis parti, certains portent sur leurs bras et leurs jambes les queues de vache, signes de leur valeur, dit-il en baissant les yeux sur son corps nu, couvert seulement d'un chiffon sale autour des reins. Les fillettes sont devenues des jeunes filles au ventre mûr, prêtes à être réclamées par les guerriers qui ont gagné cet honneur sur le chemin de la guerre.

Tous deux songèrent à leurs nuits solitaires, hantées par leurs fantômes. Bazo croisa ses bras sur sa large poitrine et continua :

— Je pense à mon père, et je me demande si les neiges de la vieillesse sont déjà tombées sur sa tête. Tous ceux qui arrivent du Nord m'apportent des nouvelles de Jouba, la Colombe, qui est ma mère. Elle a douze fils, et c'est moi l'aîné.

— Pourquoi es-tu resté si longtemps ? demanda Ralph rudement.

— Et toi, Henshaw ? rétorqua tranquillement le jeune Matabélé, et Ralph ne trouva rien à répondre. As-tu trouvé gloire et richesse dans ce puits ? (Tous deux regardèrent au fond de l'excavation, et de cette hauteur, les équipes qui avaient achevé leur service et attendaient de monter dans la benne ressemblaient à des colonnes de fourmis.) As-tu une femme aux cheveux aussi longs et blonds que l'herbe d'hiver pour te réconforter pendant la nuit, Henshaw ? As-tu le rire musical de tes fils pour te réjouir ? Qu'est-ce qui te retient ici ?

Ralph leva les yeux et fixa Bazo, mais avant qu'il ait pu trouver une réponse, la benne arriva à la hauteur de la plate-forme, au premier niveau de l'échafaudage. La secousse ramena Ralph à la réalité et il fit signe à son père, à l'étage au-dessus.

Le fracas du treuil à vapeur cessa. La benne ralentit et Bazo conduisit son équipe de Matabélés sur la plate-forme. Ralph attendit que tous soient descendus pour franchir d'un bond l'étroit espace au-dessus du vide, et il sentit les planches de bois trembler sous le poids d'une vingtaine d'hommes.

Ralph donna le signal. Le treuil se remit à gronder et le câble d'acier grinça dans ses poulies. La benne lourdement chargée poursuivit sa course jusqu'à heurter les butées. Ralph et Bazo poussèrent sous elle les barres à mine et firent levier de tout leur poids. La benne bascula et son chargement de gravier dégringola dans la charrette par le toboggan.

Ralph leva les yeux pour voir le sourire d'encouragement de son père et l'entendre crier ses félicitations. « Bravo, mon gars ! Deux cents tonnes aujourd'hui ! »

Mais l'échafaudage était désert. Zouga était parti.

Il avait préparé une seule malle, celle qui avait appartenu à Aletta et qu'elle avait apportée du Cap. Elle allait y retourner, et c'était à peu près tout ce qu'il remportait.

Zouga plaça la bible d'Aletta au fond de la malle et, à côté, son journal et la boîte qui contenait ses derniers bijoux. Ceux qui avaient le plus de valeur avaient depuis longtemps été vendus pour aider à la réalisation de son rêve.

Par-dessus ces quelques souvenirs, il rangea ses cartes, ses livres et ses journaux personnels. En arrivant à la liasse de son manuscrit inachevé, il marqua un temps d'arrêt pour le soupeser.

— Peut-être trouverai-je enfin le temps de le terminer, murmura-t-il, et il le déposa doucement dans la malle.

Puis vint le tour de sa garde-robe, qui se résumait à peu de choses : quatre chemises et une paire de bottes de rechange.

La malle n'était qu'à moitié pleine, et il la porta facilement en bas des marches de la véranda. C'était tout ce qu'il emportait – le reste, le maigre mobilier du bungalow, il l'avait vendu pour dix livres à l'un des commissaires-priseurs de la place du Marché. Comme l'avait prédit Rhodes, il repartait aussi léger qu'il était venu.

— Où est Ralph ? demanda-t-il à Jan Cheroot.

Le petit Hottentot, qui était en train d'attacher la

marmite et la bouilloire au hayon de la charrette, interrompit un instant sa tâche.

— Peut-être s'est-il arrêté à la taverne de Diamond Lil. Il a le droit d'avoir soif... il travaille assez pour cela.

Zouga ne releva pas la réflexion et parcourut au contraire la charrette d'un regard appréciateur. C'était le plus récent et le plus robuste de ses trois véhicules. Il en avait donné un à Louise Saint-John, et elle avait pris les meilleures mules, mais cette voiture allait les ramener au Cap, même avec le chargement excédentaire qu'il projetait d'y placer.

Jan Cheroot arriva sans se presser et prit l'autre poignée de la malle, prêt à monter celle-ci sur la charrette.

— Attendez, l'arrêta Zouga. (Il désigna le bloc de pierre bleu marbré posé sous l'alhagi.) Ça d'abord.

Jan Cheroot en resta bouche bée.

— Bonne mère ! Ça, je n'arrive pas à le croire. En vingt-deux ans, je vous ai vu faire des choses absurdes, mais comme celle-là, jamais.

Zouga se dirigea à grandes enjambées vers le bloc de pierre que Ralph avait remonté des concessions du Diable et posa le pied dessus.

— Nous allons le hisser avec le palan, dit-il en regardant la branche solide à laquelle étaient suspendues la poulie et la corde de chanvre. Puis nous reculerons la charrette.

— C'est ça ! (Jan Cheroot s'assit sur la malle et se croisa les bras.) Cette fois-ci, je refuse. Je me suis déjà cassé les reins une fois pour vous faire plaisir, mais j'étais jeune et stupide.

— Allez, nous perdons notre temps.

— Qu'est-ce que vous voulez faire avec cette... foutue pierre ?

— Je n'ai plus l'oiseau. J'ai besoin d'un dieu lare.

— J'ai entendu parler de monuments érigés en mémoire d'un homme courageux ou d'une grande bataille, mais élevés à la stupidité, jamais, se lamenta le Hottentot.

— Reculez la charrette.

— Je refuse... cette fois-ci, je refuse. Je ne le ferai pas. Pour rien au monde.

— Lorsque nous l'aurons chargée, vous aurez droit à une bouteille de cognac pour vous seul.

Jan Cheroot se leva en soupirant et en secouant la tête, et vint se placer à côté de Zouga.

— Mais n'espérez pas que je l'aime, dit-il en lançant un regard venimeux au bloc de pierre bleue.

Zouga rit pour la première fois depuis des semaines, et, démonstration inhabituelle d'affection, il passa un bras autour des épaules de Jan Cheroot.

— Vous voilà de nouveau avec quelque chose à haïr..., plaisanta-t-il. Pensez combien cela va vous rendre heureux.

— Tu as bu, dit Zouga.

— Oui, j'ai pris une ou deux bières, admit Ralph en jetant son chapeau dans un coin, avant d'aller se réchauffer les mains au-dessus du poêle. J'en aurais bu davantage si j'avais eu de l'argent.

— Je t'ai attendu, enchaîna Zouga.

Ralph se tourna vers lui avec colère.

— Je passe mes journées à travailler pour vous, papa. Laissez-moi un peu de temps à moi en fin de journée.

— J'ai quelque chose de très important à te dire, fit Zouga. (Puis il désigna de la tête la chaise en face de lui.) Assieds-toi.

Il se frotta les yeux, cherchant ses mots. Il avait souvent essayé ces derniers jours de trouver comment annoncer à Ralph que c'était fini, qu'ils n'avaient plus rien, que toute cette peine, tout ce travail avaient été vains, mais ce n'était pas facile.

Il laissa retomber sa main et regarda son fils, puis, avec ménagements, il le lui expliqua, et, quand il eut fini, il attendit que Ralph parle à son tour. Il n'avait pas bougé pendant tout le laïus, et à présent il le regardait froidement.

Zouga fut bien obligé de reprendre la parole.

— Nous partirons demain matin. Jan Cheroot et moi avons chargé la deuxième charrette. Nous aurons besoin de toutes les mules pour doubler l'attelage. La route est longue.

Il attendit de nouveau, mais il n'y eut pas de réaction.

— Tu vas me demander où nous allons et ce que nous allons faire. Eh bien, une fois arrivés au Cap, nous aurons encore le cottage de Harkness.

— Vous avez tout joué, dit enfin Ralph. Sans me le dire. Vous... vous qui me faites des sermons continuels à propos du jeu et de l'honnêteté.

— Ralph !

— Ça ne vous appartenait pas ; c'était à nous tous.

— Tu es ivre.

— Voilà des années que j'écoute vos promesses, fit-il. « Nous irons au nord, Ralph. » (Il imita son père avec une virulence soudaine.) « C'est pour nous tous, Ralph. Tu auras ta part. Un pays entier nous attend, Ralph. Ce sera le tien aussi bien que le mien, Ralph. »

— Ce n'est pas perdu... J'ai toujours la concession de Mosélékatsé. Lorsque nous serons de retour au Cap...

— Lorsque vous serez de retour au Cap, pas moi, coupa Ralph d'une voix sèche, furieuse. Retournez au

Cap. Je vous laisse à vos rêves séniles. Moi, j'en ai par-dessus la tête.

— Tu oses me parler sur ce ton ?

— Oui, j'ose. Et par Dieu, j'oserai bien autre chose. J'oserai faire ce que vous êtes trop faible ou trop couard pour oser...

— Petit insolent !

— Vieux gâteux.

Zouga se pencha brusquement et gifla Ralph à toute volée. Celui-ci redressa lentement la tête.

— C'est la dernière fois que vous me frappez, dit-il. (Il se leva, se dirigea à grandes enjambées vers la porte et se retourna.) Continuez à ruminer vos rêves, je vais aller réaliser les miens.

— Eh bien, va-t'en, dit Zouga, la cicatrice de sa joue blanche et brillante. Va au diable.

— Souvenez-vous que je n'emporte rien, papa, pas même vos bénédictions, dit Ralph avant de sortir dans la nuit.

Bazo s'éveilla instantanément en sentant le contact sur sa joue et tendit la main vers la sagaie posée à côté de lui, les yeux grands ouverts à la faible lueur des braises. Une main se referma sur son poignet et l'empêcha de prendre son arme, tandis qu'une voix se faisait entendre au-dessus de lui.

— Te souviens-tu du chemin qui mène au Matabeleland, ô prince de Kumalo ?

Il fallut quelques instants à Bazo pour rassembler ses esprits.

— Je me souviens de chaque gué, de chaque colline et de chaque point d'eau qu'on trouve en cours de route, murmura-t-il, aussi nettement que je me souviens de la voix de mon père et du rire de ma mère.

— Roule ta natte, Bazo, la Hache, et montre-moi le chemin, dit Ralph.

Diamond Lil ne souriait plus aussi facilement depuis que sa dent – celle dans laquelle était enchâssé le diamant – était morte : son émail était devenu gris et elle avait commencé à la faire atrocement souffrir. Le dentiste itinérant l'avait arrachée et en avait soigné l'abcès.

Le soulagement avait été immédiat, mais il restait un trou noir au milieu de son sourire.

Elle avait en outre pris du poids, effet inéluctable de la bonne chère et des petits verres de gin qui la soutenaient au cours de la journée. Sa poitrine, toujours généreuse, avait perdu sa forme sculpturale, et la naissance de ses seins que laissait voir son corsage brodé, naguère crevasse profonde et nette, n'était plus qu'une ligne où se serraient l'une contre l'autre deux masses de chair abondante.

La main qui tenait la tasse en porcelaine était rondelette et creusée de fossettes aux articulations ; les anneaux qui ornaient ses doigts potelés avaient disparu dans la chair, mais diamants, rubis et émeraudes scintillaient en un déploiement royal de richesses.

Ses cheveux, frisés au fer chaud en longues anglaises, brillaient toujours comme de l'or blond. Elle avait toujours une belle peau, sauf autour des yeux, où commençait à se former un réseau de petites rides.

Elle était assise au coin de la véranda, au deuxième étage, où les avant-toits formaient des moulures, en fer forgé peint en blanc, aussi jolies que de la dentelle de Madère. Il y avait à présent d'autres bâtisses à deux étages dans Kimberley, mais même les bureaux de la Central Diamond Company, de l'autre côté de la large rue en terre battue, ne pouvaient se glorifier de posséder une décoration aussi luxueuse.

Le fauteuil à haut dossier de Lil, en teck magnifiquement sculpté, et incrusté de nacre et d'ivoire, avait été rapporté d'Orient par les grands navires de la Compagnie hollandaise des Indes orientales, depuis longtemps défunte. Il lui avait coûté deux cents livres, mais depuis ce trône, elle pouvait observer tous les mouvements dans les principales artères qui menaient à la place du Marché, sentir palpiter la ville du diamant, surveiller toutes les allées et venues, observer la précipitation d'un acheteur flairant la bonne affaire ou la démarche assurée d'un prospecteur qui venait de trouver une belle pierre. Elle voyait la façade des quatre tavernes sur la place, dont elle était maintenant propriétaire, ce qui lui permettait de juger du volume des affaires d'après le nombre de clients qui en franchissaient les portes.

De même, sur la gauche, à travers De Beers Street, elle avait une vue directe sur le cottage en brique rouge, protégé par sa clôture blanche et son enseigne discrète : « Couturières françaises. Haute couture. Toutes spécialités. » Les affaires y allaient toujours bon train – de midi à minuit. Les filles tenaient rarement plus de six mois ; elles reprenaient alors la voiture pour le Sud, épuisées mais considérablement enrichies.

Lil elle-même ne pratiquait plus le métier, sauf occasionnellement, une ou deux fois par semaine tout au plus, avec un « régulier » jouissant d'une faveur spéciale. C'était juste pour rappeler le bon vieux temps, pour faire circuler le sang et améliorer le sommeil, car trop de choses accaparaient désormais son attention.

Elle inclina sa théière en argent rococo et versa le thé dans les jolies tasses en porcelaine, décorées de roses roses et de papillons jaunes peints à la main.

— Combien de cuillerées de sucre ? demanda-t-elle.

Ralph était assis face à elle, dans un fauteuil à dossier en rotin. Il sentait le savon à raser et l'eau de Cologne bon marché. Il était rasé de près et sa chemise, repassée et amidonnée, craquait à chaque mouvement.

Lil l'examina par-dessus le bord de sa tasse.

— Le bon major connaît-il vos plans ? demanda-t-elle à voix basse.

Ralph secoua la tête. Lil songea encore un moment à l'affaire et l'idée d'avoir le fils d'un membre fondateur du Kimberley Club assis sur sa véranda lui procura un petit frisson de plaisir. Le fils d'un des messieurs de Kimberley qui ne la saluaient pas dans la rue, qui avaient renvoyé le don qu'elle avait fait pour le nouvel hôpital, qui n'avaient pas répondu à son invitation d'assister à l'inauguration de son nouvel immeuble... la liste des humiliations était trop longue pour se la réciter maintenant.

— Pourquoi n'êtes-vous pas allé voir votre père ? demanda-t-elle.

— Mon père n'est pas riche.

Ralph ne voulait pas en dire davantage ; il était trop loyal pour expliquer que Zouga était dans le dénuement le plus complet, qu'il n'allait pas tarder à quitter Kimberley avec une charrette chargée de ses maigres possessions. Il ne voulait pas dire à Lil que son père et lui s'étaient séparés sur des paroles acerbes.

Elle étudia son visage un moment, puis ramassa sur le plateau à thé la feuille de papier couverte de notes manuscrites et examina la liste et les chiffres.

— Neuf cents livres pour les bœufs ?

— Un attelage complet des bêtes les plus grosses et

les meilleures, expliqua Ralph. La route qui mène à la rivière Shashi est pénible... du sable tout le long. Je tiens à pouvoir transporter un plein chargement, soit à peu près quatre tonnes.

— Marchandises destinées au troc : quinze mille livres.

Elle leva de nouveau la tête vers lui.

— Armes à feu, poudre, cognac, verroterie et tissu.

— Quelle sorte d'armes à feu ?

— Des mousquets. Cinq livres dix shillings pièce.

Lil secoua la tête.

— Ils connaissent les fusils à chargement par la culasse. Vos mousquets ne vont pas faire beaucoup d'effet.

— Je n'ai pas les moyens d'acheter des fusils dernier modèle et je ne saurais pas où en trouver de toute façon.

— Ralph, mon loup, je pourrais engager de vieilles carnes de Whitechapel pour faire tourner ma maison de mode et je pourrais les avoir pour pas cher. Mais je ne le fais pas. Je prends des filles jeunes et jolies. Si vous pensez petit, vos profits le seront aussi. Voyez grand, voyez toujours grand. (Elle versa un peu de gin d'une flasque en argent dans sa tasse vide.) Je peux me procurer des fusils Martini-Henry, mais ils nous coûteront quinze cents livres de plus. (Lil trempa sa plume dans l'encrier, barra un chiffre et en inscrivit un autre à la place.) Et le cognac ?

— Du « Cape Smoke » en tonneaux de vingt gallons.

— J'ai entendu dire que Lobengula aime le Courvoisier et que sa sœur Ningi ne boit que du champagne Piper-Heidsieck.

— Cinq cents livres de supplément... au moins, se lamenta Ralph.

— Trois cents, dit Lil en modifiant la liste. Je peux avoir tout ça au prix de gros. Bon, voyons les munitions – dix mille cartouches ?

— Il m'en faut au moins mille pour mes propres besoins, le reste sera à échanger en même temps que les fusils.

— Si Lobengula vous donne la permission de chasser l'éléphant, corrigea Lil.

— Mon grand-père est l'un de ses meilleurs amis ; ma tante Robyn et son mari s'occupent de la mission de la rivière Khami depuis près de vingt ans.

— Oui, je sais que vous avez des amis bien en cour, reconnut Lil avec une moue d'approbation. Mais on m'a dit qu'à cause de la chasse, les éléphants avaient disparu du Matabeleland.

— Les hardes se sont repliées dans la zone infestée par les mouches le long du Zambèze.

— Il est impossible d'y amener des chevaux, et chasser l'éléphant à pied dans une région pareille n'est pas pour les Blancs.

— Mon père a chassé à pied, et de toute façon, je ne peux m'offrir un cheval.

— D'accord, admit-elle à contrecœur en cochant la rubrique.

Ils continuèrent à travailler pendant une heure encore, parcourant la liste article par article, avant de recommencer entièrement depuis le début. Lil cochait et raturait, réduisant de dix livres par-ci, de cent par-là, jusqu'au moment où elle lança sa plume sur le plateau. Elle se versa encore un peu de gin et le but à petites gorgées, le petit doigt en l'air, l'alcool pénétrant avec un léger gargouillis par le creux entre ses dents de devant.

— Très bien, dit-elle encore.

— Voulez-vous dire que vous allez me prêter l'argent nécessaire ?

— Oui.

— Je ne sais que dire, dit Ralph en se penchant vers elle, ardent et rayonnant de jeunesse. Lil, je ne sais vraiment...

— Alors ne dites rien tant que vous ne connaissez pas mes conditions, coupa-t-elle en souriant finement sans soulever sa lèvre supérieure. Vingt pour cent par an d'intérêt.

— Vingt pour cent ! s'exclama Ralph. C'est un taux usuraire, Lil !

— Très juste, dit-elle d'un air guindé. Mais laissez-moi finir. Vingt pour cent d'intérêt et la moitié des bénéfices.

— Et la moitié... Ce n'est plus de l'usure, c'est du banditisme de grand chemin.

— Exact, admit-elle de nouveau. Au moins êtes-vous assez intelligent pour vous en apercevoir.

— Ne pouvons-nous pas simplement..., commença-t-il.

— Non. Ce sont mes conditions.

Ralph revit alors Scipion, son faucon, avec son poitrail opulent et ses yeux froids.

— J'accepte, dit-il.

Bien qu'elle ne sourît pas avec ses lèvres, son regard devint soudain doux et gai.

— Nous voilà associés, murmura-t-elle en posant sa main potelée sur son avant-bras bronzé, musclé et nerveux, qu'elle caressa lentement, avec sensualité. Il ne nous reste plus qu'à sceller notre accord. Venez !

Elle glissa sa main le long de son bras et enroula ses doigts autour des siens. Ils franchirent les portes en vitraux. Quand elle eut tiré les rideaux violets en velours côtelé, il fit frais et sombre dans la pièce. Elle se tourna vers lui et leva les mains pour déboutonner le col de sa chemise. Il resta immobile pendant qu'elle cherchait la boucle de sa ceinture, puis elle posa une main sur le côté droit de sa poitrine.

— Ralph, dit-elle d'une voix rauque et tremblante. Je veux que vous fassiez quelque chose pour moi.

— Quoi donc ? demanda-t-il.

Elle se dressa sur la pointe des pieds, lui murmura quelques mots à l'oreille et le sentit reculer sous sa main.

— Nous sommes associés ? demanda-t-elle.

Ralph hésita quelques instants encore, puis se baissa, la souleva dans ses bras et la porta jusqu'au grand lit de cuivre couvert d'une courtepointe en patchwork.

— Ça vous semblera moins pénible que de chasser l'éléphant à pied au milieu des mouches, dit-elle.

Il faisait assez sombre dans la pièce pour qu'elle ne s'inquiète pas de sa dent manquante.

Elle leva les bras au-dessus de la tête, ouvrit la bouche et rit de plaisir par anticipation.

— Ce qu'il y a de bien dans la vie, mon loup, c'est qu'on peut avoir tout ce qu'on veut si on est prêt à en payer le prix, ajouta-t-elle, toujours gloussant.

— Ce ne sont pas des bœufs, dit Bazo à Ralph. Ils sont le produit du croisement d'un serpent et d'un fantôme de chienne machona.

C'étaient tous des bœufs solides, fortement charpentés, aux lourdes épaules, avec de grandes cornes droites, signes de force, et même des dents jaunes, tous triés sur le volet par Bazo, qui était matabélé, aimait le bétail et avait vécu avec les grands troupeaux dès qu'il avait été en âge de trotter après les veaux.

Bazo n'avait cependant jamais voyagé avec un char à bœufs, n'avait jamais conduit de charrette longue de six mètres et chargée de quatre tonnes de marchandises. Il n'avait jamais essayé de mettre vingt-quatre bœufs dans les traits.

Il n'y avait que deux véhicules à roues dans toute la nation matabélée, et ils appartenaient au roi Lobengula. Pour Bazo, les bœufs constituaient une réserve de richesse, une source d'approvisionnement en viande et en lait ; ce n'étaient pas des animaux de trait. La seule expérience que Ralph et lui avaient en la matière avait consisté à se servir des deux petites charrettes pour le transport du gravier.

Ralph supposait que les bœufs qu'il venait d'acheter étaient dressés et doux, mais quelques minutes après leurs premières tentatives, à Bazo et à lui, pour les atteler, les bêtes avaient senti leur incompétence et étaient devenues aussi furieuses que des buffles attaqués par le chasseur.

Il fallut deux heures de poursuite effrénée à travers les mornes herbages, au-delà des limites de la ville, deux heures passées à courir, jurer et faire claquer le fouet pour rassembler les bœufs et les mettre sous le joug. La moitié d'entre eux étaient alors à bout de souffle et furent promptement maîtrisés ; les autres se dérobaient et tournaient leur grosse tête cornue vers le char, entortillant la chaîne et plongeant tout l'attelage dans le chaos.

Cette agitation avait attiré la plupart des oisifs hors des tavernes de la place du Marché, mais ils avaient été assez prévoyants pour emporter leurs bouteilles. Ils formaient un public jovial et appréciateur, qui prodiguait des conseils facétieux et saluait chaque nouvelle tentative de Bazo et de Ralph par des concerts de rires.

Bazo essuya la sueur sur son visage et sa poitrine, puis regarda d'un air soucieux la route poussiéreuse qui menait à la ville.

— Bakela ne va pas tarder à être mis au courant et à venir voir dans quelle situation ridicule nous sommes.

Ralph n'avait pas revu son père depuis cette nuit orageuse, mais il était allé rendre visite à Jordan dans son petit bureau voisin de celui de M. Rhodes, dans le magnifique immeuble neuf de la Central Diamond Company, sur De Beers Street.

Zouga Ballantyne ne s'était peut-être pas encore remis du choc provoqué par la désertion de ses deux fils, mais Jordan avait affirmé qu'il n'était pas encore parti pour le Cap.

A la pensée que son père pût être témoin de cette scène humiliante, le visage de Ralph s'assombrit ; il fit claquer son long fouet – ça, au moins, il savait le faire – et beugla en direction de l'attelage.

— *Nkosana !* lança une voix à la hauteur de son coude, d'un ton doux démenti par le titre moqueur.

Nkosi signifiait « chef », *nkosana* était un diminutif condescendant, généralement réservé aux petits garçons blancs, aux enfants sans expérience.

Ralph se retourna et lança un regard noir à celui qui avait parlé et entreprenait d'expliquer du même ton condescendant :

— Seule une bête sur dix est capable de mener l'attelage. (En montrant l'un des animaux il précisa :) Celui-là est un bœuf de tête. Quiconque connaît les bœufs voit ça les yeux fermés.

C'était un gnome noir, qui n'arrivait même pas à l'épaule de Ralph. Son visage était ridé comme celui d'un vieillard, ses yeux deux fentes minuscules au milieu du visage plissé par la gaieté, mais il n'avait pas un seul cheveu blanc, sa barbiche ne grisonnait pas et ses dents régulières et blanches étaient celles d'un homme dans la fleur de l'âge.

Sa tête était ceinte du bandeau noir des indunas et sa

taille, d'un pagne de queues de chat sauvage. Il portait par-dessus une tunique militaire élimée dont tous les insignes et les boutons avaient été arrachés, laissant dans le tissu des petits trous dont certains s'étaient agrandis et laissaient sortir la doublure. Il avait une boîte à priser en ivoire, suspendue au lobe percé d'une de ses oreilles, et à l'autre, une cuillère à priser du même matériau et un piquant de porc-épic en guise de cure-dent. Il parlait une langue très proche du matabélé, mais avait conservé la structure verbale et les intonations typiques du Zoulouland.

Lorsque Ralph lui demanda s'il était zoulou, la question était donc superflue, et le petit homme lança un regard méprisant à Bazo.

— Pur Zoulou, et non de la maison déloyale de Kumalo, celle de ce traître de Mosélékatsé, qui a rejeté l'autorité de son roi, et dont le sang est maintenant si coupé de sang venda, tswana et machona que ses membres ne savent plus si les cornes d'un taureau leur poussent sur la tête ou sur les testicules.

Bazo se rebiffa instantanément.

— Hark ! lâcha-t-il en penchant la tête. N'est-ce point un petit babouin que j'entends fanfaronner en haut des kopjes ?

Le petit Zoulou grimaça un sourire, prit le fouet des mains moites de Ralph et se dirigea d'un pas désinvolte vers l'attelage emberlificoté.

Il toucha le grand bœuf noir sur l'encolure avec un « Oh, Satan ! », le baptisant du même coup.

L'animal roula un œil vers lui, parut sensible à son assurance et s'apaisa immédiatement. Le petit Zoulou le détacha et, tout en lui parlant avec calme dans un curieux mélange de zoulou, d'anglais et d'afrikaander, le conduisit en tête de l'attelage où il l'enchaîna.

Il revint rapidement en arrière et dégagea le bœuf

roux de l'enchevêtrement, en tirant sur les rênes enroulées autour de ses cornes.

— Hollandais, l'appela-t-il sans raison apparente. Viens, tonnerre rouge !

Il le plaça en tête à côté de Satan et leur dit à voix basse :

— *Donsa*, Satan, tire. *Pakamisa*, Hollandais, remonte la chaîne !

Docilement, les deux bœufs s'arc-boutèrent sur leurs pattes de devant, tirèrent sur le joug et un miracle se produisit. La longue et lourde chaîne arrimée au brancard se tendit, rigide comme une barre de fer. Les bêtes couchées par terre furent forcées de se mettre debout, et celles qui s'étaient écartées furent ramenées dans l'attelage, cornes et têtes pointées vers l'avant. C'est ainsi que Ralph apprit la règle d'or des conducteurs d'attelage : garder la chaîne tendue et dans l'axe ; tout le reste est alors possible.

Le petit Zoulou se déplaçait avec un air faussement désinvolte le long de la double file de bœufs, en les touchant, les cajolant et leur parlant.

— Hé, Français, je vois à tes beaux yeux intelligents que tu es né pour être à la roue ! dit-il en ramenant la bête noir et blanc près de la roue de la charrette.

Dix minutes après, le Zoulou leva son fouet, qui siffla comme un mamba, ondula au-dessus des oreilles des bœufs et claqua sèchement sans toucher un de leurs poils. Le lourd char s'ébranla, la tente de toile blanche qui couvrait la moitié arrière de son plateau trembla comme la grand-voile déferlée d'un voilier et le véhicule s'éloigna sans à-coups.

Le Zoulou plissa les yeux en regardant Ralph et lança :

— *Yapi* ? Par où ? Dans quelle direction ?

— *Yakato* ! Vers le nord ! cria joyeusement Ralph

en réponse, et Bazo leva malgré lui son bouclier et sa sagaie, et se mit à tournoyer en une danse de guerre frénétique, bondissant et frappant une armée d'ennemis imaginaires, lançant des cris de défi et d'extase au monde entier.

La route qui menait à la rivière Vaal constituait la première étape du voyage ; les roues du char s'enfonçaient dans les ornières jusqu'à hauteur de l'essieu, la terre était rouge sang et, dans l'air immobile, la poussière formait un nuage à travers lequel on distinguait à peine les cornes des deux premiers bœufs. Elle cachait à la vue de Ralph la ville tentaculaire et ses hauts échafaudages au-dessus de la mine, qui avait été son foyer et sa prison pendant tant d'années. Lorsque la circulation dans l'autre sens eut assez diminué pour que la poussière se soit reposée, ils avaient déjà parcouru cinq kilomètres et, à cette distance, les échafaudages ressemblaient à une haie d'arbres morts se découpant contre le soleil couchant.

Le petit Zoulou cria quelque chose à son boy, qui conduisait les bœufs de tête, et l'enfant les guida hors de la route. Les grandes roues arrière sortirent des ornières puis firent craquer l'herbe sèche tandis que le char roulait vers un acacia en forme de parasol qui allait leur servir d'abri et leur fournir du bois pour la nuit.

Tout en marchant près de la roue de devant, Ralph réfléchissait à leurs deux nouvelles recrues.

L'enfant avait émergé du rideau de poussière rouge, nu à l'exception du petit rabat de son *mutsha* sur le devant, la natte roulée et la marmite en équilibre sur la tête.

Il avait déposé ses maigres possessions sur le hayon

du chariot, puis, sur un signe de tête et un mot du Zoulou, il avait pris les rênes et cheminé solennellement en tête de l'attelage, ses pieds s'enfonçant jusqu'aux chevilles dans le sol pulvérulent.

Ralph se demanda quel était son âge et estima qu'il ne devait pas avoir plus de dix ans.

— Comment s'appelle-t-il ? demanda-t-il au Zoulou.

Le petit homme haussa les épaules.

— Son nom ? Ça n'a pas d'importance. Appelez-le Umfaan, le Boy.

— Et vous, comment vous appelez-vous ? poursuivit Ralph, mais le petit bouvier eut à ce moment-là quelque chose d'urgent à faire en tête de l'attelage et peut-être la poussière lui avait-elle bouché les oreilles, car il ne sembla pas avoir entendu la question.

Ralph dut la poser de nouveau, après qu'on eut dételé les bœufs, au moment où le Zoulou, accroupi près du feu de bivouac, regardait Umfaan remuer la farine de maïs dans la marmite noire.

— Comment vous appelez-vous ?

Le Zoulou sourit comme à une pensée secrète, puis il dit :

— Un nom risque d'être dangereux, il peut planer au-dessus d'un homme comme un vautour et le vouer à la mort. Avant que les soldats ne viennent au kraal royal d'Ulundi, j'avais un nom...

Ralph s'agita, mal à l'aise, en l'entendant évoquer la bataille qui avait mis fin à la guerre contre les Zoulous. La tunique en lambeaux portée par l'homme avait été jadis bleu foncé, comme l'uniforme de la police du Natal, et l'une des déchirures dans le tissu passé avait fort bien pu être faite par une arme blanche. Lord Chelmsford avait envoyé le roi zoulou et la plupart de ses indunas enchaînés dans l'île de Sainte-Hélène, où un autre empereur était mort jadis en captivité. Certains de ses chefs de guerre s'étaient cependant enfuis du Zoulouland et erraient maintenant à travers le vaste continent. L'homme portait autour de la tête le bandeau des indunas.

— ... c'était un nom que l'on prononçait avec prudence, mais il y a si longtemps que je ne l'ai entendu que je l'ai oublié, poursuivit le Zoulou.

Ralph se demanda si, parmi les Zoulous vaincus, courait encore la légende d'un induna, plus petit que les grands guerriers qu'il commandait et l'air bien plus vieux que son âge, qui les avait conduits en une terrible charge à l'intérieur du camp anglais, au pied de la colline de Little Hand.

A la lumière du feu, Ralph examina de nouveau la tunique du Zoulou et se dit qu'elle n'avait vraisemblablement pas été prise sur le cadavre d'un Anglais, ce qui ne l'empêcha pas de frissonner malgré la tiédeur de la nuit.

— Vous avez donc oublié ce nom ? l'encouragea Ralph, et le Zoulou plissa une nouvelle fois les yeux.

— Maintenant, je m'appelle Isazi, le Sage, pour des raisons qui devraient être claires même pour un Matabélé.

De l'autre côté du feu, Bazo grogna avec dédain et s'éloigna dans l'obscurité où les chacals émettaient leurs cris plaintifs.

— Je m'appelle Henshaw, lui dit Ralph. Avez-vous l'intention de rester avec moi et de conduire le char jusqu'à la fin du voyage ?

— Pourquoi pas, Petit Faucon ?

— Vous ne me demandez pas où je vais ?

— J'ai besoin de suivre une route, répondit Isazi en haussant les épaules. Celle du Nord n'est ni plus longue ni plus difficile que la route du Sud.

Le chacal poussa de nouveau son cri, beaucoup plus près cette fois-ci. Bazo s'arrêta, prit sa sagaie dans la main droite, et répondit au cri en mettant sa main en coupe devant sa bouche pour faire résonance, puis il continua d'avancer vers un petit kopje de pierre qui luisait au clair de lune comme un tas de lingots.

— Bazo !

L'appel n'était qu'un murmure, doux comme le vent de la nuit dans l'herbe pâle, et une ombre sortit de parmi les ombres projetées par la lune au pied du kopje.

— Kamuza, mon frère !

Bazo alla vers lui et l'étreignit en posant ses mains sur ses épaules.

— J'ai comme une pierre dans le ventre, lourde du chagrin de cette séparation.

— Nous partagerons de nouveau la route... un jour, nous boirons à la même chope de bière et nous nous battrons épaule contre épaule, répondit Kamuza à voix basse. Mais pour l'instant, nous sommes tous deux au service du roi.

Kamuza dénoua les lacets de son pagne, qui tomba lourdement sur ses genoux, et se retrouva nu.

— Dépêche-toi, dit-il. Je dois être de retour avant la cloche du couvre-feu.

Depuis la promulgation du Diamond Trade Act, les Noirs n'avaient plus le droit de se trouver dans les rues de Kimberley après la sonnerie du couvre-feu.

— Tu n'es pas soupçonné par la police ? demanda Bazo en enlevant son propre pagne pour l'échanger contre celui de Kamuza.

— Ils sont partout, comme les tiques dans l'herbe fraîche du printemps, grommela ce dernier. Mais je ne suis pas filé.

Bazo soupesa le pagne de fourrure pendant que

Kamuza refermait prestement l'autre autour de sa taille.

— Montre-moi, dit Bazo.

Kamuza lui reprit le pagne des mains et l'étendit sur un des rochers plats éclairés par la lune. Il tira sur le nœud du lacet qui doublait la ceinture, ouvrant ainsi la poche secrète de cuir souple couvert de perles en céramique. La poche faisait tout le tour de la ceinture, son ouverture était dissimulée par la décoration de perles et l'intérieur, divisé en compartiments cousus.

Dans chacun était cachée une grosse pierre qui luisait d'un éclat cireux au clair de lune.

— Compte-les, ordonna Kamuza, afin que nous soyons d'accord sur la quantité et que Lobengula, le Grand Éléphant Noir, en compte le même nombre de ses mains puissantes quand tu déposeras la ceinture devant lui au kraal de GuBulawayo, le Lieu d'Exécution.

Bazo toucha chaque diamant du bout du doigt en remuant les lèvres silencieusement.

— *Amashumi amatatu !*

— Trente, répéta Kamuza, c'est bien ça.

C'étaient toutes de grosses pierres très pures, la plus petite de la taille d'une olive.

Bazo noua le pagne autour de sa taille, les queues laineuses de renard pendant jusqu'à ses genoux.

— Il te va bien, apprécia Kamuza. Dis à Lobengula, le Grand Éléphant, que je suis son chien et que je rampe à ses pieds dans la poussière. Dis-lui qu'il y aura encore des pierres jaunes et des pierres brillantes. Dis-lui que ses enfants travaillent chaque jour dans la mine... et qu'il y en aura d'autres, beaucoup d'autres. Tous ceux qui prendront la route du Nord lui apporteront des richesses.

Kamuza s'avança et posa la main droite sur l'épaule de Bazo.

— Va en paix, Bazo la Hache.

— Sois en paix, mon frère, et puisse les jours disparaître comme les gouttes de pluie dans les sables du désert jusqu'à ce que nous puissions nous sourire de nouveau.

Isazi mit pour la première fois l'attelage vraiment à l'épreuve en franchissant le Vaal.

C'est à peine si les eaux grises semblaient couler, mais elles arrivaient à la hauteur du moyeu des grandes roues cerclées de fer, et le fond de la rivière était formé de roches érodées et irrégulières qui roulaient sous le poids du char, menaçant de bloquer les roues et donnant peu de prise aux sabots des bœufs.

Ceux-ci tirèrent cependant le chariot en pleine charge à travers la rivière, penchés sous le joug, le nez touchant presque la surface de l'eau, tandis que la tente tressautait et se balançait derrière eux.

Jusqu'au moment où les roues arrière se coincèrent sous l'arête vive de la berge et où le char pencha de façon alarmante. Alors Isazi montra tout son savoir-faire. Il fit repartir l'attelage en arrière pour lui donner de l'élan et, quand il encouragea de la voix ses bœufs de tête et fit claquer son fouet long de presque dix mètres, les bêtes s'engagèrent dans la pente pattes tendues, sortirent brusquement du lit de la rivière et en tirèrent le chariot au petit galop. Isazi caracolait, chantait leurs louanges, et même Umfaan souriait.

Plus tôt que d'habitude, Ralph ordonna qu'on dételle sous les grands arbres le long de l'autre berge, car l'herbe y était grasse, il y avait de l'eau en quantité illimitée et l'étape suivante vers la mission de son grand-père Moffat était de deux cents kilomètres de route difficile et sèche.

— Tu vois, Petit Faucon, tu vois comme ils sont intelligents, lança Isazi, toujours en extase devant la performance de son attelage. Ils choisissent un bon coin d'herbe et y paissent jusqu'à ce qu'il n'y ait plus rien ; ils ne vagabondent pas d'un endroit à l'autre, à perdre leur temps et leurs forces comme le feraient des bêtes moins bonnes. Ils vont bientôt s'arrêter pour ruminer, et demain matin, ils seront reposés et pleins d'énergie. Chacun d'eux est un prince parmi les bovins.

— A partir de demain, nous commencerons à marcher de nuit, ordonna Ralph.

Le sourire d'Isazi s'évanouit, et il prit un air sévère.

— J'avais déjà pris cette décision, dit-il, mais où avez-vous entendu parler de marches de nuit, Petit Faucon ? C'est un truc d'hommes avisés.

— J'en fait partie, Isazi, lui dit Ralph solennellement avant de sortir du camp pour trouver un endroit, sur la rive, d'où regarder le soleil se coucher.

Dans les parages, les berges du Vaal avaient été retournées par les premiers prospecteurs, et les trous et tumulus laissés par ces anciennes fouilles étaient à présent envahis par la végétation. En voyant ce cimetière des rêves humains, l'entrain qui avait animé Ralph au cours de cette première journée de route commença à s'évanouir.

C'était la première fois de sa vie qu'il était libre et son propre maître. Tout en marchant près de la roue du char, il avait bâti des rêves de fortune. Il avait imaginé ses chariots – cinquante, cent – transportant ses cargaisons à travers le continent. Il les avait vus reprendre la route du Sud, chargés d'ivoire et de lingots d'or. Il avait visualisé de vastes régions, des hardes d'éléphants, d'immenses troupeaux de bétail indigène, les richesses qui l'attendaient là-bas, au nord, les richesses dont l'appel résonnait à ses oreilles comme le chant des sirènes.

Son moral était descendu aussi bas qu'il avait été haut. Il contemplait les excavations désertes sur la berge opposée, ces égratignures faites par d'autres hommes à ce gigantesque continent assoupi pour tenter vainement d'en accaparer les richesses.

Il se sentit soudain tout petit, isolé, et envahi par l'appréhension. Ses pensées se tournèrent vers son père, et son accablement augmenta encore au souvenir des dernières paroles que celui-ci lui avait adressées : « Va-t'en. Va au diable. »

Il n'avait pas voulu cela. Zouga Ballantyne était le personnage central de sa vie, jusqu'à ce jour. Un colosse dont toutes les actions, toutes les pensées éclipsaient les siennes.

Il avait rongé son frein sous le fardeau du dur labeur imposé par son père, il avait mal accepté les décisions qu'il prenait pour lui, les ordres qu'il lui donnait, et pourtant il avait l'impression que la plus grande partie de lui-même venait de lui être enlevée comme par une opération chirurgicale de l'âme.

Jusque-là, il n'avait pas vraiment pensé à cette brutale séparation, il n'en avait pas laissé le cruel souvenir le blesser trop profondément. Cette rivière boueuse devenait soudain une barrière entre lui et la vie qu'il avait connue. Il n'y avait pas de retour possible – ni maintenant ni jamais. Il avait perdu son père, son frère et Jan Cheroot, il était seul et perdu. Il sentit ses yeux s'emplir de larmes.

Sa vue se brouilla, ses yeux lui jouaient des tours, car de l'autre côté de la large rivière, sur la berge opposée, il voyait un cavalier.

L'homme montait avec décontraction, une main sur la hanche, le coude relevé, et on reconnaissait le port de tête sur les larges épaules.

Ralph se leva lentement, incrédule, puis soudain il se mit à courir, se laissa glisser le long de la berge et avança en pateaugeant jusqu'à la taille dans les eaux grises du gué. Zouga sauta du dos de Tom et courut à la rencontre de Ralph qui escaladait la rive.

Ils s'arrêtèrent et se regardèrent. Ils ne s'étaient pas embrassés depuis le jour de l'enterrement d'Aletta, et ils n'arrivaient pas à le faire maintenant, malgré le désir qu'ils en avaient.

— Je ne pouvais pas te laisser partir comme ça, dit Zouga, mais Ralph avait la gorge serrée et ne répondit pas. (En hochant la tête Zouga enchaîna :) Il est temps pour toi de prendre ton indépendance. Plus que temps. Tu me fais penser à un aiglon devenu plus gros que le nid. Je m'en étais aperçu avant toi, Ralph, mais je me refusais à voir la réalité. C'est pour cela que je t'ai parlé de façon si dure.

Zouga prit les rênes de Tom et lui caressa le museau ; le cheval le poussa affectueusement avec sa tête.

— Je t'ai apporté deux cadeaux d'adieu... en voilà un, dit-il d'une voix égale en plaçant les rênes entre les mains de Ralph, mais les ombres qui traversèrent ses yeux trahissaient combien ce geste lui coûtait. L'autre se trouve dans la sacoche de selle. C'est un carnet de notes. Lis-les à temps perdu. Peut-être les trouveras-tu intéressantes, et même précieuses.

Ralph était toujours muet. Il tenait les rênes gauchement et cilla pour refouler ses larmes.

— J'ai un troisième cadeau, mais il est sans valeur réelle. C'est ma bénédiction.

— C'est la seule chose que je désirais vraiment, murmura Ralph.

Il y avait mille kilomètres jusqu'à la rivière Shashi, jusqu'à la frontière du Matabeleland.

Isazi attelait les bêtes tous les soirs au crépuscule et ils profitaient de la fraîcheur de la nuit pour voyager. Quand la lune n'était pas levée, l'obscurité était totale ; Umfaan jetait les rênes par-dessus la tête de Hollandais, et le grand bœuf noir abaissait les naseaux et suivait la piste comme un chien de chasse sur les traces d'une proie. Aux premières lueurs de l'aube, on dételait.

Lorsqu'ils marchaient bien, ils parcouraient vingt-cinq kilomètres dans la nuit, mais quand le sol sablonneux ralentissait leur progression, ils ne dépassaient pas huit kilomètres. Pendant la journée, tandis que les bœufs paissaient ou ruminaient à l'ombre, Ralph sellait Tom et partait à la chasse, Bazo courant à ses côtés.

Le long de la rivière Zouga, sur les berges desquelles était né le major, ils trouvèrent des buffles, de grands troupeaux de deux cents têtes.

Les mâles étaient énormes ; ils devenaient chauves avec l'âge, et ils avaient une croûte de boue sur le dos à force de se vautrer dans les mares bourbeuses. L'envergure de leurs cornes noires et luisantes, dressées comme deux croissants symétriques au-dessus des grandes bosses de leur front, dépassait celle d'un homme bras tendus.

Ils fuyaient devant eux, et Tom aimait autant que son cavalier les poursuivre au grand galop.

Sur les dunes fumantes de poussière, ils prenaient en chasse les oryx gris aux allures spectrales, et dans les zones où poussaient les épineux, les girafes aux jambes d'échassier ; d'un coup de feu, ils envoyaient rouler à terre leur corps à la fois grotesque et majestueux, et leur long cou gracieux se tordait dans les affres de la mort comme celui des cygnes.

Avec des carcasses de zèbres, ils appâtaient les lions du Kalahari au pelage cuivré, et Tom soutenait leur charge. Il tremblait, s'ébrouait et roulait des yeux en sentant l'odeur agressive du félin, mais il restait sur place, attendant que Ralph ait tiré, après avoir visé entre les féroces yeux jaunes ou dans la gueule rose bordée de crocs.

Ainsi, cinquante jours après leur départ de Kimberley, ils atteignirent enfin la rivière Shashi, et, quand ils l'eurent traversée, Bazo se retrouva sur son sol natal. Il arbora ses plumes de guerre et, bouclier sur l'épaule, d'une démarche plus élastique et joyeuse, conduisit Ralph au sommet d'une colline pour embrasser du regard la route qui les attendait.

— Vois comment brillent les collines, murmura-t-il avec une ferveur presque religieuse.

Et c'était la vérité. Dans les premiers rayons du soleil, les sommets granitiques luisaient comme des pierres précieuses. Rubis à la douceur onirique, saphirs délicats et perles brillantes se mêlaient en une fanfare de couleurs comme sur la queue d'un paon.

Les collines s'élevaient en ondulations successives jusqu'au haut plateau central, loin devant eux, et la forêt vierge tapissait les vallées.

— Tu n'as jamais vu de tels arbres dans les plaines autour de Kimberley, pavoisait Bazo, et Ralph hocha la tête.

Leurs troncs s'élevaient jusqu'à d'immenses hauteurs, certains squameux comme des crocodiles, d'autres blancs et lisses, comme moulés dans de l'argile, leurs sommets suspendus telle une dentelle verte, loin au-dessus des clairières couvertes d'herbe jaune.

— Regarde, des troupeaux de buffles... aussi nombreux que du bétail.

Ce n'était pas le seul gibier. Il y avait des familles de koudous gris, pâles comme des fantômes, aux oreilles en forme de trompette, les mâles portant leur fardeau de longues cornes noires en tire-bouchon avec une grâce étudiée.

Des nuées d'impalas flottaient sur le tapis soyeux d'herbe dorée. Les rhinocéros semblaient des statues massives et sombres sculptées dans le granit des collines. Il y avait l'antilope noire géante, la plus majestueuse de toutes, ses longues cornes recourbées comme le cimeterre d'Aladin, son ventre d'un blanc étincelant, le cou des mâles arqué avec arrogance tandis qu'ils conduisaient les femelles plus claires dans le sanctuaire vert et frais de la forêt.

— N'est-ce pas beau, Henshaw ? demanda Bazo.

— C'est magnifique.

Il y avait la même vénération dans la voix de Ralph, qui était envahi par un désir informe, un besoin qui ne pourrait jamais être satisfait. Soudain il comprit pourquoi son père était obsédé par ce beau pays, « mon Nord », comme il disait.

— Mon Nord, murmura Ralph.

Puis, à la pensée de son père, une autre question lui vint immédiatement à l'esprit :

— Les éléphants – *indhovu ?* Il n'y a pas d'éléphants, Bazo. Où sont leurs hardes ?

— Demande à ton père, demande à Bakela, grommela Bazo. Il a été le premier à venir les chasser avec un fusil, mais d'autres l'ont suivi, beaucoup d'autres. Lorsque Gandang, mon père, fils de Mosélékatsé le Destructeur, demi-frère du grand Buffle Noir Lobengula, traversait la Shashi sur la hanche de sa mère, la terre était aussi noire que le ciel à minuit tant les éléphants abondaient, et leurs défenses brillaient comme les étoiles. Maintenant leurs ossements blanchis tapissent le sol de la forêt comme des lis.

Dans les dernières heures de la journée, alors que Bazo, Isazi et Umfaan dormaient encore pour reprendre des forces avant la longue marche nocturne, Ralph prit le carnet relié de cuir dans la sacoche de selle de Tom.

Les pages étaient à présent cornées et salies. Zouga avait écrit ces mots à l'intérieur de la jaquette :

A mon fils Ralph.

Puissent ces quelques notes te guider vers le Nord, et puissent-elles t'inspirer pour oser ce que je n'ai osé.

Zouga Ballantyne

Les vingt premières pages étaient couvertes de cartes sommaires, dessinées à la main, des régions comprises entre le Zambèze, le Limpopo et la Shashi, que Zouga et Tom Harkness, le vieux chasseur, avaient parcourues avant lui.

Ces cartes étaient souvent précédées de la mention : *Copiée de la carte d'origine dressée par Tom Harkness en 1851.*

Ralph était conscient de la valeur inestimable de ces informations, mais ce n'était pas tout. Page 21, Zouga expliquait laconiquement, de son écriture vigoureuse et précise :

Au cours de l'hiver 1860, alors que je me rendais de Tete, sur le Zambèze, à Thabas Indunas, la cité du roi Mosélékatsé, j'ai abattu deux cent seize éléphants. Manquant de porteurs et de chariots, j'ai dû cacher l'ivoire au fur et à mesure.

J'ai pu récupérer le plus gros de ce trésor à l'occa-

sion de mes expéditions ultérieures. Il reste cependant une quinzaine de cachettes, contenant quatre-vingt-quatre belles défenses, que, pour diverses raisons, je n'ai pu atteindre.

Voici la liste de ces cachettes avec leurs positions et des instructions permettant de les retrouver.

Page 22, la liste commençait ainsi :

Cachette installée le 16 septembre 1860.

Position à l'estime : 30° 55′ E 17° 45′ S.

C'est un kopje de granit que j'ai baptisé Mont Hampden, le plus grand à plusieurs kilomètres à la ronde, surmonté d'un pic à trois tourelles. Sur le versant nord, entre deux grands Ficus natalensis, il y a une fissure dans le roc. J'y ai placé et recouvert de pierres dix-huit grandes défenses pour un poids total de quatre cent vingt-six livres.

Le prix de l'ivoire était alors de vingt-deux shillings et six pences la livre. Ralph eut tôt fait de calculer le poids total de l'ivoire qui restait caché dans le veld. L'ensemble représentait plus de trois mille livres : une grosse fortune qu'il lui suffisait de ramasser et de charger.

Il y avait encore autre chose. A la dernière page du carnet, on lisait :

Dans mon livre, L'Odyssée d'un chasseur, j'ai rapporté ma découverte de la cité déserte que les indigènes appellent Zimbabwe, *le Cimetière des Rois.*

J'ai expliqué comment j'ai pu glaner des parcelles d'or dans les cours intérieures des murailles en ruine, un peu plus de cinquante livres de métal en tout. J'ai également emporté l'une des antiques statues d'oiseau, souvenir que je possédais très récemment encore.

Je me suis abstenu délibérément de donner la posi-

tion de la cité abandonnée dans L'Odyssée d'un chasseur. *Pour autant que je sache, elle n'a été redécouverte par aucun autre Blanc – et un tabou interdit aux Africains de s'aventurer dans la région.*

Il y a donc tout lieu de croire que les statues se trouvent toujours là où je les ai vues pour la dernière fois.

En tenant compte du fait que mon chronomètre n'avait pas été vérifié depuis plusieurs mois lorsque ces observations ont été faites, je te donne les coordonnées de la cité telles que je les avais calculées à l'époque.

Les ruines se trouvent à la même longitude que le kopje que j'ai appelé Mont Hampden, soit 30° 55′ E, mais à 280 kilomètres plus au sud, soit par 20° 0′ de latitude Sud.

Suivait ensuite une description détaillée de la voie que Zouga avait empruntée pour atteindre Zimbabwe. Les notes s'achevaient sur cette déclaration :

M. Rhodes m'a offert la somme de mille livres pour la statue que j'ai sauvée.

Le lendemain, à midi, Ralph prit son sextant de cuivre dans sa malle de bois éprouvée par le voyage. Il l'avait acheté dix shillings, à l'une des ventes aux enchères du samedi, sur la place du Marché de Kimberley. Zouga en avait vérifié l'exactitude en le comparant au sien et avait montré à son fils comment faire le point pour déterminer sa latitude. Ralph n'avait pas de chronomètre pour calculer sa longitude, mais il pouvait l'estimer en fonction de sa proximité du confluent des rivières Shashi et Macloutsi.

Une demi-heure de travail avec le *Brown's Nautical Almanach* lui donna une position approximative, qu'il put comparer à celle de Zimbabwe indiquée par son père dans ses notes.

« Moins de trois cents kilomètres », murmura-t-il par-devers lui, toujours penché sur la carte de Zouga, mais le regard tourné vers l'est. « Six mille livres qui attendent là. » Et il secoua la tête, ébloui, tant une somme pareille était difficile à imaginer.

Il rangea son sextant, roula la carte et alla rejoindre le trio endormi sous le chariot.

Ralph fut réveillé par une sommation lancée d'une voix de stentor, qui sembla répercutée par les falaises de granit au-dessus du camp.

— Qui ose emprunter la route du roi ? Qui veut subir la colère de Lobengula ?

Ralph sortit précipitamment de dessous le chariot. La nuit était presque tombée, le soleil embrasait les branches les plus hautes de la forêt et la fraîcheur du soir picota son torse nu. Il jeta autour de lui un regard égaré, mais son instinct l'avertit de ne pas chercher à prendre le fusil chargé appuyé contre la roue arrière du chariot. Sous le couvert des arbres, l'ombre s'animait, des silhouettes sombres se déplaçaient sur le fond obscur.

— Avance, homme blanc, ordonna la voix. Dis ce qui t'amène, sinon les lances de Lobengula vont devenir rouges.

Celui qui parlait sortit de la forêt et s'approcha de la limite du camp. Derrière lui, le cercle sans faille des boucliers de guerre tachetés noir et blanc entourait tout le camp, selon la classique formation de combat en « cornes de buffle » des Matabélés.

Le cercle des assiégeants comprenait plusieurs centaines de guerriers, qui tenaient leur sagaie à large lame sous le bras, de sorte qu'elles pointaient en avant à hauteur du ventre entre les boucliers.

Au-dessus, les coiffures vaporeuses en plumes d'autruche blanches tremblotaient et se balançaient dans la petite brise du soir, seul mouvement perceptible dans cette multitude silencieuse.

L'homme sorti des rangs était l'un des personnages les plus impressionnants que Ralph avait jamais vus. Sa haute couronne en plumes faisait de lui un géant. La largeur de son thorax était encore augmentée par les touffes de queues de vache blanches suspendues à ses bras. Chacune d'elles lui avait été donnée par le roi en récompense d'un acte de bravoure, et il n'en portait pas uniquement autour des bras, mais aussi autour des jambes.

Son large visage intelligent, légèrement ridé par les années comme par le ciseau d'un ébéniste habile, encadrait ses yeux où brillait une étincelle sombre et pénétrante. La musculature élastique de sa poitrine et de son ventre était cependant celle d'un homme dans la fleur de l'âge.

Ses jambes, couvertes par un pagne en queues de civette tachetées de noir, étaient longues et droites ; les crécelles de guerre attachées à ses chevilles bruissaient doucement à chaque pas.

— Je viens en paix, cria Ralph d'une voix mal assurée.

— « Paix » est un mot qui se pose aussi légèrement sur la langue qu'un souïmanga sur une fleur, et il s'envole aussi facilement.

Il y eut un mouvement près de Ralph et Bazo sortit de sa couche sous le chariot.

— Baba ! lança-t-il avec respect en tapant doucement dans ses mains, à la hauteur de son visage. Je te vois, Baba ! Le soleil est resté sombre pendant toutes ces années, mais maintenant il brille de nouveau, mon père.

Le grand guerrier tressaillit, fit un pas bref en avant et, l'espace d'un instant, un magnifique sourire éclaira le masque d'ébène de son visage ; puis il se contrôla, se redressa de toute sa hauteur, l'air grave, mais les plumes de sa coiffe vacillaient et il y avait dans ses yeux noirs une lueur qu'il ne pouvait éteindre. Toujours frappant dans ses mains, incliné avec respect, Bazo s'avança et posa un genou à terre.

— Gandang, fils de Mosélékatsé, ton fils aîné, Bazo la Hache, t'apporte le salut de son cœur.

Gandang baissa les yeux vers son fils, et à cet instant rien d'autre n'exista au monde.

— Baba, je te demande ta bénédiction.

Gandang posa la main sur la chevelure laineuse du jeune homme.

— Tu l'as, dit-il à voix basse. (Mais le geste de Gandang se transforma en caresse, sa main s'attarda avant que lentement, à contrecœur, il la retire.) Lève-toi, mon fils.

Bazo était aussi grand que son père, et ils se regardèrent dans les yeux pendant un bon moment. Puis Gandang se tourna, effleura son bouclier, geste de congédiement, et instantanément, dans le cercle immobile et silencieux, les guerriers placèrent leurs propres boucliers sur le champ, qui semblèrent de sorte se replier comme un éventail, puis, avec une rapidité miraculeuse, ils se divisèrent en petits détachements et disparurent dans la forêt.

Quelques secondes après, il semblait qu'il n'y avait jamais eu personne. Seuls Gandang et son fils restaient en lisière du camp, puis tous deux se tournèrent à leur tour et s'éloignèrent comme des ombres projetées par les branches des mopanis agitées par le vent.

Isazi sortit de dessous le char à bœufs, nu à l'exception d'une enveloppe de gourde en guise de cache-sexe.

— Chaka s'est montré trop clément, dit-il d'un air méditatif et philosophique après avoir craché dans le feu. Il aurait dû suivre le traître Mosélékatsé et lui apprendre les bonnes manières. Les Matabélés sont des bâtards parvenus, sans naissance ni respect.

— Un induna zoulou se serait-il comporté ainsi ? lui demanda Ralph en prenant sa chemise.

— Non, admit Isazi. Il nous aurait certainement frappés à mort. Mais il l'aurait fait avec davantage de respect et de bienséance.

— Que faisons-nous ?

— Attendons, pendant que ce matamore, qui devrait porter l'anneau d'induna non pas sur le front mais autour du cou comme un collier de chien, décide de notre sort, répondit Isazi en crachant derechef dans le feu, avec mépris cette fois-ci. Il se peut que nous ayons à attendre longtemps – les Matabélés pensent aussi vite que courent les caméléons.

Il retourna en rampant sous le char et tira sa couverture de fourrure sur sa tête.

Les feux du camp matabélé répandaient dans la nuit des lueurs ambre et brun-roux à la cime des mopanis de la vallée, et chaque fois que l'inconstante brise nocturne tournait, elle portait jusqu'au bivouac de Ralph l'écho mélodieux et profond des chants.

Dans l'aube grise Bazo réapparut, aussi silencieusement qu'il s'en était allé.

— Mon père, Gandang, induna du régiment des Inyati, te convoque à une *indaba*, Henshaw.

Ralph regimba immédiatement. Il entendait presque son père lui dire : « Souviens-toi toujours que tu es anglais, mon garçon, et en tant que tel, représentant direct de notre reine dans ce pays. »

La réponse lui vint rapidement aux lèvres : « S'il veut me voir, dis-lui de venir à moi. » Mais il retint ces paroles.

Gandang était un induna commandant deux mille hommes, l'équivalent d'un général. Il était fils d'un empereur et demi-frère du roi, l'équivalent d'un duc anglais, et Ralph se trouvait en territoire matabélé, où il était étranger.

— Dis à ton père que j'arrive tout de suite, dit-il finalement, et il alla chercher une chemise propre et une paire de bottes de rechange, qu'il avait demandé à Umfaan de cirer.

— Tu es Henshaw, fils de Bakela, déclara Gandang, assis sur un tabouret bas sculpté dans un bloc d'ébène. (Ralph ne se vit pas offrir de siège et s'accroupit devant lui.) Et Bakela est un homme.

Les rangs des guerriers amassés alentour s'agitèrent dans un bruissement de plumes et émirent un murmure d'approbation.

— Tshédi est ton arrière-grand-père, et il t'a donné la route jusqu'à GuBulawayo au nom du roi. Tshédi en a le droit, car il est l'ami de Lobengula et était avant cela celui de Mosélékatsé.

Ralph ne répondit pas. Il se rendit compte que ces déclarations concernant son arrière-grand-père, le vieux docteur Moffat, Tshédi pour les Matabélés, étaient destinées aux guerriers dans l'expectative plutôt qu'à lui. Gandang expliquait sa décision à son régiment.

— Mais pour quelle raison as-tu pris la route pour le kraal du roi ?

— Je viens voir ce beau pays dont m'a parlé mon père.

— Est-ce tout ? s'enquit Gandang.

— Non, je suis venu aussi pour commercer... et si

le roi a la bonté de m'y autoriser, je souhaite également chasser l'éléphant.

Gandang ne sourit pas, mais une étincelle s'alluma dans ses yeux sombres.

— Je ne vais pas te demander ce que tu désires le plus, Henshaw : admirer le paysage ou repartir avec un chariot chargé d'ivoire.

Ralph réprima lui aussi un sourire et resta coi.

— Dis-moi, fils de Bakela, quelles marchandises as-tu apportées pour échanger ?

— J'ai vingt ballots de perles et d'étoffe de première qualité.

— Des colifichets pour les femmes..., fit Gandang avec un geste d'indifférence.

— J'ai cinquante caisses de spiritueux – de ceux que préfèrent le roi Lobengula et sa sœur Ningi.

La bouche de Gandang se durcit.

— S'il ne tenait qu'à moi, je t'obligerais à boire ces cinquante caisses de poison, lâcha-t-il presque en un murmure, avant de reprendre de sa voix normale : Lobengula, le Grand Éléphant, appréciera cependant.

Il se tut ensuite et resta dans l'expectative. Ralph comprit que Bazo avait dû décrire en détail à son père ce que transportait la petite caravane.

— J'ai des fusils, dit-il simplement, et soudain le visage de Gandang exprima une intense convoitise, ses yeux se plissèrent légèrement et sa bouche s'entrouvrit.

— Pique le mamba avec son propre venin, murmura-t-il.

Bazo tressaillit. Son père avait répété la prophétie de l'*umlimo*, et il s'étonna qu'il le fasse en la présence d'un étranger.

— Je ne comprends pas, dit Ralph.

— C'est sans importance, fit Gandang avec un geste gracieux de la main. Dis-moi, Henshaw, ces fusils sont-ils de ceux qui avalent les balles par la gueule et mettent plus en danger celui qui tire que celui qui se trouve en face ?

Ralph sourit à cette description des vieux mousquets troqués naguère, dont beaucoup avaient été récupérés après la campagne ibérique de Wellington ou avaient servi au cours des batailles de Bull Run et de Gettysburg avant d'être expédiés en Afrique, leur canon usé plus fin que du papier, le bassinet et le mécanisme du percuteur si maltraités que chaque coup menaçait de décapiter le tireur assez audacieux pour presser la détente.

— Ce sont des armes excellentes, répondit-il.

— Avec des serpents lovés dans le canon ? demanda Gandang.

Il fallut un petit moment à Ralph pour comprendre qu'il faisait allusion au canon rayé.

— Et le canon s'ouvre pour recevoir la balle, acquiesça-t-il.

— Apporte-moi un de ces fusils, ordonna Gandang.

— Chacun vaut une grande défense d'éléphant, précisa Ralph.

Gandang le regarda, impassible quelques instants, puis il sourit pour la première fois, mais son sourire était aussi acerbe que la pointe de sa sagaie était tranchante.

— Je sais maintenant que tu es venu dans le Matabeleland pour en apprécier la beauté.

— Je te quitte, Henshaw, annonça Bazo sans lever les yeux de l'imposante défense d'éléphant que son père l'avait chargé de remettre à Ralph en paiement du fusil.

— Nous savions que cela ne pouvait durer éternellement, répondit celui-ci.

— Le lien qui nous unit est indéfectible, mais je dois maintenant rejoindre mon régiment. Mon père va te laisser dix de ses hommes pour t'escorter et te conduire à GuBulawayo, où t'attend le roi Lobengula.

— Lobengula n'est-il pas à Thabas Indunas, la Colline des Chefs ? demanda Ralph.

— C'est le même kraal. Du temps de Mosélékatsé, il s'appelait Thabas Indunas. Lobengula en a changé le nom, maintenant c'est GuBulawayo, le Lieu d'Exécution.

— Je vois, dit Ralph, puis il attendit, car manifestement Bazo voulait en dire davantage.

— Je ne te l'ai pas précisé, mais les dix guerriers qui t'accompagneront au kraal du roi ne sont pas là uniquement pour te protéger. Ne regarde pas de trop près les pierres et les rochers en chemin, et ne creuse pas de trou, même pour enfouir tes excréments, sinon Lobengula l'apprendra et croira que tu cherches les cailloux brillants et le métal jaune. Ce serait ta mort.

— Je comprends.

— Henshaw, pendant ton séjour dans le Matabeleland, perds ton habitude de marcher de nuit. Seuls les magiciens et les sorciers sortent dans l'obscurité, montés sur le dos des hyènes. Le roi le saurait, et ce serait ta mort.

— Oui.

— Ne chasse pas l'hippopotame. Ils appartiennent au roi. En tuer un signifie la mort.

— Je comprends.

— Lorsque tu seras mis en présence du roi, assure-toi que ta tête est toujours au-dessous de celle du Grand Éléphant, même si tu dois ramper à plat ventre.

— Tu m'as déjà dit cela.

— Je te le répète, fit Bazo en hochant la tête. Et je te répète aussi que les filles du Matabeleland sont les plus belles du monde. Elles enflamment les reins des hommes, mais en prendre une sans l'autorisation du roi signifie la mort pour l'homme comme pour la fille.

Pendant une heure, ils restèrent accroupis l'un en face de l'autre, prisant de temps à autre ou se passant l'un des cigarillos bon marché de Ralph, mais Bazo était le seul à parler et Ralph écoutait.

Bazo parlait à voix basse, d'un ton insistant ; il énumérait les noms des indunas les plus puissants, des gouverneurs de chaque province militaire du Matabeleland, de ceux qui avaient l'oreille du roi et devaient être traités avec ménagement ; il lui expliquait comment se comporter pour n'offenser personne, estimait quel tribut chacun demanderait et finirait par accepter. Il essaya de livrer toutes les informations possibles à Ralph au cours de ces dernières minutes passées ensemble, puis regarda finalement le ciel.

— Il est temps, dit-il en se levant. Va en paix, Henshaw.

Il sortit alors du camp de Ralph sans se retourner.

A mesure que le char à bœufs de Ralph, escorté des guerriers, gravissait la route qui menait hors des basses plaines, la chaleur diminuait. L'air était si doux et si pur que Ralph avait l'impression que son sang pétillait dans ses veines.

Isazi éprouvait la même exultation. Il composait de nouveaux vers pour les chanter à ses bœufs, louant leur force et leur beauté, et il les émaillait de références à des « babouins emplumés » et autres créatures extravagantes et déplaisantes, tout en roulant des yeux de manière significative en direction des gardes du corps matabélés qui précédaient le chariot.

Plus ils grimpaient, plus la forêt devenait clairsemée. Elle faisait place à des bosquets de mimosas à l'écorce fine qui se détachait par endroits, découvrant le bois clair et lisse, et aux branches chargées de fleurs jaunes et pelucheuses. L'herbe grasse couvrait de son manteau vert les ondulations du terrain, de sorte que les bœufs prenaient du poids après la chaleur débilitante du veld et allongeaient le pas sous le joug avec une ardeur renouvelée.

C'était une région d'élevage, le cœur du Matabeleland, et ils commençaient à rencontrer des troupeaux, énormes rassemblements de bêtes de diverses couleurs : roux, blanc, noir ou les trois à la fois. Ces bœufs étaient plus petits que les bœufs du Cap, mais vigoureux et agiles comme des buffles ; les mâles portaient la bosse et le lourd fanon de leurs ancêtres égyptiens.

Isazi les regardait avec convoitise. Il vint, en arrière, rejoindre Ralph près de la roue du char.

— Voilà comment étaient les troupeaux du Zoululand avant l'arrivée des soldats, dit-il.

— Il doit y en avoir des centaines de milliers... à vingt livres par tête.

— Vous n'apprendrez donc jamais rien, Petit Faucon. (Isazi employait toujours ce diminutif lorsque l'une des stupidités de Ralph l'exaspérait.) Il est impossible d'évaluer en petites pièces rondes la valeur d'une bonne vache ou d'une belle femme.

— Et pourtant, les Zoulous achètent leurs épouses.

— Oui, Petit Faucon, répondit Isazi d'une voix lassée par les arguments absurdes de Ralph. Les Zoulous achètent leurs épouses, mais ils paient en bétail et non en pièces, comme je ne cesse de vous le répéter.

Il mit fin à la discussion avec un grand claquement de fouet.

Des petits kraals familiaux parsemaient la savane, bâtis autour de leur enclos à bétail et fortifiés contre les prédateurs... ou les maraudeurs. Lorsqu'ils passèrent devant un de ces villages de cases au toit de chaume, pareilles à des ruches, les petits bouviers nus coururent alerter le kraal, puis les femmes sortirent, jambes et poitrine nues, leurs pots d'argile ou leurs calebasses en équilibre sur la tête, en un exercice qui conférait à leur démarche une majestueuse dignité.

Les gardes du corps de Ralph s'arrêtèrent alors pour se rafraîchir avec de la bière de mil, aigrelette et mousseuse, ou du délicieux lait fermenté. Les jeunes femmes examinèrent Ralph avec des regards curieux et effrontés. A cent lieues de soupçonner qu'il parlait leur langue, elles se livrèrent à des conjectures sur sa personne, en termes si intimes qu'il rougit jusqu'aux oreilles et leur lança :

— Il est facile de parler du lion et de mettre en doute sa taille et sa force quand il est caché dans les hautes herbes, mais vous montrerez-vous aussi courageuses quand il se dressera furieux pour vous affronter ?

Éberluées et incrédules, elles ne restèrent silencieuses qu'une seconde, puis se couvrirent la bouche et poussèrent des petits rires aigus avant que les plus audacieuses d'entre elles ne viennent le cajoler pour lui soutirer un morceau de ruban ou une poignée de perles.

A l'approche du bastion de Lobengula, ils dépassèrent les grands kraals militaires. Ils étaient distants de quatre-vingts kilomètres, soit un jour de voyage pour un régiment de guerriers cafres, capables de maintenir leur trot rapide heure après heure.

Les guerriers n'échangeaient ni saluts ni plaisanteries avec ceux de l'escorte. Ils sortaient en foule du kraal comme des abeilles dérangées dans leur ruche, s'alignaient de chaque côté de la piste dans une immobilité impressionnante et regardaient en silence passer le chariot de Ralph. Leurs yeux étaient aussi inexpressifs que ceux du lion qui observe sa proie avant de la prendre en chasse.

Ralph passait entre leurs rangs menaçants à un pas mesuré, très droit sur le dos de Tom, sans daigner regarder ni à droite ni à gauche, mais lorsque la petite caravane se retrouvait en terrain découvert, sa chemise était humide de sueur et il reprenait sa respiration.

La Khami était l'une des dernières rivières importantes à traverser avant d'arriver au kraal royal de GuBulawayo.

Dès que Ralph aperçut les massifs plus denses de mimosas qui signalaient le cours de la rivière, il sella Tom et partit en éclaireur pour examiner le courant.

Des rampes avaient été creusées dans les berges abruptes de la rivière, pour permettre aux chariots de descendre dans le lit, et un banc de sable entre deux plans d'eau calme avait été tapissé de branches soigneusement choisies, coupées à la même longueur et rangées côte à côte, afin d'empêcher les roues de s'ensabler.

Ceux qui avaient parcouru cette route avant Ralph lui avaient épargné beaucoup de peine. Il entrava Tom sur un pré d'herbe grasse et descendit dans le lit de la rivière pour examiner le passage. Plusieurs mois s'étaient manifestement écoulés depuis la traversée du dernier chariot, et Ralph s'avança lentement sur le chemin de rondins, réparant au fur et à mesure les dégâts occasionnés par le temps, remettant en place, d'un coup de pied, les branches mortes, comblant les trous laissés par l'eau et le vent.

Le lit de la rivière était une véritable fournaise ; la réverbération était forte sur le sable blanc, si bien que, lorsqu'il atteignit la rive opposée, il suait à grosses gouttes. Il se laissa tomber à l'ombre d'un arbre et s'épongea le visage et les bras avec son foulard humecté dans l'eau.

Il eut soudain conscience d'être observé et se releva précipitamment. Quelqu'un se trouvait au-dessus de lui, sur la berge.

N'en croyant pas ses yeux, il se rendit compte que c'était une jeune fille – une Européenne, vêtue d'une ample robe de coton blanc toute droite qui tombait presque jusqu'à ses pieds nus, serrée à la taille par un ruban bleu. Elle était si mince que Ralph avait l'impression qu'il aurait pu la soulever d'une main.

Des boutons de nacre fermaient la robe jusqu'au cou, les manches arrivaient au coude, mais la cotonnade avait été lavée, repassée et blanchie si souvent qu'elle semblait plus légère que du tulle.

Comme la jeune fille était à contre-jour, Ralph distinguait nettement la forme de ses jambes sous la robe, et il eut un nouveau choc. Elles étaient si délicatement galbées qu'il dut faire effort pour en détourner les yeux, et c'est le cœur battant qu'il regarda le visage. La peau de la jeune fille était pâle comme de la porcelaine et semblait presque translucide, de sorte que Ralph apercevait dessous le lustre de ses os fragiles. Ses cheveux blond clair lui tombaient en cascade sur les épaules et chatoyaient à chaque inspiration qui soulevait sa jeune poitrine sous la fine cotonnade.

Elle avait une guirlande de roses sur le front et une deuxième sur les épaules. D'autres décoraient le bord du large chapeau de paille qu'elle tenait à la hauteur de ses hanches. L'apparition semblait irréelle. La jeune fille et les fleurs ne semblaient pas sortir de cette nature sauvage mais d'un jardin anglais bien propret.

Elle descendit silencieusement la berge escarpée, ses pieds semblant glisser sur le sol sablonneux. Ses immenses yeux bleus éclairaient son visage pâle et elle souriait. C'était le sourire le plus doux que Ralph avait jamais vu, et il n'était pourtant ni timide ni affecté.

Alors que Ralph restait là, l'air emprunté et niais, elle leva ses jolis bras minces et se dressa sur la pointe des pieds pour l'embrasser sur la bouche. Ses lèvres étaient fraîches et douces, aussi délicates que les pétales des fleurs qui ceignaient au front.

— Oh, Ralph, nous sommes si contents de vous voir. Vous êtes notre seul sujet de conversation depuis que nous avons appris que vous étiez en route.

— Qui... qui êtes-vous ? bafouilla-t-il surpris et confus, mais elle ne parut pas affectée par la gaucherie de sa question.

— Salina, Salina Codrington, répondit-elle en lui prenant le bras pour le conduire en haut de la berge.

— Je ne comprends pas.

Elle dut retirer son bras pour pouvoir le regarder en face.

— Je suis Salina... Salina Codrington, répéta-t-elle en riant cette fois-ci, d'un rire aussi chaleureux et doux que son sourire. (Comme manifestement ce nom n'évoquait rien à Ralph, elle ajouta :) Je suis votre cousine, Ralph. Ma mère est Robyn, la sœur de votre père.

— Bon Dieu ! fit Ralph en la regardant bouche bée. Je ne savais pas que tante Robyn avait une fille.

— Ça ne m'étonne pas. Oncle Zouga n'écrit pas beaucoup.

Le sourire s'évanouit sur les lèvres de Salina et Ralph se rendit compte qu'il n'avait jamais pris la peine de démêler l'écheveau de leur histoire familiale, si ce n'est pour comprendre vaguement qu'une certaine mésentente régnait entre Zouga et Robyn, et qu'il restait entre eux des comptes à régler. Il se souvint alors de son père rappelant amèrement que Robyn avait déloyalement publié sa version du récit de leur expédition commune sur le Zambèze, plusieurs mois avant *L'Odyssée d'un chasseur*, frustrant ainsi Zouga d'une partie du succès et des droits d'auteur qui lui revenaient.

Ce brusque rappel des inimitiés familiales expliquait sans doute le changement d'humeur de Salina, mais il ne dura pas. Elle reprit Ralph par le bras et sourit de nouveau tandis qu'ils gravissaient la berge.

— Je ne suis pas la seule fille, Ralph. Nous autres, les Codrington, ne vous laisserons pas filer facilement. Nous sommes quatre, une véritable tribu, et rien que des filles.

Elle s'interrompit, leva son chapeau de paille pour se protéger les yeux et parcourut du regard la piste envahie par la végétation, qui serpentait à travers la savane herbeuse.

— Oh, mon Dieu ! s'exclama-t-elle. Je suis venue pour vous avertir... et je suis arrivée juste à temps.

Sur la piste couraient vers eux trois petites silhouettes, cheveux au vent, qui se bousculaient pour prendre la tête, relevaient au-dessus du genou leurs jupes rapiécées et passées, découvrant leurs jambes nues ; leurs cris d'excitation affaiblis par la distance gagnaient rapidement en volume, et Ralph voyait maintenant leurs visages semés de taches de rousseur, congestionnés par l'effort et l'excitation.

— Salina ! Tu avais promis d'attendre !

Elles fonçaient vers l'endroit où se trouvaient Ralph et l'adorable jeune fille blonde suspendue à son bras.

— Bon Dieu ! murmura Ralph derechef, et Salina lui serra le coude.

— C'est la deuxième fois que vous jurez, cousin Ralph, dit-elle, exprimant la raison de son léger déplaisir. Arrêtez, s'il vous plaît.

— Oh... Je suis navré. Je ne voulais pas... (Il se souvint trop tard que les parents de Salina étaient missionnaires, et se remit à bafouiller, car d'un seul coup l'opinion de cette jeune fille à son égard était ce qui lui importait le plus au monde.) Je ne recommencerai pas, promis.

— Merci, dit-elle à voix basse.

Aussitôt, ils se trouvèrent entourés par une marée de filles qui sautillaient sur place. C'était à qui donnerait le plus de la voix pour attirer l'attention de Ralph tout en criant des récriminations à leur sœur aînée.

— Tu as triché, Salina. Tu nous avais dit...

— Ralph, cousin Ralph, je suis Victoria, l'aînée des jumelles.

— Cousin Ralph, nous avons prié Dieu qu'Il vous fasse arriver le plus vite possible.

Salina tapa dans ses mains, et il y eut une baisse tout juste discernable du niveau sonore.

— Par ordre d'âge, dit-elle calmement.

— Tu dis toujours ça parce que tu es la plus vieille !

Salina ignora la protestation et désigna une de ses sœurs en lui posant la main sur l'épaule.

— Voici Catherine. (Elle la tira pour qu'elle se trouve en face de Ralph.) Cathy a quatorze ans.

— Et demi, presque quinze, corrigea Cathy en prenant des manières de dame.

Elle était fine et avait la poitrine aussi plate que celle d'un garçon, mais son jeune corps donnait immédiatement une impression de force et de souplesse. Elle avait le nez et les joues semés de taches de rousseur, la bouche charnue et franche, les yeux du même vert que ceux de Ralph, et ses sourcils épais et sombres rehaussaient la lueur intelligente de son regard. Elle avait le menton et le nez un peu trop forts, mais ils étaient signe de détermination. Son épaisse chevelure brune était tressée et remontée sur le sommet de la tête, découvrant ses oreilles délicates.

— Bienvenue à Khami, dit-elle d'une voix égale, avec une petite révérence, en tenant ses jupes comme on le lui avait manifestement montré.

Ralph se rendit compte que la jupe avait été confectionnée à partir de vieux sacs de farine cousus ensemble et teints en vert sale. On voyait encore à travers l'inscription « Moulins du Cap ».

Cathy tendit alors les bras et l'embrassa rapidement, laissant un peu d'humidité sur ses lèvres. Le baiser était visiblement le mode de salutation accepté dans la famille, et Ralph regarda un peu inquiet le visage ardent mais pas très propre des jumelles.

— Je suis Victoria, la plus âgée des deux.

— Et moi Elizabeth, mais si vous m'appelez « bébé », je vous détesterai, cousin Ralph.

— Tu ne détesteras personne, objecta Salina.

Elizabeth se précipita sur Ralph, l'agrippa fermement et resta ainsi pendue à son cou, la bouche collée à la sienne.

— C'était pour rire, Ralph, car je vous aimerai toujours, toujours, murmura-t-elle d'un air farouche.

— Et moi ! gronda Victoria d'un ton indigné. Je suis plus vieille que Lizzie. Moi d'abord !

Salina les conduisit de sa démarche aérienne qui n'affectait pas ses épaules et agitait à peine sa chevelure d'or blanc ; elle se retournait de temps à autre pour sourire à Ralph, lequel était convaincu de n'avoir jamais rien vu d'aussi beau.

Les jumelles le tenaient chacune par une main, lui racontaient avec volubilité tout ce qu'elles projetaient de lui dire depuis des semaines et gambadaient à ses côtés pour marcher à la même vitesse que lui. Cathy suivait en menant Tom par la bride. Une entente s'était tout de suite formée entre elle et le cheval.

— Comme il est beau, Ralph, avait-elle dit en embrassant le museau velouté de Tom.

— Nous n'avons pas de chevaux, expliqua Victoria. Papa est missionnaire, et les missionnaires sont trop pauvres pour avoir des chevaux.

La petite troupe franchit la première ondulation au-delà de la rivière, et Salina s'arrêta pour désigner le bassin qui s'étendait devant eux.

— Khami ! dit-elle simplement, et toutes regardèrent Ralph en guettant son approbation.

Une brèche s'ouvrait dans la ligne suivante de collines granitiques et permettait l'écoulement des eaux souterraines, ce qui expliquait l'abondance de l'herbe grasse tapissant la vallée.

Comme des poussins sous la poule, quelques constructions étaient blotties au pied des collines. Elles étaient disposées de manière ordonnée, couvertes de chaume et peintes à la chaux, d'un blanc éblouissant. Une croix se dressait fièrement sur le faîtage de la bâtisse la plus importante.

— Papa et maman ont construit l'église de leurs propres mains, expliqua Victoria. Le roi Mad'moiselle-est-cassée n'aurait jamais permis à ses sujets de les aider.

— Mad'moiselle-est-cassée ? s'enquit Ralph, perplexe.

— Mosélékatsé, traduisit Salina. Tu sais que maman n'aime pas que tu donnes aux rois des surnoms ridicules, Vicky.

Mais, tout excitée, Victoria secouait la main de Ralph et montrait au loin une silhouette dans la vallée en contrebas.

— C'est papa ! lancèrent les jumelles à l'unisson, d'une voix perçante.

Il travaillait dans les jardins potagers géométriquement ordonnés au-dessous de l'église, personnage dégingandé dont les épaules restèrent voûtées même quand il se redressa et regarda dans leur direction. Il planta sa pelle dans la terre et commença à gravir la colline à grandes enjambées.

— Ralph ! dit-il en levant son chapeau taché de sueur.

Aussi chauve qu'un moine, il n'avait conservé qu'une couronne de cheveux soyeux à la hauteur des oreilles. C'était manifestement de lui que Salina avait hérité sa magnifique chevelure d'or blanc.

— Ralph ! répéta-t-il en essuyant sa main droite sur le fond de son pantalon avant de la lui tendre.

Malgré ses épaules voûtées, il était aussi grand que Ralph, le visage profondément hâlé, son crâne chauve aussi luisant que s'il avait été ciré, les yeux bleu pâle comme un ciel d'été délavé par une brume de chaleur, mais son sourire était pareil à celui de Salina – calme et tranquille –, de sorte que lorsqu'il lui serra la main, Ralph se rendit compte que c'était l'homme le plus satisfait et le plus heureux qu'il avait jamais rencontré.

— Je suis Clinton Codrington, dit-il. Et je suis censé être votre oncle, bien que je ne me sente pas si vieux que ça.

— Je vous aurais reconnu entre mille, monsieur, dit Ralph.

— Vraiment ?

— J'ai lu les livres de tante Robyn, et j'ai toujours admiré vos exploits lorsque vous étiez officier de la marine royale.

— Oh ! mon Dieu, fit Clinton en secouant la tête avec un désarroi feint. Je pensais que tout cela avait à jamais sombré dans l'oubli.

— Vous étiez l'un des officiers les plus illustres et les plus courageux de l'escadre africaine antiesclavagiste.

Les yeux de Ralph brillaient de l'admiration d'un gamin pour un héros.

— Je crains que le récit de votre tante Robyn ne soit entaché d'innombrables exagérations.

— Papa est l'homme le plus courageux au monde, déclara catégoriquement Victoria.

Elle lâcha la main de Ralph et courut vers son père, qui la souleva et la tint sur sa hanche.

— Et votre opinion, jeune demoiselle, est probablement la plus impartiale de tout le Matabeleland, gloussa-t-il.

Ralph envia soudain cette atmosphère d'affection et d'amour qui entourait le petit groupe, duquel il se sentait exclu. C'était quelque chose qu'il n'avait pas connu et qui ne lui avait pas manqué jusque-là. Salina parut sentir son accès de mélancolie et prit la main que Victoria avait lâchée.

— Venez, dit-elle. Maman va nous attendre. Et, vous ne tarderez pas à l'apprendre, Ralph, dans cette famille, personne ne fait attendre maman.

Ils descendirent en direction de l'église et passèrent entre les carrés de légumes.

— Vous n'avez pas apporté de graines ? demanda Clinton. (Comme Ralph secouait la tête, il enchaîna en montrant fièrement ses plantations.) Vous ne pouviez pas le savoir... Le maïs, les pommes de terre et les tomates viennent particulièrement bien dans cette région.

— La récolte se répartit de cette façon : une part

pour les insectes, deux pour les babouins, trois pour le guib, et une pour papa, observa Cathy, taquinant son père.

— Il faut être bon pour toutes les créatures de Dieu, répliqua Clinton en ébouriffant ses cheveux sombres.

Ralph se rendit compte que les membres de cette aimable famille ne cessaient de se toucher et de s'embrasser. Il n'avait jamais rien connu de pareil.

Accroupis à l'ombre, contre le mur de l'église, attendaient patiemment une vingtaine de Matabélés de tous âges : depuis un vieillard squelettique, aux cheveux crépus blancs comme neige, aux yeux aveugles réduits à l'état de gelée laiteuse par l'ophtalmie tropicale, jusqu'à un nouveau-né que sa mère tenait contre sa poitrine pleine de lait, son petit visage grimaçant sous l'effet de la terrible colique infantile.

Catherine attacha Tom derrière la porte de l'église et ils entrèrent en groupe. L'intérieur était frais, isolé de la chaleur par le chaume et les épais murs en adobe. L'église sentait la soupe et l'iode. Les bancs en bois grossièrement équarris avaient été poussés de côté pour laisser la place à une table d'opération du même matériau.

Une fille était au travail, penchée sur la table. Au moment où ils entrèrent, elle terminait de nouer un pansement. Elle congédia d'un mot et d'une petite tape son patient, un Noir à demi nu, puis, s'essuyant les mains sur un linge propre mais usé jusqu'à la corde, traversa la nef pour venir à leur rencontre.

Bien qu'elle fût plus grande, la fille ressemblait comme une sœur jumelle à Cathy, car, bien qu'un peu plus grande, elle était aussi mince et plate de poitrine ; ses cheveux avaient la même nuance châtain foncé avec quelques ombres auburn en plus, sa peau, le même lustre, son nez et son menton, la même taille, le même dessin énergique.

Lorsqu'elle s'approcha, Ralph se rendit compte qu'elle était plus âgée que Cathy, peut-être même que Salina, mais pas beaucoup.

— Bonjour, Ralph, dit-elle. Je suis ta tante Robyn.

Surpris, Ralph sentit un blasphème lui monter aux lèvres, mais la main de Salina dans la sienne le rappela à l'ordre.

— Vous êtes si jeune ! dit-il à la place.

— Sois béni pour ces paroles, lança-t-elle en riant. Ton père n'a jamais tourné un aussi joli compliment.

Ce fut la seule à ne pas tenter de l'embrasser ; au lieu de cela, elle se tourna vers les jumelles.

— Bon ! dit-elle. Je veux que vous ayez fait dix pages d'écriture bien moulée avant vêpres... et je ne veux pas voir une seule tache d'encre.

— Oh, maman ! Ralph...

— Ralph vous sert d'excuse depuis deux semaines, dit-elle. Allez... ou vous mangerez à la cuisine ce soir. (A l'adresse de Cathy elle ajouta :) Avez-vous fini le repassage, jeune fille ?

— Pas encore, maman, répondit celle-ci en suivant les jumelles.

— Salina, pense à mettre le pain au four.

— Oui, maman.

Clinton, Ralph et Robyn se retrouvèrent seuls dans l'église et cette dernière examina son neveu d'un œil professionnel.

— Eh bien, Zouga a engendré un garçon qui m'a l'air prometteur, estima-t-elle. Mais je ne m'attendais pas à autre chose de sa part.

— Comment saviez-vous que j'allais venir ? demanda enfin Ralph, exprimant sa stupéfaction.

— Grand-père Moffat a envoyé un messager quand tu as quitté Kuruman, et l'induna Gandang est passé par ici il y a deux semaines, en route pour le kraal du roi Lobengula. Il était accompagné de son fils aîné, et la mère de Bazo est une vieille amie à moi.

— Je comprends.

— On a l'impression que rien ne se passe dans le Matabeleland et pourtant toute la nation est immédiatement au courant de tout, expliqua Clinton.

— Dis-nous comment va ton père, Ralph. J'ai été profondément affligée par la mort d'Aletta. C'était une femme adorable, pleine de bonté et de gentillesse. J'ai écrit à Zouga mais il n'a jamais répondu.

Robyn semblait décidée à apprendre en dix minutes ce qui s'était passé depuis dix ans du côté de son frère, et ses questions étaient brèves et incisives, mais Clinton ne tarda pas à s'excuser et laissa la tante et le neveu en tête à tête dans la petite église pour retourner à son potager.

Ralph répondit consciencieusement à toutes les questions, tout en révisant la première impression laissée par sa tante. Elle avait l'air jeune sans aucun doute, mais elle n'avait rien d'une enfant. Il comprenait à présent les remarquables réalisations de cette femme énergique : d'abord, comment elle avait réussi, en se faisant passer pour un homme, à entrer dans un hôpital londonien pour y poursuivre ses études de médecine, voie alors barrée aux femmes. Elle avait réussi ses examens et obtenu son doctorat à vingt et un ans. Le scandale provoqué par la découverte de l'intrusion d'une femme sur une chasse gardée masculine avait ébranlé toute l'Angleterre.

Elle avait ensuite accompagné Zouga en Afrique, associée à parts égales dans l'expédition destinée à retrouver leur père, Fuller Ballantyne, disparu depuis huit ans dans les régions inexplorées de l'intérieur. Lorsque Zouga et elle s'étaient brouillés à propos de la conduite de l'expédition, elle avait continué seule, femme blanche avec des indigènes pour compagnons de route, et atteint par elle-même le principal objectif de l'expédition.

Son récit de voyage, *L'Afrique dans le sang*, avait remporté un phénoménal succès de librairie et s'était vendu à près de deux cent cinquante mille exemplaires, trois fois plus que *L'Odyssée d'un chasseur*, publié par Zouga six mois plus tard.

Robyn avait cédé tous ses droits d'auteur à la Société missionnaire de Londres, et cette auguste institution avait été si enchantée par la donation qu'elle l'avait rétablie dans ses fonctions de sociétaire, lui avait donné un assistant – son mari – et son accord pour qu'elle dirige une mission dans le Matabeleland.

Ses deux livres suivants n'avaient pas eu autant de succès que le premier. Dans *Le Malade africain*, une étude pratique de médecine tropicale, elle présentait des théories ridicules qui lui avaient valu d'être tournée en dérision par ses pairs – elle avait même osé suggérer que le paludisme ne s'attrapait pas en respirant l'air nocturne vicié des marais tropicaux, alors que ce fait était connu depuis le temps d'Hippocrate.

Le style de *Foi aveugle*, son second compte rendu de sa vie de médecin et de missionnaire, était trop direct, et elle y montrait trop de parti pris en faveur des tribus indigènes. Elle avait fait siennes les convictions de Jean-Jacques Rousseau. Sa condamnation nette de tous les colons, chasseurs, prospecteurs, commerçants, et de la façon dont ils traitaient les « nobles » sauvages, avait été trop difficile à avaler pour les lecteurs européens.

En réalité, scandales et controverses semblaient suivre Robyn Codrington comme les vautours et les chacals suivent le lion ; à chaque nouvelle provocation, on ressortait toutes ses aventures antérieures.

Quelle femme missionnaire convenable avait été capable de provoquer suffisamment deux hommes pour qu'ils se battent en duel à son sujet ? Robyn Ballantyne.

Quelle dame croyante avait osé s'embarquer sur un négrier de triste réputation, avec des marchands d'esclaves pour seule compagnie ? Robyn Ballantyne.

Quelle dame de la bonne société aurait choisi pour époux un homme qui avait été traîné en cour martiale, dégradé et emprisonné pour piraterie et manquement à son devoir ? Robyn Ballantyne l'avait fait.

Quel loyal sujet de la reine d'Angleterre aurait salué le terrible revers de l'armée britannique à Isandhlwana, la mort sanglante de centaines d'Anglais aux mains des sauvages Zoulous, comme un jugement de Dieu ? Robyn Codrington l'avait fait dans une lettre à l'*Evening Standart*.

Qui d'autre que Robyn Codrington aurait pu écrire à lord Kimberley pour demander que la moitié des profits tirés des champs de diamants qui portaient son nom reviennent au capitaine griqua Nicholas Waterbœr ?

Seule Robyn Ballantyne était capable de demander à Paulus Kruger, président récemment élu de la petite république du Transvaal, qu'il rende à Lobengula, roi des Matabélés, la région située sous les monts Cashan, d'où les commandos bœrs avaient chassé Mosélékatsé, son père.

Elle n'épargnait personne. Rien n'était sacré à ses yeux en dehors de Dieu, qu'elle traitait plutôt en associé majoritaire dans l'entreprise qui consistait à administrer l'Afrique.

Ses ennemis, et ils étaient légion, la haïssaient férocement, et ses amis l'aimaient avec tout autant de passion. Il était impossible de ne pas être ému par elle ; Ralph était lui-même fasciné lorsqu'elle s'assit à côté de lui sur le banc de l'église et le soumit à une séance de catéchisme en règle, qui concernait tous les aspects de sa vie et de sa famille. Elle semblait tout savoir.

— Tu as un frère. Jordan, c'est ça, n'est-ce pas ? Parle-moi de lui, lui ordonna-t-elle.

— Oh, Jordie est le préféré de tout le monde ; tout le monde l'aime.

Ralph n'avait jamais rencontré quelqu'un comme elle. Il n'était pas certain de pouvoir l'aimer un jour, elle était trop irritable, mais il ne mettait nullement en doute sa force de caractère et sa détermination.

Lorsque la lumière commença à baisser, en fin d'après-midi, Clinton Codrington rentra dans l'église.

— Ma chère, vous devriez laisser ce pauvre garçon s'en aller maintenant, dit-il à Robyn. (Puis, s'adressant à Ralph :) Votre char est arrivé. J'ai montré à votre conducteur où dresser le camp. Il semble que ce soit un gars de première classe.

— Tu dormiras dans la maison des hôtes, annonça Robyn en se levant.

— Cathy a pris vos vêtements sales dans le chariot, elle les a lavés et repassés, enchaîna Clinton.

— Tu as certainement envie de passer une chemise propre avant les vêpres, reprit Robyn. Nous ne commencerons pas le service avant ton retour.

Ralph préférait être sur la route ; personne ne venait lui dire à quel moment il devait se livrer à ses ablutions, comment il lui fallait s'habiller et où passer ses soirées, mais il alla changer de chemise comme il y était tenu.

Les éléments féminins de la famille Codrington occupaient tout le banc de devant. Clinton Codrington leur faisait face depuis la chaire. Ralph était assis entre les jumelles ; il y avait eu une compétition brève mais acharnée entre Victoria et Elizabeth pour décider laquelle des deux s'assiérait le plus près de lui.

En dehors de la famille, il n'y avait personne dans l'église. Victoria surprit le regard de Ralph et lui murmura d'un ton pénétré :

— Le roi Ben ne laisse aucun de ses sujets venir à l'église.

— Le roi Lobengula, pas Ben, corrigea Salina à voix douce.

Bien que tout le monde fût là, Clinton commença en retard le service du soir, trouvant et perdant une demi-douzaine de fois sa page dans le missel, et jetant à plusieurs reprises des regards vers l'arrière de la petite église.

Il y eut là une agitation soudaine. Un petit cortège de femmes matabélées venait d'arriver sur le parvis de l'église. C'étaient manifestement des servantes, des esclaves et des dames d'honneur de l'imposant personnage féminin qui se trouvait au milieu. Elle les congédia d'un geste régalien et franchit les portes de l'église. Toutes les Codrington tournèrent la tête et leurs visages s'illuminèrent de plaisir.

La démarche empreinte de majesté avec laquelle cette matrone traversait la nef ne laissait aucun doute quant à sa haute naissance et sa position dans l'aristocratie du Matabeleland. Elle portait des bracelets de cuivre martelé, des colliers de perles sam-sam hautement prisées que seul un chef pouvait s'offrir. Sa cape était en magnifique cuir tanné, ornée de plumes de geai bleu et de motifs en coquille d'œuf d'autruche.

— Je te vois, Nomousa, déclara-t-elle.

Ses énormes seins nus étaient oints de graisse et d'argile rouge ; ils dépassaient de sous sa cape et pendaient lourdement jusqu'à son nombril.

Ses bras étaient épais comme une cuisse d'homme, ses cuisses aussi grosses que sa taille. Des bourrelets de chair ceinturaient son ventre, et son visage était rond comme une lune noire, sa peau luisante bien tendue sur sa chair généreuse. Ses yeux joyeux pétillaient entre des plis de graisse, et quand elle souriait ses dents étincelaient comme un lac au soleil. Toute cette abondance témoignait aux yeux du monde de sa position, de sa beauté stupéfiante, de sa fécondité. Elle prouvait également sans conteste la haute estime dans laquelle était tenu son époux, sa prospérité et sa position importante dans les conseils du Matabeleland.

— Je te vois, Fille de Miséricorde, dit-elle en souriant à Robyn.

— Je te vois, Jouba, la Petite Colombe, répondit celle-ci.

— Je ne suis pas chrétienne, commença Jouba. Qu'aucun méchant n'apporte de fausses nouvelles à Lobengula, le Puissant Éléphant Noir.

— Puisque tu le dis, Jouba..., répondit Robyn.

Jouba la serra dans une vaste étreinte tout en lançant à Clinton toujours en chaire :

— Je te vois aussi, Hlopi. Je te vois, Tête Blanche ! Mais ne te laisse pas abuser par ma présence en ce lieu, je ne suis pas chrétienne. (Elle prit une gigantesque inspiration avant de poursuivre :) Je suis venue seulement saluer de vieux amis, et non chanter des hymnes ou adorer votre Dieu. Je t'avertis également, Hlopi, que si tu lis ce soir l'histoire du dénommé Roc... ou Pierre, qui renia son dieu trois fois avant le chant du coq, je serai très mécontente.

— Je ne la lirai pas, répondit Clinton, car tu dois maintenant la connaître par cœur.

— Très bien, Hlopi. Alors que le chant commence !

Conduite par l'extraordinairement pur et beau

soprano de Jouba, toute la famille Codrington entonna gaiement le premier vers de *En avant, soldats chrétiens*, que Robyn avait traduit en matabélé.

Après le service, Jouba se dirigea vers Ralph.

— C'est toi, Henshaw ? demanda-t-elle.

— *Nkosikazi !* acquiesça Ralph, et Jouba inclina la tête pour montrer qu'elle appréciait la correction avec laquelle il s'était adressé à la première épouse d'un grand chef.

— Tu es donc celui que Bazo, mon fils aîné, appelle son frère, dit Jouba. Tu es très maigre et très blanc, Petit Faucon... mais si tu es le frère de Bazo, alors tu es mon fils.

— Tu me fais une grande faveur, *Umame !* dit Ralph.

Jouba le prit dans ses bras éléphantesques. Elle sentait la graisse clarifiée, l'ocre et la fumée de bois, mais son étreinte était étrangement réconfortante, et rappelait la sensation, à moitié oubliée, qu'il avait jadis éprouvée dans les bras d'Aletta.

Les jumelles étaient agenouillées côte à côte près du lit de camp, toutes deux en chemise de nuit, les mains jointes devant les yeux, fermés si fort qu'elles paraissaient souffrir.

Salina, elle aussi en chemise de nuit, était debout à côté d'elles pour diriger la dernière prière de la journée.

— Gentil Jésus doux comme un agneau...

Cathy était déjà dans son lit, les cheveux attachés pour la nuit par des rubans ; elle écrivait dans son journal intime à la lumière d'une bougie confectionnée avec de la graisse de buffle et une mèche en tissu.

— Aie pitié de ma simplicité..., récitaient les jumelles à toute vitesse.

Arrivant ex aequo à l'*Amen*, elles sautèrent dans leur lit commun, tirèrent la couverture jusqu'au menton et regardèrent avec fascination Salina commencer à se brosser les cheveux, une centaine de fois de chaque côté, si bien qu'ils ondulaient et brillaient à la lueur de la chandelle. Elle vint ensuite les embrasser, puis souffla la bougie. Les courroies de son lit grincèrent quand elle y grimpa, de l'autre côté de la petite case au toit de chaume.

— Lina ? chuchota Victoria.

— Dors, Vicky.

— Laisse-moi te poser une question, s'il te plaît, une seule.

— Allez, vas-y, juste une.

— Dieu permet-il qu'une fille épouse son cousin ?

Le silence qui suivit sembla bourdonner dans l'obscurité de la chambre.

C'est Cathy qui le rompit.

— Oui, Vicky, répondit-elle tranquillement, Dieu le permet. Lis le tableau des relations de parenté et d'affinité à la dernière page de ton missel.

Le silence était recueilli.

— Lina ?

— Il faut dormir, Lizzie.

— Tu as permis à Vicky de te poser une question.

— Alors, vas-y, juste une.

— Est-ce que Dieu se fâche si on prie pour soi-même... pas pour papa, pour maman ou pour ses sœurs, mais pour soi-même ?

— Je ne le pense pas, répondit Salina d'une voix déjà ensommeillée. Il pourrait ne pas exaucer ta prière, mais je ne crois pas qu'Il en soit fâché. Maintenant, dormez, toutes les deux.

Cathy était étendue sur le dos, immobile, les mains serrées à ses côtés, les yeux fixés sur le rectangle plus clair dans le mur opposé, la seule fenêtre de la case, par où passait la lumière lunaire.

— Mon Dieu, faites qu'il me regarde comme il regarde Salina, rien qu'une fois.

— Que pensez-vous du fils de Zouga ? demanda Robyn en prenant le bras de Clinton, qui, à côté d'elle sur la véranda, contemplait le rideau noir semé d'étoiles de la nuit africaine.

— Il est puissant... et je ne parle pas uniquement de ses muscles. (Clinton prit sa pipe entre ses dents et regarda dans le fourneau.) Son chariot est chargé de caisses de bois dont l'inscription a été marquée au fer rouge.

— Des fusils ? demanda Robyn.

— Je le pense.

— Aucune loi n'interdit de vendre des armes au nord du Limpopo, lui rappela Robyn. Et Lobengula a besoin de toute la puissance de feu qu'il peut obtenir pour se défendre.

— Encore des fusils ! Je veux dire que tout cela va à l'encontre de nos convictions.

Clinton tira sur sa pipe, dont la fumée était plus épaisse et plus âcre à chaque bouffée. Ils se turent pendant un moment.

— Il a un tempérament dur et impitoyable, comme son père, estima finalement Robyn.

— C'est nécessaire, pour survivre dans ce pays.

Robyn frissonna brusquement et se frotta les bras.

— Vous avez froid ? s'inquiéta immédiatement Clinton.

— Non. Ce n'est rien.

— Allons nous coucher.

— Restons encore un peu, Clinton, la nuit est si belle.

— Parfois, je suis si heureux que cela m'effraie, dit-il en passant son bras autour des épaules de sa femme. Un tel bonheur ne peut pas durer éternellement.

Ses paroles semblèrent précipiter la crainte presque palpable mais informe qui avait plané tout le jour sur Robyn, comme le voile de fumée au-dessus des feux de broussailles en hiver. Elle l'accablait avec la sensation prémonitoire que quelque chose avait changé dans leur vie.

— Puisse Dieu nous sauver, murmura-t-elle.

— Puisse-t-Il vous entendre, dit Clinton sur le même ton en l'entraînant dans la maison.

L'intérieur de l'immense case au toit de chaume en forme de dôme était plongé dans la pénombre, de sorte que les dessins du treillis de branches et des cordes d'écorce joliment nouées disparaissaient dans l'obscurité au-dessus de leurs têtes comme les voûtes d'une cathédrale médiévale.

La seule lumière provenait d'un petit feu allumé au centre, sur le sol d'argile. Une des épouses du roi jeta une autre poignée d'herbes sèches dans les flammes et des volutes de fumée bleutée s'élevèrent vers le toit invisible.

De l'autre côté du foyer, sur une estrade basse en argile séchée couverte d'un épais matelas de fourrures – chacal à dos argenté, singe bleu, fennec et civette tachetée –, était assis le roi.

C'était un personnage gigantesque, entièrement nu,

et sa peau était enduite de graisse, si bien qu'il brillait tel un énorme bouddha sculpté dans un bloc d'anthracite luisant. Sa tête, ronde comme un boulet de canon, était surmontée du bandeau d'induna. Ses bras massifs débordaient de muscles et de graisse, mais les mains posées sur ses genoux étaient étrangement menues et fines, avec de longs doigts effilés.

Sa poitrine pendait sur son tronc empâté. Toute cette chair avait été soigneusement accumulée. Des pichets d'épaisse bière de mil écumante et des plats de tranches de bœuf entourées de couenne se trouvaient à portée de sa main. De temps à autre, l'une de ses épouses répondait à un hochement de tête ou à un petit signe de sa main en lui présentant un plat. Le poids et la taille étaient les signes distinctifs de la royauté. Ce n'était pas pour rien que Lobengula était appelé le Grand Éléphant Noir du Matabeleland.

Il avait des gestes lents, imprégnés de l'immense dignité conférée par sa taille et son rang. Son regard était cependant réfléchi et profondément intelligent, et, en dépit du fardeau de graisse qui les estompait, on voyait que ses beaux traits ne reflétaient nullement l'ignoble cruauté qui avait caractérisé le règne des rois matabélés.

« Mes sujets attendent de moi que je sois fort et dur, avait expliqué Mosélékatsé à son fils. Certains sont à l'affût de la moindre faiblesse de ma part... comme les jeunes lions observent le chef à crinière noire de leur troupe. Vois comme mes poussins me suivent et attendent leur nourriture, avait-il ajouté en désignant avec la lance miniature, symbole de sa royauté, les petites taches noires qui décrivaient haut dans le ciel un cercle au-dessus des collines de Thabas Indunas. Lorsque mes vautours m'abandonneront, je serai retourné à la poussière. »

Lobengula, son fils, avait bien appris la leçon, mais elle ne l'avait pas rendu brutal. En fait, le dessin de sa bouche trahissait presque un certain manque d'assurance et on percevait une ombre d'hésitation dans ses yeux intelligents, due à la confusion dans laquelle se trouvait un homme ballotté par des vents et des courants trop nombreux, un homme prisonnier de sa destinée et ne sachant pas au juste comment se libérer de ses rets.

Lobengula ne s'attendait pas à reprendre la lance royale de son père. Il n'en était pas l'héritier direct, ayant en effet des frères aînés issus de mère de plus haut rang et de sang plus noble que la sienne.

Le roi avait les yeux fixés sur l'homme accroupi de l'autre côté du feu, un magnifique guerrier au corps trempé comme de l'acier par les longues marches et la guerre. Sa compréhension et sa compassion s'étaient développées au contact intime et quotidien avec des hommes ordinaires, son courage et sa loyauté, dix mille fois attestés, ne faisaient pas le moindre doute, même à minuit, heure des hésitations – et Lobengula se surprit à désirer ardemment se débarrasser du terrible fardeau de la royauté pour le placer sur les épaules de son vis-à-vis. Il se surprit à regretter cette caverne tranquille et secrète dans les collines des Matopos, où il avait connu les seuls jours heureux de son existence.

L'homme qui lui faisait face était son demi-frère ; sa lignée, comme celle de Lobengula lui-même, remontait directement à la souche zanzi du Zoulouland. C'était un prince de la maison de Kumalo, sage, courageux et nullement assailli par les doutes.

« Il aurait dû être roi », pensa Lobengula, et il toussa, la gorge serrée par son amour pour son demi-frère. Il remua le petit doigt, et une de ses épouses porta un pichet de bière à ses lèvres ; il but une gorgée et fit un signe pour qu'elle retire le pichet.

— Je te vois, Gandang, dit-il d'une voix gutturale et basse, encore empreinte de tristesse, car il savait qu'il ne pourrait échapper à son sort.

Il se sentait comme un homme traversant seul une forêt où chassent les lions. Son salut avait cependant tiré Gandang de son silence respectueux. L'induna frappa doucement dans ses mains et commença à réciter les louanges rituelles de son demi-frère tandis que l'esprit de Lobengula battait la campagne et remontait le temps.

Son premier souvenir était celui d'une route, la route difficile qu'ils suivaient depuis le Sud, menés par des hommes vêtus de brun, montés sur des poneys bais. Il se souvenait du bruit des coups de fusil, qu'il n'apprit à redouter que plus tard, et de l'odeur de la poudre, piquante et aigre, portée par le vent jusqu'à lui, agrippé à sa mère, et il se souvenait aussi des gémissements des femmes qui pleuraient les morts.

Il se revoyait trottinant, nu comme un petit chien derrière sa mère dans la chaleur et la poussière. Sa mère, aux muscles du dos luisants de sueur, lui paraissait si grande, et Ningi, sa sœur, dans l'écharpe passée autour de sa hanche, se cramponnait avec ses petits poings et sa bouche à l'un de ses seins lourds.

Il se revoyait gravissant péniblement les collines rocailleuses derrière le chariot de son père, qui avançait en bringuebalant. Y voyageaient la première épouse de Mosélékatsé et son fils aîné, Nkulumane, de trois ans plus âgé que Lobengula et héritier présumé de la royauté matabélée. Ils étaient les seuls à ne pas aller à pied.

Il se souvenait que le dos de sa mère s'était tassé, que sa belle peau brillante était devenue flasque ; on avait commencé à voir ses côtes sous l'effet de la famine qui mangeait les chairs, et, tenaillée par la faim, Ningi criait parce qu'elle n'avait plus de lait.

C'était là qu'apparaissait le souvenir de « Saala », mêlé d'abord à celui des cris et des chants qui avaient accompagné le retour, au sein de la colonne de fuyards, d'une petite troupe de Matabélés partis razzier. Il avait vu Saala pour la première fois à la lumière du feu, pendant que les guerriers abattaient le bétail capturé, et Lobengula pouvait presque encore sentir la graisse chaude et le jus de bœuf dégoulinant sur son menton et sa poitrine nue. Après de longs mois d'inanition, ils festoyaient enfin grâce aux bêtes prises aux *buni*, aux hommes blancs.

Le ventre bien rempli, Lobengula s'était rapproché du cercle de principicules et de princesses matabélés qui, poussés par la curiosité, entouraient les captives, mais il ne s'était pas joint aux autres enfants qui se moquaient des prisonnières et les poussaient.

Saala était la plus âgée des deux petites filles. C'est seulement longtemps après que Lobengula avait appris qu'elle s'appelait Sarah, mais même maintenant il n'arrivait pas à prononcer le nom correctement. Le détachement de Matabélés avait surpris une petite caravane de chariots bœrs, et ils avaient tué tout le monde à l'exception des deux fillettes.

La blancheur de sa peau était ce qui avait d'abord frappé Lobengula. Son visage était tout blanc à la lueur du feu de camp, aussi blanc qu'une aile d'aigrette, et elle n'avait pas pleuré comme sa sœur cadette.

Les souvenirs se firent ensuite plus précis : Saala marchant devant lui tandis que la colonne serpentait lentement à travers une épaisse forêt d'épineux ; Saala prenant Ningi des mains de sa mère qui glissait et tombait de fatigue dans la boue noire des marais, alors que se formait au-dessus d'elles un nuage noir et vrombissant de moustiques.

Lobengula ne pouvait se rappeler exactement l'endroit où était morte la petite sœur de Saala. Peut-être était-ce dans les marais. Ils avaient abandonné sans sépulture son petit corps blanc et nu, et la colonne avait poursuivi son chemin.

La mère de Lobengula était finalement tombée et n'avait pu se relever. A l'aide de ses dernières forces, elle avait tendu Ningi à Saala, avant de se recroqueviller pour mourir. Les plus faibles mouraient ainsi, et leurs petits enfants avec elles, car aucune autre femme ne voulait se charger de nourrir, en plus, des orphelins.

Saala avait attaché la petite Ningi sur son dos, à la manière des Africaines, puis elle avait pris Lobengula par la main et ils avaient peiné à la suite du peuple matabélé en fuite.

Un autre souvenir était plus récent : Saala, son corps amaigri, à présent complètement nue, comme les autres filles matabélées impubères. Elle avait presque oublié sa propre langue et ne parlait plus que celle de la tribu. Elle avait la peau tannée par le soleil et une épaisse couche de corne sous les pieds, si bien qu'elle pouvait marcher sur des épines ou des silex aiguisés comme des lames de rasoir.

Lobengula s'était mis à aimer Saala, reportant sur elle tous les sentiments qu'il avait éprouvés pour sa mère ; elle dérobait de la nourriture à son intention et le protégeait des brutalités – de ses frères aînés, de Nkulumane, le cruel, et de la mère de celui-ci, qui haïssait tous ceux qui auraient pu un jour empêcher son fils d'accéder à la royauté.

Les Matabélés avaient ensuite traversé le Limpopo, le Fleuve des Crocodiles, et le pays qui les attendait au-delà était beau, giboyeux et parcouru de rivières. La nation errante avait suivi Mosélékatsé à l'intérieur des collines magiques des Matopos. Là, au sommet d'une colline, le roi avait rencontré la sorcière des Matopos.

Mosélékatsé avait vu du feu jaillir sur ordre de l'*umlimo* et entendu les esprits parler autour d'elle – un petit enfant et une vieille femme, un homme et une bête, comme le cri d'un pygargue vocifère, le grondement d'un léopard –, et, depuis ce jour-là, l'*umlimo* s'était acquis le respect mêlé de superstition du roi et de son peuple.

L'*umlimo* montra la direction du nord, et lorsque les Matabélés sortirent des collines accidentées des Matopos, ils virent se déployer devant eux un pays magnifique, couvert d'arbres et d'herbe grasse.

« Voici mon pays », avait dit Mosélékatsé, et il avait bâti son kraal sous les Collines des Indunas.

Les Matabélés avaient cependant perdu presque tout leur bétail et bon nombre de femmes et d'enfants avaient péri au cours de ce dramatique exode vers le Nord.

Mosélékatsé laissa sa première épouse, la mère de Nkulumane, à Thabas Indunas, en lui confiant la régence ; il prit avec lui cinq mille de ses meilleurs guerriers et partit affronter les tribus alentour afin de capturer femmes et bétail.

Il se dirigea vers l'ouest, dans le pays gouverné par le grand Khama, et on n'eut plus de nouvelles de lui. Les saisons passèrent, les pluies suivirent la longue sécheresse, la chaleur suivit les gelées, et on ne savait toujours pas ce qu'était devenu Mosélékatsé.

L'ordre de la société matabélée commença à se disloquer car la régente, l'aînée des épouses de Mosélékatsé, se livrait à des débordements sexuels et s'affichait sans vergogne avec ses amants. Certaines des autres épouses suivirent son exemple, puis les gens du peuple adoptèrent aussi cette licence ; les jeunes, qui n'avaient pas encore reçu le baptême du sang ni la permission royale d'aller chez les femmes, guettaient les filles sur le chemin des points d'eau et les entraînaient dans les buissons.

Une fois brisé le code de moralité, d'autres vices s'installèrent. Le bétail restant, les troupeaux de femelles et leurs petits, fut abattu, et le festin se poursuivit pendant des mois. La licence et l'ivrognerie se répandirent comme la peste, et, au milieu de cette débauche, une patrouille de Matabélés captura un petit Bochiman qui arrivait de l'ouest, porteur d'une extraordinaire nouvelle.

« Mosélékatsé est mort, dit-il à ses ravisseurs. J'ai moi-même plongé mes doigts dans la blessure qu'il avait au cœur et regardé les hyènes engloutir sa chair et ronger ses os. »

La régente ordonna à ses gardes de faire bouillir de l'eau dans des marmites d'argile et la leur fit verser sur le Bochiman jusqu'à ce que sa chair se détache de ses os et qu'il succombe – traitement approprié à celui qui avait apporté la nouvelle de la mort du roi. Elle réunit ensuite les indunas en conseil et les pressa de proclamer Nkulumane roi, à la place de son père défunt. Les indunas n'étaient cependant pas des imbéciles. « Il faut davantage qu'un chien de Tswana pour tuer Mosélékatsé », chuchota l'un à son voisin.

Tandis qu'ils faisaient traîner les choses et discutaient, la première épouse, gagnée par l'impatience, fit appeler les bourreaux, déterminée à éliminer tous les rivaux de son fils. Saala jouait à l'extérieur de la case de la régente, moulant des petites figurines pour amuser Ningi. A travers les parois, elle entendit l'aînée des épouses du roi donner ses ordres aux exécuteurs des hautes œuvres. Folle d'inquiétude pour la vie de Lobengula, elle courut prévenir les autres mères d'enfants royaux.

Puis elle laissa la petite Ningi, à présent sevrée et

vigoureuse, à une épouse royale stérile. « Veille sur elle », murmura-t-elle, et elle courut vers les pâturages.

Lobengula avait alors dix ans, et il gardait ce qui restait des troupeaux royaux, accomplissant ainsi le devoir de tous les garçons matabélés, grâce auquel ils apprenaient les secrets du veld et les mœurs du bétail, richesse de la nation.

Se tenant de nouveau par la main, le principicule matabélé et la petite fille blanche s'enfuirent, et ils se dirigèrent instinctivement vers le sud, d'où ils étaient venus.

Ils se nourrissaient de racines et de baies, d'œufs et de chair d'iguane. Ils se disputaient avec les chacals les restes des bêtes abattues par le lion, et parfois ils avaient faim, mais ils se retrouvèrent enfin dans le dédale des collines des Matopos, où les bourreaux ne les suivraient pas. Ils dormaient sous la couverture en fourrure que Saala avait emportée, dans les bras l'un de l'autre pour lutter contre le froid, car il gelait la nuit.

C'est ainsi que le vieillard les trouva un matin, à la première heure. Il était maigre et avait l'air d'un dément, avec d'étranges amulettes et des objets magiques autour du cou ; il terrifia les deux enfants.

Saala se plaça devant Lobengula pour le protéger et fit face au sorcier avec un courage feint.

« C'est Lobengula, le fils préféré de Mosélékatsé, déclara-t-elle énergiquement. Celui qui lui fait du mal en fait au roi. »

Le vieillard roula des yeux et bava, découvrant ses gencives édentées. Puis soudain l'air fut plein de voix ; Saala hurla, Lobengula pleura de terreur et ils s'agrippèrent l'un à l'autre.

Le sorcier conduisit les enfants, tremblants et sanglotants, à travers des passages secrets et le long de précipices vertigineux, de plus en plus profondément à l'intérieur des collines, jusqu'à ce qu'ils parviennent enfin aux cavernes creusées dans la roche.

Le vieil homme commença alors à instruire l'enfant qui allait devenir roi. Il lui dévoila bien des mystères, mais pas la magie qui permet de maîtriser les voix de fantômes ou de lancer du feu en pointant le doigt, ou encore de lire l'avenir dans une calebasse emplie d'eau de montagne.

Là, dans les grottes des Matopos, Lobengula apprit l'étendue et la puissance de l'ordre magique. Il apprit que des sorciers de moindre importance, éparpillés à travers le pays, accomplissaient des petits rites, faisaient tomber la pluie, distribuaient des charmes qui procuraient la fertilité, détectaient les scélérats à leur odeur et envoyaient leurs rapports à la caverne des Matopos.

Là, les grands sorciers, dont le vieillard faisait partie, pratiquaient la grande magie, invoquaient les esprits de leurs ancêtres et scrutaient les brumes du temps pour y lire ce que réservait l'avenir. Au-dessus d'eux tous, il y avait l'*umlimo*. Seul Lobengula savait ce que ce nom impliquait ; même après avoir vécu cinq ans dans la caverne, il le faisait encore trembler.

Quand il eut seize ans, le vieux sorcier fou l'emmena dans la grotte de l'*umlimo*. Or, l'*umlimo* était une femme, une belle femme.

Lobengula ne parla jamais de ce qu'il vit dans la caverne, pas même à Saala, mais, quand il en ressortit, ses yeux étaient tristes et le poids de la connaissance semblait courber ses jeunes épaules.

Le soir où Lobengula revint, il y eut un terrible orage, et les éclairs s'abattaient sur les collines avec un fracas assourdissant, tandis que Saala et lui étaient blottis sous leur couverture de fourrure. Il advint ensuite que la petite orpheline blanche fit de l'adolescent un homme, du petit prince un roi, et quand le terme arriva, elle lui donna un fils qui avait la couleur du soleil levant sur l'herbe dorée de l'hiver. C'est ainsi que Lobengula connut le bonheur, la seule fois de sa vie.

Tout à leur joie, ils ne prêtaient guère d'attention aux nouvelles que le vieux sorcier apportait dans leur grotte. Pourtant il leur dit que Mosélékatsé, chargé de butin, riche de bétail, était revenu à Thabas Indunas.

Le sang avait à peine séché sur les lances de ses guerriers que, la rage au cœur, Mosélékatsé fit un signe, et les exécuteurs rassemblèrent tous ceux qui s'étaient comportés comme si le roi était mort. Ils en jetèrent certains du haut de la colline des exécutions, en attachèrent d'autres à des piquets sur les bancs de sable du fleuve, à l'endroit où les crocodiles prenaient le soleil ; enfin, ils embrochèrent les autres par les ouvertures secrètes de leur corps.

Mais lorsque la mère de Nkulumane fut conduite devant le roi, elle pleura et se lacéra la chair avec ses ongles, tout en invoquant les esprits des morts et les prenant à témoin de sa fidélité à Mosélékatsé, de sa constance à croire qu'il reviendrait sain et sauf, et du soin qu'elle avait pris à veiller sur les autres enfants royaux en son absence, allant jusqu'à envoyer Lobengula au loin pour le sauver. Elle fit tout cela avec tant de conviction que Mosélékatsé, qui, au fond, n'était qu'un homme, la crut. Les autres périrent cependant par centaines, victimes de la colère du roi, et le peuple se réjouit du retour de son souverain et du bon vieux temps.

Pendant ces événements, Lobengula, Saala et leur bébé restèrent dans la grotte des Matopos et connurent le bonheur.

Loin au sud, sous le fleuve Limpopo, un chasseur

d'éléphants hottentot s'arrêta pour faire boire son cheval au puits, près d'une ferme bœr. Elle se trouvait à proximité du champ de bataille où les cavaliers bœrs avaient pour la première fois battu Mosélékatsé, longtemps avant de le chasser de la région.

« J'ai vu quelque chose d'étrange, annonça le Hottentot au grand barbu qui était son hôte. Dans les collines au sud du Matabeleland, j'ai vu une femme blanche nue. Elle était timide comme une antilope et s'est enfuie en courant au milieu des rochers, où je n'ai pas pu la suivre. »

Deux mois plus tard, lorsque le fermier bœr amena sa famille aux vêpres dans la nouvelle église de Rustenberg, il répéta la curieuse histoire. Quelqu'un rappela le massacre des Van Heerden et l'enlèvement des deux petites filles, Sarah et Hannah, par des sauvages.

Hendrick Potgieter, ce voyageur qui s'était battu vaillamment contre les Cafres, monta en chaire et tonna :

« Les païens retiennent une Blanche prisonnière ! » La congrégation était offensée dans ce qu'elle avait de plus cher : Dieu et ses femmes. « Commando ! rugit Potgieter. J'appelle au commando ! »

Les femmes remplirent les cornes de poudre et versèrent le plomb fondu dans les moules, les hommes choisirent leurs meilleurs chevaux et se donnèrent Potgieter pour chef.

L'entreprise n'était pas uniquement dédiée à Dieu et aux femmes, car on entendit chuchoter : « Même s'il n'y a pas de femme blanche, on trouve de beaux troupeaux dans le Matabeleland. »

Le vieux sorcier se rendit dans la grotte de Lobengula, roula des yeux et caqueta : « Les *buni* ont traversé la rivière des crocodiles, montés sur le dos d'étranges bêtes. Beaucoup, beaucoup d'hommes ! »

Lobengula connaissait d'instinct l'objectif de ce commando bœr, et il savait aussi ce qu'il fallait faire.

« Reste ici avec l'enfant, ordonna-t-il à Saala. Je vais au kraal de mon père, et je reviendrai avec ses régiments. »

Mais Saala était une femme, curieuse comme toutes les femmes, et elle entendit la voix du sang. Elle se souvenait vaguement que ces hommes blancs avaient été les siens.

Lorsque Lobengula fut parti vers le nord pour Thabas Indunas, elle mit l'enfant sur son dos et se faufila hors de la caverne. Au début, les coups de feu dans le lointain la guidèrent, car le commando bœr se nourrissait du gibier abondant. Elle entendit ensuite des éclats de voix, le hennissement des chevaux, et tous ces bruits éveillèrent en elle une terrible nostalgie.

Elle s'approcha de plus en plus près du bivouac, aussi furtivement qu'un animal sauvage, jusqu'au moment où elle put entendre ces hommes de haute taille au teint hâlé, vêtus d'austères costumes marron cousus par leurs femmes et coiffés de feutres à large bord. Elle les entendit chanter leurs hymnes de louange à Dieu autour du feu de camp, en reconnut les mots et les souvenirs affluèrent. Elle n'était plus Saala mais Sarah, et elle sortit de sa cachette pour rejoindre les siens. Alors elle vit qu'elle était nue. Elle regarda l'enfant qu'elle portait sur la hanche, vit qu'il était café au lait et que ses traits n'étaient ni les siens ni ceux de son père matabélé.

La conscience du péché lui vint, comme pour Ève dans un autre paradis, et Sarah eut honte.

Elle s'éloigna à la dérobée, et, à l'aube, elle se retrouva au sommet d'une des vertigineuses falaises de granit qui coupent les collines des Matopos. Elle embrassa son bébé, puis le prit contre sa poitrine et sauta dans le vide.

Lobengula les trouva au pied de la falaise, avant les vautours ; ils étaient encore l'un contre l'autre, Sarah n'avait pas desserré son étreinte durant sa longue chute. Curieusement, elle et l'enfant semblaient seulement endormis – en paix.

A ce souvenir, Lobengula soupira et rendit son regard à son demi-frère, l'induna Gandang, toujours assis face à lui de l'autre côté du feu.

Si seulement il pouvait échapper à la prophétie de l'*umlimo* – car elle avait prévu sa destinée :

Ton nom est Lobengula, celui qui emporte tout comme le vent. Et pourtant ce sont les vents qui t'emporteront, aussi haut que l'aigle. Lobengula tiendra la lance de Mosélékatsé. Les vents te pousseront cependant de nouveau de plus en plus bas, et ton peuple avec toi.

Ces paroles étaient celles de cette étrange et belle femme au fond de la caverne, et la première partie de la prophétie s'était déjà révélée exacte. Mosélékatsé, le puissant guerrier, était mort comme une vieille femme dans sa case royale, accablé par l'arthrite et l'alcoolisme.

Ses veuves l'avaient enveloppé dans la peau d'un buffle récemment abattu et étaient restées assises près de lui à le pleurer pendant douze jours, jusqu'à ce que sa dépouille se soit presque liquéfiée sous l'effet de la chaleur estivale.

Après le deuil, les régiments avaient conduit son cadavre dans les collines des Matopos, les collines sacrées, et avaient assis Mosélékatsé dans la caverne du roi. Ils avaient disposé toutes ses possessions autour de lui : sagaies, fusils, ivoire ; même son chariot fut démonté et ses pièces entassées dans les coins de la grotte.

Les maçons refermèrent l'ouverture avec des blocs de granit et, après le festin et les danses, les indunas matabélés décidèrent qui succéderait à Mosélékatsé.

La discussion dura plusieurs semaines, jusqu'à ce que les indunas, conduits par les princes de Kumalo, retournent dans les collines sacrées afin de porter de riches présents dans la caverne de l'*umlimo*.

« Donne-nous un roi ! » implorèrent-ils.

« Celui qui emporte comme le vent ! » répondit l'*umlimo*, mais Lobengula s'était enfui, essayant d'échapper à sa destinée.

Les régiments chargés de surveiller les frontières le capturèrent et le ramenèrent à Thabas Indunas comme un criminel. Les indunas vinrent à lui un à un et lui prêtèrent serment d'allégeance et de loyauté jusqu'à la mort.

« Buffle Noir des Matabélés, dieu de la Foudre et du Tonnerre ! Grand Éléphant, celui dont le pas fait trembler la terre. »

Nkulumane fut le premier de ses frères à ramper devant lui, et la mère de Nkulumane, la première épouse de Mosélékatsé, suivit son fils à genoux.

Lobengula se tourna vers les bourreaux qui se tenaient derrière lui, comme des chiens en laisse. « Je ne souhaite pas revoir leurs visages », dit-il.

Ce fut le premier ordre du roi Lobengula. Les exécuteurs conduisirent la mère et le fils dans l'enclos à bestiaux et, avec clémence, leur tordirent le cou rapidement.

« Ce sera un grand roi, comme son père », se disaient ses sujets avec ravissement.

Mais Lobengula n'avait jamais plus connu le bonheur. D'un haussement d'épaules, il se débarrassa du poids écrasant de son passé, et s'adressa à Gandang de sa voix de basse profonde et mélodieuse :

— Lève-toi, mon frère. Ton visage me réchauffe comme un feu de bivouac par une nuit froide.

Ils parlèrent alors, sans façons et intimement, en vieux compagnons, jusqu'à ce que Gandang tende le fusil à son roi. Lobengula le posa sur ses genoux, frotta avec son index le froid métal bleuté de la culasse et porta son doigt à ses narines pour sentir l'odeur de la graisse.

— Pique le mamba avec son propre venin, murmura-t-il. Voilà le croc du mamba.

— Henshaw, le fils de Bakela, en a un plein chariot.

— Il est donc le bienvenu, fit Lobengula en hochant la tête. Mais j'aimerais entendre tout cela de la bouche de ton propre fils. Amène-le-moi.

A plat ventre sur le sol d'argile durcie de la case royale, Bazo chanta les louanges rituelles d'une voix entrecoupée, et, malgré son courage, il transpirait en présence du roi.

— Lève-toi, Bazo la Hache, interrompit impatiemment Lobengula. Approche-toi.

Bazo s'avança à quatre pattes, et présenta au roi le pagne orné de perles. Lobengula répandit les diamants en un tas scintillant et les remua avec son doigt.

— On trouve de plus jolies pierres dans le lit de n'importe quelle rivière de mon pays. Celles-ci sont affreuses.

— Les *buni* en sont fous. Aucune autre pierre ne leur donne satisfaction, mais de celles-là, ils sont si avides qu'ils tuent tous ceux qui les empêchent de s'en emparer.

— Déchire le lion avec ses propres griffes, dit Lobengula, répétant la prophétie de l'*umlimo*. Ces horribles petites pierres sont-elles les griffes du lion ? Si elles le sont, que tout le monde voie comment Lobengula montre ses griffes.

Il tapa dans ses mains pour faire venir ses femmes.

Dans la case royale bondée, les rangées d'hommes accroupis faisaient face à l'estrade où Lobengula était couché. Tous, sauf Bazo, portaient la couronne d'induna, et leurs noms étaient la gloire du peuple matabélé.

Il y avait Somabula, le vieux guerrier à cœur de lion ; près de lui, Babiaan, prince royal de Kumalo, et tous les autres. Ils étaient silencieux et attentifs, le visage grave à la lueur du feu dont les flammes atteignaient presque le dôme de la grande case.

Tous regardaient le roi.

Lobengula était allongé sur le dos, de l'autre côté du feu, sur l'estrade. Il avait un long appui-tête sculpté sous la nuque. Seule l'extrémité de son pénis était couverte par une calebasse séchée, sinon il était nu, le ventre énorme, les membres aussi gros que des troncs d'arbres.

Quatre de ses épouses s'accroupirent en cercle autour de lui, et chacune avait posé près d'elle une calebasse de graisse de bœuf fondue. Elles oignirent le roi, l'enduisant du cou aux chevilles d'une épaisse couche de graisse blanche. Après quoi elles se levèrent en silence et sortirent en se baissant par l'ouverture ménagée sur l'arrière de la case, qui conduisait aux logements des femmes.

D'autres épouses plus jeunes entrèrent en chantant doucement, traînant des pieds et se balançant au rythme de leur chant, tenant chacune un pichet en terre cuite.

Elles s'agenouillèrent de chaque côté du roi, et, sur un ordre de la première épouse, plongèrent la main dans leur pot et en ressortirent un gros diamant brut.

Elles entreprirent alors de coller les pierres sur la peau du roi ; l'épaisse couche de graisse maintenait les diamants en place et elles pouvaient ainsi dessiner des motifs sur les membres luisants de leur royal époux. Elles allaient vite, car elles l'avaient déjà fait, et, sous leurs doigts, Lobengula se métamorphosa en une créature mythologique, mi-homme, mi-poisson aux écailles brillantes.

Les diamants accrochaient la clarté du feu et la réfléchissaient en tourbillons scintillants sur les parois et le toit de chaume, insectes lumineux qui filaient comme des flèches, éblouissaient les spectateurs qui grognaient de stupéfaction. Leurs voix s'élevèrent alors en un chœur de louanges adressées à leur roi.

Quand le travail fut fini, les femmes s'en allèrent et laissèrent Lobengula étendu sur ses épaisses fourrures, couvert des pieds à la tête d'une cotte de mailles rutilante. Cet incroyable trésor s'enflammait de mille feux au rythme de la respiration du souverain.

— Indunas des Matabélés, princes de Kumalo, saluez votre roi.

— *Bayété ! Bayété ! Bayété !*

Le salut royal jaillit de leurs gorges. Ils se turent ensuite car, après ce déploiement rituel du trésor de la nation, le roi avait pour habitude de dispenser honneurs et récompenses.

— Bazo, approche-toi ! lança Lobengula d'une voix sonore.

Le jeune homme quitta son humble posture dans le rang du fond et se leva.

— *Bayété, Nkosi.*

— Bazo, tu m'as été agréable. Je t'accorde une faveur. Que veux-tu ? Parle !

— Mon seul désir est que le roi connaisse la profondeur de mon dévouement et de mon amour pour lui.

Assigne-moi une tâche, je te prie, et si elle doit être pénible et sanglante, mon cœur et ma bouche chanteront les louanges du roi pour l'éternité.

— Par les fesses royales de Chaka, ton rejeton est avide de gloire, dit Lobengula en regardant Gandang, assis sur ses talons au premier rang des indunas. Il fait honte à tous ceux qui demandent des colifichets, du bétail et des femmes.

Il réfléchit quelques instants, puis gloussa.

— En direction du soleil levant, à deux jours de marche au-delà de la forêt de Somabula, au sommet d'une haute colline, vit un chien de Machona qui se considère comme un si grand magicien et faiseur de pluie qu'il se croit hors de portée du bras royal. Il s'appelle Pemba. (Les anciens retinrent leur respiration. Par trois fois, la saison dernière, le roi avait envoyé des détachements de guerriers sur la colline de Pemba, et par trois fois ils étaient revenus les mains vides. Pemba les ridiculisait.) Prends cinquante hommes dans ton régiment, Petite Hache, et va me chercher la tête de Pemba afin que je puisse voir de mes propres yeux son sourire insolent.

— *Bayété !*

Emporté par la joie, Bazo passa d'un seul bond au-dessus des têtes chenues des indunas. Il atterrit avec légèreté devant le feu et se mit à tourbillonner dans une *giya*, la danse du défi :

Ainsi frapperai-je ce chien...
et voilà comment je sortirai les tripes du ventre de ses fils.

Les indunas sourirent et hochèrent la tête avec indulgence, mais leurs sourires étaient teintés de regret car l'ardeur et la passion de la jeunesse s'étaient depuis longtemps refroidies dans leur poitrine.

Lobengula était assis sur le banc de son chariot, un grand véhicule à quatre roues de vingt-quatre pieds de long, construit au Cap avec du bon chêne d'Angleterre, mais qui portait les stigmates laissés par le long trajet depuis le Sud.

Il n'avait pas roulé depuis des années, si bien que l'herbe avait poussé entre les rayons des roues et autour des essieux. La toile de la bâche était blanchie et couverte des fientes des poules qui se perchaient sur les arceaux, mais elle protégeait Lobengula du soleil. Assis en hauteur, le roi avait la tête au-dessus de celles des quémandeurs et de ses courtisans, gardes, femmes et enfants massés à l'intérieur de la palissade.

Le chariot était le trône de Lobengula, et l'enclos sa salle d'audience à ciel ouvert. Comme des Blancs et des Blanches devaient assister à cette audience, il s'était paré pour l'occasion de ses plus beaux atours européens. Le manteau couvert de dentelle d'or avait jadis appartenu à un diplomate portugais. La dentelle était dédorée, une épaulette manquait, le devant ne pouvait être boutonné sur le noble ventre du roi – il s'en fallait d'une quarantaine de centimètres – et les poignets lui arrivaient à la moitié des avant-bras.

Il tenait dans sa main droite la lance miniature – hampe en acajou et lame en argent – symbole de la royauté, et s'en servit pour faire signe à un jeune garçon de sortir de la foule.

L'enfant frissonnait de terreur, et sa voix était si tremblante que Lobengula dut se pencher pour entendre ce qu'il disait.

— J'ai attendu que le léopard entre dans l'abri des chèvres, puis je me suis levé, j'ai fermé la porte et je l'ai barricadée avec des pierres.

— Comment as-tu tué la bête ?

— Je l'ai frappée avec la sagaie de mon père à travers les fentes du mur.

L'enfant s'avança en rampant et étala la peau au poil brillant, blond doré tacheté de noir, aux pieds de Lobengula.

— Choisis trois vaches dans mes troupeaux, petit, conduis-les dans le kraal de ton père et dis-lui que le roi t'a donné un nom de louange. A partir d'aujourd'hui, on t'appellera « Celui qui regarde le léopard dans les yeux ».

Le gamin se recula en bafouillant les louanges de rigueur.

Venait ensuite le tour d'un Hollandais, un homme aussi grand qu'arrogant, à la voix bougonne.

— J'ai attendu trois semaines que le roi prenne une décision...

Ses paroles furent ainsi traduites à Lobengula et celui-ci songea à haute voix :

— Vois comme le visage de cet homme devient aussi rouge que les caroncules sur la tête d'un vautour quand il est en colère. Dis-lui que le roi ne compte pas les jours. Qui sait, peut-être lui faudra-t-il attendre encore aussi longtemps.

Et il le congédia d'un petit geste avec sa lance.

Lobengula but une gorgée à même la bouteille de champagne posée sur le siège à côté de lui. Le vin moussa et se répandit sur le devant de sa veste à brandebourgs dorés. Puis son visage s'éclaira soudain d'un sourire béat, mais c'est sur le ton de la critique et de la récrimination qu'il dit :

— Je t'ai envoyé chercher hier, Nomousa, Fille de Miséricorde. Je souffre le martyre. Pourquoi n'es-tu pas venue plus tôt ?

— L'aigle vole comme le vent, le guépard file plus vite que le zèbre, mais moi, je suis limitée par l'allure de ma mule, ô roi, répondit Robyn Codrington.

Elle se fraya un chemin en direction du chariot à travers les détritus qui jonchaient le sol en terre battue de l'enclos, puis, en se servant d'une tapette, à travers la foule, gratifiant même d'un coup cinglant un des bourreaux du roi vêtus de noir.

— Hors de mon chemin, cannibale, arrière, infanticide, lança-t-elle à l'homme, qui fit un saut de côté et lui jeta un regard mauvais. (En arrivant au chariot elle demanda :) Qu'est-ce qui ne va pas, Lobengula ? Où as-tu mal cette fois-ci ?

— Mes pieds sont pleins de charbons ardents.

— La goutte, dit-elle en tâtant les appendices monstrueusement gonflés. Tu bois trop de bière, ô roi, tu bois trop de cognac et de champagne.

Elle ouvrit sa mallette.

— Si je t'écoutais, je mourrais de soif. Tu n'es pas bien nommée, Nomousa. Il n'y a pas la moindre pitié en toi.

— En toi non plus, Lobengula, répliqua Robyn d'un ton sec. On m'a dit que tu avais envoyé un autre régiment pour tuer Pemba.

— Ce n'est qu'un Machona, objecta Lobengula avec un petit rire. Réserve plutôt ta sympathie pour un roi dont l'estomac est comme rempli de pierres pointues.

— Indigestion, grogna Robyn. La gloutonnerie a tué ton père, et elle est en train de te tuer.

— Tu veux aussi me faire mourir de faim. Tu veux que je ne sois plus qu'un petit homme maigrelet sans importance.

— A toi de choisir : mince et vivant ou gros et mort. Ouvre la bouche.

Lobengula s'étrangla en avalant la potion et roula des yeux théâtralement.

— Mieux vaut encore la douleur que le goût de ton remède.

— Je te laisserai cinq de ces pilules. Avales-en une lorsque tes pieds enflent et que la douleur devient trop forte.

— Vingt, dit Lobengula. Une pleine boîte. Moi, Lobengula, roi des Matabélés, l'ordonne. Laisse-moi une boîte de ces petites pilules blanches.

— Cinq, répondit Robyn avec fermeté. Sinon, tu vas les manger toutes en même temps, comme l'autre fois.

Le roi fut secoué d'un rire gargantuesque et faillit tomber de son siège.

— Je crois que je vais te donner l'ordre de quitter tes petites cases blanches de Khami et de venir vivre plus près de moi.

— Je n'obéirai pas.

— C'est pourquoi je ne te l'ordonne pas, convint Lobengula en éclatant de rire de nouveau.

— Ce kraal est une honte... la saleté, les mouches...

— Quelques vieux os et des crottes de chien n'ont jamais tué un Matabélé, lui dit le roi. (Puis, l'air grave, il lui fit signe d'approcher et baissa la voix pour être entendu d'elle seule.) Le Hollandais à visage rouge, tu sais qu'il désire créer un comptoir commercial près du gué de la rivière Hunyani ?

— Cet homme est un escroc. Les marchandises qu'il apporte sont de mauvaise qualité et il trompera tes sujets.

— Un messager a apporté ce livre, dit-il en tendant la feuille pliée et cachetée à Robyn. Lis-le pour moi.

— C'est de sir Francis Good. Il souhaite que...

Pendant près d'une heure, chuchotant de façon que personne d'autre n'entende, Lobengula consulta Robyn sur une cinquantaine de sujets, depuis la lettre du commissaire britannique jusqu'aux problèmes menstruels de la plus jeune de ses épouses. Puis il dit finalement :

— Ta venue est comme la première pluie après une longue sécheresse. Y a-t-il quelque chose que je puisse faire pour ton bonheur ?

— Tu peux laisser tes sujets fréquenter mon église.

Cette fois-ci, le rire du roi fut triste.

— Nomousa, tu es aussi persévérante que les termites qui grignotent les poteaux de ma case. (Il réfléchit en fronçant les sourcils puis sourit derechef.) Très bien, je te laisse emmener un de mes sujets dans ton église – pourvu que ce soit une femme, épouse d'un induna de sang royal et mère de douze enfants. Si tu en trouves une qui remplit toutes ces conditions, tu peux l'emmener avec toi, l'asperger d'eau, lui faire ton signe sur le front, elle pourra alors chanter des chansons à la gloire de tes trois dieux blancs si elle le veut.

— Tu es un homme cruel, Lobengula, répondit Robyn avec son sourire espiègle, et tu manges et tu bois trop, mais je t'aime beaucoup quand même.

— Moi aussi, Nomousa.

— En ce cas, je vais te demander une faveur supplémentaire.

— Je t'écoute.

— Il y a un garçon, le fils de mon frère...

— Henshaw.

— Le roi sait tout.

— Eh bien ? Qu'y a-t-il à propos de ce garçon ?

— Le roi écoutera-t-il sa requête ?

— Envoie-le-moi.

Même de là, Bazo voyait que les coffres à grains débordaient d'épis de maïs séchés au soleil. Il y en avait assez pour nourrir une armée, estima-t-il avec amertume. Aucune chance de les faire sortir en les affamant.

Les coffres à grains cylindriques étaient en bois vert tressé enduit d'argile et de bouse de vache et montés sur des piquets en mopani pour permettre à l'air de circuler au-dessous et pour les protéger des rongeurs et autres animaux nuisibles.

Ils étaient perchés au bord même du précipice.

— Ce chien a bien fait pleuvoir sur ses champs, murmura Zama, le lieutenant de Bazo. Il a du maïs à ne savoir qu'en faire. Peut-être est-il faiseur de pluie, comme il le prétend ?

— L'eau, réfléchit tout haut Bazo en regardant la falaise.

Au-delà des coffres à grains, il apercevait les cases au toit de chaume.

— Pouvons-nous arriver à les faire sortir en les assoiffant ? demanda-t-il à Zama, car celui-ci avait participé aux raids avortés contre le bastion.

— C'est d'abord ce qu'ont essayé les trois autres indunas, fit remarquer Zama. Mais ensuite, un Machona qu'ils avaient capturé leur a dit qu'ils disposent d'une source d'où ils peuvent tirer toute l'eau qu'ils veulent.

Le soleil avait déjà franchi le sommet de la colline, et Bazo plissa les yeux.

— Ça doit être là, dit-il en montrant une ravine envahie par une végétation luxuriante et qui, telle que par un coup de hache, s'ouvrait au sommet de la falaise.

Comme pour confirmer son hypothèse, tout là-haut, la minuscule silhouette d'une fille sortit soudain de la ravine. Elle était écrasée par la perspective, et la corniche le long de laquelle elle grimpait n'était pas visible de leur cachette.

Elle portait une calebasse sur sa tête, et des feuilles vertes bourrées dans l'ouverture empêchaient l'eau d'éclabousser.

Elle disparut par-dessus le sommet de la falaise.

— Il nous faudra donc grimper là-haut, grommela Bazo.

— Il serait plus facile de voler, fit Zama. Ce rocher découragerait un babouin.

La roche était gris clair et lisse comme du marbre. Des bandes de lichen vert, bleu et rouge la parcouraient, peinture sur la palette d'un artiste.

— Viens ! ordonna Bazo.

Ils commencèrent à faire le tour de la colline ; au sommet de la falaise, les sentinelles en armes suivaient leur mouvement, observant leur moindre geste. Quand ils approchaient trop près du pied de la falaise, des rochers tombaient en avalanche, soulevaient des étincelles en dégringolant sur l'éboulis et se carambolaient violemment au-dessus de leurs têtes, les obligeant à battre précipitamment en retraite et à oublier un instant leur dignité.

— C'est la manière des Machonas, maugréa Zama. Des pierres à la place des lances.

Par endroits, des fissures verticales s'ouvraient dans la falaise, mais aucune n'allait de la base au sommet, aucune ne permettait d'accéder à la crête. Bazo cherchait un endroit où la roche aurait été polie par le passage des babouins ou marquée par les sabots des oréotragues, ces petits mammifères pareils à des chamois, ce qui aurait pu révéler une voie d'ascension possible de la paroi rocheuse, mais il n'en trouva aucun. La falaise ceignait toute la colline et la transformait en une forteresse inexpugnable.

— Regarde ! dit Zama en désignant une petite irrégularité dans la paroi. C'est par là que deux guerriers du régiment des Nageurs ont essayé de se frayer un chemin vers le sommet. Ils sont montés jusqu'à ce buisson, dans la fissure, à une trentaine de mètres du bas de la falaise. La corniche se rétrécit ensuite et s'arrête. Ils ne pouvaient ni continuer ni revenir en arrière. Ils sont restés suspendus là pendant deux jours et trois nuits, jusqu'à ce que leurs forces les trahissent. Ils sont tombés l'un après l'autre et se sont écrasés sur les rochers où nous sommes.

Ils poursuivirent leur inspection, et lorsque le soleil se coucha, revinrent à leur point de départ, le bivouac au-dessous de l'échelle. Les gens de Pemba avaient construit une échelle avec de longues perches en mopani attachées par de la corde en écorce, et ils s'en étaient servis pour franchir la falaise à son point le plus bas, à l'endroit où un profond goulet descendait du sommet, à une quinzaine de mètres au-dessus de la plaine environnante. Comme le mécanisme d'un pont-levis, de grosses pierres rondes formaient contrepoids à la lourde échelle et il suffisait pour la relever de tirer sur ses cordes. Le bastion rocheux devenait alors imprenable.

Le soleil se couchait, et Bazo était encore appuyé sur son long bouclier, le regard fixé sur la falaise, apparemment sans entendre les insultes des Machonas qui leur parvenaient, affaiblies dans le silence du soir.

— Pustules sur les grosses fesses de Lobengula.

— Petits de ce chien enragé de Lobengula.

— Bouses séchées de l'éléphant goutteux.

C'est seulement quand il fit trop sombre pour distinguer le sommet de la falaise que Bazo se détourna, mais il resta assis tard près du feu et ne se roula dans sa couverture de fourrure qu'après l'apparition de la grande étoile blanche au-dessus du kopje.

Son sommeil fut troublé par des rêves d'eau, de torrents, de lacs et de cascades.

Il s'éveilla avant le jour et s'assura de la vigilance de ses sentinelles avant de se glisser hors du camp et de grimper furtivement jusqu'au pied de la falaise, exactement sous la ravine envahie par la végétation d'où ils avaient vu la veille sortir la fille à la calebasse.

Bazo entendit le murmure de l'eau et il reprit espoir. Guidé par le bruit, il avança à tâtons et trouva la source au pied de la paroi. Elle emplissait un petit bassin naturel de roche grise d'où elle débordait pour se perdre dans la terre sèche de la plaine. Bazo en prit dans le creux de sa main et la porta à sa bouche ; elle était glacée et douce. La source jaillissait d'une fissure sombre dans le rocher ; Bazo l'examina pendant le court laps de temps qui lui restait avant que le jour ne l'expose aux sentinelles postées en haut de la falaise.

— Debout ! cria Bazo en rentrant dans le bivouac à grandes enjambées. Debout, tous !

Rapides comme des léopards, ses hommes quittèrent leurs nattes, sagaie au poing.

— Que se passe-t-il ? siffla Zama.

— Nous allons danser un peu, annonça Bazo, et tous se regardèrent avec stupéfaction.

Au nord du kopje, au point le plus éloigné de la source et de la longue échelle, ils se mirent à danser. Tous les gens de Pemba s'étaient alignés au bord de la falaise pour les regarder, d'abord dans un silence perplexe, puis en éclatant de rire et en leur adressant des sarcasmes, avant de leur lancer des pierres.

— J'en compte quatre cents, sans les enfants, lâcha Zama haletant, tout en continuant de marteler le sol de ses pieds, de sauter et de donner des coups dans le vide en une *giya* endiablée.

— Il y en aura assez pour nous tous, admit Bazo en pirouettant, son bouclier au-dessus de sa tête.

Ils dansèrent jusqu'à ce que le soleil fût haut et Bazo les reconduisit au camp. Il s'étendit sur sa natte et s'endormit instantanément ; ses guerriers regardèrent Zama, exaspérés, mais celui-ci ne put que hausser les épaules et lever les yeux au ciel.

Bazo se réveilla une heure avant le coucher du soleil. Il mangea un peu de galette de maïs et but une petite calebasse de lait fermenté, puis il fit venir Zama et s'entretint avec lui à voix basse jusqu'à ce que l'obscurité soit presque tombée.

Zama écoutait, hochait la tête et ses yeux brillaient. Tout en parlant, Bazo aiguisait la lame de sa sagaie, et bientôt la lumière étincela le long de son tranchant.

Lorsqu'il fit nuit, Bazo se leva, tendit à Zama son long bouclier et, armé seulement de sa sagaie, sortit à grands pas du bivouac. Arrivé à la source au bas de la falaise, il se débarrassa de son pagne, de son manteau et de sa coiffe. Il les roula en paquet et les cacha dans une anfractuosité de rocher. Puis, entièrement nu, sa sagaie attachée dans le dos par un lacet de cuir, il traversa le bassin naturel en pataugeant. Le reflet des étoiles à la surface de l'eau éclataient en particules lumineuses.

Le froid de l'eau qui tombait sur lui en cascade le fit frissonner et suffoquer, puis il leva la main dans la fissure, trouva une prise, inspira profondément et effectua un rétablissement.

L'eau noire lui dégringolait sur la tête à jet continu, il retint sa respiration et grimpa en se tortillant. Toute sa force lui était nécessaire pour lutter contre la pression du flot. Centimètre par centimètre, le souffle coupé, il se hissa à la force du poignet – et au moment où il était sur le point de se laisser retomber dans le bassin, sa tête émergea à l'air libre, il put de nouveau respirer.

Il inspira à pleins poumons, en se calant avec les épaules et les genoux contre la roche lisse pour résister au torrent. Il n'y avait pas la moindre étoile et l'obscurité semblait peser sur lui et menacer de l'écraser.

Il leva le bras aussi haut qu'il put et trouva une autre prise. De toute la force de ses bras, il gagna quelques dizaines de centimètres supplémentaires, se reposa un moment puis leva de nouveau le bras. La roche était lisse et, par endroits, recouverte d'algues aussi glissantes qu'une peau d'anguille. Le froid s'insinuait en lui comme un être vivant, ses os lui faisaient mal et ses doigts étaient si gourds qu'il arrivait à peine à s'agripper.

L'eau le labourait, lui battait les épaules, lui entrait par le nez, la bouche et les oreilles, lui envahissait le crâne de son grondement furieux. Il continuait de grimper dans la fissure zigzagante. Parfois elle devenait horizontale, alors il rampait sur le ventre, se cognant la tête quand il la levait trop brusquement pour essayer d'atteindre les quelques centimètres d'air libre emprisonnés sous la paroi. La plupart du temps, la crevasse était verticale, et il lui fallait se caler avec les genoux et les épaules pour ne pas être emporté par la cascade. Sa peau, amollie par l'eau, était marquée et arrachée par la pierre, mais mètre après mètre, le temps s'étirant, il poursuivit son ascension.

La fissure devint ensuite si étroite qu'il se trouva coincé. Il ne pouvait ni continuer à grimper ni redescendre. Pris au piège dans la gueule de la montagne, il hurla de terreur, mais sa voix fut couverte par le bruit de tonnerre de la cascade et l'eau lui entra dans la gorge à gros bouillons.

Il lutta désespérément avec ce qui lui restait de

forces, et se propulsa à l'intérieur d'une étroite cavité où il put de nouveau respirer et où l'eau tourbillonnait en petits remous, si bien que, libéré de sa pression, il put se reposer un moment.

Toussant et encore à moitié suffoqué, il s'aperçut qu'il avait perdu sa sagaie, la chercha à tâtons, et sentit que le lacet qu'il avait toujours en bandoulière était retenu par quelque chose. Il tira dessus petit à petit, puis sa main se referma sur la hampe familière ; il sanglota de soulagement et pressa ses lèvres sur l'acier bien-aimé.

Il lui fallut un certain temps pour se rendre compte que l'air de la petite caverne était doux, et il le sentit lui caresser la peau. Cette tiédeur lui rendit courage ; c'était celle du monde extérieur, hors de cette tombe humide et glacée fermée par un mur d'eau grondante. Il trouva le puits le long duquel le torrent aspirait l'air de la surface, et la force lui vint pour tenter l'escalade. Il grimpait avec une lenteur angoissante, et soudain il y eut un point lumineux au-dessus de lui, déformé par l'eau courante et noire.

Il avança la tête, la brise nocturne effleura ses joues, et il perçut l'odeur de la fumée, celle de l'herbe et de la terre, évocatrice de la chaleur persistante du soleil, puis vit la grande étoile blanche qui brillait tout là-haut, dans le ciel nocturne. Le redoutable passage reliait la source jaillissante à celle qui se trouvait au sommet.

Il n'eut pas la force de se traîner plus loin au-delà de la source, et resta étendu sur un matelas de feuilles caché par un buisson, haletant.

Épuisé et transi, il avait probablement sombré dans un sommeil de plomb, car il se réveilla en sursaut. La nuit avait pâli, les branches du buisson se découpaient déjà contre le ciel. Il se traîna hors de sa cachette. Il avait les reins brisés, ses coudes et ses genoux écorchés le brûlaient au seul contact de la brise de l'aube.

Il s'engagea sur l'étroit sentier bien marqué qui, depuis la source, remontait les derniers mètres de la falaise, et en regardant en contrebas, il vit la forêt éclairée par la lune et les petites lueurs jetées par les feux de son bivouac. En chemin, ses muscles s'assouplirent et se dénouèrent, le sang circula de nouveau dans ses jambes et ses bras.

Il s'attendait à trouver une sentinelle. Personne. Alors, par-dessus les portails de pierre qui marquaient l'entrée de la ravine, il jeta un coup d'œil prudent sur le village assoupi.

« Par les dents de Chaka, ils dorment comme des gros chiens paresseux », pensa-t-il, l'air sinistre. Toutes les portes étaient closes et de la fumée s'échappait par toutes les fentes des murs. Ils s'asphyxiaient à moitié pour éloigner les moustiques. Il entendit un homme tousser dans la case la plus proche.

Il était sur le point de sortir de derrière son écran de pierre quand un léger mouvement dans l'obscurité qui régnait entre les cases le fit se baisser de nouveau. Une silhouette sombre avançait rapidement dans sa direction. Bazo changea sa prise sur la hampe de sa sagaie ; la personne s'arrêta à quelques pas de lui.

Elle était emmitouflée dans un manteau de cuir pour se protéger de la fraîcheur de l'aube, voûtée comme une vieille femme, mais elle se redressa et rejeta son manteau. Bazo faillit laisser échapper un petit cri et se mordit les lèvres.

La fille était dans cet âge tendre qui suit la puberté et précède la pleine éclosion de la féminité. Ses petites fesses potelées et sa façon gauche de se tenir les pieds légèrement rentrés à l'intérieur trahissaient les derniers vestiges de l'enfance. Elle était nue et la première lumière du jour éclairait d'une lueur pâle sa peau noire. C'est alors qu'elle tourna la tête.

Sur son cou long et mince, elle tenait très droite sa jolie petite tête couverte de tresses serrées arrangées en un motif complexe. Elle avait le front haut et lisse, les pommettes saillantes comme les Égyptiennes, les lèvres vigoureusement dessinées, symétriques comme les ailes d'un beau papillon, et la lumière brilla brièvement dans ses immenses yeux en amande quand elle regarda autour d'elle.

Puis elle se baissa prestement, et le petit bruit contre le sol emplit inexplicablement la poitrine de Bazo d'une bouffée de tendresse, tant l'acte était innocent et naturel.

Elle se redressa et, avant qu'elle ne se soit recouvert la tête de son manteau, Bazo aperçut encore une fois son visage. Il eut la certitude de n'avoir jamais rien vu d'aussi beau, et, consumé par un désir ardent et douloureux, il la regarda s'en retourner et disparaître précipitamment entre les cases.

Il lui fallut plusieurs minutes pour se secouer, puis, tandis qu'il s'avançait sans bruit, il s'aperçut que, malgré ses efforts, il était incapable de chasser de son esprit l'image de la jeune fille.

On ne pouvait manquer le sentier qui menait du village à l'échelle amovible. Il était large et bien marqué. De chaque côté, il y avait des murs en pierre taillée derrière lesquels les défenseurs pouvaient soutenir n'importe quelle offensive, et, à intervalles réguliers, des tas de pierres prêtes à être jetées sur quiconque eût tenté de forcer le passage en grimpant à l'échelle et en gravissant le sentier.

Celui-ci descendait abruptement dans la ravine et aboutissait à une large plate-forme horizontale. La lumière était plus forte et Bazo distinguait à présent des sentinelles : elles étaient deux sur le bord de la corniche, à surveiller la plaine vingt mètres plus bas et garder la lourde échelle. Un peu en arrière, quatre hommes étaient accroupis autour d'un petit feu. Bazo se mit à saliver en sentant la bonne odeur des galettes de maïs en train de griller. Les hommes parlaient à voix basse et ensommeillée, comme après un long tour de garde, et ils tournaient le dos à la ravine.

Bazo s'approcha à pas de loup. Il y avait un tas de pierres au coin de la plate-forme. Il rampa et se cacha derrière, dans l'ombre.

Il n'eut pas à attendre longtemps. Porté par la brise matinale, le chant lui parvint. C'était l'hymne de combat de son régiment, et le sang de Bazo ne fit qu'un tour. Zama avait commencé à danser au pied de la falaise. Bazo sentit la folie divine – sensation que les hommes ordinaires n'éprouvaient qu'en fumant du chanvre – s'emparer de lui.

Il sentit la sueur apparaître sur sa peau, et la folie monter de son ventre vers son cœur, il sentit sa gorge se gonfler de sang, ses yeux exorbités le brûler.

Les sentinelles s'étaient maintenant regroupées au bord de la falaise et regardaient en bas, riant et montrant les danseurs du doigt.

— Vous entendez japper les chiots de Lobengula !

— Regardez-les danser comme des vierges à la fête des Premiers Fruits !

Le signal convenu avec Zama était la fin du chant de guerre, mais Bazo avait de la peine à se contenir si longtemps.

Il se releva ; ses muscles se convulsaient, il secouait la tête, fou furieux ; dans la lumière de l'aube, ses yeux étaient vitreux. Au même instant, le chant s'arrêta.

Le cri de Bazo pétrifia les hommes attroupés au bord de la falaise ; c'était le beuglement d'un buffle frappé au cœur, le cri strident de l'aigle plongeant sur sa proie.

Avant qu'ils aient pu se retourner, Bazo les heurta. Il avait chargé les bras écartés et en précipita quatre dans le vide. Ils tombèrent en tournoyant et se tordant, hurlèrent pendant toute la durée de leur chute sur une note aiguë brutalement interrompue.

Bazo faillit être emporté par son élan et les suivre ; pendant quelques instants, il chancela au bord du précipice, puis retrouva son équilibre, pivota sur lui-même pour frapper l'un des survivants. La lame entra par le ventre et ressortit dans le dos, transperçant les intestins et les reins, fracassant la colonne vertébrale. Lorsque, d'une secousse, Bazo tira sur la sagaie, le sang lui aspergea l'avant-bras et la poitrine. La dernière sentinelle courut désespérément vers le sentier et Bazo la laissa partir.

En quelques bonds, il atteignit l'endroit où le haut de l'échelle était attaché. Les cordes qui la tenaient étaient en écorce tressée, renforcée avec des lianes et des lanières de cuir. Elles étaient aussi grosses que son bras ; il se servit de sa sagaie comme d'une hache pour les sectionner.

Les cordes émettaient un bruit sec et vibraient chaque fois que l'acier les entamait. Bazo poussait un grognement à chaque coup, fermant à moitié les paupières pour se protéger les yeux contre les éclats de bois et d'écorce.

Il entendit, derrière lui, une clameur sur le sentier : la sentinelle appelait les hommes en renfort. Il dédaigna de se retourner avant d'avoir fini son travail. Une corde lâcha, la lourde échelle s'abaissa d'un côté et se tordit. Bazo continuait de taper, changeant de prise pour frapper par en dessous, et les autres cordes lâchèrent à leur tour.

L'échelle bascula, dégringola de plus en plus vite, et le bois craqua et crissa, noyant les voix des hommes qui arrivaient derrière lui. Le bas de l'échelle heurta l'éboulis au pied de la falaise dans un fracas assourdissant et certains des montants se cassèrent net sous le choc. Le haut de l'échelle était toujours attaché près de Bazo, et l'ensemble du système pendait comme le gréement d'un navire démâté.

Bazo prit le temps de regarder Zama conduire ses guerriers à l'assaut de l'enchevêtrement de cordes et de bois, puis il se retourna.

Ils descendaient le long du sentier en une phalange compacte de corps noirs et d'armes étincelantes, mais leur avance était assez hésitante pour que Bazo se précipite et atteigne l'étroite brèche dans le mur avant l'arrivée des premiers hommes. Ses flancs protégés par le rocher, il se moqua d'eux et son rire les arrêta dans leur élan, ceux qui étaient devant tentant de rebrousser chemin, les autres s'efforçant d'aller de l'avant.

L'un d'eux lança une longue sagaie qui heurta la pierre à la hauteur de sa tête, faisant voler des étincelles. Il se jeta alors sur les hommes coincés entre les murs de pierre et frappa dans le tas. Les cris et les gémissements l'aiguillonnèrent, le sang de ses adversaires éclaboussait son visage et lui entrait dans la bouche, augmentant encore sa folie. Ils rompirent et prirent la fuite, laissant quatre d'entre eux à terre et agonisants.

Bazo jeta un coup d'œil derrière lui. Aucun de ses Matabélés n'avait encore atteint le sommet de l'échelle. Il regarda de nouveau vers le haut du sentier et vit que les adversaires dignes de ce nom arrivaient.

Ce devait être les meilleurs guerriers ; leur supériorité sur ceux que Bazo venait de disperser sautait aux yeux : plus grands et plus puissants, l'expression sévère et déterminée, ils avançaient en bon ordre.

Ils descendaient en rangs serrés vers Bazo, boucliers

levés, lances pointées ; à leur tête dansait un vieillard maigre et desséché, le visage ravagé par quelque terrible maladie, le nez et les oreilles rongés, les joues et le front couverts de taches blanc argenté.

L'attirail des sorciers pendu à sa taille et à son cou, il poussait des cris aigus et bafouillait comme un singe enragé :

— Tuez ce chien de Matabélé.

Bazo était nu, sans bouclier ; il leva cependant sa sagaie et se prépara à affronter les guerriers et leur horrible chef. Il rit de nouveau, du rire joyeux et sauvage d'un homme qui vit une vie entière au cours de ses dernières secondes.

— Bazo !

Bien qu'emporté par sa fureur guerrière, il entendit et se retourna.

Zama venait d'arriver en rampant sur la corniche, épuisé par la longue ascension sur l'échelle. Il se redressa sur les genoux et jeta le grand bouclier tacheté à travers la plate-forme. Comme un faucon, celui-ci se posa sur l'épaule de Bazo, qui éclata de rire et se lança à l'attaque.

Sa sagaie traversa la chair du sorcier comme de l'igname trop cuite, et Pemba poussa un dernier hurlement.

— Attends, Bazo ! Laisse-nous-en quelques-uns !

Les cris de ses cinquante Matabélés s'élevaient derrière lui à mesure qu'ils arrivaient sur la corniche, puis l'épaule musclée de Zama vint toucher la sienne, ils joignirent leurs boucliers et balayèrent le sentier comme les inondations soudaines de l'été nettoient les lits asséchés des rivières.

Ce fut une magnifique offensive, un fait d'armes glorieux que les hommes chanteraient. Les sagaies semblaient conserver leur tranchant malgré le nombre de coups frappés et les bras armés ne se fatiguaient pas. Le front des Matabélés balaya le sommet de la colline d'un bout à l'autre, et ils poussèrent des hurlements de dépit lorsque les derniers hommes de Pemba jetèrent leurs lances et sautèrent en bas de la falaise, furieux de les voir choisir cette mort facile, car leurs sagaies étaient encore assoiffées de sang et leur fureur meurtrière ne les avait toujours pas quittés.

Ils firent alors demi-tour et parcoururent le village en sens inverse. Ils mirent les cases à sac, qui lançant un petit enfant dans les airs avant de le recevoir sur la pointe de sa sagaie, qui projetant celle-ci entre les mamelles desséchées d'une vieille femme tentant de fuir, car la folie divine passe lentement.

D'un coup d'épaule, Bazo ouvrit une autre case. Zama sauta à l'intérieur. Tous deux, maculés de rouge du cou aux genoux, avaient le visage déformé en un masque hideux. Quelqu'un essaya de s'échapper.

— A moi ! rugit Zama en lançant sa longue sagaie, et les premiers rayons du soleil étincelant sur l'acier tombèrent en même temps sur les grands yeux terrifiés et les hautes pommettes de la fille qu'il visait.

La pointe heurta le grand bouclier de Bazo et, déviée, passa à un doigt de la joue de la jeune fille. Avant que Zama ait pu frapper de nouveau, comme un héron couvre de son aile son petit, Bazo se plaça au-dessus d'elle, la protégea de son bouclier, et gronda en montrant les dents tel un léopard dont la progéniture est menacée.

Après la première journée de l'éprouvante marche de retour, alors que la longue file de captives tristes et épuisées s'installait pour la nuit dans un bosquet d'arbres, Bazo parcourut leurs rangs à grandes enjambées et s'arrêta à côté de la fille.

— Toi ! dit-il en tranchant d'un coup de sagaie négligent le lacet de cuir par lequel elle était attachée aux autres par le cou. Prépare mon repas.

Tandis qu'elle s'affairait au-dessus du feu, Bazo plaisantait avec Zama et ses hommes, en essayant de ne pas tourner les yeux vers elle. Il mangea ce qu'elle avait préparé sans montrer ni plaisir ni déplaisir ; pendant ce temps-là, elle resta agenouillée à une distance respectueuse et le regarda prendre chaque bouchée de nourriture.

Puis, quand il eut fini de manger, elle vint en silence, de sa démarche aérienne à la grâce déconcertante, se placer à son côté et souleva la poignée de feuilles flétries sur la blessure gonflée et couverte d'une croûte qu'un coup de sagaie avait laissée au flanc de Bazo. Il voulut la frapper pour cette impertinence, puis laissa retomber sa main.

Elle ne broncha pas et nettoya sa plaie avec des gestes assurés et habiles, puis elle déboucha deux des petits récipients en corne qu'elle portait à la ceinture et prépara un cataplasme avec la poudre qu'ils contenaient. Bazo éprouva une intense sensation de brûlure pendant quelques secondes, puis sentit que l'emplâtre lui faisait du bien.

Il ne lui témoigna aucune reconnaissance, mais lorsqu'un de ses Matabélés vint pour l'attacher de nouveau avec les autres, il fronça les sourcils et l'homme ne la toucha pas.

Quand Bazo s'allongea sur sa natte, elle se coucha en boule à ses pieds comme un petit chien. Il s'attendait à ce qu'elle essaie de s'échapper lorsque le camp serait assoupi, mais à minuit passé elle n'avait pas bougé et il finit par s'endormir.

Dans l'heure qui précède l'aube, quand il se leva pour s'assurer de la vigilance des sentinelles, il y avait de la gelée blanche sur l'herbe, et il entendit que la fille claquait des dents. En passant, il laissa tomber sur elle sa capote en fourrure.

Lorsqu'il ordonna le début de la marche, elle avait placé sur sa tête sa natte roulée et sa marmite. A plusieurs reprises au cours de la journée, Bazo remonta la colonne sans donner de raison à Zama ; à chaque fois, il ralentissait le pas en arrivant derrière la fille et regardait ses muscles jouer dans son dos, le balancement de ses fesses rondes et le mouvement de ses seins. Mais quand elle tourna la tête pour lui sourire timidement, il témoigna d'une hauteur glaciale et rejoignit à grandes enjambées la tête de la colonne.

Le soir, il se laissa aller à un hochement de tête approbateur en goûtant ce qu'elle lui avait préparé à manger, et quand elle pansa sa blessure, il lui dit :

— Ça ne me brûle plus.

Elle ne leva pas les yeux.

— Qui t'a appris à faire cela ? demanda-t-il.

— Pemba, le sorcier, murmura-t-elle.

— Pourquoi ?

— J'étais son apprentie.

— Pourquoi toi ?

— Parce que j'ai le don.

— Dans ce cas, petite sorcière, rends-moi un oracle, lança-t-il en riant.

Elle leva la tête et il la regarda dans les yeux, ses déconcertants yeux bridés, noirs comme des braises.

— Ne vous moquez pas, *nkosi*.

Elle l'avait appelé *nkosi*, seigneur.

Bazo cessa de rire. La nuit, en l'entendant frissonner, il souleva sa couverture de fourrure pour qu'elle s'y faufile.

Bazo fit semblant de dormir ; il était tendu et percevait le moindre mouvement de la fille cherchant sa position pour s'endormir. Il lui aurait été facile de l'immobiliser et d'introduire de force son genou entre les siens. Il s'agita et grogna à cette pensée.

— Quelque chose vous tracasse, seigneur ? murmura-t-elle.

— Comment t'appelles-tu ? demanda-t-il, pris de court, sur le même ton.

— Tanase.

— Tanase, répéta-t-il comme pour savourer la sonorité de ce nom rozwi, l'une des tribus machonas, dont il ne connaissait pas le sens.

— Je connais ton nom... tout le monde le prononce avec respect, dit-elle. C'est Bazo, la Hache.

— J'ai tué Pemba, ton maître, je l'ai abattu de ma propre main, dit-il sans savoir pourquoi.

— Je sais, murmura-t-elle.

— Tu m'en veux d'avoir fait ça, petite sorcière ?

— Je te loue de l'avoir fait ! répondit-elle en secouant la tête avec une calme véhémence, et sa hanche toucha la sienne.

— Tu me loues ? N'aimais-tu pas Pemba comme une chienne aime son maître ?

— Je le détestais, et quand j'ai prévu sa mort dans la calebasse magique, la joie m'a envahie.

— Tu avais vu sa mort ?

— Oui, et j'ai vu ton visage, longtemps avant que tu viennes m'enlever.

Bazo frissonna malgré lui, et elle le sentit.

— Tu as froid, seigneur.

Elle se pressa un peu plus contre lui. Sa peau était chaude et douce ; il sentit qu'il était loin d'être insensible à son contact.

— Pourquoi haïssais-tu Pemba ?

— Il était d'une méchanceté indescriptible. Je n'oublierai jamais ce qu'il m'a obligée à faire.

— Il s'est servi de ton corps ? demanda Bazo avec un accent dans la voix.

— Même Pemba n'aurait pas osé toucher le corps d'une élue, car déchirer le voile de la virginité revient à détruire le don.

— Le don ?

— Le don de clairvoyance auquel les gens comme Pemba attribuent tant de prix.

— Que t'a-t-il donc forcée à faire ?

— Des choses obscures, des choses que l'on fait à minuit, des tortures non du corps mais de l'esprit.

C'était elle qui frissonnait à présent ; elle se tourna vers lui et cacha son visage contre sa large poitrine glabre, si bien que c'est d'une voix étouffée qu'elle poursuivit, et il eut du mal à comprendre ce qu'elle disait.

— Je ne voulais pas être choisie. Je redoute ce qui m'attend encore si je persévère dans cette voie.

— Pemba est mort.

— Tu ne comprends pas. Pemba n'était qu'un petit sorcier ; il m'avait appris presque tout ce qu'il savait. Ensuite, j'aurais été appelée par celui dont je n'ose pas prononcer le nom. Cet appel viendra quand même et je ne pourrai pas l'ignorer.

— Tu es sous ma protection.

— Tu ne peux me protéger que d'une seule façon, seigneur Bazo.

— Comment ?

— Rends-moi sans valeur à leurs yeux. Détruis ce don qui est pour moi un tel fardeau.

— Comment ?

— Comme tu as détruit Pemba avec ta lance d'acier, détruis-le avec ta grande lance de chair, déchire mon voile afin que ce don s'échappe de moi.

Elle le sentit, brûlant et ardent, contre elle, et il lui sembla que son corps fondait, s'abandonnait et devenait malléable.

— Oh oui, seigneur, rends-moi comme les autres femmes afin que je puisse sentir la nuit ton noble ventre sur le mien, que je puisse sentir ton fils lancer des coups de pied dans ma matrice et tirer sur ma poitrine quand je lui donnerai le sein.

— Tu auras tout cela, Tanase, répondit Bazo d'une voix rauque de désir. Lorsque nous serons de retour à GuBulawayo, le roi me récompensera et m'accordera la permission d'aller chez les femmes et de prendre une épouse.

— Seigneur, il est dangereux d'attendre.

— Je ne veux pas forniquer avec toi comme avec une esclave. Tu seras la première de mes épouses.

— Seigneur...

— Assez, Tanase, ne me tente pas davantage, car la chose que tu sens, aussi dure soit-elle, n'est pas de pierre mais de chair.

— *Nkosi*, tu ne connais pas le pouvoir des sorciers. Délivre-moi d'eux.

— Je connais la loi et la coutume des Matabélés, et c'est à elles que je dois me conformer.

L'éclaireur de Bazo arriva à toute vitesse, ruisselant de sueur, et cria son rapport à l'instant où il atteignit la tête de la colonne.

Bazo se tourna et aboya trois ordres brefs. Immédiatement, la colonne serra les rangs, et les prisonnières durent s'accroupir sous la garde d'une douzaine de guerriers. Les autres Matabélés s'alignèrent derrière Bazo, et il les emmena à cette allure intermédiaire entre le trot et la course qui soulevait la poussière jusqu'à leurs genoux.

Bazo choisit d'un œil sûr le lieu de son embuscade : un endroit où un seul passage était possible à travers le terrain accidenté et les épaisses broussailles. Le cavalier s'y engagea. Les longs boucliers l'encerclèrent brusquement et son cheval s'ébroua et se déroba.

L'homme avait presque tiré son fusil du fourreau lorsque Bazo l'arrêta d'un cri :

— Trop tard ! Tu serais déjà mort et les chacals festoieraient sur ton cadavre. Tu deviens négligent, en dépit de tout ce que je t'ai appris, Henshaw.

Ralph laissa retomber la carabine dans son fourreau et leva les mains, partagé entre plaisir et contrariété.

— Il suffit de secouer un arbre, il en tombe des Matabélés, dit-il d'un ton faussement affligé. (Sautant de son cheval, il se dirigea à grandes enjambées vers Bazo. Tandis qu'ils se donnaient l'accolade, Ralph dit en riant à Bazo :) Je m'attendais à voir déjà le bandeau d'induna sur ton front, ô grand tueur de Machonas.

— Bientôt, Petit Faucon, très bientôt. Mais, et toi, je pensais que ton chariot était plein d'ivoire...

— C'est fait, Petite Hache, c'est déjà fait.

Ralph se recula pour le regarder. En quelques mois, depuis leur séparation, tous deux avaient changé.

Il ne restait plus trace chez Bazo du jeune mineur qui avait travaillé dans le puits et mangé les rations allouées par Zouga Ballantyne. Ralph avait devant lui un fier guerrier emplumé, un prince de haute stature.

Lui-même n'était plus le garçon inexpérimenté que son père dirigeait dans ses moindres actions. Il était un homme fait, au port de tête assuré, le menton levé avec désinvolture. Cependant, bien que ses vêtements aient été usés par le voyage et tachés, les habitudes inculquées par Zouga Ballantyne se faisaient toujours sentir : ils avaient été récemment lavés et Ralph s'était rasé le matin même. Les jeunes hommes se regardaient et leur affection mutuelle était à présent mêlée de respect.

— J'ai tué une jeune femelle buffle, il n'y a même pas deux heures.

— Oui, dit Bazo. C'est ton coup de feu qui nous a amenés là.

— J'en suis heureux. La viande de buffle est bien grasse, et il y en a assez même pour des Matabélés affamés.

Bazo regarda le soleil.

— Bien que je sois pressé, au service du roi, mes prisonniers ont besoin de repos. Nous allons t'aider à manger ce buffle, Henshaw, mais nous repartirons dès l'aube.

— Nous avons beaucoup de choses à nous dire... et bien peu de temps pour le faire.

Il y eut un claquement de fouet, et Bazo regarda pardessus l'épaule de Ralph les bœufs arriver de leur pas lent entre les arbres et le chariot avancer en bringuebalant.

— Tu es toujours en aussi mauvaise compagnie, grogna Bazo avec un sourire en reconnaissant Umfaan à la tête de l'attelage, et Isazi, le petit Zoulou, sur le flanc. Mais ton chargement est le bienvenu. (Les quartiers de viande de buffle crue étaient accrochés au coffre du véhicule.) Nous n'avons pas mangé de viande fraîche depuis que nous sommes partis du kraal royal.

Ralph et Bazo étaient assis autour du feu, à l'écart de leurs escortes, afin de pouvoir parler librement.

— Le roi a accepté d'acheter les fusils et les bouteilles que j'avais apportés de Kimberley, dit Ralph, et il m'a payé généreusement.

Il ne précisa pas en quoi avait consisté ce paiement et ne dit pas son étonnement quand Lobengula lui avait offert un diamant brut, une grosse pierre de la première eau.

Sa surprise avait été immédiatement suivie de tiraillements de conscience ; il n'avait en effet aucun doute quant à la provenance de cette pierre. Ses scrupules durèrent à peu près aussi longtemps que sa surprise et il marchanda avec entrain, réussissant à faire monter le prix à six pierres, qu'il choisit avec un œil expert après ses années de travail dans la mine. Il savait que les diamants vaudraient dix mille livres lorsqu'il les ramènerait à la civilisation.

Il remboursait ainsi d'un seul coup le chariot et l'attelage, l'intégralité de sa dette à Diamond Lil, et il lui restait plusieurs milliers de livres de profit.

— J'ai ensuite demandé à Lobengula de me laisser chasser l'éléphant ; il a ri et dit que j'étais trop jeune, que les éléphants me mangeraient ! Puis il m'a fait attendre à l'extérieur de son kraal pendant dix jours.

— S'il ne t'a pas fait attendre plus longtemps, cela veut dire que tu as gagné sa faveur, interrompit Bazo. Certains Blancs ont attendu du début de la saison sèche jusqu'au milieu de la saison des pluies, simplement pour obtenir la permission de sortir du Matabeleland.

— Dix jours m'ont suffi, grogna Ralph. Mais quand je lui ai demandé sur quelle partie de ses terres j'étais autorisé à chasser, il s'est mis à rire de nouveau et a dit : « Les éléphants seront si peu en danger à cause de toi, Petit Faucon, que tu peux aller où tu veux et tuer tous ceux qui seront assez stupides ou boiteux pour te laisser faire. »

— Et combien d'éléphants stupides et boiteux as-tu trouvés jusqu'ici, Henshaw ? glousse Bazo.

— J'ai déjà cinquante belles défenses dans le chariot.

— Cinquante !

Le petit rire de Bazo s'évanouit et il regarda Ralph avec stupéfaction, puis il se leva et se dirigea vers le chariot. Il défit une des sangles et souleva la bâche pour jeter un coup d'œil au chargement. Isazi leva les yeux de sa marmite, fronça les sourcils et lança à Ralph :

— Son arrière-grand-père, Machobane, était un voleur, son grand-père, Mosélékatsé, un traître... vous avez toutes les raisons de lui faire confiance, Henshaw.

Bazo ne le regarda pas mais examina les arbres.

— Ces bavards de singes font un vacarme épouvantable, murmura-t-il avant de revenir vers Ralph. Ce sont de belles défenses. Comme celles qu'emportaient les chasseurs quand j'étais petit.

Ralph ne lui dit pas que la plupart de celles qui se trouvaient sur son chariot avaient été prises bien avant sa naissance. Il avait retrouvé toutes les cachettes que son père lui avait signalées, sauf deux.

L'ivoire avait séché, perdant presque un quart de son poids d'origine, mais la majeure partie était encore en bon état et se vendrait au prix du marché.

Tout en cherchant les cachettes de Zouga, Ralph avait lui aussi chassé l'éléphant, mais sans grand succès. Il en avait tué cinq, dont un seul mâle, et ses défenses pesaient à peine plus de soixante livres. Les défenses des femelles étaient petites et méritaient tout juste d'être prises.

Les grandes hardes décrites par Zouga dans *L'Odyssée d'un chasseur* avaient disparu. Depuis ce temps-là, les chasseurs avaient afflué, certains inspirés par le livre de Zouga. Bœrs ou Britanniques, Hottentots ou Allemands, ils avaient harcelé les grandes bêtes grises et laissé des tas de leurs ossements blanchis sur le veld et dans la forêt.

— Oui, ce sont de belles défenses, acquiesça Ralph. Et mon chariot est maintenant lourdement chargé. Je retourne au kraal du roi pour lui demander la permission de quitter le Matabeleland et de rentrer à Kimberley.

— Quand tu seras parti, je ne te reverrai plus, dit Bazo à voix basse. Tu feras comme les autres Blancs qui viennent au Matabeleland : tu emporteras ce que tu veux et ne reviendras jamais.

Ralph se mit à rire.

— Non, vieil ami, je reviendrai. Je n'ai pas encore tout ce que je veux. Je reviendrai avec plus de chariots, peut-être six, tous chargés de marchandises. J'installerai des comptoirs entre la rivière Shashi et le Zambèze.

— Tu vas devenir riche, Henshaw. J'en suis convaincu. Mais les riches ne sont pas toujours heureux, je l'ai souvent remarqué. Le Matabeleland ne représente-t-il pour toi que de l'ivoire, de l'or et des diamants ?

Ralph changea d'expression.

— Comment es-tu au courant ?

— Je ne suis au courant de rien, objecta Bazo toujours souriant, je demandais seulement. Je n'ai pas à jeter les os divinatoires ou à regarder dans la calebasse magique pour savoir qu'il s'agit d'une femme : tu as d'un seul coup l'allure d'un chien qui sent la femelle. Dis-moi qui c'est, Henshaw, et quand tu comptes la prendre pour épouse. (Puis il rit de bon cœur.) Tu ne l'as pas encore demandée à son père ? Ou bien tu l'as demandée et il a refusé ?

— Ce n'est pas un sujet de plaisanterie, rétorqua Ralph avec raideur.

Bazo dut faire effort pour réprimer son sourire, mais ses yeux continuèrent de pétiller.

— Pardonne à celui qui t'aime comme un frère, j'ignorais que l'affaire était aussi grave, dit-il en réussissant enfin à adopter l'expression solennelle de Ralph.

— Un jour, il y a longtemps, alors que nous remontions du puits dans la benne, tu m'as parlé d'une femme aux cheveux aussi blonds que l'herbe hivernale, dit finalement Ralph, et Bazo acquiesça. C'est elle, je l'ai trouvée.

— Te veut-elle autant que tu la veux ? demanda Bazo avec fermeté. Si ce n'est pas le cas, cela signifie qu'elle est si stupide qu'elle ne te mérite pas.

— Je ne le lui ai pas encore demandé, admit Ralph.

— Ne le fais pas, dis-lui que tu la veux, puis demande-la à son père. Montre à son père tes défenses d'éléphant, l'affaire sera réglée.

— Tu as raison, Bazo, c'est aussi simple que ça, dit Ralph l'air dubitatif, avant d'ajouter à mi-voix en anglais afin que son interlocuteur ne comprenne pas : Que ferai-je si ça ne l'est pas ? Je ne pourrai jamais vivre sans elle.

Si Bazo ne saisit pas les paroles, leur sens et l'intonation de son ami ne lui échappèrent pas. Il soupira et ses yeux se tournèrent vers Tanase près du feu de cuisson.

— Elles sont faibles et douces, mais elles infligent des blessures plus profondes que l'acier le plus aiguisé.

Ralph suivit son regard ; soudain son visage s'éclaira, il rit à son tour et donna une tape sur l'épaule de Bazo.

— Je vois maintenant ce que tu voulais dire quand tu parlais du chien qui a l'odeur de la femelle dans les narines.

— Ce n'est pas un sujet de plaisanterie, dit Bazo avec hauteur.

Longtemps après que le dernier os rongé fut jeté dans le feu et le dernier pichet de bière vidé, longtemps après que les guerriers matabélés se furent fatigués de chanter la chanson de Pemba, l'ode à leurs prouesses et au courage qu'ils avaient manifesté sur la colline du sorcier, et se furent enroulés dans leurs couvertures de fourrure, que la dernière captive eut cessé de pleurer, Bazo et Ralph étaient toujours assis autour de leur feu. Le ronronnement de leurs voix et le bruit que faisaient les bœufs en ruminant étaient les seuls sons perceptibles du camp.

Ils prolongeaient ces derniers moments passés ensemble car tous deux sentaient que lorsqu'ils se retrouveraient, ils auraient changé, et peut-être le monde avec eux.

Ils revivaient leur jeunesse, revoyaient Scipion, le faucon, et Inkosikazi, la grosse araignée ; ils sourirent au souvenir cuisant de leur combat au bâton, et à celui de la colère de Bakela lorsque Bazo lui avait remis le diamant en mille morceaux ; ils parlèrent de Jordan, de Jan Cheroot, de Kamuza et de tous les autres, jusqu'au moment où, à contrecœur, Bazo se leva finalement.

— Je vais m'en aller avant le lever du soleil, Henshaw, dit-il.

— Va en paix, Bazo... et jouis des honneurs qui t'attendent et de la présence de la femme que tu as conquise.

Quand Bazo arriva à sa natte, la jeune fille était déjà enveloppée dans la couverture.

Dès que Bazo se coucha à côté d'elle, elle tendit le bras vers lui. Elle était brûlante et avait la peau sèche, comme si elle avait la fièvre. Elle était secouée de sanglots silencieux et l'étreignit avec violence.

— Qu'y a-t-il, Tanase ? demanda-t-il, inquiet.

— Une vision. Une vision terrible.

— Un rêve, ce n'était qu'un rêve, dit-il soulagé.

— C'était une vision, objecta-t-elle. Oh, Bazo, ne veux-tu pas me retirer ce don terrible, avant qu'il ne nous détruise tous les deux ?

Il la tenait dans ses bras et ne pouvait lui répondre ; son affliction le bouleversait et il n'était pas en mesure de la soulager.

Au bout d'un moment, elle se calma ; il crut qu'elle dormait, mais elle murmura soudain :

— C'était une vision terrible, seigneur Bazo... elle me hantera jusqu'à ma mort. (Il ne dit rien mais sentit un frisson de superstition le parcourir.) Je t'ai vu en haut d'un arbre... (Elle s'interrompit brusquement, secouée par un autre sanglot.) Cet homme blanc, celui que tu appelles Henshaw, le Faucon, ne lui fais pas confiance.

— Il est comme un frère pour moi, et je l'aime comme tel.

— Pourquoi alors n'a-t-il pas pleuré, Bazo, pourquoi n'a-t-il pas pleuré quand il t'a vu là-haut dans l'arbre ?

Salina Codrington roulait avec habileté sa pâte à gâteau. Elle avait remonté haut les manches de son chemisier et était couverte de farine jusqu'aux coudes, des petits bouts de pâte collés aux mains et aux doigts. Le toit de chaume de la cuisine de la mission était noir de suie à cause du poêle, et la pâte dégageait une odeur chaude de levain.

Une mèche s'était échappée du ruban et lui chatouillait le nez et le menton. Salina souffla pour l'écarter ; les cheveux blonds flottèrent comme de la gaze puis retombèrent doucement sur son visage, mais elle ne cessa pas de rouler sa pâte pour autant.

Appuyé contre le montant de la porte, Ralph pensait que ce petit geste était le plus émouvant qu'il avait jamais vu, mais tout ce qu'elle faisait le fascinait – même la façon dont elle penchait la tête et lui souriait. Son sourire était si gentil, si naturel, que sa poitrine se serra de nouveau.

— Je pars demain, dit-il, d'une voix qui lui parut étranglée.

— Oui, dit Salina en hochant la tête. Vous allez nous manquer terriblement.

— C'est la première fois que j'ai la possibilité de vous parler tranquillement, sans que ces petits monstres...

— Oh ! Ralph, même si c'est parfaitement exact, ce n'est pas gentil d'appeler ainsi mes petites sœurs. Si vous vouliez me parler, vous auriez dû le demander.

— C'est ce que je fais, Salina.

— Et nous sommes seuls.

— Vous ne voulez pas vous arrêter un moment ?

— La pâte serait gâchée, mais je peux très bien vous écouter tout en travaillant.

Ralph changea de position et se voûta. Ça ne se passait pas comme il l'avait projeté. La soulever de terre avec dextérité et au bon moment alors qu'elle avait les bras couverts de farine et un rouleau à pâtisserie dans les mains allait tenir de l'exploit.

— Salina, vous êtes la plus belle fille... la plus belle femme que j'aie jamais vue.

— C'est gentil, Ralph, mais ce n'est pas vrai. J'ai un miroir, vous savez.

— Je vous jure que c'est vrai...

— Ne jurez pas, Ralph, je vous en prie. Quoi qu'il en soit, il y a des choses bien plus importantes que la beauté physique... la gentillesse, la bonté et la compréhension, par exemple.

— Oh oui, et vous les avez toutes !

Salina s'arrêta brusquement de rouler sa pâte et le regarda avec une expression de consternation soudaine.

— Ralph, murmura-t-elle. Cousin Ralph...

— Cousin, peut-être, coupa-t-il en bégayant légèrement dans sa hâte de tout dire, mais je vous aime, Salina, je vous ai aimée dès l'instant où je vous ai vue au bord de la rivière.

— Oh ! Ralph, mon pauvre Ralph, dit-elle d'une voix où la compassion se mêlait à la consternation.

— Je ne vous l'aurais jamais dit plus tôt... mais maintenant, après cette expédition, j'ai quelque argent. Je vais pouvoir payer mes dettes, et lorsque je reviendrai, ce sera avec mes propres chariots. Je ne suis pas encore riche, mais cela viendra.

— Si seulement j'avais su... Oh ! Ralph, si j'avais soupçonné, j'aurais pu...

Mais il ne la laissa pas finir.

— Je vous aime, Salina, bafouilla-t-il, je vous aime de tout mon cœur et je veux vous épouser.

Elle s'approcha de lui, les yeux embués de larmes.

— Oh, cher Ralph... Je suis désolée. J'aurais donné n'importe quoi pour vous épargner du chagrin. Si seulement j'avais su...

Il resta en arrêt, perplexe.

— Vous ne voulez pas... cela veut dire que vous ne voulez pas m'épouser ? (La perplexité disparut et l'expression de son visage se durcit.) Mais pourquoi ? Je vous donnerai tout, je vous chérirai et...

— Chut, Ralph, chut, coupa-t-elle en posant un doigt couvert de farine sur ses lèvres.

— Mais, Salina, je vous aime ! Vous ne comprenez pas ?

— Si, j'ai compris, mais moi, je ne vous aime pas, Ralph.

Cathy et les jumelles accompagnèrent Ralph jusqu'à la rivière. Vicky et Lizzie chevauchaient toutes deux Tom, montées à califourchon, leurs jupes relevées sur les cuisses, et elles poussaient des cris perçants. Ralph crut qu'elles allaient lui déchirer les tympans ; il marchait devant, l'air renfrogné et maussade, et ne répondait pas aux questions et commentaires de Cathy, qui gambadait à ses côtés. Elle finit par perdre son entrain et se tut aussi.

Ils devaient se séparer sur la berge de la Khami. Ils le savaient mais n'en parlaient pas. Quand ils y arrivèrent, Isazi avait déjà traversé. La berge opposée était marquée par les cicatrices profondes laissées par les roues cerclées de fer du chariot. Le petit Zoulou devait avoir une heure d'avance. Ils s'arrêtèrent sur la rive, et à présent même les jumelles se taisaient. Ralph jeta un coup d'œil en arrière, sur la piste, levant son chapeau pour se protéger les yeux du soleil levant.

— Salina ne viendra donc pas ? dit-il tout net.

— Elle a mal au ventre, répondit Vicky. C'est ce qu'elle m'a dit.

— Moi, je crois plutôt que c'est la malédiction d'Ève, objecta Lizzie d'un ton dégagé.

— C'est inconvenant, lança Cathy. Seules les petites sottes parlent de choses qu'elles ne comprennent pas.

Lizzie bouda, et Vicky prit un air de sainte-nitouche.

— Dites au revoir au cousin Ralph.

— Je vous aime, cousin Ralph, dit Vicky, qu'il fallut arracher de lui comme une sangsue.

— Je vous adore, cousin Ralph.

Lizzie avait compté les baisers dont Vicky l'avait gratifié, et elle essaya de faire mieux, noble tentative que Cathy fit avorter.

— Allez ouste, toutes les deux ! lança celle-ci.

— Cathy pleure, dit Lizzie.

Les jumelles étaient ravies.

— Mais non, je ne pleure pas, protesta Cathy avec véhémence.

— Si, tu pleures, insista Vicky.

— J'ai quelque chose dans l'œil.

— Dans les deux ? demanda Lizzie, l'air sceptique.

— Faites attention ! avertit Cathy.

Elles connaissaient bien l'expression et battirent en retraite pour se mettre hors de portée. Cathy leur tourna le dos, si bien que ce qu'elle dit leur échappa à moitié.

— C'est vrai, je pleure, murmura-t-elle d'une voix aussi voilée de larmes que ses yeux. Je suis triste de vous voir partir.

Ralph ne l'avait jamais vraiment regardée, n'ayant d'yeux que pour Salina, mais sa franchise le touchait et il la vit pour la première fois.

Il la considérait comme une enfant, mais il se rendit compte soudain qu'il s'était trompé. Ses sourcils sombres et épais, son menton volontaire lui donnaient un air énergique, et il sentit qu'elle ne pleurait pas pour rien. Elle avait manifestement grandi depuis la première fois qu'il l'avait vue, un an plus tôt. Elle lui arrivait maintenant au menton.

Ses taches de rousseur la faisaient toujours paraître aussi jeune, mais son nez avait pris sa forme définitive et le regard de ses yeux verts, même mouillés par les larmes, était trop sage et ferme pour être celui d'une enfant.

Elle portait toujours sa robe verte de sacs de jute, qui faisait à présent des poches à la taille et devenait trop étroite sur la poitrine. Elle n'arrivait pas à empêcher ses jeunes seins de pointer, et ses hanches, qu'il se souvenait avoir vues étroites et anguleuses comme celles d'un garçon, tiraient sur les coutures.

— Vous reviendrez, Ralph ? Si vous ne me le promettez pas, je ne peux pas vous laisser partir.

— Je vous le promets, dit-il, et soudain la douleur d'avoir été éconduit par Salina, à laquelle il pensait succomber, devint supportable.

— Je prierai pour vous chaque jour jusqu'à votre retour, dit-elle en venant l'embrasser.

Elle n'était plus ni maigre ni gauche dans ses bras, et Ralph eut soudain conscience de la douceur de son contact contre son corps.

Le goût de ses lèvres pulpeuses lui rappela celui des brins d'herbe au printemps. Il n'était guère pressé de mettre fin à l'étreinte, et Cathy semblait elle aussi contente de la laisser durer. La souffrance d'éprouver un amour non payé de retour diminua encore et fit place à une sensation chaude et réconfortante, un embrasement des plus agréables, jusqu'au moment où Ralph se rendit compte de deux choses.

D'abord, les jumelles formaient un public avide, yeux écarquillés et sourires impudents. Ensuite, l'agréable embrasement qui l'avait envahi avait son origine bien plus bas que son cœur brisé et s'accompagnait de changements qui n'allaient pas tarder à être perçus par la jeune innocente qu'il tenait dans ses bras.

Il la repoussa presque et sauta en selle avec une impétuosité inutile. Quand il regarda de nouveau Cathy, ses yeux ne contenaient plus de larmes. Elle avait maintenant l'air satisfait, preuve irréfutable qu'elle n'était plus une enfant.

— Quand reviendrez-vous ?

— Pas avant la fin des pluies... dans six ou sept

mois, répondit-il, et cette période lui sembla soudain très longue.

— De toute façon, j'ai votre promesse.

Arrivé sur l'autre rive, il jeta un coup d'œil en arrière. Les jumelles avaient déjà tourné les talons et faisaient la course sur la piste, jupes et tresses au vent, mais Cathy était restée à le regarder. Elle leva la main pour lui faire signe et continua jusqu'à ce que cheval et cavalier aient disparu au milieu des arbres.

Elle s'assit ensuite sur un rondin au bord de la piste. Le soleil passa au zénith, puis plongea dans le nuage de fumée vaporeuse des feux de brousse qui bleuissait l'horizon et se transforma en un disque rouge qu'elle put regarder directement sans avoir mal aux yeux.

Au crépuscule, un léopard rugit à la lisière de la sombre forêt riveraine. Cathy frissonna et se leva. Son regard s'attarda encore quelques instants sur le lit de la large rivière et elle reprit enfin le chemin de chez elle.

Bazo n'arrivait pas à dormir ; voilà plusieurs heures qu'il avait quitté sa natte et était venu s'accroupir près du feu au centre de la case. Les autres – Zama, Kamuza et Mondane, ceux qui allaient l'accompagner le lendemain – n'avaient même pas bougé.

Les parures étaient posées en tas près de leurs silhouettes étendues : manteaux de fourrure ornés de plumes et de perles, coiffes et pagnes – les atours réservés aux grandes occasions, comme la fête des Premiers Fruits, un compte rendu à faire au roi ou encore la cérémonie pour laquelle ils étaient réunis et qui devait commencer à l'aube.

Bazo les regardait, et la joie qui gonflait sa poitrine était si intense qu'elle chantait dans ses oreilles et pétillait dans son sang. D'autant plus que ses vieux compagnons, ceux avec qui il avait partagé son enfance, son adolescence et ses premières années de maturité, se trouveraient de nouveau à ses côtés pour l'un des jours les plus importants de sa vie.

Assis seul près du feu tandis que ses compagnons ronflaient et marmonnaient dans leur sommeil, Bazo prit plaisir à passer en revue ses souvenirs.

Il revécut tous les instants de son triomphe, lorsque les files de captives avaient défilé devant le chariot de Lobengula et entassé le butin : les barres et les rouleaux de cuivre, les fers de hache, les sacs de sel, les pots d'argile pleins de perles de porcelaine ; Pemba était un sorcier réputé et toutes ces richesses étaient des tributs qu'il avait prélevés sur ses clients remplis de crainte.

Lobengula sourit en voyant son trésor, car c'était lui qui se trouvait à l'origine de sa querelle avec Pemba. Le roi n'était pas au-dessus des jalousies des hommes ordinaires. Lorsqu'il sourit, tous ses indunas firent de même en sympathie et émirent des petits gloussements d'approbation.

Bazo se rappela le moment où le roi lui avait dit d'avancer et avait souri en le voyant vider le sac qu'il portait sur l'épaule : la tête du sorcier, alors dans un état de décomposition avancé, avait roulé jusqu'à la roue avant du chariot et renvoyé son sourire à Lobengula, en découvrant des dents tachées par le chanvre.

Une bande de chiens errants, décharnés et galeux, qui rôdaient autour du kraal royal, étaient venus grogner et se disputer le morceau, et lorsqu'un des bourreaux vêtus de noir voulut les écarter à coups de massue, le roi l'en empêcha.

— Ces pauvres bêtes ont faim, laisse-les, ordonna-t-il avant de s'adresser à Bazo : Dis-moi comment cela s'est passé.

Mot pour mot, Bazo repassa mentalement le récit qu'il avait fait de son expédition, en commençant par danser la *giya* et chanter l'ode à Pemba qu'il avait composée :

Comme une taupe dans les entrailles de la terre
Bazo trouva le passage secret...

Il chantait, et, assis au premier rang des indunas, Gandang, son père, écoutait avec gravité et fierté.

Comme le poisson-chat
qui vit dans les grottes de Sinoia
Bazo nagea dans l'obscurité...

Quand les vers les mentionnèrent, Zama et ses guerriers s'élancèrent à leur tour pour danser et tourbillonner à ses côtés.

Tel le mamba jailli de sous une pierre,
Zama distribuait la mort avec son croc d'argent...

Lorsque la danse de triomphe fut finie, ils se jetèrent face contre terre devant le chariot royal.

— Bazo, fils de Gandang, va choisir deux cents bêtes dans les troupeaux royaux, lança Lobengula.

— *Bayété !* cria Bazo encore haletant après la danse.

— Bazo, fils de Gandang, toi qui as commandé cinquante hommes avec une telle habileté, tu en auras mille sous tes ordres.

— *Nkosi !* Seigneur !

— Tu commanderas les jeunes gens récemment enrôlés qui attendent au kraal royal sur la rivière Shangani, entonna Lobengula. Voici quels seront les insignes de ton nouveau régiment : vos boucliers seront rouges, vos pagnes en queues de genette, vos plumes, celles des marabouts, et vos bandeaux, en fourrure de taupe. (Il marqua une pause.) Ton régiment sera celui des Izimvukuzane Ezembintaba, les taupes qui creusent sous la montagne.

— *Nkosi kakhula !* Grand roi ! rugit Bazo.

— Bazo, maintenant lève-toi et va chez les femmes te choisir une épouse. Assure-toi qu'elle est vertueuse et féconde, et que son premier devoir soit de poser la couronne d'induna sur ton front.

— *Indhlovu ! Ngi ya bonga !* Grand Éléphant, sois loué !

Assis près du feu dans sa veillée solitaire, Bazo se souvint de chaque mot, chaque intonation, chaque pause que le roi avait utilisés pour lui décerner ces honneurs. Il eut un soupir de contentement et posa une bûche dans le feu, avec précaution afin de ne pas réveiller ses compagnons, et les étincelles s'élevèrent en flottant jusqu'à travers l'ouverture pratiquée au centre du toit en forme de dôme.

Puis le cri lointain d'une hyène interrompit sa rêverie, bruit familier mais qu'il entendait pour la première fois depuis la tombée de la nuit. Un soir sur deux, ces animaux répugnants commençaient à pousser leurs horribles cris lorsqu'ils sortaient de leurs terriers, au crépuscule, et continuaient jusqu'au lever du soleil.

Ils hantaient le boqueteau, derrière l'enclos à bétail, que tous les habitants du kraal de Gandang utilisaient comme latrines. Les hyènes en assuraient le nettoyage pendant la nuit. Pour cette raison, la population du kraal tolérait la présence de cet animal généralement abhorré et objet d'une crainte superstitieuse.

Le cri poussé par la hyène à minuit attira donc l'attention de Bazo sur le silence qui l'avait précédé. Il écouta quelques secondes encore, puis laissa ses pensées revenir à la journée du lendemain.

Après le roi, Gandang était l'un des trois personnages les plus importants du Matabeleland ; seuls Somabula et Babiaan étaient ses pairs, de sorte qu'un mariage dans son kraal était un événement considérable, quand bien même le marié n'aurait pas été son fils aîné, nouvellement nommé induna de mille guerriers.

Jouba, première épouse de Gandang et mère de Bazo, le marié, avait dirigé le brassage de la bière, surveillé d'un œil expert l'apparition de la levure sur le sorgho germé, vérifié avec son doigt potelé la température du gruau de farine maltée, jugé de la nécessité d'activer le processus par l'adjonction d'une dernière pincée de levure, puis contrôlé les matrones qui filtraient le breuvage avec des passoires en bambou tressé, au-dessus des énormes pichets de bière en argile noire. Un millier de pichets, de deux litres chacun, étaient maintenant prêts à accueillir les invités à leur arrivée dans le kraal de Gandang. Mille personnes devaient assister à la fête.

Lobengula et sa suite étaient déjà en route ; ils passaient la nuit au kraal du régiment des Intemba, à huit kilomètres de là, et ils seraient rendus avant midi.

Somabula accompagnait le roi tandis que Babiaan arrivait de son kraal, plus à l'est, avec une garde d'une centaine de guerriers. Nomousa et Hlopi étaient les invités personnels de Jouba, et ils venaient avec toutes leurs filles.

Gandang avait choisi cinquante gros bœufs dans ses troupeaux et le marié, aidé de ses jeunes compagnons, devait commencer par les abattre à l'aube pendant que les filles célibataires emmenaient la mariée à la rivière, lui donnaient un bain et l'oignaient de graisse et d'argile jusqu'à ce qu'elle devienne luisante dans les premiers rayons du soleil. Elles devaient ensuite la parer avec des fleurs sauvages.

La hyène poussa un autre cri, beaucoup plus près cette fois, juste derrière la palissade, et il se produisit alors quelque chose d'étrange. Un chœur entier répondit à son cri, comme si une multitude de ces gros carnassiers au poil hirsute encerclait le kraal de Gandang.

Stupéfait, Bazo se leva. Il n'avait jamais rien entendu de pareil ; il devait y avoir là au moins une centaine de ces animaux disgracieux. Il les imaginait, leurs hautes épaules inclinées vers leur maigre arrière-train, tenant bas leur tête plate comme si le poids de leur forte mâchoire et de leurs dents jaunes était trop lourd pour leur cou.

Bazo pouvait presque sentir l'haleine des hyènes quand elles ouvraient leurs mâchoires d'acier, capables de broyer le fémur d'un buffle et de le réduire à l'état d'esquilles. Elles sentaient la charogne et les excréments, mais c'étaient leurs cris qui glaçaient le sang de Bazo.

Toutes les âmes des morts semblaient sorties de leurs tombes pour vociférer à l'extérieur du kraal. Elles poussaient des hurlements qui commençaient par une plainte grave et montaient rapidement dans les aigus. « Ouuuh-ouiii ! »

Elles criaient comme le fantôme d'un Machona sentant de nouveau l'acier lui percer la poitrine, et ces cris terribles éveillaient des échos parmi les kopjes le long de la rivière.

Elles gloussaient et riaient presque humainement, de leur façon mécanique et sans joie. Ces éclats de rire abominables se mêlaient aux cris des sentinelles du kraal, à ceux des hommes, encore à moitié endormis, qui se précipitaient vers leurs armes, aux hurlements stridents des femmes qui se réveillaient dans leurs cases.

— Ne sors pas, cria Kamuza à travers la case en

voyant Bazo s'élancer vers la porte, bouclier sur l'épaule, sagaie à la main. Ne va pas dans l'obscurité, c'est de la sorcellerie. Ce ne sont pas des animaux.

Ses paroles arrêtèrent Bazo sur le seuil. Il n'y avait aucune créature en chair et en os qu'il n'était prêt à affronter, mais ce...

Le chœur diabolique atteignit son point culminant puis cessa brusquement. Le silence qui suivit était encore plus effrayant, et Bazo recula loin de la porte. Ses compagnons étaient couchés sur leurs nattes, armes à la main, les yeux blancs à la lumière du feu... mais aucun d'eux ne fit mine de sortir.

Tout le kraal était à présent en éveil, mais silencieux, dans l'expectative ; les femmes s'éloignaient sans bruit dans les coins les plus obscurs de leur case, se couvraient la tête de leur couverture en fourrure ; saisis d'une terreur superstitieuse, les hommes restaient pétrifiés.

Le silence dura le temps nécessaire pour faire le tour de la palissade en courant, puis fut rompu par le cri d'une hyène, progressant du grave à l'aigu. Tous les guerriers de Bazo levèrent la tête et regardèrent le toit et le ciel piqué d'étoiles au-dessus de la case, car c'était de là que provenait le cri fantomatique, de l'air même au-dessus du kraal.

— De la sorcellerie, murmura Kamuza d'une voix tremblante, et Bazo s'étrangla, la gorge serrée par la terreur.

Tandis que le cri de la bête mourait dans la nuit s'éleva un autre son : la voix d'une jeune fille en proie à une terrible détresse.

— Bazo ! Aide-moi, Bazo !

C'était la seule chose qui pouvait le tirer de sa torpeur. Bazo se secoua comme un chien sortant de l'eau, chassant la terreur qui le paralysait.

— N'y va pas ! cria Kamusa. Ce n'est pas elle, c'est la voix d'une sorcière.

Mais Bazo leva brusquement la barre de la porte et vit Tanase qui courait vers lui depuis le quartier des femmes, depuis la grande case de Jouba où elle avait passé la dernière nuit avant ses noces.

Elle se précipitait vers lui telle une ombre lunaire, son corps nu paraissant dépourvu de substance. Bazo s'élança vers elle, et ils se rencontrèrent devant la porte principale de la palissade. Tanase se jeta dans ses bras.

Personne d'autre n'avait quitté les cases, le kraal était désert, le silence oppressant. Bazo leva son bouclier pour les protéger tous les deux, et instinctivement se tourna face à la porte. Alors seulement il se rendit compte qu'elle était ouverte.

Il essaya de battre en retraite vers la case en entraînant la jeune fille, mais elle était raide dans ses bras et la terreur sapait ses propres forces.

— Bazo, murmura Tanase, c'est eux, ils sont venus.

Pendant qu'elle disait ces mots, près de la porte, le feu de camp, réduit depuis longtemps à l'état de cendres et de bûches calcinées, se remit soudain à flamber. Les flammes jaillirent en rugissant, éclairant rapidement la palissade et la porte d'une lumière dansante. De l'autre côté de la porte, à la limite de la zone éclairée, se dressait une silhouette humaine. C'était celle d'un vieillard aux jambes maigres, au dos voûté ; ses cheveux étaient blancs, sa peau grise. Le blanc de ses yeux étincelait tandis qu'ils louchaient et roulaient en arrière, des filets de salive dégoulinaient de sa bouche édentée sur la peau parcheminée de sa poitrine aux côtes saillantes.

— Tanase ! appela-t-il d'une voix chevrotante. Tanase, fille des esprits.

Toute vie s'échappa des yeux de Tanase, qui devinrent vides.

— Ne fais pas attention à lui..., avertit Bazo d'une voix rauque, mais un voile bleuâtre apparut sur les globes oculaires de Tanase, comme la cataracte provoquée par les bactéries tropicales, et elle tourna la tête vers la silhouette spectrale.

— Tanase, ta destinée t'appelle !

Elle s'échappa des bras de Bazo, sans effort apparent. Il ne pouvait la retenir, la jeune fille était animée d'une force surnaturelle.

Elle commença à s'avancer vers la porte, et quand Bazo voulut la suivre, il s'aperçut qu'il avait les pieds fixés au sol. Il laissa tomber son bouclier, mais, malgré le bruit, Tanase ne se retourna pas. Légère comme la brume, elle marchait avec une élégance aérienne vers le vieillard voûté.

— Tanase ! cria Bazo au désespoir, et il tomba à genoux, languissant.

Le vieillard tendit la main, Tanase la prit ; au même moment, le feu de camp mourut aussi brusquement qu'il s'était ranimé et l'obscurité au-delà de la porte devint instantanément impénétrable.

— Tanase ! murmura Bazo, les bras tendus, et loin, près de la rivière, la hyène cria une dernière fois.

Les jumelles entrèrent au galop dans l'église, se bousculant dans leur ardeur à annoncer la nouvelle.

— Maman ! Maman !

— Vicky, c'est moi qui l'ai vu le premier, laisse-moi !

Robyn Codrington leva les yeux du corps noir étendu sur sa table et les foudroya du regard.

— Qu'est-ce que c'est que ces manières !

Elles approchèrent en affectant un comportement réservé, mais en sautant d'impatience.

— Alors, Vicky. Que se passe-t-il ?

Elles commencèrent à parler en même temps, et Robyn les interrompit.

— J'ai dit Vicky.

Victoria se rengorgea.

— Quelqu'un arrive.

— De Thabas Indunas ?

— Non, maman, du sud.

— C'est probablement un messager du roi.

— Non, maman, c'est un Blanc à cheval.

L'intérêt de Robyn fut piqué ; elle n'aurait jamais reconnu, même vis-à-vis d'elle-même, combien l'isolement finissait par lui peser. Un voyageur blanc signifiait l'arrivée de nouvelles fraîches, peut-être de lettres, de marchandises, de provisions, voire, le plus précieux de tout, de livres. A défaut de ces trésors, la présence d'un nouveau visage, la conversation, des idées neuves procureraient une certaine stimulation intellectuelle.

Elle fut tentée de laisser son patient – sa blessure n'était pas grave –, mais elle se retint.

Le temps que Robyn ait pansé la plaie, renvoyé le patient, se soit lavé les mains et hâtée vers le porche de l'église, l'inconnu gravissait la colline.

Clinton conduisait le mulet que chevauchait l'étranger, un gros animal à l'allure puissante, si bien que son cavalier paraissait fluet sur son large dos. C'était un gamin, vêtu d'une vieille veste en tweed et coiffé d'une casquette. Les jumelles gambadaient de chaque côté du mulet, et, en tête, Clinton regardait par-dessus son épaule, attentif à ce que disait le garçon.

— Qui est-ce, maman ? demanda Salina à travers la cour en sortant de la cuisine.

— Nous n'allons pas tarder à le savoir.

Clinton mena le mulet jusqu'au porche ; la tête du cavalier se trouvait à la hauteur de celle de Robyn.

— Docteur Ballantyne, votre grand-père, le docteur Moffat, m'a envoyée à vous et remis des lettres et des cadeaux à votre intention.

Robyn se rendit compte que la personne qui portait cette veste rapiécée et cette casquette de garçon était une femme, particulièrement jolie, plus jeune que Robyn, peut-être d'à peine la trentaine, les yeux sombres, le regard franc et des pommettes de Mongole.

Elle sauta à terre avec une agilité de grande cavalière et monta les marches du porche pour serrer les mains de Robyn. Elle avait la poigne aussi ferme qu'un homme et une expression exaltée.

— Mon mari est souffrant. Le docteur Moffat dit que vous êtes la seule à pouvoir le soigner. Vous allez le faire, n'est-ce pas, docteur ? Je vous en prie.

— Je suis médecin, répondit Robyn avec douceur. (Elle dégagea ses doigts de la prise douloureuse de son interlocutrice, mais ce n'était pas cela qui la gênait : il y avait en elle quelque chose de trop véhément, trop passionné.) Je suis médecin et je ne refuserai jamais de soigner quelqu'un qui souffre.

— Vous me le promettez ? insista la femme, et Robyn se rebiffa légèrement.

— J'ai dit que je le soignerai, il n'est pas nécessaire que j'en fasse la promesse.

— Oh, merci, fit la femme avec un sourire de soulagement.

— Où se trouve votre mari ?

— Pas très loin derrière. Je suis venue pour vous prévenir... et m'assurer que vous nous aideriez.

— De quoi souffre-t-il ?

— Le docteur Moffat l'explique dans une lettre. Il vous envoie également des cadeaux.

La femme se détourna de Robyn et repartit en courant vers le mulet.

Des sacoches de selle, elle sortit deux paquets enveloppés dans de la toile cirée pour les protéger et attachés avec des lanières en peau. Ils étaient si lourds et si volumineux que Clinton les lui prit des mains et les porta à l'intérieur de l'église.

— Vous êtes fatiguée, dit Robyn. Je suis désolée, je n'ai pas de café à vous offrir – nous l'avons fini il y a un mois. Vous prendrez peut-être un verre de limonade ?

— Non, répondit la femme en secouant la tête résolument. Je repars immédiatement auprès de mon mari... mais nous serons là avant la tombée de la nuit.

Elle sauta avec légèreté sur le dos de son mulet. Aucun des Codrington n'avait vu une femme faire cela.

— Merci, répéta-t-elle avant de quitter la cour au trot et de redescendre la colline.

Clinton sortit de l'église et passa son bras autour des épaules de Robyn.

— Une belle femme, et pas ordinaire, dit-il.

Robyn acquiesça. C'était une chose qui l'avait troublée. Elle se méfiait des jolies femmes.

— Comment s'appelle-t-elle ?

— Je n'ai pas eu l'occasion de le lui demander.

— Vous étiez trop occupé à la regarder, suggéra-t-elle aigrement.

Elle se dégagea et repartit vers l'église, tandis que Clinton l'accompagnait du regard, l'air attristé.

Après un moment, il s'apprêta à la suivre, puis soupira en secouant la tête. Mieux valait toujours la laisser revenir d'elle-même ; les cajoleries ne faisaient qu'attiser sa colère.

Dans le calme de l'église, Robyn défit le premier paquet et en étala le contenu sur la table.

Il y avait cinq grandes bouteilles avec des bouchons de verre, et elle lut les étiquettes en les soulevant une à une : « Acide phénique », « Alun », « Vif-argent », « Iode ».

La cinquième portait la mention : « Trichlorométhane ».

— Merci, grand-père, dit-elle en souriant.

Elle déboucha toutefois la dernière bouteille et, par acquis de conscience, renifla le goulot avec précaution. Il n'y avait pas moyen de se méprendre sur cette odeur à la fois douce et âcre. Le chloroforme était plus précieux que son propre sang ; elle aurait volontiers échangé l'un pour l'autre.

Sa dernière provision était épuisée depuis plusieurs mois et la Société missionnaire de Londres était aussi parcimonieuse que toujours dans ses envois. Elle regrettait de ne pas avoir conservé quelques centaines de guinées sur les importants droits d'auteur de ses livres pour acheter les médicaments dont elle avait besoin au lieu d'avoir à les quémander auprès du secrétaire londonien de la Société dans des lettres qui mettaient souvent douze mois à lui parvenir.

Parfois, lorsqu'il lui fallait enlever un œil arraché de son orbite par un coup de massue ou effectuer une césarienne sans anesthésie, elle aurait aimé, de façon très peu chrétienne, avoir sous la main ce petit homme pâle aux yeux de myope.

Elle serra la bouteille contre sa poitrine pendant un moment.

— Grand-père bien-aimé, répéta-t-elle, puis, avec autant de vénération que s'il s'était agi du Koh-i-Noor, elle posa la précieuse bouteille et défit le deuxième colis.

Un paquet de journaux : *The Cape Times* et *The Diamond Fields Advertiser*. Au cours des semaines suivantes, chaque colonne serait lue et relue, y compris la publicité des ventes aux enchères et les annonces légales, puis le papier serait utilisé pour une douzaine de tâches domestiques. Sous les journaux, des livres, de merveilleux livres à reliure en cuir.

— Bénis sois-tu, Robert Moffat.

Elle prit une traduction de *Un ennemi du peuple*, d'Ibsen. Elle admirait l'auteur norvégien pour son analyse intuitive et pénétrante de l'esprit humain, et la poésie en demi-teinte de sa prose. Le titre d'un ouvrage de Robert Louis Stevenson – *Virginibus puerisque* – l'arrêta. Elle avait quatre vierges à la maison, et elle entendait les maintenir dans cet état heureux sans qu'une littérature incendiaire ne vienne la contrecarrer. Elle feuilleta le livre : en dépit du titre douteux, ce n'était qu'un recueil d'essais – et l'homme était un bon calviniste écossais. Peut-être pourrait-elle laisser les filles le lire, mais il lui faudrait en vérifier d'abord le contenu.

Il y avait encore le *Tom Sawyer* de Mark Twain. Celui-là avait moins de chances de passer au travers de sa censure. Elle avait entendu parler de l'attitude frivole de l'Américain vis-à-vis de l'adolescence, du devoir filial, de l'assiduité. Elle le lirait attentivement avant de le laisser à portée de Salina et de Catherine. A contrecœur, elle remit à plus tard l'examen des autres livres et prit la lettre de son grand-père.

Elle comprenait plusieurs pages, couvertes d'une écriture tremblante, à l'encre noire fabriquée artisanalement. Elle parcourut rapidement les salutations et les nouvelles personnelles jusqu'au milieu de la deuxième page :

Robyn, on dit que les médecins cachent soigneusement leurs erreurs ; c'est manifestement faux. Je te fais part des miennes. Le patient qui achemine cette lettre aurait dû depuis longtemps chercher le salut dans un hôpital moderne, comme celui de Kimberley.

Il s'y est résolument opposé. Il a ses raisons et elles ne me regardent pas. Cependant, le fait qu'il ait une balle logée dans la jambe depuis plus d'un an les laisse deviner.

A deux reprises, j'ai incisé pour essayer d'extraire ce corps étranger, mais à quatre-vingt-sept ans mes yeux ne sont plus aussi bons ni ma main aussi adroite que les tiens. Chacune de ces tentatives a été un échec et je crains d'avoir fait plus de mal que de bien.

Je sais que tu t'intéresses au traitement des blessures de ce genre et que tu possèdes, comme il se doit, le savoir-faire nécessaire à les soigner, les jeunes guerriers de Lobengula t'ayant fourni d'innombrables occasions de parfaire ta technique. Je me souviens avec admiration que c'est toi qui as inspiré la réintroduction de la cuiller de Dioclès, après presque deux mille ans de désaffection, dont tu as conçu le modèle d'après la description de Celse, et que grâce à elle, tu as réussi à extraire des flèches à pointe barbelée.

Je t'adresse donc un sujet de plus sur lequel exercer ton art – et avec lui ma dernière bouteille de chloroforme – car le pauvre diable, quels qu'aient pu être ses péchés, a déjà assez souffert sous mon scalpel.

La lettre lui laissa un sentiment d'appréhension – comme la femme qui l'avait remise. Elle plia la missive et la fourra dans la poche de sa jupe en sortant de l'église, puis traversa la cour d'un pas précipité.

— Cathy, appela-t-elle. Mais où est-elle passée ? Elle doit mettre en ordre la maison d'amis.

— Elle s'en occupe déjà, maman, remarqua Salina en levant les yeux sur sa mère qui entrait en trombe dans la cuisine.

— Et où est ton père ?

En moins d'une heure la mission était prête à recevoir ses hôtes, et tous étaient impatients de les voir arriver. Mais il fallut attendre le milieu de l'après-midi pour qu'apparaisse une charrette particulièrement haute et lourde sur la butte précédant la rivière. Elle était tirée par deux mules.

La famille s'assembla sous le porche du bâtiment principal ; tous s'étaient changés, et les filles s'étaient noué des rubans dans les cheveux. Une douzaine de fois, il fallut avertir les jumelles de ne pas faire de commentaires déplacés et de bien se tenir. Finalement la charrette fit son entrée dans la cour.

La femme avait attelé son mulet et marchait près de la roue de la charrette, presque aussi haute qu'elle. Un serviteur noir vêtu de hardes conduisait les bêtes, et au-dessus de la plate-forme de la charrette avait été confectionné un parasol de fortune avec du bois vert et une toile tachée.

La charrette s'arrêta au bas du porche, et tous se penchèrent pour mieux voir la tête et le buste d'un homme apparaître sur un côté. Étendu sur une litière de paille, il se levait sur un coude.

Il était émacié ; la chair semblait avoir fondu au niveau des épaules. Ses joues creuses avaient pris une teinte jaunâtre, la main posée sur le bord de la charrette était maigre, les veines saillaient sous la peau. Il était hirsute, sa rude tignasse semée de cheveux blancs, et avait une barbe de plusieurs jours, elle aussi poivre et sel. L'un de ses yeux était enfoncé dans une orbite entourée de bleus. L'homme avait cet éclat fiévreux que Robyn reconnut instantanément, celui des maladies mortelles.

L'autre œil était couvert d'un bandeau noir. Il y avait quelque chose de familier dans ce grand nez aquilin et cette large bouche, mais c'est seulement quand il arbora son sourire moqueur qu'elle n'avait jamais oublié que, stupéfaite, Robyn chancela, portant une main à sa bouche.

Elle se retint à l'un des poteaux de mopani qui supportaient le toit.

— Maman, vous vous sentez mal ? demanda Salina, mais Robyn la repoussa et continua à regarder fixement l'homme étendu.

Telle une vague capricieuse sur une mer déchaînée, un souvenir se détacha des autres et l'assaillit. Elle revit le visage entouré de ses boucles noires, sans cheveux blancs, penché sur sa poitrine nue. Elle vit au-dessus d'elle les poutrelles du plafond de la grande cabine de poupe du négrier le *Huron*. Et, pour la énième fois depuis vingt ans, elle se souvint de la douleur, de cette incursion déchirante dans ses chairs. Quatre accouchements n'avaient pas effacé le souvenir de ce supplice qui avait fait d'elle une femme.

Ses forces la trahissaient, ses oreilles bourdonnaient, elle allait tomber, mais la voix de Clinton la calma. Depuis des années, elle ne l'avait pas entendu parler sur ce ton dur et cassant.

— Vous ! dit-il, et tandis qu'il se redressait, les années semblaient glisser de ses épaules.

Il était de nouveau grand, souple, saisi par l'indignation et la colère, comme le jeune officier de la marine royale qui était monté à bord du négrier avec ses pistolets et son sabre au côté pour affronter le même homme.

Toujours appuyée contre le poteau de la véranda, Robyn se souvint des paroles qu'il avait prononcées sur le même ton féroce :

« Capitaine Mungo Saint-John, votre réputation vous précède. Le premier négrier à avoir transporté plus de trois mille âmes à travers l'Atlantique en l'espace de douze mois... Je donnerais cinq ans de ma paye pour ouvrir les panneaux de vos cales, monsieur. »

Robyn se souvint que Clinton avait dû attendre un an avant de réaliser son vœu – au large de Bonne-Espérance, suivi de ses marins il était remonté sur le *Huron* après l'avoir pris à l'abordage au milieu d'un nuage de fumée –, et cela ne lui avait pas seulement coûté cinq ans de sa paye. Il était passé en cour martiale, avait été cassé et emprisonné à cause de cette action.

— Vous osez venir ici, lança Clinton, blanc de rage, ses yeux bleus, si doux depuis si longtemps, soudain vides et haineux. Vous, l'infâme négrier, vous osez venir ici !

Mungo Saint-John le regardait avec un sourire railleur, mais c'est d'une voix basse et rauque qu'il répliqua :

— Et vous, le gentleman, le bon chrétien, osez-vous me renvoyer ?

Clinton tressaillit comme s'il avait été frappé au visage et fit un pas en arrière. Son allure perdit lentement sa souplesse et sa jeunesse, et ses épaules s'affaissèrent de nouveau. Il secoua sa tête chauve de manière hésitante puis se tourna instinctivement vers Robyn.

Avec un immense effort, celle-ci se reprit et s'écarta du poteau. Malgré son trouble, elle réussit à garder un visage impassible.

— Docteur Ballantyne, dit Louise Saint-John en s'approchant des marches de la véranda et en ôtant sa casquette, libérant sa lourde tresse noire. Il m'est difficile de supplier, mais c'est ce que je fais maintenant.

— Ce n'est pas nécessaire, madame, répondit

Robyn en se détournant. Je vous ai donné ma parole. Clinton, s'il vous plaît, aidez Mme Saint-John à coucher le patient dans le lit de la maison d'hôtes.

— Oui, mon amie.

— Je vais l'examiner tout de suite.

— Oh, merci, docteur, merci.

Robyn ignora Louise, mais quand celle-ci eut suivi la charrette à travers la cour, elle se tourna vers ses filles.

— Aucune de vous, pas même toi, Salina, n'approchera de la maison d'hôtes tant que cet homme sera là. Ne parlez ni à lui ni à cette femme, et ne répondez pas s'ils vous adressent la parole. Faites tout votre possible pour les éviter, et si par malchance vous vous trouvez en leur présence, allez-vous-en immédiatement.

Les yeux brillants, les jumelles frémissaient d'excitation, et même leurs oreilles semblaient roses et dressées comme celles de jeunes lapins. Elle ne parvenaient pas à se souvenir d'une journée aussi follement palpitante.

— Pourquoi ? demanda Vicky bouche bée, s'oubliant suffisamment après cette série d'événements extraordinaires pour questionner sa mère sur la raison de son ordre.

Il sembla un instant qu'elle dût payer son impertinence par une paire de claques, mais la main de Robyn retomba.

— Parce que..., dit-elle à voix basse, parce que c'est le diable... le diable en personne.

Il était étendu sur le lit de camp, les épaules soutenues par un traversin, et lorsque Robyn entra dans la case des invités avec sa malette de médecin, Louise, assise sur l'autre lit, se leva.

— Madame, soyez aimable d'attendre dehors, ordonna Robyn d'un ton brusque.

Sans daigner vérifier qu'elle était obéie, elle posa sa mallette sur la chaise près du lit de camp. Derrière elle, le loquet de la porte claqua.

Mungo Saint-John portait seulement un pantalon blanc avec des poches aux genoux, dont l'une des jambes avait été coupée en haut de la cuisse. Comme son visage, son corps était ravagé par la maladie, mais il était toujours solidement charpenté, avec les larges épaules dont elle se souvenait si bien. Son ventre s'était creusé au-dessous de ses côtes saillantes, mais sa peau avait conservé la texture et la douceur de celle d'un homme beaucoup plus jeune, tandis que la toison de sa poitrine n'avait pas les poils blancs de sa barbe et de sa chevelure.

— Bonjour, Robyn, dit-il.

— Je vous adresserai la parole uniquement quand ce sera absolument nécessaire pour votre traitement, et vous ferez de même, répondit-elle sans le regarder.

Elle commença à examiner les plaies qu'il avait au flanc et dans le dos, des blessures faites par des balles qui avaient traversé la poitrine de part en part, à présent complètement guéries. Puis, avec un petit tressaillement, elle remarqua la vieille cicatrice juste au-dessous.

Elle reconnut les petits points de suture qui avaient refermé la coupure faite par le couteau : c'était son travail, des points réguliers et nets, et, sans même s'en rendre compte, elle toucha l'ancienne cicatrice.

— Oui, fit Saint-John en hochant la tête. L'œuvre de Camacho.

Elle retira la main précipitamment. Saint-John avait été blessé en intervenant pour la protéger du négrier portugais. Ce jour-là, il lui avait sauvé la vie.

— Cela aussi vous dit quelque chose ? demanda Saint-John en lui montrant la marque de petite vérole sur son avant-bras, là où elle avait effectué l'inoculation lorsque l'épidémie avait menacé de frapper le *Huron*. (Tandis qu'elle gardait le visage détourné et les lèvres pincées en retirant le pansement de sa cuisse, à voix basse il reprit :) Vous vous en souvenez ?

Une expression d'horreur apparut sur le visage de Robyn. Les coups de scalpel irréguliers de son grand-père avaient lacéré la jambe, du genou à l'aine, là où il avait sondé et cherché la balle, et avec des points de suture grossiers, il avait bourré le tout à l'intérieur comme lorsqu'on referme une valise à la hâte.

— Ce n'est pas beau ? s'enquit Saint-John.

— Un vrai gâchis, répondit-elle, s'en voulant immédiatement de s'être laissé aller à un tel commentaire, et par conséquent à critiquer son grand-père.

La cuisse avait la couleur malsaine du mastic et, à l'intérieur, les plaies présentaient des ulcères, signe d'une corruption sous-jacente.

Son grand-père avait laissé des drains dans les plaies, d'épais crins de cheval qui sortaient tout raides entre les points. Elle en tira un. Saint-John en eut le souffle coupé mais ne broncha pas. Un petit filet de pus s'échappa à la suite du drain. Elle se baissa, renifla et fit la grimace. Ce n'était pas le pus épais que les anciens qualifiaient de *pus bonum et laudabile*. A en juger par sa puanteur, la gangrène n'était pas loin. Elle sentit un petit pincement de terreur et s'en étonna, n'éprouvant manifestement plus aucun sentiment pour cet homme.

— Comment cela est-il arrivé ?

— Ça ne regarde que moi, docteur.

— Des affaires louches, je n'en doute pas, dit-elle d'un ton cassant, et je n'ai pas envie de les connaître, mais pour localiser la balle, je dois savoir comment vous étiez situé par rapport à l'arme qui a tiré sur vous, quel était son type, son poids, sa charge...

— Bien sûr, dit-il rapidement. Votre grand-père ne s'est pas posé la question.

— Ne vous occupez pas de mon grand-père.

— L'homme s'est servi d'un pistolet ; ça ressemblait à un Remington à un coup, un modèle de l'armée, auquel cas le calibre doit être.44, celui d'une balle en plomb conique de cinquante grains.

— Faible pénétration, dislocation de la balle si elle heurte l'os, marmonna-t-elle.

— L'homme était allongé par terre à vingt-cinq pas, et je descendais de cheval, cette jambe levée...

— Il était devant vous ?

— Légèrement sur la droite.

Robyn hocha la tête.

— Ça va être douloureux, dit-elle.

Dix minutes plus tard elle appela Louise Saint-John.

— J'opérerai demain matin, dès qu'il fera assez jour, dit-elle quand la femme fut entrée. J'aurai besoin de votre aide. Je vous avertis dès maintenant que, même si je réussis, votre mari ne retrouvera pas le plein usage de sa jambe. Il conservera une claudication prononcée.

— Et si vous ne réussissez pas ?

— La dégénérescence s'accélérera, la mortification et la gangrène...

— Vous êtes directe, docteur, murmura Louise.

— Oui, toujours.

Robyn ne parvenait pas à dormir, mais elle se souvint qu'elle n'y arrivait jamais à la veille d'une opération sous anesthésie. Les effets du chloroforme étaient imprévisibles, la marge de sécurité effroyablement étroite : une dose excessive, une concentration trop forte ou une mauvaise oxygénation pouvaient entraîner un collapsus primaire avec affaiblissemenr fatal du cœur, des poumons, du foie et des reins.

Étendue à côté de Clinton, elle repassait mentalement la liste des préparatifs qu'elle devait effectuer avant l'opération et décidait des procédures à adopter. Pour commencer, elle devait ouvrir et trouver l'origine de la mortification. Elle bougea et Clinton s'agita près d'elle, marmonnant dans son sommeil. Elle s'immobilisa et attendit qu'il se calme.

Cette distraction modifia le cours de ses réflexions, et elle s'aperçut qu'elle pensait à l'homme et non plus au patient. Elle tenta un moment de s'en empêcher puis abandonna.

Elle le revit sur le gaillard d'arrière, sa chemise de lin blanc ouverte sur la toison de sa poitrine, la tête renversée pour héler la vigie, son abondante chevelure brune ondulant dans le vent.

Elle se souvint ensuite du matin où elle était montée sur le pont principal du *Huron*. Il se douchait sous le jet d'eau de mer projeté par la pompe du navire, actionnée par deux marins. Elle se souvint de son corps et du sourire qu'il lui avait adressé sans tenter de cacher sa nudité, puis enfin de ses yeux pailletés d'or au-dessus d'elle dans la cabine obscure, ses yeux pareils à ceux d'un léopard.

Elle remua de nouveau et cette fois-ci Clinton se réveilla à moitié. Il prononça son nom et passa un bras par-dessus sa taille. Elle resta immobile un moment, puis baissa lentement la main et remonta sa chemise de nuit. Elle prit doucement le poignet de Clinton et guida sa main. Elle se rendit compte qu'il se réveillait complètement, entendit le rythme de sa respiration changer et sentit sa main continuer seule.

Elle avait appris depuis longtemps que la maîtrise qu'elle pouvait exercer sur sa turbulente sensualité avait des limites. Elle ferma donc les yeux, se détendit et lâcha la bride à son imagination.

Elle but une seule tasse du succédané de café qu'elle avait concocté avec du sorgho torréfié et du miel sauvage et, en même temps, mit de l'ordre dans ses pensées en parcourant ses notes.

Elle trouvait toujours un soutien dans les injonctions de Celse, rendues plus émouvantes du fait qu'il les avait écrites du temps du Christ.

Un chirurgien doit être jeune ou à tout le moins plus près de la jeunesse que de la vieillesse, avec une main ferme qui ne tremble jamais ; il doit être prêt à utiliser la gauche comme la droite, avoir une vue aiguisée, un esprit inébranlable.

Il y avait aussi Galien, le chirurgien des gladiateurs, qui avait consigné toute son expérience en vingt-deux volumes. Robyn les avait lus en grec et en avait extrait le suc, qu'elle avait utilisé avec beaucoup de bonheur dans le traitement des blessures reçues par les jeunes guerriers de Lobengula. Elle avait cependant remplacé le blé par l'alun, les fientes de pigeon par l'iode, l'huile et le noir de fumée par l'acide phénique dans la lutte contre l'inflammation et la mortification.

La blessure qu'elle devait soigner à présent, penchée sur sa table d'opération, ressemblait beaucoup à celles décrites par Galien, bien que provoquée par un projectile différent. La respiration rauque et étouffée de Saint-John était le seul bruit dans le calme de l'église. Robyn s'assura de la profondeur de son coma en lui piquant le doigt avec une sonde, puis retira immédiatement le masque de bambou tressé et d'ouate du nez et de la bouche de son patient.

Elle écouta ensuite sa respiration, qui devenait plus facile, et se surprit à examiner son visage comme elle n'avait pu le faire quand il était conscient. Il était toujours bel homme, malgré son œil manquant et les marques laissées par l'âge et les épreuves. La veille, Louise Saint-John avait emprunté à Clinton son coupe-chou et Mungo était rasé de près. Robyn se rendit compte que les lignes creusées dans le visage et les tempes grisonnantes de cet homme accentuaient l'impression de puissance qu'il donnait alors que son expression détendue lui conférait un air innocent qui la bouleversa.

Clinton la regarda, et elle se détourna rapidement avant qu'il ne lise l'émotion sur son visage.

— Êtes-vous prête, madame ? demanda-t-elle d'un ton ferme et indifférent.

Louise acquiesça. Elle était pâle, et ses taches de rousseur se détachaient d'autant plus sur ses joues et son nez.

Robyn hésitait encore. Elle savait qu'elle gaspillait le temps pendant lequel le chloroforme exerçait son effet, mais une terrible appréhension l'envahissait. Pour la première fois de sa vie, elle redoutait de manier le scalpel, et une pensée la paralysait.

« Quand on a aimé un homme, cesse-t-on jamais complètement de le faire ? »

Elle n'osait pas regarder de nouveau ce visage ; elle sentait qu'elle aurait dû tourner les talons et sortir en courant de l'église.

— Vous ne vous sentez pas bien, docteur ?

La voix inquiète de Louise Saint-John la galvanisa. Elle ne voulait pas que cette femme soupçonne en elle quelque faiblesse.

Badigeonnée de teinture d'iode, la jambe était ocre et avait l'apparence d'une banane pourrie. Elle coupa les points de suture faits par son grand-père et la blessure s'ouvrit. Elle vit combien l'ulcération était profonde, et elle savait d'expérience qu'une plaie comme celle-là ne guérirait jamais. Sa tâche la plus importante ne consistait pas à retrouver la balle mais à réparer les lésions.

Elle sonda en profondeur, dépassa l'artère fémorale, atteignit le fémur, et de nouveau son courage la trahit. L'os était déformé, jaune et sentait le fromage.

C'était l'endroit où la balle l'avait touché et avait été déviée, arrachant au passage une longue esquille. A l'aide du forceps, Robyn retira quelque chose du tissu mortifié et le tint devant la lumière de la fenêtre.

C'était un éclat de plomb. Elle le laissa tomber dans le seau sous la table et se pencha de nouveau sur la plaie. Il n'y avait presque pas de sang, à peine quelques gouttes échappées des points de suture ; tout le reste était une matière jaune et gluante à odeur de cadavre.

Elle n'ignorait pas ce qu'elle risquait à tenter l'ablation de ces tissus en décomposition ; elle avait déjà essayé et tué le patient. C'était un traitement énergique auquel seul un homme très vigoureux avait des chances de survivre. En revanche, si elle refermait la plaie, elle laissait le spectre de la gangrène rôder alentour.

Elle prit son grattoir et racla contre le fémur. Du pus nauséabond suinta de l'os lui-même : ostéomyélite, mortification du tissu osseux. Elle mania son instrument avec résolution ; le bruit de grattoir était le seul dans l'église. Louise Saint-John s'étrangla.

— Madame, si vous avez envie de vomir, veuillez sortir, lui dit Robyn sans lever les yeux.

— Ça ira, murmura Louise.

— Alors, servez-vous du tampon comme je vous l'ai montré, fit sèchement Robyn.

L'os pourri se détachait sous la lame en petits tortillons jaunâtres, comme les copeaux de bois enlevés par le rabot. Robyn atteignit finalement le cœur poreux et, enfin, du sang propre en sortit. Autour du trou, l'os était dur et blanc comme de la porcelaine.

Robyn poussa un soupir de soulagement. Au même instant Saint-John grogna et aurait bougé la jambe si Clinton ne l'avait tenue fermement à la cheville. Robyn s'empressa de lui appliquer de nouveau le petit masque de bambou sur le nez et la bouche, puis laissa tomber quelques gouttes de chloroforme sur le coton.

Elle enleva les ulcérations, opérant dangereusement près de l'artère et du nerf fémoraux. Elle trouva d'autres poches de pus autour des points de suture par lesquels son grand-père avait refermé les vaisseaux sanguins. Elle les nettoya et coupa soigneusement les tissus morts.

Il y avait à présent beaucoup de sang, mais rouge vif et propre. Robyn avait atteint la phase critique de la chirurgie réparatrice. Elle savait qu'il restait des foyers infectieux dans les tissus sains et que, dès qu'elle aurait refermé la plaie, ils se remettraient à diffuser.

La veille au soir, elle avait préparé l'antiseptique – une part d'acide phénique pour cent d'eau de pluie. Elle l'utilisa pour nettoyer à fond la cavité ouverte dans la jambe de Saint-John. L'action astringente du mélange empêcha le sang de couler des veines trop petites pour être ligaturées.

Elle pouvait refermer. Il lui était arrivé de laisser des corps étrangers à l'intérieur ; ils se stabilisaient souvent et s'enkystaient, ce qui ne gênait plus guère le patient, mais son instinct l'avertit de n'en rien faire cette fois-ci.

Elle jeta un coup d'œil à la grosse montre de Clinton, placée à côté de sa boîte à instruments, et qu'elle pouvait voir facilement. Elle opérait depuis vingt-cinq minutes, et l'expérience lui avait appris que plus l'intervention durait, plus le risque de collapsus augmentait.

Elle leva les yeux vers Louise Saint-John, toujours aussi pâle, mais dont le front n'était plus mouillé de sueur. « Elle a du cran », se dit Robyn à contrecœur, et elle admirait cela bien davantage que la beauté exotique de Louise.

— Madame, je vais maintenant essayer de retrouver la balle, dit-elle. J'ai peu de temps et ne pourrai faire qu'une seule tentative.

Les écrits de Lister et ses propres observations lui avaient enseigné combien il était risqué d'opérer à mains nues, mais mieux valait courir ce risque que d'introduire un instrument tranchant dans le réseau serré de veines, d'artères et de nerfs de l'aine.

Le mouvement entravé du fémur et l'intense douleur qu'elle avait provoquée en palpant cette région lorsque Saint-John était conscient lui avaient permis de deviner l'emplacement de la balle. Elle sonda avec son index, en l'introduisant vigoureusement dans le tissu au-dessus de la partie de l'os qu'elle avait grattée.

Elle rencontra une résistance et essaya une deuxième fois, puis une troisième. Son doigt pénétra brusquement dans un étroit canal dans la chair de la cuisse, et au bout toucha quelque chose de dur. Cela pouvait être aussi bien le col du fémur que le bord inférieur du pubis, mais elle prit son scalpel.

Un fin jet de sang lui aspergea la joue et le front avant qu'elle ait pu tordre le vaisseau sectionné pour le refermer, et elle entendit Louise avoir encore un haut-le-cœur, mais la main de celle-ci trembla à peine quand elle essuya le sang avec le tampon pour permettre à Robyn de poursuivre l'opération. Un flot d'épaisse matière jaunâtre s'échappa alors de la plaie. Il charriait des petits éclats de métal, des fils pourris de lainage et divers détritus.

— Dieu soit loué ! murmura Robyn en sortant sa main dégoulinante de pus, mais le morceau de plomb déformé fermement serré entre le pouce et l'index.

Les jumelles avaient depuis longtemps découvert le trésor littéraire que leur mère gardait dans le placard fermé à clef de sa chambre. Il va sans dire qu'elles y accédaient uniquement quand leurs parents étaient occupés ailleurs – par exemple, lorsque le roi Ben les faisait venir à GuBulawayo –, et quand Salina faisait la cuisine, et que Cathy peignait ou lisait.

Elles entraient alors en catimini dans la chambre, poussaient la chaise contre le mur afin que Vicky, montée sur les épaules de Lizzie, pût attraper la clef.

Il y avait plus de cinquante livres dans le placard. La plupart ne comportaient malheureusement pas d'illustrations et s'étaient révélés décevants, les efforts des jumelles pour en déchiffrer le texte ayant été ruinés par des mots difficiles bien trop nombreux. Parfois aussi, alors que leur lecture devenait particulièrement intéressante, elles tombaient sur un passage entier en langue étrangère, qu'elles soupçonnaient être du latin ou du grec.

Les jumelles évitaient ces volumes, mais ceux avec des illustrations leur procuraient un plaisir défendu, accru par le danger et le sentiment de culpabilité. Il y en avait même un avec des dessins qui représentaient l'intérieur du corps féminin, avec ou sans le bébé dans la matrice, et un autre montrant le bébé en train de naître.

Le favori était cependant celui qu'elles avaient appelé le « Livre du diable », car il y avait une gravure sur chaque page de garde, vivante et explicite, où l'on voyait les âmes dans les tourments et les démons qui les surveillaient. L'artiste qui avait illustré cette édition de *L'Enfer* de Dante s'était macabrement attardé sur les scènes de décapitation et d'éventration, avec fers rouges et crochets, langues pendantes et yeux exorbités. Quelques coups d'œil à ce chef-d'œuvre suffisaient pour que les jumelles passent la plus grande partie de la nuit suivante serrées l'une contre l'autre au fond de leur lit, parcourues de délicieux frissons de terreur.

Cependant, leur visite au placard interdit était ce jour-là dans l'intérêt de la recherche scientifique, sans quoi elles n'en auraient jamais pris le risque, leur mère étant présente à la mission.

Elles choisirent le moment où, comme tous les matins, Robyn ouvrait son dispensaire dans l'église, où leur père nettoyait les porcheries et où Salina et Cathy étaient à leurs corvées.

La manœuvre était bien rodée. Elles laissèrent leurs livres de lecture ouverts sur la table de la salle à manger, traversèrent la véranda et récupérèrent la clef en moins de temps qu'il ne faut pour le dire.

Lizzie montait la garde à la fenêtre – d'où elle embrassait du regard la cuisine, l'église et les porcheries – pendant que Vicky sortait du placard le « Livre du diable » et l'ouvrait à la bonne page.

— Regarde ! chuchota-t-elle. Je te l'avais bien dit.

Il était là, Satan, Lucifer, souverain des enfers, et Vicky avait vu juste. Il n'avait pas de cornes. Tous les démons en avaient, mais pas le diable. Il avait par contre une queue, avec une pointe à l'extrémité, comme la lame d'une sagaie matabélée.

— Il a une barbe sur le dessin, fit remarquer Lizzie, qui répugnait à abandonner sa position.

— Il l'a probablement rasée... pour nous tromper, répondit Vicky. Et regarde ça !

Elle prit une épingle dans ses cheveux et s'en servit pour cacher l'un des yeux de Lucifer. Immédiatement, la ressemblance devint indéniable, les épaisses boucles brunes, le grand front, le nez crochu, l'œil perçant sous un sourcil arqué, et le sourire, le même sourire satanique.

Lizzie frissonna voluptueusement. Sa sœur avait raison : c'était bien lui.

— Attention ! siffla Vicky.

Salina sortait de la cuisine. Elles avaient rangé le livre sur son étagère, refermé le placard, remis la clé dans sa cachette et repris leur place à la table de la cuisine, absorbées par leurs livres de lecture, quand, après avoir traversé la cour, Salina leur jeta un coup d'œil de l'extérieur.

— Très bien... vous êtes bien sages, dit-elle en leur souriant.

« Ce sont des petits anges quand elles veulent », pensa-t-elle, puis elle repartit vers la cuisine.

— Où peut-il bien la mettre ? demanda Lizzie à voix basse sans lever les yeux de son livre.

— Quoi donc ?

— Sa queue.

— Regarde ! lança Vicky. Je vais te montrer.

Napoléon, le vieux bâtard à poils jaunâtres, dormait au soleil sur la véranda. Il avait une arête le long du dos et des poils gris autour du museau. De temps à autre, probablement lorsqu'il rêvait de lapins ou de pintades, ses pattes arrière se mettaient à galoper spasmodiquement et il lâchait un pet d'excitation.

— Vilain chien ! lança Vicky. Napoléon, tu es un vilain chien !

Napoléon se leva d'un bond, consterné par cette injuste accusation, et se tortilla de tout son corps pour s'attirer les bonnes grâces de ses jeunes maîtresses tandis que sa lèvre supérieure se relevait en un rictus flagorneur. En même temps, il fit disparaître sa longue queue entre ses pattes et l'enroula contre son ventre.

— C'est comme ça qu'il la cache, annonça Vicky. Exactement comme Napoléon.

— Comment le sais-tu ?

— Si tu regardes bien, tu verras le renflement là où elle ressort devant lui.

Elles se remirent distraitement au travail pendant quelques secondes, puis Lizzie n'y tint plus :

— Tu crois que nous pourrions voir sa queue ?

— Comment ?

— Et si nous...

Ayant exposé son plan à moitié, Lizzie hésita. Elle comprit qu'il était impossible de percer un trou à l'arrière des latrines sans se faire prendre et qu'elles ne pourraient jamais se justifier de manière convaincante, surtout devant leur mère.

— De toute façon, ajouta Vicky, les diables sont probablement comme les fées, ils ne font pas leurs besoins.

Elles se turent de nouveau. Manifestement soulagé que personne n'ait poursuivi l'accusation, Napoléon reprit sa rêverie. Il sembla que le projet serait laissé sans suite jusqu'au moment où Vicky leva les yeux, une lueur de détermination dans le regard.

— Nous allons le lui demander.

— Mais, bredouilla Lizzie, maman nous a interdit de lui parler...

Elle savait que son objection était vaine, connaissant bien cette lueur dans les yeux de Vicky.

Dix jours après l'opération, Robyn se rendit dans la maison des hôtes avec une béquille taillée dans du bois de mopani.

— Mon mari l'a fabriquée pour vous, dit-elle à Mungo Saint-John. Vous allez vous en servir tous les jours.

Le premier jour, après avoir réussi à faire un tour hésitant de la cour, Saint-John était pâle et en sueur. Robyn examina sa jambe ; tous les points de suture avaient tenu, mais les muscles de la cuisse s'étaient contractés et atrophiés, ce qui avait entraîné un raccourcissement de la jambe de trois centimètres. Le lendemain matin, elle était là pour assister à sa rééducation et il se déplaça plus facilement.

Après une quinzaine de jours, elle enleva les derniers points. Bien que la cicatrice fût saillante, épaisse et rouge violacé, il n'y avait aucun signe de nécrose. L'application d'un antiseptique puissant sur des tissus vivants semblait justifiée.

Cinq semaines plus tard, Saint-John abandonna la béquille pour un bâton et prit le sentier qui longeait le kopje, derrière la mission.

Chaque jour, il marchait plus longtemps. C'était pour lui un soulagement d'échapper aux amères querelles qui l'opposaient à Louise et qui ponctuaient les longues périodes de repli sur elle-même de sa femme.

Il avait trouvé derrière la crête septentrionale du kopje une plate-forme naturelle, avec un banc de serpentine noire, sous les branches déployées d'un vieil arbre, sur lequel il pouvait s'asseoir et rêver. Il jouissait d'un point de vue sur les herbages aux longues ondulations, jusqu'à la lointaine silhouette bleue des collines au pied desquelles se situait le kraal de Lobengula.

Son instinct lui disait qu'il y avait là quelque chose à faire. C'était l'instinct du requin capable de détecter la présence d'une proie à des distances et des profondeurs qui dépassent la portée des sens. Il s'était rarement trompé et, à une époque, saisissait avec hardiesse toutes les occasions qui se présentaient, en usant impitoyablement de tout son savoir-faire, de toute sa force.

Assis sous son arbre, les mains sur le haut de sa canne, son menton sur les mains, il songea à ses victoires : aux grands navires qu'il avait acquis et sur lesquels il avait navigué à travers les océans, et qu'il avait ramenés chargés de trésors, de thé, de café, d'épices, ou les cales bourrées d'esclaves. Il pensa aux terres fertiles dont il avait été propriétaire et se souvint de l'odeur suave des champs de canne à sucre au moment de la cueillette. Il pensa aux tas de pièces d'or, aux équipages, aux pur-sang... et aux femmes.

Il y en avait eu tant, trop peut-être, car elles étaient la cause de son dénuement actuel.

Il songea enfin à Louise. Elle lui avait enflammé le sang, et plus il avait essayé d'éteindre ce feu, plus il était devenu dévorant. Elle avait sapé ses forces, l'avait distrait et détourné de son but.

Elle était la fille d'un de ses contremaîtres de Fairfields, son immense domaine de Louisiane. A seize ans, il lui avait permis d'exercer les chevaux palaminos de sa femme ; à dix-sept, il avait fait en sorte qu'elle emménage dans leur grande maison et devienne la demoiselle de compagnie et la servante de son épouse ; à dix-huit, il l'avait violée.

Sa femme se trouvait dans la chambre voisine, en proie à une de ses terribles migraines. Il avait arraché les vêtements de Louise, possédé par une folie qu'il n'avait jamais connue encore. Elle s'était débattue avec la sauvagerie de ses ancêtres blackfoot, mais sa résistance l'avait rendu fou autant que les parties entraperçues de son corps ferme.

Elle lui avait griffé la poitrine et l'avait mordu jusqu'au sang, mais elle n'avait pas prononcé une seule parole, émis le moindre son, bien qu'un seul cri eût fait accourir sa maîtresse ou les domestiques.

Il avait finalement réussi à la coucher sur l'épaisse fourrure d'ours blanc au centre de la pièce, nue à l'exception des lambeaux de ses jupons autour de ses longues jambes, et, l'immobilisant de tout son poids, l'avait prise.

A ce moment-là seulement, elle avait parlé. En l'étreignant avec la même sauvagerie atavique, bras et jambes serrés autour de lui, elle avait murmuré d'une voix rauque et hachée : « Je vous aime, je vous ai toujours aimé et vous aimerai toujours. »

Lorsque les armées nordistes avaient marché vers eux, et que sa femme avait fui vers sa France natale en emmenant les enfants, Louise était restée avec lui. Quand elle le pouvait, elle l'accompagnait sur le champ de bataille, et quand elle ne le pouvait pas, elle occupait ses journées et la plupart de ses nuits à soigner les blessés à l'hôpital des confédérés de Galveston. C'est là qu'elle l'avait soigné lorsqu'on l'avait ramené à moitié aveugle et gravement blessé.

Elle était avec lui quand il était retourné à Fairfields pour la dernière fois, et elle avait partagé sa désolation en voyant les champs incendiés et les bâtiments en ruine. Elle était restée à ses côtés depuis. Si elle ne l'avait pas fait, le présent aurait peut-être été différent, car elle l'avait amoindri, elle avait émoussé sa détermination.

Tant de fois il avait flairé la bonne occasion, le coup qui lui aurait permis de rétablir la situation, et à chaque fois, elle l'avait fait hésiter.

« Si vous faites ça, je ne pourrai plus jamais vous respecter », lui avait-elle dit un jour.

« Je ne vous aurais jamais cru capable d'une chose pareille, Mungo. C'est mal, moralement répréhensible. »

Son attitude avait changé peu à peu. Après une nouvelle tentative avortée de son mari pour refaire fortune, elle s'était mise à le regarder parfois avec froideur, même avec mépris.

— Pourquoi ne me quittez-vous pas ? lui avait-il demandé par défi.

— Parce que je vous aime. Et, oh, parfois, j'aimerais tant ne pas vous aimer.

A Perth, quand il l'avait obligée à attirer pour lui la victime dans un piège, elle s'était rebellée pour la première fois. Elle était partie avertir l'homme, et ils avaient encore dû prendre la fuite en s'embarquant sur une petite goélette marchande, avec à peine une heure d'avance sur les policiers porteurs du mandat d'arrestation lancé contre lui.

Il ne lui avait plus fait confiance, sans pourtant avoir jamais pu prendre la décision de la quitter. Il s'était aperçu qu'il avait toujours besoin d'elle. Une lettre avait finalement réussi à rattraper Saint-John au Cap. C'était l'une des cinq copies adressées par son beau-frère, le duc de Montijo, à chacune des résidences qu'il avait occupées depuis le départ de Solange, sa femme. Celle-ci avait contracté un refroidissement en montant à cheval et elle était morte cinq jours plus tard, de pneumonie. Le duc prenait soin des enfants, les éduquait avec les siens et laissait entendre qu'il résisterait à toute tentative de Saint-John pour assumer leur garde.

Mungo était enfin libre de tenir la promesse solennelle qu'il avait faite à Louise quand ils étaient à genoux main dans la main devant l'autel de Saint-Martin-in-the-Fields, à Londres. Il avait juré devant Dieu de l'épouser dès qu'il en aurait la possibilité.

Saint-John avait relu trois fois la lettre de son beau-frère, puis il l'avait tenue sur la flamme de la bougie. Il avait écrasé les cendres et n'avait jamais parlé de la lettre à Louise. Elle avait continué de croire qu'il était marié, et leur relation s'était prolongée, boiteuse, exaspérante et étouffante.

Cependant, elle exerçait toujours une influence sur lui, même quand elle n'était pas présente physiquement. A la croisée des chemins au sud de Kimberley, même en voyant les diamants briller entre les mains de Hendrick Naaiman, il n'avait pu chasser l'image de Louise de son esprit : Louise et son regard méprisant, ses jolies lèvres prêtes à l'accuser.

Malgré ses talents de tireur, l'ombre de Louise lui avait fait manquer son coup. Il avait tiré une fraction de seconde trop tard et un doigt à côté. Il n'avait pas tué le Bastard, mais s'il l'avait fait, la réaction de Louise n'aurait pas été plus brutale.

Lorsqu'il était reparti vers l'endroit où elle l'attendait, chancelant sur sa selle, l'étalon blessé se traînant sous lui, il avait vu son visage éclairé par la lune. Bien qu'elle l'ait empêché de tomber, qu'elle ait soigné ses blessures et soit partie chercher du secours, il comprit qu'ils avaient franchi un point de non-retour.

Comme pour le confirmer, il avait vu Zouga Ballantyne la regarder à la lumière de la lanterne avec une expression qui ne trompait pas. Les hommes qui la dévisageaient ainsi ne manquaient pas, mais cette fois-ci elle avait ouvertement rendu le regard, sans chercher à dissimuler.

Sur la longue route qui les avait menés vers le nord, alors qu'elle marchait à côté de la charrette sur laquelle il était étendu, il l'avait de nouveau défiée, et elle n'avait pas nié.

— Au moins Zouga Ballantyne est-il un homme d'honneur.

— Pourquoi alors ne me quittez-vous pas ?

— Vous savez bien que je ne peux le faire pour l'instant, dans l'état où vous êtes..., répondit-elle sans achever sa phrase.

Ils n'en avaient plus reparlé, bien que pendant les longs silences de Louise il ait perçu la présence de l'autre dans son esprit. Il savait que, aussi malheureuse qu'elle puisse être, une femme rompt rarement tant qu'elle n'a pas la perspective de quelque chose de mieux. Louise avait à présent une telle perspective, et tous deux en avaient conscience.

Il se demanda s'il la laisserait partir si elle en prenait finalement la décision. Il n'y avait pas très longtemps, il l'aurait tuée, mais depuis qu'ils étaient arrivés à Khami, les choses s'étaient dégradées encore plus vite. Ils se précipitaient vers un point culminant, et Saint-John sentait que ce serait explosif.

Il avait oublié l'effet magnétique que Robyn Ballantyne avait jadis exercé sur lui, mais maintenant Robyn Codrington le lui rappelait vivement. Il la trouvait même plus attirante que lorsqu'elle était jeune fille. Il sentait que sa force et son assurance procureraient un asile sûr à un homme comme lui, éprouvé par les tempêtes de l'existence.

Il savait qu'elle était la confidente du roi matabélé et que si, comme il le subodorait, la fortune l'attendait ici, son intercession auprès du Matabélé serait hautement estimable.

Mais il y avait autre chose, une motivation plus obscure. Mungo Saint-John ne pardonnait ni n'oubliait jamais une injure. Clinton Codrington avait commandé le croiseur de la Royal Navy qui avait saisi le *Huron* au large du cap de Bonne-Espérance, action qui semblait avoir marqué le commencement du déclin de Saint-John et annoncé sa malchance tenace. Codrington était vulnérable. Saint-John pouvait prendre sa revanche à travers sa femme, et cette perspective était pour lui étrangement séduisante.

Il sortit de sa rêverie en soupirant et secoua la tête, puis se servit de son bâton pour se mettre debout et se trouva en présence de deux fillettes. Mungo Saint-John aimait les femmes et les filles quel que fût leur âge, et le plus jeune de ses enfants, qu'il n'avait pas vu depuis des années, devait avoir l'âge de celles-ci.

Elles étaient mignonnes. Bien qu'il ne les ait aperçues que fugitivement ou de loin, elles avaient ranimé son instinct paternel ; leur venue le tirait de ses sombres pensées et de sa solitude de ces dernières semaines, lui apportant un soulagement bienvenu.

— Bonjour, mesdemoiselles, dit-il en souriant et en s'inclinant aussi bas que le lui permettait sa jambe.

Son sourire était irrésistible et les deux enfants se détendirent un peu, mais elles avaient conservé leur pâleur et leur expression déterminée. Les yeux agrandis par l'excitation, elles regardaient sa braguette, si bien qu'après quelques secondes Saint-John se sentit mal à l'aise et changea de position.

— Que puis-je pour vous ? demanda-t-il.

— Nous aimerions voir votre queue, monsieur.

— Ah ! (Saint-John savait ne jamais se montrer embarrassé.) Vous n'êtes pas censées connaître ces choses-là, si je ne m'abuse.

Elles acquiescèrent à l'unisson mais leurs yeux restèrent fixés avec fascination au-dessous de sa ceinture. Vicky avait raison, il y avait manifestement quelque chose à cet endroit.

— Qui vous en a parlé ? s'enquit Saint-John en se rasseyant afin d'être à leur niveau.

Leur déception était évidente.

— Maman a dit que vous étiez le diable... et nous savons que le diable a une queue.

— Je vois, dit-il en hochant la tête. (Il fit effort pour ne pas éclater de rire, réussit à conserver son sérieux et poursuivit sur un ton de conspirateur :) Vous êtes les seules à être au courant, vous ne le direz à personne, n'est-ce pas ?

Il comprit soudain l'intérêt de posséder deux alliées à Khami, deux paires d'yeux perçants auxquels rien n'échappait, et des oreilles qui entendaient tout.

— Nous ne le dirons à personne, promit Vicky. Si vous nous la montrez.

— Je ne le peux pas.

Il y eut immédiatement un gémissement de déception.

— Pourquoi ?

— Votre maman ne vous a pas dit que c'était un péché de montrer à quelqu'un ce que l'on a sous ses vêtements ?

Elles se jetèrent un coup d'œil et Vicky reconnut à contrecœur :

— C'est vrai. Nous n'avons même pas vraiment le droit de nous regarder à cet endroit. Lizzie a reçu une bonne fessée à cause de ça.

— Vous voyez bien, confirma Saint-John. Mais je vais vous raconter comment je m'y suis pris pour avoir une queue.

— Une histoire ! s'exclama Vicky en applaudissant.

Toutes deux étalèrent leurs jupes et s'assirent en tailleur aux pieds de Saint-John. S'il y avait une chose encore plus délectable que les secrets, c'étaient les histoires, et lui en avait des tas, des histoires extraordinaires à donner le frisson, de celles qui à coup sûr faisaient faire des cauchemars.

Chaque après-midi, elles l'attendaient sur le belvédère au pied du vieil arbre, séduites par son charisme, charmées par ses stupéfiantes histoires de fantômes et de dragons, de méchantes sorcières et de belles princesses, qui, telles que Mungo les décrivait, avaient toujours les cheveux de Vicky ou les yeux de Lizzie.

Ensuite, après chacune de ces histoires, il engageait avec doigté une discussion sur les affaires de la mission. Il apprenait, par exemple, que Cathy avait commencé à peindre de mémoire un portrait du cousin Ralph, et que les jumelles considéraient à l'unanimité que non seulement Cathy était « tendre » mais qu'elle se « pâmait » à cause de lui.

Il apprenait que le roi Ben avait requis la présence de toute la famille à la cérémonie de la Chawala lors de la nouvelle lune, et que les jumelles attendaient avec une impatience macabre le sacrifice du buffle.

— Ils le tuent à mains nues, exulta Vicky. Et cette année, maintenant que nous avons onze ans, nous aurons le droit de regarder.

Elles lui racontèrent en détail qu'au dîner Papa avait demandé à Maman combien de temps « cet infâme pirate » allait encore rester à Khami, et Saint-John dut expliquer aux jumelles ce qu'« infâme » voulait dire – « comme "fameux", mais encore plus ».

Puis, un après-midi, il apprit par Lizzie que le roi Ben avait eu une fois de plus *khombisilé* avec ses indunas. Gandang, l'un des frères du roi, l'avait dit à Jouba, sa femme, et Jouba l'avait répété à Maman.

— Que veut dire *khombisilé* ? demanda consciencieusement Saint-John.

— Ça veut dire qu'il leur montre.

— Qu'il leur montre quoi ?

— Le trésor, coupa Vicky.

— C'est moi qui lui dis ! se fâcha Lizzie.

— D'accord, Lizzie, c'est toi qui vas m'expliquer, fit Saint-John en se penchant vers elle, une nuance d'intérêt dans son sourire indulgent.

— C'est un secret. Maman dit que si d'autres gens, des gens méchants, en entendaient parler, ce serait terrible pour le roi Ben. Les voleurs pourraient venir.

— C'est donc un secret, admit Saint-John.

— Faites croix de bois croix de fer !

Avant qu'il ait eu le temps de s'exécuter, Lizzie lui livra le secret, déterminée à ne pas se laisser prendre de vitesse par Vicky cette fois-ci.

— Il leur montre les diamants. Ses femmes le frottent partout avec de la graisse puis collent les diamants dessus.

— Où le roi s'est-il procuré tous ces diamants ?

Le scepticisme et le besoin de croire s'affrontaient chez Saint-John.

— Ses sujets les rapportent de Kimberley. Jouba dit que ce n'est pas vraiment du vol et le roi Ben, que c'est seulement le tribut qu'un roi devrait recevoir.

— Jouba a-t-elle dit combien il y avait de diamants ?

— Des pots entiers.

Mungo Saint-John se détourna du visage tout rouge et brillant de la petite fille et, par-delà les plaines herbeuses, regarda en direction des Collines des Indunas. Son œil unique était semé de jaune d'or, comme ceux des gros félins prédateurs d'Afrique.

Jordan attendait avec impatience cette heure matinale. Une de ses tâches consistait à vérifier chaque soir dans l'almanach nautique le moment exact du lever du soleil et à réveiller M. Rhodes une heure avant l'aube.

Rhodes aimait voir le soleil se lever, que ce fût du balcon de son magnifique wagon de chemin de fer privé, en buvant un café dans la cour poussiéreuse de son cottage en tôle qu'il avait conservé, derrière la place du Marché de Kimberley, du pont supérieur d'un paquebot ou de son cheval en parcourant les chemins tranquilles de son domaine sur les flancs de la montagne de la Table.

C'était le moment où Jordan était seul avec lui, celui où M. Rhodes débordait d'idées, qu'il appelait ses « pensées ». Des idées incroyables, grandioses ou originales, mais toujours fascinantes.

C'était alors que Jordan avait le sentiment de participer au vaste génie de cet homme ; il prenait en sténo les premiers jets des discours de M. Rhodes, discours que celui-ci prononcerait dans la grande salle du Parlement du Cap, où il avait été élu par les citoyens de ce qui avait été le Griqualand, ou devant le conseil d'administration de la De Beers, dont il était président. La société De Beers était devenue un mastodonte qui jouissait d'un quasi-monopole sur les mines de diamants. M. Rhodes l'avait constituée à partir de toutes les petites concessions et des sociétés concurrentes de moindre importance. Comme quelque boa constrictor mythique, elle les avait avalées, y compris celle de Barney Barnato, l'autre géante. M. Rhodes était à présent à la tête du tout.

D'autres jours, ils chevauchaient en silence, jusqu'au moment où M. Rhodes levait la tête et regardait Jordan avec ses yeux bleu vif. A chaque fois, il avait à dire quelque chose de déconcertant. Par exemple, « vous devriez remercier Dieu chaque jour, Jordan, de vous avoir fait naître anglais ».

Ou bien, « il n'y a en réalité qu'un seul but derrière tout cela, Jordan. Ce n'est pas l'accumulation de richesse. J'ai eu la chance de m'en rendre compte très vite. Le véritable objectif est d'amener l'ensemble du monde civilisé sous l'autorité britannique, de restituer l'Amérique du Nord à la Couronne, de faire que toute la race anglo-saxonne soit fondue en un seul grand empire. »

Il était enivrant de participer à ces projets, surtout lorsque ce grand gaillard serrait la bride à son cheval et tournait la tête pour regarder vers le Nord. Ce pays que ni Rhodes ni Jordan n'avaient jamais vu était devenu, au cours des années qu'ils avaient passées ensemble, partie intégrante de leur existence.

Rhodes l'appelait « son Nord, sa pensée... son idée ».

— C'est là-bas que les choses vont vraiment commencer, Jordan. Quand le moment sera venu, je vous y enverrai. J'ai confiance en vous plus qu'en quiconque.

Jordan ne s'était jamais étonné que M. Rhodes regarde dans cette direction, que les vastes régions du Nord en soient venues à occuper une telle place dans son imagination, que le projet ait pris valeur de quête sacrée.

Jordan se souvenait avec précision du jour, et même de l'heure, où tout avait commencé. Pendant les semaines qui avaient suivi l'enterrement de Pickering au cimetière de la route du Cap, Jordan avait respecté le deuil de M. Rhodes. Puis, un après-midi, celui-ci avait quitté tôt son bureau et était retourné à son campement.

Il avait récupéré la statue de l'oiseau là où elle avait été abandonnée dans la cour et, avec l'aide de trois travailleurs noirs, l'avait portée à l'intérieur du cottage. La salle de séjour s'était révélée trop petite pour qu'on l'y installe ; elle gênait l'accès à la table et à la porte.

Dans tout le modeste cottage, il n'y avait qu'un pan de mur disponible pour la recevoir ; c'était dans la chambre de M. Rhodes, devant son lit de camp. La statue allait parfaitement dans l'espace sous la fenêtre. Le lendemain matin, quand Jordan était venu le réveiller, M. Rhodes était déjà levé et, vêtu d'une robe de chambre, debout devant l'oiseau de pierre.

Dans la lumière rose de l'aube, alors qu'ils chevauchaient vers les bureaux de la De Beers, M. Rhodes avait dit soudain :

— Il m'est venu une pensée, Jordan, et j'aimerais vous en faire part. En examinant cette statue, j'ai eu l'intuition que le Nord était la porte, l'arrière-pays de ce continent.

C'est ainsi que cela avait débuté, dans l'ombre de la statue.

Lorsque l'architecte, Herbert Baker, avait consulté M. Rhodes à propos de la décoration et de l'ameublement du manoir qu'il faisait construire sur « Groote Schuur », la Grande Grange, son domaine du Cap, Jordan s'était assis à côté des deux hommes. Comme toujours en la présence d'autres personnes, il était discret et effacé, prenant note des exigences de M. Rhodes, communiquant, seulement quand on le lui demandait, un chiffre ou une donnée d'une voix mesurée, maîtrisant sa cadence et sa musique naturelles.

M. Rhodes s'était levé d'un bond de la caisse adossée au mur du cottage sur laquelle il était assis et avait commencé à faire les cent pas, emporté par une excitation et une volubilité soudaines.

— Il m'est venu une pensée, Baker. Je veux qu'il y ait un thème dans cette décoration, quelque chose qui corresponde à ma nature profonde et reste mon emblème longtemps après ma disparition. Quelque chose qui, quand on le regardera, même dans mille ans, rappellera immédiatement le nom de Cecil John Rhodes.

— Pourquoi pas un diamant ? hasarda Baker en esquissant une pierre sur son bloc-notes.

— Non, non, Baker. Un peu d'originalité, bon sang ! D'abord, je dois vous reprendre pour votre mesquinerie, pour avoir essayé de me construire une minable petite masure, et maintenant que j'ai réussi à vous faire accepter l'idée d'une demeure pharaonique, vous voulez me la gâcher.

— L'oiseau, dit Jordan.

Le mot lui avait échappé et les deux hommes le regardèrent avec surprise.

— Qu'avez-vous dit, Jordan ?

— L'oiseau, monsieur Rhodes. L'oiseau de pierre. Je crois que ce devrait être votre emblème.

Rhodes le regarda un moment, puis se frappa du poing la paume de la main gauche.

— Mais oui, Baker ! L'oiseau. Faites-m'en un croquis tout de suite.

L'oiseau était donc devenu l'esprit tutélaire de Groote Schuur. On aurait eu peine à trouver une seule de ses immenses pièces où les frises et les jambages sculptés des portes ne le représentaient pas. Même la baignoire, onze tonnes de granit ciselé et poli, était décorée aux quatre coins de l'effigie du faucon.

La statue d'origine avait été acheminée de Kimberley, et logée dans une niche spécialement aménagée pour elle au-dessus du hall d'entrée aux proportions aristocratiques, d'où l'oiseau regardait de ses yeux aveugles arriver tous ceux qui franchissaient les portes en teck massif du manoir.

Un matin, ils s'étaient levés plus tôt que d'habitude, car M. Rhodes avait mal dormi, et il avait appelé Jordan à travers le couloir pour le réveiller.

Il faisait froid. Un vent vindicatif descendait des montagnes de la Hollande des Hottentots. Quand ils s'engagèrent dans l'allée qui menait au zoo privé, Jordan jeta un coup d'œil en arrière. Au-delà des grandes plaines du Cap, il vit au loin les sommets neigeux devenir rose et or dans la lumière matinale.

D'humeur morose et silencieux, M. Rhodes se tenait lourdement sur sa selle, son col remonté sur les oreilles, son large chapeau enfoncé sur sa tête. Jordan amena subrepticement sa monture à sa hauteur pour examiner son visage.

Rhodes n'avait pas encore quarante ans et ce matin-là il en paraissait cinquante. Il ne remarquait pas la floraison précoce de plumbagos au bord du chemin, alors qu'un autre jour il aurait poussé une exclamation de ravissement car c'étaient ses fleurs préférées. Il ne s'arrêta pas au zoo pour regarder les gardiens donner à manger aux lions, mais bifurqua pour entrer dans la forêt, et ils mirent pied à terre sur l'avancée de terrain qui menait aux escarpements les plus abrupts du massif en forme de plateau.

A cette distance, avec son toit de chaume et ses tourelles à grain-d'orge, Groote Schuur ressemblait à un château de conte de fées, mais c'est au-delà que regardait Rhodes.

— J'ai l'impression d'être un cheval de course, Jordan, dit-il soudain. Comme un pur-sang arabe, avec le même cœur, la même volonté et le même besoin de courir, mais j'ai sur le dos un noir cavalier qui me retient avec un mors métallique ou m'aiguillonne cruellement avec ses éperons. (Il se frotta les yeux avec le pouce et l'index, puis se massa les joues comme pour y faire de nouveau circuler le sang.) Il est revenu la nuit dernière, Jordan. J'ai quitté l'Angleterre il y a longtemps pour ce pays et je pensais l'avoir semé, mais il est de nouveau en selle. Il s'appelle la Mort, Jordan, et je sais qu'il ne me laissera pas beaucoup de temps. (Il pressa sa main contre sa poitrine comme pour ralentir les battements de son cœur fatigué.) Il ne reste guère de temps, Jordan. Je dois me dépêcher. (Il se retourna et plaça sa main sur l'épaule de son compagnon. Son expression se fit tendre et un petit sourire triste se dessina sur ses lèvres pâles.) Comme je vous envie, mon garçon... car vous verrez tout cela et moi pas.

Jordan crut que son cœur allait se briser. Voyant son expression, Rhodes lui toucha la joue.

— Tout est trop bref, Jordan, la vie, la gloire, et même l'amour, dit-il. Bien trop bref... Venez, nous avons du travail.

Tandis qu'ils sortaient de la forêt, le cours de cet esprit changeant s'infléchit de nouveau. Le spectre de la mort avait été écarté et il déclara soudain :

— Il va falloir que nous le mettions dans notre poche. Je sais que c'est votre père, mais il faut nous le concilier. Réfléchissez-y et dites-moi ce que vous en pensez, mais rappelez-vous que nous n'avons plus beaucoup de temps et que nous ne pouvons rien faire sans lui.

La route qui franchissait le col entre le massif principal de la montagne de la Table et Signal Hill était fréquentée et Jordan dépassa une vingtaine de voitures avant d'atteindre le sommet ; dans les deux heures de trajet restantes le trafic devint moins dense. A la fin, il chevaucha sur une piste déserte qui pénétrait dans l'un des ravins au flanc de la montagne.

En cette saison hivernale, les buissons de proteas qui couvraient les pentes au-delà de la bâtisse à toit de chaume étaient ternes et leurs fleurs s'étaient desséchées sur les branches. La cascade qui tombait de la montagne polissait les rochers noirs et froids, et des gouttelettes tombaient du bouquet d'arbres autour de la mare.

Le cottage avait cependant l'air bien entretenu. Le chaume avait récemment été remplacé et les murs, blanchis à la chaux. Jordan vit avec soulagement de la fumée sortir de la cheminée. Son père était là.

Il savait que la maison avait jadis appartenu au vieux chasseur et explorateur Tom Harkness, et que son père l'avait achetée cent cinquante livres avec ses droits d'auteur de *L'Odyssée d'un chasseur*. Geste sentimental peut-être, car c'était grâce aux encouragements et aux conseils de Tom que Zouga Ballantyne avait entrepris sa première expédition sur le Zambèze.

Jordan mit pied à terre, attacha à la rambarde de la véranda le grand cheval de chasse des écuries de Groote Schuur et se dirigea vers l'entrée.

Il jeta un coup d'œil au bloc de pierre bleu marbré dressé en haut des marches comme une sentinelle, et une petite ombre passa sur son visage au souvenir du jour fatal où Ralph l'avait extrait des concessions du Diable et remonté à la surface.

C'était la seule chose qui leur rappelait ces années de dur labeur. Il s'étonna non seulement que son père l'ait transporté si loin au prix de tant d'efforts, mais aussi qu'il l'ait placé en évidence, comme un reproche.

Il posa quelques instants la main sur la pierre et sentit sa surface satinée à l'endroit où d'autres mains s'étaient attardées, laissant des marques semblables à celles des fidèles sur quelque relique sacrée. Peut-être Zouga la touchait-il chaque fois qu'il passait. Jordan laissa retomber sa main.

— Il y a quelqu'un ? lança-t-il en direction du cottage aux volets clos.

Il y eut une agitation dans la pièce de devant et la porte s'ouvrit brusquement.

— Jordan, mon Jordie ! hurla Jan Cheroot en s'élançant vers lui.

Ses petits cheveux crépus étaient enfin devenus tout blancs, mais ses yeux étaient vifs, les pattes-d'oie ne s'étaient pas creusées.

Il étreignit Jordan avec toute la force de ses bras maigres et nerveux, mais, bien que debout sur une marche plus haut que Jordan, il ne lui arrivait pas au menton.

— Tu es si grand, Jordie ! s'exclama-t-il en riant. Qui aurait pensé que tu deviendrais si grand ? (Il se recula pour regarder son visage.) Je parie une guinée contre une crotte de babouin que tu as déjà brisé plusieurs cœurs.

— Pas autant que toi, répondit Jordan en reprenant Jan Cheroot dans ses bras.

— J'avais de l'avance, admit celui-ci en souriant malicieusement. Et il me reste encore quelques cartouches à tirer.

— Je craignais que vous ne soyez encore absents, papa et toi.

— Nous sommes rentrés il y a trois jours.

— Où est papa ?

— Jordan !

La voix bien-aimée le fit sursauter, il lâcha Jan Cheroot et regarda son père, debout à la porte du cottage.

Il ne lui avait jamais vu aussi belle allure. Non seulement il était mince et hâlé, mais il avait l'air plus grand et plus droit, les épaules dégagées et non plus affaissées comme lorsqu'il avait quitté les mines de diamants.

— Jordan ! répéta-t-il.

Tous deux s'avancèrent, se serrèrent la main et Jordan examina le visage de Zouga.

Sa fierté et sa détermination, envolées dans la mine,

lui étaient revenues, mais subtilement transformées. Il donnait à présent l'impression d'avoir défini les termes selon lesquels il était prêt à vivre. Ses yeux verts avaient quelque chose de méditatif, on percevait dans son regard le poids donné par la compréhension et la compassion. C'était un homme qui s'était soumis aux épreuves presque au point de se détruire, avait exploré jusqu'aux frontières de son âme et les avait trouvées sûres.

— Jordan, dit-il à voix basse, pour la troisième fois.

Il eut un geste qui attestait le profond changement qu'il avait subi : il se pencha en avant et appuya brièvement sa joue barbue sur celle de son fils.

— J'ai pensé souvent à toi, reprit-il avec spontanéité. C'est gentil d'être venu.

Puis, un bras passé autour des épaules de Jordan, il l'entraîna vers le séjour.

Jordan avait toujours aimé cette pièce ; il se dirigea vers la grande cheminée et, en tendant ses mains devant le feu de bois, regarda autour de lui. C'était un endroit d'homme : étagères encombrées d'encyclopédies, d'almanachs et de livres de voyage et d'exploration reliés en pleine peau.

Des armes étaient accrochées aux murs : arcs et carquois contenant des flèches empoisonnées de Bochimans, boucliers et sagaies matabélés et zoulous, et, naturellement, les outils du commerce auquel Zouga était revenu, armes à feu, fusils de chasse au canon en acier bleuté et à la crosse en bois joliment sculpté, fabriqués par des armuriers célèbres – Gibbs, Holland et Holland, Westley Richards – et rangés dans un râtelier en face de la cheminée.

A côté se trouvaient les souvenirs de chasse et les trophées de Zouga : cornes d'antilope et de buffle, torsadées, incurvées ou droites comme une lance, peau de zèbre, l'épaisse crinière fauve d'un lion du Kalahari, et de l'ivoire, des défenses de la taille d'un homme, jaunes comme du beurre frais et translucides comme de la cire de bougie dans la froide lumière hivernale qui entrait par la porte.

— Vous avez fait bon voyage ? demanda Jordan.

Zouga haussa les épaules.

— Chaque année, j'ai de plus en plus de mal à trouver de beaux spécimens pour mes clients.

Ses clients étaient de fortunés amateurs de sport qui venaient chasser en Afrique.

— Mais, au moins, les Américains semblent avoir enfin découvert l'Afrique. J'ai une belle réservation pour la prochaine saison : un jeune type, un certain Roosevelt, ministre de la Marine. (Il s'interrompit.) Et oui, nous essayons de nous en sortir, le vieux Jan et moi... mais je n'ai pas besoin de te demander comment ça va ?

Il baissa les yeux pour regarder l'étoffe coûteuse du costume de Jordan, le cuir souple de ses bottes de cheval qui se plissait impeccablement autour des chevilles comme un soufflet de concertina, les éperons en argent massif et la chaîne de montre en or qui dépassait de son gousset, puis son œil s'arrêta sur le diamant éclatant de sa cravate.

— Tu as fait le bon choix en décidant de faire route avec Rhodes. Par Dieu, son étoile monte de jour en jour.

— C'est un grand homme, papa.

— Ou un grand coquin, répondit Zouga avant de sourire pour s'excuser. Je suis désolé, je sais toute l'estime que tu lui portes. Buvons un verre de sherry, Jordie, pendant que Jan Cheroot nous prépare à déjeuner. (Il sourit de nouveau.) Ta cuisine nous manque. Je crains que tu ne trouves le repas médiocre.

Tout en versant du sherry du Cap dans de longs verres, il demanda par-dessus son épaule.

— Et Ralph, as-tu de ses nouvelles ?

— Nous nous rencontrons souvent à Kimberley ou en tête de ligne. Il me demande toujours comment vous allez.

— Et lui, comment va-t-il ?

— Il est en passe de réussir, papa. Ses chariots desservent déjà Pilgrims' Rest et les nouvelles mines d'or sur le Witwatersrand. Et il vient de remporter le marché des liaisons rapides à partir d'Algoa Bay. Il a aussi des comptoirs commerciaux à Tati et sur la rivière Shashi.

Ils mangèrent, devant la cheminée, du pain et du fromage, du rôti de mouton froid, le tout arrosé d'une bouteille de vin de Constantia. Jan Cheroot tournait autour de Jordan, lui reprochait affectueusement son appétit et remplissait son verre dès qu'il était au quart vide.

Quand ils eurent fini, ils étendirent leurs jambes vers le feu, tandis que Jan Cheroot apportait une chandelle pour allumer les cigares que Jordan sortit d'une petite boîte en or.

— Papa, la concession..., fit Jordan au milieu des volutes de fumée, et pour la première fois Zouga fronça les sourcils avec irritation.

— J'espérais que tu étais venu nous voir, dit-il froidement. J'oublie toujours que, avant d'être mon fils, tu es le représentant de Rhodes.

— Je suis les deux à la fois, contesta Jordan d'une voix égale. C'est pour cela que je peux vous parler ainsi.

— Quel message m'envoie cette fois-ci le fameux M. Rhodes ? demanda Zouga.

— Maund et Selous ont tous deux accepté ses

offres. Ils lui ont vendu leurs concessions, et ils se retrouvent maintenant plus riches de dix mille livres.

Maund était militaire et aventurier ; Fred Selous, chasseur et explorateur, comme Zouga. Selous avait écrit un livre apprécié, *Les Vagabondages d'un chasseur en Afrique*. A des moments différents, les deux hommes avaient persuadé Lobengula de leur accorder des concessions pour la chasse à l'éléphant et les droits miniers sur ses possessions de l'Est.

— M. Rhodes m'a demandé d'attirer votre attention sur le fait que les concessions de Maund et de Selous se trouvent sur le même territoire que celle que vous avait accordée Mosélékatsé. Il est maintenant propriétaire des deux concessions... les termes de tous ces traités sont désespérément confus et vagues.

— La concession Ballantyne a été accordée la première par Mosélékatsé, celles qui ont suivi ne sont pas valables, dit Zouga d'un ton tranchant.

— Les avocats de M. Rhodes ont conseillé...

— Au diable M. Rhodes et ses avocats.

Jordan baissa les yeux et resta silencieux. Après un long moment, Zouga soupira et se leva. Il se dirigea vers le placard de bois jaune et en sortit un document taché et corné, en si mauvais état qu'il avait fallu le coller sur une feuille de papier fort pour l'empêcher de tomber en morceaux.

En passant, l'encre avait viré au brun, mais l'écriture, vigoureuse, était celle d'un jeune homme arrogant et sûr de lui.

Le document était intitulé :

CONCESSION EXCLUSIVE D'UN DROIT D'EXPLOITATION
DE MINES D'OR ET DE CHASSE À L'ÉLÉPHANT
SUR LE TERRITOIRE SOUVERAIN DES MATABÉLÉS

Dessous se trouvait un sceau de cire rudimentaire représentant un éléphant, et portant les mots :

NKOSI NKHULU – GRAND ROI

Et dessous encore, avec une croix tracée d'une main hésitante, sa signature :

MOSÉLÉKATSÉ

Zouga posa le document sur la table, entre eux, et ils le regardèrent.

— Très bien, capitula Zouga. Que disent les avocats de M. Rhodes ?

— Que la nullité de cette concession pourrait être établie à partir de cinq points de droit.

— Je me défendrai.

— Papa, c'est un homme déterminé. Son influence est énorme. Il va être nommé Premier ministre de la colonie du Cap à la prochaine session parlementaire, c'est à peu près certain. (En touchant le sceau de cire rouge Jordan ajouta :) Sa fortune est considérable, peut-être dix millions de livres...

— Ça ne m'empêchera pas de me défendre, dit Zouga en posant une main sur le bras de son fils pour lui intimer silence. Jordan, ne comprends-tu pas ? Un homme a besoin d'avoir un rêve, une lumière à suivre dans l'obscurité. Je ne pourrai jamais vendre cette concession, elle est toute ma vie depuis trop longtemps. Sans elle, je n'aurai plus rien.

— Papa...

— Je sais ce que tu vas dire, que je ne parviendrai jamais à réaliser ce projet, que je n'ai pas l'argent nécessaire. Tu peux même affirmer que j'ai perdu ma détermination. Mais, Jordan, tant que j'ai ce morceau de papier, je peux encore espérer, j'ai encore mon rêve à poursuivre. Je ne pourrai jamais la vendre.

— Je le lui ai dit, et il a tout de suite compris. Il veut que vous fassiez partie de l'entreprise. (Zouga leva la tête et regarda son fils.) Il propose que vous ayez un siège au conseil d'administration de la société pour laquelle il sollicitera une charte auprès de Sa Majesté. Vous aurez ensuite des concessions de terre agricole, des concessions de mines d'or et un rôle de direction active sur le terrain. Voyez-vous, papa, il ne va pas briser votre rêve, mais lui donner enfin réalité.

Le silence s'étira, et une bûche s'écroula doucement dans la cheminée, soulevant des étincelles qui éclairèrent le visage de Zouga.

— Quand souhaite-t-il me rencontrer ? demanda-t-il.

— Nous pouvons être à Groote Schuur dans quatre heures.

— Il fera nuit.

— Vous pourrez choisir parmi les quinze chambres, répondit Jordan avec un sourire, et Zouga se mit à rire, retrouvant toute l'ardeur de sa jeunesse.

— Pourquoi alors sommes-nous assis là ? Jan, apportez-moi mon gros manteau.

Zouga sortit à grandes enjambées sur la véranda du cottage. Arrivé à hauteur des marches, il s'arrêta et tendit la main vers la colonne de pierre bleue. Il la toucha d'une caresse presque religieuse, puis porta sa main à ses lèvres et à son front, comme le font les Arabes pour saluer un vieil ami.

Il regarda ensuite Jordan et dit :

— C'est de la superstition. Pour attirer la chance.

— La chance ? grogna Jan Cheroot au pied des marches, où il tenait le cheval de Zouga. Satanée pierre... tout le trajet depuis Kimberley à s'embarrasser de cette monumentale cochonnerie.

Il continua de marmonner pendant que Zouga montait en selle.

— Jan Cheroot dépérirait s'il n'avait pas de raison de se plaindre, dit Zouga en faisant un clin d'œil à Jordan, et ils s'engagèrent au trot sur la piste.

— Je repense souvent au jour où nous avons touché le bleu, dit Jordan. Si seulement nous avions su !

— Comment aurions-nous pu le savoir ?

— C'est à cause de moi, j'en suis sûr. C'est moi qui vous ai convaincu que la roche bleue était stérile.

— Jordan, tu n'étais qu'un gamin.

— Mais j'étais censé être l'oracle en matière de diamants. Si j'avais été moins certain que le sol ne valait plus rien, vous n'auriez jamais vendu les concessions du Diable.

— Je ne les ai pas vendues. Je les ai perdues sur un pari.

— Parce que vous pensiez qu'elles ne valaient rien ! Vous n'auriez jamais parié avec M. Rhodes si vous aviez su que le bleu n'était pas la fin... mais seulement le commencement.

— Personne ne le savait, à l'époque.

— M. Rhodes l'avait senti. Il n'a jamais perdu la foi. Il avait compris en quoi consistait le bleu, et avec un instinct bien à lui.

— Je ne suis jamais retourné à Kimberley, Jordie. (Zouga s'installa sur sa selle. Il montait avec de longs étriers, comme les chasseurs bœrs.) Je n'ai jamais voulu y revenir, mais les nouvelles fraîches arrivent par la ligne de chemin de fer. J'ai entendu dire que, lorsque Rhodes et Barnato ont conclu leur affaire, ils ont estimé les concessions du Diable à un demi-million de livres.

— Elles occupaient une position charnière sur la mine, expliqua Jordie. Elles étaient au centre du principal filon. Mais vous n'auriez jamais pu le deviner, papa.

— C'est étonnant comme certains ont un instinct qui ne les trompe pas, épilogua Zouga, et comme d'autres se fourvoient. J'ai toujours cru que mon chemin vers le Nord commençait dans ce trou, ce terrible trou.

— Peut-être est-ce encore vrai. L'argent qui nous permettra d'aller tous dans le Nord vient de là. Ce sont les millions de M. Rhodes.

— Parle-moi du bleu. Explique-moi comment Rhodes a compris.

— La pierre se transforme, dit Jordan. C'est aussi simple que cela, elle se modifie avec le temps.

— C'est un vrai miracle, fit Zouga en secouant la tête, incrédule.

— Oui. Les diamants sont des miracles de la nature. Je n'oublierai jamais ma stupéfaction quand M. Rhodes me l'a montré. Cette pierre bleue est aussi dure que n'importe quel granit lorsqu'elle sort de terre, mais si elle reste à l'air pendant un an ou deux, elle commence à s'effriter ; on pense que c'est dû au soleil. Elle s'émiette comme du pain rassis... et les diamants, oh ! papa, les diamants... Des pierres incroyables, onze mille carats de diamants chaque jour. Le bleu est le filon mère, le cœur. (Il marqua une pause, gêné, avant de confesser :) Parfois, j'ai l'impression de perdre la tête.

Zouga sourit intérieurement. Qui pouvait résister à ce merveilleux jeune homme – il n'y avait pas d'autre mot pour le décrire –, non pas beau au sens plastique du terme, mais avec une gentillesse, une bonté qui semblaient former une aura autour de lui.

— Papa, reprit Jordan avec calme, vous ne pouvez savoir combien je suis heureux que vous soyez finalement de la partie, avec M. Rhodes.

— M. Rhodes, dit Zouga complaisamment, toujours M. Rhodes. Et pourtant, c'est une bonne chose pour un jeune homme d'avoir un héros. Que deviendra ce pauvre monde lorsque le dernier héros aura disparu ?...

« Peut-on juger un homme d'après ses livres ? » se demanda Zouga.

La bibliothèque était impressionnante. Du sol au plafond, le pan de mur était occupé par les ouvrages que citait Gibbon dans *Déclin et Chute de l'Empire romain*. Rhodes avait été tellement marqué par cette œuvre qu'il avait chargé Hatchards, à Londres, de réunir et, si nécessaire, de faire traduire et de relier toutes les sources utilisées par l'auteur. Jordan affirmait que cela lui avait déjà coûté huit mille livres, et ce n'était pas fini.

Il y avait en outre les vies d'Alexandre, de Jules César et de Napoléon ; quels rêves d'empire ces livres ne devaient-ils pas alimenter ! Amusé, Zouga écouta la voix hypnotique du grand gaillard assis en face de lui, derrière l'immense bureau aux panneaux sculptés de silhouettes stylisées de l'oiseau, du faucon du Zimbabwe.

— Vous êtes anglais, Ballantyne, un homme d'honneur et de devoir ; cela m'a toujours attiré chez vous. (Il était irrésistible, capable d'éveiller toute une gamme d'émotions en quelques mots, et Zouga se sentit avec amusement en danger de succomber au même culte du héros que son fils.) J'ai besoin de vous plus encore que de votre concession. Vous comprenez, vous savez que nous ne cherchons pas uniquement la richesse, le profit personnel. Non, non, cela va bien au-delà, c'est quelque chose de sacré. (Puis il en vint au fait sans détour.) Voilà, vous savez ce dont j'ai besoin : vous et votre concession. Que voulez-vous de moi en retour ?

— Quelle sera ma tâche ? demanda Zouga.

— Parfait, fit Rhodes en hochant sa tête léonine. La gloire avant l'or. Vous me plaisez, Ballantyne... mais parlons affaires. J'avais pensé vous demander de conduire l'expédition d'occupation, de la guider à travers ce pays que vous connaissez si parfaitement, mais d'autres peuvent mener à bien une mission aussi simple. Selous s'en chargera. Je vous réserve un rôle plus important. Vous serez mon alter ego au kraal du roi matabélé. Les sauvages vous connaissent et vous respectent, vous parlez leur langue, leurs coutumes vous sont familières, vous êtes un soldat – j'ai lu l'article dans lequel vous parlez de la tribu sur le plan militaire –, et nous ne devons pas nous faire d'illusions, Ballantyne, l'intervention armée n'est pas à exclure. Peu sont capables d'accomplir tout cela.

Ils se regardèrent par-dessus le bureau, tous deux penchés en avant, puis Rhodes reprit la parole.

— Je ne suis pas mesquin, Ballantyne. Faites cela pour moi et dites-moi quelles sont vos exigences. De l'argent – dix mille livres –, des terres – chaque parcelle concédée sera de mille cinq cents hectares –, des concessions minières pour la recherche de l'or – de cinq cents mètres carrés chacune. Alors, combien ? Cinq de chaque ? Dix mille livres, huit mille hectares de terre de votre choix, cinq concessions sur le filon aurifère sur lequel vous avez tué le grand éléphant dont vous parlez dans *L'Odyssée d'un chasseur*. Qu'en dites-vous, Ballantyne ?

— Dix de chaque, dit Zouga. Dix mille livres, dix parcelles de terre, dix concessions minières.

— Adjugé ! fit Rhodes en tapant sur le bureau. Écris-le, Jordan, écris-le. Et votre salaire pendant le temps où vous serez notre agent auprès de Lobengula ? Deux mille, quatre mille livres par an ? Je ne suis pas mesquin, Ballantyne.

— Et je ne suis pas âpre au gain.

— Alors, va pour quatre mille. Nous sommes d'accord sur tout, allons donc déjeuner.

Zouga resta à Groote Schuur cinq jours passés à discuter, à faire des projets et à écouter.

Il s'amusait à voir la légende se dissiper : l'image de Rhodes, solitaire enclin à ruminer, retiré dans quelque Olympe auquel les autres hommes n'avaient pas accès, était un mythe.

Car Rhodes s'entourait de monde ; à chaque repas, quinze personnes au moins étaient assises à sa table généreuse. Des hommes de toutes sortes, intelligents ou riches, ou les deux à la fois, aristocrates et Bœrs de basse extraction, politiciens et financiers, magistrats et militaires. S'ils n'étaient pas riches, ils étaient puissants, utiles ou simplement amusants. A un dîner, il y eut même un poète, un petit homme à lunettes, de retour des Indes, qui ressemblait à une crevette. Jordan avait lu ses *Simples Contes des collines* et l'avait fait inviter. En dépit de son apparence, il avait beaucoup impressionné la compagnie. Rhodes l'avait invité à revenir et à écrire sur l'Afrique : « L'avenir est ici, jeune Kipling, et nous aurons besoin d'un poète pour le chanter. »

Des hommes par dizaines, et jamais une femme. Rhodes se refusait même à avoir des femmes comme domestiques et aucun des tableaux accrochés aux murs ne représentait un personnage féminin.

Et l'homme taciturne de la légende ne s'arrêtait jamais de parler. Il parlait à cheval, tandis qu'ils parcouraient la propriété, en traversant les pelouses à grandes enjambées de sa démarche gauche, assis derrière son bureau en teck ou au haut bout de la grande table de la salle à manger. Il énumérait des chiffres, des faits, des estimations sans jamais consulter de notes, lançant seulement de temps à autre un coup d'œil à Jordan pour obtenir confirmation. Puis venaient les idées, amusantes, prophétiques, fascinantes ou fantastiques... mais sans fin.

A un membre du Parlement britannique de passage au Cap il avait dit : « Nous devons créer un lien pratique avec le vieux pays, car les générations futures naîtront à l'intérieur des terres. Il faut qu'il soit utile, matériel et profitable à tous, sinon nous finirons par faire cavalier seul. »

A un sénateur américain : « Le Parlement pourrait se réunir alternativement par périodes de cinq ans à Westminster puis à Washington. »

A un financier concurrent qui fustigeait avec envie son monopole de l'industrie du diamant : « Sans moi, le prix des diamants ne vaudrait pas la peine de creuser pour les ramasser. Kimberley redeviendrait un désert et trente mille individus mourraient de faim. »

Lorsque Zouga commença à préparer la grande expédition vers le Nord, il s'imagina que Rhodes tiendrait à s'occuper de chaque détail. Il se trompait.

Il se borna à définir l'objectif : « Nous avons besoin d'un document signé de Lobengula, ratifiant ces concessions et les réunissant en une seule, que je puisse porter à Londres. (Il choisit un homme et lui donna carte blanche.) Rudd, vous avez l'esprit juridique. Chargez-vous-en. Emmenez Jordan. Il parle leur langue. Emmenez tous ceux qui vous seront utiles. »

Puis à Zouga : « Il nous faut une force d'occupation, assez réduite pour se déplacer rapidement, assez importante pour se protéger contre une trahison des Matabélés. Ballantyne, ce sera votre première tâche. Faites-moi savoir ce que vous avez décidé, mais souvenez-vous que nous n'avons guère le temps. »

Ce qui aurait pu prendre encore six mois fut accompli en cinq jours, et lorsque Zouga quitta Groote Schuur, Jordan l'accompagna à cheval jusqu'au col. Le vent était remonté vers le nord-ouest du pays, puis, avec des rugissements de bête féroce, s'était abattu sur les flancs escarpés de la montagne en apportant de l'Atlantique des rafales de pluie grise et froide.

Cela n'affectait en rien leur moral. Leurs cirés leur battaient les flancs, leurs chevaux frissonnaient, les oreilles rabattues, mais ils discutaient, en criant pour couvrir les mugissements du vent.

— N'est-ce pas un grand homme ? Chaque minute passée en sa compagnie fait l'effet d'une rasade de bon vin. Il est d'une telle générosité !

— Bien qu'il soit celui à qui elle profite le plus, remarqua Zouga en riant.

— Ce n'est pas gentil, papa.

— Un saint ne bâtit pas une telle fortune en si peu de temps. Mais si quelqu'un est capable de mener à bien ce projet, c'est bien Rhodes, et pour cela, je le suivrai en enfer s'il le faut.

— Prions que ce ne soit pas nécessaire.

En haut du col, le vent était encore plus fort, et Jordan dut faire tourner son cheval jusqu'à ce que leurs genoux se touchent.

— Papa, pour cette force d'occupation... Quelqu'un possède les chariots, connaît la route ; il peut aussi réquisitionner les provisions et recruter les hommes.

— Qui cela, Jordie ?

— Ralph.

Zouga regarda son fils redescendre le col en direction de la baie de la Table, assombrie par le vent, et des maisons blanches accrochées sur les pentes basses de la montagne, sous le ciel parcouru de nuages lourds. Puis il ramena sa monture contre le vent et commença la descente de l'autre côté.

Il était toujours en proie à la même excitation. Il se rendit compte que Rhodes avait le génie d'éveiller ce sentiment chez ceux qui l'entouraient. Il n'ignorait pas qu'il allait s'engager sur des sables mouvants, mais son enthousiasme et son entrain persistaient.

Dix concessions foncières représentaient quinze mille hectares, mais dix mille livres ne suffiraient pas à les exploiter. Les bâtiments, les puits et les clôtures à aménager, le bétail, la main-d'œuvre, tout cela exigeait de l'argent, beaucoup d'argent.

Quant aux concessions minières, il n'arrivait même pas à imaginer ce qu'il en coûterait de transporter les bocards et les augettes depuis la tête de ligne du chemin de fer. Par manque d'argent, il passerait à côté d'innombrables opportunités offertes par ce pays neuf. Au début, d'autres concessions foncières seraient à vendre à bas prix, des dizaines de milliers d'hectares d'une terre qu'il avait toujours considérée comme sienne et qui, parce qu'il n'aurait pas les moyens de l'acheter, reviendrait à d'autres.

Rien de tout cela n'arrivait à entamer ses heureuses dispositions d'esprit, ni la pluie froide qui lui fouettait le visage et lui engourdissait les joues, ni la conscience que son rêve n'était encore qu'un rêve. Car à présent, sous la gouverne d'un homme impatient, ils étaient engagés à toute allure sur la voie de sa réalisation. Zouga pouvait donc lever le menton et se redresser sans prendre garde à la pluie glaciale qui pénétrait par le col de sa chemise ; comme un joueur persuadé de sortir les as à chaque coup de dés, il avait la certitude que sa chance avait enfin tourné, et cela le rendait imperméable au doute.

Les rafales de pluie lui cachèrent le cottage jusqu'à ce qu'il pénètre dans le bosquet d'arbres à lait, puis une saute de vent déchira le voile argenté, et sa bonne humeur s'évanouit brusquement.

Il se trompait, sa chance n'avait pas tourné, tout n'avait été que mots et illusions, la série de ses revers de fortune n'était pas terminée : sous ses yeux, sa maison était en partie détruite.

L'un des vieux galactodendrons, fatigué de résister aux bises d'innombrables hivers, avait fini par succomber ; il était tombé sur la façade du cottage. Le toit n'avait pas résisté au choc et s'était affaissé. Les poteaux de la véranda étaient brisés et un enchevêtrement de poutres et de branches bloquait la porte d'entrée. La grande salle devait être inondée... comme ses livres et ses papiers.

Il mit pied à terre et contempla le désastre avec consternation. La poitrine serrée, il fut pris de la terreur superstitieuse de celui qui a offensé les dieux.

Le bloc de pierre bleue qui gardait son seuil avait basculé, à moitié caché par le chaume écroulé. Jadis dur et lisse, maintenant détérioré par le soleil et l'air, il s'était brisé dans sa chute aussi facilement que de la craie.

Zouga s'agenouilla et en toucha un morceau de forme irrégulière. La destruction de sa maison lui importait peu. Cette pierre était son seul bien irremplaçable, et cette désintégration de mauvais augure lui donnait des frissons.

Pour ajouter à son désarroi, une nouvelle rafale de pluie tomba en grondant sur la vallée, tordant les arbres et arrachant le chaume. La pluie battait contre la surface de la pierre, et au bout des doigts de Zouga, il y eut un minuscule éclat blanc, éblouissant, et froid comme des cristaux de glace.

Il possédait sa forme depuis deux cents millions d'années, n'avait jamais été exposé à la lumière du jour et ressemblait pourtant à une goutte de soleil distillé.

Zouga n'avait jamais rien vu d'aussi beau. Cela justifiait tous ses efforts et tous ses chagrins, les années qu'il croyait avoir perdues ; cela le confirmait dans sa conviction que la route vers le Nord avait commencé dans le puits béant de la mine De Beers.

Les mains tremblantes, il ouvrit son couteau, entreprit d'extraire doucement cet arc-en-ciel de lumière du bloc fracassé et le tint devant ses yeux.

— Le diamant Ballantyne, murmura-t-il.

Le regard plongé dans les profondeurs limpides, tel un sorcier et son augure, il vit lumière et ombre jouer et changer ; lui apparurent des pâturages enchantés couverts d'herbe grasse, de lents troupeaux de bétail et les chevalements de fabuleuses mines d'or se découpant sur le ciel bleu.

Ils ne l'attendaient pas. Il avait effectué si vite le trajet qu'aucun messager n'avait pu annoncer son arrivée. A partir de la rivière Shashi, il avait laissé Rudd et le reste de la petite troupe continuer, il s'était mis en route avec deux chevaux supplémentaires afin de changer de monture aussi souvent que nécessaire. C'étaient les meilleurs des écuries de la De Beers, et il ne lui fallut que cinq jours pour parcourir la distance entre la frontière du Matabeleland et la mission de Khami.

— Je suis Jordan Ballantyne, annonça-t-il en regardant la famille qui s'était assemblée en hâte sur la véranda de la mission.

La place fut emportée sans un seul coup de feu : il entra nimbé par l'auréole de ses cheveux bouclés, avec son sourire chaleureux, presque timide, aux lèvres, et tous eurent le coup de foudre pour lui.

Les cadeaux qu'il apportait avaient été choisis avec un soin évident et impliquaient la connaissance des besoins de chacun.

Il y avait deux douzaines de paquets de graines pour Clinton – des légumes inhabituels et des herbes rares : consoude, okra, raifort, curcuma, échalote et sou-sou. Pour Robyn, une boîte de médicaments, contenant notamment une bouteille de chloroforme, ainsi qu'une trousse de chirurgien aux instruments étincelants.

Il apportait le dernier volume des poèmes de Tennyson pour Salina ; pour les jumelles, une paire de chiens en porcelaine aussi vivants que nature, avec leurs yeux qui bougeaient, et, pour Cathy, le plus beau de tout : une boîte de couleurs, une collection de pinceaux et une lettre de Ralph.

Au cours de la première semaine, tandis qu'il attendait que Rudd et le reste de l'équipe arrivent de la Shashi, Jordan joua les sourciers avec une baguette de bois vert, art que Clinton ne possédait pas, et il l'aida à creuser le nouveau puits. Ils trouvèrent de l'eau douce à trois mètres de profondeur. Il fit à Cathy, auditrice passionnée, la biographie de Ralph depuis le jour de sa naissance, récit si détaillé qu'il dut en répartir les épisodes sur la semaine entière.

Il retroussa ses manches et fit jaillir de la vieille cuisinière à bois un flot de merveilles culinaires – quenelles et soufflés, croque-en-bouche et meringues, sauces hollandaise et béarnaise – tout en récitant de mémoire à Salina, qui tournait autour de lui, brûlant d'apprendre et de l'aider, l'*In Memoriam* d'Alfred Tennyson :

Ne t'inquiète donc pas, comme une fille désœuvrée,
De ce que la vie soit entachée par de petits péchés.
Supporte-la : ta richesse se concentre au-dedans
Le Temps sépare la coquille de la perle.

Elle fut sous le charme.

Il montra aux jumelles comment confectionner avec du papier journal toutes sortes d'animaux et d'oiseaux fantastiques, et il leur raconta des histoires, les meilleures qu'elles avaient entendues depuis le départ de Mungo Saint-John.

Il apportait à Robyn les dernières nouvelles du Cap et lui brossa un portrait des étoiles montantes sur l'horizon politique, dressant un bilan de leurs points forts et de leurs points faibles. Il connaissait les dernières opinions concernant la scène politique britannique. Les membres du Parlement, celui du Cap comme celui de Londres, étaient sans cesse invités à Groote Schuur ; il pouvait donc répéter les commérages à propos de ce « vieillard extravagant et incompréhensible », comme la reine appelait Gladstone. Il était à même de lui expliquer l'indépendance législative et de lui dire quel pourcentage de chances avaient les libéraux d'emporter la victoire aux prochaines élections, en dépit de l'incapacité de Gladstone à sauver Gordon à Khartoum et de sa baisse de popularité subséquente.

— Au jubilé de la reine, le peuple l'applaudissait dans la rue alors que l'aristocratie le sifflait depuis les balcons, dit-il.

Pour Robyn, perdue depuis plus de vingt ans dans ce pays sauvage, c'était un régal.

D'ordinaire, le dîner s'achevait à Khami à la tombée de la nuit et toute la famille était au lit une heure plus tard, mais, après l'arrivée de Jordan, la conversation et les rires se poursuivirent parfois jusqu'à minuit.

« Jordan, il ne fait aucun doute que, si nous voulons le Machonaland, nous devrons nous concilier votre tante. J'ai entendu dire que Lobengula ne prendra aucune décision importante sans l'avis du docteur Codrington. Je veux que vous précédiez Rudd et les autres, que vous alliez à Khami et parliez avec votre tante. »

Au cours de cette semaine, Jordan chanta sans relâche les louanges de M. Rhodes à Robyn, son intégrité, sa sincérité, sa vision d'un monde de paix unifié sous une seule puissance souveraine.

D'instinct, il savait sur quels aspects du caractère de Rhodes insister devant Robyn : son patriotisme, sa charité, sa façon de bien traiter les travailleurs noirs, son opposition au Stropping Act, qui, s'il avait été approuvé par le Parlement du Cap, aurait donné aux employeurs le droit de fouetter leurs serviteurs noirs. Et c'est seulement quand il l'estima acquise à ses vues que Jordan lui parla de la concession. Cependant, en dépit de cette mise en condition, l'opposition de Robyn fut immédiate et violente.

« Aucune autre tribu ne sera frustrée de ses terres », s'était-elle écriée.

« Nous ne voulons pas le Matabeleland, ma tante. M. Rhodes garantirait la souveraineté de Lobengula et le protégerait... »

« J'ai lu la lettre que vous avez adressée au *Cape Times*, ma tante, dans laquelle vous exprimez vos préoccupations concernant les raids des Matabélés dans le Machonaland. Si le drapeau britannique flottait au-dessus des tribus machonas, elles seraient protégées par la justice britannique. »

« Les Allemands, les Portugais et les Belges se rassemblent comme des vautours... vous savez, ma tante, qu'une seule nation est digne d'assumer le devoir sacré. »

Les arguments de Jordan étaient soigneusement pesés et persuasifs, ses manières franches et directes, sa confiance en Cecil Rhodes touchante et communicative, et il reprenait sans cesse le plus convaincant.

« Ma tante, vous avez vu les Matabélés revenir du Machonaland la pointe de leurs lances encore couvertes de sang et les captives machonas attachées ensemble. Songez aux ravages qu'ils ont causés, aux villages incendiés, aux enfants et aux vieillards assassinés, aux guerriers machonas abattus. Vous ne pouvez refuser aux Machonas la protection que nous voulons leur offrir. »

Ce soir-là, elle parla à Clinton, allongée près de lui sur leur étroit lit de camp et leur matelas de paille. Sa réponse fut immédiate et simple.

— Ma chère, il a toujours été aussi clair à mes yeux que le soleil d'Afrique que Dieu a destiné ce continent à être protégé par la seule nation au monde qui possède les vertus publiques suffisantes pour le gouverner pour le bien des indigènes.

— Clinton, M. Rhodes n'est pas la nation britannique.

— Il est anglais.

— Edward Teach, alias Barbe-Noire, le pirate, l'était aussi.

Ils restèrent silencieux de longues minutes, puis Robyn dit soudain :

— Clinton, n'avez-vous rien remarqué chez Salina ?

— Elle est malade ? demanda-t-il d'une voix inquiète.

— Je le crains, incurablement. Je crois qu'elle est amoureuse.

— Bonté divine ! fit Clinton en se redressant brusquement. De qui diable ?

— Combien de jeunes hommes y a-t-il en ce moment à Khami ?

Le lendemain matin, sur le chemin de l'église où elle allait donner ses consultations, elle s'arrêta à la cuisine. La veille au soir, Clinton avait tué un cochon ; Salina et Jordan étaient en train de préparer des saucisses. Jordan tournait la manivelle du hachoir pendant que Salina introduisait de force les morceaux de porc dans l'entonnoir. Ils étaient si absorbés, bavardant gaiement tous les deux, qu'ils ne s'aperçurent pas de la présence de Robyn, qui les regardait depuis le pas de la porte.

Ils formaient un beau couple, si beau même que Robyn eut une impression d'irréalité, suivie immédiatement par un sentiment de malaise, rien en ce monde n'atteignant cette perfection.

Salina la vit et sursauta, puis rougit jusqu'aux oreilles sans raison.

— Oh, maman, vous m'avez fait peur, dit-elle.

Robyn fut envahie par une bouffée d'émotion et, curieusement, d'envie à l'égard de sa fille aînée. Elle aurait aimé être encore capable d'éprouver un sentiment aussi pur et innocent. Par contraste, lui vint à l'esprit l'image de Mungo Saint-John, mince, couturé et sans scrupules. Cela lui fit un choc, et c'est d'une voix brusque qu'elle déclara :

— Jordan, j'ai pris une décision. Lorsque M. Rudd arrivera, j'irai avec vous au kraal de Lobengula, et je parlerai en votre faveur.

Après une expédition commerciale prolongée et peu rentable jusqu'au Zambèze, Mungo était retourné avec Louise au kraal de GuBulawayo, où ils furent retenus près de sept mois. Mais les retards voulus par Lobengula travaillèrent en faveur de Saint-John.

Robyn Codrington avait refusé de parler au roi en faveur de Saint-John, et celui-ci n'était donc qu'un Blanc de plus parmi les dizaines venus solliciter des concessions, qui campaient autour du kraal royal de Lobengula.

Le roi n'aurait pas laissé Saint-John partir même si celui-ci avait voulu. Il aimait apparemment bavarder avec lui, et il écoutait avec une vive attention les récits que l'Américain lui faisait de la guerre de Sécession et de ses voyages par mer. Chaque semaine, il le convoquait à une audience et lui posait des questions pendant des heures, par le truchement de son interprète.

Le pouvoir destructeur des canons le fascinait, et il réclamait des descriptions détaillées des murs fracassés et des corps humains volatilisés. La mer était pour lui un autre sujet de vif intérêt, et il essayait de se représenter l'immensité des océans, les tempêtes qui s'abattaient sur eux. Cependant, dès que Saint-John faisait délicatement allusion à l'octroi d'une parcelle de terre et d'une concession minière, Lobengula souriait et le congédiait.

« Je te ferai appeler de nouveau, Œil Brillant, lorsque j'y aurai songé plus longuement. Est-ce que tu ne manques de rien en ce qui concerne la nourriture ou la boisson ? J'enverrai mes femmes à ton camp pour y veiller. »

Un jour, il donna à Saint-John la permission d'aller

chasser sur le veld à condition qu'il reste au sud de la rivière Shangani et ne tue ni éléphant ni hippopotame. Au cours de cette expédition, Mungo abattit une énorme autruche dont il fit sécher la peau et le magnifique plumage.

A trois reprises le roi autorisa Saint-John à retourner à la mission de Khami, celui-ci se plaignant que sa jambe le faisait souffrir. L'instinct prédateur de Mungo lui disait que Robyn était troublée par ces visites. A chaque fois il réussit à prolonger son séjour de plusieurs jours, consolidant peu à peu ses positions auprès d'elle, si bien que, lorsqu'il lui demanda de nouveau d'intercéder en sa faveur auprès de Lobengula, elle y pensa un jour entier avant de refuser encore.

— Je ne peux pas lancer le chat à l'attaque de la souris, général Saint-John.

— Madame, voilà bien des années que j'ai libéré mes esclaves.

— Lorsque vous n'avez pu faire autrement, admit-elle. Mais qui aura l'œil sur vous dans le Matabeleland ?

— Vous, Robyn, et je me soumettrai avec joie à votre surveillance.

Elle avait rougi et détourné le visage.

— Votre familiarité est impertinente, monsieur.

Sur ce, elle l'avait laissé, et il avait pu reprendre ses rendez-vous avec les jumelles sous le vieil arbre. Son absence depuis leurs premières rencontres durant sa convalescence n'avait pas affaibli la fascination qu'il exerçait sur elles. Elles étaient d'inestimables alliées. Personne d'autre n'aurait pu soutirer à Jouba l'information décisive dont il avait besoin pour réaliser son plan. Saint-John avait exprimé des doutes quant à l'existence des diamants et déclaré qu'il serait convaincu à la seule condition que les jumelles puissent lui dire où Lobengula gardait son trésor.

A aucun moment, Jouba n'avait soupçonné le danger représenté par les deux innocentes, et en fin d'après-midi, quand elle avait bu un gallon de sa fameuse bière, elle était toujours affable et loquace.

— Ningi cache les diamants sous sa couche, avait annoncé Vicky à Saint-John.

— Qui est Ningi ?

— La sœur du roi ; elle est presque aussi grosse que le roi Ben.

Parmi ses sujets, c'est à Ningi que Lobengula faisait le plus confiance, et sa case, dans le sanctuaire de la zone interdite des femmes, était la plus sûre de tout le Matabeleland.

— Maintenant, je vous crois. Vous êtes toutes les deux des malignes, leur dit Saint-John.

Elles rayonnèrent de plaisir ; il pouvait tout leur demander désormais.

— Vicky, j'ai besoin de peinture. C'est un secret ; je vous dirai pour quoi faire si vous réussissez à m'en procurer.

— De quelles couleurs ? intervint Lizzie. Je vous les trouverai.

— Rouge, blanc et jaune.

Finalement, c'est Lizzie qui monta la garde pendant que Vicky effectuait un raid sur la boîte de couleurs de Cathy, puis elles remirent leur offrande à Saint-John et savourèrent ses louanges exagérées.

Le projet de Mungo ne consistait pas uniquement à mettre la main sur les diamants mais aussi, bien évidemment, à échapper aux conséquences de cet acte. Sans la permission du roi, personne ne pouvait espérer atteindre la frontière, qui s'étendait sur des centaines de kilomètres de terre sauvage parcourue par des détachements de guerriers cafres. Il ne pouvait faire son coup et s'enfuir ; il lui fallait recourir à la ruse et peut-être profiter de la terreur inspirée aux Matabélés par l'obscurité et la sorcellerie.

Il mit donc au point son projet avec une application méticuleuse et attendit son heure avec la patience d'un léopard, car il savait que ce serait sa dernière tentative. S'il échouait, ni sa peau blanche ni son statut d'invité du roi ne pourraient le sauver.

S'il échouait, les bourreaux vêtus de noir lui fracasseraient le crâne à coups de massue, et son cadavre serait jeté de la falaise aux vautours ou dans les trous d'eau de la rivière, où les crocodiles le mettraient en pièces. Louise subirait le même sort, il le savait, mais il était prêt à courir ce risque.

Il veillait à lui cacher ses préparatifs, et la tâche lui était rendue plus facile par la distance qu'elle maintenait entre eux, depuis longtemps à présent. Ils partageaient la case au toit de chaume que les hommes de Lobengula avaient construite à leur intention dans le bosquet derrière le kraal et mangeaient les mêmes plats à base de bœuf, de lait fermenté et de galettes de maïs moulu à la pierre que le roi leur envoyait chaque soir, mais Louise passait ses journées seule. Elle partait sur l'une des mules au petit matin et ne revenait pas avant le crépuscule. Elle avait caché son matelas de paille installé au fond de la case derrière la bâche déchirée du chariot, et il n'avait essayé qu'une fois de franchir le paravent.

— Ne recommencez pas, dit-elle d'une voix sifflante en lui montrant le couteau qu'elle dissimulait sous ses jupes. Plus jamais !

Il pouvait donc travailler toute la journée à son projet sans être interrompu et cacher chaque soir son matériel sous son propre matelas. Il sculpta un masque dans la partie naturellement incurvée d'un tronc d'arbre creux, un visage simiesque hideux et grimaçant, aux yeux fixes, à la bouche béante pleine de crocs, et le peignit.

Avec sa peau d'autruche couverte de plumes, il confectionna un manteau qui lui descendait jusqu'aux chevilles, et se fabriqua de monstrueuses mitaines en peau de chèvre noire pour les mains et les pieds. Avec ce déguisement, il était l'incarnation même du *tokoloshe* de la mythologie matabélée.

Robyn Codrington lui avait donné des doses de laudanum pour calmer sa douleur tenace à la jambe, mais il les avait gardées précieusement. Il s'était décidé pour l'une des fêtes du calendrier matabélé, et il attendit, la troisième nuit, que tous et toutes aient sombré dans le sommeil à l'endroit même où ils étaient tombés, gorgés de bière et exténués par trois jours et trois nuits de danse effrénée.

A la tombée de la nuit, il donna le laudanum à Louise, dans une tasse de lait fermenté dont l'odeur aigrelette cacha celle du médicament. Une heure plus tard, il traversa la hutte à pas de loup, tira la bâche et écouta sa respiration régulière avant de se pencher sur elle et de lui donner des petites tapes sur les joues. Elle ne bougea pas ni ne protesta et le rythme de sa respiration ne changea pas.

Il passa rapidement le manteau de plumes, sans mettre le masque et les mitaines, mais se noircit le visage et les membres avec un mélange de charbon de bois écrasé et de graisse. Puis, le masque et une corde sous un bras, une sagaie dans la main de l'autre, il se faufila hors de la case.

Le bosquet était désert – aucun Matabélé ne se serait aventuré là pendant que les esprits étaient dehors. Il le traversa donc rapidement et surveilla depuis la lisière des arbres la palissade qui entourait le kraal royal.

Un mince croissant de lune montante donnait assez

de lumière pour lui permettre de trouver son chemin, mais pas assez pour le trahir aux yeux d'observateurs attentifs, vraisemblablement peu nombreux cette nuit-là. Malgré tout, il traversa le terrain découvert en se baissant ; en outre, l'apparence hirsute d'une hyène que lui donnait son manteau ne risquait guère d'éveiller l'intérêt.

Il marqua une pause en arrivant à la palissade, par prudence, puis envoya la corde par-dessus la barrière de poteaux pointus.

Il grimpa en ménageant sa mauvaise jambe et jeta un coup d'œil à l'intérieur du kraal.

Il était désert, et seul un petit feu de camp brûlait devant l'entrée fermée.

Saint-John tira la corde derrière lui et gagna rapidement l'ombre de la case la plus proche. Il s'arrêta un moment pour enfiler ses mitaines et mettre son lourd masque sur sa tête, avant de continuer en catimini jusqu'à la palissade intérieure qui entourait les logements des femmes.

Durant les semaines précédentes, en se servant de sa longue-vue depuis le sommet d'une colline voisine, il avait pu voir par-dessus les murs et étudier la disposition du quartier des femmes.

Il y avait un double cercle de cases, en anneaux concentriques, avec en leur centre une case plus grande, au toit de chaume à motifs complexes, qui proclamait l'importance de son occupante. Il pensait que c'était la case de la sœur du roi, estimation confirmée quand, avec sa longue-vue, il avait aperçu Ningi, à la silhouette éléphantesque, au corps nu et luisant, escortée d'une douzaine de servantes, sortir par la porte basse dans la lumière du petit matin.

Il parvint à la porte de la palissade intérieure et l'examina, abrité par une case. La chance continuait de lui sourire. Il s'était préparé à utiliser sa sagaie à cet endroit, mais les deux gardes étaient étendus par terre, enveloppés dans leurs fourrures, et aucun ne bougea quand Saint-John enjamba leurs corps prostrés.

Il entendit à l'intérieur d'une case le ronflement régulier d'une grosse épouse ; dans une autre, une femme qui toussa et grommela dans son sommeil le fit sursauter, mais il poursuivit son chemin sans s'arrêter.

La case de Ningi était close. Saint-John avait aiguisé la lame de sa sagaie, et il l'utilisa pour trancher les cordes en écorce qui maintenaient la porte fermée. Le bruit de la lame lui parut assourdissant et il eut un frisson, attendant une réaction. Elle ne vint pas, mais en reculant pour sortir les vessies de chèvre de sous son manteau, il s'aperçut qu'il suait à grosses gouttes.

Il fendit les vessies et barbouilla le portail de l'entrée de sang coagulé et nauséabond. Il avait appris par les jumelles, qui étaient des autorités en matière de surnaturel, qu'un *tokoloshe* projette toujours du sang sur les portes qu'il franchit. C'était une caractéristique sympathique de la créature en question.

La main droite serrée sur sa sagaie, Saint-John se baissa pour entrer dans la case et, tapi dans l'entrée, attendit que ses yeux s'habituent à l'obscurité.

Le feu, au centre de la grande case, était à moitié éteint. Il y avait juste assez de lumière pour distinguer deux silhouettes, couchées en chien de fusil sur des nattes de part et d'autre du foyer, et plus loin, la masse impressionnante de la princesse allongée sous ses fourrures.

Ses ronflements commençaient par un grondement sourd pareil à celui d'un volcan et montaient en un crescendo sifflé qui couvrait tous les sons que Saint-John aurait pu entendre.

Il enjamba la première servante endormie. Avant

qu'elle ait pu bouger, il avait glissé un bâillon en peau de chèvre dans sa bouche et lui avait ligoté les poignets et les chevilles avec un lacet de cuir. Elle ne se débattit pas, mais leva des yeux blancs écarquillés vers l'horrible masque. Il attacha et bâillonna la deuxième servante avant de se diriger vers l'estrade où dormait Ningi.

L'après-midi même, comme n'importe quel invité du roi, Saint-John avait vu Ningi, assise à côté de son frère, boire de nombreux verres de champagne. C'est seulement quand il fourra le bâillon dans sa bouche ouverte qu'elle nasilla, gémit et émergea de son sommeil éthylique.

Il la roula jusqu'au bord de l'estrade d'où elle tomba sur le sol d'argile avec un bruit mat. Il la tira jusqu'à l'endroit où se trouvaient les deux servantes ligotées. Ce n'était pas une mince affaire, car elle pesait au moins cent cinquante kilos.

Il jeta une bûche dans le feu et, quand elle se mit à flamber, il se pavana et gambada autour de ses captives, approchant brusquement son masque hideux de leurs visages en baragouinant d'abominables menaces. Tandis qu'elles se tortillaient dans leurs liens, il vit à la lueur du feu qu'elles ruisselaient de sueur.

Sous l'effet de la terreur, les intestins de Ningi se vidèrent soudain à grand bruit et la puanteur envahit la case. Saint-John jeta sur les femmes une couverture en fourrure, et immédiatement elles se calmèrent, cessant leurs grognements et leurs gémissements étouffés.

Il agit alors rapidement. Retournant sur l'estrade, il écarta les fourrures et découvrit une paillasse de bambou tressé. Il la souleva comme le panneau d'une trappe et, dessous, dans une niche, aperçut une douzaine de petits pots d'argile.

Quand il tendit le bras et sortit un des pots, sa main

commença à trembler. La sueur l'aveuglait, mais il vit quand même le reflet satiné de la lumière du feu renvoyé à travers l'ouverture du pot.

Il ne pouvait tout emporter ; il y en avait plus qu'il n'en pouvait cacher. Qui plus est, son instinct de survie lui disait que plus il en prendrait, plus les recherches et la poursuite seraient acharnées.

Près du feu, il renversa en un tas scintillant le contenu des douze pots, et, dans cette lumière incertaine, choisit les pierres les plus grosses et les plus brillantes. Une trentaine d'entre elles remplirent le petit sac de cuir qu'il avait apporté. Il rattacha celui-ci à sa ceinture, ramassa la sagaie et se glissa hors de la case.

Il passa sans bruit près des gardes de la palissade intérieure, toujours endormis. Au pied de la palissade extérieure, il se débarrassa de son manteau, de ses mitaines et de son masque, et les jeta dans le feu de camp laissé sans surveillance. Il entassa ensuite des branches par-dessus : au matin, il n'y aurait plus que des cendres.

Il grimpa rapidement à la corde et la tira derrière lui, puis redescendit avec légèreté de l'autre côté de la palissade. Le kraal royal était silencieux, plongé dans une lourde torpeur.

Il se baigna dans l'étang au-dessous du camp pour se laver le visage et les membres puis récupéra sa chemise et son pantalon dans le tronc d'arbre creux où il les avait laissés.

Arrivé dans sa case, il posa une main, encore glacée par l'eau de l'étang, sur la joue de Louise. Elle soupira et se tourna sur le côté. Il avait envie de rire et de crier pour célébrer son triomphe. Au lieu de cela, il cacha le sac de pierres précieuses sous son matelas et se roula dans sa couverture. Il ne ferma pas l'œil de la nuit et, à l'aube, entendit, provenant du kraal, les hurlements de peur superstitieuse des femmes et les cris des hommes qui affermissaient leur courage face aux esprits et aux démons.

— C'est là un acte cruel pour un bon roi, déclara amèrement Robyn à Lobengula.

— Nomousa, tu es une femme sage, la plus sage que j'aie jamais connue, mais tu ne comprends rien aux esprits et aux démons du Matabeleland.

— Je comprends que le monde est plein d'hommes mauvais, mais qu'il y a très peu d'esprits mauvais.

— La chose qui est entrée dans la case de ma sœur vient des airs. Toutes les portes du kraal étaient gardées par des hommes bien éveillés ; ils m'ont juré qu'ils étaient restés à leur poste du crépuscule à l'aube, les yeux grands ouverts et la lance à la main. Ils n'ont rien vu passer.

— Même tes meilleurs hommes peuvent s'assoupir, puis mentir pour se protéger.

— Personne n'ose mentir au roi, affirma Lobengula. C'est venu des airs et ça a barbouillé la porte de la case de Ningi avec du sang pourri. (Il frissonna malgré lui.) Par les fesses décharnées de Chaka, c'est là un mauvais tour de *tokoloshe*. Aucun homme ne peut faire une chose pareille.

— Si ce n'est qu'il portait le sang dans un pot pour en asperger la porte.

— Nomousa..., fit le roi en secouant la tête tristement. Ma sœur et ses servantes ont vu la grande chose velue, noire comme la nuit, sentant l'odeur de la tombe, avec non pas de la sueur mais du sang suintant de sa peau. Ses yeux étaient pareils à deux pleines lunes, sa voix celle du lion et de l'aigle... (Il précisa en frissonnant de nouveau :) Elle n'avait ni mains ni pieds, seulement des pattes velues.

— Et elle a volé les diamants. Quelle utilité un démon peut-il trouver à des diamants ?

— Qui sait ce dont un démon a besoin pour ses mauvais sorts, sa magie ou pour plaire au seigneur des ténèbres ?

— Les hommes convoitent les diamants.

— Nomousa, pour les Noirs les diamants n'ont aucune valeur, et ce ne peut donc être un Noir. D'autre part, si un Blanc était entré dans la case de ma sœur, il ne se serait pas contenté de quelques pierres. Il les aurait toutes emportées, car c'est comme cela qu'ils font. Ça ne peut donc être ni un Blanc ni un Noir... qui reste-t-il en dehors des démons ?

— Lobengula, grand roi, tu ne peux laisser faire une chose pareille.

— Nomousa, une terrible sorcellerie a été pratiquée à l'intérieur du kraal royal. Une ou plusieurs personnes méchantes ont fait apparaître un démon noir, et je ne serais pas un roi si je les laissais vivre. Il convient de les découvrir et mes oiseaux doivent s'en repaître afin que nous soyons débarrassés de cette chose puante.

— Lobengula...

— Plus un mot, Fille de Miséricorde, les mots ne peuvent me détourner de mon projet. Toi, ta famille et tous les hôtes de mon kraal êtes requis d'assister à l'accomplissement de la justice.

Il fallut dix jours au peuple matabélé pour parvenir à GuBulawayo ; ils arrivèrent par régiments entiers, guerriers et jeunes filles, indunas couronnés du bandeau et mères de famille fécondes, enfants en bas âge et vieillards édentés et chenus. Ils arrivèrent par milliers, par dizaines de milliers, et, le matin fixé par Lobengula, la nation se rassembla, rang après rang, régiment après régiment, marée noire humaine qui envahit le grand enclos à bestiaux.

Une immobilité particulière régnait sur cet immense rassemblement ; seules les coiffes de plumes s'agitaient doucement dans la petite brise incessante, et un voile de peur était suspendu, si palpable qu'il semblait absorber la chaleur du soleil et affaiblir ses rayons.

Le silence oppressant empêchait l'assistance de respirer. Une seule fois, lorsqu'un corbeau noir rasa la foule en poussant ses cris rauques, toutes les têtes se levèrent et un soupir léger parcourut les rangs, comme le vent à travers les branches hautes de la forêt.

Devant les portes du kraal royal, face à cette multitude, étaient alignés les principaux indunas des Matabélés, Somabula, Babiaan et Gandang, et les autres princes de Kumalo, avec, derrière eux, le dos à la palissade, les hôtes blancs de Lobengula, presque une centaine – Allemands et Français, Hollandais et Anglais, chasseurs et savants, hommes d'affaires et aventuriers, solliciteurs, missionnaires et commerçants. Sobrement vêtus de drap, avec des étrivières et des cartouchières de chasseur, ou portant un uniforme tapageur, ils attendaient.

Seules deux femmes blanches étaient présentes, car Robyn avait refusé d'amener ses filles pour assister à la cérémonie, et Lobengula s'était laissé fléchir et avait fait une exception.

Le roi avait donné aux deux femmes la permission de rester assises. Robyn se trouvait près de l'entrée de la palissade, Clinton debout derrière elle dans une attitude protectrice tandis que les membres de la délégation de M. Rhodes se tenaient à ses côtés : M. Rudd, visage rubicond, favoris et chapeau melon, à gauche, Jordan, tête nue, à droite.

Un peu plus loin dans la rangée des invités, Louise Saint-John était assise sur un tabouret tendu de lacets de cuir. Ses lourdes tresses noires tombaient jusqu'à la taille de sa robe blanche très simple, et les hommes qui l'entouraient se tournaient subrepticement pour contempler cette beauté exotique aux hautes pommettes. Mungo Saint-John se tenait derrière elle, son bandeau noir sur l'œil, tranquillement appuyé sur sa canne, souriant quand il surprenait les regards dirigés vers Louise.

La foule entière se souleva comme une mer soudain gonflée par un coup de vent, et les plumes s'agitèrent comme de l'écume. Il y eut un claquement sec pareil à une salve d'artillerie : tous levèrent une jambe à hauteur de l'épaule avant de frapper le sol dur à l'unisson en lançant le salut au roi :

— *Bayété !*

Le Grand Éléphant des Matabélés apparut à l'entrée, suivi par ses épouses que conduisait Ningi. Toutes, en se balançant et en traînant des pieds, chantaient ses louanges.

La lance royale à la main, Lobengula se dirigea vers le monticule d'argile tassée sur lequel était installé le fauteuil roulant qui avait été le trône de son père, tandis que Babiaan et Gandang, ses frères, s'approchaient pour l'aider à monter les marches.

Du haut de cette estrade, Lobengula regarda son peuple, et ceux qui étaient le plus près perçurent un terrible chagrin dans ses yeux.

— Que la cérémonie commence, dit-il en se laissant tomber dans le fauteuil.

On entendit un chœur décousu de cris perçants, de gémissements et de rires déments s'élever derrière la palissade, et une horrible procession de vieilles sorcières, de harpies et de nécromanciennes franchit l'entrée en se pavanant et radotant.

A leur cou et à leur taille était suspendu l'attirail de leur fonction : crâne de babouin ou d'enfant, peaux de python et d'iguane, carapace de tortue, cornes fermées par un bouchon, crécelles en cosses de haricot et os porte-bonheur, ainsi que des reliques ou des restes macabres d'humains ou d'animaux.

En gémissant et hululant, elles s'assemblèrent devant le trône de Lobengula.

— Chères sœurs, sentez-vous la présence des êtres malveillants ?

— Nous sentons leur souffle... ils sont là ! Ils sont là !

Une des sorcières s'écroula dans la poussière, les gencives édentées écumantes, les yeux révulsés, les membres agités de contractions spasmodiques. L'une de ses consœurs lui lança au visage de la poudre rouge de sa corne à priser, et elle se mit à pousser des cris d'orfraie et à tressauter.

— Sœurs des ténèbres, allez-vous amener les scélérats ? demanda Lobengula.

— Nous te les amènerons, Grand Buffle de Kumalo. Nous te les livrerons, fils de Mosélékatsé.

— Allez ! ordonna le roi. Faites votre devoir.

Certaines d'entre elles partirent en tournant sur elles-mêmes et en faisant des cabrioles, brandissant leurs baguettes divinatoires – qui une queue de girafe, qui une vessie de chacal gonflée accrochée à un bâton en tambooti rouge, ou un pénis de lion tendu et séché au soleil –, instruments avec lesquels elles allaient désigner les scélérats.

D'autres s'éloignaient à pas de loup, furtives et sournoises comme des hyènes. D'autres encore marchaient à quatre pattes, reniflant la terre tels des chiens de chasse, entre les rangs des Matabélés.

L'une des sorcières parcourut la rangée des invités occidentaux en sautillant comme un vieux babouin, ses mamelles pendantes battant contre son ventre flétri, la peau couverte d'une croûte de crasse, ses amulettes cliquetant. Elle s'arrêta devant Mungo Saint-John, leva le nez pour humer l'air, puis hurla comme une chienne en chaleur.

Saint-John prit le long cigarillo qu'il avait aux lèvres et en examina la cendre. La vieille s'approcha et leva les yeux vers lui ; il remit son cigare entre ses lèvres et lui rendit son regard, l'air indifférent.

Elle bondit pour mieux sentir le souffle de ses narines, s'éloigna en sautillant, puis elle lui fit de nouveau face, leva au-dessus de sa tête sa longue queue de girafe, poussa un cri de chouette et se précipita sur Mungo pour le frapper au visage.

S'immobilisant devant lui, elle suspendit son geste. Saint-John retira le cigare de sa bouche et souffla un rond de fumée parfait qui tourna sur lui-même avant de se briser sur le visage de la sorcière et de se dissiper en volutes légères.

Elle caqueta comme une folle et avança le long de la rangée pour faire halte devant Robyn Codrington.

— Tu pues comme la hyène qui t'a engendrée, lui dit Robyn dans un matabélé impeccable.

La sorcière pivota sur elle-même, s'éloigna rapidement vers Jouba, au premier rang des femmes nobles, leva sa cravache pour frapper et lança un regard à Robyn, jubilant de manière répugnante.

Pâle comme un linge, Robyn se leva, les bras serrés sur sa poitrine.

— Non, murmura-t-elle. Je t'en prie, épargne-la.

La sorcière laissa son bras retomber, revint se pavaner et faire l'importante devant Robyn, puis poussa un cri aigu, tourna les talons et courut de nouveau vers Jouba. Cette fois-ci, elle frappa ; la queue de girafe fendit l'air en sifflant et claqua sur la chair noire, mais au dernier moment, la vieille avait dévié le bras et le coup était tombé sur le visage stupéfait de la jeune femme qui se tenait près de Jouba.

— Je flaire le mal, glapit la sorcière, je flaire le sang.

La jeune femme tomba à genoux. La vieille la frappa de nouveau, et la cravache cingla cruellement son visage jusqu'à ce que des larmes commencent à couler sur ses joues.

Les bourreaux s'avancèrent et la remirent debout. La peur paralysait les jambes de la femme, et ils durent la traîner devant Lobengula. Le roi baissa les yeux vers elle, attristé et compatissant, avant de lever l'index de sa main droite.

L'un des bourreaux fit tournoyer sa massue de guerre et frappa à l'arrière du crâne. L'os craqua et les yeux de la victime furent éjectés de leurs orbites par la violence du coup. Lorsqu'elle tomba face contre terre, on vit une dépression profonde comme le poing à l'arrière de sa tête. La sorcière décampa pour continuer la chasse, et Jouba regarda Robyn. Blafarde et tremblante, celle-ci était retombée sur son siège et Clinton avait passé un bras autour de ses épaules pour la calmer.

Un cri de triomphe surgit des rangs serrés. Les bourreaux en sortirent un jeune et beau guerrier. Il écarta leurs mains, s'avança à grandes enjambées vers le trône de Lobengula puis mit un genou à terre.

— Père de la nation, écoute mes louanges. Grand Roi tonnant, Buffle Noir, permets-moi de mourir avec ton nom sur les lèvres. O Lobengula, puissant comme le vent...

Le roi leva le doigt et la massue tomba avec un sifflement d'aile.

Le chœur des hurlements était à présent continu ; les sorcières s'échauffaient, les victimes étaient traînées hors de la foule et abattues. Leurs cadavres finirent par former un grand tas devant le trône du roi, enchevêtrement de membres noirs et de têtes fracassées qui ne cessait de croître.

Cent, deux cents victimes étaient venues s'ajouter à l'amoncellement de corps inertes lorsque le soleil atteignit son zénith ; la poussière, la chaleur, la terreur formaient une atmosphère suffocante, et les mouches bleues grouillaient dans les yeux fixes et les bouches béantes des morts tandis que les sorcières continuaient leurs cabrioles, riaient et frappaient avec leurs baguettes.

De temps à autre, une jeune fille terrassée par la peur et la chaleur tombait en pâmoison ; les sorcières sautaient sur cette preuve irréfutable de sa culpabilité et faisaient pleuvoir les coups sur son dos nu ou ses seins luisants tandis que les bourreaux se dépêchaient pour ne pas prendre de retard dans l'accomplissement de leur ignoble tâche.

Le soleil commença sa lente descente vers l'horizon, et finalement les sorcières s'avancèrent une à une vers la montagne de cadavres. Elles titubaient de fatigue, la poussière s'était collée à leur peau en sueur, mais elles hurlaient et gémissaient comme des chiennes en étudiant de près les cadavres afin de choisir ceux qu'elles emporteraient avec elles dans leurs grottes et leurs cachettes secrètes. Un morceau de matrice de vierge était un charme puissant de fertilité, une tranche de cœur de guerrier éprouvé constituait un extraordinaire talisman dans la bataille.

— Le travail est-il terminé ? demanda Lobengula.

— Il l'est, ô roi.

— Est-ce que tous les scélérats sont morts ?

— Ils le sont tous, fils de Mosélékatsé.

— Alors, rentrez chez vous et allez en paix, dit Lobengula d'un ton las.

— Sois en paix, Grand Roi.

Chargées de leur macabre butin, riant et hululant, elles franchirent en traînant les pieds les portes du kraal.

Trois fois en trois semaines, Mungo Saint-John adressa une pétition au roi lui demandant de lui « donner la route » vers le Sud, mais à chaque fois le roi bavarda aimablement avec lui pendant une heure avant de le congédier d'un signe de main.

— J'y songerai, Œil Brillant, mais pourquoi veux-tu partir ? N'es-tu pas bien ici ? Le bœuf et la bière que je t'envoie ne t'emplissent-ils pas l'estomac ? N'aimerais-tu pas aller encore une fois à la chasse ?

— Je veux regagner le Sud, ô roi.

— A la prochaine pleine lune peut-être, Œil Brillant, ou après la pluie ou après la cérémonie de la Chawala, qui sait ? Nous verrons cela en temps utile.

Puis, un jour, Louise sortit à dos de mulet, de bon matin, comme elle en avait l'habitude, et c'est seulement plusieurs heures après son départ que Mungo s'aperçut qu'elle avait emporté le fusil et la cartouchière, sa couverture et la gourde d'eau d'un gallon.

Il s'interrogea sur son comportement le reste de la journée mais ne s'inquiéta pas avant le crépuscule. Il resta assis près du feu toute la nuit et, aux premières lueurs du jour, prit la deuxième mule et traversa la rivière pour se rendre à l'endroit où la petite troupe de Rudd avait installé son luxueux campement, dans une agréable clairière. Ils avaient six chariots et autant de tentes en toile imperméable de la meilleure qualité, chacune équipée d'un double-toit.

Les chevaux attachés aux piquets étaient des chevaux arabes, tous capables de porter Saint-John et son petit sac de pierres précieuses jusqu'à la rivière Shashi, en cinq ou six jours. Il était en train de les regarder avec envie quand Robyn Codrington sortit d'une des tentes. Elle le vit et serait retournée à l'intérieur s'il ne l'avait pas appelée, en sautant de son mulet.

— Docteur Codrington, je vous en prie, c'est extrêmement urgent. (Elle se retourna à contrecœur.) Ma femme a disparu. Elle n'est pas rentrée la nuit dernière.

L'expression distante de Robyn se fit soudain inquiète.

— Elle n'a pas dit où elle allait ?

Il secoua la tête.

— A mon sens, elle a dû retourner à Khami, je ne vois que ça. Vous savez qu'elle était en train de se lier d'amitié avec votre fille aînée...

— Je vais envoyer un serviteur à la mission.

— Ne pouvez-vous pas demander au roi de me laisser partir ?

— Le roi est allé chez ses épouses – personne, pas même moi, n'oserait le déranger tant qu'il n'est pas ressorti de la section des femmes.

— Combien de temps cela va-t-il prendre ?

— Un jour, une semaine... c'est difficile à dire. Je vous le ferai savoir dès que j'aurai du nouveau.

Saint-John passa la nuit suivante à attendre, puis à l'aube, alors qu'il était assis près du feu à moitié éteint, avachi, blême, les yeux troubles, guettant un bruit de sabots ou la voix de Louise dans l'obscurité, une idée lui traversa l'esprit et lui glaça le sang.

Il se leva, courut à l'intérieur de la case et chercha à

tâtons sous le matelas. Avec un immense soulagement, il referma ses doigts sur le sac. Il le sortit, en défit précipitamment le lacet et versa les pierres brillantes dans la paume de sa main. Elles étaient toutes là, et il y avait même quelque chose de plus. C'était une feuille de papier pliée. Il la rapprocha du feu et lut ce qui y était écrit :

Ce petit mot vous expliquera les raisons de mon départ. Tandis que j'écris ces lignes, le souvenir de ces malheureux qui, par centaines, ont payé de leur vie votre cupidité, apparaît à mes yeux pour me tourmenter. Avec eux est mort ce qui me restait d'amour pour vous.

Je vous laisse ces pierres éclaboussées de sang en sachant avec certitude qu'elles sont maudites.

Ne me suivez pas. N'envoyez personne à ma recherche.

Oubliez-moi.

Elle n'avait pas signé.

La petite troupe de Rudd prenait son petit déjeuner sous la tente salle à manger ouverte sur les côtés.

Il faisait frais. Robyn se délectait de la conversation, intelligente, bien informée et pleine d'esprit.

Elle était assise au haut bout de la table à tréteaux et les messieurs lui témoignaient de la déférence. M. Rudd avait manifestement été très impressionné dès leur première rencontre, et il lui adressait directement toutes ses remarques.

Jordan avait présidé à la préparation d'un petit déjeuner anglais pantagruélique : œufs et lard grillé, harengs fumés et saucisson, crevettes en conserve et pâte de hareng fumé, beurre frais et petits pains chauds.

Transporté par l'atmosphère de fête, M. Rudd fit servir la bouteille de champagne qui avait été mise à rafraîchir toute la nuit dans une outre d'eau suspendue à une branche.

— Eh bien, dit-il en levant son verre à Robyn, je suis persuadé que nous réussirons à supporter cette vie rude et cet ordinaire spartiate en attendant que le bon roi ait pris une décision.

Malgré l'intercession de Robyn, Lobengula n'avait pas encore ratifié la concession sollicitée. Ses principaux indunas avaient tenu une assemblée secrète de plusieurs semaines sans parvenir à se mettre d'accord ; lui-même hésitait et avait réagi à l'insistance de M. Rudd en se retirant chez ses femmes, où personne ne pouvait le déranger.

— Cela peut durer des mois, fit Robyn en levant son verre pour rendre à Rudd son salut. Je ne pense pas que Lobengula prenne une décision de cette importance sans se rendre dans les collines des Matopos pour consulter l'oracle, l'*umlimo*.

Clinton regarda soudain en direction de la rivière, fronça les sourcils et chuchota à Robyn :

— Voilà cette canaille de Saint-John qui arrive. Je me demande ce qu'il vient faire ici.

Mungo Saint-John avait mis pied à terre à la lisière du camp, mais il ne s'approcha pas du petit groupe assemblé sous la grande tente.

Robyn se leva précipitamment.

— Je vous prie de m'excuser, messieurs. La femme du général Saint-John a disparu, et il est bien sûr très inquiet.

— Merci d'être venue, dit Saint-John tandis qu'elle arrivait près de lui. Je n'ai personne d'autre vers qui me tourner, Robyn.

Elle fit semblant de ne pas remarquer le ton familier

de ces paroles et dissimula le petit choc qu'elle avait chaque fois qu'il l'appelait par son prénom.

— Y a-t-il du nouveau ?

— J'ai trouvé un petit mot que Louise m'a laissé.

— Montrez-le-moi, dit Robyn en tendant la main.

— Je suis désolé. Il contient des références extrêmement personnelles et, je le crains, embarrassantes. Mais l'important est que Louise tente de sortir du Matabeleland par le sud.

— C'est de la folie, murmura Robyn, sans la permission du roi et sans escorte. La route est mal tracée, le pays sauvage et infesté de lions, et puis elle ne peut espérer tromper la vigilance des régiments chargés de surveiller les frontières – ils ont ordre d'abattre toute personne qui n'a pas reçu de Lobengula l'autorisation de prendre la route.

— Elle sait tout cela.

— Qu'est-ce qui lui a pris, alors, de se lancer dans cette aventure ?

— Elle s'est disputée avec moi. Elle n'arrivait pas à accepter les sentiments que, elle le sait, j'éprouve toujours... pour vous.

Robyn recula d'un pas, les joues pâles, respirant avec difficulté.

— Général Saint-John, je vous interdis de parler ainsi.

— Vous m'avez interrogé, Robyn, et, il y a longtemps, je vous ai dit que je n'oublierai jamais cette nuit à bord du *Huron*...

— Assez ! Taisez-vous ! Comment pouvez-vous dire des choses pareilles alors que votre femme est en danger de mort ?

— Louise n'a jamais été ma femme, dit-il à voix basse en la regardant dans les yeux. Elle était ma compagne de voyage, elle n'a jamais été ma femme.

Robyn tressaillit, ses joues retrouvèrent leur couleur et une joie inexplicable l'envahit.

— Vous m'avez dit un jour que vous étiez marié.

— Je l'ai été, Robyn. Mais pas avec Louise. Ma femme est morte il y a longtemps, en Navarre.

Robyn se surprenait. Elle était mariée à un excellent homme – presque à un saint. Devant elle se trouvait l'incarnation du Mal, le serpent de l'Éden, et elle ne pouvait pourtant s'empêcher de ressentir une exultation mauvaise à l'idée que Mungo était libre... libre pour elle ne savait trop quoi, pour une chose à laquelle elle ne pouvait se résoudre à penser.

— Je vais aller voir le roi, dit-elle, terriblement consciente du tremblement dans sa voix. Je lui demanderai d'envoyer des hommes à la recherche de votre... de cette dame. Je lui demanderai aussi de vous donner la route, général, et je considérerais être pleinement payée de retour si vous la preniez immédiatement et ne remettiez jamais les pieds dans le Matabeleland.

— Tant que nous vivrons, ce qui existe entre nous ne pourra jamais être nié, Robyn.

— Je ne souhaite pas vous revoir, répondit-elle avec un terrible effort de volonté pour affermir sa voix et soutenir son regard.

— Robyn...

— Je vous ferai apporter la réponse du roi par un messager.

— Robyn...

— Je vous en prie, fit-elle d'une voix rauque. Au nom du ciel, laissez-moi en paix.

Deux jours passèrent cependant avant que Robyn n'envoie Jordan au camp de Saint-John.

— Le docteur Codrington m'a prié de vous dire,

monsieur, que le roi a d'ores et déjà envoyé à la recherche de votre femme l'un de ses indunas de confiance avec un détachement d'hommes triés sur le volet. Ils ont pour ordre de la protéger des gardes-frontières et de l'escorter jusqu'à la rivière Shashi.

— Merci, jeune homme.

— Elle m'a demandé en outre de vous annoncer que le roi vous donne la route. Vous êtes libre de suivre votre femme immédiatement.

— Tous mes remerciements au docteur Codrington.

— Général Saint-John, vous ne vous souvenez pas de moi...

— Je le crains...

Mungo fronça les sourcils et regarda Jordan, monté sur une jument arabe.

— Jordan... le fils de Zouga Ballantyne. Nous nous sommes rencontrés à Kimberley il y a plusieurs années.

— Ah, mais bien sûr, pardonnez-moi. Vous avez tant changé.

— Général, je sais que cela ne me regarde pas, mais comme vous êtes un ami de mon père, il est de mon devoir de vous avertir que des rumeurs déplaisantes ont suivi votre départ de Kimberley.

— Je l'ignorais, dit Saint-John avec indifférence. Il est cependant malheureux de constater que plus un homme s'élève, plus les médiocres s'acharnent à le rabaisser.

— Je le sais, général. Je suis associé à un grand homme... (Jordan se retint d'en dire davantage.) Il n'en reste pas moins qu'un agent de la police, un Griqua nommé Hendrick Naaiman, a affirmé que vous étiez allé à un rendez-vous pour y traiter une affaire d'AID et que vous avez tenté de le tuer quand vous vous êtes rendu compte qu'il s'agissait d'un piège.

Saint-John eut un geste d'impatience.

— Pourquoi un homme dans ma position prendrait-il le risque de se compromettre dans une affaire d'AID ?

— C'est ce qu'a dit M. Rhodes, monsieur. Il n'a cessé d'exprimer sa certitude de votre innocence.

— Lorsque j'aurai retrouvé ma femme, je retournerai à Kimberley pour me confronter avec ce Naaiman.

— Général Saint-John, cela ne sera ni nécessaire ni possible. Naaiman a été tué il y a plusieurs mois d'un coup de couteau, au cours d'une rixe dans un cabaret. Il ne pourra plus témoigner ni pour ni contre vous. Sans témoin ni accusateur, votre innocence est présumée.

— Bon sang..., fit Saint-John en fronçant les sourcils pour dissimuler son immense soulagement. J'aurais aimé pouvoir lui faire ravaler ses paroles. Maintenant, un doute subsistera toujours dans l'esprit de certains.

— Seulement dans celui des médiocres, dit Jordan en touchant le bord de son chapeau. Je ne veux pas vous retenir plus longtemps. Vous devez être impatient de suivre et de retrouver votre femme. Bonne chance. Je suis persuadé que nous nous reverrons, général.

Mungo Saint-John regarda Jordan s'éloigner. Il avait du mal à mesurer toute sa chance : le spectre d'une justice qui le poursuivait implacablement depuis le Sud s'était évanoui, le roi lui avait donné la permission de quitter le Matabeleland, et il emportait avec lui une immense fortune en diamants.

Une heure plus tard, après avoir rendu visite à l'un des marchands et échangé son chariot et ses autres maigres possessions, désormais inutiles, contre un bon fusil et une centaine de cartouches, il était confortablement assis sur le dos de sa mule et longeait les collines de granit des indunas en direction du sud.

Saint-John ne regardait ni à gauche ni à droite, et il ne vit donc pas la silhouette mince, presque garçonne, au-dessus de lui, tout là-haut sur la pente. En se protégeant les yeux avec le bord de son chapeau, Robyn le regarda jusqu'à ce que le petit nuage de poussière soulevé par les sabots de la mule ait disparu dans la forêt de mimosas.

Louise Saint-John était poussée à continuer son chemin par son besoin d'échapper à d'éventuelles poursuivants, obnubilée par la pensée d'éviter les kraals qu'elle rencontrerait sur sa route, tourmentée par le sentiment de la culpabilité qu'elle partageait avec Mungo, en proie à une grande agitation intérieure. Elle n'eut donc guère le temps de regretter son action, entreprise hâtivement alors qu'elle était sous le choc de la découverte des diamants, ni de se rendre compte à quel point elle était seule, jusqu'au moment où elle contourna avec succès le dernier des grands kraals et laissa derrière elle les agréables herbages du plateau.

Devant elle, l'escarpement descendait à présent vers les régions chaudes et couvertes d'une épaisse forêt, qu'elle savait grouillantes d'animaux sauvages et gardées par les détachements d'implacables guerriers matabélés chargés de surveiller les frontières.

Elle avait tellement besoin de se libérer de Mungo Saint-John et de ce qu'il représentait qu'elle n'avait jamais songé à faire demi-tour. Pourtant elle savait qu'un refuge l'attendait à Khami et que Robyn Codrington serait allée demander pour elle au roi une escorte pour la reconduire à la frontière.

Elle ne pouvait imaginer de se retrouver de nouveau près de Mungo. L'amour qu'elle lui avait naguère porté s'était mué en aversion. Aucun risque n'était trop grand pour lui échapper et elle devait réussir. Il n'y avait pas de retour possible.

C'était la dernière nuit qu'elle passait couchée près des ornières laissées par les chariots, lien ténu avec la civilisation et la vie elle-même. Elle écoutait le mulet croquer l'herbe tout près et, au loin, sur l'escarpement, les rugissements d'un lion, tout en essayant de reconstruire mentalement la carte frontispice de *L'Odyssée d'un chasseur*, de Zouga Ballantyne. Le récit des voyages de Zouga l'avait fascinée, avant même qu'elle ait rencontré l'auteur, et elle avait étudié la carte avec une attention minutieuse.

Elle estima que la rivière Tati n'était pas à plus de cent kilomètres plein ouest de l'endroit où elle se trouvait. Aucun poursuivant ne s'attendrait à ce qu'elle prenne cette direction. Les gardes-frontières ne patrouillaient pas dans cette région désolée que ne traversait aucun voyageur, et la Tati était la frontière entre le Matabeleland et le territoire de Khama. Tous les rapports confirmaient que le roi Khama était un homme doux et honorable ; son pays se trouvait sous la suzeraineté de la Couronne anglaise, et l'application de la justice britannique était garantie par la présence de sir Sidney Shippard au kraal de Khama.

Si elle réussissait à atteindre la rivière Tati et à la suivre jusqu'à ce qu'elle rencontre des sujets de Khama qui la conduiraient auprès de sir Sidney, celui-ci ferait alors le nécessaire pour l'envoyer vers le sud à Kimberley.

A cette pensée elle comprit la raison profonde de sa hâte. Pour la première fois, elle prenait conscience de l'envie irrépressible qu'elle avait de se retrouver avec un homme en qui elle pût avoir confiance, dont la force la protégerait et la rendrait forte de nouveau – l'homme à qui elle avait voué l'amour que Mungo Saint-John avait depuis longtemps perdu. Il fallait qu'elle rejoigne Zouga, et vite, c'était la seule chose certaine dans son trouble et son désespoir, mais elle devait commencer par traverser une centaine de kilomètres de contrées sauvages.

Elle se leva aux premières lueurs du jour, jeta du sable sur le foyer, sella le mulet ; glissa son fusil dans sa sacoche ; après avoir attaché la gourde et la couverture au pommeau, elle sauta en selle. Laissant derrière elle le rougeoiement surnaturel du soleil levant, elle fit avancer son mulet ; après cinquante pas, lorsqu'elle jeta un coup d'œil en arrière, la double trace laissée par les roues des chariots n'était plus visible.

Le pays à travers lequel elle chevauchait avait une grandeur âpre et sévère ; les horizons étaient infinis, le ciel haut et d'un bleu laiteux. Toute vie était absente sous le soleil blanc et ardent. La nuit, les étoiles remplissaient le firmament de volutes et de tourbillons de lumière froide, et elle eut l'impression de rétrécir face à cette immensité et à cette solitude.

Le troisième soir, elle sut qu'elle était perdue. Elle savait où se trouvait le couchant, mais elle n'avait pas la moindre idée des distances et le souvenir qu'elle avait de la carte rudimentaire de la région, qu'elle avait cru net et précis, s'était brouillé.

La gourde était vide. Elle avait bu un peu avant midi la dernière gorgée d'eau chaude, et mangé la veille au soir la dernière galette desséchée de maïs. Le mulet était trop épuisé et assoiffé pour paître. Il se tenait, la tête pendante, sous le sycomore près duquel elle campait pour la nuit ; bien qu'elle ait jugé bon de l'entraver, elle savait qu'il resterait là. Un silex pointu lui avait lacéré la fourchette du sabot avant droit. Il boitait bas, et Louise ignorait quelle distance il lui restait à parcourir, et dans quelle direction se trouvait la Tati.

Elle se mit un petit caillou blanc sous la langue pour saliver et s'étendit près du feu. Épuisée, elle sombra dans un sommeil lourd, comme si elle avait été soudain fauchée par la mort, et quand elle s'éveilla, elle eut l'impression de remonter des profondeurs de l'enfer.

La lune était levée, pleine et jaune, mais c'était le mulet qui, apeuré, l'avait réveillée en s'ébrouant et frappant le sol rocailleux de ses sabots. Elle se leva en s'appuyant sur le tronc du sycomore et regarda autour d'elle. Quelque chose remua à la lisière de son champ visuel, une masse énorme et d'une pâleur spectrale, et l'odeur âcre d'un félin parvint à ses narines. Le mulet hennit de terreur et voulut s'élancer au galop, mais il fut gêné par ses entraves. La forme pâle se précipita vers lui avec légèreté, s'éleva sur le fond du ciel comme une énorme chauve-souris et retomba sur le dos du mulet.

Le mulet poussa un hennissement déchirant et Louise entendit distinctement sa colonne vertébrale se briser sous les crocs de la lionne. Tout en le mordant à l'encolure, le fauve lui enfonçait ses griffes dans les joues et lui tordait la tête vers l'arrière.

Le mulet s'écroula avec un bruit mat sur la terre dure, et la lionne s'aplatit immédiatement derrière le corps agité de spasmes, commençant à ouvrir le ventre afin d'atteindre les viscères convoités.

Derrière, Louise vit d'autres formes félines émerger des ténèbres ; terrifiée, elle eut cependant assez de présence d'esprit pour saisir son fusil avant de grimper dans le sycomore.

Elle se cramponna à une branche haute et écouta les bruits du macabre festin d'une douzaine de lions qui, sous elle, grognaient et se disputaient la carcasse.

Tandis que la lumière du jour augmentait lentement, les bruits cessèrent. Les grands fauves avaient mangé leur content et s'en allaient furtivement dans la savane. C'est alors qu'au pied du sycomore Louise vit deux orbes jaunes implacables qui semblaient sonder les profondeurs de sa terreur.

Un lion, gris-bleu sombre dans la lumière incertaine, le dos apparemment aussi large qu'une charrette, l'observait. Tandis qu'elle le regardait, paralysée d'horreur, sa grande crinière noire se hérissa, si bien qu'il sembla doubler de volume et emplir tout son champ visuel.

Soudain, il se dressa sur ses pattes arrière, tendit vers elle celles de devant, et ses grandes griffes laissèrent de longues entailles parallèles dans l'écorce de l'arbre, d'où la sève s'échappa en perles laiteuses.

Puis le lion ouvrit ses mâchoires, et le regard de Louise plongea au fond de sa gueule rose. Sa langue s'enroula comme le pétale charnu de quelque étrange orchidée ; chaque croc d'ivoire était long comme le doigt et aussi acéré qu'une pointe de lance.

Le lion poussa un rugissement qui la frappa comme un coup de poing, pénétra ses tympans et paralysa tous ses muscles. C'est alors que l'énorme animal commença à grimper à l'arbre. Il s'élevait par bonds successifs, arrachant des morceaux d'écorce en s'arc-boutant sur ses pattes arrière avant de se propulser plus haut, tout en continuant à gronder, ses énormes yeux jaunes froidement, impitoyablement fixés sur elle.

Louise se mit à hurler et l'arbre se balança, ses branches s'agitant et craquant sous le poids du grand fauve qui se frayait son chemin avec une rapidité et une puissance qu'elle n'aurait jamais crues possibles. Toujours criant, elle abaissa le canon de son fusil et, sans viser, pressa la détente, mais rien ne se produisit, si ce n'est que le lion s'était encore rapproché.

Dans sa panique, elle avait oublié de tirer le cran de

sûreté. Il était apparemment trop tard : le lion leva son énorme patte et en donna un coup au canon de l'arme. Le choc ébranla le poignet de Louise et lui paralysa les bras, mais elle réussit à ne pas lâcher le fusil, fit glisser le cran avec son pouce et appuya de nouveau sur la gâchette en dirigeant le canon sur la gueule de l'animal. Les rugissements du lion couvrirent presque le coup.

Le recul lui arracha des mains le fusil qui dégringola en tournoyant et heurtant les branches, la laissant sans défense. Le fauve s'accrochait encore au tronc de l'arbre, mais son énorme tête broussailleuse l'entraînait vers l'arrière, et un flot de sang jaillit de sa gueule, rougissant ses crocs brillants.

Lentement, les griffes lâchèrent prise, et le félin tomba en se tordant convulsivement avant de heurter le sol au pied du sycomore. Couché sur le côté, il étendit ses membres et arqua le dos, une dernière expiration étouffée par le sang lui racla la gorge, puis il s'affaissa dans la détente de la mort.

Louise descendit craintivement du sycomore et, en se tenant avec précaution à l'écart du grand corps, récupéra son fusil. La crosse était fendue de part en part et la culasse complètement bloquée. La jeune femme s'escrima en vain pendant quelques minutes, puis laissa tomber l'arme inutile.

La terreur continuait de l'oppresser, mais elle ne s'arrêta pas. Elle ramassa frénétiquement le petit sac de toile qui contenait son briquet à amadou, un couteau pliant, quelques bijoux et de menus objets personnels. Poussée par l'envie éperdue de quitter cet endroit, elle abandonna la cartouchière, la couverture et la gourde vide, et s'éloigna en titubant.

Elle se retourna. Deux chacals s'attaquaient déjà à la carcasse du lion, et, du ciel matinal jaune pâle, le premier vautour descendit en planant se percher sur une branche haute du sycomore. Le dos voûté, il levait et baissait sa tête déplumée, excité à la perspective du festin.

Louise se mit à courir. Elle courait avec l'énergie du désespoir, en regardant par-dessus son épaule, si bien que les buissons épineux la lacéraient et qu'avec ses bottes de cheval à hauts talons, elle avançait d'un pas chancelant sur le sol irrégulier. Elle courut jusqu'à l'épuisement, et, quand finalement elle tomba, elle resta face contre terre, secouée par un sanglot à chaque inspiration, des larmes de peur mêlées à la sueur sur ses joues.

C'est seulement vers midi qu'elle retrouva ses forces et sa détermination, et réussit à vaincre sa terreur.

Alors, elle se remit en marche.

Au milieu de l'après-midi, le talon d'une de ses bottes cassa et elle se tordit douloureusement la cheville. Elle poursuivit son chemin en clopinant jusqu'à ce que la nuit tombe et fasse revenir toutes ses frayeurs.

Elle grimpa sur la haute fourche d'un mopani. Sa position inconfortable sur le tronc dur, le froid et la peur l'empêchèrent de dormir. A l'aube, elle redescendit. Sa cheville avait enflé et pris une teinte violacée. Elle savait que si elle enlevait sa botte, elle n'arriverait plus à la remettre. Elle tira sur les lacets aussi fort qu'elle put pour maintenir la cheville et se servit d'une branche coupée de mopani en guise de béquille.

Il n'y avait pas un souffle de vent et la chaleur de midi était accablante. Les muqueuses sèches et enflées de ses narines l'obligeaient à respirer par la bouche. Ses lèvres gercées commençaient à saigner. Le goût salé et métallique de son sang semblait lui brûler la langue. Sa béquille en mopani lui arrachait la peau de l'aisselle et du flanc. Au milieu de l'après-midi, sa langue avait gonflé au point de l'étouffer comme un bâillon.

Le soir, elle n'eut pas la force de grimper à un arbre. Elle se tapit près d'un tronc, et, quand le sommeil l'envahit enfin, elle fut tourmentée par des rêves de torrents, dont elle s'éveilla en marmonnant et toussant pour se retrouver dans la réalité, plus douloureuse encore.

Lorsque la lumière du jour la réveilla, elle réussit tant bien que mal à se lever. A présent, chaque pas exigeait d'elle un effort surhumain. Elle s'appuyait sur son bâton, ses yeux injectés de sang fixés sur l'endroit où elle allait poser le pied, puis se balançait pour reprendre son équilibre avant de ramener sa jambe blessée.

Elle comptait ses pas. Chaque fois qu'elle arrivait à mille, elle s'arrêtait et regardait autour d'elle l'air rendu tremblant par la chaleur et peuplé de mirages.

Au milieu de l'après-midi, elle leva la tête au cours de l'une de ses pauses et vit au loin des hommes en file indienne. Sa joie fut telle que, pendant quelques instants, sa vision s'obscurcit. Elle secoua sa torpeur et essaya de crier. Aucun son ne sortit de ses lèvres sèches et gonflées.

Elle leva sa béquille, l'agita en direction des silhouettes et se rendit compte à ce moment-là qu'elle avait été abusée par un mirage. Dans sa vision brouillée et incertaine, la file de silhouettes humaines se mua en une troupe d'autruches qui s'éloignèrent à travers la plaine.

Aucune larme ne révéla la profondeur de sa déception ; ses yeux s'étaient depuis longtemps asséchés. Au crépuscule, elle tomba tête la première. « C'est fini. Je ne peux plus continuer » fut sa dernière pensée consciente.

Mais la fraîcheur de l'aube la réveilla ; elle leva la tête péniblement et, devant son visage, vit un brin d'herbe ployant sous les gouttes de rosée tremblantes et scintillantes comme des joyaux qui y étaient suspendues. Elle tendit la main, le toucha, et instantanément les gouttelettes tombèrent sur le sol desséché sans y laisser de trace.

Elle rampa jusqu'au brin d'herbe suivant et réussit cette fois à faire tomber les diamants liquides entre ses lèvres noires et gonflées. Le plaisir fut intense, au point de devenir douloureux. Le soleil monta rapidement et sécha la rosée, mais Louise avait repris assez de force pour se mettre debout et repartir.

La nuit suivante, une petite brise chaude la harcela pendant son sommeil, et le lendemain matin, il n'y avait pas de rosée. Louise sut que son dernier jour était arrivé. Elle pensa qu'il serait plus facile de mourir là, sur place ; elle ferma donc les yeux... puis les rouvrit et fit un effort pour s'asseoir avant de repartir.

Chaque pas semblait prendre une éternité et ses hallucinations recommençaient. A un moment, son grand-père marcha à côté d'elle pendant quelque temps. Il portait sa coiffe de plumes et sa culotte de peau ornée de perles et de franges. Lorsqu'elle essaya de lui parler, il lui sourit tristement, son visage se plissa comme du parchemin et il disparut.

Un peu plus tard, Mungo Saint-John passa au galop sur Étoile Filante. Il ne regarda pas dans sa direction et les sabots du grand étalon bai ne faisaient aucun bruit. Ils s'éloignèrent dans un tourbillon de poussière. Puis le sol se déroba brusquement sous les pas de Louise et elle tomba avec la légèreté d'une plume, mais un choc violent la ramena à la réalité.

Elle était étendue face contre terre sur un lit de sable blanc et fin. Pendant quelques instants, elle crut que c'était de l'eau. Elle en recueillit dans ses deux mains qu'elle amena à ses lèvres, mais sur sa langue, les grains lui firent l'effet du sel. Elle regarda alentour et s'aperçut avec un sentiment d'amer triomphe qu'elle avait enfin atteint la rivière Tati et qu'elle était étendue dans son lit asséché. Le sable fin, blanc comme du sel, s'étendait d'une berge à l'autre : elle allait mourir de soif au fond d'une rivière.

« Un trou d'eau..., pensa-t-elle. Il doit bien y avoir un trou d'eau. » Elle se mit à ramper sur le sable en direction du premier méandre.

Après la courbe, une longue perspective s'ouvrait sur les berges escarpées surplombées d'arbres, mais l'étendue ininterrompue de sable blanc la défiait. Elle savait qu'elle n'avait pas la force de se traîner jusqu'à la courbe suivante. Sa vue se brouillait, semée de points lumineux, puis se dégageait de nouveau, mais elle fronça les sourcils pour concentrer son regard sur les tas de boulettes marron éparpillés au milieu du lit de la rivière. Elle se rendit compte que c'étaient des crottes d'éléphant et qu'à côté, il y avait des monticules de sable.

Elle se souvint tout à coup de la description qu'avait faite Zouga Ballantyne, dans son livre, des fouilles effectuées par les éléphants dans le lit des rivières à sec. Cela lui rendit l'énergie nécessaire pour se mettre debout et se diriger en chancelant jusqu'au monticule de sable le plus proche. Les éléphants avaient fait une excavation d'un mètre de profondeur, au fond de laquelle elle se laissa glisser. Elle commença à creuser frénétiquement avec ses mains nues. En quelques minutes, elle se cassa les ongles et les bouts de ses doigts furent en sang, tandis que le sable s'éboulait toujours ; mais elle continua de creuser avec obstination.

Le sable changea alors de couleur, devint humide et ferme, et elle aperçut enfin une lueur au fond. Elle déchira un morceau de sa jupe et le poussa à l'intérieur du trou, puis le porta à sa bouche et, de ses doigts écorchés, réussit à presser une goutte d'eau sur sa langue sèche.

Tout se passa comme Zouga l'avait imaginé.

Il traversa la rivière Shashi une heure avant midi, un jour chaud et sans vent, où de gros nuages orageux bleu et argent s'accumulaient à l'horizon. Les forêts grouillantes de vie et le veld du Matabeleland s'étalaient devant lui et Ralph.

Il montait un beau cheval et son fils aîné chevauchait à sa droite, un homme fait, fort et loyal, un homme selon son cœur.

— La voilà, papa, dit Ralph avec un grand geste de son chapeau qui balaya les collines bleutées et les forêts verdoyantes à l'horizon. Voilà enfin notre terre du Nord, il ne nous reste plus qu'à la prendre.

Zouga rit, sa barbe dorée étincelant au soleil, ses dents aussi blanches et régulières que celles de son fils.

— Pas tout de suite, mon garçon. Cette fois-ci, nous sommes là pour lui faire la cour. La prochaine fois, nous la prendrons pour épouse.

Zouga avait fait halte pendant trois mois à Kimberley, et avec toutes les ressources de la De Beers Diamond Mines à sa disposition, avait effectué les préparatifs ordonnés par Rhodes.

Il s'était décidé pour une troupe de deux cents hommes, destinée à prendre et à tenir le Machonaland, à protéger les fermes et à marquer les filons aurifères. Elle devait être appuyée par un détachement de la police du Bechuanaland envoyé du kraal de Khama par sir Sidney Shippard, et par un détachement de la propre police de Rhodes, celle qu'il devait recruter. Zouga dressa une liste détaillée des armes et du matériel nécessaires, cent seize pages d'inventaires et de chiffres. Rhodes donna son approbation en apposant sa vigoureuse signature avec cette courte injonction : « Allez-y. »

Quatre jours plus tard, Ralph était arrivé à Kimberley avec deux douzaines de chariots en provenance des mines d'or du Witwatersrand, et Zouga avait discuté avec lui toute la nuit dans sa suite du nouvel hôtel de Lil.

Au petit matin, Ralph avait émis un sifflement d'excitation.

— Ce n'est pas rien : tant d'hommes, tant de matériel...

— Peux-tu y arriver, Ralph ?

— Vous voulez que je réponde à l'appel d'offres pour le recrutement des hommes, que j'achète le matériel et le rassemble ici à Kimberley, que je fournisse les chariots et les bœufs pour transporter le tout, les chevaux pour les hommes, les fusils et les cartouches, les mitrailleuses, une machine à vapeur pour alimenter un projecteur. Vous voulez ensuite que je fasse une proposition de prix pour la construction d'une route afin d'acheminer tout ce monde jusqu'à un point sur la carte, un endroit que vous appelez Mont Hampden, quelque part en pleine brousse, et vous voulez que tout soit prêt dans neuf mois ?

— Tu as fort bien compris, répondit Zouga en souriant. Es-tu capable de le faire ?

— Donnez-moi une semaine, dit Ralph.

Cinq jours plus tard, il revenait voir Zouga.

— Je crains que ce ne soit un trop gros morceau

pour moi, annonça-t-il avant de sourire en lisant la déception sur le visage de son père. J'ai dû prendre un associé, Frank Johnson.

Johnson était un autre jeune homme pressé, et, comme Ralph, il avait la réputation de savoir faire aboutir les choses.

— Est-ce que Johnson et toi, vous avez évalué le coût de l'expédition ?

— Nous bouclerons l'ensemble pour quatre-vingt-huit mille deux cent quatre-vingt-cinq livres et dix shillings, répondit Ralph en lui tendant la soumission signée.

Zouga l'examina en silence. Lorsque finalement il leva les yeux, il demanda :

— Dis-moi, à quoi sont destinés ces dix shillings, à la fin ?

— Eh bien, papa..., dit Ralph en ouvrant de grands yeux d'une manière désarmante. C'est notre profit sur l'opération.

Zouga avait télégraphié le montant de l'adjudication à Rhodes, à l'hôtel Claridge de Londres, et le lendemain celui-ci avait répondu en donnant son accord de principe.

Tout ce dont on avait encore besoin, c'était de la ratification par Lobengula des concessions regroupées, et Zouga avait reçu l'ordre de Rhodes de se rendre immédiatement à GuBulawayo afin d'apprendre de Rudd pour quelles raisons il tardait à le faire.

Ralph avait tout de suite décidé d'accompagner son père.

— Quand M. Rhodes nous demandera d'agir, nous n'aurons plus le temps pour autre chose, et j'ai des affaires en cours dans le Matabeleland, à la mission de Khami et plus loin..., avait-il dit d'un air rêveur qui lui était inhabituel. C'est le moment de les mener à bien, pendant que j'en ai encore la possibilité.

Et c'est ainsi que, côte à côte, Zouga et Ralph éperonnaient leurs montures pour leur faire gravir la berge de la rivière Shashi et entrer dans le Matabeleland.

— Nous allons dresser le camp ici pendant quelques jours, papa, annonça Ralph – cela faisait toujours un drôle d'effet à Zouga de voir son fils prendre des décisions sans lui demander son avis. L'herbe est bonne, cela reposera les bœufs et nous pourrons chasser un peu ; le bétail abonde non loin d'ici, au confluent de la Tati.

Au début de ce long voyage, Zouga avait été déconcerté par l'esprit de compétition de son fils, pour qui la tâche la plus anodine devenait une occasion de se mesurer aux autres ou de se dépasser. Il avait oublié ce trait de caractère de Ralph, mais il le retrouvait à présent, encore plus marqué.

Zouga s'était aperçu qu'au cours de ce voyage, à défaut d'un autre opposant, il servait de faire-valoir à Ralph et lui permettait de satisfaire son besoin de compétition.

Ils tiraient du gibier à plume – des pintades et des francolins. Ralph comptait les oiseaux abattus et se renfrognait lorsque Zouga faisait mieux que lui. Ils veillaient tard autour du feu de camp, à jouer aux dés ou aux cartes, et Ralph rayonnait quand il gagnait un shilling et ronchonnait lorsqu'il en perdait un.

Ainsi, quand désormais il annonçait : « Demain nous irons chasser ensemble, papa », Zouga savait qu'il était bon pour un lever aux aurores et une longue et rude journée.

Ils partaient à cheval une heure avant les premières lueurs de l'aube.

— Tom devient *madala* – il se fait vieux –, mais je

parie un souverain qu'il est capable de faire courir votre pur-sang, lançait Ralph.

— Je ne peux pas me permettre de parier des sommes pareilles, répondit Zouga.

Il était en excellente condition physique grâce à ses longues expéditions de chasseur, mais Ralph imposait quand il était excité une allure insoutenable. Quelque chose d'autre gênait Zouga. Lorsque son fils faisait un concours de chasse, il était pris d'une folie meurtrière. Quand on le défiait, la seule chose qui lui importait était le nombre de bêtes abattues.

Zouga avait été chasseur la plus grande partie de sa vie. Il avait chassé pour l'ivoire et pour la fascination qu'exerçaient sur lui les beaux et nobles animaux qu'il poursuivait. C'était presque une forme d'amour qui poussait un homme à étudier, comprendre et enfin à faire sienne sa proie.

Ces dernières années, il avait nécessairement chassé en compagnie de nombreux hommes, mais aucun ne chassait comme son fils quand il était en proie à cette excitation. On avait l'impression que les animaux sauvages étaient pour lui sans intérêt, et que seul le score comptait.

— Je ne veux pas être beau joueur, papa. Je vous en laisse le soin. Je veux seulement gagner.

— Je ne peux pas me permettre de jouer des sommes pareilles, répéta Zouga, essayant sans en avoir l'air de désamorcer la tension croissante de Ralph.

— Vous ne pouvez pas vous permettre de jouer un souverain ? (Ralph rejeta en arrière son beau visage, ses yeux verts s'illuminèrent et il rit de bon cœur.) Papa, vous venez de vendre votre diamant pour trente mille livres.

— Ralph, passons une journée tranquille. Si nous attrapons une girafe ou un buffle, ce sera très bien, nous n'avons pas besoin de plus.

— Papa, vous vous faites vieux. Un souverain. Si vous ne pouvez pas payer tout de suite, soit, je vous ferai crédit.

Au milieu de la matinée, ils croisèrent les traces d'une troupe de girafes qui longeaient lentement la rivière vers l'est en paissant.

— J'en compte seize, dit Ralph, penché sur sa selle pour examiner les grandes empreintes doubles laissées dans la terre sablonneuse. (En aiguillonnant le vieux Tom d'une pression des talons il ajouta :) Elles n'ont pas une heure d'avance sur nous.

La forêt alternait avec des clairières où serpentaient des ruisseaux qui s'écoulaient de l'escarpement vers la rivière Shashi. Ils étaient asséchés en cette période de l'année, mais cela n'expliquait pas le manque de gibier.

Lorsque Zouga avait parcouru cette route pour la première fois, lorsqu'il était reparti du kraal de Mosélékatsé vers le sud, ces clairières étaient couvertes de troupeaux. En une seule journée de cheval, il avait dénombré plus d'une centaine de rhinocéros et d'innombrables troupeaux de zèbres et de gnous.

A l'époque, quand on tirait un coup de fusil, le nuage de poussière soulevé par le galop des bêtes faisait songer à un feu de brousse, alors que, ce jour-là, ils chevauchaient depuis l'aube sans avoir vu un seul animal sauvage.

Zouga remâchait cette question tout en chevauchant étrier contre étrier avec son fils. Cette région était, il est vrai, sur la route du kraal de Lobengula, de plus en plus fréquentée. Il y avait toujours un peu plus loin de vastes zones où les troupeaux étaient aussi denses que l'herbe qu'ils broutaient. Mais lorsque la route – suivie de près par la voie ferrée – serait ouverte à travers le Machonaland, il se demandait ce qu'il en resterait.

Peut-être ses petits-enfants vivraient-ils dans un pays dont chaque région serait aussi dépleuplée que celle-ci, et il ne les enviait pas. Tandis que ces pensées lui traversaient l'esprit, son œil exercé de chasseur aperçut au loin une petite tache au-dessus de la forêt.

Pendant un moment, il hésita à la montrer à Ralph. C'était la tête d'une girafe, qu'elle levait avec curiosité au-dessus du mimosa dont elle se nourrissait.

Pour la première fois de sa vie, Zouga se sentit écœuré à l'idée d'abattre cette bête, et il pensa détourner l'attention de son fils du troupeau de gigantesques animaux tachetés qui se trouvait dans la forêt devant eux. Mais, à l'instant même, Ralph s'écria gaiement :

— Les voilà, bon sang ! Elles sont timides comme des vierges, elles s'enfuient déjà.

Il y avait eu un temps où Zouga pouvait s'approcher avec sa monture à moins de deux cents mètres d'un troupeau sans se faire repérer. Les girafes étaient maintenant à un mile de distance et s'éloignaient déjà au galop devant les deux cavaliers.

— Venez, papa. Nous allons les attraper lorsqu'elles essaieront de traverser la Shashi.

Ils pénétrèrent dans le bois de mimosas en fleur.

— Taïaut ! cria Ralph.

Son chapeau avait glissé de sa tête et, suspendu à son lacet, tapait dans son dos. Ses longs cheveux châtains agités par le vent, Ralph dit en riant :

— Crénom, vous allez devoir travailler dur pour gagner un souverain aujourd'hui !

Ils débouchèrent en trombe de la forêt, sur une autre clairière. Tout le troupeau de ces grands animaux vulnérables s'étirait, mâles, femelles et girafons, mais ce n'était pas ce qui avait attiré l'attention de Zouga.

Il ralentit son cheval et tourna la tête.

— Ralph, cria-t-il, laisse-les filer.

Le visage congestionné, son fils se retourna et le regarda à travers le nuage de poussière qu'ils soulevaient.

— Des guerriers, cria encore Zouga. Tout un détachement. Reste près de moi.

Pendant quelques instants, Ralph donna l'impression de ne pas vouloir obéir, puis son bon sens l'emporta. Il eût été imprudent de se séparer avec une troupe de guerriers dans les parages ; il ralentit pour revenir à la hauteur de Zouga et laissa les girafes emportées par la panique partir vers la rivière.

— Qu'est-ce que vous voyez ? demanda-t-il, serrant la bride à Tom et se protégeant les yeux pour mieux distinguer la file de silhouettes noires déformées par l'air chaud, qui avançait de l'autre côté de la clairière. Des hommes de Khama ? Un commando de Bamangweto ? Nous ne sommes qu'à quelques kilomètres de la frontière.

— Ne prenons aucun risque tant que nous ne saurons pas à qui nous avons affaire, répondit Zouga. Laissons souffler les chevaux. Nous aurons peut-être à prendre la fuite...

— Ils ont de longs boucliers... et ils sont rouges ; ce sont les Taupes, les compagnons de Bazo, coupa Ralph en poussant Tom vers le détachement de guerriers matabélés qui approchait. Et que je sois damné si ça n'est pas Bazo lui-même en tête.

Le temps que Zouga l'ait rejoint, Ralph avait mis pied à terre et, laissant Tom, avait couru embrasser son vieux camarade. Il était déjà en train de le plaisanter.

— Tiens tiens, les Taupes-qui-creusent-sous-la-montagne reviennent d'un raid sans femmes ni bétail. Les hommes de Khama vous ont accueillis à coups de sagaie ?

Le sourire s'évanouit sur le visage de Bazo et il secoua gravement la tête.

— Ne parle pas comme un idiot, Henshaw, même pour rire. (Il frappa l'air... et dit :) Si le roi nous avait envoyés à Khama, il y aurait eu une belle hécatombe. (Il s'interrompit en reconnaissant Zouga.) Baba ! Bakela, je te vois, et mes yeux rayonnent de joie.

— Cela a pris beaucoup de temps, Bazo, mais maintenant tu as enfin le bandeau d'induna sur la tête et un régiment sous tes ordres. Nous allons chasser et festoyer ensemble ce soir.

— Ah, Bakela, je le regrette beaucoup, mais je suis au service du roi. Je retourne à GuBulawayo en hâte pour lui annoncer que la femme est morte.

— Quelle femme ? s'enquit Zouga pour la forme.

— Une femme blanche. Elle est partie de GuBulawayo sans l'autorisation du roi, et celui-ci m'a envoyé à sa recherche... Hau ! Mais tu la connais, Bakela.

— Ce n'est pas Nomousa, ma sœur ? demanda Zouga, soudain inquiet. Ni l'une de ses filles ?

— Non, non.

— Il n'y a pas d'autre femme blanche dans le Matabeleland.

— Si, c'est celle d'Œil Brillant. Celle avec laquelle tu as fait la course à Kimberley... et contre qui tu as perdu. Mais maintenant elle est morte.

— Morte ? répéta Zouga, soudain très pâle malgré son hâle. (Il murmura encore, manquant tomber de sa selle :) Morte ? Louise... morte.

En suivant les traces laissées par les guerriers, Zouga trouva le sycomore que Bazo lui avait décrit. Il y arriva en milieu d'après-midi.

Il ne savait pas pourquoi il se torturait ainsi. Sa mort ne faisait aucun doute. Bazo lui avait montré les reliques pathétiques qu'il avait récupérées. Le fusil endommagé et la cartouchière, des lambeaux de vêtements et de sellerie déchirés et réduits en bouillie par les mâchoires d'acier des hyènes.

Autour du sycomore, toutes les empreintes laissées par les bottes de Louise avaient été effacées par les pattes des chacals et des hyènes, les ailes et les serres de centaines de vautours. Le sol était jonché de fientes d'oiseaux et des plumes voltigeaient au gré de la brise.

A l'exception de quelques esquilles d'os et de touffes de poils, tout reste de carcasse ou de cadavre avait été dévoré. Les hyènes avaient dû engloutir même le cuir des bottes et de la ceinture de Louise, et les quelques lambeaux de couverture et de vêtements restants étaient tachés de sang.

Il était assez facile de reconstituer ce qui s'était passé. Louise avait été attaquée par une troupe de lions. Elle avait réussi à tirer une fois – il y avait une cartouche vide dans la culasse bloquée du fusil – et à tuer l'un des félins avant d'être désarçonnée.

Zouga imaginait son agonie, il l'entendait presque crier, déchirée par les énormes griffes, ses os broyés par les puissantes mâchoires des fauves. Il se sentit envahi par la nausée. Il avait envie de prier sur le lieu de sa mort, mais il semblait ne plus posséder l'énergie nécessaire à accomplir ce petit effort, comme si toute force l'avait abandonné. Jusque-là, il ne s'était pas rendu compte de ce que le souvenir de Louise signifiait pour lui, combien la certitude que leurs vies étaient inextricablement mêlées l'avait soutenu pendant leur séparation, combien la conviction qu'ils finiraient par se retrouver avait donné un sens et un but à sa vie. Elle était devenue partie intégrante de son rêve, et celui-ci venait de se briser sur ce coin de terre sauvage.

A deux reprises, il fit mine de monter en selle et de s'en aller, mais chaque fois il hésita et revint sur ses pas pour tamiser avec les doigts la poussière nauséabonde, afin de découvrir une dernière trace.

Il regarda finalement le soleil. Il était trop tard pour retourner aux chariots avant la tombée de la nuit. Il avait dit à Ralph de laisser Jan Cheroot et les chevaux de rechange au bord de la Shashi et de continuer avec les chariots, et il n'y avait donc pas lieu de se presser. Il n'y avait d'ailleurs plus rien d'urgent. Sans Louise, la vie perdait toute saveur, plus rien n'importait plus vraiment. Il se dirigea vers son cheval, accrocha la sangle et grimpa en selle. Il regarda une dernière fois le sol piétiné puis dirigea son cheval en direction de la Shashi et des chariots. Il n'avait pas encore parcouru cinquante mètres qu'il fit demi-tour. Il venait de penser à chercher d'éventuelles traces de pas partant du sycomore. Il savait que la tentative était vaine, mais sa répugnance à quitter l'endroit la lui dictait.

Il fit le tour de l'arbre en se penchant pour mieux examiner le sol irrégulier et caillouteux, puis s'écarta et décrivit un cercle plus large, puis un autre, en augmentant à chaque fois le rayon. Soudain, son cœur fit un bond et l'espoir l'envahit, mais il dut s'armer de courage pour se pencher et examiner la petite branche brisée, de crainte d'être déçu.

La déchirure blanche de l'écorce avait attiré son regard ; la branchette était à moitié cassée et pendait de la branche maîtresse à un mètre du sol. Ses feuilles s'étaient flétries, la brisure avait deux ou trois jours, mais ce n'était pas ce qui faisait trembler les doigts de Zouga.

A l'une des épines à pointe rouge était suspendu un petit fil de coton. Zouga le prit avec vénération et le toucha de ses lèvres, comme s'il s'agissait d'une relique sacrée.

Louise avait laissé au passage ce fil sur l'épineux

après s'être éloignée de l'arbre. La hauteur à laquelle il se trouvait au-dessus du sol indiquait en effet qu'elle était à pied ; le rameau cassé, le fil arraché de ses vêtements prouvaient qu'elle se hâtait.

Elle s'était sauvée en poursuivant obstinément son chemin vers l'ouest, vers la rivière Tati et le pays de Khama.

Zouga partit au galop dans la même direction. Il était inutile de chercher des traces vieilles de trois jours sur un terrain rocailleux comme celui-là. Le vent avait soufflé régulièrement presque tout le temps, et il avait dû effacer les dernières empreintes.

Il devait compter sur la chance, et sur sa rapidité. Il avait vu la gourde vide et connaissait les chances de survie d'une personne qui se déplaçait à pied et sans eau dans les régions situées entre les rivières. Il galopait dans la direction où elle avait fui, concentrant son attention, cherchant à droite et à gauche le moindre signe – s'interdisant de douter de nouveau. Dans les dernières minutes qui précédaient la nuit, il trouva un talon de botte, grâce au reflet des clous d'acier. Il sortit son fusil de son fourreau et tira trois coups en l'air.

Il savait qu'elle n'avait pas de carabine pour lui répondre, mais si elle entendait le signal, cela lui redonnerait de l'espoir et de la force. Il attendit près d'un petit feu le lever de la lune et repartit. Il s'arrêtait toutes les heures pour tirer un coup de fusil dans le silence nocturne, puis écoutait attentivement, mais il n'y avait que le hululement d'un hibou et le cri d'un chacal au loin sur la plaine argentée.

A l'aube, il atteignit le large cours de la Shashi. Il était aussi sec que les dunes du Kalahari, et les espoirs qu'il avait entretenus toute la nuit commencèrent à diminuer.

Il scruta le ciel matinal pour y chercher des vautours

décrivant leurs cercles, ce qui eût signalé un cadavre, mais il n’aperçut qu’un couple de tétras qui descendaient rapidement. Leur présence prouvait qu’il y avait de l’eau quelque part. Peut-être l’avait-elle trouvée, et c’était sa seule chance. Dans le cas contraire, elle était probablement morte. Il but une petite gorgée à sa gourde, et son cheval broncha quand il sentit le précieux liquide. La soif n’allait pas tarder à le terrasser aussi.

Il pensait que si Louise avait atteint la rivière, elle avait dû la suivre vers l’aval. Elle avait du sang indien, et elle était certainement capable de se diriger au soleil et de savoir que son seul espoir était d’allcr vers le sud, en direction du confluent de la Shashi. Il obliqua et longea la rivière en trottant le long de la berge afin de surveiller le lit, la rive opposée et le ciel.

Des éléphants avaient creusé le lit, mais les trous s’étaient asséchés depuis. Plus bas, sur la berge opposée, un troupeau d’oryx beige-mauve émergea en trombe du sous-bois. Leurs longues cornes droites se détachaient sur le ciel bleu pâle de l’horizon et leur masque à pans coupés leur donnait une allure théâtrale et frivole. Ils s’éloignèrent au galop vers les déserts du pays de Khama.

Ils pouvaient vivre sans eau pendant des mois d’affilée, et leur présence n’était guère encourageante, mais tandis qu’il les regardait partir, son attention fut attirée par un autre mouvement, mais beaucoup plus loin sur la plaine, au-delà de la rivière.

Là-bas, un babouin chacma, à la forme humanoïde caractéristique, fourrageait. Zouga chercha du regard le reste de la troupe – peut-être étaient-ils dans les arbres que l’on apercevait par-delà la plaine. Il se protégea les yeux pour observer les évolutions de la silhouette sombre. Le babouin se nourrissait apparemment de melons verts sauvages, mais, à cette distance, on n'était pas certain.

Puis Zouga se rendit compte qu'il n'avait jamais vu de babouins aussi loin à l'ouest, et au même instant, eut la conviction que cet animal était solitaire, fait inouï chez une espèce grégaire ; et l'animal était bien plus grand qu'un babouin, ses mouvements n'étaient pas non plus ceux d'un singe.

Envahi par une joie éperdue, il lança au grand galop sa monture dont les sabots battaient le sol dur à un rythme effréné, mais quand il arrêta brutalement son cheval et sauta à terre, sa joie s'évanouit.

Elle était à genoux, des genoux écorchés jusqu'au sang par le sol caillouteux. Ses vêtements étaient en lambeaux et on apercevait sa peau à travers les déchirures. Ses bras et ses jambes, brûlés par le soleil, étaient couverts de cloques à vif. Ses pieds étaient enveloppés dans les restes de sa jupe, mais imbibés de sang.

Ses cheveux, décolorés aux extrémités, étaient tout emmêlés, ses lèvres, couvertes de croûtes noires, brûlées et profondément craquelées. Elle le regardait comme une vieille aveugle à travers ses paupières à demi fermées, couvertes de mucosités séchées et aussi gonflées que si elles avaient été piquées par une abeille. Son corps et son visage avaient fondu, ses bras étaient squelettiques et ses pommettes semblaient sur le point de passer à travers la peau. Ses mains n'étaient plus que des serres noires de crasse, les ongles cassés à ras.

Accroupie au-dessus des feuilles plates de la plante rampante, elle avait ouvert avec ses doigts un melon vert et s'était fourré la pulpe dans la bouche. Le jus coulait sur son menton en laissant une trace dans la poussière qui lui couvrait la peau.

— Louise... Louise..., dit-il d'une voix étranglée, s'agenouillant devant elle.

Un petit miaulement sortit de la gorge de Louise, puis, machinalement, elle toucha ses cheveux raidis par la poussière afin d'essayer de les lisser.

— Qu'est-ce... ? fit-elle d'une voix rauque en le fixant de ses yeux injectés de sang. Ce n'est pas...

A tâtons, elle essaya de couvrir un de ses seins avec les lambeaux de son chemisier. Elle commença à trembler violemment, puis ferma les yeux.

Il tendit doucement la main vers elle. A son contact, elle s'effondra sur sa poitrine, toujours tremblante, et Zouga la garda contre lui. Elle lui semblait légère et frêle comme une enfant.

— Je savais..., marmonna-t-elle. C'est stupide, mais je savais que vous viendriez.

— Vous ne mouchez pas la lanterne, Ralph ? chuchota Cathy avec inquiétude en se faufilant sous la bâche du chariot.

— Pourquoi ? demanda-t-il en souriant, se redressant sur un coude, sur le lit de camp.

— Quelqu'un pourrait venir.

— Votre père et votre mère sont toujours au kraal de Lobengula. Il n'y a personne...

— Ma sœur... Salina.

— Salina est endormie depuis longtemps, et elle rêve sans doute de Jordan. Nous sommes seuls, Cathy, alors pourquoi éteindre la lanterne ?

— Parce que je suis timide, dit-elle en rougissant. Vous me taquinez sans arrêt. J'aurais mieux fait de ne pas venir.

— Oh, Cathy ! s'exclama-t-il avec un rire affectueux et indulgent en s'asseyant sur le lit.

La couverture glissa, le dénudant jusqu'à la taille et découvrant ses bras musclés. La peau en était toute blanche en comparaison de ses avant-bras et de son visage tannés par le soleil. Des émotions inconnues s'éveillèrent chez Cathy.

— Venez ! dit-il en la prenant par la taille et en l'attirant vers lui.

Comme elle résistait, il la déséquilibra et elle tomba sur lui. Avant qu'elle ait pu se libérer, il avait saisi son épaisse chevelure brune et lui avait tourné le visage vers sa bouche. Pendant quelques instants, elle continua de se débattre sans conviction, puis son corps se ramollit.

— Vous regrettez toujours d'être venue, Cathy, vous voulez vous en aller ? demanda-t-il, mais elle ne put répondre, et ses bras se serrèrent convulsivement autour du cou de Ralph.

Elle chercha sa bouche et émit un petit gémissement.

Il la titilla avec ses lèvres et sa langue, comme Lil le lui avait appris naguère. Elle était sans défense, dans les toiles de l'araignée. Elle excitait Ralph comme aucune des femmes expérimentées avec lesquelles il avait dépensé ses souverains d'or ne l'avait jamais fait.

La respiration de Ralph s'accéléra, devint irrégulière, ses doigts tirèrent sur le laçage du corsage de Cathy. Il toucha la peau de son épaule chaude et soyeuse avec le bout de sa langue, elle frissonna et haleta ; quand il tira sur la cotonnade légère, elle secoua son épaule pour l'aider. L'étoffe résista quelques instants puis glissa au-dessous de sa poitrine.

Il ne s'était pas préparé à trouver ces jeunes seins délicats et terriblement vulnérables, au mamelon rosé sur la peau blanche, mais en même temps fermes et épanouis en une merveilleuse symétrie.

Il contempla son corps, et elle le regarda les yeux mi-clos mais ne tenta pas de couvrir son buste, malgré ses joues rouges ; ses lèvres tremblèrent quand elle murmura enfin :

— Non, Ralph, je ne veux pas m'en aller... pas maintenant ni jamais.

— La lanterne..., dit-il en tendant la main, mais elle le retint.

— Non, Ralph, je n'ai pas honte de nous. Je ne veux pas d'obscurité, je veux voir votre visage.

Elle défit d'un coup sec le ruban qui lui ceignait la taille, puis tira sa robe par-dessus sa tête et la laissa tomber sur le plancher du chariot. Elle avait de longues jambes et encore des hanches de garçon, son ventre était plat au-dessus de la toison sombre de son pubis. Sa peau brillait à la lumière de la lanterne avec l'éclat particulier de la jeunesse et de la santé. Il la regarda, mais l'instant d'après, elle avait soulevé un coin de la couverture de laine, s'était glissée dessous et l'avait enlacé de ses jambes et de ses bras longs et minces.

— Je ferais n'importe quoi pour vous, Ralph. Je volerais, je mentirais, je tricherais... je tuerais même, murmura-t-elle. Je ne sais pas trop ce qu'un homme et une femme font ensemble, mais si vous me montrez, je serai la plus heureuse du monde de le faire avec vous.

— Cathy, je ne pensais pas à ça..., dit-il, et soudain travaillé par un dernier sursaut de conscience, il essaya de la repousser.

— Moi si, fit-elle en s'accrochant obstinément à lui. Pour quoi d'autre croyez-vous que je suis venue ici ?

— Cathy...

— Je vous aime, Ralph. Je vous ai aimé dès le premier instant où je vous ai vu.

— Moi aussi, Cathy, je vous aime, dit-il, stupéfait par la vérité de ses paroles. Je vous aime vraiment...

Après un long moment il ajouta :

— Je ne m'étais pas rendu compte à quel point.

— Je ne savais pas que ce serait comme ça, murmura-t-elle. J'y ai pensé souvent, chaque jour depuis que vous êtes venu à Khami la première fois. J'ai même lu des passages là-dessus dans la Bible... il est dit que David a *connu* sa femme. Est-ce que nous nous connaissons maintenant, Ralph ?

— Je veux vous connaître mieux... et plus souvent, répondit-il en souriant, ses cheveux ébouriffés encore trempés de sueur.

— J'ai eu l'impression de tomber à travers un trou noir de mon âme dans un autre monde, un monde magnifique, et je n'avais pas envie d'en revenir, reprit Cathy d'une voix émerveillée, comme si elle était la première à vivre l'expérience. Vous n'avez pas senti la même chose, Ralph ?

Ils se tenaient enlacés sous la couverture et parlaient à voix basse, en s'examinant le visage à la lumière de la lanterne, s'interrompant toutes les deux minutes pour se donner des baisers dans le cou, sur les paupières et les lèvres.

Cathy s'écarta la première.

— Je ne veux pas savoir l'heure, mais écoutez les oiseaux, il ne va pas tarder à faire jour, dit-elle avant d'ajouter précipitamment : Oh, Ralph, je ne veux pas que vous partiez.

— Je reviendrai bientôt, je vous le promets.

— Emmenez-moi avec vous.

— Vous savez bien que je ne peux pas.

— Pourquoi... parce que c'est dangereux, n'est-ce pas ?

Il éluda la question en essayant de l'embrasser de nouveau, mais elle posa sa main sur sa bouche.

— Je mourrai à petit feu pendant tout le temps où

vous serez parti, mais je prierai pour vous. Je prierai pour que les guerriers de Lobengula ne vous trouvent pas.

— Ne vous inquiétez pas pour moi, dit-il en riant gentiment. Nous retomberons bientôt à travers le trou noir de votre âme.

— Promettez-le-moi, fit-elle en écartant avec ses lèvres les cheveux trempés sur le front de Ralph. Promettez-moi que vous serez bientôt de retour, mon Ralph chéri.

Ralph reprit la route vers le sud en direction de la Shashi, et chevaucha toute la matinée en tête de son convoi de chariots, chargés légèrement pour une fois. A midi, il donna l'ordre de dételer. Isazi et lui passèrent le chaud après-midi à dormir pendant que les bœufs paissaient et se reposaient.

Puis, au crépuscule, ils sortirent du troupeau les cinq bœufs sélectionnés et les attachèrent aux roues d'un chariot avec des rênes passées autour de leurs cornes tandis qu'ils mettaient leur bât en place. Ralph et Isazi avaient choisi ces bêtes pour leur force et leur docilité, et ils les avaient habituées à porter avec résignation des fardeaux inhabituels pendant le long trajet depuis Kimberley.

Jordan avait fourni à Ralph les mesures et le poids de la statue de l'oiseau qui décorait à présent l'entrée de Groote Schuur, le nouveau manoir de M. Rhodes. Ralph s'était servi de ces mesures pour dessiner les bâts et les confectionner de ses mains afin de ne pas avoir à dévoiler ses intentions.

Chaque bât pouvait porter deux statues pareilles à celle de Groote Schuur. Elles seraient suspendues de chaque côté de la bête, dans des filets en bonne corde de chanvre, et Ralph avait travaillé méticuleusement afin que le bât soit parfaitement adapté au dos de l'animal et ne le blesse pas, et que le chargement reste bien en place même sur les terrains les plus accidentés et les pentes les plus raides.

Lorsque Isazi, le petit Zoulou, conduisit sans bruit les bœufs hors du camp et disparut à l'intérieur de la forêt obscure, ils le suivirent avec docilité. Ralph resta en arrière le temps de répéter ses ordres aux autres conducteurs.

— Vous ferez double marche jusqu'à la Shashi. Si les gardes-frontières matabélés vous demandent où je suis, vous leur direz que je chasse vers l'ouest avec la permission du roi et que vous m'attendez d'un moment à l'autre. Compris ?

— Compris, *Nkosi*, répondit Umfaan, qui, bien que promu conducteur, répondait toujours au nom de « Boy ».

— Lorsque vous aurez franchi la Shashi, vous continuerez votre route jusqu'aux puits des Bochimans, à cinq jours de marche après la frontière. Les guerriers de Lobengula ne vous suivront pas jusque-là. Attendez-moi là-bas. Tu as compris, Umfaan ?

— J'ai compris, *Nkosi*.

— Alors, répète.

Enfin rassuré, Ralph sauta sur le dos de Tom et les regarda.

— Ne traînez pas, dit-il.

— Va en paix, *Nkosi*.

Il sortit du camp au trot et suivit les bœufs conduits par Isazi, traînant derrière lui une grosse branche de mimosa pour effacer leurs traces. Au milieu de la matinée du lendemain, ils étaient déjà loin de la route et à l'intérieur des collines mystiques des Matopos. Pendant que les bœufs paissaient et se reposaient, Ralph partit en éclaireur pour marquer une piste entre les hauts kopjes de granit et les gorges profondes et sombres. Le soir venu, ils réembâtèrent les bœufs et poursuivirent leur chemin.

Le lendemain midi, Ralph fit le point. Par expérience, il tenait compte de l'erreur cumulative due à son chronomètre, et calculait une position avec une marge d'erreur inférieure à quinze kilomètres. Par expérience également, il savait que les observations effectuées par son père avant sa naissance offraient d'ordinaire une précision équivalente. Sans cela, il n'aurait jamais pu retrouver les cachettes où Zouga avait entreposé ces défenses d'éléphant qui lui avaient permis de commencer à faire fortune.

D'après ses observations, confirmées par les calculs de son père, il se trouvait à deux cent cinquante kilomètres à l'ouest de la cité en ruine que les Matabélés avaient appelée Zimbabwe, le lieu de sépulture des anciens rois.

En attendant la nuit pour reprendre la marche, il prit dans son sac de selle la liasse de notes dont Zouga lui avait fait cadeau lorsqu'il avait quitté Kimberley. Il relut pour la centième fois la description de la route menant à Zimbabwe et de la cité elle-même.

— Combien de temps devons-nous encore marcher à travers ces collines ? demanda Isazi, qui faisait cuire des galettes de maïs sur un petit feu de bois sec, et qui interrompait ainsi la lecture de Ralph. (Il grommela.) Mes bêtes ont du mal à avancer sur ces terrains rocailleux et escarpés. Nous aurions dû passer par la plaine au sud des collines.

— Où les jeunes guerriers de Lobengula attendent la première occasion de passer leur sagaie à travers un petit Zoulou maigrelet, dit Ralph en souriant.

— Le même danger existe ici.

— Non, objecta Ralph en secouant la tête. Aucun Matabélé ne s'aventure dans ces collines sans raison. Nous n'y rencontrerons aucun détachement de guerriers, et lorsque nous en ressortirons de l'autre côté, nous serons au-delà de tous les kraals de garnison.

— Et ces ruines où nous allons ? Il n'y aura pas non plus de guerriers pour nous y attendre ?

— Lobengula interdit même à ses hommes de regarder dans la vallée où se trouvent les ruines. C'est un lieu marqué par la mort, maudit par Lobengula et ses prêtres.

Mal à l'aise, Isazi changea de position.

— Qui attache de l'importance aux malédictions de ce gros chien de Matabélé ? dit-il en touchant cependant l'amulette suspendue à sa ceinture pour écarter les démons, les croque-mitaines et autres êtres néfastes.

En dépit des assurances données à Isazi, Ralph progressait avec précaution à travers le labyrinthe des Matopos. Le jour, il cachait les bœufs dans quelque taillis à l'intérieur d'un défilé, et il partait reconnaître le chemin et laisser des marques à l'intention d'Isazi – une encoche discrète sur un tronc d'arbre ou une petite branche cassée – à chaque bifurcation ou passage difficile.

Ces précautions lui permirent d'échapper à un désastre. Le troisième jour, il avait attaché Tom à couvert et était parti à pied jusqu'à une crête d'où il pouvait voir le fond de la vallée suivante.

Juste avant le sommet, il fut alerté par le cri rauque d'un touraco gris, l'oiseau qui, dans la savane africaine, signale le danger. Le cri provenait de l'autre côté de la crête ; Ralph s'immobilisa pour écouter et entendit un murmure léger comme celui du vent dans l'herbe. Il se baissa, se jeta à plat ventre hors du sentier, son fusil coincé dans son coude replié, et roula sous les branches d'un gros buisson au moment même où le premier rang des guerriers matabélés franchissait la crête dans un bruissement de pagnes et de coiffes de plumes.

De l'endroit où il était allongé, il ne les voyait que jusqu'à la hauteur des genoux, mais ils avaient manifestement adopté ce trot déterminé que les Matabélés appellent *minza hlabathi*, ce qui signifie « avaler la terre avidement ».

Il en compta deux cents, puis le bruit léger de leurs pieds s'éloigna. Ralph resta pourtant immobile sous le buisson, sans même oser ramper plus loin à couvert. Quelques minutes plus tard, il entendit la douce mélodie des porteurs qui montaient vers la crête, puis qui passèrent au trot devant sa cachette en chantant les louanges du roi de leurs voix profondes.

Ralph se rendait compte à leur pas court et pesant qu'ils portaient une lourde litière.

Il avait deviné que les premiers guerriers ne formaient que l'avant-garde. Le gros de la troupe passait maintenant et la personne étendue sur la litière était sans aucun doute Lobengula lui-même, suivi par ses serviteurs, ses principaux indunas et d'autres personnages importants. Vinrent ensuite d'autres porteurs avec des nattes, des couvertures en fourrure, des pots de bière, des sacs de farine de maïs et divers fardeaux. Ils passèrent à la queue leu leu et disparurent, mais Ralph ne quitta pas sa cachette.

Il y eut encore un long silence, puis, annoncée par le même bruissement, arriva l'arrière-garde, et deux cents autres guerriers armés de sagaies défilèrent sous ses yeux. Après cinq minutes, sentant qu'il pouvait sortir sans danger de sous le buisson, Ralph rampa jusqu'au sentier et épousseta ses vêtements.

De la crête, il regarda dans la direction empruntée

par la troupe de Lobengula en se demandant quel était le but de cette expédition. Il savait par Cathy que Rudd et son équipe étaient toujours à GuBulawayo avec Clinton Codrington et Robyn pour négocier la concession désirée par M. Rhodes.

Pourquoi Lobengula abandonnait-il ces hôtes de marque pour venir dans ces collines sacrées ?

Il ne put répondre à cette question et dut se satisfaire d'avoir échappé de peu à la catastrophe et d'être averti désormais de la présence d'importants détachements de guerriers dans la région.

Il poursuivit sa route en prenant encore davantage de précautions, si bien qu'il fallut trois nuits supplémentaires de marche avant que les bœufs n'atteignent un autre défilé entre des falaises lisses de granit. Il vit se déployer devant eux une forêt clairsemée d'arbres magnifiques, argentés et anthracite au clair de lune.

A l'aube, il escalada jusqu'au sommet la dernière colline des Matopos et, à l'horizon oriental – presque à l'endroit où il s'était attendu à le trouver –, il distingua la silhouette bleutée d'un kopje solitaire au milieu de la plaine boisée. Il était encore à une cinquantaine de kilomètres, mais il était impossible de ne pas reconnaître sa forme, qui évoquait un lion tapi décrit avec précision dans les notes de son père :

La colline que j'ai appelée la « Tête de Lion » se dresse nettement au-dessus de la région environnante et indique avec précision le chemin vers le Zimbabwe.

La muraille était couverte d'une végétation si dense qu'on aurait pu marcher à son ombre sans se rendre compte qu'elle se trouvait là. C'était une véritable jungle de lianes et de plantes grimpantes, et sur les parois elles-mêmes poussaient les racines tortueuses d'étrangleurs qui faisaient éclater les joints de mortier entre les pierres et provoquaient des éboulis.

Au-dessus des murailles apparaissait la cime d'autres arbres, qui avaient atteint une taille gigantesque depuis que les derniers habitants de la cité avaient fui ou péri à l'intérieur de son labyrinthe de passages et de cours. Lorsque Zouga Ballantyne était tombé par hasard sur cet énorme rempart, avant la naissance de Ralph, il lui avait fallu presque deux jours pour en découvrir l'entrée, un étroit passage dissimulé par la végétation, mais, grâce à ses indications, Ralph la trouva immédiatement.

Il s'arrêta devant l'antique portail et leva les yeux pour regarder le motif de pierres disposées en chevron qui décorait le haut de la muraille à dix mètres au-dessus du sol, et une crainte superstitieuse l'envahit.

Il voyait encore les marques laissées par la hache de son père et les moignons de branches de chaque côté de l'entrée, mais la végétation avait repoussé et cachait de nouveau le passage, preuve qu'aucun être humain ne l'avait franchi depuis la venue de Zouga, plus de vingt-cinq ans plus tôt.

Les marches qui conduisaient à l'entrée avaient été creusées au fil des siècles par le passage des anciens habitants de la cité. Ralph prit une profonde inspiration et se rappela qu'il était chrétien et civilisé, mais ses craintes superstitieuses n'avaient pas complètement disparu tandis qu'il gravissait les marches, se baissait sous le rideau de plantes grimpantes et franchissait le portail.

Il se retrouva dans un étroit boyau tortueux entre les hautes murailles. Il le suivit, escaladant de gros blocs de pierre écroulés et se frayant un chemin à travers les buissons qui l'avaient envahi, jusqu'au moment où il déboucha dans une vaste cour, dominée par une immense tour cylindrique de granit couvert de lichen.

Tout était exactement comme son père l'avait décrit, jusqu'au parapet endommagé de la tour, à l'endroit où Zouga avait essayé de découvrir si une chambre secrète abritant un trésor se trouvait à l'intérieur. Il savait que son père avait fouillé à fond les ruines, qu'il avait défoncé le sol de la cour de ce temple et en avait tamisé la terre pour récupérer l'or qui y était mêlé. Il en avait récupéré presque mille onces, sous forme de petites perles, de petits morceaux de feuille du métal, de fil joliment tressé et de minuscules lingots gros comme un doigt d'enfant, et Ralph savait que le seul trésor qu'il lui avait laissé était les idoles de stéatite.

Inquiet, Ralph crut un moment que quelqu'un l'avait devancé, car d'après Zouga, les faucons de pierre auraient dû se trouver là, dans la cour. Il s'avança, ses frissons superstitieux éclipsés par la crainte d'avoir été frustré de son butin.

Il plongea jusqu'à la taille dans un taillis, se fraya un chemin en direction de la tour... et trébucha sur la première statue. Il s'accroupit, arracha de ses mains la végétation qui s'y était accrochée et regarda les yeux vides et cruels, enchâssés au-dessus du bec incurvé, dont il se souvenait si bien depuis sa plus tendre enfance. C'était la réplique exacte de la statue qui avait trôné sur la véranda du cottage de son père à Kimberley, mais celle-ci avait été renversée et se trouvait à moitié ensevelie sous les racines et les ronces.

Il passa les mains sur la pierre verte satinée, puis suivit du doigt le motif familier en dents de requin qui entourait le socle.

— M'y voilà enfin, murmura-t-il.

Il jeta un rapide coup d'œil autour de lui. Les murailles avaient sinistrement renvoyé l'écho de sa voix, et il frissonna bien que le soleil fût encore haut. Puis il se releva et poursuivit ses recherches.

Il y avait six statues, comme l'avait dit Zouga. L'une semblait brisée par un marteau de forgeron, et la tête abîmée reposait à côté. Trois autres étaient moins endommagées et les deux dernières étaient en parfait état.

— C'est un endroit maléfique, lança tout à coup une voix sépulcrale.

Ralph sursauta et fit volte-face.

Isazi, qui avait préféré affronter les terreurs de l'étroit passage et des murailles menaçantes plutôt que rester seul à l'extérieur, l'avait suivi et se tenait derrière lui, tout près.

— Quand allons-nous repartir, *Nkosi* ? s'enquit Isazi en jetant des regards incessants dans les coins sombres des passages éboulés. Ce n'est pas un endroit où s'éterniser.

— Quand pouvons-nous charger ça sur les bœufs ? demanda Ralph en s'accroupissant pour tapoter une des idoles tombées. Pouvons-nous y arriver avant la tombée de la nuit ?

— *Yebbo, Nkosi*, promit Isazi avec ferveur. Quand il fera nuit, nous serons déjà loin. Vous avez ma parole.

Le roi avait une fois encore confié une mission spéciale à Bazo, et c'est avec une immense fierté que celui-ci conduisait l'avant-garde de son détachement de guerriers le long de la piste secrète qui les menait de plus en plus profondément à l'intérieur des mystérieuses collines des Matopos.

La piste était bien tracée, assez large pour que deux guerriers puissent y courir de front, bouclier contre bouclier, car elle avait été utilisée depuis l'époque où Mosélékatsé, le vieux roi, avait amené son peuple du Sud.

C'est Mosélékatsé lui-même qui l'avait ouverte jusqu'à la caverne secrète de l'*umlimo*. A chaque crise qui avait marqué l'histoire de son peuple – sécheresse ou épidémie –, le vieux roi avait suivi la piste pour venir entendre les paroles de l'élue. Chaque saison, il venait recevoir ses conseils à propos des troupeaux et des cultures ou pour l'aider à décider dans quelle direction envoyer razzier ses régiments.

Lobengula lui-même, initié aux petits mystères, était entré pour la première fois dans la caverne de l'*umlimo* lorsqu'il était enfant, conduit par le vieux magicien dément qui avait été son mentor et son précepteur. C'est sur une parole de l'*umlimo* que la lance miniature, insigne de la royauté, avait été placée dans la main de Lobengula lorsque Mosélékatsé l'avait déposée. C'était l'*umlimo* qui avait choisi Lobengula de préférence à Nkulumane ou à un autre de ses frères aînés de plus noble naissance, et c'était encore l'*umlimo* qui avait fait de lui le favori des esprits ancestraux et l'avait soutenu dans les heures les plus sombres de son règne.

Ainsi Lobengula, harcelé par les demandes importunes des émissaires d'un Blanc qu'il n'avait jamais vu, déconcerté par des bouts de papier dont il ne pouvait lire les signes, en proie au doute, tourmenté par des craintes, agacé et tiré à hue et à dia par les conseils de ses principaux indunas, retournait-il à la caverne secrète.

Étendu sur sa litière, sur un matelas de peaux de léopard tachetées de noir et de jaune, bercé par le trot de ses porteurs, si bien que les plis de son énorme corps nu tremblotaient et ondulaient, il regardait devant lui de ses yeux sombres et égarés.

Lodzi. Tel était le nom que tous les Blancs avaient sur les lèvres.

— Est-ce que ce Lodzi est roi comme moi ? avait-il demandé à l'homme blanc au visage rouge, car Lobengula, comme tous les Matabélés, écorchait le nom.

— M. Rhodes n'est pas roi, mais il est plus grand qu'un roi, avait répondu Rudd.

— Pourquoi Lodzi ne vient-il pas me voir lui-même ?

— M. Rhodes a traversé la mer et nous a envoyés pour le représenter.

— Si je pouvais voir son visage, je saurais s'il a du cœur.

Mais M. Rhodes ne venait pas et, jour après jour, Lobengula avait écouté les demandes insistantes des serviteurs de Lodzi, tandis que, la nuit venue, ses indunas le mettaient en garde, le questionnaient et se disputaient.

— Si vous donnez un doigt aux Blancs, ils voudront la main entière, lui avait dit Gandang. Quand ils auront la main, ils réclameront le bras, puis la poitrine, le cœur et la tête.

— O roi, Lodzi est un homme d'honneur, disait Nomousa, en qui il avait confiance comme en peu d'autres personnes. Sa parole est comme celle de Lobengula. C'est un homme de bien.

— Donne un peu à chaque Blanc, et donne la même chose à tous, conseillait Kamuza, l'un de ses indunas les plus jeunes mais les plus astucieux, qui avait vécu avec les Blancs et connaissait leurs façons de faire. Chacun deviendra ainsi l'ennemi de son voisin. Monte les chiens les uns contre les autres, sinon la meute s'en prendra à toi.

— Choisis le plus fort des hommes blancs et fais-en ton allié, disait Somabula. Ce Lodzi est le chef du troupeau. Choisis-le.

Lobengula avait tour à tour prêté l'oreille aux propos de chacun, et chaque point de vue divergent n'avait fait qu'ajouter à sa confusion, jusqu'au moment où il ne lui était plus resté qu'une voie, celle des Matopos.

Derrière sa litière venaient les porteurs chargés de présents pour l'oracle – rouleaux de fils de cuivre, sacs de cuir remplis de sel brut, pots contenant des perles de pacotille, six grandes défenses d'éléphant, des coupes de drap aux couleurs vives, des couteaux à manche en corne de rhinocéros fabriqués par son maître forgeron –, trésor considérable destiné à payer les paroles qui, espérait-il, lui apporteraient un réconfort.

Le sentier s'enfonçait en serpentant entre les falaises de granit, si bien qu'on ne voyait plus le soleil mais seulement une bande étroite de ciel bleu.

Des buissons d'épineux luxuriants encombraient le passage et se rejoignaient au-dessus de leurs têtes, formant un tunnel lugubre, et le silence planait, lourd et oppressant, car aucun oiseau ne chantait, aucun animal ne criait ou ne trottinait dans le sous-bois.

Mais Bazo marchait sans ralentir l'allure, tournant la tête d'un côté et de l'autre à l'affût d'une menace ou d'un danger éventuel, la main fermement serrée sur la hampe de sa sagaie, les muscles luisants de sueur tendus comme les ressorts d'un piège, prêt à se précipiter sur un ennemi à chaque détour du sentier.

Un ruisseau aux eaux vertes paresseuses, au fond rocheux couvert d'algues, coupait la piste. Bazo sauta par-dessus avec légèreté, ralentissant à peine l'allure. Cinquante pas plus loin, la végétation devenait plus clairsemée et les falaises se rapprochaient pour former un portail naturel qui s'ouvrait sur un précipice vertigineux.

A cet endroit, armé d'une lance, un homme déterminé pouvait en contenir un millier ; Bazo l'inspecta rapidement avec l'œil exercé d'un guerrier, puis leva les yeux vers la corniche sur laquelle, tout là-haut, était perchée une petite case à toit de chaume, qui servait de guet.

Bazo posa à terre le pied de son long bouclier rouge et cria vers le haut de la falaise :

— Moi, Bazo, induna de mille guerriers, demande le passage.

Sa voix résonna et se brisa en une myriade d'échos renvoyés par les parois de pierre.

— Au nom de qui viens-tu déranger les esprits de l'air et de la terre ? demanda une voix bougonne de vieillard tandis qu'une silhouette squelettique, tassée par la perspective, apparaissait au bord de la corniche.

— Je viens au nom du roi Lobengula, le Buffle Noir des Matabélés.

Bazo ne s'abaissa pas à attendre plus longtemps la permission et, jetant son bouclier par-dessus son épaule, s'élança à travers le sinistre portail.

Le sentier devenait ensuite si étroit que ses guerriers durent progresser en file indienne. Des éclats de mica scintillaient dans le sable gris qui le recouvrait et craquait sous leurs pieds nus. Le passage tournait, puis s'ouvrait brusquement sur une vallée cachée.

Elle était complètement entourée de falaises abruptes, et cet étroit passage en était le seul accès. Le fond était couvert d'une herbe grasse et irrigué par une source d'eau claire qui jaillissait de la falaise près du passage et descendait en serpentant dans la vallée.

Au centre de celle-ci, à un demi-mile, était tapi un

petit village, composé d'une vingtaine de cases à toit de chaume disposées en cercle. Bazo conduisit ses guerriers dans la descente et, d'un geste de sa sagaie, leur ordonna d'avancer sur deux files, de chaque côté du sentier menant au village.

Immobiles et silencieux, ils attendirent que le chant lointain des porteurs de litière se rapproche. Lorsque la troupe du roi apparut enfin, Bazo et ses hommes entonnèrent en chœur ses louanges.

La troupe royale campa deux jours près du ruisseau en attendant le bon plaisir de l'*umlimo*.

Chaque jour, ses assistants venaient voir Lobengula pour recevoir les présents et tributs destinés à l'oracle. Ils formaient un étrange et macabre assortiment de sorciers et de sorcières de moindre importance. Certains d'entre eux, possédés par les esprits qu'ils servaient, avaient des yeux de déments ; d'autres étaient des jeunes filles nubiles au corps peint et aux yeux vides de fumeur de chanvre. Il y avait des enfants au regard sage de vieillard, qui ne riaient pas et ne jouaient pas comme les autres enfants ; des vieillards au corps décharné et au regard rusé, qui parlaient avec le roi à voix basse sur un ton enjôleur, prenaient les présents et faisaient des promesses : « Peut-être demain ; qui peut savoir quand le pouvoir de divination vient à l'*umlimo* ? »

A l'aube du troisième jour, le roi envoya chercher Bazo. Quand celui-ci arriva près du feu de camp, Gandang, son père, en grande tenue, avec plumes, fourrures et pompons, symboles de sa valeur, suspendus aux coudes et aux genoux, se trouvait déjà auprès du roi, en compagnie de six autres grands indunas.

— Bazo, ma bonne hache au fer tranchant, c'est toi

que j'ai choisi pour rester à mon côté lorsque je rencontrerai l'*umlimo*... pour me protéger contre une éventuelle trahison, décréta Lobengula, et, à cette marque insigne de confiance, Bazo sentit sa poitrine se gonfler de fierté.

Une sorcière les conduisit en caracolant, marmonnant et jacassant toute seule, à travers le village et sur le versant opposé de la vallée. Handicapé par sa masse énorme, Lobengula s'arrêtait souvent dans la montée, haletant, s'appuyant sur le bras de Gandang, avant de repartir. Enfin ils arrivèrent au pied de la falaise verticale. Une caverne s'ouvrait là, dans le roc. L'entrée était large d'une centaine de pas, mais si basse qu'un homme pouvait toucher la roche en levant la main. Elle avait été murée jadis par des blocs de pierres taillées à angle droit, mais le mur s'était éboulé en laissant des trous sombres, comme dans une bouche édentée.

Sur un signe de tête de son père, Bazo installa le tabouret sculpté du roi face à la grotte et Lobengula y posa son gros postérieur avec soulagement. Bazo resta derrière lui, sa sagaie à bout de bras, pointée vers l'entrée obscure.

Soudain, le grondement féroce d'un léopard jaillit de la caverne, si puissant, si proche et si réel que les vieux guerriers endurcis sursautèrent, oscillèrent et qu'il leur fallut manifestement faire appel à toute leur volonté pour ne pas reculer. La vieille sorcière se mit à glousser.

Le silence retomba, mais chargé de promesse et de la menace d'une présence invisible qui les observait depuis les profondeurs de la caverne.

Puis s'éleva une voix d'enfant, douce et flûtée. Elle ne venait pas de la grotte mais de l'air même au-dessus de la tête du roi, de sorte que tous levèrent les yeux, mais il n'y avait rien.

— Les étoiles brilleront sur les collines, et le Buffle Noir ne les éteindra pas.

Les indunas se rapprochèrent les uns des autres comme s'ils voulaient se rassurer, et le silence retomba. Bazo sentit qu'il frissonnait, alors que la sueur coulait entre ses omoplates. Il sursauta de nouveau en entendant une autre voix, une voix de femme belle et aguichante, aux accents suaves, qui montait du sol, aux pieds du roi.

— Le soleil brillera à minuit, et le Grand Éléphant ne l'obscurcira pas.

Puis, de nouveau ce silence lourd et effrayant avant qu'un croassement, un son rauque et inhumain, ne s'échappe de la falaise au-dessus d'eux.

— Sois attentif à la sagesse de la renarde avant celle du renard, Lobengula, roi des...

La voix s'interrompit brusquement, et on entendit un bruit de lutte provenant du fond de la caverne. La vieille sorcière, qui jusque-là était restée aux pieds de Lobengula, à branler de la tête en grimaçant un sourire, se leva tant bien que mal et lança un ordre dans une langue inconnue.

Lobengula et ses indunas entrevirent un mouvement à l'intérieur de la grotte, ce qui les plongea dans la consternation, car ils étaient déjà venus une bonne centaine de fois et n'avaient jamais vu, ni même aperçu dans les profondeurs de la caverne, l'*umlimo*.

Le rituel et la coutume n'étaient pas respectés, et la vieille s'avança en sautillant et en vociférant. Ils distinguaient à présent ce qui se passait dans l'obscurité. Apparemment, deux assistants de l'*umlimo* à l'allure macabre tentaient de retenir une personne plus petite et plus agile. Ils n'y parvinrent pas, car elle se libéra de leurs mains et s'élança vers le seuil de la caverne où le soleil matinal éclaira l'*umlimo* de ses rayons.

Elle était si belle que tous, le roi compris, restèrent bouche bée.

Sa peau huilée et luisante avait la couleur de l'ambre foncé. Ses membres étaient longs et souples comme un cou de héron, ses pieds et ses mains finement dessinés. Elle était dans la fleur de l'âge, la maternité n'avait pas encore déformé son jeune corps. Son ventre était appétissant comme un fruit mûr mais elle avait encore la taille étroite d'un garçon. Elle portait en tout et pour tout un chapelet de perles écarlates autour de la taille, noué au niveau du nombril. Ses hanches s'évasaient en une ligne délicate sur son large bassin, à la base duquel se nichait la toison sombre de son pubis, pareil à un petit animal velu doué de vie.

Son port de tête était parfait ; ses cheveux coupés court faisaient valoir les contours merveilleusement bombés de son crâne et découvraient ses jolies petites oreilles. Elle avait des traits d'Orientale, d'immenses yeux bridés, les pommettes saillantes, un nez fin et droit, mais sa bouche était tordue par l'angoisse et c'est les yeux inondés de larmes qu'elle regardait le jeune induna debout derrière le roi.

Lentement, elle leva une main et la tendit vers lui, sa délicate paume rose ouverte en un geste infiniment triste.

— Tanase ! murmura Bazo, les yeux fixés sur elle, et ses mains tremblèrent si fort que la lame de sa sagaie cliqueta contre le bord de son bouclier.

C'était la femme qu'il avait choisie pour épouse et qui lui avait été si cruellement enlevée. Depuis son départ, Bazo n'en avait pas cherché d'autre ; bien que le roi l'ait réprimandé et que d'aucuns aient murmuré que c'était contre nature, il avait été fidèle au souvenir de sa douce et splendide fiancée. Il avait envie de se précipiter vers elle, de la soulever et de l'emporter au loin, mais il était cloué au sol et l'angoisse de Tanase se reflétait dans ses propres yeux.

Car, alors même qu'elle se trouvait devant lui, elle était aussi lointaine que la pleine lune. Elle était fille des esprits et protégée par leurs horribles serviteurs, hors de portée de ses mains aimantes et de son cœur constant.

Ses assistants arrivaient à présent derrière elle du fond de la caverne, grognant et gémissant. Lentement, Tanase baissa le bras, son corps attiré avec ardeur quelques instants encore vers Bazo, puis sa jolie tête s'affaissa comme une fleur fanée sur la longue tige gracieuse de son cou, et elle les laissa la prendre par les bras.

— Tanase !

Bazo prononça son nom une dernière fois, et les épaules de la jeune fille tressaillirent au son de sa voix.

Une chose terrible se produisit alors. Un tremblement convulsif parcourut le dos de Tanase, de ses fesses fermes à sa nuque, de sorte que les nerfs et les muscles se contractèrent et tressautèrent de chaque côté de sa colonne vertébrale. Puis celle-ci commença à se tordre en arrière, comme un arc de chasseur.

— L'esprit est sur elle, glapit la vieille sorcière. Que l'esprit l'emporte !

Ils la lâchèrent et s'écartèrent de son corps torturé. Chacun de ses muscles était soumis à une telle tension qu'il se détachait nettement sous sa peau luisante, et sa colonne vertébrale s'arqua jusqu'à atteindre un angle impossible, la base de son crâne touchant presque l'arrière de ses genoux.

Son visage était contorsionné par l'insupportable douleur que provoquait la divination ; elle avait les yeux blancs, les lèvres retroussées en un rictus figé qui découvrait ses parfaites petites dents blanches et de l'écume mousseuse s'échappait aux coins de sa bouche.

Ses lèvres restèrent immobiles, mais une voix tonitruante sortit cependant de sa gorge. C'était une voix profonde de basse, la voix de stentor d'un guerrier, et elle ne trahissait en rien la douleur terrible à laquelle était en proie la jeune femme de qui elle sortait.

— Les faucons ! Le gerfaut blanc a ouvert le nid de pierres. Les faucons s'envolent. Sauvez les faucons ! Les faucons !

La voix monta brusquement en un cri aigu, Tanase s'écroula et se tordit par terre.

— Aucun Noir, qu'il soit matabélé, roswi ou karanga, n'oserait profaner le nid des faucons, déclara Lobengula, et le cercle des indunas acquiesça. Seul un Blanc peut être assez hardi pour braver l'ordre du roi et affronter la colère des esprits. (Il marqua une pause et prisa une fois, laissant traîner en longueur le petit rituel afin de retarder le moment de la décision. Puis il se tourna vers Somabula.) Si j'envoie un détachement de guerriers à Zimbabwe et qu'ils prennent un Blanc en train de piller ce lieu vénérable, devrai-je lui transpercer le cœur ?

Le vieil homme leva la tête et regarda tristement son roi.

— Si tu en tues un, les autres arriveront en masse, comme les fourmis, dit-il. Ne prépare pas un festin pour les oiseaux s'il risque d'attirer une troupe de lions.

Lobengula soupira et se tourna vers Gandang.

— Parle, fils de mon père.

— O roi, Somabula est sage et ses paroles ont autant de poids que des rochers de granit. Celles du roi en ont cependant davantage : les profanateurs des lieux sacrés doivent mourir. Tels sont les mots de Lobengula.

Le roi hocha la tête lentement.

— Bazo ! lança-t-il, et le jeune induna posa un genou à terre devant le tabouret du roi. Prends un des sorciers pour vous guider, toi et ton régiment, jusqu'au nid des faucons. Si les oiseaux de pierre sont envolés, suis-les. Trouve le profanateur. Si c'est un Blanc, emmène-le à l'écart afin de ne pas être vu même de ceux de tes guerriers en qui tu as le plus confiance. Tue-le, ensevelis-le en un lieu connu de toi seul et n'en parle à personne en dehors de ton roi. As-tu entendu les paroles de Lobengula ?

— J'ai entendu, ô grand roi, et entendre c'est obéir.

Hollandais, le bœuf dont les cornes avaient la moindre envergure, était le seul qu'Isazi réussissait à amener à force de cajoleries le long de l'étroit passage entre les murailles et, par-dessus les éboulis, jusqu'à la cour au milieu des ruines. Dans les filets suspendus de part et d'autre de son dos puissant, ils transportèrent hors de la cité les statues des faucons, même celles qui étaient abîmées, et les chargèrent sur les bœufs qui attendaient dehors.

Grâce au savoir-faire d'Isazi avec les bœufs et les fardeaux, le travail fut achevé au milieu de l'après-midi, et ils attachèrent les bêtes à la queue leu leu. Avec un soulagement évident, Isazi les conduisit à travers la forêt en direction du sud.

Mal à l'aise depuis la rencontre inopinée avec le détachement de guerriers matabélés au milieu des collines, Ralph était tout aussi soulagé. Il laissa Isazi aller en avant avec les bœufs et rebroussa chemin, suivant la piste qu'ils avaient tracée à leur arrivée, au nord-ouest de la cité en ruine, examinant le terrain de l'œil du chasseur pour y découvrir des signes laissés par d'éventuels poursuivants, ou du moins de présence humaine dans les parages. Le danger ne venait pas nécessairement d'un détachement de guerriers – même une équipe de ramasseurs de miel ou un chasseur pouvait avertir le kraal de Lobengula ou alerter les gardes-frontières.

Il savait ce qu'il avait à faire s'il rencontrait un chasseur solitaire et vérifia que son fusil sortait facilement de son fourreau, suspendu près de son genou. Le gibier abondait dans ces forêts. Il vit des troupeaux de koudous rayés aux grandes oreilles, d'antilopes noires au ventre blanc comme neige et aux cornes incurvées en forme de cimeterre, de grands buffles noirs et de zèbres dodus aux oreilles en alerte et à la crinière noire et raide, mais il n'y avait pas le moindre signe de présence humaine.

Il n'était cependant qu'à moitié rassuré quand il fit demi-tour et retrouva les empreintes des bœufs, à huit kilomètres environ de l'autre côté des ruines. Il longea au trot la piste bien nette et ses craintes revinrent en force. Ces traces étaient trop visibles et faciles à suivre.

Il rattrapa Isazi et ses bœufs à la tombée du jour, et l'aida à décharger les bêtes et à les examiner pour s'assurer que leurs lourds fardeaux ne les avaient pas blessées, avant de les entraver et de les laisser paître. Plus d'une fois au cours de la nuit, il se réveilla en sursaut et tendit l'oreille : il n'entendit aucune voix, mais seulement le cri d'un chacal.

Aux premières lueurs du jour, ils pénétrèrent dans une plaine herbeuse où paissaient d'immenses troupeaux de zèbres, si vaste que les arbres de l'autre côté formaient une ligne sombre à l'horizon. Les zèbres levèrent la tête pour regarder passer l'inhabituelle petite caravane et exprimèrent leur curiosité et leur inquiétude par leurs hennissements, semblables à des aboiements.

Arrivé au milieu de la plaine, Ralph fit tourner le convoi à angle droit, et ils marchèrent plein est jusqu'à midi, moment auquel ils entrèrent de nouveau dans la forêt. Ralph continua cependant de les mener vers l'est jusqu'à ce qu'ils dressent le camp, à la tombée de la nuit.

Isazi grommelait et se plaignait de cette journée gaspillée et du long détour fait par rapport à leur route directe vers le Limpopo et les puits des Bochimans, où Umfaan les attendait avec les chariots.

— Pourquoi faisons-nous cela ?

— Pour la gouverne de tous ceux qui nous suivent.

— Ça ne les empêchera pas de suivre les traces que nous avons laissées, objecta Isazi.

— Je vais y remédier demain matin, lui assura Ralph, et, à l'aube, il laissa Isazi reprendre la direction du sud.

— Si je ne vous rejoins pas, ne m'attendez pas en chemin, ordonna-t-il. Continuez jusqu'à ce que vous atteigniez les chariots, bien au-delà de la frontière du pays matabélé. Attendez-moi là-bas.

Sur quoi il laissa Isazi et repartit en sens inverse, en suivant leurs traces de la veille. Il atteignit la plaine herbeuse où ils avaient brusquement bifurqué le matin précédent et les zèbres aboyèrent. A pareille distance, leurs rayures étaient indiscernables, et les troupeaux se déplaçaient en masses gris argenté sur l'herbe jaunie.

— Tu vas avoir un peu de bon temps, mon vieux Tom, dit-il en tapotant l'encolure de son poney.

Ils s'engagèrent alors au trot dans la plaine, en direction du troupeau de zèbres le plus proche. Il y avait plus de cent bêtes qui laissèrent le cavalier et sa monture approcher à quelques centaines de pas avant de se regrouper et de partir au galop.

— Rattrape-les, Tom ! cria Ralph.

Ils entrèrent en trombe dans le nuage tourbillonnant de poussière, gagnant rapidement du terrain sur les rangées d'arrière-trains rayés et dodus qui détalaient devant eux. Ralph obligea les zèbres à bifurquer ; ils se joignirent à un autre troupeau, puis à un autre, jusqu'à ce que finalement deux à trois cents bêtes s'enfuissent en débandade devant les deux hommes.

Ralph chevauchait sur l'un de leurs flancs et poussait le troupeau vers le terrain traversé la veille par ses bœufs. Des milliers de gros sabots battaient le sol en soulevant de la poussière. Lorsqu'ils atteignirent l'autre côté de la plaine, Ralph poussa Tom au-devant des zèbres et leur coupa la route en poussant des cris et en agitant son chapeau au-dessus de sa tête. Le flot des animaux tourna comme un tourbillon vivant, et la poussière s'éleva dans le ciel à gros bouillons.

Les zèbres repartirent à travers la plaine. Tom s'était pris au jeu et Ralph les dirigea vers le nord jusqu'à ce qu'ils atteignent l'orée de la forêt et labourent le sol de leurs sabots sur une bande de cinq cents mètres, parallèlement à la forêt.

Ralph les amenait d'un côté et de l'autre, les conduisant comme un chien de berger à chaque passage sur les traces laissées par les bœufs, jusqu'à ce que Tom lui-même soit éreinté, ses épaules et ses flancs parcourus par des traînées de sueur.

Ralph le dessella à l'ombre des premiers arbres, tandis que dans la plaine, les zèbres, ombrageux et nerveux après ce harcèlement, continuaient à galoper en décrivant des cercles ou s'ébrouaient et piaffaient.

— Personne, pas même un Bochiman, ne pourra maintenant retrouver les traces, dit Ralph à l'intention de Tom.

Il se baissa et lui souleva les sabots un à un. Avec son couteau, il lui enleva les fers et les fourra dans sa sacoche de selle.

Ainsi, les empreintes laissées par Tom étaient presque identiques à celles d'un zèbre. Peut-être se mettrait-il à boiter avant de rejoindre les chariots aux puits des Bochimans, mais ils auraient alors le loisir de marcher à leur rythme, enfin certains de ne pas être poursuivis. Ils trouveraient là-bas une forge et une enclume pour le ferrer de nouveau, et Tom n'en garderait aucune séquelle.

Ralph épongea son cheval avec le tapis de selle et le laissa se reposer encore une heure avant de le seller. Il chevaucha alors au milieu des troupeaux de zèbres éparpillés afin que les traces de Tom se confondent avec les leurs avant d'obliquer vers l'ouest, la direction opposée à celle empruntée par les bœufs d'Isazi. Il continua le temps de laisser une fausse piste à l'intérieur de la forêt, puis tourna vers le sud pour rejoindre Isazi.

Le lendemain matin, Ralph dormit jusqu'au lever du soleil, enfin rassuré, et ne résista pas à la tentation de boire un café. Il prit le risque d'allumer un petit feu et but avec délectation le breuvage chaud et fort.

Lorsqu'il repartit, le soleil avait déjà dépassé la cime des arbres. Ralph laissa le vieux Tom marcher à son allure pour épargner ses sabots, repoussa son chapeau sur sa nuque et sifflota à plusieurs reprises les premières mesures de *Yankee Doodle*.

La matinée était fraîche. Il était content d'avoir

réussi et songeait déjà à la vente des statues, se proposant d'écrire au British Museum et au Smithsonian Institute à Washington.

Sur sa droite, un coucou à plastron rouge lança son salut de bienvenue saccadé.

Tom agita les oreilles mais Ralph continua de siffler gaiement, avachi sur sa selle.

Le vieux J.B. Robinson, l'un des hommes les plus riches de Kimberley, qui avait ajouté quelques millions supplémentaires à sa fortune sur le nouveau champ aurifère de Witwatersrand, lui achèterait au moins un faucon, uniquement parce que Rhodes en avait un. Il ne pouvait supporter...

Dans la clairière herbeuse devant Ralph, un francolin émit son cri rauque, deux fois seulement – « Kwali ! Kwali ! » –, et Ralph trouva cela bizarre. Ces perdrix au plumage brun poussaient généralement cinq ou six cris d'affilée, pas deux.

Ralph arrêta Tom et se dressa sur ses étriers. Il inspecta attentivement l'étroite bande d'herbe à éléphants. Brusquement, une compagnie de perdrix en sortit et partit à toute vitesse dans un grand bruit d'ailes.

Ralph sourit et se laissa de nouveau aller sur sa selle ; Tom s'engagea au trot dans le parterre ondoyant d'herbe rude, d'où jaillit instantanément une foule de silhouettes noires coiffées de plumes et armées de boucliers rouges, qui s'agglutinèrent autour de Tom dans le scintillement des longues lames de leurs sagaies.

— Au galop ! dit Ralph en enfonçant violemment ses talons dans les flancs du cheval et en tirant son fusil.

Tandis que le cheval s'élançait, l'un des guerriers sauta pour attraper la bride, et Ralph fit feu, arrachant la moitié de la mâchoire du Matabélé.

Tom bondit à travers l'espace laissé par l'homme,

mais un autre guerrier se précipita et lança sa sagaie de toutes ses forces.

Avec un frisson d'horreur, Ralph vit la longue lame d'acier pénétrer entre les côtes de Tom, à quelques centimètres de sa botte. Il essaya de frapper l'assaillant à la tête avec la crosse de son fusil, mais l'homme se baissa, et tandis que Ralph se tournait, emporté par son élan, un second Matabélé attaqua. A l'instant où le guerrier enfonçait sa sagaie dans l'encolure de Tom, Ralph sentit l'animal trembler convulsivement entre ses genoux.

Ils avaient franchi la ligne des Matabélés, mais la sagaie avait été arrachée des mains du guerrier et sa hampe sortait de l'encolure du cheval suivant un angle tel que la pointe devait avoir pénétré dans les poumons. Le vaillant vieux cheval n'en porta pas moins son cavalier à travers la clairière et franchit la lisière de la forêt.

Puis, brusquement, un double flot de sang écumant jaillit des naseaux de l'animal et éclaboussa les bottes de Ralph. Tom mourut en pleine course. Il piqua du nez et fit la culbute, projetant son cavalier par-dessus sa tête.

Ralph heurta brutalement le sol et eut l'impression de s'être enfoncé les côtes et cassé les dents, mais il rampa vers son fusil et fourra une cartouche neuve dans la culasse.

Quand il leva les yeux, ils étaient presque sur lui, rangée de boucliers rouges qui fonçaient dans sa direction, pieds martelant le sol, crécelles cliquetant à leurs chevilles, chœur de cris de guerre évoquant les aboiements d'une meute de chiens de chasse.

Un grand *indoda* leva haut son bouclier pour dégager son bras armé et porter le coup fatal, la lame étincela tandis que la sagaie entamait son mouvement vers le bas, puis celui-ci s'arrêta brusquement.

— Henshaw !

Le nom jaillit de la gorge du guerrier. Puis Bazo acheva de porter le coup, mais au dernier moment, tournant le poignet, il frappa Ralph au-dessus de la tempe avec le plat de sa lourde lame. Celui-ci tomba face contre terre et resta étendu, comme mort.

— Tu as enlevé les fers des sabots de ton cheval, dit Bazo avec un hochement de tête approbateur. C'était astucieux. Si tu n'avais pas dormi si tard ce matin, peut-être ne t'aurions-nous jamais rattrapé.

— Tom est mort maintenant, répondit Ralph.

Il était appuyé contre le tronc d'un mopani. Une grande marque rouge lui barrait la joue, celle du gravier lorsqu'il avait été éjecté de sa selle. Du sang séché lui maculait les cheveux au-dessus de la tempe, à l'endroit où Bazo l'avait frappé pour l'assommer, et il était ligoté aux chevilles et aux poignets avec des lacets de cuir.

— Oui ! acquiesça gravement Bazo en regardant la carcasse du cheval, à une cinquantaine de pas. C'était un bon cheval, et maintenant il est mort. (Il se tourna vers Ralph et ajouta :) L'*indoda* que nous allons enterrer aujourd'hui était bon lui aussi... et pourtant il est mort.

Les guerriers matabélés, tous les hommes de Bazo, faisaient cercle autour d'eux, assis en rangs serrés sur leurs boucliers et écoutant attentivement leurs paroles.

— Tes hommes me sont tombés dessus sans crier gare, comme si j'étais un voleur ou un assassin. Je me suis défendu.

— Tu n'es donc pas un voleur, Henshaw ? coupa Bazo.

— Je ne comprends pas.

— Les oiseaux, Henshaw. Les oiseaux de pierre.

— Je ne sais pas de quoi tu parles, lança Ralph avec colère en s'écartant du tronc de l'arbre et en dévisageant Bazo avec arrogance.

— Tu le sais très bien, Henshaw. Tu connais l'existence de ces oiseaux, tu en as parlé maintes fois. Tu n'ignores pas non plus la mise en garde du roi : piller les lieux anciens est puni de mort, je te l'ai dit moi-même. (Ralph le regardait toujours avec défi.) Tes empreintes mènent droit au lieu de sépulture des rois et elles en repartent. Et puis les oiseaux ont disparu. Où sont-ils, Henshaw ?

Ralph continua encore un moment de jouer la comédie, puis il haussa les épaules, sourit et se laissa retomber contre l'arbre.

— Ils sont partis, Bazo, envolés au loin, là où tu ne peux les suivre. C'était la prophétie de l'*umlimo* et aucun mortel n'avait le pouvoir d'en empêcher la réalisation.

A la mention de la prophétesse, une ombre de tristesse passa sur le visage de Bazo.

— Oui, cela faisait partie de la prophétie, admit-il. Et maintenant, il est temps d'exécuter les ordres du roi. (Il se leva et s'adressa aux guerriers accroupis.) Vous avez tous entendu ce qu'a dit le roi : ce qui doit être accompli doit l'être en secret, par moi seul, et nul autre ne pourra en être témoin ni en parler ensuite, même à voix basse, sous peine de mort. Vous avez entendu les ordres du roi.

— Nous les avons entendus, confirmèrent-ils en chœur de leurs voix profondes.

— Alors, partez ! ordonna Bazo. Attendez-moi au grand Zimbabwe, et effacez de vos yeux les choses que vous avez vues aujourd'hui.

Ses guerriers se levèrent d'un bond et le saluèrent.

Ils chargèrent sur leurs épaules le corps de l'homme abattu par Ralph, en se servant de leurs boucliers comme d'une litière, et l'emportèrent au loin. La double colonne de guerriers s'éloigna en serpentant à travers la clairière et la forêt.

Appuyé sur son bouclier, Bazo les regarda partir, puis se tourna vers Ralph, pesamment, à contrecœur.

— Je suis l'homme du roi, dit-il à voix basse. Chargé expressément de t'exécuter. Ce que j'ai à faire aujourd'hui va laisser dans mon cœur une cicatrice indélébile, dussé-je devenir un vieillard. Le souvenir m'empêchera de dormir et aigrira la nourriture dans mon ventre. (Il se dirigea lentement vers l'endroit où se trouvait Ralph et se tint au-dessus de lui.) Je n'oublierai jamais cet acte, Henshaw, et cependant, je ne pourrai en parler à personne, ni à mon père ni à mon épouse favorite. Il me faudra l'enfermer au fond de mon âme.

— Si tu dois le faire, fais-le vite, lança Ralph en essayant de ne montrer aucune peur et de conserver un regard assuré.

— Oui, acquiesça Bazo en changeant sa main de place sur la hampe de sa sagaie, puis il dit à Ralph en le frappant : Intercède pour moi auprès de ton dieu, Henshaw.

Ralph poussa un cri sous la morsure infligée par la lame d'acier ; son sang jaillit et se répandit sur le sol desséché.

Bazo posa un genou à terre, ramassa du sang entre ses mains en coupe et s'en aspergea les bras et le torse. Il en barbouilla la hampe et la pointe de sa sagaie.

Puis il se releva prestement et déchira une bande d'écorce de mopani. Il arracha ensuite une touffe de feuilles vertes et revint à côté de Ralph. Il rapprocha les deux lèvres de la profonde blessure que celui-ci avait à l'avant-bras, et plaça les feuilles dessus avant de les maintenir avec la bande d'écorce.

Le saignement ralentit puis s'arrêta ; Bazo coupa alors les liens de Ralph et se releva.

— Qui, en me voyant ainsi, croirait que je suis traître à mon roi ? demanda-t-il à voix basse en montrant ses bras et son arme maculés de sang. Et pourtant l'amour d'un frère est plus fort que l'obéissance due à son souverain.

Ralph se redressa contre le tronc du mopani, en tenant son bras blessé contre sa poitrine, les yeux fixés sur le jeune induna.

— Va en paix, Henshaw, murmura Bazo. Mais prie ton dieu pour moi, car j'ai trahi mon roi et perdu mon honneur.

Il tourna les talons et partit en courant à travers la clairière. Lorsqu'il atteignit la lisière de la forêt, il ne s'arrêta pas et ne regarda pas en arrière, mais se précipita dans le sous-bois avec une sorte de désespoir.

Dix jours plus tard, ses bottes éraflées et son pantalon réduit en lambeaux par les ronces et les épineux, le bras gauche infecté et enflammé retenu en écharpe contre sa poitrine par une lanière d'écorce, le visage creusé par la faim, le corps émacié, Ralph entra en titubant dans le cercle des chariots dételés près des puits bochimans. Isazi appela Umfaan et courut soutenir Ralph avant qu'il ne s'effondre.

— Isazi, les oiseaux, où sont les oiseaux de pierre ? demanda celui-ci d'une voix rauque.

— Ils sont en sûreté, *Nkosi*.

Ralph esquissa un sourire malicieux qui fendilla ses lèvres sèches et plissa ses yeux injectés de sang.

— Vous vous vantez déjà, Isazi, d'être un sage... je

peux vous dire maintenant que, en plus, vous êtes beau comme un faucon en vol, lança-t-il, puis il chancela et dut se retenir en passant un bras autour de l'épaule du petit Zoulou.

Seul dans sa grande case, Lobengula était assis en tailleur sur sa natte, les yeux fixés sur une calebasse pleine d'eau de source posée devant lui.

Jadis, quand il vivait dans la caverne des Matopos avec Saala, la fille blanche, le vieux sorcier fou lui avait enseigné l'art de la calebasse. De temps à autre, après avoir regardé dans l'eau limpide pendant plusieurs heures et après de grands efforts de concentration et de volonté, il réussissait à entrevoir des bribes du futur, des fragments de visages, mais ils manquaient toujours de netteté, et peu après qu'il eut quitté les collines des Matopos, il avait perdu ce modeste don. Parfois encore, en désespoir de cause, il lui arrivait de recourir à ce mode de divination, même si, comme ce soir-là, rien ne bougeait sous la surface immobile de l'eau, et même s'il ne parvenait pas à concentrer son attention. Ce qu'il voulait, c'était percer le mystère des paroles de l'*umlimo*.

L'oracle parlait toujours par métaphores, exprimait ses conseils en langage imagé, sous forme d'énigmes. Ils étaient souvent répétitifs ; à l'occasion d'au moins cinq visites antérieures à la caverne, elle avait parlé d'« étoiles brillant sur les collines » et du « soleil qui brûle à minuit ». Lobengula et ses principaux indunas avaient eu beau retourner les mots dans tous les sens et essayer d'en démêler la signification, ils n'avaient abouti à rien.

Lobengula écarta la calebasse inutile et se renversa

sur sa couverture en fourrure pour réfléchir à la troisième prophétie : « Sois attentif à la sagesse de la renarde avant celle du renard. »

Il soupesa chaque mot, puis considéra l'ensemble et l'étudia sous tous les angles.

A l'aube, une seule hypothèse tenait encore. Pour une fois, l'oracle semblait avoir donné un conseil sans équivoque. Il ne lui restait plus qu'à trouver quelle femme était la « renarde » en question.

Il passa mentalement en revue ses principales épouses. Leur seule préoccupation était d'avoir des enfants et de les nourrir, ou d'acheter les babioles et les rubans que les marchands apportaient à GuBulawayo.

Il aimait toujours Ningi, sa sœur, comme son seul lien avec sa mère, dont il se souvenait à peine. Cependant, lorsque maintenant Ningi était à jeun, elle avait l'esprit lent, un mauvais caractère et se montrait cruelle. Lorsqu'elle était pleine de champagne et de cognac, elle commençait par glousser stupidement, puis devenait comateuse. Il avait discuté avec elle pendant une bonne heure la veille. Elle n'avait pas dit grand-chose de sensé, et rien qui concernât de près ou de loin les terribles pressions auxquelles le soumettaient Lodzi et ses émissaires.

Lobengula en revint finalement à ce qu'il croyait depuis le début être la clé de l'énigme posée par l'*umlimo*.

— Gardes ! cria-t-il soudain.

Il y eut un bruit de pas précipités, et l'un de ses bourreaux vêtus de noir franchit la porte en se baissant et se prosterna sur le seuil.

— Allez chez Nomousa, la Fille de Miséricorde, et priez-la de venir me voir au plus vite, ordonna Lobengula.

Attendu que j'ai été dernièrement beaucoup importuné par diverses personnes désireuses d'obtenir des concessions de terre et de droits miniers sur mes territoires.

Par conséquent, moyennant les contreparties suivantes :

Premièrement, le paiement par le concessionnaire au concesseur de cent livres par mois à perpétuité.

Deuxièmement, la fourniture par le concessionnaire au concesseur de mille fusils Martini-Henry, ainsi que de cent mille cartouches.

Troisièmement, la fourniture par le concessionnaire au concesseur d'un bateau à vapeur armé afin de patrouiller les secteurs navigables du fleuve Zambèze.

Par conséquent, moi, Lobengula, roi du peuple des Matabélés et chef suprême du Machonaland, monarque de tous les territoires situés au sud du fleuve Zambèze et au nord de la rivière Shashi et du fleuve Limpopo, concède par la présente :

Entière et exclusive liberté d'exploiter tous les métaux et minerais présents dans mon royaume, mes principautés et possessions, ainsi que le plein pouvoir de faire toutes choses que le concessionnaire pourra juger nécessaires pour les extraire, les obtenir et retirer les profits et revenus éventuels pouvant être tirés desdits métaux et minéraux.

Jordan Ballantyne rédigea le document de sa jolie écriture, sous la dictée de M. Rudd.

Robyn Codrington le lut à Lobengula ; elle lui en expliqua les termes, puis l'aida à attacher le sceau du Grand Éléphant. Enfin, elle signa comme témoin à côté de la marque apposée par le roi.

Rudd ne tenta pas de dissimuler sa jubilation lorsqu'ils se retrouvèrent seuls.

— Bon sang, Jordan, dit-il, aucun de nous ne monte aussi bien que vous. Ce qui compte maintenant, c'est la vitesse. Si vous partez sur-le-champ, vous pouvez arriver à Khami à la tombée de la nuit. Prenez les trois meilleurs chevaux parmi ceux que nous avons laissés là-bas et filez comme le vent, mon garçon. Apportez cette concession à M. Rhodes, et dites-lui que je vous suis sans tarder.

Les jumelles descendirent en courant les marches du perron de la mission et entourèrent Jordan tandis qu'il mettait pied à terre.

En haut des marches, Cathy levait haut une lanterne et Salina se tenait près d'elle, les mains jointes modestement, les yeux rayonnants de joie à la lumière de la lanterne.

— Bienvenue, Jordan, lança-t-elle. Vous nous avez manqué.

Jordan gravit les marches.

— Je ne peux rester qu'une nuit. Je pars demain pour le Sud à la première heure, lui dit-il, et un peu de la joie de Salina s'évanouit en même temps que son sourire.

Il était si beau, grand et droit, avec ses cheveux blonds, et malgré ses épaules larges et sa musculature solide, il était souple et léger comme un danseur, et son expression avait la douceur de celle d'un poète tandis qu'il regardait Salina.

— Une nuit seulement, murmura-t-elle. Nous devons donc ne rien en perdre.

Ils dînèrent de jambon fumé et d'ignames grillées, puis s'assirent sur la véranda ; Salina chanta tandis que

Jordan fumait un cigare et l'écoutait avec un plaisir évident, marquant la mesure sur son genou et se joignant au chœur formé par le groupe.

Quand Salina eut fini, Vicky se leva d'un bond.

— A moi, annonça-t-elle. Lizzie et moi avons écrit un poème.

— Pas ce soir, dit Cathy.

— Pourquoi ? demanda Vicky.

— Cathy, c'est le dernier soir de Jordan, gémirent les jumelles à l'unisson.

— Justement, répondit Cathy en se levant. Allez, venez toutes les deux.

Elles n'en continuèrent pas moins à plaider leur cause et faire traîner les choses en longueur, jusqu'au moment où, fronçant les sourcils sévèrement, Cathy s'en prit à elles avec une telle véhémence qu'elles se levèrent, déposèrent à la hâte une bise sur la joue de Jordan et quittèrent la véranda en vitesse, Cathy sur leurs talons.

Jordan rit affectueusement et jeta son cigare par-dessus la balustrade de la véranda.

— Cathy a raison, dit-il. Je vais rester en selle pendant douze heures demain. Il est temps que nous allions tous nous coucher.

Salina ne répondit pas mais se dirigea vers l'extrémité de la véranda la plus éloignée des chambres et s'appuya à la balustrade, les yeux fixés sur la vallée éclairée par les étoiles.

Après un moment, Jordan la suivit et lui demanda doucement :

— Je vous ai froissée ?

— Non, répondit-elle rapidement. Je suis seulement un peu triste. Nous nous amusons si bien quand vous êtes là.

Jordan ne fit aucun commentaire et, une minute après, elle demanda :

— Qu'allez-vous faire maintenant, Jordan ?

— Je n'en sais rien tant que je ne serai pas de retour à Kimberley. Si M. Rhodes est déjà à Groote Schuur, j'irai là-bas, mais s'il est encore à Londres, il voudra que je l'y rejoigne.

— Combien de temps cela prendra-t-il ?

— De Kimberley à Londres, aller et retour ? Quatre mois, s'il y a un navire en partance tout de suite pour revenir.

— Parlez-moi de Londres, Jordan. J'ai lu des choses sur la ville et j'en ai rêvé.

Il parlait à voix basse, mais s'exprimait avec aisance et clarté, si bien qu'elle riait et s'exclamait en entendant ses descriptions et ses anecdotes. Les heures passèrent, jusqu'au moment où Jordan s'interrompit.

— Où ai-je la tête, il est presque minuit.

— Vous m'avez promis de me parler de la maison de M. Rhodes à Groote Schuur, dit-elle, faisant tout son possible pour le retenir.

— Ça attendra la prochaine fois, Salina.

— Y aura-t-il une prochaine fois ?

— Oh, j'en suis persuadé, répondit-il sur un ton léger.

— Vous allez partir pour Le Cap et l'Angleterre ; vous ne reviendrez peut-être pas à Khami avant des années.

— Même les années n'entameront pas notre amitié, Salina.

Elle le dévisagea comme s'il l'avait giflée.

— Ainsi donc, Jordan, nous sommes des amis... seulement des amis ?

Il prit ses mains dans les siennes.

— Les amis les plus chers, les plus précieux, confirma-t-il.

Elle était pâle et lui étreignit les mains comme si elle

se noyait, pendant qu'elle rassemblait son courage pour lui parler, mais sa voix, quand elle réussit à la maîtriser, était si forcée qu'elle ne fut pas certaine d'avoir été entendue.

— Emmenez-moi, Jordan.

— Salina, je ne comprends pas...

— Je ne peux pas supporter l'idée de vous perdre... emmenez-moi. Je vous en prie, emmenez-moi.

— Mais..., balbutia-t-il, ébranlé. Que feriez-vous ?

— Tout ce que vous me direz. Je serai votre esclave, votre esclave aimante, Jordan... pour toujours.

Il essaya de dégager ses mains avec douceur.

— Vous ne pouvez pas vous en aller ainsi et me laisser. Lorsque vous êtes arrivé à Khami, le soleil s'est levé dans ma vie, et si vous partez, vous emporterez la lumière avec vous. Je vous aime, Jordan, pardonnez-moi, mais je vous aime plus que la vie elle-même.

— Salina, taisez-vous ! implora-t-il. Je vous en prie, taisez-vous !

Mais elle se cramponna à ses mains.

— Je ne peux pas vous laisser partir sans vous le dire... je vous aime, Jordan, je vous aimerai toujours.

— Salina... oh, Salina, j'aime quelqu'un d'autre, dit-il d'une voix brisée.

— Ce n'est pas vrai, murmura-t-elle. Oh, s'il vous plaît, dites que ce n'est pas vrai... Personne ne peut vous aimer autant que moi, personne d'autre ne sacrifierait ce que je suis prête à sacrifier.

— Je vous en prie, Salina, cessez. Je ne veux pas que vous vous humiliiez.

— M'humilier ? Oh, Jordan, ce ne serait pas cher payer... Laissez-moi vous prouver, Jordan, laissez-moi vous prouver avec quelle joie je ferais n'importe quel sacrifice pour vous. (Elle posa une main sur sa bouche pour l'empêcher de parler.) Nous n'avons même pas besoin d'attendre le mariage. Je vais me donner à vous ce soir même.

Comme il secouait la tête, elle appuya sa main plus fort, pour étouffer ses paroles de dénégation.

— *Ne t'inquiète donc pas, comme une fille désœuvrée, De ce que la vie soit entachée par de petits péchés.*

Elle murmura la citation d'une voix tremblante.

— Donnez-moi cette chance, Jordan, donnez-moi cette chance de vous prouver que je suis capable de vous aimer et de vous chérir plus que toute autre femme au monde. Son amour vous paraîtra bien pâle en comparaison de ma flamme.

Il prit son poignet, écarta sa main de sa bouche et se pencha vers elle avec une expression de terrible regret.

— Salina, dit-il, ce n'est pas une autre femme.

Elle gardait les yeux fixés sur lui, sentant qu'ils étaient tous deux bouleversés, tandis que la conscience de ces paroles envahissait et glaçait lentement son âme.

— Ce n'est pas une autre femme ? demanda-t-elle finalement, et comme il secouait la tête : Je n'ai donc aucun espoir ?

Il ne répondit pas, et elle sembla sortir d'un rêve et s'éveiller à la cruelle réalité.

— Voulez-vous m'embrasser avant de partir, Jordan, une dernière fois ?

— Pourquoi serait-ce la dernière...

Elle se dressa sur la pointe des pieds et étouffa la fin de la phrase sur les lèvres de Jordan, si violemment que ses dents lui laissèrent un goût de sang sur la langue.

— Au revoir, Jordan, dit-elle, et, tournant les talons, elle traversa la véranda d'une démarche mécanique.

A l'entrée de sa chambre, elle chancela et s'appuya au montant de la porte, puis se retourna pour le regarder.

Ses lèvres remuèrent mais il n'en sortit aucun son.
— Adieu, Jordan. Adieu, mon amour.

Ralph Ballantyne acheminait les fusils, un millier de Martini-Henry flambant neufs, encore enduits de graisse jaune, par caisses de cinq et par chariots de vingt caisses. Une dizaine de chariots transportaient les munitions – tout cela pour le compte de la De Beers. Il avait également trois chariots à lui, chargés de spiritueux, et un autre contenant du mobilier et de l'équipement ménager pour le bungalow que Zouga se construisait à GuBulawayo.

Ralph traversa la rivière Shashi en sachant qu'il avait déjà mille livres de bénéfice sur le convoi, déjà déposées en sûreté à la Standart Bank de Kimberley, mais il était néanmoins tenaillé par un sentiment d'appréhension.

Il se demandait si Bazo l'avait dénoncé à Lobengula comme le ravisseur des faucons de pierre ou si celuici avait été informé par un des guerriers de Bazo. « Rien ne bouge dans le Matabeleland, mais le peuple entier est au courant de tout », l'avait un jour mis en garde Clinton Codrington. Le profit retiré de cette course et la perspective de retourner à Khami justifiaient cependant le risque.

Le premier jour de marche après la Shashi, la réalité de ce risque fut attestée, car c'est Bazo lui-même, à la tête de ses boucliers rouges, qui intercepta le convoi et accueillit Ralph avec un visage impénétrable.

— Qui ose suivre la route et défier la colère de Lobengula ?

Après l'inspection des chariots, Bazo et Ralph

étaient assis seuls autour du feu de camp, et ce dernier demanda à voix basse :

— J'ai entendu dire qu'un Blanc était mort dans la brousse, entre le grand Zimbabwe et le Limpopo. Comment s'appelait-il ?

— Personne n'est au courant de cette histoire, en dehors de Lobengula et de l'un de ses indunas, répondit Bazo sans quitter les flammes des yeux. Même le roi ignore qui était l'étranger et d'où il venait ; il ne sait pas non plus où se trouve la tombe de l'inconnu. (Bazo prisa avant de reprendre :) Toi et moi ne parlerons plus jamais de cette affaire.

Il leva enfin les yeux. Ralph y lut la douleur d'un homme détruit qui ne ferait plus jamais confiance à un frère.

Le lendemain matin, Bazo était parti. Ralph se tourna vers le nord ; ses doutes dissipés, son moral était au plus haut, comme les nuages d'orage argentés et mauves qui s'accumulaient à l'horizon.

Zouga l'attendait près de la rivière Khami.

— Tu as fait vite, mon garçon.

— Personne n'a jamais été plus rapide, confirma Ralph en tortillant son épaisse moustache brune. Et personne n'a de chances de faire mieux, tant que M. Rhodes n'aura pas construit sa route.

— A-t-il envoyé de l'argent ?

— Des souverains d'or sonnants et trébuchants. Je les ai dans mes sacoches de selle.

— Il ne nous reste plus qu'à convaincre Lobengula de les accepter.

— Ça, papa, c'est votre travail. Vous êtes l'agent de M. Rhodes.

Cependant, trois semaines plus tard, les chariots se trouvaient encore stationnés à l'extérieur du kraal de Lobengula, leurs chargements bâchés, et chaque jour

Zouga attendait de l'aube au crépuscule devant la grande case du roi.

— Le roi est malade, lui disait-on.

— Le roi est avec ses femmes.

— Il se peut que le roi vienne demain.

— Qui peut dire lorsque le roi sera lassé de ses femmes ?

Finalement, même Zouga, qui connaissait et comprenait les mœurs africaines, se fâcha.

— Va dire à Lobengula que Bakela, le Poing, s'en va trouver Lodzi pour lui raconter que le roi méprise ses cadeaux, ordonna-t-il à Gandang, venu lui présenter les excuses du jour, avant de crier à Jan Cheroot de seller les chevaux.

— Le roi ne t'a pas donné la route, objecta Gandang, choqué et confus.

— Dis à Lobengula que ses guerriers peuvent tuer les émissaires de Lodzi, mais que celui-ci ne tardera pas à l'apprendre. Lodzi se trouve en ce moment même au grand kraal de la reine, de l'autre côté de l'eau, et il jouit de sa faveur.

Les messagers du roi rattrapèrent Zouga avant qu'il n'arrive à la mission de Khami, car il ne s'était pas pressé.

— Le roi ordonne à Bakela de revenir immédiatement, il le recevra dès son arrivée.

— Dites à Lobengula que Bakela dormira ce soir à la mission de Khami et que peut-être demain... et qui sait quand il jugera opportun de parler de nouveau au roi.

Quelqu'un de Khami avait dû l'observer et repérer la poussière soulevée par les chevaux, car, alors que Zouga était encore à un bon kilomètre des collines, un cavalier sortit au galop de la mission pour venir à sa rencontre, une femme mince dont les longues tresses flottaient derrière le joli visage.

Lorsqu'ils se rencontrèrent, Zouga sauta de sa selle et se précipita vers la jeune femme.

— Louise, murmura-t-il. Vous ne saurez jamais combien les jours passent lentement lorsque je suis loin de vous.

— C'est une croix que vous nous obligez à porter tous les deux, répondit-elle. J'ai pleinement récupéré maintenant – grâce à Robyn – et vous persistez à me laisser traîner et languir à Khami. Oh, Zouga, ne me laisserez-vous pas vous accompagner à GuBulawayo ?

— Je le ferai dès que le cottage aura un toit, et vous, la bague au doigt.

— Vous êtes toujours si « comme il faut », dit-elle avec une moue désapprobatrice. Qui le saurait ?

— Moi, répondit-il en l'embrassant de nouveau.

Ils chevauchèrent genou contre genou, en se tenant par la main, tandis que Jan Cheroot suivait discrètement, hors de portée de voix.

— Il ne nous reste plus que quelques jours à patienter, assura-t-il. J'ai forcé la main à Lobengula. Cette affaire de fusils ne va pas tarder à être réglée, et vous pourrez ensuite choisir l'endroit où vous ferez de moi l'homme le plus heureux de la Terre... la cathédrale du Cap, peut-être ?

— Zouga chéri, je préférerais Khami ; votre famille a été si gentille avec moi. Les filles sont pour moi comme des sœurs et Robyn m'a prodigué ses soins sans compter quand j'étais si malade, et déshydratée par le soleil.

— Pourquoi pas ? convint Zouga. Je suis sûr que Clinton serait d'accord pour officier.

— Il l'est, la date est même fixée ; et ce sera un double mariage.

— Qui sont les autres mariés ?

— Vous ne le devinerez jamais.

Debout devant l'autel ouvragé de la petite église blanche de Khami, le père et le fils ressemblaient plutôt à deux frères.

Zouga était en uniforme d'apparat et sa veste rouge, confectionnée vingt ans plus tôt, lui allait toujours parfaitement. Le galon doré, qui avait été changé pour impressionner Lobengula et ses indunas, étincelait même dans la pénombre fraîche de la nef.

Ralph portait un costume de drap fin à lavallière en soie gris clair qui, en cette chaude journée de juin, le faisait transpirer. Ses cheveux bruns étaient brillantinés et les extrémités de sa magnifique moustache, ointe de cire d'abeille, pointaient.

Tous deux attendaient, immobiles, les yeux fixés sur les cierges de l'autel que Clinton avait réservés pour une occasion de ce genre et allumés quelques minutes plus tôt.

Derrière eux, l'une des jumelles donnait des signes d'impatience et Salina entonnait *Here comes the bride* en s'accompagnant à l'orgue. Ralph sourit avec bravade et chuchota à son père :

— Nous y voilà, papa. Baïonnette au canon et prêts à recevoir la cavalerie.

Ils se tournèrent avec ensemble vers la porte au moment où les mariées entraient dans l'église.

Cathy portait la robe, commandée par la poste, que Ralph avait rapportée de Kimberley et, pour Louise, Robyn avait sorti de la malle sa robe de mariée dont elles avaient repris la taille et lâché l'ourlet et dont la délicate dentelle avait pris la couleur de l'ivoire. Louise tenait à la main un bouquet des roses jaunes cultivées par Clinton.

Après la cérémonie, ils traversèrent la cour par petits groupes ; au bras de leur époux, les mariées, maladroites sur leurs hauts talons, se prenaient les pieds dans leur traîne. Les jumelles les bombardèrent avec des poignées de riz avant de courir vers la véranda où la table des noces était couverte de nourriture et des rangées de bouteilles de champagne apportées par Ralph.

Placé à une extrémité de la table, celui-ci desserra sa cravate, puis, un bras autour des épaules de Cathy, un verre dans l'autre main, il prononça son discours.

Quand il parla de « sa femme », toute la compagnie rit et applaudit, tandis que Cathy, serrée contre lui, les yeux levés vers son visage, le contemplait avec adoration.

Lorsque les discours furent terminés, Clinton, sa tête chauve brillant sous l'effet de la chaleur, de l'excitation et du champagne, regarda sa fille aînée, de l'autre côté de la table.

— Tu ne veux pas nous chanter quelque chose, ma chérie ? demanda-t-il. Quelque chose de gai ?

Salina hocha la tête et sourit, puis elle leva la tête et sa voix douce s'éleva :

Aussi loin que tu ailles,
Je te suivrai, mon amour.
Au sommet des montagnes les plus hautes,
A travers les océans les plus profonds, mon amour.

Louise se tourna vers Zouga et sourit. Sous la table, Clinton prit la main de Robyn, sans quitter Salina des yeux.

Même Ralph écouta attentivement, tandis que Cathy posait sa joue sur son épaule.

Aucune nuit ne sera trop froide,
Aucun soleil trop féroce, mon amour.

Car je te resterai fidèle jusqu'à ce que la mort
Me transperce le cœur, mon amour.

Les mains sur son giron, Salina se tenait très droite sur le banc de bois. Elle souriait en chantant, d'un sourire doux et serein, mais une larme perla sur sa paupière et coula lentement sur le velours de sa joue, vers le coin de sa bouche.

Quand la chanson fut finie, ils restèrent longtemps silencieux, puis Ralph tapa sur la table du plat de la main.

— Bravo, Salina, c'était superbe.

Tous applaudirent ; Salina sourit et la larme tomba sur sa poitrine, laissant une petite étoile sombre sur le satin de son corsage.

— Excusez-moi, dit-elle.

Elle se dressa, toujours souriante, et traversa avec grâce la véranda. Cathy se leva d'un bond, une expression inquiète sur le visage, mais Robyn la prit par le poignet avant qu'elle ait pu suivre sa sœur.

— Laisse-la, chuchota-t-elle. Elle a besoin d'être un peu seule. Tu ne ferais que l'indisposer davantage.

Cathy reprit sa place à côté de Ralph.

— Honte à vous, Louise, lança Clinton avec une jovialité forcée. Le verre de votre mari est vide ; vous êtes déjà en train de le négliger ?

Une heure plus tard, Salina n'était toujours pas revenue. Ralph parlait plus fort et d'un ton plus péremptoire encore que d'habitude.

— Maintenant que M. Rhodes a sa charte, nous pouvons commencer à réunir la colonne. Cathy et moi partons demain avec les chariots vides. Dieu sait que nous aurons besoin de tous les attelages, et je croyais bien que le vieux roi Ben ne me débarrasserait jamais de ces fusils.

Mais, pour une fois, Cathy ne buvait pas ses paroles ; elle regardait sans cesse vers l'autre bout de la véranda, et elle murmura de nouveau quelque chose à Robyn, qui fronça les sourcils et secoua la tête.

— Tu parles comme si cette affaire devait servir ton profit personnel, Ralph, lança celle-ci à son nouveau gendre en se détournant de Cathy.

— Loin de moi cette pensée, ma tante, répondit Ralph en riant avant de faire un clin d'œil à son père. Tout cela est pour le bien de l'Empire et la gloire de Dieu.

Cathy attendit qu'ils soient une fois de plus entraînés dans une aimable discussion, puis elle se retira si discrètement que Robyn ne le remarqua que lorsqu'elle eut atteint l'autre côté de la véranda. Pendant quelques instants, elle sembla prête à la rappeler, mais se contenta d'un geste de contrariété et s'adressa à Zouga.

— Combien de temps Louise et toi allez-vous rester à GuBulawayo ?

— Tant que la colonne ne sera pas arrivée à Mont Hampden. M. Rhodes veut éviter tout malentendu entre les volontaires et les jeunes guerriers de Lobengula.

— Je pourrai vous envoyer des légumes frais et quelques fleurs pendant que vous serez au kraal du roi, Louise, proposa Clinton.

— Vous avez déjà été trop gentil, remercia Louise avant de s'interrompre brusquement, montrant une expression de profonde inquiétude.

Tous suivirent son regard. Cathy montait les marches de la véranda. Elle s'appuya contre l'une des colonnes blanchies à la chaux. Des gouttes de sueur perlaient sur son front et son menton ; elle avait le teint jaune et semblait bouleversée.

— Dans l'église, elle est dans l'église, dit-elle avant de se plier en deux pour vomir, souillant sa robe de mariée.

Robyn fut la première à atteindre la porte de l'église. Elle jeta un coup d'œil à l'intérieur, puis pivota et se cacha le visage contre la poitrine de Clinton.

— Emmenez-la, ordonna Zouga à celui-ci d'un ton brusque, puis à Ralph : Aide-moi !

Tombée du front de Salina, la guirlande de roses gisait à ses pieds, sur le sol de la nef. La jeune fille avait jeté une corde par-dessus une des fermes du toit et avait dû monter sur la table dont Robyn se servait pour opérer.

Ses mains pendaient, ouvertes. Ses pieds étaient tournés vers l'intérieur dans une position d'une innocence touchante, comme debout sur la pointe, mais ils flottaient à un mètre du sol.

Zouga leva les yeux vers son visage. La corde la serrait sous l'oreille et sa tête était tordue selon un angle étrange. Son visage gonflé, marbré, semblait avoir doublé de volume.

A cet instant, une petite brise s'infiltra par la porte et la fit tourner lentement vers l'autel, de sorte que Zouga ne vit plus que ses beaux cheveux dorés et brillants qui s'étaient défaits et lui tombaient jusqu'à la taille.

Cathy Ballantyne n'avait jamais été aussi heureuse que pendant les mois passés au camp de la British South Africa Company, sur la rivière Macloutsi.

Elle était la seule femme parmi près de sept cents hommes, et chérie de tous. Ils l'appelaient leur « patronne », et sa présence était attendue à toutes les réunions organisées par les officiers et les hommes pour se distraire durant cette longue attente.

Les rudes conditions de la vie au camp auraient pu

décourager une autre jeune mariée, mais Cathy avait fait de la case aux murs d'argile et au toit de chaume que Ralph avait construite pour elle une retraite douillette, en mettant des rideaux de calicot aux fenêtres sans carreaux et des nattes indigènes en fibres végétales sur le sol en terre battue. Elle avait planté des pétunias de chaque côté de l'entrée, et les soldats se disputaient l'honneur de les arroser. Elle préparait les repas dans la cuisine en appentis, sur un foyer ouvert, et ses invitations à dîner étaient ardemment recherchées par les hommes nourris de conserves de bœuf bouilli et de galettes de maïs broyé.

Elle rayonnait sous l'effet de cette attention, de sorte que de simplement jolie, elle était devenue belle, et les hommes l'en aimaient d'autant plus. Et puis, naturellement, elle avait Ralph, et parfois, la nuit, lorsque, étendue à côté de lui, elle écoutait sa respiration, elle se demandait comment elle avait pu vivre sans lui.

Ralph avait alors le grade de major. « Nous sommes tous colonels et majors, ma fille, lui disait-il avec un clin d'œil et un petit rire irrévérencieux. Je songe même à nommer capitaine le vieux Isazi. » Mais il avait si fière allure avec la redingote et le chapeau à large bord de son uniforme qu'elle aurait aimé les lui voir porter plus souvent.

Chaque jour, Ralph lui semblait devenir plus grand, plus fort, plus débordant d'énergie. Même quand il était parti, soit pour activer le mouvement des chariots le long de la ligne ou installer les stations d'héliographes, soit pour rencontrer les autres directeurs de la British South Africa Company à Kimberley, elle ne se sentait pas seule, et l'attente de son retour était pour elle une joie secrète.

Puis, tout à coup, il arrivait. Il entrait au galop dans le camp, la soulevait de terre aussi haut que si elle était une enfant, et l'embrassait sur la bouche.

— Pas devant tout le monde, lâchait-elle haletante, en rougissant. Ils nous regardent, Ralph.

— Et ils sont verts de jalousie, admettait-il en la portant dans la case.

Quand il était là, la vie devenait une sorte de tourbillon. Il était omniprésent, avec sa démarche assurée et son rire joyeux et communicatif, aiguillonnant ses hommes d'un mot d'encouragement, d'une plaisanterie ou, de temps à autre, par ses brusques accès de fureur.

Ses colères la terrifiaient, bien qu'elles ne fussent jamais dirigées contre elle, et pourtant, en même temps, elles l'excitaient étrangement. Elle voyait avec crainte et fascination son visage se gonfler et s'empourprer, tandis qu'il se mettait à gronder comme un buffle blessé. Puis les coups de poing et de botte pleuvaient, et un homme roulait dans la poussière.

Elle se sentait ensuite faible et tremblante ; elle se dépêchait de regagner leur case, tirait les rideaux et attendait. Lorsqu'il rentrait, il avait cette expression féroce qui lui donnait une sensation de chaleur au creux de l'estomac, et il lui fallait faire un terrible effort de volonté pour ne pas courir vers lui et attendre qu'il vienne à elle.

« Grands dieux, Cathy », lui avait-il dit une nuit, appuyé sur un coude au-dessus d'elle, le torse encore ruisselant de sueur, et le souffle court, « vous avez peut-être l'air d'un ange, mais vous pourriez apprendre quelques ficelles au diable en personne. »

Elle se mettait ensuite à prier pour trouver la force de maîtriser ses appétits charnels et ses sensations impudiques, mais elle le faisait sans conviction et ce merveilleux sentiment de béatitude et de contentement ne la quittait pas.

Lorsque Ralph était là, c'était une excitation perpétuelle, jour et nuit, tous les deux ou en compagnie. Elle adorait voir avec quels égards les autres, des hommes riches, célèbres et plus âgés que lui, comme le colonel Pennefather et le docteur Leander Starr Jameson, qui étaient les chefs de la colonne, le traitaient. Elle se disait ensuite que c'était normal. Ralph était en effet un des directeurs de la compagnie de M. Rhodes, la British South Africa Company, et lorsqu'il s'asseyait à la table du conseil d'administration dans l'immeuble de la De Beers, c'était avec des lords, des généraux et M. Rhodes lui-même. Cela n'empêchait pas Ralph de sourire et de lui dire : « Des hommes importants, Cathy, mais il n'y en a pas un dont les pieds ne sentent pas mauvais quand il fait chaud... tout comme les miens. »

« Vous êtes un affreux personnage, Ralph Ballantyne », lançait-elle avec reproche, mais elle se sentit toute fière le jour où elle surprit la conversation de deux soldats. L'un disait : « Ralph Ballantyne, c'est un homme. »

La nuit, après avoir fait l'amour comme des fous, ils parlaient dans l'obscurité, parfois une bonne partie de la nuit. Les rêves et les projets de Ralph étaient d'autant plus enchanteurs qu'elle savait qu'il les réaliserait.

L'humeur qui régnait parmi les sept cents hommes du camp ajoutait encore à la joie de Cathy. Chaque jour passé à attendre l'ordre de départ augmentait la tension. Les bœufs de Ralph apportèrent les deux canons, et les artilleurs tirèrent des shrapnels dans le veld désert, sous les acclamations de leurs camarades.

Les quatre mitrailleuses furent sorties de leurs caisses et débarrassées de leur graisse. Puis, un jour mémorable, l'énorme machine à vapeur entra en soufflant dans le camp, tirant derrière elle le générateur électrique et le projecteur de marine, précaution supplémentaire contre une éventuelle attaque nocturne des hordes de Matabélés.

Ce soir-là, blottie dans ses bras, Cathy posa à Ralph la question que tous avaient sur les lèvres.

— Que va faire Lobengula ?

— Que peut-il faire ? répondit-il en lui caressant les cheveux. Il a signé la concession, pris l'or et les fusils, et promis à papa de lui donner la route pour le Machonaland.

— On dit qu'il a dix-huit mille hommes qui attendent de l'autre côté de la Shashi.

— Eh bien, qu'ils viennent, ma bonne amie. Il y en a plus d'un parmi nous qui serait content de pouvoir donner une bonne leçon aux jeunes cow-boys de Lobengula.

— C'est terrible, ce que vous dites là, fit-elle sans conviction.

— Oui, mais c'est la vérité, par Dieu.

Elle ne le réprimandait plus lorsqu'il blasphémait ainsi ; les habitudes de la mission lui semblaient appartenir à un lointain passé.

Puis un jour, au début du mois de juillet 1890, le miroir d'un héliographe cligna de l'œil au loin, dans la plaine poussiéreuse baignée de soleil. C'était l'ordre qu'ils attendaient depuis des mois. Le ministre des Affaires étrangères britannique avait enfin approuvé l'occupation du Machonaland par les représentants de la British South Africa Company.

La longue colonne se déroula en ondulant comme un serpent. A sa tête chevauchait le colonel Pennefather en uniforme de la compagnie, et à sa droite le guide Frederick Selous, dont la tâche consistait à faire passer la colonne au large des villages matabélés, à lui faire traverser les plaines infestées par les fièvres paludéennes avant les pluies et à la conduire au sommet de l'escarpement, sur le haut plateau au climat doux et sain.

L'Union Jack se déploya au-dessus de leurs têtes et un clairon donna le signal du départ.

— Des héros, tous autant qu'ils sont, confia Ralph à Cathy avec un sourire. Mais il revient à des hommes comme moi de faire en sorte qu'il n'arrive rien aux héros.

Ses manches étaient retroussées haut sur ses bras musclés et il avait un chapeau honteusement sale incliné sur un œil.

— Lorsque je serai de retour, nous aurons quatre-vingt mille livres de plus dans notre escarcelle, ajouta-t-il avant de l'embrasser, la soulevant de terre.

— Oh, Ralph, comme j'aimerais aller avec vous !

— Vous savez bien que M. Rhodes a interdit à toute femme de traverser la frontière... et vous serez infiniment mieux et plus en sécurité à l'hôtel de Lily à Kimberley, avec Jordan pour veiller sur vous.

— Alors, faites attention à vous, mon chéri, le mit-elle en garde, à moitié suffoquée par son étreinte.

— Inutile, ma douce. Le diable se charge de veiller sur les siens.

— Ces hommes ne sont pas venus creuser des trous, déclara Gandang en sortant du cercle des indunas. Ils sont habillés comme des soldats et ont des canons capables de briser les collines de granit avec leur fumée.

— Qu'est-ce que le roi a promis à Lodzi ? demanda Babiaan. Il lui a dit qu'il pouvait venir en paix chercher de l'or. Pourquoi marche-t-il contre nous avec une armée ?

Bazo prit la parole au nom des plus jeunes.

— O grand roi, nos sagaies étincellent et nos yeux voient rouge. Nous sommes quinze mille ; les ennemis du roi peuvent-ils nous résister ?

— L'ennemi le plus dangereux est parfois un cœur trop impatient, dit doucement Lobengula en regardant son ardent et beau visage.

— Il arrive aussi que ce soit un bras armé trop lent, ô Éléphant de Kumalo.

Une ombre d'irritation passa dans les yeux du roi, puis il soupira.

— Qui sait ? Qui sait où est l'ennemi ?

— Il est devant toi, grand roi ; il a traversé la Shashi et il est venu te prendre tes terres, lui dit Somabula.

Gandang se leva de nouveau.

— Laisse tes sagaies faire leur office, Lobengula, fils de Mosélékatsé, laisse partir tes jeunes guerriers, sinon tu le regretteras toute ta vie, aussi sûrement que le soleil se lèvera demain.

— Je ne le peux pas, objecta Lobengula à voix basse. Pas encore. Je ne peux recourir à la sagaie tant que les paroles ont encore une chance de suffire. (Il se secoua et sa voix s'affermit.) Va, Gandang, mon frère, emmène avec toi ton fils au sang chaud. Va trouver le commandant de ces soldats, demande-lui pour quelle raison il vient sur mes terres en ordre de bataille et rapporte-moi la réponse.

Frederick Selous chevauchait en tête, suivi par un soldat équipé d'une hache à qui il désignait les arbres qu'il fallait abattre.

Le soldat les marquait d'une entaille et repartait au

côté de Selous. Une cinquante d'hommes également armés de haches arrivaient ensuite, deux par deux. L'un mettait pied à terre, tendait ses rênes à son camarade, crachait dans ses mains calleuses et s'attaquait au tronc de l'arbre condamné.

Tandis que la hache frappait avec un bruit mat et que les éclats de bois blanc volaient au soleil, le second homme restait en selle, le fusil à la main, et surveillait la forêt alentour pour guetter l'apparition éventuelle d'une tête emplumée et d'un long bouclier orné de pompons. Lorsque l'arbre craquait et basculait, le premier remontait en selle, et ils chevauchaient jusqu'à l'arbre suivant où ils échangeaient les rôles. Derrière eux, les bœufs arrivaient d'un pas lent et traînaient les troncs en dehors du chemin, puis la lourde caravane s'ébranlait de nouveau.

C'était un travail de longue haleine, et le troisième jour Ralph gagna la tête de la colonne pour discuter avec Selous de la possibilité, sur ce terrain sablonneux, d'utiliser la machine à vapeur pour arracher les plus petits arbres. Ils avaient laissé leurs chevaux à un homme de troupe et marchaient en avant pour mieux voir le chemin qui les attendait quand Ralph dit à voix basse :

— Ne bougez pas, monsieur Selous. Ne tirez pas votre pistolet et, au nom du ciel, restez calme.

Des ombres se déplaçaient dans la forêt autour d'eux, puis soudain les longs et redoutables boucliers se trouvèrent là, formant un mur infranchissable. Le roi a-t-il tué un homme blanc ? lança une voix grave. S'il ne l'a pas fait, pourquoi alors ce régiment traverse-t-il la frontière ?

— Lobengula n'a tué personne, cria Ralph en réponse.

— Dans ce cas, les hommes blancs ont-ils égaré

quelque objet de valeur qu'ils viennent chercher par ici ?

Ralph dit à voix basse à Selous :

— Je connais cet homme. C'est l'un des principaux indunas du roi. Celui qui porte un bouclier rouge, derrière lui, est son fils. A eux deux, ils disposent de huit mille hommes. Mieux vaut y aller doucement, monsieur Selous. Nous sommes encerclés par une véritable armée. (S'adressant de nouveau aux guerriers il lança :) Le roi nous a donné la route.

— Le roi n'a pas demandé qu'une armée entre sur son domaine.

— Nous ne sommes pas une armée, nia Ralph.

Gandang renversa la tête en arrière et éclata d'un rire bref et amer, puis il reprit la parole :

— Écoute-moi bien, Henshaw, aucun Blanc n'ira au-delà de cet endroit sans la permission du roi. Dis cela à tes maîtres.

Ralph échangea quelques mots à voix basse avec Selous avant de faire de nouveau face à Gandang.

— Nous attendrons la permission du roi, admit-il.

— Nous nous en assurerons, promit Gandang d'un ton menaçant.

Sur son geste, les guerriers s'évanouirent dans la forêt.

– Plantez les pieux, commanda le colonel Pennefather. Rangez les chars en laager. Ballantyne, pouvez-vous faire envoyer un message à Tuli par l'héliographe et poster quelqu'un à GuBulawayo pour découvrir quelles sont les intentions véritables de Lobengula... (Tandis que Ralph s'éloignait déjà à grands pas il ajouta :) Oh, Ballantyne, j'oubliais, veuillez faire mettre en marche le générateur et tenir le projecteur prêt à balayer les parages cette nuit. Je ne veux pas que ces gaillards profitent de l'obscurité pour nous attaquer en douce.

Gandang et son fils se tenaient côte à côte sur la crête de l'un des petits kopjes rocheux éparpillés sur la vaste plaine torride qui s'étendait entre les rivières.

Ils étaient seuls, mais, en tournant la tête et regardant au pied de la colline, Bazo voyait le bivouac commun de leurs régiments. Ils n'avaient pas fait de feu pour ne pas révéler leur présence aux Blancs ; ils mangeraient des rations froides et dormiraient dans l'obscurité cette nuit-là. En rangs serrés à l'ombre des branches de mopani, les guerriers noirs étaient assis sur leurs talons, et attendaient patiemment.

Bazo savait qu'il lui suffisait de lever le bras droit au-dessus de son bouclier pour qu'ils se lèvent d'un bond et partent à l'attaque, silencieux et féroces comme des léopards en chasse, et, à cette pensée, une joie sauvage l'envahit. Il se détourna à contrecœur et resta silencieux à côté de son père, sans que son bouclier touche tout à fait le sien.

La petite brise de l'après-midi qui venait de la rivière agitait leurs plumes de guerre, et ils avaient le regard fixé sur le camp des Blancs, en contrebas du kopje, de l'autre côté. Les bœufs avaient été parqués à l'intérieur du cercle des chariots, et ils apercevaient les pièces de campagne et les mitrailleuses postées entre les véhicules, leurs positions fortifiées par des boîtes de biscuits et des caisses de munitions. Les artilleurs paressaient près de leurs armes, l'atmosphère du camp semblait tranquille et pacifique.

— Dans l'heure sombre qui précède l'aube, nous pourrions les prendre avant qu'ils se mettent en état d'alerte et utilisent leurs armes, murmura Bazo. Ce serait si rapide, si facile.

— Nous attendrons l'ordre du roi, répondit son père, qui sursauta et poussa une exclamation.

— Qu'y a-t-il, mon père ?

Gandang leva sa sagaie et la pointa vers l'horizon bleu pâle au sud, loin au-delà de la rivière Shashi, vers la ligne floue des collines aux formes fantastiques de châteaux de contes de fées.

Quelque chose étincelait sur ces lointaines collines, un point de lumière blanche pareil à une luciole ou au scintillement de l'étoile du matin.

— Les étoiles, murmura Gandang, saisi par une crainte superstitieuse, les étoiles brillent sur les collines.

Les officiers, dont le petit groupe se tenait derrière le trépied de l'instrument, mettaient au point leurs longues-vues sur le lointain point lumineux.

L'opérateur de l'héliographe énonçait le message à haute voix en l'inscrivant sur son bloc : « Jupiter conseille tenir position en attendant clarification intentions Lobengula », Jupiter étant évidemment le nom de code de M. Rhodes.

— Très bien, dit Pennefather en repliant sa longue-vue d'un coup sec. Confirmez que le message a bien été reçu et compris.

L'opérateur se pencha vers le prisme de l'instrument et effectua une petite mise au point, orientant le premier miroir de façon qu'il reçoive les rayons solaires et le second afin qu'il les réfléchisse vers les collines. Il saisit ensuite la poignée, et l'obturateur cliqueta à mesure qu'il coupait et libérait le rayon lumineux, transmettant instantanément le message en morse à cent kilomètres à travers la plaine.

Pennefather se détourna et se dirigea rapidement vers la grosse machine à vapeur juchée sur ses grandes roues métalliques. Il leva les yeux vers Ralph, debout sur la plate-forme.

— Êtes-vous prêt à allumer le projecteur, Ballantyne ?

Ralph enleva le long cigarillo qu'il avait aux lèvres et esquissa une parodie de salut militaire.

— Nous avons trente kilos de pression dans la chaudière. Encore une demi-heure et elle sifflera par la soupape.

— Très bien, fit Pennefather en dissimulant sa perplexité, n'ayant jamais ni compris ni admiré ces engins démoniaques. L'important est que nous ayons de la lumière quand il fera nuit.

Gandang était assis sur son bouclier, sa couverture en peau de singe sur les épaules. Les soirées d'hiver étaient froides, même dans les plaines. Il n'y avait pas de feu dans le bivouac, et c'était tout juste s'il distinguait le visage de ses seconds, assis en face de lui, car les dernières lueurs du crépuscule s'évanouissaient à l'occident.

— Nous l'avons tous vu distinctement et ne l'avions jamais vu auparavant.

Il y eut un murmure d'acquiescement.

— Nous l'avons tous vue, confirmèrent-ils. C'était une étoile tombée du ciel, et elle était posée sur la colline.

— Demain matin, j'enverrai au roi deux de nos coureurs les plus rapides. Il doit être informé de cette terrible sorcellerie... Maintenant, je vais..., commença-t-il en se levant et en laissant tomber sa couverture, mais il n'acheva pas sa phrase.

Il se baissa brusquement en une attitude défensive, levant son bouclier pour se protéger la tête ; autour de lui, ses guerriers poussaient des gémissements comme des enfants effrayés, les yeux écarquillés brillant dans le flot de lumière qui tombait sur eux.

Les étoiles du soir étaient éclipsées par la luminosité de l'immense faisceau qui montait jusqu'au ciel et faisait ressortir la silhouette noire des collines.

— Le soleil est revenu, lâcha Gandang d'une voix assourdie par une terreur religieuse. C'est la prophétie qui s'accomplit. Les faucons de pierre se sont envolés, les étoiles brillent sur les collines et maintenant le soleil brûle en pleine nuit.

Fort Salisbury
20 septembre 1890

Cathy chérie,

Deux mois ont passé depuis que je vous ai embrassée pour la dernière fois... et vos bons petits plats me manquent, entre autres choses !

Vous verrez en lisant l'adresse que nous avons atteint notre destination. Bien que nous ayons perdu quatre hommes – l'un a péri noyé, le second a succombé à l'alcool, le troisième a été piqué par un mamba et le quatrième a été mangé par un lion –, les Matabélés n'ont touché à aucun d'entre nous.

Lobengula a donc tenu parole... ce qui nous a tous surpris et en a déçu plus d'un. Après un échange d'insultes avec le vieux Gandang à la tête de ses huit mille brutes, il nous a laissés passer. La suite a été passablement ennuyeuse et se résume à de bonnes suées et à des ampoules aux mains.

L'éminent Selous a failli nous égarer une fois, mais je lui ai montré ensuite le défilé à travers les collines qu'Isazi et moi avions trouvé lors de notre petite incursion dans le Zimbabwe. Selous l'a baptisé le Défilé providentiel (je dirais plutôt que ce qui a été providentiel, c'est que je me sois trouvé avec lui), et à lui les honneurs (que je lui laisse volontiers). Il va probablement écrire un livre sur ce nouvel exploit !

Nous sommes arrivés au Mont Hampden le 6 de ce mois, et cela m'a fait quelque chose de penser que papa a été le premier homme à mettre les pieds ici.

Cependant, dans sa grande sagesse, Pennefather a décrété qu'il n'y avait pas assez d'eau dans les parages et nous a conduits à quinze kilomètres de là. Le bonhomme vient manifestement de débarquer dans la région ; comment pourrait-il savoir que cet endroit se transforme en marécage avec les premières pluies (j'espère bien être loin à ce moment-là !).

Au cours de mes pérégrinations, je suis passé dans des coins perdus, mais celui-ci remporte la palme ! Il est infesté par les lions – ils m'ont déjà tué quinze bœufs. L'herbe est acide – les bêtes qui restent dépérissent. Comme je regrette celle du Matabeleland ! On peut faire confiance aux Matabélés pour choisir les meilleures régions d'élevage, et je ne suis donc guère surpris que d'autres commencent à lorgner les troupeaux et les pâturages de Lobengula. Si seulement ce vieux rusé avait jeté sa lance de guerre et nous avait donné une excuse, nous serions peut-être en train à l'heure qu'il est de hisser le drapeau sur GuBulawayo, et non pas sur cet endroit épouvantable.

Oh, après tout ! Du moins suis-je le seul à avoir du whisky – deux chariots pleins ! – et je fais des affaires d'or en le vendant dix livres la bouteille. Mon cœur, vous aurez droit au plus joli chapeau de Kimberley à mon retour.

Le jour où Pennefather a hissé le drapeau, les gars ont été libres d'aller où ils voulaient : quelle cavalcade ! Chacun essayait d'être le premier à piocher le filon dont nous avons tous entendu parler. Certains sont déjà en train de revenir tête basse. Ce n'est pas l'Eldorado : s'il y a de l'or, ils devront travailler dur pour le trouver – et il va de soi que M. Rhodes et sa British South Africa Company en rafleront la moitié. Évidemment, ils ont tous accepté de payer ce pourcentage à la compagnie lors de la signature de leur contrat, mais ils commencent à le regretter amèrement.

Nous avons reçu ce matin un message « hélio » annonçant que les actions de la British South Africa Company se vendent à trois livres quinze shillings à Londres et que cinq mille nouveaux actionnaires ont été inscrits sur les livres la première semaine. Tout ce que je puis dire, c'est que tous ceux qui paient un prix pareil n'ont pas vu Fort Salisbury !

« Ballantyne, m'a dit Leander Starr Jameson, vous avez diablement de la chance de recevoir la moitié de vos appointements en actions de la BSA à 1 livre. »

Je lui ai répondu : « Jameson, c'est curieux de constater que plus je travaille et plus je réfléchis, plus j'ai de chance. »

Je suis en possession de quarante mille actions BSA, ma Cathy chérie, et vous trouverez ci-joint une lettre adressée à Aaron Fagan, mon notaire de Kimberley, lui donnant ordre de les vendre jusqu'à la dernière. Faites-la-lui parvenir au plus vite. Nous nous en trouverons bien de nous en être débarrassés avec deux livres quinze shillings de profit par action ! Peut-être même vous achèterai-je deux chapeaux en arrivant !

Si seulement nous avions le Matabeleland ! Il n'est pas étonnant que Lobengula ait abandonné à ses occupants le Machonaland... qu'on n'appelle d'ailleurs plus ainsi. Le nouveau nom qui fait fureur est Rhodésie... rien que ça !

Ce n'est pas un joli nom mais M. Rhodes sera sans

doute flatté et mon frère Jordan, ravi. Quant à moi, je leur cède volontiers ma part de Rhodésie. N'oubliez surtout pas d'apporter la lettre à Fagan !

Il n'en reste pas moins qu'il y a encore quelques pennies à gagner ici. J'ai pris un associé, et nous sommes en train d'ouvrir un bazar et un bar. Il se chargera de diriger les deux affaires ainsi que le dépôt de Salisbury pour mes chariots. Il semble que ce Tom Meikle soit un gars honnête et travailleur ; je lui ai donc donné un salaire mensuel de cinq livres et dix pour cent sur les bénéfices. Inutile de lui donner de mauvaises habitudes ! Dès que les locaux seront terminés et les étagères approvisionnées, je lui laisserai mener l'affaire et viendrai vous rejoindre.

M. Rhodes veut que je m'engage par contrat à lui installer une ligne télégraphique entre Kimberley et Salisbury pour une somme de vingt-cinq mille livres. J'estime le profit potentiel de cette affaire à dix mille livres. Vous aurez droit à trois chapeaux, Cathy, c'est juré !

Il faut que je parte d'ici vers le 10 du mois prochain si je veux échapper aux pluies. Quand elles auront commencé, les moustiques envahiront Fort Salisbury, et toutes les rivières entre ici et la Shashi provoqueront des inondations qui décourageraient Noé lui-même.

J'espère donc être à Kimberley fin octobre. Alors regardez bien le plancher, ma douce, car lorsque je serai là, vous ne verrez rien d'autre que le plafond pendant une semaine, je vous en donne ma parole.

Votre mari affectionné,
Ralph Ballantyne
(ex-major en retraite de la police de la BSA)

— Il nous faut le Matabeleland, c'est aussi simple que cela, dit Zouga Ballantyne, et Jordan leva brusquement les yeux de son bloc sténo.

Son père était assis dans l'un des grands fauteuils en cuir, devant le bureau de M. Rhodes. Derrière celui-ci les rideaux de velours vert étaient retenus par des cordelières en soie jaune. Le dernier étage des bâtiments de la De Beers offrait un large point de vue sur la plaine aride et parsemée d'alhagis du Griqualand, et, plus près, sur les terrains où était entreposée la roche bleue extraite de la mine de Kimberley en attendant qu'elle s'altère au soleil et rende ses précieux diamants.

Jordan ne faisait nullement attention au paysage ; les paroles de son père le choquaient. Mais M. Rhodes avait simplement baissé les paupières et s'était lourdement affaissé sur son bureau en faisant signe à Zouga de continuer.

— Les actions de la société valent six shillings à Londres alors qu'elles avaient grimpé à trois livres et quinze shillings le jour où nous avons hissé le drapeau à Fort Salisbury, il y a trois ans.

— Je sais, je sais, acquiesça Rhodes.

— J'ai discuté avec les hommes qui restent sur place ; j'ai passé ces trois derniers mois à faire le trajet entre Fort Victoria et Salisbury comme vous me l'aviez demandé. Ils ne resteront pas là-bas, M. Rhodes. Ils ne resteront pas à moins que vous ne les laissiez en finir.

— Le Matabeleland, fit Rhodes en levant sa tête hirsute, et Jordan songea qu'il avait bien vieilli au cours de ces trois dernières années. (A voix basse Rhodes répéta :) Le Matabeleland.

— Ils en ont assez de la menace constante des hordes de Lobengula à leurs frontières. Ils sont maintenant persuadés que l'or qu'ils n'ont pas trouvé dans le

Machonaland se trouve sous le sol du Matabeleland. Ils ont vu le magnifique bétail de Lobengula et l'ont comparé à leurs bêtes émaciées qui crèvent de faim sur l'herbe maigre et acide du veld où ils sont confinés...

— Poursuivez, acquiesça Rhodes.

— Ils savent que pour arriver jusqu'à eux, le télégraphe doit traverser le Matabeleland. Ils sont malades comme des chiens à cause du palu et de la peur constante des Matabélés. Si vous souhaitez conserver la Rhodésie, vous devez leur donner le Matabeleland.

— Je le sais depuis longtemps, comme nous tous. Mais nous devons être prudents. Il faut ménager l'agent impérial, Gladstone et Whitehall. (Rhodes se leva et commença à faire les cent pas devant les étagères couvertes de livres reliés en cuir dont le titre était gravé à la feuille d'or.) Nous devons nous préparer. N'oubliez pas, Ballantyne, que, sur le papier, nous avons seulement le droit de chercher de l'or. Tant que Lobengula ne nous fait pas de mal, nous ne pouvons lui déclarer la guerre.

— Et s'il touchait à nos gens et à leurs droits ?

— Ce serait une autre histoire, répondit Rhodes en s'arrêtant devant le fauteuil de Zouga. En ce cas, j'y mettrais le holà.

— En attendant, les actions de la compagnie sont à six shillings, lui rappela Zouga.

— Nous avons besoin d'un incident, reprit Rhodes. Mais dans l'intervalle, nous devons nous préparer et je ne peux transmettre le message par télégraphe. Vous allez partir immédiatement pour Fort Victoria afin de parler avec Jameson. (Rhodes approcha sa grosse tête de Jordan et lui dit :) Ne notez pas cela, Jordan. (Celui-ci leva sa plume docilement.) Demandez à Jameson de m'envoyer une série de télégrammes signalant des risques de guerre. Nous pourrons ensuite les montrer au gouvernement britannique et à la presse. En attendant, dites-lui de préparer la guerre. (Rhodes se tourna de nouveau vers Jordan.) Faites vendre cinquante mille actions de la BSA au prix courant. Jameson doit avoir ce qu'il lui faut. Dites-lui cela, Ballantyne. Je l'épaulerai tout le long... mais il nous faut un incident.

Sur son cheval, Ralph considérait du sommet de l'escarpement les collines rocheuses et les forêts qui descendaient en une splendide cascade. Le feuillage printanier transformait les bosquets de msasa en nuages rose et pourpre, et l'air était si limpide qu'il arrivait à suivre la ligne télégraphique jusqu'à l'horizon.

Ses fils miroitaient comme des linéaments arachnéens d'or rouge, si fragiles, si légers, qu'il semblait impossible qu'ils aient parcouru mille kilomètres en ligne droite jusqu'à la tête du chemin de fer, à Kimberley.

C'étaient les hommes de Ralph qui avaient installé cette ligne. Les arpenteurs avaient d'abord placé les balises, puis les hommes armés de haches étaient venus pour dégager la ligne, suivis par les chariots pleins de poteaux puis par les énormes rouleaux de fil de cuivre scintillant qui se dévidaient interminablement.

Ralph avait engagé des hommes de valeur, qu'il payait bien, et il n'avait fait qu'une visite de chantier par mois. Il éprouvait de la fierté en voyant les fils étinceler au soleil et en songeant à l'importance et à la portée de l'entreprise.

A ses côtés, son contremaître poussa un juron.

— C'est là ! lâcha-t-il en montrant du doigt un endroit où la rangée de poteaux escaladait le flanc d'une colline boisée. Ah, les salauds !

Ralph croyait que l'ombre d'un nuage empêchait les

fils de miroiter le long de ce versant, mais il voyait maintenant, grâce aux jumelles, qu'ils avaient été arrachés.

— Venez, dit-il mécontent, en poussant sa monture.

En arrivant au bas de la pente, ils constatèrent qu'un des poteaux avait été coupé à la base et était tombé. Les fils avaient été sectionnés et le vent n'avait pas encore effacé les marques laissées sur le sol, là où ils avaient été enroulés.

Ils gravirent lentement la pente, et Ralph n'eut pas besoin de descendre de cheval pour distinguer les empreintes de pieds nus.

— Ils étaient au moins vingt, dit-il. Avec des femmes et des enfants... une sortie en famille. Ah, les chiens !

— C'est les femmes qui les poussent à faire ça, acquiesça le contremaître. Le fil permet de confectionner de jolis bracelets. Les Noires les adorent.

Au sommet de la colline, un autre poteau avait été abattu et les fils coupés.

— Ils ont embarqué cinq cents mètres de fil, dit Ralph l'œil mauvais. Mais la prochaine fois, ça pourrait bien être cinq mille. Vous savez qui ils sont ?

Le contremaître haussa les épaules.

— Le chef machona local s'appelle Matanka. Son village est là, de l'autre côté de la colline. On voit la fumée d'ici.

Ralph tira son fusil de son étui – un magnifique Winchester à répétition, modèle 1890, tout neuf, avec son nom gravé en lettres d'or sur le métal – et introduisit une cartouche dans la culasse.

— Allons voir l'ami Matanka.

C'était un vieillard aux jambes maigres d'échassier, aux cheveux crépus d'un blanc immaculé formant comme une calotte. Il tremblait de peur et tomba à genoux devant ce jeune Blanc furieux armé d'un fusil.

— Cinquante têtes, lui dit Ralph. Et la prochaine fois que tes gens touchent aux fils, ce sera cent.

Avec l'aide de son contremaître, il fit sortir les bêtes les plus grasses des troupeaux de Matanka et ils les poussèrent devant eux jusqu'en haut de l'escarpement, puis à l'intérieur de la petite colonie blanche de Fort Victoria, qui s'était développée à mi-chemin entre la Shashi et Fort Salisbury.

— Bon, vous pouvez les emmener et les vendre aux enchères, dit Ralph au contremaître. On devrait en tirer dix livres par tête.

— Ça couvrira au centuple les frais de remplacement des fils, dit l'autre avec un sourire.

— Il n'y a pas de raison d'encaisser une perte quand on peut faire autrement, répondit Ralph en éclatant de rire. Allez-y. Il faut que j'aille arranger ça avec ce bon docteur.

Le bureau du docteur Jameson, à présent administrateur des terres concédées à la British South Africa Company, était une construction en bois et en tôle, au toit de chaume installé à la hâte, qui se trouvait juste en face du seul restaurant de Fort Victoria.

— Ah, Ballantyne, lança Jameson pour accueillir Ralph, secrètement content de le voir préoccupé.

Il ne partageait pas la haute opinion dans laquelle les gens tenaient en général ce jeune homme. Il était trop prétentieux et réussissait trop bien. Physiquement, il avait tout ce qui manquait à Jameson : haute taille, larges épaules, présence remarquable qui en imposait.

Les plaisantins affirmaient que Ralph Ballantyne posséderait un jour la moitié des terres concédées sur lesquelles Rhodes n'avait pas encore apposé son sceau. Néanmoins, Jameson lui-même devait reconnaître que si on voulait qu'une chose, aussi difficile fût-elle, soit faite et bien faite, et si on était prêt à payer le prix, Ralph Ballantyne était votre homme.

— Ah, Jameson, salua Ralph à son tour en omettant sciemment le titre de docteur et en se tournant avec un grand sourire vers l'autre homme présent dans la pièce. Général Saint-John, quel plaisir de vous voir ! Quand êtes-vous arrivé à Fort Victoria ?

Mungo Saint-John traversa la pièce en boitillant pour venir lui serrer la main.

— Je suis arrivé ce matin.

— Félicitations pour votre nomination. A voir comment les choses évoluent, nous aurons bientôt besoin d'un bon soldat.

Le compliment de Ralph était indirectement une pique à l'adresse du docteur Jameson et de ses aspirations militaires. Rhodes venait de nommer Mungo Saint-John chef de l'état-major de la compagnie. Il serait, bien sûr, sous les ordres de Jameson, mais aussi directement responsable de la police et des questions militaires dans les territoires concédés de Rhodésie.

— Vos hommes ont-ils trouvé l'endroit où les fils sont coupés ? interrompit Jameson.

— Des bracelets, répondit Ralph, voilà ce que sont devenus les fils. J'ai donné au chef local une leçon qui, je l'espère, lui apprendra à bien se tenir. Je l'ai mis à l'amende de cinquante têtes de bétail.

Jameson fronça brièvement les sourcils.

— Lobengula considère Matanka comme un vassal. Il est propriétaire de son bétail. Les Machonas ne font que s'en occuper pour son compte.

Ralph haussa les épaules.

— Il faudra donc donner quelques explications à Lobengula, mais il appartient plutôt à Matanka de le faire qu'à moi.

— Lobengula ne va pas laisser passer ça... (Jameson s'interrompit, ses sourcils reprirent leur position et il commença à faire les cent pas derrière son bureau, avec sa démarche sautillante d'oiseau.) Peut-être, fit-il en tortillant sa maigre moustache, peut-être est-ce là ce que nous attendions. Lobengula ne le laissera pas passer... et nous non plus. (Il s'interrompit de nouveau et regarda Ralph.) Quand aurez-vous fait réparer les fils ?

— Demain à midi, répondit Ralph du tac au tac.

— Excellent ! Excellent ! Nous devons envoyer un message à votre père à GuBulawayo. S'il s'indigne auprès de Lobengula de ce que ses vassaux volent les biens de la compagnie et l'informe que nous lui avons infligé une amende en bétail, que fera le roi ?

— Il enverra un détachement de guerriers punir Matanka.

— Le punir ?

— Lui couper la tête, tuer ses hommes, violer ses femmes et brûler son village.

— Parfait ! fit Jameson en se frappant la paume du poing. Matanka est sur le territoire de la compagnie et sous la protection du drapeau britannique. Il sera de notre devoir, notre devoir impérieux, de repousser les hommes de Lobengula.

— La guerre ! dit Ralph.

— La guerre, confirma Saint-John à voix basse. Bien joué, jeune homme. C'est exactement ce que nous attendions.

— Ballantyne, pouvez-vous me faire une soumission, il faut prévoir la fourniture de chariots et de provisions pour une force expéditionnaire. Lorsque nous marcherons sur GuBulawayo, nous aurons besoin de vingt-cinq chariots et de six cents chevaux.

— Quand comptez-vous partir ?

— Avant les pluies, répondit Jameson d'un ton catégorique. Si nous nous lançons dans cette opération, il faut que nous en ayons fini avant le début des pluies.

— Vous aurez votre soumission demain, dès que le télégraphe se remettra à fonctionner.

Ralph sauta de son cheval et lança les rênes au valet d'écurie qui arrivait en courant.

Il utilisait ce logement lors de ses rares visites aux équipes de construction, pour inspecter ses relais d'étapes et ses comptoirs commerciaux, et c'était cependant la plus grande bâtisse de Fort Victoria, avec des vitres et des moustiquaires.

Cathy entendit ses éperons cliqueter sur les marches tandis qu'il montait en trombe sur la véranda, et elle arriva en courant avec le bébé sur la hanche.

— Vous êtes déjà de retour ! s'écria-t-elle joyeusement en reboutonnant son chemisier après avoir donné le sein.

— Je ne pouvais pas rester loin de vous deux, répondit-il en riant avant de déposer un baiser sonore sur ses lèvres, de lui arracher le bébé des bras pour le lancer en l'air.

— Faites attention.

Cathy sautillait anxieusement en essayant de récupérer l'enfant, mais Jonathan gazouillait gaiement et, tout excité, lançait des coups de pied tandis que du lait lui dégoulinait sur le menton.

— Petit goret ! lança Ralph en le tenant à bout de bras et le reniflant. Tenez, Cathy, dit-il en lui tendant l'enfant et en la prenant par la taille. Nous allons à GuBulawayo.

— Qui cela ? demanda-t-elle en levant les yeux, troublée.

— Saint-John, le bon docteur et moi. Et quand nous serons là-bas, les actions BSA grimperont à cinq livres. On en était à cinq shillings quand les fils ont été coupés. Le premier message qui partira demain sera mon ordre d'achat à Aaron Fagan... pour cinquante mille actions de la compagnie !

Les guerriers de Bazo émergèrent des forêts de l'Ouest, silencieux comme des ombres, féroces comme des loups.

« Tuez ce chien de Matanka, avait ordonné le roi. Tuez-le ainsi que tous ses hommes. » Et Bazo les surprit à l'aube, au moment où les premiers sortaient de leurs cases en bâillant et se frottant les yeux, puis ils coururent après les jeunes filles qui fuyaient en glapissant au milieu des cases, et les attachèrent par petits groupes.

« Ainsi que tous ses hommes », avait ordonné le roi, mais certains travaillaient pour les Blancs à la mine du Prince, l'un des rares filons productifs du Machonaland.

« Ne vous mêlez pas de ça, avait dit Bazo au contremaître de la mine. Sur ordre du roi. Aucun mal ne sera fait aux hommes blancs. » Ils prirent en chasse les travailleurs machonas à l'intérieur de l'atelier de broyage et les frappèrent de leurs sagaies alors qu'ils tentaient de se cacher sous les tables de tri.

Ils partirent ensuite le long de la ligne télégraphique, cinq cents boucliers rouges. Les câbleurs machonas étaient en train de dévider les énormes rouleaux et de tendre les fils.

« Aucun Blanc ne sera molesté, s'était écrié Bazo en lâchant ses jeunes guerriers. Restez à l'écart, hommes blancs. » Mais une fureur meurtrière s'était à présent emparée de lui et il fanfaronnait. « Nous n'en avons pas après vous, hommes blancs. Pas encorc, mais votre jour viendra. »

Ils firent descendre les Machonas des poteaux puis les mirent en pièces en hurlant comme une meute de chiens, tandis que les Machonas en appelaient avec force cris à leurs maîtres blancs pour les protéger.

« Ramenez le bétail, tout le bétail de Matanka », avait ordonné le roi. Les hommes de Bazo écumèrent alors les pâturages machonas et poussèrent les troupeaux bigarrés vers l'ouest, au milieu de nuages de poussière. Quelques têtes de bétail appartenant aux Blancs étaient cependant mêlées aux troupeaux, leurs marques au fer rouge ne signifiant rien pour les Matabélés.

L'affaire fut si rondement menée que Jameson et son équipe de volontaires réunis à la hâte durent chevaucher à bride abattue pour les rattraper avant qu'ils aient atteint la limite des terres sous concession.

Le docteur avait trente-huit hommes avec lui, et lorsqu'il vit les cavaliers, Bazo fit demi-tour et, ses hommes massés derrière lui, accueillit Jameson.

— *Sakubona, Daketela !* Je te vois, Docteur ! N'aie crainte, par ordre du roi, aucun homme blanc ne sera molesté.

Mais les volontaires resserrèrent les rangs, et on entendit le bruit sec des culasses qu'on rechargeait. Trente-huit hommes, nerveux et pâles, contre cinq cents.

Le petit docteur éperonna son cheval pour le faire avancer, et Ralph murmura à Saint-John :

— Par Dieu, ce coq nain va nous mettre dedans.

Mais c'est avec calme que Jameson lança :

— Messieurs les Matabélés, pourquoi avez-vous franchi la frontière ?

— *Hau, Daketela ?* répondit Bazo avec un étonnement feint. De quelle frontière parles-tu ? Cette terre appartient tout entière à Lobengula, il n'y a pas de frontière.

— Les hommes que vous avez assassinés étaient sous ma protection.

— Les hommes que nous avons abattus étaient des Machonas, répondit Bazo avec mépris. Et les Machonas sont les chiens de Lobengula... il les tue ou leur laisse la vie à son gré.

— Le bétail que vous avez volé appartient à mon peuple.

— Tout le bétail des Machonas appartient au roi.

A cet instant, Saint-John cria :

— Attention, Jameson, sur votre gauche.

Des hommes de Bazo s'étaient avancés pour mieux voir. Quelques-uns étaient armés d'antiques Martini-Henry, probablement ceux avec lesquels Rhodes avait obtenu la concession.

Jameson fit pirouetter son cheval face aux guerriers.

— Arrière ! cria-t-il. Arrière !

Il leva son fusil pour donner du poids à son ordre. D'instinct, l'un des Matabélés fit de même, menaçant vaguement le petit groupe de cavaliers avec son arme.

Mungo Saint-John épaula et tira, et le bruit de tonnerre résonna dans l'amosphère chaude et poussiéreuse. La balle frappa le Matabélé en pleine poitrine. Son fusil tomba à terre avec un bruit métallique et un petit jet écarlate s'échappa de son torse nu. Le guerrier tourna sur lui-même lentement, presque avec grâce, jusqu'à offrir à leur vue l'effroyable trou que la balle avait laissé entre ses omoplates. Puis il s'effondra, ses jambes agitées de mouvements convulsifs.

— Ne touchez à aucun homme blanc ! beugla Bazo dans le terrible silence, mais seule une demi-douzaine de cavaliers comprenaient sa langue.

Les autres crurent qu'il donnait l'ordre d'attaque. Le fracas de la salve se mêla au martèlement des sabots et aux hennissements des chevaux pris de panique. Les nappes de fumée bleue se confondirent avec les tourbillons de poussière et les plumes ondoyantes des guerriers en fuite.

Les hommes de Bazo se rabattaient en emportant leurs blessés ; peu à peu les coups de feu cessèrent et les chevaux se calmèrent. Silencieux et consternés, les cavaliers regardaient les Matabélés abattus, disséminés devant eux sur l'espace découvert.

Ralph Ballantyne n'avait pas sorti son Winchester de son étui.

— J'en compte trente-trois à terre, docteur Jim, dit-il sans ôter le cigarillo éteint qu'il avait aux lèvres, une expression dure et froide dans les yeux.

Il frotta une allumette contre sa cuisse et ralluma son cigarillo, puis il rassembla ses rênes et dirigea son cheval vers le fort.

Lobengula faisait tourner entre ses mains fines et gracieuses la petite bourse pleine de souverains. Il se tenait au milieu de l'enclos à chèvres et n'avait gardé que trois hommes : Gandang, Somabula et Babiaan.

Un petit groupe de Blancs leur faisait face. Zouga avait amené Louise, n'ayant pas osé la laisser seule dans leur petite maison, bâtie à l'extérieur de la palissade du kraal royal, compte tenu surtout de l'état d'esprit dans lequel étaient les Matabélés depuis le massacre perpétré par Jameson et ses hommes à Fort Victoria.

Un peu à l'écart du couple, se trouvaient aussi Robyn et Clinton Codrington.

Sans cesser de tripoter le sac d'or, Lobengula se tourna vers Robyn.

— Vois, Nomousa, ce sont les reines d'or que tu m'as conseillé d'accepter de Lodzi.

— Je suis immensément confuse, ô roi, murmura Robyn.

— Réponds-moi en toute sincérité : ai-je fait abandon de ma terre lorsque j'ai signé ce papier ?

— Non, roi, tu n'as fait abandon que de l'or qui se trouve dans son sous-sol.

— Mais comment peut-on creuser le sol pour y chercher de l'or sans la terre au-dessus ? demanda Lobengula.

Robyn resta coite.

— Nomousa, tu as dit que Lodzi était un homme d'honneur. Pourquoi alors me fait-il tout cela ? Ses hommes paradent sur mes terres en affirmant qu'elles sont à eux. Ils abattent mes guerriers et rassemblent une grande armée contre moi, avec des chariots, des canons et des milliers de soldats. Comment Lodzi peut-il me faire une chose pareille ?

— Je ne peux te répondre, ô roi. Je t'ai induit en erreur tout en me trompant moi-même.

Lobengula soupira.

— Je te crois, Nomousa. Il n'y a toujours pas de nuages entre nous. Amène ta famille et tous tes gens dans mon kraal afin que je puisse vous protéger au cours de la période sombre qui s'annonce.

— Je ne mérite pas la considération du roi, dit-elle d'une voix étouffée.

— Il ne t'arrivera rien de fâcheux, Nomousa. Tu as la parole de Lobengula, dit-il avant de se tourner lentement vers Zouga. Cet or, Bakela, est-il censé me dédommager pour le sang de mes jeunes guerriers ? Prends-le, Bakela, et rapporte-le à Lodzi, dit-il en lançant la bourse aux pieds de Zouga.

— Lobengula, je suis ton ami... et te dis cela en ami. Si tu refuses le paiement mensuel, Lodzi considérera cela comme un manquement à ta parole.

— Le meurtre de mes jeunes guerriers n'était-il pas un manquement à la parole donnée, Bakela ? demanda tristement Lobengula. Si ce n'était pas le cas, c'est du moins ce que pense mon peuple. Les régiments se regroupent sur les collines des Indunas ; ils portent leurs plumes, leurs sagaies et leurs fusils, ils voient rouge. Le sang des Matabélés a été versé, Bakela, et les ennemis du roi se rassemblent.

— Écoute-moi, ô roi, réfléchis bien avant de laisser tes jeunes guerriers partir en guerre. Savent-ils ce que veut dire affronter des Anglais ? lança Zouga, à présent en colère, la cicatrice de sa joue rouge comme une marque de fouet.

— Mes guerriers n'en feront qu'une bouchée, dit simplement Lobengula. Comme l'ont fait les Zoulous sur la colline de la Petite Main.

— Après la Petite Main, il y a eu Ulundi, lui rappela Zouga. La terre était noire tant elle était jonchée de Zoulous morts, et les Anglais ont enchaîné le roi zoulou et l'ont envoyé sur une île au-delà de la mer.

— Bakela, c'est trop tard. Je ne peux retenir davantage mes jeunes guerriers. Il faut qu'ils se lancent maintenant.

— Tes jeunes guerriers sont courageux quand il s'agit de frapper de leurs lances de vieilles Machonas et d'éventrer des nourrissons, mais ils ne se sont jamais battus contre des hommes dignes de ce nom. (Gandang rugit de colère derrière l'épaule du roi, mais Zouga poursuivit sans sourciller.) Renvoie-les chez eux badiner avec leurs épouses et se pavaner avec leurs plumes, car si tu les laisses aller, tu pourras t'estimer heureux d'être encore vivant pour voir ton kraal incendié et tes troupeaux enlevés.

Cette fois-ci, les trois indunas grondèrent en même temps et Gandang s'avança impulsivement, mais Lobengula tendit la main pour l'en empêcher.

— Bakela est l'hôte du roi, et tant qu'il est dans

mon kraal, chaque cheveu de sa tête est sacré, dit Lobengula sans quitter Zouga des yeux. Va-t'en, Bakela, pars aujourd'hui même et emmène ta femme avec toi. Va trouver Daketela et dis-lui que mes régiments sont prêts. S'il traverse la rivière Gwelo, je lâcherai mes hommes.

— Lobengula, si je m'en vais, le dernier lien entre les Noirs et les Blancs sera rompu. Ce sera la guerre.

— Qu'il en soit ainsi, Bakela.

Ce fut une rude chevauchée. Ils prirent la piste que les chariots de Ralph Ballantyne avaient récemment ouverte entre Fort Salisbury et GuBulawayo. Ils avaient laissé tout le mobilier et toutes leurs affaires dans la petite maison construite près du kraal royal et chevauchaient léger, leur couverture roulée sur le pommeau de la selle et un sac de nourriture sur l'un des chevaux de réserve que Jan Cheroot menait par la bride.

Louise montait comme un homme, sans se plaindre, quand, le cinquième jour, ils tombèrent subitement sur la colonne de Jameson qui bivouaquait autour du dôme pelé de Iron Mine Hill, où s'étaient rejoints les volontaires de Salisbury et de Fort Victoria.

— Zouga, est-ce ainsi que Jameson compte défier les régiments de Lobengula ? demanda Louise.

Le petit campement semblait pitoyable. Il y avait deux douzaines de chariots, sur la bâche desquels on voyait la marque de la compagnie de transport de Ralph. Zouga montra les coins du laager.

— Des mitrailleuses, dit-il. Il y en a six, et chacune vaut cinq cents hommes. Ils ont également des pièces de campagne, regardez là.

— Oh, Zouga, faut-il vraiment que vous alliez avec eux ?

— Vous savez bien que oui.

Ils entrèrent dans le camp, et au moment où ils franchissaient les piquets, un appel fit sursauter les sentinelles et broncher le cheval de Louise.

— Papa !

Ralph se précipita vers eux depuis le premier chariot.

— Mon fils ! lança Zouga en sautant de sa selle, et tous deux s'embrassèrent avec effusion. J'aurais dû me douter que tu te trouvais là où il y a quelque chose à faire.

Louise se pencha de sa selle.

— J'ai encore du mal à croire que j'ai une belle-mère si jeune et si jolie, dit Ralph en lui effleurant la joue avec sa fine moustache.

— Vous êtes mon fils préféré, répondit-elle en riant. Mais si vous me faisiez préparer un bain chaud je ne vous en aimerais que plus...

Cachée par le paravent de toile, Louise réclamait d'autres seaux d'eau chaude, et Zouga allait les chercher sur le feu et les versait dans la baignoire sabot d'où, ses lourdes tresses brunes remontées sur le sommet de la tête, la peau rougie par l'eau presque bouillante, Louise participait à la conversation.

Ralph et Zouga étaient assis à une table de camping sur laquelle trônaient une cafetière émaillée bleue et une bouteille de whisky.

— Nous avons en tout six cent quatre-vingt-cinq hommes.

— J'avais pourtant dit à Rhodes qu'il en fallait quinze cents, remarqua Zouga en fronçant les sourcils.

— Cinq cents volontaires sous les ordres du major Goold-Adams sont prêts à partir de Macloutsi.

— Ils n'arriveront jamais à temps pour la bataille, objecta Zouga en secouant la tête. Comment sont les voies d'acheminement des provisions et des renforts ? Que se passera-t-il si nous sommes débordés par les Matabélés ? Quelles sont nos chances de recevoir des secours ?

Ralph eut un sourire diabolique.

— Je suis le seul à m'occuper de l'intendance... vous n'imaginiez tout de même pas que j'allais partager les bénéfices, n'est-ce pas ?

— Alors, le ravitaillement ? Les secours ?

Ralph écarta les mains en un geste de dénégation.

— Le docteur estime que nous n'en avons pas besoin. Dieu et M. Rhodes sont de notre côté.

— Si ça tourne mal, c'est la mort assurée pour ceux qui se trouvent sur cette rive de la Shashi – hommes, femmes et enfants. Ni le roi ni ses indunas ne pourront retenir leurs guerriers une fois qu'ils seront lancés.

— J'y ai pensé, reconnut Ralph. Cathy a fait préparer les bagages et elle est prête à quitter Fort Victoria avec Jonathan, le vieil Isazi et l'un de mes meilleurs hommes. J'ai des relais pour les mulets tout le long du chemin, de là-bas à la Shashi. Quand Jameson donnera l'ordre de marche, ma famille sera en route vers le Sud.

— Ralph, je conduis Louise à Fort Victoria. Peut-elle rester en compagnie de Cathy et partir avec elle ?

— Personne ne me demande mon avis, lança Louise en éclaboussant le sol d'eau avec irritation. J'ai fait le serment de rester avec vous jusqu'à ce que la mort nous sépare, Zouga Ballantyne.

— Vous avez aussi fait le serment d'aimer, d'honorer et d'obéir à votre mari, lui rappela Zouga en lançant un clin d'œil à Ralph. J'espère que ta femme ne se montre pas aussi insoumise.

— Il faut les battre régulièrement et leur faire produire des enfants en quantité, conseilla Ralph. Il va de soi que Louise doit se joindre à Cathy, et elle ferait bien de partir tout de suite : le toubib brûle de régler son compte à Lobengula. (Il s'interrompit et montra un soldat qui se précipitait vers leur chariot.) Et apparemment, on lui a enfin signalé votre arrivée.

Le soldat essoufflé salua Zouga.

— Êtes-vous le major Ballantyne, monsieur ? Le docteur Jameson vous prie de venir le voir dans sa tente au plus tôt.

Le docteur Jameson se leva d'un bond et se précipita à l'entrée de la tente pour accueillir Zouga.

— Ballantyne, je me faisais du souci pour vous. Est-ce que vous arrivez directement du kraal de Lobengula ? Comment se présente la situation ? Quels sont selon vous leurs effectifs ? (Il s'interrompit et se réprimanda.) Où ai-je la tête ? Laissez-moi vous servir quelque chose.

Il précéda Zouga à l'intérieur de la tente.

— Vous connaissez le général Saint-John, n'est-ce pas ?

Le visage de Zouga se figea, inexpressif.

— Zouga ! fit Mungo Saint-John, allongé paresseusement dans une chaise en toile, mais sans un geste vers lui. Il y avait longtemps. Vous avez l'air en excellente forme, le mariage vous réussit... je n'ai pas encore eu l'occasion de vous féliciter.

— Merci, répondit Zouga en inclinant la tête.

Il savait que Saint-John était le chef d'état-major du docteur, mais il ne s'attendait cependant pas à éprouver un tel sentiment de contrariété et de jalousie lors de cette rencontre. Il avait devant lui celui qui avait fait de Louise sa maîtresse, qui l'avait possédée. Il fut pris d'un tremblement et chassa l'image de son esprit, mais elle fut instantanément remplacée par celle de Louise telle qu'il l'avait trouvée dans le désert, la peau brûlée – Mungo Saint-John l'avait laissée partir et n'avait fait aucun effort pour la rattraper.

— J'ai entendu dire que votre épouse est arrivée au camp avec vous..., fit l'Américain, une lueur malicieuse dans l'œil. Il faut que nous dînions ensemble ce soir, nous parlerons du bon vieux temps.

— Ma femme a eu un voyage long et éprouvant, répondit Zouga d'une voix égale, ne voulant pas donner à Saint-John la satisfaction de le savoir en colère. Et demain matin, je la conduis à Fort Victoria.

— Parfait ! intervint vivement Jameson. Cela s'accorde avec mes projets... Il me faut un homme de toute confiance pour expédier un télégramme à M. Rhodes. Mais, dites-moi, Ballantyne, que se passe-t-il à GuBulawayo et quelles sont nos chances de victoire ?

— Eh bien, docteur Jim, Lobengula est prêt à engager les hostilités, ses jeunes guerriers brûlent de se battre et les effectifs dont vous disposez ici sont passablement insuffisants. A mon avis, amener vos hommes dans le Matabeleland sans renfort ni force d'appoint à proximité serait suicidaire. Cependant...

— Cependant ? demanda Jameson impatiemment.

— Quatre des régiments de Lobengula, ceux qu'il a envoyés contre Lewanika, le roi des Barotse, sont toujours sur le Zambèze, et Lobengula ne peut compter sur eux.

— Pour quelle raison ?

— La variole, répondit Zouga. Elle s'est déclarée au sein de ses régiments, et il n'ose les rappeler vers le sud. Ils sont incapables de participer à la lutte.

— La moitié de l'armée matabélée en moins, exulta Jameson. C'est un clin d'œil du Tout-Puissant, ne croyez-vous pas, Saint-John ?

— Selon moi, le risque demeure et il reste même très important. Mais songeons aux enjeux : un pays entier à gagner, avec toutes ses terres, ses troupeaux et son or.

— Ballantyne, votre sœur, la femme missionnaire – comment s'appelle-t-elle ? Ah oui, Codrington –, est-elle toujours à Khami ? Est-elle encore avec sa famille ?

Zouga acquiesça, perplexe. Jameson prit un crayon et griffonna un message sur son bloc-notes. Puis il arracha la page et la tendit à Mungo Saint-John. Celui-ci lut et sourit. Il faisait penser à un oiseau de proie, avec son nez crochu et son air féroce.

— Oui, parfait, dit-il en tendant la feuille à Zouga.

MESSAGE URGENT POUR JUPITER STOP RÉGIMENTS MATABÉLÉS PRÊTS À ATTAQUER STOP FEMMES ET ENFANTS ANGLAIS AU POUVOIR DU TYRAN MATABÉLÉ STOP DEVONS IMPÉRATIVEMENT PRENDRE OFFENSIVE SUR-LE-CHAMP POUR LES SAUVER STOP RÉPONDEZ AU PLUS VITE

— Même Labouchère ne pourrait tergiverser en recevant un tel télégramme, remarqua Zouga avec une ironie désabusée.

Labouchère était l'éditeur londonien du magazine *Truth*, défenseur des opprimés et l'un des adversaires les plus éloquents et tenaces de Rhodes. Zouga tendit la feuille de papier, mais Jameson lui fit signe de la garder.

— Gardez-la et envoyez le message. Pensez-vous pouvoir partir ce soir ?

— Il va faire nuit dans une heure, et ma femme est épuisée.

— Très bien, convint Jameson. Mais vous reviendrez ici dès que possible avec la réponse de M. Rhodes, n'est-ce pas ?

— Bien entendu.

— J'aimerais que vous vous chargiez de quelque chose à votre retour... une mission de la plus haute importance.

— De quoi s'agit-il ?

— Le général Saint-John va vous l'expliquer.

Zouga se tourna avec méfiance vers l'Américain. Les manières de celui-ci se firent soudain apaisantes.

— Zouga, nous avons tous lu votre livre *L'Odyssée d'un chasseur*. Je dirais que c'est la bible de quiconque désire s'informer sur ce pays et sa population.

— Merci, répondit Zouga imperturbable.

— L'un des passages les plus intéressants est la description de votre visite à l'oracle – l'*umlimo* – dans les collines au sud de GuBulawayo.

— Dans les Matopos, précisa Zouga.

— Oui, c'est cela, les Matopos. Pourriez-vous retrouver le chemin de la caverne de la sorcière ? Après tout, plus de vingt-cinq ans ont passé.

— Je pourrais le retrouver, répondit Zouga sans hésiter.

— Parfait, coupa Jameson. Continuez, Saint-John, dites-lui pourquoi.

Mais celui-ci se lança apparemment dans une digression.

— Vous connaissez le vieux Zoulou qui travaille pour votre fils...

— Isazi, le chef conducteur de Ralph ?

— Lui-même. Nous avons capturé quatre éclaireurs matabélés, et nous avons enfermé Isazi avec eux à l'intérieur de la palissade. Il passe facilement pour un des leurs et les prisonniers parlent donc en toute liberté devant lui. Nous avons notamment appris par son intermédiaire que l'*umlimo* a convoqué tous les sorciers du pays pour accomplir un rite dans les collines.

— Je le sais, confirma Zouga. J'en ai entendu parler avant de quitter GuBulawayo. L'*umlimo* prêche la guerre et a promis un charme aux guerriers qui seront capables de transformer les balles en eau.

— Tout cela est donc exact, fit Saint-John en hochant la tête. Quelle influence possède au juste cette prophétesse ?

— L'*umlimo* est une vierge, une sorte de demi-divinité dont la fonction héréditaire remonte à une époque bien antérieure à l'arrivée des Matabélés dans la région, peut-être à mille ans ou davantage. Mosélékatsé d'abord, Lobengula ensuite ont été envoûtés par elle. J'ai même entendu chuchoter que Lobengula avait fait son apprentissage de sorcier sous la gouverne de l'*umlimo*.

— Elle exerce donc un pouvoir sur les Matabélés.

— Un immense pouvoir. Lobengula ne prend aucune décision importante sans son oracle. Aucun régiment ne partirait en campagne sans être protégé par ses charmes.

— Qu'adviendrait-il si elle mourait le jour où nous marcherons sur le Matabeleland ?

— Cela plongerait le roi et ses guerriers dans la consternation. Ils se montreraient vraisemblablement imprudents. Les charmes de l'*umlimo* disparaîtraient avec elle, ses conseils pourraient se retourner contre leur bénéficiaire. Ils seraient démoralisés... et le choix d'une remplaçante prendrait au moins trois mois. Pendant ce temps, le peuple matabélé resterait vulnérable.

— Zouga, vous allez emmener un détachement de cavaliers – les hommes les meilleurs et les plus solides. Vous irez à la caverne de la sorcière et vous l'abattrez, avec tous ses subalternes.

Le sergent de Zouga était un certain Will Daniel, un Canadien qui avait passé vingt ans en Afrique sans perdre son accent. Il avait combattu contre les tribus indigènes sur la rivière Fish et dans le Zoulouland. Il se vantait d'avoir tué trois hommes de Cetewayo d'un coup, à Ulundi, et d'avoir confectionné sa blague à tabac avec le cuir chevelu de l'un d'eux. Il avait participé à la rébellion du Gazaland et à la bataille de la colline des Colombes contre les burghers libres de la république du Transvaal. Partout où il y avait eu des troubles et des coups de feu, Will Daniel s'était forgé une sanglante réputation. C'était un grand gaillard ventru, prématurément chauve, avec des oreilles décollées qui se détachaient de son crâne lisse comme celles d'un molosse. Il avait les poings noueux, les jambes torses à force d'être resté en selle, et il découvrait ses dents blanches en un éternel sourire qui ne touchait jamais ses petits yeux froids.

— Vous n'êtes pas obligé de l'apprécier ni de lui faire confiance, avait conseillé Mungo Saint-John à Zouga, mais c'est l'homme qu'il vous faut.

Will Daniel ne se séparait jamais de son acolyte, Jim Thorn, deux fois moins volumineux que lui mais tout aussi sournois. C'était un petit Cockney maigrelet, au teint grisâtre des habitants des quartiers pauvres si profondément associé à son visage creux que tous les soleils d'Afrique n'avaient pas réussi à l'effacer. Le docteur Jameson l'avait libéré de la prison de Fort Victoria où il attendait d'être jugé pour avoir battu à mort un serviteur machona avec un sjambok, le fouet en peau de rhinocéros. Son pardon dépendait de sa conduite pendant la campagne. « Vous pouvez donc être sûr qu'il fera le nécessaire », avait souligné Saint-John.

Les treize autres soldats de la troupe étaient des hommes du même acabit. Ils s'étaient tous engagés comme volontaires selon les termes des accords de Victoria, document mis au point et gardé secret par le docteur Jameson. Aucune copie n'avait été transmise au haut-commissaire au Cap ni au gouvernement de Gladstone à Whitehall, car il promettait aux volontaires une part des terres, du bétail et des trésors de Lobengula, et le terme « butin » était spécifiquement mentionné dans le texte.

La première nuit après leur départ, Will Daniel s'était approché à pas de loup de l'endroit où dormait Zouga et, tandis qu'il se penchait au-dessus de lui, un bras noueux et nerveux l'avait brusquement cravaté et on lui avait enfoncé le canon d'un revolver Webley sous les côtes, assez violemment pour chasser l'air de ses poumons.

— La prochaine fois que vous vous approchez de moi par surprise, je vous descends, lui siffla Zouga en plein visage.

Découvrant ses dents au clair de lune, Daniel eut un sourire admiratif.

— On m'avait dit que vous étiez un rude !

— Qu'est-ce que vous voulez ?

— Les gars et moi voulons vendre nos droits sur nos parcelles de terre, trois mille *morgen* chacune, soit trente-cinq mille hectares. Vous pouvez les avoir pour cent livres pièce.

— Vous ne les avez pas encore gagnées.

— C'est une occasion à saisir, patron.

— Il me semble que vous étiez de garde, sergent.

— Je ne me suis absenté que quelques instants, mon commandant.

— La prochaine fois que vous quittez votre poste, je vous exécute sans prendre la peine de vous envoyer en cour martiale.

Daniel le dévisagea pendant un moment.

— Ouais, je sais bien que vous en seriez capable, dit-il en souriant sans gaieté.

Zouga conduisait son détachement en direction du sud-ouest, à travers les forêts où il avait jadis chassé les hardes d'éléphants. Ceux-ci avaient tous disparu, et même les troupeaux d'animaux plus petits étaient devenus farouches, pour avoir été trop chassés par les nouveaux colons, et ils se dispersaient à l'approche du petit groupe de cavaliers.

Zouga évitait les pistes qui reliaient les villes de garnison matabélées, et lorsqu'il leur fallait passer à proximité d'un lieu habité ou de terres cultivées alentour, ils le faisaient de nuit. Il n'ignorait pas que les régiments avaient tous répondu à l'appel de Lobengula et se trouvaient déjà assemblés à Thabas Indunas, mais il n'en éprouva pas moins un immense soulagement en voyant les dômes granitiques des Matopos se dresser devant eux au-dessus de la cime des arbres, et quand ses cavaliers, à sa suite, pénétrèrent en file indienne dans des vallées encaissées.

Le soir même, il reçut la visite d'une délégation de quatre hommes conduits par Will Daniel et Jim Thorn.

— Les gars sont tous d'accord, patron, nous lâchons le tout pour cent livres, annonça Daniel avec un sourire patelin. Aucun de nous n'a de quoi se payer un verre pour célébrer notre réussite à notre retour, et vous, vous transportez tout cet argent dans votre ceinture. Il doit être diablement lourd, et ne vous sera d'aucune utilité si un tireur matabélé vous met une balle entre les omoplates.

Daniel arborait toujours le même sourire, mais la menace se lisait dans ses yeux. Si Zouga ne leur achetait pas leurs concessions, il risquait de se retrouver avec une balle dans le dos et ses hommes se partageraient le contenu de sa ceinture.

Zouga songea à défier le colosse, mais il était seul contre quinze. L'argent qu'il portait pouvait signifier sa mort, et le danger présenté par les Matabélés suffisait.

— J'ai soixante-quinze souverains dans ma ceinture, dit-il d'un air mécontent.

— C'est bon, accepta Daniel. Vous faites une bonne affaire, major.

Zouga rédigea un contrat de vente de concession foncière sur une page de son carnet de messages et une douzaine d'hommes le signèrent. Will Daniel et deux autres analphabètes firent une croix, puis tous se chamaillèrent à propos du partage des souverains. Zouga était soulagé d'en être débarrassé et, en remettant son carnet dans sa sacoche de selle, il se rendit brusquement compte que si ces concessions étaient validées, Will Daniel avait raison : il faisait une excellente affaire. Il décida, lorsqu'il aurait rejoint la colonne de Jameson, de racheter toutes les concessions que d'autres déracinés du même genre mettraient en vente pour le prix d'une bouteille de whisky.

Zouga avait oublié à quel point le silence qui régnait dans les collines magiques des Matopos était profond et troublant. Il était presque palpable et sapait le courage. Aucun oiseau ne gazouillait ni ne sautillait dans le sous-bois à travers lequel s'enfonçait l'étroit sentier, et pas un souffle de brise ne pénétrait dans le fond des vallées aux versants granitiques.

Le silence et la chaleur pesaient sur les hommes rudes et insensibles qui suivaient Zouga à la queue leu leu. Ils chevauchaient le fusil sur leur giron, les yeux à moitié fermés pour se protéger contre l'éclat aveuglant des morceaux de mica qui parsemaient les parois de granit, attentifs et inquiets face aux épaisses broussailles sombres chargées d'une menace indéfinissable.

Les étroites pistes laissées par les animaux sauvages sur lesquelles ils cheminaient se rétrécissaient parfois ou se terminaient brusquement en cul-de-sac au fond d'une vallée. Ils devaient alors rebrousser chemin et essayer un autre passage, mais Zouga reprenait toujours la direction du sud-ouest. Le troisième jour, ses efforts furent récompensés.

Il coupa la piste qui reliait GuBulawayo à la vallée cachée de l'*umlimo*. Elle était assez large et régulière pour que Zouga lance son cheval au petit galop. Sur son ordre, ses hommes avaient enveloppé leur matériel et entouré de cuir les sabots de leurs chevaux, et les seuls bruits étaient le craquement de la sellerie et de temps à autre le frottement d'une branche.

L'inquiétude du début avait à présent disparu, et ils étaient penchés sur leur selle, impatients comme des chiens de chasse à l'approche d'une proie. Jameson avait promis de leur verser une prime de vingt guinées chacun et de leur abandonner tout le butin qu'ils pourraient rapporter de la vallée de l'*umlimo*.

Zouga reconnut des points de repère, notamment quatre rochers érodés en sphères presque parfaites et posés les uns sur les autres en équilibre, par ordre décroissant. Il sut alors qu'ils atteindraient l'entrée de la vallée avant midi. Il ordonna une halte et laissa ses mercenaires avaler un déjeuner rapide pendant qu'il les passait en revue, debout près de la tête de leur cheval, vérifiait leur matériel et assignait à chacun une tâche.

— Sergent, vous et le soldat Thorn resterez derrière moi. Nous franchirons le défilé et entrerons dans la vallée les premiers. Au milieu, il y a un petit village où il se pourrait qu'il y ait des Matabélés. Ne vous arrêtez pas, laissez-les aux autres, même s'il y a des guerriers parmi eux. Allez directement jusqu'à la caverne, à l'extrémité de la vallée. Il faut absolument que nous mettions la main sur la sorcière avant qu'elle n'ait le temps de s'échapper.

— Cette sorcière, à quoi elle ressemble, patron ?

— Je ne saurais vous dire... Elle est peut-être jeune, probablement nue.

— Tu me la laisses, camarade, dit Thorn avec un sourire lascif en poussant Daniel du coude, mais Zouga l'ignora.

— De toute façon, si vous rencontrez une femme dans la caverne, ce sera la sorcière. Ne vous laissez pas impressionner par les cris d'animaux sauvages ni par les voix bizarres... c'est une ventriloque de première force. (Il poursuivit ses explications en donnant des détails et conclut par ces paroles sinistres :) Les ordres sont durs, mais peut-être permettront-ils de sauver la vie à nombre de nos camarades en brisant le moral des guerriers matabélés.

Ils remontèrent en selle et, presque tout de suite, la piste commença à se rétrécir, de sorte que les branches frôlaient au passage leurs étriers. Le cheval de Zouga fit un faux pas en traversant un étroit ruisseau, gêné par les bandes de cuir autour de ses sabots. Lorsqu'il l'eut franchi, Zouga leva les yeux vers la falaise de granit à pic qui leur bouchait la route. L'entrée du défilé qui s'ouvrait dans le roc était une crevasse verticale et obscure ; plus loin au-dessus, une case à toit de chaume se nichait dans le granit.

Il devina un mouvement sur la corniche et s'écria :

— Attention, là-haut !

A ce moment, une douzaine de Noirs apparurent au bord de la corniche et chacun lança en bas de la falaise un faisceau de ce qui semblait être des lances. Elles s'éparpillèrent en tombant, pointe la première, étincelant. Il y eut un bruit flûté autour d'eux, doux comme un bruissement d'ailes, puis le fracas du métal contre la roche et le son mat des pointes qui pénétraient dans le sol sous les sabots des chevaux.

L'un des javelots frappa un soldat derrière la clavicule et pénétra dans le poumon, de sorte que lorsqu'il voulut pousser un cri, le sang l'étouffa et dégoulina en bouillonnant le long de son menton. Son cheval se cabra et hennit, l'homme tomba de sa selle, et tout ne fut plus que bousculade, hurlements et confusion sur la piste étroite.

Zouga leva la tête et vit que les défenseurs s'alignaient de nouveau au bord de la corniche, chacun portant un nouveau faisceau de javelots sur l'épaule. Il laissa tomber ses rênes et se servit de ses deux mains pour tenir son fusil à la verticale.

Il vida le chargeur, tirant aussi vite qu'il parvenait à introduire les cartouches dans la culasse, et bien qu'il eût du mal à viser à cause des mouvements de son cheval, un des hommes bascula en faisant des moulinets avec les bras puis tomba, tournoyant et hurlant jusqu'au moment où il heurta le sol devant le cheval de Zouga.

Les autres se dispersèrent et Zouga brandit son fusil vide au-dessus de sa tête.

— Suivez-moi ! En avant ! cria-t-il en s'élançant à l'intérieur du défilé.

Celui-ci était si étroit que ses étriers d'acier faisaient des étincelles en frottant de chaque côté contre les parois rocheuses, mais il jeta un coup d'œil en arrière et vit que Will Daniel le suivait. Il avait perdu son chapeau à large bord. Son crâne chauve était inondé de sueur et il rechargeait son fusil avec un rictus de hyène.

Le passage bifurquait brusquement. Les éclats de mica mélangé au sable soulevé par les sabots des chevaux scintillaient même dans la pénombre. Un peu plus loin, un étroit torrent sortait du roc ; le cheval sauta par-dessus sans difficulté et ils débouchèrent brusquement au soleil.

La vallée secrète de l'*umlimo* s'étendait à leurs pieds, cuvette verdoyante au creux de laquelle se nichait un petit village. A la base de la falaise, de l'autre côté, à un mile environ, Zouga distinguait l'entrée basse de la caverne, obscure. Tout était exactement comme dans son souvenir.

— Soldats, déployez-vous ! cria-t-il à ses hommes qui arrivaient au galop derrière lui, en terrain découvert.

Ils s'alignèrent face à la vallée, leurs fusils dégainés et armés, pris d'impatience en touchant au but de leur longue équipée.

— Des amadodas ! s'écria Will Daniel en désignant une petite troupe de guerriers qui sortaient du village au trot pour venir à leur rencontre.

— Une vingtaine, compta rapidement Zouga. Ils ne seront pas gênants. (Il se dressa sur ses étriers et ordonna :) En avant !

Les cavaliers descendirent la pente en ligne tandis que les guerriers noirs levaient leurs boucliers et couraient dans leur direction.

— Soldats, halte ! commanda Zouga lorsque le Matabélé le plus proche se trouva à une centaine de pas. Choisissez vos cibles.

La première salve, tirée par des hommes aguerris,

faucha la ligne des guerriers qui tombèrent sur leurs boucliers en perdant leurs plumes, sagaies fichées en terre, mais une poignée d'entre eux continuèrent leur charge.

— Feu à volonté ! lança Zouga en visant un Matabélé.

Pris d'une curieuse répugnance à tuer cet homme courageux, il le voyait grandir dans sa ligne de mire.

« Djii ! djii ! » hurlait le guerrier d'un ton de défi en levant haut son bouclier pour dégager son bras armé. Zouga l'atteignit à la base du cou et le Matabélé pivota rapidement sur lui-même, heurta le sol de l'épaule et vint rouler sous les jambes du cheval de Zouga.

— A l'attaque, lança ce dernier en élevant à peine la voix. En avant ! Chargez !... Sergent Daniel, soldat Thorn, à la caverne.

Il tourna la tête de son cheval pour passer au large du groupe de cases. Tandis qu'il obliquait de nouveau pour éviter le corps d'un Matabélé qui se trouvait sur son chemin, Thorn et Daniel prenaient une longueur d'avance.

C'est alors que le Matabélé se releva souplement et bondit devant Zouga. Faire le mort était un vieux tour de Zoulou, et Zouga aurait dû s'y attendre. Mais il tenait son fusil dans sa main gauche et tenta de changer de main en détournant son cheval et en lançant une sommation inutile au guerrier.

Celui-ci tendit sa sagaie et laissa le cheval s'empaler sur la large lame d'acier, qui pénétra profondément dans la poitrine, entre les jambes de devant. Le cheval chancela sous le choc puis bascula sur le côté.

Zouga eut à peine le temps de dégager ses pieds des étriers et de sauter avant que le corps de l'animal ne heurte le sol, battant l'air convulsivement de ses jambes.

Zouga se reçut mal, mais il se reprit et pivota pour faire face au guerrier. Au dernier moment, il fit dévier la sagaie maculée de sang avec laquelle le Matabélé tentait de le frapper au ventre. L'acier tinta contre le canon de son fusil et, l'instant d'après, ils luttaient corps à corps.

L'homme sentait la fumée, l'ocre et la graisse, son corps était dur comme de l'ébène et aussi glissant qu'un poisson. Zouga ne pourrait le tenir plus de quelques secondes. Une main sur l'extrémité du canon, l'autre sur la culasse, il poussa son fusil contre le cou de l'homme tout en essayant de lui faire un croc-en-jambe avec la molette de son éperon.

Le guerrier bascula en arrière et Zouga jeta tout son poids sur le fusil à l'instant où ils touchaient le sol, enfonçant brutalement l'arme dans le cou du Matabélé. Il y eut un bruit de vertèbres, les paupières de l'homme papillotèrent sur ses yeux injectés de sang, et son corps devint flasque sous la poitrine de Zouga.

Celui-ci se releva et regarda rapidement autour de lui. Ses mercenaires se trouvaient au milieu des cases, et on entendait des coups de feu épars tandis qu'ils achevaient les survivants de la charge vaillante mais vaine. Il vit l'un de ses hommes prendre en chasse une vieille femme nue ; ses mamelles pendantes se balançaient et ses jambes maigres fléchissaient presque sous l'effet de la terreur. L'homme poussa son cheval pour la faire tomber puis le fit reculer pour la piétiner et, hurlant, jurant, emporté par l'excitation, il tira sur le corps décharné écrasé au sol.

Au-delà du village, Zouga vit deux chevaux gravir au grand galop la pente en direction du pied de la falaise. Ils l'atteignirent au moment même où il s'élançait à leur suite ; Daniel et Thorn sautèrent à terre et disparurent à l'intérieur de la caverne.

Quelques centaines de mètres séparaient Zouga de la falaise. Il rechargea son fusil et se mit à courir. Le combat contre le Matabélé l'avait ébranlé et ses bottes de cheval le gênaient à chaque pas. Il lui fallut de longues minutes pour rejoindre l'endroit où Daniel et Thorn avaient laissé leurs montures, et il arriva tout essoufflé.

Il s'appuya contre le portail de pierre qui marquait l'entrée de la grotte, en scruta les profondeurs noires et menaçantes, reprenant son souffle avec peine. Des échos tumultueux s'échappèrent de la caverne – des cris et des grondements de bêtes sauvages, des hurlements humains, ceux d'une femme en proie à la terreur, et le fracas assourdissant d'un coup de fusil.

Zouga se baissa et entra dans la grotte. Presque tout de suite, il trébucha sur un corps. C'était celui d'un vieillard chenu et ridé, couché dans une mare de sang. Zouga l'enjamba.

A mesure qu'il avançait, ses yeux s'habituaient à l'obscurité et il regarda autour de lui les corps momifiés entassés au hasard contre les parois de la caverne. Ici et là, un os blanc et luisant sortait de la peau parcheminée, un bras était levé dans un geste macabre de salut ou de supplication.

Zouga poursuivit son chemin à travers ces sinistres catacombes et aperçut une lumière diffuse. Il accéléra le pas en entendant des cris furieux auxquels se mêlaient, cette fois-ci, un rire inhumain dont les parois de la grotte renvoyaient l'écho tonitruant.

Il contourna un rocher déchiqueté et vit une sorte d'amphithéâtre naturel creusé dans le sol de la caverne, éclairé par les flammes d'un feu vacillant et par un rayon de soleil qui tombait d'une fissure. Le rayon lumineux était voilé par des volutes de fumée et prenait une nuance bleutée surnaturelle. Tels les feux de la rampe, il donnait un aspect particulièrement dramatique au groupe de personnages qui se battaient sur le sol, de l'autre côté du foyer.

Zouga descendit en courant les marches creusées dans le roc et avait presque rejoint le groupe lorsqu'il comprit ce qu'ils faisaient.

Le corps d'une jeune Noire nue était étendu sur le dos à même le sol, entre Daniel et Thorn. Sa peau huilée était aussi brillante que celle d'une panthère et ses membres écartés, longs et bien faits. Elle se débattait avec l'énergie du désespoir. Mais ses cris étaient étouffés par la couverture de fourrure enroulée autour de sa tête, et Jim Thorn, agenouillé sur ses épaules, la clouait au sol, impuissante. Il lui tordit les bras en éclatant d'un gros rire qui tranchait avec son allure frêle.

Couché sur la fille, le visage congestionné, le pantalon baissé à hauteur des genoux, Will Daniel grognait et soufflait comme un porc en rut. Ses fesses blanches étaient recouvertes d'un duvet clairsemé de poils noirs. Il donnait dans la fille des coups de boutoir qui claquaient.

Avant que Zouga n'ait pu l'atteindre, Will Daniel se contracta spasmodiquement, puis il roula sur le côté, taché de sang des genoux au nombril.

— Bon sang, Jim, lança-t-il, haletant, à son compère, ça fait du bien par où ça passe. A toi de monter la donzelle... (Il s'interrompit en voyant Zouga sortir de l'ombre et lui sourit.) Premier arrivé, premier servi, major...

En deux pas, Zouga était sur lui et lui décochait un coup de talon dans la bouche. La lèvre de Daniel se fendit et il se releva précipitamment en crachant des morceaux de dent et en essayant de remonter son pantalon.

— Vous allez me payer ça, fit-il en tirant son couteau, mais Zouga le plia en deux en lui enfonçant la gueule de son fusil dans le ventre, puis pivota pour envoyer un coup de crosse dans la tempe de Jim Thorn, qui s'apprêtait à ramasser sa carabine.

— Relevez-vous, dit froidement Zouga à Jim Thorn.

Celui-ci recula en titubant jusqu'à la paroi de la caverne, une main sur sa tempe.

— J'aurai votre peau, lâcha péniblement Will Daniel d'une voix rauque, étreignant toujours son ventre.

— Fichez le camp d'ici, dit Zouga à voix basse en tournant de nouveau son arme vers lui. Fichez le camp, espèce de porcs.

Ils montèrent les marches de l'amphithéâtre en traînant les pieds.

— Je n'oublierai pas cela, major Ballantyne, je vous aurai, fulmina encore Will Daniel depuis l'entrée de la caverne.

Zouga se tourna vers la fille. Elle avait écarté la couverture en fourrure qui lui recouvrait la tête et était accroupie par terre. Elle essayait d'étancher son sang avec ses mains, tout en fixant Zouga des yeux avec la férocité d'un léopard pris au piège.

Zouga éprouva pour elle une immense compassion, mais il savait qu'il ne pouvait lui être d'aucun secours.

— Vous êtiez l'*umlimo* et vous ne l'êtes plus, dit-il finalement.

Elle rejeta la tête en arrière et lui cracha dessus. Le jet de salive éclaboussa ses bottes, mais l'effort la fit gémir et elle pressa ses mains sur son bas-ventre. Un filet de sang coula le long de sa cuisse.

— J'étais venu pour éliminer l'*umlimo*, dit-il. Mais elle ne l'a pas été par une balle de fusil. Allez-vous-en. Le don des esprits vous a été retiré. Allez-vous-en vite, jeune fille, mais allez en paix.

Comme un animal blessé, elle s'éloigna à quatre pattes, laissant derrière elle un chapelet de gouttes de sang sur la pierre, et se retourna vers lui avant d'entrer dans le dédale obscur de tunnels qui s'ouvrait dans le fond de l'amphithéâtre.

— Tu as parlé de paix, homme blanc. Il n'y aura pas de paix, jamais plus !

Elle disparut dans l'ombre.

Les pluies n'avaient pas encore commencé, mais, au-dessus des collines des Indunas, le ciel plombé par d'énormes cumulus en forme de champignon les annonçait déjà.

La chaleur semblait prise au piège sous le front nuageux, pesant lourdement sur les collines ferrugineuses. Accroupis en rangs serrés sur leurs boucliers, leurs sagaies et leurs fusils posés devant eux sur le sol rocailleux, les guerriers matabélés grouillaient sur les pentes. Par milliers, ils attendaient ; toutes les têtes coiffées des plumes de guerre étaient tournées vers le kraal royal, au pied des collines, d'où montait le battement d'un tam-tam, et l'immense foule noire des guerriers ondulait comme quelque monstre sorti des profondeurs de l'océan.

S'éleva alors de toutes les gorges un murmure étouffé :

— Voilà l'Éléphant ! Il arrive ! Il arrive !

Une petite procession franchit les portes du kraal, une vingtaine d'hommes arborant leurs pompons, emblèmes de leur bravoure, vingt hommes du sang royal de Kumalo qui marchaient fièrement derrière l'imposante personne de leur roi.

Lobengula s'était débarrassé de tous ses affûtiaux

européens – les boutons de cuivre et les miroirs, le vieux manteau de brocart – et il avait revêtu les insignes de la royauté matabélée.

Son front était ceint du bandeau, les plumes de héron piquées dans sa chevelure. Il portait une cape en peau de léopard et un pagne confectionné avec des queues de ce même animal. Les crécelles de guerre couvraient ses chevilles gonflées, percluses de goutte, mais il faisait fi de la douleur et avançait avec une dignité majestueuse, si bien que sa splendeur laissait les guerriers bouche bée.

— Voyez le Grand Buffle dont le pas fait trembler le sol.

Il tenait dans sa main droite la lance miniature symbole de la royauté. Il leva haut la petite arme et tous ses sujets se levèrent d'un bond, les boucliers, les longs boucliers qui leur donnaient leur nom, se déployant sur les flancs de la colline, pareils à de mortelles fleurs exotiques.

— *Bayété !*

Le salut royal roula comme une déferlante sur un éperon rocheux.

— *Bayété !* Lobengula, fils de Mosélékatsé.

Après ce cri, le silence fut impressionnant. Lobengula parcourut lentement les rangs et ses yeux trahissaient le terrible chagrin d'un père dont les enfants doivent mourir. L'heure était venue, qu'il redoutait depuis le premier jour où il avait tenu la petite sagaie dans sa main droite. S'abattait sur lui le destin auquel il avait tenté d'échapper.

Sa voix tonna, il leva sa lance et la pointa vers l'est.

— L'ennemi qui fond sur nous est comme... (il s'interrompit, la lance tremblant dans sa main) le léopard dans le kraal des chèvres, les termites dans le pilier d'une case. Nous n'aurons de cesse de l'avoir entièrement anéanti.

Les régiments de Matabélés grondèrent. Lobengula s'arrêta au milieu des rangs et rejeta sa cape pour dégager son bras droit.

Il pivota lentement jusqu'à faire face à l'est, où les colonnes de Jameson s'amassaient à l'horizon, puis tendit son bras en arrière et s'immobilisa dans la position du lanceur de javelot ; dix mille poitrines retinrent leur souffle.

Avec un cri à glacer le sang, celui d'un homme écrasé par la roue de sa destinée, Lobengula jeta alors sa lance vers l'est, et dix mille gorges renvoyèrent l'écho de son cri.

— Djii ! Djii ! rugirent-ils en frappant l'air, en frappant l'ennemi encore invisible.

Puis les régiments se formèrent, l'un derrière l'autre. Conduits par leurs indunas, leurs boucliers se chevauchant, fiers et féroces, ils défilèrent rapidement devant le roi en bondissant et brandissant leurs sagaies, et Lobengula les saluait : les Imbezu et les Inyati, les Ingubu et les Izimvukuzane, les « Taupes-qui-creusent-sous-la-montagne », leurs boucliers rouges levés haut et Bazo, la Hache, caracolant à leur tête. Ils s'éloignèrent vers l'est à travers les herbages. Lobengula entendit encore leurs chants longtemps après que le dernier eut disparu.

Un petit groupe d'indunas et de gardes veillait toujours sur le roi, mais ils attendaient plus bas, à l'entrée du kraal.

Lobengula était seul sur la colline déserte ; il n'y avait plus aucune majesté, aucune fierté dans son maintien. Son corps monstrueusement gonflé était avachi comme celui d'un vieillard malade. Les yeux embués des larmes qu'il n'avait pas versées, il regarda vers l'est sans bouger, écoutant les chants de guerre qui s'évanouissaient.

Finalement, il soupira, se secoua et s'avança en clopinant sur ses pieds déformés.

Il se baissa péniblement pour récupérer sa petite sagaie mais marqua un temps d'arrêt avant de la toucher.

La lame de la lance royale s'était cassée net. Il ramassa les morceaux, fit demi-tour et descendit lentement les collines des Indunas en traînant les pieds.

La bannière de la Compagnie flottait au-dessus du camp, sur son mât en mopani légèrement de travers.

Elle avait pendu mollement toute la matinée dans l'air surchauffé, mais à présent, alors que la patrouille pénétrait sur le terrain découvert au-dessus de la berge, elle se déployait au gré des courants d'air et claquait comme pour attirer l'attention, puis se déroulait dans toute sa gloire avant de retomber.

A la tête de la patrouille, Ralph Ballantyne se tourna vers son père, qui chevauchait à ses côtés.

— Ce drapeau annonce clairement la couleur, vous ne trouvez pas, papa ?

En surimpression sur les jolies croix de Saint-Georges, Saint-André et Saint-Patrick qui formaient l'Union Jack, se détachait l'emblème de la Compagnie, le lion rampant avec une défense d'éléphant entre ses griffes et, dessous, les lettres « BSAC » – British South Africa Company.

— Au service de la Compagnie d'abord, reprit Ralph, et bien après, de la reine.

— Tu es un coquin cynique, remarqua Zouga, qui ne put s'empêcher de sourire. Entends-tu suggérer qu'un seul d'entre nous est là pour son profit personnel plutôt que pour la gloire de l'Empire ?

— Loin de moi cette idée, répondit Ralph en gloussant. A propos, papa, combien de concessions avez-vous rachetées jusqu'à présent ? Trente ou trente-cinq ?

— C'est à l'accomplissement de ce rêve que j'ai œuvré toute ma vie, Ralph. Il est en train de devenir réalité. Lorsque ce sera fait, je recevrai ma juste récompense et pas davantage.

Les chariots étaient disposés en carré à trois cents mètres des berges escarpées de la rivière Shangani, au centre d'une aire argileuse desséchée, aussi plate et dénudée qu'un court de tennis. L'argile s'était craquelée en briquettes irrégulières dont les bords recroquevillés crissaient sous les sabots des chevaux tandis que Zouga ramenait la patrouille vers le camp.

Voilà deux jours qu'ils étaient partis en reconnaissance le long de la piste, de l'autre côté de la rivière, et Zouga eut la satisfaction de constater qu'en son absence Saint-John avait suivi son conseil et fait défricher les abords de la zone argileuse afin de dégager le champ de tir. Tout assaillant eût été à présent contraint de parcourir trois cents mètres à découvert avant d'atteindre le carré de chariots, et ce sous le feu des mitrailleuses.

Tandis qu'ils s'approchaient au petit galop, une équipe ôta les chaînes qui bloquaient les roues d'un chariot et tira celui-ci sur le côté afin de leur permettre d'entrer. Un sergent en uniforme de la Compagnie salua Zouga et lui lança :

— Le général Saint-John vous transmet ses compliments, mon commandant, et vous prie de lui faire votre rapport sur-le-champ.

— Je parie qu'un verre vous fera plaisir, fit Saint-John en regardant la poussière qui blanchissait la barbe de Zouga et sa chemise trempée de sueur.

Zouga remercia froidement d'un hochement de tête et se servit avec la bouteille qui maintenait en place un des coins de la carte.

— Les régiments sont tous sortis en ordre de bataille, commença Zouga avant de s'interrompre pour laisser le whisky lui rincer la gorge. Je les ai identifiés pour la plupart. Il y a les Inyati de Gandang et les Insukamini de Manonda... (Il énuméra le nom des indunas et de leurs régiments en consultant les notes qu'il avait prises sur son bloc.) Nous avons eu un accrochage avec les « Taupes » et avons dû nous dégager à coups de fusil, mais cela ne nous a pas empêchés d'aller jusqu'à la rivière Bambesi avant de tourner bride.

— Où se trouvent les régiments, Ballantyne ? demanda Jameson presque avec humeur. Bon sang, nous avons parcouru cent kilomètres depuis Iron Mine Hill et nous n'avons pas vu l'ombre d'un guerrier.

— Ils sont tout autour de nous, docteur. Il y en a au moins un millier cachés au milieu des arbres de l'autre côté de la rivière, et j'ai coupé des pistes qui montrent que deux autres régiments nous ont encerclés. Ils sont vraisemblablement dans les Longiwe Hills, à surveiller le moindre de nos mouvements.

— Nous devons les amener à se battre, déclara Jameson, tracassé. Chaque jour supplémentaire de campagne coûte cher aux actionnaires.

— Ils ne nous attaqueront pas à terrain découvert, tant que nous serons là, en carré.

— Où alors ?

— Ils attaqueront à la manière des Zoulous, en terrain accidenté ou couvert de taillis. J'ai repéré quatre défilés un peu plus loin, où ils ont la possibilité de s'approcher de chaque côté sans se faire voir ou de tendre une embuscade aux chariots.

— Vous voudriez que nous nous jetions dans leur piège au lieu de les débusquer ? demanda Saint-John.

— Vous ne parviendrez pas à les débusquer. A mon avis, leur commandant est Gandang, le demi-frère du roi. Il est bien trop astucieux pour nous attaquer en rase campagne. Si vous voulez les combattre, ce ne peut être qu'en terrain difficile.

— Lorsque le serpent est lové, la tête dressée et la gueule ouverte, l'homme sage ne tend pas la main, dit Gandang à voix basse aux autres indunas qui écoutaient ses paroles, la tête inclinée. Il attend que le serpent se déroule et s'éloigne en rampant puis il lui saute sur la tête pour l'écraser. Nous devons attendre. Nous devons attendre de les surprendre dans la forêt, lorsque les chariots avancent à la queue leu leu et que les cavaliers ne peuvent se voir. Alors, nous coupons la colonne en morceaux et les avalons un à un.

— Oui, mais mes jeunes guerriers sont fatigués d'attendre, objecta Manonda, assis face à Gandang de l'autre côté du feu. (Manonda était le commandant du régiment d'élite des Insukamini. Ses cheveux grisonnaient mais son cœur était toujours ardent. Tous connaissaient sa folle bravoure et le savaient prompt à réagir aux insultes et plus encore à en tirer vengeance.) Ces barbares de Blancs ont traversé nos territoires sans rencontrer la moindre opposition pendant que nous rôdons autour d'eux comme des vierges timides. Mes guerriers se lassent d'attendre, Gandang, et moi avec eux.

— Il y a un temps pour la timidité, Manonda, mon cousin, et un autre pour la bravoure.

— Quand l'ennemi vous défie avec impudence, voilà le moment de se montrer brave. Ils sont six cents, tu les a comptés toi-même, Gandang, et nous sommes six mille. (Manonda sourit d'un air moqueur aux hommes assis en cercle qui l'écoutaient. Chacun portait sur le front le bandeau, symbole de ses hautes fonctions, et accrochés à ses bras et à ses jambes les pompons attestant de sa bravoure.) Honte à ceux qui hésitent. Honte à toi, Bazo. Honte à toi, Ntabene. Honte à toi, Gambo, lança Manonda, l'Intrépide, d'une voix pleine de mépris, et, en entendant son nom, chacun eut un sifflement furieux de dénégation.

Puis soudain, au-delà du cercle des indunas, s'éleva dans la nuit un bruit qui les glaça tous et les réduisit au silence. C'étaient les plaintes sinistres d'une femme en deuil et la voix se rapprochait, accompagnée de nombreuses autres.

Une douzaine de gardes émergèrent de l'obscurité, traînant et portant tout en même temps une vieille femme. Elle était seulement vêtue d'un pagne en peau de hyène et portait autour du cou le macabre attirail des sorcières. Elle faisait les yeux blancs et gémissait comme une pleureuse, sa salive écumant autour de ses lèvres molles.

— Qu'y a-t-il, sorcière ? demanda Gandang, la bouche tordue et les yeux assombris par une crainte superstitieuse. Quelles nouvelles apportes-tu ?

— Les hommes blancs ont violé les lieux saints. Ils ont détruit l'élue des esprits et assassiné les prêtres. Ils ont pénétré dans la caverne de l'*umlimo* dans les collines sacrées, et son sang est répandu sur la roche antique. Malheur à nous. Malheur à ceux qui ne cherchent pas vengeance. Tuez les hommes blancs, tuez-les tous !

La vieille écarta les mains des gardes et, avec un hurlement aigu, se jeta au milieu des flammes du bivouac.

Son pagne s'embrasa, sa chevelure en bataille prit feu comme une torche et tous se reculèrent, frappés d'horreur.

— Tuez les hommes blancs, cria encore la sorcière.

Ils virent sa peau noircir et sa chair se détacher de ses os, puis elle s'effondra, un torrent d'étincelles jaillit vers les arbres, puis il n'y eut plus que le crépitement du feu.

Debout dans le silence stupéfait qui suivit, Bazo sentit la rage monter en lui. Les yeux fixés sur les restes calcinés de la sorcière, il éprouva le même besoin de sacrifice, exutoire et répit à sa fureur et à son chagrin.

Dans les flammes jaunes, il vit le visage bien-aimé de Tanase lui apparaître et il eut la sensation que sa poitrine se déchirait.

— Djii ! cria-t-il, exprimant sa rage par ce cri de guerre : Djii !

Il leva sa sagaie et pointa sa lame en direction de la rivière et du camp des hommes blancs, qui se trouvait à moins d'un mile, au-delà de la silhouette sombre des collines. « Djii ! » Sous la caresse de la brise nocturne, ses larmes devinrent froides comme de la neige.

« Djii ! » Manonda reprit le cri de guerre et frappa l'air de sa sagaie en direction de l'ennemi. La folie divine s'empara alors d'eux. Gandang était le seul à avoir conservé sa raison et à craindre les conséquences de cet emportement.

— Attendez ! cria-t-il. Attendez, mes enfants, mes frères.

Mais ils étaient déjà partis en courant, dans l'obscurité, pour réveiller leurs régiments endormis.

Zouga n'arrivait pas à fermer l'œil, bien qu'il eût grand besoin de repos après leur rude chevauchée. Étendu, immobile, il écoutait les ronflements et les grognements occasionnels des hommes qui l'entouraient, mais des pressentiments et de sombres pensées l'empêchaient de dormir.

Le souvenir de la tragédie qui s'était déroulée dans la caverne de l'*umlimo* revint le travailler, et il se demanda combien de temps il faudrait avant que la nouvelle de cette atrocité parvienne au roi et aux indunas. Des semaines étaient peut-être nécessaires pour parcourir le trajet entre la vallée secrète des Matopos et le kraal royal, mais les actions entreprises par les indunas matabélés lui apprendraient l'arrivée du messager.

De l'autre côté du camp, une fusée monta en sifflant haut dans le ciel nocturne, avant d'éclater en petites étoiles rouges. Les sentinelles avaient envoyé une fusée toutes les heures pour aider une patrouille manquante à retrouver le camp.

Zouga tira de sous sa selle sa montre en or de chasseur et la regarda à la lumière de la fusée : trois heures du matin. Il écarta sa couverture et chercha ses bottes. Pendant qu'il les enfilait, le sentiment qu'un danger menaçait devint plus fort.

Il passa sa cartouchière et vérifia que son revolver était bien chargé. Il enjamba ensuite les formes endormies et se dirigea vers les chevaux. Le hongre bai hennit en le reconnaissant et Jan Cheroot s'éveilla.

— Tout va bien, lui dit Zouga à voix basse, mais le petit Hottentot bâilla et, sa couverture passée sur ses épaules comme un châle, alla en clopinant remuer les cendres du feu.

Il posa la cafetière bleue émaillée sur les braises et, pendant qu'elle chauffait, ils s'assirent et parlèrent tranquillement, comme les deux vieux amis qu'ils étaient.

— Moins de cent kilomètres pour GuBulawayo, murmura Jan Cheroot. Il nous a fallu plus de trente ans... mais je sens enfin que nous approchons du but.

— J'ai racheté près de quarante concessions. Ça fait près de cent mille hectares. Oui, nous touchons enfin au but. Bon sang, la route a été longue et difficile, bien que, de la mine de Kimberley au Zambèze...

Il s'interrompit et écouta. Il y eut un petit cri ressemblant à celui d'un oiseau de nuit, à l'extérieur du camp.

— Ce sont les Machonas, grogna Jan Cheroot. Le général aurait dû leur permettre de rester à l'intérieur du camp.

Au cours de leur longue randonnée depuis Iron Mine Hill, de nombreux groupes de Machonas étaient venus demander leur protection contre les Matabélés. Ils avaient appris à leurs dépens ce à quoi ils pouvaient s'attendre lorsque leurs régiments balayaient le pays en ordre de bataille.

— Le général ne pouvait prendre ce risque. Des espions matabélés sont peut-être parmi eux, il doit être prudent.

Mungo Saint-John avait ordonné aux réfugiés de rester en dehors du camp. Ils étaient à présent trois ou quatre cents, en majorité des femmes et des enfants, à camper au milieu des arbres au bord de la rivière, à cinq cents mètres des chariots.

Zouga retira la cafetière des braises et versa le liquide fumant dans son gobelet, puis pencha de nouveau la tête pour écouter. On entendait un léger brouhaha, un concert de cris lointains, du côté de la rivière. Son gobelet à la main, Zouga se dirigea à grandes enjambées vers le chariot le plus proche, grimpa sur le brancard et regarda en direction du cours d'eau.

L'aire argileuse était d'une pâleur fantomatique sous les étoiles et, plus loin, la ligne des arbres d'un noir profond. Il n'y avait rien à voir... si ce n'est... il cilla rapidement car ses yeux lui jouaient des tours... si ce n'est que la ligne des arbres semblait se rapprocher ;

comme du pétrole ou une flaque de sang, elle avançait à travers le terrain découvert en direction du camp.

Il percevait à présent un bruissement : la vague noire déferlait à une vitesse effrayante.

A ce moment-là, une autre fusée s'éleva dans la nuit avec un sifflement et, en éclatant, éclaira les parages d'une lumière rose et douce. Zouga laissa tomber son gobelet de café.

La clairière était envahie de Matabélés. Rang après rang, la horde des guerriers, avec leurs grands boucliers ovales et leurs sagaies qui scintillaient dans la lumière de la fusée, la balayait comme une marée noire en direction des chariots.

Zouga sortit son lourd pistolet de son étui et tira en direction du mur sombre de boucliers.

— Aux armes ! beugla-t-il. Les Matabélés arrivent ! Aux armes !

De la masse des guerriers s'éleva un bruit semblable à un bourdonnement d'abeilles furieuses. Le percuteur du revolver claqua sur une cartouche vide ; Zouga sauta à terre et longea en courant la rangée des chariots jusqu'à la mitrailleuse la plus proche.

Tout le camp résonnait de bruits de pas précipités et des cris effrayés des hommes qui couraient à leurs postes. Zouga atteignit un angle du carré ; le serveur de la mitrailleuse sortit en titubant de son lit de camp sous un chariot. Les cheveux dans les yeux, en chaussettes, ses bretelles pendantes, il remonta à la hâte son pantalon et se laissa tomber lourdement sur le petit siège incorporé au trépied de la mitrailleuse.

Son second, le chargeur, était invisible, probablement perdu au milieu du fourmillement d'hommes à peine réveillés. Zouga fourra son revolver dans sa ceinture et s'agenouilla près de l'arme à répétition. Il arracha le couvercle de la boîte de munitions et en sortit la première bande de cartouches.

— Bien ! marmonna le mitrailleur lorsque Zouga leva le volet latéral de la culasse et engagea la bande dans le chargeur.

— Prêt ! Chargement un ! fit Zouga d'un ton autoritaire.

Le mitrailleur tira d'un coup sec la poignée de la manivelle, de l'autre côté du bloc de culasse, et la clavette en haut de l'extracteur accrocha la première cartouche.

On entendait à présent les sagaies cogner contre les boucliers en peau et le bourdonnement grave émis par les guerriers était presque assourdissant. Peut-être n'étaient-ils plus qu'à quelques mètres de la barricade de chariots, mais Zouga ne leva pas les yeux. Il concentrait toute son attention sur la tâche compliquée du chargement de la Maxim.

— Chargement deux !

Le mitrailleur tourna de nouveau sa manivelle, le chargeur cliqueta. Zouga enfonça la bande de cartouches et la poignée fut tirée pour la seconde fois. La première cartouche entra en douceur dans la culasse.

— Chargée et armée ! dit Zouga en donnant une tape sur l'épaule du mitrailleur.

Tous deux levèrent les yeux. Le premier rang de boucliers et de plumes de guerre semblait près de rouler sur eux comme une vague sur la plage.

C'est ce moment ultime qu'aimaient et attendaient les amadodas ; déjà ils levaient leur bouclier pour dégager leur bras armé.

Leur rugissement joyeux fendit la nuit ; ils arrivaient aux chariots et commençaient à pénétrer dans le camp. Le mitrailleur était assis son arme entre les genoux et les deux mains sur les poignées latérales. Il tira sur les anneaux du cran de sécurité et pressa sur le bouton de tir.

La gueule de la mitrailleuse touchait presque le ventre d'un grand guerrier emplumé qui débouchait d'entre les chariots lorsque le canon se mit à trembler ; un rai de lumière s'échappa du canon tandis que le martèlement assourdissant heurtait les tympans de Zouga. Le guerrier fut soufflé.

Le mitrailleur pointait sa Maxim d'un côté puis de l'autre, en balayage, et les éclairs continus crachés par la gueule éclairaient le terrain d'une lumière surnaturelle.

La vague noire des Matabélés n'avançait plus. Elle était figée devant les chariots : sa crête de plumes moutonnait et les boucliers qui en formaient le corps se levaient puis retombaient en cliquetant, ils ne s'approchaient plus. Ils étaient contenus par le trait de lumière vacillante qui jaillissait de la mitrailleuse. Le flot continu de balles les balayait en pleine course. Chaque guerrier tombait sur celui qui le précédait, puis un autre apparaissait dans l'espace qu'il avait laissé et la mitrailleuse le fauchait à son tour, son bouclier résonnant sur le sol dur et l'éclair intermittent de l'arme se reflétant sur l'acier fourbi de sa sagaie.

Tout autour du camp, les Maxim grondaient en lâchant leur torrent de feu ; six cents fusils à répétition accompagnaient ce chœur infernal. L'air était bleu de fumée ; l'odeur âcre de la cordite brûlait la gorge des soldats et les faisait pleurer comme s'ils déploraient la terrible boucherie à laquelle ils se livraient.

Les Matabélés n'en continuaient pas moins d'affluer, mais il leur fallait à présent escalader la barrière informe constituée par les corps de leurs camarades. Le mitrailleur qui faisait équipe avec Zouga lâcha le bouton de détente et tourna la roue de hausse pour lever le canon d'un pouce afin de garder la ligne de tir à hauteur du ventre des guerriers qui gravissaient les monceaux de cadavres.

Puis l'arme recommença à tressauter et à gronder, de nouveau les corps noirs des assaillants déchirés par les balles s'agitèrent de mouvements convulsifs et se cabrèrent.

Mais les Matabélés arrivaient toujours.

— Par Dieu, ils ne s'arrêteront donc jamais ! glapit le mitrailleur. La gueule de l'arme rougeoyait et le radiateur à eau, dont le liquide de refroidissement était en ébullition, laissait échapper un jet de vapeur avec un sifflement aigu. Les douilles de cuivre vomies par l'extracteur venaient tinter contre la roue cerclée de fer du chariot et formaient sous elle un tas étincelant.

— L'arme est vide ! cria Zouga au moment où l'extrémité de la bande entrait dans la culasse.

Ils tiraient depuis moins d'une minute et la caisse de cinq cents cartouches était déjà vide. Zouga l'écarta d'un coup de pied et tira une caisse pleine tandis que les Matabélés déferlaient vers la mitrailleuse silencieuse.

— Prêt, chargement un ! brailla Zouga.

— Chargement deux !

Les guerriers noirs se précipitaient dans l'espace entre les chariots.

— Chargée et armée !

De nouveau reprit le crépitement assourdissant pareil au battement d'ailes d'un ange noir, et le canon de la mitrailleuse balaya inlassablement les Matabélés, les repoussant dans l'obscurité.

— Ils décampent ! cria le mitrailleur. Regarde, ils s'enfuient !

Il n'y avait plus devant les chariots que les corps entassés. Ici et là bougeait un agonisant cherchant à tâtons sa sagaie ou essayant maladroitement d'étancher le flot de sang qui jaillissait d'une de ses blessures.

Au-delà des cadavres, les blessés se traînaient vers la

limite des arbres en laissant derrière eux des marques sombres sur l'argile. L'un était debout, décrivant des cercles en titubant et se tenant le ventre de ses deux mains pour empêcher ses boyaux de s'échapper.

Au-delà des arbres, le ciel était d'un splendide rose cendré, et les nuages piquetés d'écarlate et d'or pâle : l'aube se levait sur le champ de bataille silencieux.

— Ces salauds en ont assez, dit le mitrailleur avec un gloussement sans joie, réaction nerveuse après cet aperçu de l'enfer.

— Ils reviendront, répondit Zouga calmement en tirant une autre caisse de munitions.

— Tu t'es bien débrouillé, mon gars, reprit le mitrailleur en gloussant encore, les yeux écarquillés d'horreur, braqués sur les tas de cadavres.

— Remplissez d'eau votre condenseur, soldat, ordonna Zouga. La mitrailleuse chauffe, elle va s'enrayer lorsque la deuxième vague d'assaillants arrivera.

— Oui, mon commandant ! bafouilla le mitrailleur en réalisant soudain qui était Zouga. Excusez-moi, mon commandant.

— Voilà votre chargeur ! (L'auxiliaire du mitrailleur arrivait, hors d'haleine. C'était encore un gamin aux joues roses et aux cheveux bouclés, qui ressemblait davantage à un choriste qu'à un serveur de mitrailleuse.) Où étiez-vous, soldat ?

— J'étais en train de retenir les chevaux. Tout s'est passé si vite...

— Écoutez ! ordonna Zouga tandis que le jeune homme prenait sa place.

De la lisière de la forêt s'élevait un chant, profond et sonore. C'était le chant de louange des « Taupes-qui-creusent-sous-la-montagne ».

— Restez à votre poste, soldat, ordonna Zouga. Ce n'est pas fini.

Il tourna les talons et longea à grandes enjambées la rangée des chariots tout en rechargeant son revolver.

Bazo parcourait en chantant les rangs de ses guerriers.

Lorsqu'ils avaient reflué, il les avait regroupés derrière la lisière de la forêt et ils chantaient avec lui pour se donner du courage avant le prochain assaut. Les survivants du régiment de Manonda s'étaient mêlés au sien. Ils avaient fait partie de la première vague d'assaillants et peu en avaient réchappé.

Il y eut soudain un grand bruit au-dessus de la cime des arbres. Puis, au milieu des rangs de guerriers accroupis, une haute colonne de fumée, de flammes et de poussière jaillit brusquement tandis que des corps étaient projetés en l'air.

— Tuez le démon de fumée, cria quelqu'un.

Un autre boulet explosa et, affolés, les guerriers tirèrent sur ces démons de fumée et de feu avec leurs Martini-Henry ancien modèle, tuant et blessant leurs camarades de l'autre côté.

— Ce ne sont pas des démons, cria Bazo, mais sa voix était couverte par le tonnerre du barrage d'artillerie et le tohu-bohu que faisaient les guerriers en essayant de se défendre contre cette chose mystérieuse.

— Venez ! hurla Bazo, sachant qu'il n'y avait qu'un seul moyen pour les reprendre en main. Aux chariots ! A l'attaque contre les chariots.

Ceux qui étaient assez près pour l'entendre le suivirent et, les voyant, les autres s'élancèrent sur leurs talons. Ils débouchèrent en masse de la forêt ; les autres régiments débandés entendirent s'élever leurs cris de guerre et s'élancèrent eux aussi dans la clairière. Immédiatement, le terrible vacarme reprit et les sifflements et claquements de milliers de coups de fouet envahirent l'air.

— Ils reviennent, dit Zouga à voix basse, presque pour lui-même. C'est la cinquième fois.

— De la folie pure, murmura Mungo Saint-John, tandis que, dans un bouillonnement de plumes, les vagues de guerriers s'élançaient hors de la forêt et du lit de la rivière vers les mitrailleuses.

Les pièces de campagne étaient abaissées au maximum et la hauteur d'éclatement réglée au plus court ; l'explosion des obus était d'une étrange beauté dans le ciel matinal.

Le feu des armes portatives crépitait et, à mesure que les régiments de guerriers matabélés pénétraient dans les nappes de fumée, leurs rangs serrés s'éclaircissaient et perdaient leur élan.

Une fois encore la marée d'assaillants hésita et s'arrêta juste avant les chariots puis reflua, mais la tempête de feu continua longtemps après que les derniers d'entre eux eurent disparu parmi les arbres. Avec une violence insensée, les balles arrachèrent des morceaux d'écorce au tronc des arbres, puis une à une les mitrailleuses se turent.

A côté de Zouga, le docteur Jameson se frottait les mains avec satisfaction.

— Tout est fini. Leurs régiments sont défaits, détruits, anéantis. Nous ne pouvions espérer mieux. Dites-moi, Saint-John, en tant que militaire, à combien estimez-vous leurs pertes jusqu'à présent ?

Mungo Saint-John considéra la question avec sérieux, grimpa sur l'un des chariots afin de mieux voir le champ de bataille, ignorant le feu intermittent de quelques Matabélés isolés qui tiraient sans grand résultat depuis la lisière de la forêt. Convaincus qu'en levant leur hausse au maximum, ils donnaient plus de force à leurs balles, la plupart de celles-ci passaient en vrombissant loin au-dessus des défenseurs du camp.

Debout sur le chariot, Mungo Saint-John alluma un cigarillo, sans quitter des yeux le carnage.

— Il y a au moins deux mille morts, dit-il enfin gravement, peut-être trois mille.

— Pourquoi n'envoyez-vous pas une équipe pour voir ce que nous avons à notre tableau de chasse, docteur ? suggéra Zouga, mais Jameson ne perçut pas l'ironie de la question.

— Nous ne pouvons prendre plus de retard, et c'est bien dommage. Nous pouvons encore faire une journée complète de marche. Ça sera d'un bon effet dans le rapport à la Compagnie, répondit-il en tirant sa chaîne d'or de son gousset et en ouvrant du pouce le couvercle de sa montre. Huit heures ! s'extasia-t-il. Vous rendez-vous compte, messieurs, que nous avons gagné une bataille décisive avant le petit déjeuner et qu'à dix heures, nous pouvons être en route vers le kraal de Lobengula ? Nos actionnaires peuvent être fiers de nous.

— Je crois, coupa doucement Zouga, qu'un peu de travail nous attend encore. Ils reviennent à la charge.

— C'est incroyable, lâcha Saint-John.

Bazo parcourut lentement les rangs décimés de ses hommes. Ce n'était plus un régiment, mais une petite bande pitoyable de survivants. La plupart avaient pansé leurs blessures avec des poignées de feuilles vertes, à présent imbibées de sang, et leur regard avait l'étrange fixité de ceux qui ont entrevu l'éternité. Ils ne chantaient plus et restaient accroupis en silence, mais toujours tournés vers le camp des Blancs.

Bazo s'arrêta sous les branches d'un teck et leva les yeux.

Manonda, le commandant de ce qui avait été le glorieux régiment des Insukamini, s'était pendu à l'une des branches maîtresses avec un lacet de cuir. Ses yeux exorbités lançaient encore un regard de défi à ses ennemis. Sa jambe droite, fracassée au-dessus du genou par une balle de mitrailleuse, était affreusement tordue et pendait plus bas que la gauche.

— Je te salue, Manonda, qui as choisi de mourir plutôt que de boire le breuvage amer de la défaite, cria Bazo en levant sa sagaie.

Le régiment des Insukamini n'était plus. Les cadavres de ses guerriers étaient amoncelés devant les chariots.

— Je fais ta louange, Manonda, qui as choisi de mourir plutôt que de vivre une vie d'infirme et d'esclave. Va en paix, Manonda... et parle en bien de nous aux esprits.

Bazo se retourna et se tint devant ses hommes qui attendaient en silence. Le soleil matinal venait de franchir la cime des arbres et projetait devant eux des ombres démesurées.

— Vos yeux sont-ils toujours rouges de colère, mes enfants ? lança Bazo d'une voix haute et claire.

— Ils sont toujours rouges, Baba ! répondirent-ils en chœur.

— Alors, allons accomplir ce qui reste encore à accomplir.

Là où dix amadodas avaient couru, il n'y en avait plus que deux pour participer à la dernière charge. Et parmi ceux qui restaient, un seul parcourut plus de la moitié du chemin entre la forêt et les chariots. Les autres avaient battu en retraite et laissé Bazo continuer seul. La bouche ouverte, le torse ruisselant de sueur, il sanglotait à chaque pas. Il ne sentit pas la première balle qui le frappa, mais seulement un engourdissement soudain, comme si une partie de son corps manquait. Il continua à courir, sauta par-dessus un tas de cadavres enchevêtrés ; le bruit des armes à feu lui semblait à présent amorti et lointain, et un autre vacarme assourdissant résonna curieusement à ses oreilles, comme le fracas d'une puissante chute d'eau.

Il éprouva de nouveau une impression de déchirement, comme s'il s'était accroché à une épine de jujubier, mais aucune douleur. Le grondement devenait de plus en plus fort dans sa tête et son champ de vision se rétrécissait, si bien qu'il lui semblait voir à travers un long tunnel obscur.

Il éprouva encore une fois cette sensation d'être tiré brutalement, cette secousse désagréable mais indolore, et se sentit soudain très las. Il n'avait qu'une envie, c'était de se coucher par terre et de se reposer, mais il continua cependant vers les bâches d'un blanc étincelant des chariots. Puis, de nouveau, cette traction insistante et forte, comme s'il était brusquement retenu par une corde, et ses jambes se dérobèrent sous lui. Il tomba doucement en avant et resta face contre terre.

Le fracas des armes à feu avait cessé, remplacé par un autre bruit, celui des acclamations que poussaient les hommes blancs derrière les chariots.

Bazo était épuisé, totalement épuisé. Il ferma les yeux et se laissa envahir par l'obscurité.

De manière inhabituelle pour la saison, le vent avait brusquement tourné à l'est et, à cause de la brume humide et froide qui enveloppait les collines – la fine *guti* – l'eau dégouttait des arbres et Tanase était glacée jusqu'aux os. Elle gravissait péniblement un étroit sentier qui menait à un col entre deux pics granitiques gris. Elle avait une cape de cuir sur les épaules et portait en équilibre sur sa tête ses maigres possessions, récupérées dans la caverne de l'*umlimo*.

Elle arriva au col et regarda en contrebas la vallée suivante, couverte d'une épaisse végétation vert sombre. Elle la fouilla avidement du regard, et le courage commença peu à peu à lui manquer. Comme les autres, la vallée était vide de toute présence humaine.

Depuis qu'elle avait quitté la vallée secrète, la lune était devenue pleine, puis avait diminué avant de disparaître complètement, et elle réapparaissait à présent, maigre croissant jaune dans le ciel nocturne. Pendant tout ce temps-là, elle était à la recherche des femmes et des enfants matabélés. Elle savait qu'ils se trouvaient là, cachés quelque part dans les Matopos, car il en avait toujours été ainsi. Lorsqu'un ennemi puissant menaçait le peuple matabélé, les femmes et les enfants étaient envoyés dans les collines. Cependant, la région était si vaste, il y avait tant de vallées et de grottes profondes et labyrinthiques, qu'elle aurait pu les chercher jusqu'à la fin de ses jours sans les trouver.

Tanase commença lentement à descendre dans la vallée déserte. Elle avait les jambes en plomb, et à nouveau des nausées la firent saliver. Au fond de la vallée, elle se laissa tomber sur une roche couverte de mousse près du petit ruisseau.

Elle n'ignorait pas la cause de ses malaises ; ses règles n'avaient que quelques jours de retard, mais elle savait que la semence de son répugnant ravisseur avait pris, et ce qu'il lui restait à faire.

Elle posa son chargement et se mit à la recherche de petit bois sec sous les arbres, là où la *guti* ne l'avait pas encore trempé. Elle l'entassa à l'abri d'un rocher et s'accroupit.

Pendant de longues minutes, elle concentra toute son attention sur le tas de bois. Au bout d'un moment, elle soupira, et ses épaules s'affaissèrent. Elle avait perdu même ce pouvoir mineur, celui d'allumer un feu par la seule force de son mental. Comme le lui avait dit l'homme blanc à la barbe dorée, elle n'était plus *umlimo*. Elle n'était plus qu'une jeune fille comme les autres, sans dons particuliers ni devoirs accablants. Les esprits ne pouvaient plus rien exiger d'elle, elle était enfin libre de se mettre à la recherche de l'homme qu'elle aimait.

Pendant qu'elle allumait un feu simplement, avec le petit arc pour faire pivoter le morceau de bois sec, deux choses lui donnèrent la force d'affronter l'épreuve qui l'attendait : l'amour et une haine tout aussi violente.

Lorsque le contenu de la petite marmite d'argile se mit à bouillir, elle y ajouta les lambeaux d'écorce séchée de tambooti ; immédiatement, l'odeur suave de la vapeur toxique lui procura une sensation d'écœurement.

La corne noire et droite d'oryx avait été coupée à l'extrémité, afin qu'elle pût l'utiliser pour recueillir du sang ou comme canule pour introduire un liquide dans le corps.

Tanase étala la cape de cuir au pied du rocher et s'y allongea sur le dos, les pieds appuyés en l'air contre le granit. Elle prit une profonde inspiration, serra les mâchoires et introduisit en elle la corne préalablement graissée. Lorsqu'elle rencontra une résistance, elle la manipula avec précaution mais fermeté, et son souffle s'échappa en un cri de douleur au moment où la pointe s'engageait dans l'ouverture et pénétrait encore plus profondément.

La douleur fit naître en elle une joie impie, comme si elle l'infligeait à la chose détestée qui avait pris racine en elle. Elle se leva sur un coude et trempa son index dans la décoction pour en vérifier la température. Elle avait juste assez refroidi pour qu'elle pût la supporter.

Elle prit la marmite et versa le liquide dans le long entonnoir ; elle gémit et son dos s'arqua, mais elle versa jusqu'à ce que la marmite soit vide. Elle avait un goût de sang dans la bouche, et elle s'aperçut qu'elle s'était mordu la lèvre. Elle saisit ensuite la corne et l'arracha de son corps, puis se recroquevilla sur la cape de cuir, les genoux contre la poitrine, frissonnant et gémissant à cause du feu qui lui brûlait les entrailles.

Au cours de la nuit, elle sentit les premières crampes et les muscles de son ventre se contracter spasmodiquement sous ses mains.

Elle aurait aimé que quelque chose se soit déjà formé, une minuscule réplique de l'homme bestial qui l'avait violée, afin d'assouvir sur elle sa vengeance. Elle aurait pris plaisir à la mutiler et à la brûler, mais il n'y avait rien de substantiel sur quoi déverser sa rancune. Bien qu'elle ait purgé son corps, elle portait donc toujours en elle cette haine féroce quand elle reprit sa pénible progression dans les profondeurs des Matopos.

Les cris et les rires joyeux d'enfants en train de jouer guidaient Tanase. Cachée par les roseaux à tête cotonneuse, elle rampa au bord de la rivière jusqu'au moment où elle surplomba le plan d'eau verte entre les bancs de sable blanc. C'étaient des fillettes venues chercher de l'eau. Elles avaient aligné les grands pots d'argile noirs sur le sable et fermé leur goulot avec des feuilles afin qu'ils ne débordent pas quand elles les porteraient sur leur tête.

Après avoir rempli les pots, elles n'avaient pas résisté à la tentation de se tremper dans l'eau fraîche. Elles s'étaient débarrassées de leurs pagnes et batifolaient en poussant des cris aigus. Les plus âgées étaient pubères et leurs seins commençaient à se former. L'une d'elles repéra Tanase et poussa un cri.

Tanase attrapa de justesse la fillette la plus jeune et la plus lente au moment où elle allait disparaître sur la berge opposée, et elle la tint contre sa poitrine tandis qu'elle tortillait son petit corps noir tout mouillé et luisant, se débattant et pleurant de terreur.

Tanase rassura la petite fille par des paroles apaisantes et la caressa doucement, jusqu'à ce qu'elle se calme.

— Je suis de ton peuple, murmura-t-elle. N'aie pas peur.

Une demi-heure plus tard, la fillette jacassait gaiement et conduisait Tanase par la main.

Les mères sortirent des cavernes à l'extrémité de la vallée et se pressèrent autour de Tanase.

— Est-il vrai qu'il y a eu deux grandes batailles ? demanda l'une.

— Nous avons entendu dire que les régiments avaient été défaits à Shangani et que ceux qui restaient avaient été abattus comme du bétail sur les rives du Bambesi, dit une deuxième.

— Dis-nous que nos maris et nos fils ne sont pas morts, supplièrent-elles.

— On a affirmé que le roi s'était enfui du kraal royal et que nous sommes des enfants sans père. Est-ce que c'est vrai, est-ce que tu peux nous dire si c'est vrai ?

— Je ne suis au courant de rien, répondit Tanase. Je viens pour entendre des nouvelles, non pour en apporter. Y en a-t-il une parmi vous qui peut me dire où se trouve Jouba, la première épouse de Gandang, le frère du roi ?

Elles indiquèrent les collines ; Tanase reprit la route et trouva un autre groupe de femmes caché au milieu d'épais buissons. Leurs enfants ne riaient ni ne jouaient, ils avaient les membres maigres comme des bâtons et le ventre gonflé.

— Nous n'avons rien à manger, lui dirent-elles. Nous n'allons pas tarder à mourir de faim.

Elles l'envoyèrent vers le nord et Tanase repartit, cherchant, interrogeant et essayant de ne pas voir les souffrances endurées par la nation vaincue, jusqu'au jour où, lorsqu'elle entra dans une caverne obscure et enfumée, une silhouette vaguement familière se leva pour l'accueillir.

— Tanase, mon enfant, ma fille !

C'est seulement à ce moment qu'elle la reconnut, car la chair abondante de la femme avait fondu et ses seins naguère généreux pendaient tout flasques sur son ventre.

— Jouba, ma mère ! cria Tanase en courant se jeter dans ses bras, et il lui fallut un bon moment avant de pouvoir parler de nouveau à travers ses larmes. Oh, ma mère, sais-tu ce qu'est devenu Bazo ?

Jouba la repoussa doucement à bout de bras et la regarda. Quand Tanase vit l'immense chagrin dans ses yeux, elle s'écria avec effroi :

— Il n'est pas mort ?

— Viens, ma fille, murmura Jouba.

Elle la conduisit dans les profondeurs de la grotte, le long d'un passage naturel qui s'ouvrait dans le roc. Une odeur de chair en décomposition flottait dans la pénombre fraîche.

La seconde caverne était éclairée uniquement par une mèche allumée flottant sur un bol d'huile. Sur une litière installée contre la paroi du fond était étendu un corps squelettique et l'odeur de la mort était suffocante.

Avec appréhension, Tanase s'agenouilla près de la litière et souleva la poignée de feuilles qui recouvrait l'une des plaies puantes.

— Il n'est pas mort, répéta Tanase. Bazo n'est pas mort.

— Pas encore, admit Jouba. Son père et ceux qui ont survécu aux balles des hommes blancs m'ont apporté mon fils sur son bouclier. Ils m'ont demandé de le sauver... mais personne ne le peut.

— Il ne mourra pas, je ne le laisserai pas mourir, dit farouchement Tanase en se penchant sur le corps décharné et en pressant ses lèvres sur la chair brûlante de fièvre. (Puis, s'adressant à Bazo, elle murmura :) Je ne te laisserai pas mourir.

Les collines des Indunas étaient désertes ; aucune bête ne paissait, car les troupeaux avaient depuis longtemps été conduits loin des envahisseurs. Quant aux vautours et aux corbeaux, les mitrailleuses leur avaient préparé un festin pantagruélique à quarante kilomètres à peine à l'est, sur le Bambesi.

Le kraal royal de GuBulawayo était presque vide, les logements des femmes silencieux. Toutes se cachaient dans les collines magiques des Matopos.

Les casernes des régiments étaient elles aussi désertes. Deux mille morts à Shangani, trois mille autres sur le Bambesi, et personne ne compterait jamais ceux qui s'étaient traînés dans des grottes ou des fourrés pour y mourir.

Les survivants s'étaient dispersés, certains pour aller rejoindre les femmes dans les collines, les autres pour se tapir, perplexes et démoralisés, partout où ils pouvaient trouver un abri.

De tous les régiments matabélés, un seul était intact, celui des Inyati de l'induna Gandang, le demi-frère du roi. Gandang était le seul à avoir résisté au vent de folie qui avait poussé les autres indunas à lancer leurs hommes contre les mitrailleuses. A présent, son régiment rassemblé autour de lui, il attendait les ordres du roi dans les collines situées au nord du kraal royal.

Dans tout GuBulawayo, il ne restait qu'un petit groupe : vingt-six Blancs, des hommes et des femmes. C'étaient les marchands et les solliciteurs de concessions qui se trouvaient dans le kraal lorsque Jameson avait marché depuis Iron Mine Hill. Les Codrington se trouvaient avec eux, Clinton, Robyn et les jumelles. Lobengula avait ordonné à tous de rester sous sa protection pendant que ses régiments étaient en campagne et il les avait appelés dans le kraal des chèvres pour leur donner une dernière audience.

Les quatre chariots de Lobengula, les bêtes déjà attelées, avaient été tirés devant les deux constructions en adobe qui remplaçaient depuis peu les cases à toit de chaume.

Une petite suite entourait les chariots : deux des épouses principales de Lobengula, quatre vieux indunas et une douzaine d'esclaves et de serviteurs.

Le roi était assis sur la caisse du chariot de tête. Celui-ci transportait uniquement ses trésors, une centaine de grandes défenses d'éléphant, les petits pots scellés de diamants bruts et les sacs de toile marqués

« The Standart Bank Ldt ». Ceux-ci contenaient les souverains qui lui avaient été versés pendant les quatre ans écoulés, depuis qu'il avait accordé la concession à la British South Africa Company – quatre mille souverains, moins d'un souverain pour chacun de ses guerriers morts.

Lobengula regarda les Blancs assemblés autour du chariot. Le roi avait beaucoup vieilli durant les dernières semaines, depuis le jour où il avait jeté la lance de guerre sur les collines des Indunas. Le chagrin et le désespoir avaient creusé de profonds sillons autour de sa bouche et de ses yeux, devenus chassieux. Ses cheveux grisonnaient, son corps était gonflé et déformé, sa respiration, pénible et irrégulière.

— Dites à votre reine, hommes blancs, que Lobengula a tenu sa parole, dit-il d'une voix rauque. Il n'a été fait de mal à aucun d'entre vous. Daketela et ses soldats seront ici demain. En vous avançant sur la route de l'Est, vous pourrez même les rencontrer avant la tombée de la nuit. (Lobengula marqua une pause avant de poursuivre.) Allez, maintenant. Je n'ai rien d'autre à vous dire.

En sortant de l'enclos des chèvres, ils étaient silencieux, subjugués et étrangement calmes. Robyn seule était restée avec sa famille.

Les jumelles encadraient leur mère. A vingt et un ans, elles étaient aussi grandes qu'elle. On les aurait prises toutes trois pour des sœurs.

Clinton Codrington, qui se tenait derrière elles, voûté et chauve, vêtu d'un costume en drap noir passé et lustré aux poignets et aux coudes, semblait le père de Robyn aussi bien que des jumelles.

Le roi les regarda avec un air de profond regret.

— C'est la dernière fois que tu me réjouis les yeux, Nomousa, dit-il.

— Oh, roi, mon cœur brûle quand je pense à ce qui est arrivé et à la façon dont je t'ai conseillé.

— Ne te tourmente pas, Nomousa, répondit Lobengula en levant la main pour la faire taire. Tu as été une véritable amie pendant toutes ces années et ce que tu as fait l'a été par amitié. Ni toi ni moi n'y pouvions rien changer. La prophétie s'est accomplie, aussi certainement que tombent les feuilles de msasa lorsqu'il gèle sur les collines.

Robyn se précipita vers le chariot et Lobengula se baissa pour lui prendre la main.

— Prie pour moi tes trois dieux qui ne font qu'un, Nomousa.

— Il t'entendra, Lobengula, tu es un homme bon.

— Aucun homme n'est entièrement bon ou entièrement mauvais, soupira le roi. Nomousa, Daketela et ses soldats seront bientôt ici. Rapporte-leur mes paroles : « Je suis vaincu, hommes blancs, mes régiments sont anéantis. Laissez-moi partir, ne me harcelez plus car je suis un vieil homme malade. Je désire seulement trouver un endroit où pleurer mes gens... et mourir en paix. »

— Je le leur dirai, Lobengula.

— Mais t'écouteront-ils, Nomousa ?

Elle ne put le regarder en face et baissa les yeux.

— Tu sais bien que non.

— Mon pauvre peuple, murmura Lobengula. Veilleras-tu sur mon peuple quand j'aurai disparu, Nomousa ?

— Je te le jure, ô roi, répondit Robyn d'un air farouche. Je resterai à la mission de Khami jusqu'à la fin de mes jours et consacrerai ma vie à ton peuple.

Lobengula sourit alors et cligna de nouveau de l'œil avec malice.

— Je te donne la permission royale que je t'ai toujours refusée, Nomousa. A partir d'aujourd'hui, tu pourras verser de l'eau sur la tête de n'importe lequel de mes sujets, homme, femme ou enfant matabélé, qui le désire et faire sur lui le signe de croix de tes trois dieux. (Robyn en resta muette.) La paix soit avec toi, Nomousa.

Et, lentement, le chariot de Lobengula franchit en cahotant les portes du kraal.

En arrivant au sommet de l'éminence qui dominait le kraal royal, Clinton serra la bride au mulet et chercha à tâtons la main de Robyn. Assis en silence sur le siège de la petite charrette, ils contemplaient les derniers nuages de poussière soulevés par les chariots du roi qui disparaissaient au loin sur la plaine herbeuse, en direction du nord.

— Ils ne le laisseront jamais en paix, dit Robyn à voix basse.

— Lobengula est le trophée à remporter, admit Clinton. Sans lui, Jameson et Rhodes ne seront pas victorieux.

— Que vont-ils faire de lui, s'ils l'attrapent ? demanda-t-elle tristement.

— Ils l'enverront sans doute en exil. Vraisemblablement à Sainte-Hélène. C'est là qu'ils ont expédié Cetewayo.

— Quel destin tragique que celui de ce pauvre homme..., murmura Robyn. Mi-sauvage, mi-civilisé, à la fois despote cruel et rêveur timide et sensible, à la charnière de deux époques. Pauvre Lobengula !

— Regardez, papa ! s'écria soudain Vicky en montrant la piste rudimentaire qui arrivait de l'Est.

Une épaisse colonne de poussière s'élevait au-dessus de la cime des arbres et, au moment où ils regardaient, une troupe de cavaliers s'avança sur la plaine, insignes et armes scintillant au soleil.

— Des soldats, murmura Lizzie.

— Des soldats, des centaines, répéta joyeusement Vicky, et les jumelles échangèrent un regard extatique et entendu.

Clinton ramassa les rênes, mais Robyn lui serra la main pour l'empêcher de bouger.

— Attendez, dit-elle. Je veux voir cela. C'est un peu la fin d'une époque, d'un âge cruel mais innocent.

Lobengula avait laissé un de ses fidèles indunas dans le kraal, avec l'ordre de mettre le feu aux munitions dès que les chariots seraient loin. Les deux bâtisses en adobe construites derrière la nouvelle résidence du roi abritaient ce qui restait des centaines de milliers de cartouches pour lesquelles il avait vendu sa terre et son peuple. Il y avait aussi vingt barils de poudre.

— Ça y est ! dit Robyn tandis qu'une colonne de flammes et de fumée noire s'élevait haut dans l'air immobile.

L'onde de choc et le bruit de la détonation ne les atteignirent que quelques secondes plus tard. Tout en continuant de tourbillonner, la fumée se déploya en forme de champignon au-dessus du kraal détruit.

La maison de Lobengula, qui lui avait procuré tant de plaisir et de fierté, n'était plus qu'une carcasse vide, le toit soufflé et les murs effondrés.

Les cases circulaires des femmes brûlaient. Le feu sauta par-dessus la palissade et prit de l'autre côté dans le chaume des toits. En quelques minutes, GuBulawayo tout entier était la proie des flammes.

— Nous pouvons partir, maintenant, dit Robyn d'une voix sourde.

L'avant-garde de cavaliers comprenait une trentaine d'hommes, et on reconnaissait facilement celui qui galopait à leur tête, grand et droit sur sa selle.

— Grâce à Dieu, vous êtes sains et saufs ! leur cria Zouga.

Il avait fière allure dans son uniforme à brandebourgs, ses insignes resplendissant au soleil et son chapeau à large bord incliné sur son beau visage grave.

— Nous n'avons jamais couru de danger, lui répondit Robyn, et tu le savais fort bien.

— Où est Lobengula ? demanda Zouga pour changer de sujet, mais elle secoua la tête.

— Je l'ai déjà trahi une fois et...

— Tu es anglaise, lui rappela Zouga, et tu devrais savoir à qui être fidèle.

— Oui, je suis anglaise, dit-elle d'un ton glacial, mais, aujourd'hui, j'en ai honte. Je ne te dirai pas où est le roi.

— Comme tu voudras. (Zouga regarda Clinton.) Vous savez que c'est pour le bien de tous ceux qui vivent dans ce pays. Tant que nous n'aurons pas Lobengula, il n'y aura pas de paix.

Clinton hocha la tête.

— Le roi est parti vers le nord avec ses chariots, ses femmes et le régiment des Inyati.

— Merci. Je vous enverrai une escorte pour vous conduire jusqu'au gros de la colonne. Il ne sont pas loin derrière. Sergent ! (Un jeune soldat, triple chevron sur la manche, fit avancer son cheval. C'était un beau garçon aux joues colorées comme les Anglais et aux larges épaules.) Sergent Acutt, prenez les six hommes de l'arrière et conduisez ces personnes en sûreté. (Zouga salua sèchement sa sœur et son beau-frère avant de lancer l'ordre de départ.) Soldats, en avant !

Les deux premiers groupes de cavaliers partirent au

galop vers GuBulawayo, tandis que le sergent et ses six hommes venaient se ranger le long de la charrette.

Vicky tourna la tête et regarda le sergent dans les yeux. Puis elle prit une profonde inspiration qui fit pointer ses seins à travers la cotonnade passée de son chemisier. Le regard braqué sur elle, le sergent devint tout rouge.

Vicky fit la moue, passa sa langue sur ses lèvres et plissa les yeux d'un air évocateur. Le sergent Acutt faillit tomber de sa selle sous ce regard percutant.

— Victoria ! lança Robyn sèchement, sans même se retourner.

— Oui, maman.

Vicky se pencha précipitamment en avant pour cacher sa poitrine et prendre une allure plus réservée, et elle adopta une expression grave et soumise.

MESSAGE REÇU À FORT VICTORIA LE 10 NOVEMBRE 1893 ET RETRANSMIS À GUBULAWAYO PAR HÉLIOGRAPHE :

À L'ATTENTION DE JAMESON STOP LE GOUVERNEMENT DE SA MAJESTÉ REFUSE DE DÉCLARER LE MATABELELAND COLONIE DE LA COURONNE OU DE LE PLACER SOUS LA JURIDICTION DU HAUT-COMMISSAIRE STOP LE MINISTRE DES AFFAIRES ÉTRANGÈRES DE SA MAJESTÉ EST D'ACCORD POUR QUE LA COMPAGNIE BÉNÉFICIAIRE DE LA CONCESSION FOURNISSE LES ROUAGES GOUVERNEMENTAUX NÉCESSAIRES À L'INTÉRIEUR DU NOUVEAU TERRITOIRE STOP LE MACHONALAND ET LE MATABELELAND ENTRENT DÉSORMAIS TOUS DEUX DANS LA ZONE ADMINISTRATIVE DE LA COMPAGNIE STOP LES ACTIONS DE LA COMPAGNIE ÉTAIENT COTÉES HUIT LIVRES À LA CLÔTURE DE LA BOURSE DE LONDRES STOP MES PLUS CORDIALES

SALUTATIONS À VOS OFFICIERS ET À VOS HOMMES STOP JUPITER

À L'ATTENTION DE JAMESON URGENT ET CONFIDENTIEL STOP DÉTRUISEZ TOUTES COPIES STOP NOUS DEVONS IMPÉRATIVEMENT CAPTURER LOBENGULA STOP À N'IMPORTE QUEL PRIX STOP JUPITER

— Révérend Codrington, je dépêche une force considérable pour escorter Lobengula, dit Jameson debout sous l'auvent de sa tente, le regard fixé sur les ruines calcinées du kraal royal, à l'extérieur du camp. J'ai d'ores et déjà expédié ce message au roi.

Jameson revint à son bureau et lut sur son bloc-notes :

Pour mettre un terme à cette hécatombe inutile, vous devez immédiatement revenir à GuBulawayo, où je vous attends. Je garantis que vous aurez la vie sauve et serez traité avec bienveillance.

— Le roi vous a-t-il répondu ? demanda Clinton.

Il avait refusé de s'asseoir et se tenait avec raideur devant la table pliante qui servait de bureau à Jameson.

— Oui, tenez.

Le docteur tendit à Clinton un bout de papier sale et plié. Clinton lut rapidement :

J'ai l'honneur de vous informer que j'ai reçu votre lettre et que j'ai entendu tout ce que vous dites. Je viendrai donc...

— Ça a été écrit par un gredin, un métis nommé Jacobs qui s'est engagé auprès de Lobengula, marmonna Clinton en parcourant le reste du message bourré de fautes et à peine compréhensible. Je reconnais son écriture.

— Croyez-vous que le roi a vraiment l'intention de venir ? demanda Mungo Saint-John.

Clinton ignora Saint-John qui se prélassait sur un fauteuil en toile, de l'autre côté de la tente.

— Docteur Jameson, je n'excuse pas vos actions ni celles de votre infâme compagnie concessionnaire, mais je suis venu ici à votre demande afin d'aider, dans la mesure de mes modestes moyens, à réparer les terribles torts que vous avez infligés au peuple matabélé. Je me refuse cependant à parler ou à communiquer d'une façon quelconque avec votre acolyte.

Jameson fronça les sourcils avec irritation.

— Mon révérend, je tiens à vous rappeler que j'ai nommé le général Saint-John administrateur et premier magistrat du Matabeleland...

— Vous n'ignorez naturellement pas, coupa sèchement Clinton, que votre premier magistrat était naguère un négrier de triste réputation, achetant et revendant les êtres humains sur qui vous lui donnez maintenant les pouvoirs suprêmes ?

— Oui, je vous remercie, mon révérend, je sais parfaitement que le général Saint-John a exercé le commerce de manière tout à fait légitime, et je sais aussi que, pendant votre service comme officier dans la marine de Sa Majesté, vous avez conduit une attaque contre son navire... action qui vous a valu de passer en cour martiale, d'être condamné à la prison et mis à pied. Continuons, si vous le voulez bien. Si vous ne voulez pas parler directement au général Saint-John, vous pouvez vous adresser à moi.

Mungo Saint-John croisa ses bottes de cheval magnifiquement cirées et sourit avec nonchalance, mais le regard de son œil unique était aiguisé comme une lame de couteau.

— Docteur Jameson, dit-il, voulez-vous demander au bon prêtre s'il estime que Lobengula se rendra de son plein gré ?

— Vous le feriez à sa place ? demanda Clinton, toujours sans regarder Saint-John.

— Non, répondit celui-ci en hochant la tête de manière significative à l'intention de Jameson.

— Mon révérend, le général Saint-John va partir avec une colonne volante pour ramener Lobengula, dit Jameson. Je voudrais que vous alliez avec lui.

— Pourquoi moi, Docteur ?

— Parce que vous parlez leur langue couramment.

— Comme beaucoup d'autres... notamment Zouga Ballantyne. En plus, il est soldat.

— Une autre tâche importante attend votre beau-frère...

— Voler le bétail du roi, coupa Clinton d'un ton acide.

Tout le monde savait déjà qu'on avait confié à Zouga la mission de rassembler les vastes troupeaux des Matabélés et de les conduire à GuBulawayo pour qu'ils y soient distribués.

Jameson semblait cependant ne pas avoir entendu la remarque et continuait sans sourciller :

— En outre, mon révérend, vous et votre épouse avez été amis intimes de Lobengula pendant de nombreuses années. Il a confiance en vous et vous porte de l'affection. En revanche, le major Ballantyne lui ayant signifié notre ultimatum, Lobengula le considère comme un ennemi.

— Non sans raison, murmura Clinton d'un ton pince-sans-rire. Néanmoins, docteur, je refuse de jouer le rôle que vous me proposez.

— Votre présence au sein de la colonne aiderait à éviter un nouvel affrontement sanglant, avec pour résultat inévitable des centaines, voire des milliers d'autres Matabélés tués. Il me semble qu'il est de votre devoir de chrétien d'essayer d'empêcher cela.

Clinton hésita et Saint-John murmura :

— N'oubliez pas, docteur Jim, d'insister sur le fait que lorsque Lobengula se sera rendu, le révérend Codrington sera en mesure de lui apporter réconfort et protection, de s'assurer que le roi est convenablement traité et qu'aucun mal ne lui est fait. J'en donne ma parole.

— Très bien, capitula tristement Clinton. A condition que je sois le protecteur et le conseiller du roi, je me joins à votre colonne.

— Ils nous suivent, dit doucement Gandang. Ils nous suivent toujours.

Lobengula regarda le ciel. Les gouttes, lourdes et dures, lui cinglèrent les joues et le menton.

— La pluie, dit-il. Qui a dit qu'ils ne pourraient nous suivre sous la pluie ?

— C'est moi, mon roi, mais je me suis trompé, reconnut Gandang. Lorsqu'il est parti de GuBulawayo, Œil Brillant avait trois cents hommes et quatre de ces petits canons à trois pieds qui jacassent comme des vieilles femmes. Il avait aussi des chariots et un gros canon.

— Je le sais, dit le roi.

— Lorsque les pluies sont arrivées, j'ai pensé qu'ils allaient rebrousser chemin, mais mes éclaireurs viennent de rapporter des nouvelles importantes. Œil Brillant a renvoyé la moitié de ses hommes, les chariots, le canon et deux des petits canons à trois pieds. Ils ne pouvaient avancer dans la boue, mais...

Gandang marqua une pause.

— N'essaie pas de me ménager, mon frère, dis-moi tout.

— Il continue avec la moitié de ses hommes et deux petites mitrailleuses tirées par des chevaux. Ils avancent vite, même dans la boue.

— A quelle vitesse ? demanda le roi à voix basse.

— Ils sont à un jour de marche en arrière. Demain soir, ils camperont ici même, au bord de la rivière.

Le roi tira sa vieille cape en lambeaux autour de ses épaules. Il faisait froid sous la pluie, mais il n'avait pas assez d'énergie pour aller se mettre à l'abri sous la bâche de son chariot. Il regardait de l'autre côté du cours d'eau. Ils bivouaquaient sur la berge de la Shangani, mais presque à deux cent cinquante kilomètres au nord de l'endroit où avait eu lieu la première bataille, près des sources de cette même rivière.

Ils se trouvaient dans une épaisse forêt de mopanis, si dense qu'une piste dut être ouverte au milieu des arbres pour permettre aux chariots du roi de passer. Le terrain était plat et les monticules d'argile des termitières constituaient le seul relief, certains aussi hauts que des maisons, d'autres de la taille d'une ruche, juste assez grands pour briser l'essieu d'un chariot.

Le ciel, gris et lourd, pesait sur la cime des mopanis. La pluie n'allait pas tarder à tomber à verse, ces grosses gouttes n'étaient que le signe avant-coureur du déluge qui se préparait et ce filet d'eau boueuse, couleur de bile, qui serpentait au milieu du lit de la rivière se transformerait en un torrent furieux dans les minutes suivant l'assaut.

— Cent cinquante hommes, soupira le roi. Combien en avons-nous, Gandang ?

— Deux mille, répondit le grand induna. Peut-être Gambo nous rejoindra-t-il demain ou après-demain avec un millier de plus.

— Et pourtant nous n'arrivons pas à leur résister ?

— Les hommes eux-mêmes, nous n'en ferions qu'une bouchée. Ce sont ces petits canons à trois pieds... Même dix mille guerriers à foie de lion, ô roi, ne pourraient avoir le dessus lorsqu'ils commencent à ricaner. Mais si le roi l'ordonne, nous courrons...

— Non ! C'est à cause de l'or, dit brusquement Lobengula. Les hommes blancs ne me laisseront pas tranquille tant qu'ils n'auront pas l'or. Je vais le leur donner. Peut-être alors me laisseront-ils en paix. Où est Kamuza, mon jeune induna ? Il parle la langue des Blancs et j'ai toute confiance en lui. Je vais le leur envoyer.

Kamuza arriva rapidement et écouta attentivement les consignes du roi, debout sous la pluie près de la roue avant du chariot.

— Va déposer les petits sacs d'or entre les mains des hommes blancs, Kamuza, et dis-leur ceci : « Vous avez anéanti mes régiments et tué mes jeunes guerriers, brûlé mes kraals et dispersé les femmes et les enfants matabélés à travers les collines où il leur faut, comme des bêtes sauvages, arracher des racines pour se nourrir, vous m'avez pris mes troupeaux, et maintenant vous avez mon or. Hommes blancs, vous avez tout ce que vous vouliez ; allez-vous à présent me laisser en paix pleurer mon peuple disparu ? »

Les dix sacs de toile blanche marqués en lettres noires étaient un lourd fardeau pour un seul homme. Kamuza s'agenouilla, les attacha ensemble et rangea le tout dans un sac en cuir.

— Entendre c'est obéir, Grand Éléphant, fit Kamuza en saluant son roi.

— Dépêche-toi, Kamuza, ordonna Lobengula à voix basse, car ils ne sont pas loin.

Affalé sur sa selle, le bord de son chapeau rabattu sur les yeux pour protéger de la bruine le fourreau de sa pipe, Will Daniel avait passé sur ses épaules un tapis de sol en caoutchouc qui luisait d'humidité et lui donnait, avec son ventre massif, une apparence gauche de femme enceinte.

Il tenait par la longe deux autres chevaux ; l'un était une bête de bât au fardeau abrité par une toile blanche. Daniel n'était plus sergent. Après sa conduite dans la vallée secrète de l'*umlimo*, Zouga Ballantyne l'avait fait dégrader ; humiliation supplémentaire, il était désormais l'ordonnance d'un des officiers de la colonne volante. Le cheval portait en effet les bagages du capitaine Coventry.

L'autre appartenait à Jim Thorn, le vieux compagnon d'armes de Daniel. Ce noble individu était accroupi derrière un buisson un peu plus loin et il jurait amèrement, comme d'habitude.

— Quel pays pourri...

— Allez viens, mon pote, fit Daniel en levant le bord de son chapeau pour regarder autour de lui. Ne restons pas trop à la traîne avec tous ces sauvages qui rôdent dans les parages.

Jim Thorn sortit de derrière le buisson en bouclant sa ceinture, mais grimaçant déjà, travaillé par de nouvelles crampes. Il grimpa en selle avec précaution, et les trois chevaux se remirent en marche péniblement, dans les profondes ornières de boue jaune creusées par les roues des chariots qui transportaient les deux mitrailleuses.

L'arrière-garde de la colonne avait déjà disparu devant eux, dans la forêt de mopanis. Les deux compères avaient vite pris l'habitude de s'attarder à l'arrière, loin du regard des officiers, afin de ne pas avoir à aider à sortir les chariots lorsqu'ils s'embourbaient jusqu'au moyeu.

— Regarde, Will ! Regarde, voilà ces salauds de sauvages ! s'écria soudain Thorn, et les pans de son ciré s'agitèrent comme les ailes d'un coq effarouché quand il essaya de tirer son fusil de son fourreau.

Un Matabélé était sorti en silence des fourrés et se tenait devant leurs chevaux, les mains levées pour montrer qu'il n'avait pas d'armes.

— Attends, Jimmy ! fit Daniel. Voyons d'abord ce qu'il veut.

— Je n'aime pas ça, c'est un piège, répondit Thorn en fouillant nerveusement du regard les buissons alentour. Liquidons ce con de Nègre et décampons.

— Je viens en paix ! lança le Matabélé en anglais.

Il ne portait qu'un pagne de fourrure, sans brassards ni pompons aux chevilles, et la pluie brillait sur son torse musclé. Il était coiffé du bandeau d'induna.

Les deux cavaliers tenaient à présent tous deux leur fusil sur la hanche et visaient Kamuza à bout portant.

— J'ai un message du roi.

— Alors, vas-y, qu'est-ce qu'il veut ? demanda sèchement Daniel.

— Lobengula dit : « Prenez mon or et retournez à GuBulawayo. »

— De l'or ? s'enquit Thorn. Quel or ?

Kamuza rentra dans les fourrés et en revint avec le sac de cuir.

Emporté par l'excitation, Will Daniel se mit à rire en sortant les petits sacs de toile qui tintaient doucement dans ses mains.

— Par Dieu, je n'ai jamais entendu de musique aussi agréable !

— Qu'allez-vous faire, hommes blancs ? Allez-vous porter cet or à votre chef ?

— Ne te fais pas de bile, mon ami, fit Daniel en lui donnant une tape sur l'épaule. Il sera remis à qui de droit, parole de William Daniel.

Jim Thorn ouvrait ses sacoches de selle et y fourrait les sacs de toile.

— C'est comme si c'était Noël et mon anniversaire le même jour, dit-il en faisant un clin d'œil à Daniel.

— Hommes blancs, allez-vous à présent rebrousser chemin et retourner à GuBulawayo ? demanda anxieusement Kamuza.

— N'aie aucune inquiétude, répondit Daniel en sortant une miche de pain sec de sa sacoche. Voilà un cadeau pour toi, *bonsela*. Venez, monsieur Thorn. Maintenant que nous sommes riches, je t'appellerai monsieur.

— A vous l'honneur, monsieur Daniel, fit Thorn en riant.

Ils éperonnèrent leurs chevaux et laissèrent Kamuza sur la piste boueuse, avec sa miche de pain.

Clinton Codrington arriva en glissant et pateaugeant le long de la berge de la Shangani. Les nuages bas amenèrent la nuit prématurément, et les forêts sur l'autre rive étaient humides et sombres.

Le tonnerre grondait, et des rochers semblaient rouler sur la voûte du ciel ; la pluie tomba à grosses gouttes pendant quelques secondes, puis redevint crachin, une fois de plus. Clinton frissonna, remonta le col de sa veste en peau de mouton et se hâta vers les chariots de tête.

Assis sur leurs talons, quelques officiers s'étaient

mis à l'abri sous une bâche tendue entre deux chariots. Mungo Saint-John leva les yeux à son approche.

— Ah, pasteur ! lança-t-il, sachant que ce titre avait le don d'énerver Clinton. Vous avez pris votre temps.

Celui-ci ne répondit pas et resta sous la pluie, les épaules courbées, et aucun des officiers ne s'écarta pour lui faire de la place sous la toile.

— Le major Wilson va partir en reconnaissance de l'autre côté de la rivière avec une douzaine d'hommes, reprit Saint-John. Je voudrais que vous alliez avec lui pour servir d'interprète au cas où vous rencontreriez quelque ennemi.

— Il va faire nuit dans moins de deux heures, remarqua Clinton imperturbablement.

— Mieux vaut donc vous dépêcher.

— Les pluies peuvent éclater d'une minute à l'autre, insista Clinton. Vos forces risquent d'être coupées en deux...

— Pasteur, vous vous occupez des péchés et du salut, laissez-nous faire notre métier de soldat, coupa Saint-John avant de se tourner vers ses officiers. -tes-vous prêt à partir, Wilson ?

Celui-ci était un Écossais franc et direct, avec de longues moustaches brunes et un accent qui grasseyait, fleurant bon la bruyère et les Highlands. Dès le départ de GuBulawayo, une animosité avait régné entre les deux hommes.

— Voulez-vous me donner des ordres plus détaillés, mon général ? demanda-t-il froidement.

— Je veux surtout que vous fassiez preuve de bon sens, répondit sèchement Saint-John. Si vous pouvez mettre la main sur Lobcngula, faites-le, mettez-le sur un cheval et ramenez-le ici. Si vous êtes attaqué, retirez-vous immédiatement. Si vous vous laissez couper la retraite, sachez que je ne pourrai traverser la rivière pour vous soutenir avec les Maxim avant les premières lueurs du jour, vous avez compris ?

— Compris, mon général, fit Wilson en touchant le bord de son chapeau. Venez, mon révérend, nous n'avons guère de temps.

Burnham et Ingram, les deux éclaireurs américains, conduisaient la patrouille le long de la berge abrupte de la Shangani, suivis par Wilson et Clinton.

La silhouette maigre et voûtée de Clinton, avec sa veste en peau de mouton usée, son chapeau cabossé et taché enfoncé jusqu'aux oreilles, jurait au milieu des soldats en uniforme. Lorsqu'il arriva à la hauteur de Saint-John, debout en haut de la berge les mains dans le dos, il se pencha sur sa selle et dit à voix basse pour qu'il soit le seul à entendre :

— Lisez le verset 15, chapitre 11, du deuxième livre de Samuel.

Puis il se redressa, lança le vieux hongre gris fourni par la Compagnie et tous partirent en glissant sur la rampe que les Matabélés avaient creusée dans la berge pour permettre aux chariots de Lobengula de passer.

A cet endroit, la Shangani avait deux cents mètres de large, et lorsque la petite troupe franchit en pataugeant la partie la plus profonde du chenal, l'eau boueuse arrivait aux étriers. Les cavaliers escaladèrent la berge opposée et disparurent presque tout de suite dans les bois envahis par l'humidité et l'obscurité.

Mungo Saint-John resta de longues minutes à regarder l'autre rive en ignorant la bruine. Il se demandait pourquoi il avait envoyé de l'autre côté de la rivière un détachement aussi modeste alors que la nuit n'était pas loin. Le prêtre avait raison, il y avait un ciel de plomb et il allait manifestement se remettre à pleuvoir bientôt. Les Matabélés étaient nombreux. Le prêtre avait vu le régiment des Inyati, commandé par Gandang, son vieux et rusé induna, partir de GuBulawayo avec les chariots.

Pour reconnaître le terrain de l'autre côté de la Shangani, il savait que la bonne tactique aurait consisté à mettre à profit les dernières heures du jour en passant à gué avec l'ensemble de sa troupe. De cette façon, la patrouille aurait pu bénéficier de la protection des mitrailleuses à toute heure de la nuit, ou il aurait pu voler à son secours en cas de besoin.

Quel démon l'avait entraîné à donner cet ordre ? Wilson l'avait poussé à bout. Il avait discuté à la moindre occasion et fait de son mieux pour saper son autorité auprès des autres officiers, qui acceptaient mal le fait qu'il soit américain. C'était essentiellement de la faute de Wilson si une atmosphère aussi déplaisante régnait au sein de la petite troupe. Il était enfin débarrassé de cet Écossais arrogant et carré. Peut-être une nuit passée en compagnie du régiment des Inyati lui enlèverait-elle un peu de son impertinence etle rendrait-elle plus accommodant à l'avenir... si tant est qu'il y ait pour lui un avenir. Saint-John se tourna vers la bâche qui servait d'abri.

Une idée lui traversa soudain l'esprit et il appela l'un des officiers :

— Capitaine Borrow.

— Oui, mon commandant ?

— Vous avez une bible, n'est-ce pas ? Voulez-vous me la prêter quelques minutes ?

Son ordonnance avait allumé un feu et préparait du café. Il prit la capote de Saint-John pour la mettre à sécher et étendit une couverture sur ses épaules pendant que cc dernier s'accroupissait près du feu et tournait lentement les pages de la petite bible à reliure en cuir, abîmée par les voyages.

Il trouva le passage indiqué et le lut attentivement.

Il écrivait dans cette lettre : « Mettez Urie au plus fort de la mêlée et reculez derrière lui : qu'il soit frappé et qu'il meure. »

Saint-John s'aperçut qu'il était encore capable de se surprendre. Il y avait des régions de son âme qu'il n'avait toujours pas explorées.

Il prit un morceau de tison dans le feu et alluma un cigare, puis plongea l'extrémité incandescente du brandon dans le café noir pour en renforcer le goût.

— Eh bien, pasteur ! murmura-t-il. Tu as un instinct plus sûr que je ne pensais.

Il pensa ensuite à Robyn Codrington, essayant d'évaluer objectivement, sans passion, ses sentiments à son égard.

« Est-ce que je l'aime ? » se demanda-t-il, et la réponse vint immédiatement : « Je n'ai jamais aimé de femme, et par la grâce de Dieu, je n'en aimerai jamais. Est-ce que je la désire, au moins ? » De nouveau, aucune hésitation : « Oui, je la désire assez violemment pour envoyer à la mort quiconque m'empêche de l'avoir. Pourquoi la désirer ? Je n'ai jamais aimé de femme ; pourquoi vouloir celle-là ? Elle n'est plus jeune et Dieu sait que j'en ai connu cent plus belles. Alors, pour quelle raison la désirer ? » Et il sourit de sa perspicacité. « Je la désire parce que c'est la seule que je n'ai jamais possédée entièrement et que je ne posséderai jamais tout à fait. »

Il referma la bible d'un coup sec et sourit méchamment en regardant la forêt sombre et silencieuse, de l'autre côté de la rivière.

— Bravo, pasteur, dit-il. Tu as compris avant moi.

Les traces des chariots de Lobengula étaient faciles à suivre, même à la nuit tombante, et Wilson accéléra le pas pour passer au petit galop.

Le vieux cheval de Clinton était épuisé par deux semaines de randonnée pénible. Il prenait peu à peu du retard, si bien qu'après huit kilomètres, il avançait avec l'arrière-garde du capitaine Napier. La boue projetée par les sabots du cheval qui le précédait lui tachetait le visage et il semblait atteint de quelque étrange maladie.

La forêt de mopanis s'éclaircit brusquement et ils se trouvèrent entre deux collines dénudées.

— Regardez, lança Wilson à Clinton en montrant les coteaux. Ils doivent être des centaines.

Une multitude de Matabélés les regardaient en silence depuis les versants des collines.

— Des femmes et des vieillards, grogna Clinton. Les guerriers sont probablement auprès du roi.

Les douze cavaliers passèrent sans ralentir. Le tonnerre gronda et ébranla le ciel au-dessus des nuages.

Wilson leva brusquement la main droite.

— Soldats, halte !

Le hongre respirait avec difficulté, la tête pendante, et Clinton était content de s'arrêter. Même en forme, il n'était pas bon cavalier, et il n'était pas habitué à d'aussi rudes chevauchées.

— Révérend Clinton, le major Wilson vous demande.

L'ordre fut transmis le long de la petite colonne et Clinton fit avancer sa monture. A cet instant, une rafale de pluie lui cingla le visage comme une poignée de gros sel, et il s'essuya avec la paume de sa main droite.

— Ils sont là ! annonça Wilson laconiquement, et, à travers la bruine, à moins de deux cents pas, Clinton distingua la bâche tachée et déchirée d'un chariot au-dessus des buissons. Vous savez ce qu'il faut dire, révérend.

L'accent écossais de Wilson semblait encore plus marqué et incongru en ce lieu et en pareilles circonstances. Clinton fit encore un peu avancer sa monture, puis il prit une profonde inspiration et cria :

— Lobengula, roi des Matabélés, c'est moi... Hlopi. Ces hommes désirent que tu viennes à GuBulawayo pour parlementer avec Daketela et Lodzi. Est-ce que tu m'entends, ô roi ?

Seul le bruissement d'une branche agitée par le vent et le clapotement de la pluie sur le vieux chapeau de Clinton rompaient le silence.

Il entendit ensuite nettement le petit bruit sec d'un Martini-Henry que l'on chargeait ; dans les buissons à côté du chariot, une voix jeune demanda doucement en matabélé :

— Devons-nous tirer, Baba ?

— Pas encore, laissez-les se rapprocher afin de ne pas les rater, répondit une voix plus grave et plus ferme.

Les voix furent ensuite couvertes par un grondement de tonnerre et Clinton fit reculer son cheval.

— C'est un piège, major. Des Matabélés armés sont embusqués près des chariots.

— Croyez-vous que le roi soit là ?

— Je ne le pense pas, mais ce dont je suis sûr, c'est qu'en ce moment même le gros du régiment est en train de nous encercler.

— Que conseillez-vous, révérend ?

Clinton haussa les épaules et sourit.

— J'ai donné mon avis au bord de la rivière...

Il fut interrompu par un cri à l'arrière de la colonne. C'était l'un des Américains à l'accent reconnaissable.

— Une troupe se déplace derrière nous !

— Combien sont-ils ? cria à son tour Wilson.

— Beaucoup. Je vois leurs plumes.

— Soldats, demi-tour. Au galop !

Tandis que les chevaux repartaient à toute vitesse le long de la piste rudimentaire, la pluie, qui avait menacé si longtemps, s'abattit sur eux en trombes glaciales. Elle leur fouettait le visage, leur piquait les yeux et martelait leurs cirés.

— Ça couvrira notre retraite, grommela Wilson.

Clinton cravacha son vieux cheval car il restait encore en arrière. A travers les nappes de pluie argentées, il aperçut des plumes de guerre qui dansaient au-dessus d'un buisson et se précipitaient pour couper la route à la patrouille. A ce moment-là, son cheval trébucha et Clinton fut projeté sur son encolure.

« Djii ! » Il entendit s'élever le chant de guerre et se cramponna désespérément au cou de sa monture pour récupérer son équilibre.

— Venez, révérend ! cria quelqu'un tandis que les autres soldats le dépassaient en galopant bruyamment dans la boue et la pluie.

Son cheval se remit au galop. Clinton avait perdu un étrier et rebondissait péniblement sur sa selle mouillée, agrippé au pommeau, mais ils étaient passés. Il n'y avait plus ni boucliers ni plumes dans les fourrés autour d'eux, seulement les tourbillons de pluie et l'obscurité de plus en plus épaisse.

— Voulez-vous dire, Napier, que le major Wilson a délibérément choisi de passer la nuit sur l'autre rive malgré mes ordres de revenir avant le crépuscule ? demanda Saint-John.

La seule lumière était celle d'une lampe-tempête. La pluie avait éteint les feux.

La bâche qui protégeait les deux officiers battait dans le vent, la pluie leur dégoulinait dessus, et la flamme de la lanterne vacillait de manière incertaine dans sa cheminée de verre, éclairant le visage du capitaine Napier par en dessous, si bien qu'il avait l'air cadavérique.

— Nous étions si près de Lobengula, mon général, à portée de voix des chariots... Le major Wilson a estimé qu'une retraite n'était pas justifiée. Quoi qu'il en soit, mon général, la brousse grouille d'ennemis. La patrouille a plus de chances de survivre en passant la nuit au milieu des fourrés et en y attendant le jour.

— C'est ce que pense Wilson, n'est-ce pas ? demanda Saint-John, l'air sombre, tout en se félicitant de la décision prise par l'impétueux Écossais.

— Vous devez envoyer du renfort à la patrouille, mon général. Il faut au moins faire traverser la rivière à une mitrailleuse, sans attendre.

— Écoutez, capitaine. Est-ce que vous entendez ? (Par-dessus la pluie et le vent, on distinguait un grondement sourd.) C'est la rivière, capitaine.

— Je viens de passer à gué, mon général. Il est encore possible de la traverser. Si vous en donnez l'ordre maintenant ! Si vous attendez l'aube, il se peut qu'elle soit vraiment en crue.

— Merci de votre conseil, Napier, mais je ne prendrai pas le risque de perdre les Maxim.

— Mon général... vous pourriez au moins en descendre une du chariot. Nous pouvons la transporter dans une couverture et traverser à la nage.

— Merci, capitaine. Je vais envoyer Borrow en renfort de l'autre côté, avec vingt hommes, pour soutenir Wilson jusqu'au matin. Les autres suivront avec les deux mitrailleuses lorsqu'il fera assez jour pour voir le gué et traverser en sécurité.

— Général Saint-John, cela revient à signer l'arrêt de mort de ces hommes.

— Capitaine Napier, vous êtes à bout. J'attends des excuses de votre part quand vous aurez récupéré.

Clinton s'était assis, adossé à un mopani. Il tenait sa bible de voyage sous sa veste en peau de mouton pour la protéger de la pluie. Plus que toute autre chose, il aurait souhaité avoir assez de lumière pour la lire.

Autour de lui, les membres de la petite patrouille étaient couchés sur le sol boueux, enroulés dans leur tapis de sol et leur ciré, mais Clinton était certain qu'aucun ne dormait ni ne fermerait l'œil de la nuit.

La bible serrée contre son cœur, il avait la prescience certaine de sa mort et s'apercevait avec étonnement qu'il n'en éprouvait aucune terreur. Jadis, avant d'avoir découvert que le réconfort procuré par Dieu était si proche, il avait connu la peur, et le fait d'en être à présent libéré était une bénédiction.

Assis dans l'obscurité, il pensait à l'amour de son Dieu, de sa femme et de ses filles – et c'était la seule chose qu'il regrettait d'abandonner.

Il songea à Robyn la première fois qu'il l'avait vue, sur le pont du *Huron*, le négrier américain, avec ses cheveux flottant dans le vent et ses yeux verts étincelants.

Il la revit sur le lit trempé de sueur pendant l'accouchement, et se souvint de la sensation merveilleuse que lui avait procurée le corps chaud et glissant de leur première fille entre ses mains, lorsqu'il était sorti du ventre de Robyn.

Il se souvint du premier cri du nouveau-né et combien Robyn était belle quand elle lui avait souri, épuisée mais fière.

Il avait d'autres petits regrets : de n'avoir jamais bercé un petit-enfant, que Robyn ne l'ait jamais aimé comme lui l'aimait. Soudain Clinton se redressa contre le tronc du mopani et pencha la tête pour écouter, scrutant l'obscurité dans la direction du bruit.

Non, ce n'était pas réellement un bruit – le seul véritable était celui de la pluie. Cela ressemblait plutôt à une vibration dans l'air. Avec précaution, il remit le précieux livre dans sa poche intérieure, puis, l'oreille contre ses mains en cornet appuyées sur le sol humide, il écouta attentivement.

La vibration qui montait du sol étaient celles de pieds qui couraient, des milliers de pieds nus trottant au rythme d'un régiment en marche. On aurait dit le pouls de la terre.

Clinton rampa à tâtons vers l'endroit où il avait vu le major Wilson pour la dernière fois, allongé sous sa couverture. Sous les nuages, il faisait nuit noire, et quand ses doigts touchèrent la laine grossière, Clinton demanda à voix basse :

— C'est vous, major ?

— Qu'y a-t-il, révérend ?

— Ils sont là, tout autour de nous. Ils nous encerclent pour nous couper de la rivière.

Alors que l'aube tentait en vain de percer le plafond bas, ils étaient en état d'alerte. Les chevaux sellés, rangés en cercle, n'étaient que des formes arrondies à peine plus sombres que la nuit alentour. Debout à l'intérieur du cercle, leurs fusils posés sur les selles, les hommes scrutaient du regard les épais buissons qui les entouraient, tandis qu'apparaissaient peu à peu les premières lueurs grises du jour, telle une poussière de perle saupoudrée sur leur univers sombre et humide.

Au centre du cercle des chevaux, agenouillé dans la boue, Clinton tenait d'une main les rênes de son hongre gris, de l'autre la bible contre sa poitrine. Tous entendaient nettement sa voix calme :

Notre Père qui êtes aux cieux
Que votre nom soit sanctifié...

La lumière devint plus forte ; ils parvenaient à distinguer les formes des buissons les plus proches. L'un des chevaux, peut-être gagné par la tension des hommes, hennit et agita les oreilles.

Que votre volonté soit faite
Sur la terre comme au ciel...

Ils entendaient maintenant ce qui avait alarmé le cheval : le martèlement assourdi qui approchait de la rivière et devenait de plus en plus fort avec la lumière de l'aube.

Pardonnez-nous nos offenses
Comme nous pardonnons à ceux qui nous ont offensés...

Il y eut le claquement d'une culasse dans le cercle silencieux des hommes et une douzaine de voix bourrues firent écho à l'« *Amen !* » de Clinton.

Puis soudain quelqu'un cria :

— Des chevaux ! Il y a des chevaux par là !

Quelques timides acclamations s'élevèrent lorsqu'ils reconnurent les chapeaux à large bord qui se détachaient sur le gris morne du ciel.

— Qui est là ? lança Wilson.

— Borrow, major. Le capitaine Borrow !

— Bon sang, vous êtes sacrément les bienvenus, reprit Wilson, qui riait en voyant la colonne de cavaliers sortir de la forêt pour entrer dans le cercle défensif. Où est le général Saint-John ? Où sont les mitrailleuses Maxim ?

En mettant pied à terre, Borrow serra la main de Wilson mais ne lui rendit pas son sourire.

— Le général est encore sur la rive sud. (Wilson le regarda avec incrédulité, son sourire s'évanouissant sur son visage.) Je n'ai que vingt hommes, et seulement des fusils, pas de mitrailleuses.

— Quand la colonne va-t-elle traverser ?

— Nous avons dû faire traverser nos chevaux à la nage. A l'heure qu'il est, la rivière a dix pieds de profondeur. (Borrow baissa la voix pour ne pas alarmer les hommes.) Ils ne viendront pas.

— Avez-vous eu un contact avec l'ennemi ? demanda Wilson.

— Nous les avons entendus autour de nous. Ils s'appelaient sur notre passage et ils ont avancé dans la forêt de chaque côté au même rythme que nous.

— Ils sont donc massés entre nous et la rivière, et même si nous arrivions à nous frayer un chemin jusqu'au cours d'eau, le gué est impraticable. C'est ça ?

— Je le crains, major.

Wilson ôta son chapeau et le battit contre sa cuisse pour l'égoutter. Il le remit ensuite soigneusement sur sa tête, incliné avec désinvolture.

— Il ne nous reste donc qu'une direction à prendre, celle que les Matabélés ne s'attendent pas à nous voir suivre. (Il se retourna vers Borrow.) Nous avions pour ordre de capturer le roi ; cela devient maintenant une nécessité si nous voulons rester en vie. Nous devons absolument prendre Lobengula en otage. Il nous faut aller de l'avant – et en vitesse. (Il leva la voix.) Soldats, en selle ! En avant, au trot !

Ils chevauchaient sans s'éloigner les uns des autres, tendus et silencieux. Le vieux hongre de Clinton s'était requinqué pendant la nuit et il conservait sa place dans la troisième file.

Un jeune soldat au visage frais chevauchait à la droite de Clinton.

— Comment t'appelles-tu, mon fils ? demanda celui-ci à voix basse.

— Dillon, monsieur... je veux dire, mon révérend.

— Quel âge as-tu, Dillon ?

— Dix-huit ans, mon révérend.

« Ils sont tous si jeunes, songea Clinton. Le major Wilson lui-même a trente ans à peine. Si seulement, si seulement... »

— Révérend !

Clinton leva brusquement les yeux. Ils étaient depuis longtemps sortis des épais buissons, et approchaient à présent de l'endroit où ils avaient battu en retraite la veille au soir.

Les chariots étaient toujours là, abandonnés près de la piste rudimentaire ; les rectangles clairs des bâches se détachaient sur le fond de la végétation sombre.

Cette fois-ci encore, Wilson arrêta la patrouille et Clinton s'avança sur son cheval gris.

— Dites-leur que nous ne cherchons pas la bagarre, ordonna Wilson.

— Il n'y a personne.

— Essayez encore. Si les chariots sont vides, nous continuerons jusqu'à ce que nous ayons rattrapé le roi.

— Lobengula, n'aie crainte. C'est moi, Hlopi, criait Clinton tout en continuant d'avancer.

Pour toute réponse, il entendit les bâches déchirées des chariots battre dans le vent.

— Guerriers matabélés, enfants de Machobane, nous ne venons pas pour nous battre..., lança encore Clinton.

Cette fois-ci, une voix masculine, hautaine, irritée et fière, lui répondit. Elle semblait venir de l'air, car il n'y avait personne en vue.

— *Hau*, hommes blancs ! Vous ne voulez pas vous battre, mais nous, nous le voulons, car nos yeux sont rouges et notre acier est assoiffé de sang.

La dernière parole fut emportée par un grand bruit, une nappe de fumée bleue s'échappa des buissons alentour et l'air fut déchiré par une rafale de coups de feu.

Cela faisait vingt-cinq ans au moins que Clinton n'avait pas essuyé une salve, mais il était encore capable de faire la différence entre la détonation de fusils puissants et le sifflement de balles tirées par des armes d'un modèle ancien à chargement par le canon. Dans tout ce fracas, il distinguait le vrombissement des bouts de métal battus qui dégringolaient alentour, si bien qu'en levant les yeux, Clinton s'attendit à voir surgir un Matabélé.

— Reculez ! criait Wilson.

Tous les chevaux se cabraient. Les balles passaient pour la plupart au-dessus de leurs têtes. Comme toujours, les Matabélés avaient réglé leur hausse au maximum, mais ils devaient être plus d'une centaine cachés dans les fourrés et certaines balles atteignaient leur but.

L'un des soldats fut touché aux yeux. Vacillant sur sa selle, il étreignait son visage et le sang jaillissait entre ses doigts. Son compagnon poussa son cheval pour l'empêcher de tomber, et un bras autour de ses épaules, le ramena en arrière à toute allure.

Le cheval de Dillon avait été atteint à l'encolure et le jeune soldat fut projeté dans la boue, mais il se releva en tenant son fusil.

— Coupe les sangles de tes sacoches, lui cria Clinton en revenant vers lui au galop. Tu vas avoir besoin de toutes tes cartouches, mon gars.

Il s'approcha pour le prendre en croupe, mais Wilson l'écarta à la façon des joueurs de polo.

— Votre baudet est à moitié cuit, révérend. Il ne peut porter deux hommes. Allez, filez !

Ils tentèrent de faire halte dans les fourrés, là où ils avaient passé la nuit, mais les tireurs matabélés s'approchèrent si près qu'ils abattirent quatre chevaux. Les pauvres bêtes s'écroulèrent en se débattant, laissant à découvert les hommes qui s'abritaient derrière elles pour tirer, et trois d'entre eux tombèrent. L'un, un jeune Afrikaander du Cap, reçut un bout de métal, ersatz de balle qu'utilisaient les Matabélés, au-dessus du coude droit. Son bras pendait à un lambeau de chair, et Clinton se servit des manches de sa chemise pour lui faire une écharpe.

— Eh bien, vous vous y êtes mis, révérend, ça ne fait aucun doute, lui lança le soldat, le visage pâle moucheté par son propre sang.

— Nous ne pouvons pas rester là, cria Wilson. Deux blessés par cheval et un homme pour les conduire ! Ils marcheront au centre avec ceux qui ont perdu leur monture. Les autres feront un rempart autour d'eux.

Clinton aida le jeune Afrikaander à grimper sur le dos du hongre, puis l'un des volontaires de Borrow à monter derrière lui. Des esquilles d'os sortaient de sa jambe.

Ils se remirent en marche lentement, pour attendre ceux qui allaient à pied. Les mousquets claquaient et fumaient dans les fourrés qui bordaient la piste, mais les Matabélés restaient invisibles. De toute évidence, ils ne prenaient aucun risque, même face à cette petite troupe d'une trentaine d'hommes.

Clinton marchait à côté du cheval gris et tenait la jambe valide du blessé pour l'empêcher de glisser de sa selle. Il portait en bandoulière les fusils appartenant aux deux jeunes gens.

— Révérend ! (Clinton leva les yeux. Wilson était là, en selle, auprès de lui.) Nous avons trois chevaux assez frais pour tenter une échappée jusqu'à la rivière. J'ai ordonné à Burnham et Ingram d'essayer de rejoindre le camp principal et d'expliquer la situation à Saint-John. Il y a un cheval pour vous. Ils vous emmèneront.

— Merci, major, répondit Clinton sans hésiter. Je suis marin et prêtre, pas cavalier. De plus, il me semble que j'ai du travail à faire ici. Envoyez quelqu'un d'autre.

Wilson hocha la tête.

— Je m'attendais à cette réponse.

Il poussa sa monture au trot et remonta vers la tête de la pitoyable petite colonne. Quelques minutes plus tard, Clinton entendit un battement rapide de sabots et il vit trois cavaliers s'écarter de la file et s'engouffrer dans les taillis.

Il y eut un chœur de cris de colère et le bourdonnement grave – « Djii ! Djii ! » – des Matabélés qui tentaient de leur barrer la route, mais Clinton vit les chapeaux des soldats s'éloigner au-dessus des buissons et il leur cria :

— Dieu vous garde, les gars !

Puis, tout en pataugeant péniblement dans la boue qui collait aux semelles de ses bottes, il commença à prier.

Sur le flanc de la colonne, un autre cheval tomba, projetant son cavalier par-dessus sa tête, puis il se releva sur trois jambes, frissonnant sous la pluie, sa jambe blessée pendante. Le soldat revint en boitillant, tira son revolver de son étui et tua l'animal d'une balle entre les yeux.

— C'est du gaspillage, lança Wilson. Ne gâchez plus de munitions.

Ils progressaient lentement. Après un moment, Clinton s'aperçut qu'ils ne suivaient plus les traces des chariots. Wilson semblait les conduire progressivement vers l'est, mais il était difficile d'en être certain, car le soleil était toujours caché par des nuages bas et gris.

Puis brusquement la colonne s'arrêta de nouveau, et pour la première fois les détonations insistantes des mousquets matabélés cachés dans les broussailles se turent.

Wilson les avait amenés dans une superbe forêt au sol couvert d'herbe tendre, sous d'imposants mopanis. Certains avaient vingt mètres de haut, et un tronc strié et torsadé, comme moulé dans de l'argile.

Ils voyaient loin à l'intérieur de la forêt car les arbres étaient très espacés. Là-bas, droit devant eux, étalée sur un large front, attendait l'armée de Lobengula. Il était impossible de dire combien de milliers d'hommes se trouvaient là car l'arrière-garde se perdait entre les arbres. Sous les yeux de la petite patrouille commença la *jikela*, l'encerclement, tactique des Zoulous depuis l'époque du grand Chaka.

Les « cornes » commençaient à s'ouvrir : les guerriers les plus jeunes et les plus rapides partaient en courant sur les flancs, leurs corps nus luisant à travers les arbres comme des flammes noires. Ils coururent jusqu'à ce que les pointes des cornes se rejoignent à l'arrière de la troupe des hommes blancs. Puis, de nouveau, tout mouvement cessa.

Face à la patrouille se déployait le « poitrail du buffle », les hommes aguerris et blanchis sous le harnais. Lorsque les cornes se rencontraient, c'était au tour du poitrail d'avancer sur l'ennemi et de l'écraser, mais pour l'instant, les guerriers attendaient, silencieux et attentifs. Leurs boucliers, tachetés, étaient noir et blanc, comme leurs plumes d'autruche, noir de jais ou blanches, et leurs pagnes, en queues de civette mouchetées. Dans le silence, Wilson n'eut pas à élever la voix.

— Eh bien, messieurs. Nous n'irons pas plus loin... du moins pendant un certain temps. Veuillez mettre pied à terre et former le cercle.

Les hommes s'exécutèrent calmement et les chevaux furent bientôt rangés en rond, les nasaux de l'un touchant la croupe du précédent. Derrière chaque cheval, un cavalier était tapi, la crosse de son fusil appuyée sur la selle, le canon pointé vers le rempart immobile de boucliers.

— Révérend ! appela Wilson à voix basse. (Clinton laissa les blessés dont il s'occupait au milieu du cercle pour gagner rapidement la périphérie.) Je voudrais que vous traduisiez, s'ils veulent parlementer.

— Il n'y aura plus de palabres, assura Clinton.

Au moment où il achevait ces mots, un grand induna sortit des rangs du « poitrail ». Même à deux cents pas, il en imposait par sa stature, ses plumes et ses pompons honorifiques.

— C'est Gandang, dit Clinton à voix basse. Le demi-frère du roi.

Pendant d'interminables secondes, l'induna regarda le cercle des chevaux trempés par la pluie et les visages pâles tournés vers lui. Dans un salut de gladiateur, il leva sa large sagaie au-dessus de sa tête et la tint ainsi quelques instants. Puis Wilson et ses hommes distinguèrent sa voix.

— Commençons ! cria-t-il en laissant retomber son bras armé.

Instantanément, les cornes se refermèrent, dans une manœuvre d'étranglement.

— Du calme ! cria Wilson. Ne tirez pas encore ! Nous n'avons pas de balles en trop, les gars ! Attendez d'être sûr de votre coup.

Les lames des sagaies sortirent en raclant des lacets qui les retenaient aux poignées des boucliers et le cri de guerre s'éleva, grave et sonore : « Djii ! Djii ! »

Les pointes d'acier commencèrent alors à battre sur le cuir tendu, de sorte que les chevaux tapèrent du pied et agitèrent la tête.

— Attendez, les gars. (A cinquante mètres, le premier rang des guerriers émergeait du rideau de brume grisâtre et s'avançait dans leur direction.) Choisissez votre homme ! Choisissez votre homme ! (A vingt mètres, ils arrivaient en psalmodiant leur cri de guerre et battant le sol au rythme de leurs pieds nus.) Feu !

Les coups de feu partirent du petit cercle, non pas à l'unisson mais espacés, chaque tireur ayant pris le temps de bien viser. Le premier rang des assaillants s'écroula sur le sol détrempé.

Les blocs de culasse claquaient, le feu était continu, comme des chapelets de pétards, et en écho revenait le bruit mat des balles de plomb qui touchaient la chair nue.

En deux endroits, les guerriers firent irruption à l'intérieur du cercle défensif, et pendant quelques secondes terribles il y eut un grouillement de combattants et la détonation de coups de revolver tirés à bout portant. Puis la vague des assaillants perdit de sa force, hésita et finalement se retira ; les survivants se replièrent dans la forêt et laissèrent leurs morts éparpillés sur l'herbe humide.

— Nous avons réussi, nous les avons repoussés ! s'écria quelqu'un, et tous les autres poussèrent des acclamations.

— Il est un peu tôt pour crier victoire, murmura sèchement Clinton.

— Laissez-les faire, dit Wilson en rechargeant son pistolet. Laissez-lcs se donner du courage. (Il leva les yeux.) Vous n'allez donc pas participer à la bataille ? Vous avez pourtant été soldat jadis.

Clinton secoua la tête.

— Plus de vingt-cinq ans se sont écoulés depuis que j'ai tué un homme pour la dernière fois, mais je m'occuperai des blessés et ferai tout ce que vous voudrez sauf tirer.

— Faites le tour des hommes. Rassemblez toutes les munitions de réserve, remplissez les cartouchières et distribuez-les en fonction des besoins de chacun.

Clinton revint au centre du cercle. Il y avait là trois hommes : l'un était mort d'une balle dans la tête, un autre avait la hanche brisée, le troisième une hampe de sagaie qui lui sortait de la poitrine.

— Enlevez-la-moi ! dit celui-ci en tirant dessus en vain. Retirez-moi ça ! Je n'en peux plus.

Clinton s'agenouilla devant lui et détermina l'angle de pénétration de la lame. La pointe ne devait pas être loin du cœur.

— Mieux vaut la laisser, conseilla-t-il d'une voix douce.

— Non ! Non ! Enlevez-la ! cria l'homme, de plus en plus fort.

Les soldats se retournèrent, ébranlés par ses hurlements hystériques. Peut-être valait-il mieux, après tout, lui donner satisfaction que le laisser subir cette mort lente et mettre à rude épreuve les nerfs des autres.

— Tenez-lui les épaules, ordonna Clinton à voix basse.

Un soldat s'agenouilla derrière l'agonisant. Clinton agrippa la hampe. C'était une belle arme, entourée de poils d'éléphant et de fil de cuivre formant des motifs décoratifs.

Il tira et la large lame sortit de la chair avec un bruit de succion. Le soldat poussa un dernier hurlement tandis que le sang s'échappait à flots de sa poitrine.

Les vagues de guerriers revinrent à quatre reprises avant midi. A chaque fois, il semblait inconcevable qu'ils échouent à écraser le cercle de soldats, et pourtant ils arrivaient en tourbillonnant, se brisaient puis se retiraient, comme aspirés par l'intérieur de la forêt.

Après chaque assaut, le cercle des défenseurs devait se resserrer afin de combler les vides laissés par les chevaux abattus et les hommes tués ou blessés. Puis les Matabélés se rapprochaient de nouveau, ombres silencieuses qui se faufilaient rapidement d'un mopani à l'autre, offrant des cibles fugitives, une épaule dépassant à peine derrière un tronc d'arbre, de petits nuages de fumée s'élevant de l'herbe verte, une tête de guerrier se dressant brusquement au-dessus d'une termitière pour tirer.

Clinton parcourait tranquillement le cercle, parlant calmement tour à tour avec chacun, caressant le museau d'un cheval agité, avant de revenir au centre.

— Vous vous en sortez, révérend ?

— Oui, et vous, vous faites des merveilles, major.

Les morts étaient alignés, et Clinton leur avait couvert le visage avec des tapis de selle. Il y en avait douze à présent, et il était à peine plus de midi ; il restait encore sept heures avant la tombée de la nuit.

Dans son délire, le garçon qui avait perdu ses yeux lors de la première salve parlait à quelqu'un qu'il n'avait pas rencontré depuis longtemps, mais ses propos étaient incohérents. Clinton lui avait bandé la tête avec un pansement propre trouvé dans la sacoche de selle du cheval gris ; le pansement était à présent taché de boue et imbibé de sang.

Deux autres soldats étaient étendus, immobiles. L'un respirait bruyamment par le trou qu'il avait à la gorge, d'où l'air s'échappait en sifflant. L'autre était pâle et silencieux, à l'exception d'une petite toux sèche ; il avait été touché dans le bas du dos. Les autres blessés ouvraient les paquets de cartouches et remplissaient les cartouchières.

Accroupi près de Clinton, Wilson lui demanda à voix basse :

— Qu'est-ce qui reste comme munitions ?

— Quatre cents cartouches.

— Moins de trente chacun, calcula rapidement Wilson. Sans compter les blessés, bien sûr.

— Vous pouvez le voir comme ça, major. En tout cas, il ne pleut plus.

— Je ne m'en étais même pas aperçu.

Wilson eut un faible sourire et leva les yeux vers le ciel. Le plafond nuageux n'était plus aussi bas et à cet instant un soleil fantomatique apparut, mais il était sans chaleur et si faible qu'ils pouvaient le regarder.

— Vous êtes blessé, major, s'exclama soudain Clinton. Faites-moi voir.

— Ça s'est presque arrêté de saigner... laissez ça, fit Wilson en secouant la tête. Gardez vos pansements pour d'autres.

Il fut interrompu par le cri d'un soldat.

— Le revoilà ! (Immédiatement des coups de feu claquèrent et la même voix s'éleva de nouveau avec colère.) Le salaud. Ah ! le salaud.

— Qu'y a-t-il, soldat ?

— C'est le grand induna... il est encore là à caracoler, mais il a une chance infernale, mon commandant. Nous venons de gaspiller un paquet de balles à essayer de le dégommer.

Au moment où il prononçait ces mots, le hongre gris de Clinton releva la tête d'un seul coup et tomba à genoux, frappé à l'encolure. Il fit effort pour se remettre debout puis roula sur le flanc.

— Mon pauvre vieux ! murmura Clinton.

Presque tout de suite, un autre cheval se cabra, battit l'air frénétiquement avec ses sabots de devant avant de s'effondrer sur le dos.

— Ils tirent mieux, remarqua Wilson à voix basse.

— Grâce à Gandang probablement, admit Clinton. Il passe d'un tireur à l'autre : il règle leur hausse et surveille leurs tirs.

— Il est temps de resserrer encore le cercle.

Seuls dix chevaux restaient debout ; les autres étaient étendus là où ils étaient tombés et, couchés sur le ventre derrière eux, leurs cavaliers attendaient patiemment d'avoir bien dans leur ligne de mire l'une des silhouettes insaisissables qui, par centaines, évoluaient dans la forêt.

— Serrez les rangs, lança Wilson en se levant et faisant signe au cercle des soldats. Rapprochez-vous du centre...

Il s'interrompit brusquement, pivota et agrippa son épaule mais ne tomba pas.

— Vous avez encore été touché !

Clinton se leva d'un bond pour l'aider et, immédiatement fauché aux jambes, retomba sur le sol boueux, les rotules brisées.

La balle avait dû être tirée par un de ces anciens gros calibres pour la chasse à l'éléphant qu'utilisaient certains Matabélés. Elle lui avait fracassé un des genoux et était passée au travers de l'autre.

Ses deux jambes avaient été emportées ; l'une se trouvait repliée sous ses fesses et il était assis sur sa botte couverte de boue. L'autre jambe était retournée, la pointe de la botte enfoncée dans la boue et l'éperon d'argent dirigé vers le ciel.

Gandang s'agenouilla derrière le tronc du mopani et arracha le Martini-Henry des mains d'un jeune guerrier.

— Même un babouin n'oublie pas quand on lui apprend quelque chose, fulmina-t-il. Combien de fois t'a-t-on dit de ne pas faire comme ça ?

La hausse du fusil étaient réglée au maximum, pour une distance de mille mètres. Sous les instructions de Gandang, le jeune Matabélé posa son arme sur la fourche du mopani et tira.

Le recul fut violent et le guerrier poussa un cri de joie. Dans le petit cercle, un gros cheval gris ensellé tomba à genoux, chercha quelques instants à se relever puis s'écroula sur le côté.

— Vous avez vu, mes frères ? beugla l'amadoda. Vous avez vu, j'ai tué le cheval gris.

Les mains tremblantes d'excitation, Vamba rechargea et épaula de nouveau. Il fit feu, et cette fois-ci, un hongre bai se cabra et tomba en arrière.

— Djii ! hurla Vamba en brandissant son fusil. Le cri de guerre fut repris par cent autres tireurs cachés, et la salve partit.

— Nous y sommes presque, pensa Gandang en apercevant un autre défenseur tomber sous le feu nourri. Il ne doit plus en rester beaucoup en état de tirer. Il va être temps d'envoyer les lances pour l'assaut final, et ce soir j'aurai une victoire à offrir à mon frère le roi. Une petite victoire parmi toutes ces défaites terribles... et chèrement payée.

Il sortit de derrière le tronc du mopani et courut en bondissant vers l'un de ses autres hommes qui tirait aussi vite qu'il pouvait recharger. A mi-chemin, Gandang sentit le choc violent dans le haut de son bras, mais il traversa sans ralentir le terrain découvert pour se mettre à l'abri, puis s'appuya contre l'arbre et examina sa blessure. La balle était entrée par le biceps et ressortie par l'arrière du bras. Le sang dégoulinait de son coude, épais comme de la mélasse. Gandang ramassa une poignée de boue et l'appliqua sur sa blessure.

— Tu tires comme une vieille femme vanne le grain, dit-il au guerrier agenouillé près de lui en lui prenant son fusil des mains.

Clinton se traîna en arrière sur les coudes, ses jambes glissant mollement dans la boue après lui. Il s'était servi de la ceinture en toile de l'un des morts comme d'un garrot et saignait très peu. L'engourdissement dû au choc persistait, de sorte que la douleur était supportable même si le bruit des extrémités fracassées des os raclant l'une contre l'autre lui donnait la nausée.

Il arriva auprès du garçon aveugle et s'arrêta pour reprendre son souffle avant de parler.

— Les autres écrivent des petits mots pour qu'on les retrouve sur eux. Tu as quelqu'un à qui tu aimerais écrire ?

Le garçon ne répondait pas, semblait ne pas avoir entendu. Une heure plus tôt, Clinton lui avait donné une des précieuses pilules de laudanum que Robyn lui avait confiées à son départ de GuBulawayo.

— Tu as entendu, fiston ?

— Oui, révérend. Je réfléchissais. J'aimerais bien laisser un mot à une fille.

Clinton prit une page vierge de son carnet et mouilla la pointe de son crayon ; le garçon réfléchit de nouveau puis dit timidement entre ses dents :

Bonjour, Mary. Tu as dû le lire dans les journaux, il y a eu une belle bagarre aujourd'hui. Tout est presque fini à présent et je pense à cette promenade en barque...

Clinton écrivait rapidement pour suivre la dictée.

Je te dis donc au revoir, Mary. Aucun de nous n'a peur. Nous voulons être à la hauteur, le moment venu...

En rédigeant la formule finale, la vue de Clinton s'embua. Il regarda le pâle visage imberbe. Ses yeux étaient emmaillotés de bandages sanglants ; ses lèvres tremblaient et il avala péniblement sa salive en prononçant les derniers mots.

— Comment s'appelle-t-elle, fiston ? Il faut que j'indique une adresse.

— Mary Swayne. *Au Sanglier roux*, à Falmouth.

« C'est une serveuse de pub, pensa Clinton, en plaçant la feuille de papier pliée dans la poche de poitrine du garçon. Elle rira probablement en lisant son petit mot, si jamais il lui parvient, et elle le fera circuler parmi les habitués du bar. »

— Révérend, j'ai menti, murmura le gamin. J'ai peur.

— Nous avons tous peur, répondit Clinton en lui pressant la main. Tu sais, tu pourrais recharger les armes pour Dillon. Il a encore ses yeux et toi tes bras.

— Épatant, révérend, fit Dillon en souriant. Pourquoi on n'y a pas pensé plus tôt ?

Clinton déposa une cartouchière sur les jambes du jeune aveugle. Il ne restait plus que quinze cartouches. A ce moment, le chant commença à s'élever, un chant lent, grave et très beau qui résonnait à travers la forêt – le chant de louange des Inyati. Clinton tourna la tête et parcourut lentement le cercle du regard.

Tous les chevaux étaient morts ; ils gisaient sur le sol jonché de pièces de sellerie, de matériel brisé, de papiers d'emballage des cartouches, de douilles et de fusils abandonnés. Dans toute cette pagaille, seuls les morts étaient alignés avec ordre. « Tant de morts, songea Clinton. Oh, mon Dieu, quel terrible gâchis ! »

Il leva les yeux. Les nuages s'écartaient enfin, des bandes de ciel bleu apparaissaient entre les montagnes de cumulus que le crépuscule teintait déjà de rose alors que leurs profondeurs avaient la couleur de l'antimoine brûlé et de l'argent terni.

Ils avaient bataillé tout le jour dans cette boue. Dans une heure, il allait faire nuit, mais déjà de minuscules taches noires se détachaient comme des grains de poussière sur le bleu du ciel. Elles tournoyaient lentement : encore très hauts, les vautours attendaient et observaient avec la patience infinie qui caractérise l'Afrique.

Clinton baissa les yeux et vit Wilson qui, de l'autre côté du cercle, le regardait.

Il était adossé au ventre d'un des chevaux. Son bras droit pendait, inutile, sur son flanc. L'ouate qui recouvrait la blessure de son ventre était écarlate, mais il tenait son revolver sur son giron.

Les deux hommes se regardèrent tandis que le chant s'élevait, puis retombait, avant de reprendre de l'intensité.

— Ils ne vont pas tarder à revenir... pour la dernière fois, dit Wilson.

Clinton acquiesça, puis leva le menton et commença lui aussi à chanter :

— *Plus près de toi, mon Dieu...*

Sa voix était étonnamment claire et juste et Wilson chanta avec lui en maintenant le coton sur sa blessure.

— *Les ténèbres m'envahissent...*

Cassée et tremblotante, la voix du garçon aveugle s'éleva à son tour. A côté de lui, étendu sur le dos, Dillon tenait un fusil appuyé sur ses genoux croisés malgré sa cheville et son coude fracassés, prêt à tirer d'une main. Il cligna de l'œil vers Clinton et reprit d'une voix fausse :

— ... *et les anges de me faire signe...*

Ils n'étaient plus que huit, tous blessés au moins une fois mais chantant dans cette forêt de mopanis, leurs voix faibles presque couvertes par le chant du régiment des Inyati.

Il y eut, ensuite, grondement de tonnerre qui roulait vers eux, le battement de deux mille sagaies contre les boucliers.

Allan Wilson se leva pour leur faire face. A cause de sa blessure, il ne pouvait se tenir droit et son bras pendait. La détonation de son revolver sembla dérisoire dans le vacarme du chant de guerre et du roulement de tambour des lances.

Sans cesser de chanter, Dillon prenait un fusil chargé, tirait puis saisissait le suivant. Son camarade chargea la dernière cartouche, lui tendit le fusil, chercha à tâtons d'autres munitions et ses doigts s'affolèrent quand il se rendit compte que la cartouchière était vide.

— Il n'y en a plus ! cria-t-il. Il n'y en a plus !

Dillon se dressa sur sa jambe valide, s'avança en sautillant, et, tenant son fusil vide par le canon, fit un moulinet vers la vague de guerriers emplumés qui se ruait sur lui, mais le coup manquait de force et fut dévié par un des grands boucliers ovales. La pointe d'une sagaie jaillit subitement entre ses omoplates.

— Je ne veux pas mourir, cria le jeune aveugle. Protégez-moi, révérend !

— Calme-toi, mon petit, tout ira bien, lui dit Clinton en passant un bras autour de ses épaules.

Les corps étaient nus. Leur peau blanche, jamais exposée au soleil, semblait étrangement délicate et, sur cette blancheur, le rouge de leurs blessures ressortait violemment.

Autour d'eux se pressait une foule de guerriers. Certains les avaient dépouillés des pièces de leur uniforme et s'en étaient vêtus ; en proie à l'ivresse de la dernière charge et de la mise à mort, tous haletaient encore.

Un vieux guerrier grisonnant sortit des rangs avec sa sagaie et se pencha sur le cadavre de Clinton Codrington. Le moment était venu de libérer les esprits des hommes blancs, de les laisser s'échapper de leur corps afin qu'ils ne viennent pas importuner les vivants en restant sur terre. Le vieux guerrier plaça la pointe de sa lance contre le ventre de Clinton et s'apprêta à procéder à l'éventration rituelle.

— Non !

Une voix claire l'arrêta dans son mouvement. Le guerrier se redressa et salua respectueusement. Gandang arrivait à grands pas parmi ses hommes qui s'écartaient pour le laisser passer.

Il s'arrêta au milieu du carnage et regarda les corps de ses ennemis. Son visage était impassible, mais une grande tristesse se lisait dans ses yeux, comme s'il portait le deuil de la terre entière.

— Laisse-les reposer en paix, dit-il à voix basse. C'étaient des hommes parmi les hommes, car leurs pères ont été hommes avant eux.

Il tourna les talons et repartit par où il était venu. Ses guerriers se rangèrent derrière lui et s'éloignèrent au trot en dircction du nord.

Lobengula était arrivé à la limite de ses territoires. A ses pieds, la terre s'ouvrait abruptement sur la vallée du Zambèze, escarpement entrecoupé de gorges et d'éboulis, couvert de taillis impénétrables, envahi par les bêtes sauvages et écrasé de chaleur.

Loin en contrebas, une bande sinueuse de végétation sombre soulignait le cours du « père de toutes les eaux », et à l'ouest, un haut nuage argenté de vapeur marquait l'endroit où le fleuve faisait une chute de neuf cents mètres dans la gorge étroite qui s'ouvrait plus bas.

Assis sur le coffre du chariot de tête tiré par deux cents guerriers, Lobengula contemplait ce spectacle grandiose d'un regard indifférent. Tous les bœufs étaient morts sur le terrain trop accidenté et rocailleux pour la plupart d'entre eux ; ils s'étaient effondrés et avaient succombé dans les traits.

Puis la caravane était entrée dans la première région infestée par les mouches tsé-tsé ; les redoutables petits insectes s'étaient mis à grouiller sur la peau tachetée des bœufs survivants et avaient harcelé la suite de Lobengula. Au bout de quelques semaines, les dernières bêtes étaient mortes et les hommes, plus résistants à la piqûre de la tsé-tsé, avaient pris leurs places dans l'attelage et tiré leur roi dans sa fuite vaine et sans but.

Découragés par le terrain déployé sous leurs yeux, ils se reposaient sous le joug et regardaient Lobengula.

— Nous dormirons ici ce soir, dit le roi.

Immédiatement la foule épuisée et affamée qui suivait les chariots s'égailla pour dresser le camp. Les jeunes filles apportaient de l'eau dans leurs pots de terre, les hommes construisaient les abris et coupaient le bois pour les feux, les femmes prélevaient parcimonieusement les rations sur le contenu presque vide des sacs de grains et les quelques lanières de viande séchée qui restaient. Les mouches avaient tué les derniers animaux de boucherie en même temps que les bêtes de trait, et le gibier était rare et farouche.

Gandang s'avança jusqu'au chariot de tête et salua son demi-frère.

— Ta couche sera bientôt prête, *Nkosi Nkulu*.

Mais Lobengula regardait d'un air rêveur le kopje escarpé qui surplombait leur bivouac. Les troncs gonflés de gros arbres avaient fait éclater les roches noires. Les petites branches tordues, chargées de cosses velues, se dressaient vers le ciel indifférent comme des bras estropiés.

— N'est-ce pas une grotte que j'aperçois là-haut, mon frère ? demanda-t-il à voix basse en désignant une crevasse dans la face rocheuse qui entourait le sommet de la colline. Je voudrais y aller.

Une vingtaine d'hommes transportèrent Lobengula sur une litière couverte de fourrures. Son grand corps boursouflé accablé par la goutte et l'arthrite, il grimaçait à chaque secousse, mais, fasciné, il gardait les yeux braqués sur la crête au-dessus de lui.

En arrivant au pied de la falaise, Gandang fit un signe aux porteurs, qui déposèrent doucement la litière sur la pente rocailleuse. Gandang glissa son bouclier sur son épaule et s'avança, tirant sa sagaie hors de sa courroie.

La caverne était étroite mais profonde et sombre. Des restes d'animaux – hydrax, babouins, gazelles et oréotragues – jonchaient la petite corniche sur laquelle elle s'ouvrait. L'odeur fétide d'une tanière de bête fauve s'échappait de la grotte, et lorsque Gandang s'accroupit à l'entrée et regarda à l'intérieur, il entendit un grondement de léopard et entrevit l'animal qui se déplaçait dans l'ombre, ses yeux dorés luisant dans l'obscurité.

Gandang entra lentement dans la zone d'ombre et s'arrêta pour laisser ses yeux s'habituer. Dans l'espace restreint de la grotte, le léopard lui lança un nouvel avertissement en poussant un terrifiant rugissement de colère. Il s'était approché et tapi sur un rebord étroit à hauteur de la tête de Gandang. Celui-ci parvenait à distinguer la forme de son large front, ses oreilles rabattues en arrière et la fente de ses yeux furieux.

Avec précaution, Gandang se mit en position sous la petite corniche ; il ne voulait pas déclencher l'attaque avant d'être prêt à l'affronter. Les jambes légèrement fléchies, la pointe de sa sagaie levée en direction de la gorge de l'animal, Gandang caressa son bouclier et lança :

— Viens, démon ! Viens, progéniture du diable.

Dans un autre rugissement de fureur, le félin sauta sur le bouclier. Au même instant, Gandang leva sa lance et laissa le léopard s'empaler, puis roula sous le bouclier, les griffes de l'animal lacérant en vain le cuir dur comme de la pierre.

La lame était toujours enfoncée dans la poitrine du léopard. Il toussa une fois, étranglé par son propre sang, puis se dégagea avec un mouvement violent et bondit hors de la caverne. Gandang le suivit prudemment : la bête était étendue sur la corniche dans une mare de sang. C'était un vieux mâle magnifique au pelage intact. Les taches de son dos n'étaient guère plus sombres que le fond d'une couleur ambrée, qui s'éclaircissait sur le ventre pour prendre une nuance beurre frais. Un noble animal, et seul un roi pouvait en porter la fourrure.

— La voie est libre, ô roi, cria Gandang vers le bas de la pente.

Les porteurs de la litière amenèrent Lobengula jusqu'en haut et le déposèrent doucement sur la corniche.

Le roi les congédia. Son demi-frère et lui restèrent seuls à flanc de colline, au-dessus de cette terre âpre et barbare. Lobengula regarda le léopard mort puis l'entrée obscure de la caverne.

— Cela ferait une tombe parfaite pour un roi, dit-il pensivement.

Gandang ne sut quoi répondre et tous deux restèrent longtemps silencieux.

— Je suis mort, reprit enfin Lobengula en levant la main pour empêcher Gandang de protester : Je marche, je parle toujours, mais, au fond de moi, mon cœur est mort.

Gandang se taisait et ne pouvait regarder le visage du roi.

— Gandang, mon frère. Mon seul désir est de connaître la paix. Es-tu prêt à l'exaucer ? Si je te l'ordonne, porteras-tu ta lance sur moi et, en me perçant le cœur, permettras-tu à mon esprit libéré de trouver la paix ?

— Mon roi, mon frère, je n'ai jamais désobéi à aucun de tes ordres. Ta parole a toujours été au centre de ma vie. Demande-moi n'importe quoi, mon frère, mais pas cela. Je ne pourrai jamais lever la main contre toi, fils de Mosélékatsé, mon père, petit-fils de Machobane, mon grand-père.

Lobengula soupira.

— Oh, Gandang, je suis si las, si accablé de chagrin. Si tu te refuses à me procurer un repos, veux-tu au moins m'envoyer mon grand sorcier ?

Le sorcier arriva et écouta gravement ce que lui commandait le roi, puis il se leva et alla à la carcasse du léopard.

Il coupa ses longues moustaches blanches et les réduisit en poudre en les brûlant sur un petit feu, dans un minuscule pot d'argile. Pour rendre le poison encore plus puissant, il broya une douzaine de graines d'un arbrisseau vénéneux, et en fit une pâte qu'il mélangea aux cendres mortelles. Puis, d'une corne fermée par un bouchon qu'il portait à la ceinture, il versa un liquide vert âcre, qu'il remua.

A genoux, face contre terre, il s'approcha du roi en se tortillant servilement et déposa le pot devant lui. Au moment où ses doigts lâchaient le récipient contenant le mortel breuvage, Gandang se leva sans bruit derrière lui et lui planta sa sagaie entre les omoplates.

Il ramassa ensuite le cadavre squelettique et le porta au fond de la caverne. En revenant, il s'agenouilla de nouveau devant Lobengula.

— Tu as raison, dit celui-ci en hochant la tête. Nul autre que toi ne doit savoir comment le roi est parti. (Il leva le pot et le tint entre ses deux mains jointes.) Maintenant, tu vas être le père de mon pauvre peuple. Que la paix soit avec toi, mon frère.

Il porta le récipient à ses lèvres et l'avala d'un trait. Puis il s'étendit sur la litière et tira une couverture de fourrure sur sa tête.

— Va en paix, mon frère bien-aimé, dit Gandang, assis au chevet du roi.

Ses nobles traits avaient l'immobilité du granit, mais des larmes coulaient le long de ses joues et de sa poitrine musclée couverte de cicatrices.

Ils inhumèrent Lobengula dans la caverne, assis droit à même le roc et enveloppé dans la peau humide du léopard. Ils démontèrent ses chariots, en portèrent les pièces détachées dans la grotte et les rangèrent dans le fond.

Ils entassèrent ses défenses d'éléphant de chaque côté et Gandang déposa à ses pieds la lance symbole de la royauté, ses objets personnels – pots de bière et écuelles, couteaux, miroirs, corne à priser, perles et ornements –, un sac de sel, un autre de grains pour le voyage et finalement les petits pots de terre contenant les diamants bruts afin qu'il puisse payer son entrée dans le monde spirituel de ses ancêtres.

Sous la direction de Gandang, ils fermèrent l'entrée de la caverne avec de gros rochers, puis redescendirent au bas de la colline en chantant solennellement les louanges du roi.

Il n'y avait pas de bétail à abattre, de grains pour brasser la bière du festin funèbre. Gandang fit venir les chefs du peuple endeuillé.

— Une montagne s'est effondrée, dit-il simplement. Et un âge est révolu. J'ai laissé derrière moi ma femme, mon fils et le pays que j'aime. Sans eux, un homme n'est rien. Je retourne là-bas. Personne n'est obligé de me suivre. Chacun doit choisir sa voie, mais la mienne me conduit de nouveau vers le sud, vers GuBulawayo et les collines magiques des Matopos – pour y rencontrer ce Lodzi et parler avec lui.

Le lendemain matin, lorsque Gandang se mit en marche vers le sud, il vit que ce qui restait de la nation matabélée le suivait ; ce n'était plus un grand peuple guerrier, mais une foule décontenancée et abattue.

Robyn Codrington était assise dans la véranda ombragée et fraîche de la mission de Khami. Il avait plu le matin, l'atmosphère était limpide et lumineuse, et la terre humide que réchauffait le soleil éclatant avait l'odeur du pain frais.

Robyn portait les rubans noirs du deuil cousus sur ses manches.

— Pourquoi êtes-vous venu ici ? demanda-t-elle calmement et sans sourire à l'homme qui montait les marches de la véranda.

— Je n'avais pas le choix, répondit Mungo Saint-John.

Il s'arrêta sur la dernière marche et l'examina quelques instants, sans la moindre trace de moquerie.

La peau de Robyn respirait la propreté et la fraîcheur ; elle n'avait mis ni rouge à lèvres ni poudre. Elle avait des yeux lumineux, l'ovale de son visage conservait sa netteté et elle était coiffée simplement, sans aucun cheveu blanc, sur une silhouette grande et mince à la poitrine menue et aux hanches étroites. Quand elle vit la direction de son regard, son expression se durcit.

— Je vous serais reconnaissante, monsieur, de m'exposer le but de votre visite et de vous en aller ensuite.

— Robyn, je suis navré, mais peut-être vaut-il mieux qu'il n'y ait plus de doutes.

Quatre mois s'étaient écoulés depuis que la colonne volante était revenue de la rivière Shangani et, dans l'intervalle, de nombreuses rumeurs avaient couru.

Le matin du jour fatidique, Mungo Saint-John et sa troupe, coupés de la patrouille par la rivière en crue, avaient entendu une terrible fusillade sur l'autre rive. Presque tout de suite, eux-mêmes avaient été attaqués furieusement par des éléments de l'armée matabélée. Ils avaient été contraints de se retirer, en une longue et épuisante retraite sous la pluie, qui avait duré plusieurs semaines au cours desquelles, soumis à un continuel harcèlement, ils avaient dû continuer à se battre et endurer de cruelles privations. Finalement, les régiments cafres les avaient laissé partir mais ils avaient été forcés d'abandonner les chariots transportant l'artillerie et la moitié des chevaux étaient morts.

Personne ne savait ce qu'il était advenu de la patrouille d'Allan Wilson sur la rive nord de la Shangani, mais on avait raconté ensuite à GuBulawayo qu'elle s'était frayé un chemin au milieu des régiments matabélés, avait gagné le Zambèze et descendu le fleuve en radeau jusqu'à la colonie portugaise de Tete, à cinq cents kilomètres en aval. Plus tard, les Portugais avaient apporté un démenti et les espoirs de revoir vivants les membres de la patrouille s'étaient quasiment évanouis jusqu'au moment où un induna matabélé venu se rendre avait laissé entendre que les Blancs avaient été faits prisonniers par le régiment des Inyati. En quatre mois de cruelle incertitude rumeurs, démentis et contre-rumeurs s'étaient succédé, et à présent Mungo Saint-John se trouvait devant Robyn.

— C'est certain, dit-il. Je ne voulais pas qu'un inconnu vous apporte la nouvelle.

— Ils sont morts, dit-elle tout net.

— Tous. Dawson s'est rendu jusqu'au champ de bataille et les a retrouvés.

— Il n'a pas pu les reconnaître ni être sûr du nombre de morts. Pas après plusieurs mois, pas après le passage des vautours et des hyènes...

— Robyn, je vous en prie.

Saint-John tendit la main mais elle eut un mouvement de recul.

— Je ne le crois pas. Clinton a pu s'échapper.

— Dawson a rencontré le principal induna des Matabélés. Il vient avec tout son peuple pour se rendre. Il a décrit à Dawson les derniers moments de résistance de la patrouille et comment ils ont tous finalement succombé.

— Clinton a pu..., objecta-t-elle, très pâle, secouant la tête énergiquement.

— Robyn, c'était Gandang. Il connaissait bien votre

mari. Il l'appelait « Hlopi », l'homme aux cheveux blancs. Il l'a vu étendu avec les autres morts. C'est une certitude. Il ne peut plus y avoir d'espoir.

— Vous pouvez vous en aller à présent, dit-elle avant de se mettre à pleurer.

Très droite, elle se mordait la lèvre inférieure pour essayer de s'arrêter, mais son visage était décomposé et ses yeux rougis.

— Je ne peux pas vous laisser dans cet état, dit-il en boitillant vers elle.

— Ne vous approchez pas de moi, dit-elle d'une voix rauque à travers ses larmes, battant en retraite devant lui. Je vous en prie, ne me touchez pas.

Il continuait d'avancer, grand et élancé comme un vieux léopard, une expression qu'elle ne lui avait encore jamais vue adoucissant son visage basané et dur, et son œil plongeait dans les siens avec une tendresse inquiète.

— Ne... je vous prie, ne..., commença-t-elle, les mains levées comme pour le repousser, puis elle détourna le visage.

Elle était arrivée au bout de la véranda et se trouvait adossée à la porte de la chambre que Cathy et Salina avaient naguère partagée, et commença à prier d'une voix étouffée par les sanglots.

— Oh, doux Jésus, aidez-moi à être forte...

Il la prit par les épaules ; ses mains étaient fermes et fraîches à travers le coton de son chemisier. Elle frissonna et poussa un petit cri.

— Laissez-moi, je vous en prie.

Il la prit par le menton et l'obligea à lever son visage vers le sien.

— Ne me laisserez-vous jamais en paix ? marmonna-t-elle d'une voix hachée.

Il la bâillonna alors de sa bouche. Lentement, le

corps de Robyn se détendit et bascula contre le sien. Elle eut un sanglot et commença à se laisser aller dans l'étreinte de ses bras musclés. Il la prit, un bras derrière ses genoux, l'autre autour de ses épaules, et la souleva contre sa poitrine comme une enfant endormie.

Il ouvrit la porte de la chambre d'un coup de pied, entra et la referma avec le talon.

Il y avait une housse sur le lit, sans oreiller ni édredon. Il déposa Robyn dessus et s'agenouilla près d'elle, la tenant toujours contre sa poitrine.

— C'était un saint, dit-elle d'une voix étranglée. Et vous l'avez envoyé à la mort. Vous êtes le diable en personne.

Puis, les doigts tremblants, elle défit avec frénésie les boutons de nacre de sa chemise de lin. La poitrine de Saint-John était dure et couverte d'une toison sombre. Elle y appuya ses lèvres, respirant profondément son odeur virile.

Depuis son cagibi jouxtant l'office, Jordan Ballantyne pouvait surveiller les immenses cuisines de Groote Schuur.

Trois maîtres queux étaient aux fourneaux. L'un se précipita vers Jordan avec une casserole à fond épais et une cuillère en argent pour lui faire goûter la sauce béarnaise qui devait accompagner le *galjœn*. C'était un poisson de la région du Cap, dont on pouvait, avec de l'imagination, rapprocher la forme de celle d'un galion espagnol. Sa chair tirant sur le vert était l'un des mets les plus délicats d'Afrique.

— *Parfait, monsieur Gaillard, comme toujours.*

Le petit Français s'éloigna rapidement, rayonnant, et

Jordan se tourna vers la lourde porte en teck qui conduisait aux caves à vin, sous les cuisines.

Jordan avait personnellement décanté le porto au cours de l'après-midi, dix bouteilles d'un Vilanova de Gaia vieux de quarante ans, qui avait pris la belle couleur fauve du miel sauvage. Un domestique malais en longue tunique blanche serrée par une large ceinture rouge et coiffé d'un fez arrivait en haut de l'escalier de pierre en portant avec respect la première carafe en verre de Waterford sur un plateau d'argent.

Jordan versa un doigt de porto dans le taste-vin en argent gravé qu'il portait autour du cou, au bout d'une chaîne. Il en but une gorgée, le fit rouler sur sa langue puis aspira de l'air par la bouche pour laisser le vin se révéler.

— J'avais raison, dit-il. C'est une heureuse acquisition.

Jordan ouvrit le lourd registre des vins et vit avec plaisir qu'il leur restait douze bouteilles de Vilanova sans compter celui de la carafe. Dans la colonne « Remarques », il nota : « Extraordinaire. A garder pour les grandes occasions », puis se tourna vers le domestique malais.

— Ramallah, nous servirons donc, au choix, le sherry Finos Palma ou le madère avec le consommé, le chablis ou le Krug 1889 avec le poisson... (Jordan lui rappela rapidement quels vins il avait choisis pour la suite des plats, puis il le congédia :) Les invités vont arriver d'une minute à l'autre. Veillez, s'il vous plaît, à ce que chacun prenne sa place.

Les douze serveurs se tenaient dos aux lambris en chêne de la salle à manger, leurs mains gantées de blanc croisées devant eux, inexpressifs. Jordan donna en passant une brève appréciation à chacun, remarquant là une tache sur une tunique blanche, ici une ceinture de travers.

Arrivé au bout de la longue table, il s'arrêta quelques instants pour admirer le service en argent portant un motif doré qui représentait la reine, offert à M. Rhodes par les directeurs de la Compagnie et assorti aux longs verres à pied de Venise, au bord en or. Il y avait vingt-deux couverts ce soir-là, et Jordan avait eu toutes les peines du monde à organiser les places des invités. Il avait finalement décidé de mettre le docteur Jameson au bas bout de la table et sir Henry Loch, le haut-commissaire, à la droite de M. Rhodes. Il hocha la tête, satisfait de cette disposition, et prit un des havanes dans l'humidificateur en argent ; il le huma avant de le faire craquer contre son oreille. Tout était parfait ; il remit le cigare à sa place et jeta un dernier coup d'œil circulaire dans la pièce.

Jordan avait arrangé lui-même les fleurs, de grands lits de proteas cueillis sur les flancs de la montagne de la Table. Au milieu de la table, des roses jaunes cultivées dans les jardins de Groote Schuur, et, naturellement, les fleurs préférées de M. Rhodes, les plumbagos.

De derrière la porte à double battant parvint le martèlement de pieds sur le dallage en marbre et la voix haut perchée, presque plaintive, que Jordan connaissait si bien et aimait tant.

— Il nous faudra seulement nous concilier le vieux.

Jordan sourit affectueusement à ces paroles ; le « vieux » était certainement Kruger, le président de la République bœr, et « se concilier » était un des mots favoris de M. Rhodes. Juste avant que les portes ne s'ouvrent pour laisser entrer la compagnie d'hommes brillants et célèbres en smoking sombre, Jordan s'éclipsa et retourna à son petit cagibi afin de pouvoir entendre la conversation qui se déroulait à côté, dans la salle à manger.

Il éprouvait une exaltation, un merveilleux sentiment de puissance, à l'idée de se trouver mêlé de si près à tout cela, d'être témoin de l'Histoire en train de se faire, de savoir qu'il lui appartenait de l'infléchir et de la diriger de manière subtile, et de le faire en secret. Un mot par-ci, une allusion par-là, même grâce à quelque chose d'aussi anodin que de placer deux hommes puissants côte à côte à table. En privé, M. Rhodes lui demandait parfois : « Qu'en pensez-vous, Jordan ? », et écoutait attentivement sa réponse.

Cette vie excitante était devenue pour lui une drogue et il ne se passait guère de jour sans qu'il bût le breuvage à satiété. Il appréciait particulièrement certains moments dont il gardait précieusement le souvenir. Lorsque le repas s'achevait et que les invités s'installaient au salon pour boire le porto et fumer un cigare, Jordan avait le loisir de s'asseoir seul et de rappeler ces souvenirs.

C'était lui qui avait rédigé de sa jolie écriture le chèque légendaire que M. Rhodes avait signé le jour où ils avaient acheté la Kimberley Central Company – 5 338 650 livres, le plus gros chèque jamais tiré au monde.

Il se trouvait dans la galerie du Parlement lorsque M. Rhodes s'était levé pour annoncer qu'il acceptait la fonction de Premier ministre de la colonie du Cap. M. Rhodes avait levé les yeux vers lui et souri avant de commencer son discours.

Lorsqu'il était revenu à bride abattue du Matabeleland et avait tendu la concession Rudd avec le sceau de Lobengula à M. Rhodes, celui-ci lui avait tapé sur l'épaule et exprimé en un seul regard plus que mille mots soigneusement choisis ne pouvaient le faire.

Il se souvenait de sa chevauchée à côté de la voiture de M. Rhodes le long du Mall, en direction de Buckingham Palace, et du dîner avec la reine, tandis que le navire postal retardait de vingt-quatre heures son départ pour les attendre.

Le matin même, un autre souvenir était venu s'ajouter, car il avait lu à haute voix le télégramme adressé par la reine Victoria à « notre bien-aimé Cecil John Rhodes », dans lequel elle en faisait l'un de ses conseillers privés.

Jordan revint au présent.

Il était plus de minuit, et, dans la salle à manger, M. Rhodes mettait brusquement fin à la réception, comme à son habitude :

— Eh bien, messieurs, je vous dis bonsoir à tous.

Jordan se leva prestement de son bureau et remonta le couloir des domestiques.

En arrivant au bout, il entrebâilla la porte et regarda anxieusement l'homme à forte carrure, à la gaucherie charmante, monter l'escalier. Les invités avaient fait honneur aux vins choisis par Jordan, mais la démarche de M. Rhodes était encore assez assurée. Il trébucha en haut de l'escalier en marbre mais retrouva son équilibre, et Jordan secoua la tête avec soulagement.

Lorsque le dernier domestique fut parti, Jordan ferma la cave à vin et l'office. Un plateau en argent était resté sur son bureau, avec un verre de Vilanova et deux craquelins recouverts d'une épaisse couche de caviar Belouga. Jordan porta le plateau à travers le manoir silencieux. Une seule chandelle brûlait dans l'imposant hall d'entrée, au-dessus de la table en teck massif installée au milieu de la pièce.

Comme un prêtre approchant de l'autel, Jordan traversa lentement le damier noir et blanc du sol en marbre et posa avec respect le plateau sur la table. Puis il leva les yeux vers l'idole sculptée dans sa niche obscure, et remua les lèvres en prononçant en silence son invocation à Panes, la déesse-oiseau.

Quand il eut fini, il attendit en silence, dans la lumière vacillante de la chandelle. La grande maison était assoupie et la déesse à tête de faucon regardait de ses yeux aveugles et cruels en direction du nord, à plus de mille cinq cents kilomètres, vers un antique royaume maintenant rebaptisé Rhodésie, pour le meilleur ou pour le pire.

Jordan attendait tranquillement, les yeux levés vers l'oiseau de pierre comme un fidèle devant une statue de la Vierge, puis soudain, dans le silence de la nuit, du fond des jardins où se dressaient les grands chênes plantés par le gouverneur Van der Stel près de deux siècles plus tôt, s'éleva le cri triste et sinistre d'un grand duc. Jordan se détendit et s'éloigna à reculons de l'offrande qu'il avait laissée sur la table, puis fit demi-tour et monta quatre à quatre l'escalier de marbre.

Dans sa petite chambre, il se débarrassa rapidement de ses vêtements imprégnés d'odeurs de cuisine. Nu, il se lava à l'eau froide en admirant son corps dans le miroir en pied. Il se frictionna ensuite avec une serviette puis se rinça les mains à l'eau de Cologne.

Avec deux brosses à manche d'argent, il se brossa les cheveux jusqu'à ce qu'ils brillent comme des spires de fil d'or à la lumière de la lampe, puis il enfila sa robe de chambre de brocart bleu nuit, en noua la ceinture, prit la lampe et sortit dans le couloir.

Il referma doucement la porte de sa chambre et écouta pendant quelques secondes. La maison était toujours silencieuse, les invités dormaient. Pieds nus, Jordan s'avança sans bruit sur l'épais tapis vers la porte à double battant au bout du corridor. Il donna deux petits coups sur l'un des panneaux, puis deux autres.

— Entrez, répondit doucement une voix.

— C'est un peuple de pasteurs, vous ne pouvez leur enlever leurs troupeaux, dit Robyn en faisant effort pour se contenir.

Elle était pâle et des éclairs de fureur passaient dans ses yeux verts.

— Je vous en prie, asseyez-vous, Robyn, répondit Mungo Saint-John en lui indiquant la chaise de bois brut, l'un des rares meubles de la case en adobe où était installé son bureau d'administrateur du Matabeleland. Vous serez mieux et je me sentirai plus à l'aise.

« On voit mal comment il pourrait être plus à l'aise », pensa-t-elle avec une ironie désabusée. En bras de chemise, sans cravate, son gilet déboutonné, il était en effet renversé paresseusement dans son fauteuil pivotant, les pieds sur son bureau.

— Merci, général, je resterai debout jusqu'à ce que j'aie reçu votre réponse.

— Le coût de la délivrance du Matabeleland et de la conduite de la guerre a été entièrement supporté par la Compagnie. Vous-même devez comprendre qu'une réparation est nécessaire.

— Vous leur avez tout pris. Mon frère Zouga a raflé plus de cent vingt-cinq mille têtes de bétail...

— La guerre nous a coûté cent mille livres.

— Très bien, dit Robyn en hochant la tête. Si vous n'êtes pas sensible aux arguments humanitaires, peut-être vous laisserez-vous convaincre par des espèces sonnantes et trébuchantes. Le pcuple matabélé est dispersé et perplexe, son organisation tribale s'est effondrée, la variole sévit...

— Une nation conquise souffre toujours de privations, Robyn. Oh, asseyez-vous donc, vous me donnez le torticolis.

— A moins que vous ne leur rendiez une partie de leurs troupeaux, assez du moins pour leur approvisionnement en lait et en viande de boucherie, vous allez être confronté à une famine qui vous coûtera bien davantage que votre jolie petite guerre.

Le sourire s'évanouit sur le visage de Saint-John. Il inclina légèrement la tête et examina la cendre de son cigare.

— Pensez-y, général. Lorsque le gouvernement impérial mesurera l'ampleur de la famine, il obligera votre Compagnie à nourrir les Matabélés. A combien revient le transport de céréales à partir du Cap ? Cent livres le chargement. A moins que ça n'ait augmenté. Si la famine prend des proportions de génocide, je veillerai à ameuter l'opinion et des gens à l'esprit humanitaire, Labouchère, Blunt, afin que le gouvernement de Sa Majesté soit obligé d'annuler la concession et fasse finalement du Matabeleland une colonie de la Couronne.

Mungo Saint-John prit la bouteille sur son bureau et se redressa dans son fauteuil.

— Qui a fait de vous le champion de ces sauvages ? demanda-t-il, mais Robyn ignora la question.

— Je vous suggère, général, de faire part de ces réflexions à M. Rhodes avant que la famine ne se déclare.

Elle se réjouit en voyant l'effort qu'il fit pour retrouver sa sérénité.

— Peut-être avez-vous raison, Robyn, dit-il en arborant de nouveau son sourire léger et moqueur. Je vais signaler cela aux directeurs de la Compagnie.

— Immédiatement, insista-t-elle.

— Immédiatement, capitula Saint-John, ouvrant les

mains en un geste parodiant l'impuissance. Désirez-vous autre chose de moi ?

— Oui, dit-elle. Je voudrais que vous m'épousiez.

Il se leva lentement et la dévisagea.

— Peut-être ne le croirez-vous pas, ma chère, mais rien ne pourrait me faire plus plaisir. Et cependant, je ne comprends pas. Je vous l'avais demandé, ce fameux jour à la mission. Pourquoi avez-vous changé d'avis ?

— Il me faut un père pour le bâtard que je porte. Il a été conçu quatre mois après la mort de Clinton.

— Un fils... ce sera un fils, dit-il en faisant le tour du bureau.

— Vous devez savoir que je vous exècre, dit-elle.

Il lui sourit.

— Je le sais, et c'est pour cela que je vous aime, répliqua-t-il.

— Ne dites plus jamais ça, fit-elle d'une voix sifflante.

— Il le faut pourtant. Je ne m'en étais même pas aperçu. J'ai toujours cru que j'étais imperméable à un sentiment aussi banal que l'amour. Je me trompais. Nous devons, vous et moi, considérer courageusement cette réalité : je vous aime.

— La seule chose que je veux de vous, c'est votre nom, et vous ne recevrez de moi que haine et mépris.

— Marions-nous d'abord, mon amour, et ensuite nous déciderons qui reçoit quoi.

— Ne me touchez pas, dit-elle, et Saint-John l'embrassa sur la bouche.

Il avait fallu chevaucher près de dix jours pour faire le tour des terres que Zouga avait pu revendiquer grâce à ses concessions.

Elles s'étendaient vers l'est depuis la rivière Khami, presque jusqu'au confluent du Bambesi, et, au sud, jusqu'aux abords de GuBulawayo, une région de riches pâturages entrecoupés de forêts et de collines dorées dont la superficie équivalait à celle du comté de Surrey. Une douzaine de rivières de moindre importance et de ruisseaux y serpentaient et abreuvaient les troupeaux que Zouga faisait déjà paître.

M. Rhodes avait nommé Zouga régisseur de la propriété de l'ennemi – avec pouvoir de prendre possession des troupeaux royaux de Lobengula. La centaine de soldats engagés volontaires avait assemblé près de treize mille têtes de bétail de première qualité.

La moitié appartenait à la Compagnie, ce qui laissait soixante-cinq mille têtes à distribuer comme butin aux hommes entrés dans GuBulawayo avec Jameson et Saint-John. A la dernière minute, Rhodes avait cependant changé d'avis et télégraphié à Saint-John de redistribuer quarante mille têtes à la tribu matabélée.

Les volontaires étaient outrés d'avoir perdu plus d'un tiers de leur juste tribut, et le bruit ne tarda pas à courir dans les bars et les tavernes de GuBulawayo que le bétail avait été restitué à la tribu à la suite de menaces et de démarches effectuées par la femme médecin de la mission de Khami. Cette rumeur semblait confirmée par le fait que le même télégramme concédait deux mille cinq cents hectares à la mission. M. Rhodes se conciliait la prêtraille et les volontaires ne le toléraient pas.

Une cinquantaine de soldats, tous imbibés de whisky, partirent à cheval pour brûler la mission et pendre haut et court le chameau responsable de leur perte. Zouga Ballantyne et Mungo Saint-John vinrent à leur rencontre au pied des collines. Ils les firent rire avec quelques sorties grivoises, puis entreprirent franchement de les injurier avant de les ramener en ville où ils leur offrirent de nombreuses tournées.

Malgré la restitution à la tribu, le flot de bétail mis sur le marché fit baisser les prix de deux livres par tête, et Zouga affecta la moitié du produit de la vente du diamant « Ballantyne » au rachat de dix mille bêtes, pour monter ses terres en bétail.

Zouga et Louise chevauchaient donc côte à côte, suivis par Jan Cheroot qui conduisait la charrette avec la tente et le matériel de camping. Ils croisèrent des petits troupeaux que gardaient des bouviers matabélés engagés par Zouga.

Il avait pu choisir les meilleures bêtes, qu'il avait classées en fonction de la couleur de leur robe, de sorte qu'un troupeau était composé uniquement d'animaux roux, l'autre d'animaux noirs.

Ralph s'était engagé par contrat à acheminer le matériel nécessaire à la nouvelle exploitation à partir de Kimberley, où s'arrêtait la voie ferrée. Le même convoi devait amener une vingtaine de taureaux d'Hereford de pure race pour la reproduction.

— Voilà l'endroit idéal, lança Louise avec une exclamation de plaisir.

— Comment pouvez-vous en être certaine... si vite ? demanda Zouga en riant.

— Oh, chéri, le coin est merveilleux. Je pourrais passer le reste de mes jours à contempler ce paysage.

A leurs pieds, le terrain s'inclinait abruptement vers les plans d'eau verts de la rivière.

— Du moins y aura-t-il de la bonne eau et ces terres basses feront-elles l'affaire pour cultiver un potager...

— Vous manquez de romantisme, le réprimanda-t-elle. Regardez ces arbres.

Ils se dressaient au-dessus d'eux comme les voûtes d'une cathédrale ; leur feuillage automnal offrait mille nuances d'ors et de rouges et résonnait du murmure des abeilles et du chant joyeux des oiseaux.

— Ils donneront de l'ombre à la saison chaude, admit Zouga.

— Honte à vous, dit-elle en riant. Si vous n'êtes pas capable de voir leur beauté, regardez Thabas Indunas.

Sous les hauts nuages argentés, les collines des Indunas se détachaient sur l'horizon. Dans l'intervalle, les plaines herbeuses étaient parsemées de petits troupeaux de bovins et d'animaux sauvages, zèbres et gnous bleus.

— Les collines ne sont pas loin, acquiesça Zouga. Lorsque la voie ferrée construite par Ralph aura atteint GuBulawayo, nous serons à quelques heures de cheval de la tête de ligne et de la civilisation.

— Alors, vous allez me construire une maison ici, à cet endroit ?

— Pas avant que vous l'ayez baptisée.

— Comment aimeriez-vous l'appeler, mon mari chéri ?

— J'aimerais que le nom évoque le pays : King's Lynn, par exemple, là où j'ai passé mon enfance.

— D'accord.

— King's Lynn, répéta Zouga. Oui, ça sonne bien. Maintenant, vous aurez la maison que vous souhaitez.

Louise le prit par la main et ils descendirent vers la rivière, à travers les arbres.

Un homme et une femme suivaient la piste étroite qui serpentait à travers la brousse épaisse, le long de la rivière.

L'homme portait son bouclier sur l'épaule gauche, sa sagaie à la large lame attachée par les courroies de cuir. Son bras droit était déformé et plus court que l'autre, tordu à l'épaule, comme si l'os avait été cassé et s'était mal ressoudé.

Il était puissamment charpenté, et si mince qu'on lui voyait les côtes. Sa peau terne semblait montrer qu'il relevait d'une longue maladie. Sur son buste et son dos, comme des rosaces de cobalt, brillaient les petites cicatrices encore fraîches laissées par des balles.

La femme qui le suivait était jeune. Elle avait le port de tête, les yeux en amande et les traits d'une princesse égyptienne. Ses seins étaient gonflés de lait et elle portait son bébé sur son dos, soigneusement maintenu afin que sa tête ne soit pas ballottée par sa longue démarche cadencée.

Bazo atteignit la berge de la rivière et se tourna vers sa femme.

— Nous allons nous reposer ici, Tanase.

Elle relâcha le nœud de l'étoffe qui enveloppait l'enfant et posa le bébé sur sa hanche. Elle prit entre le pouce et l'index un de ses mamelons dilatés, jusqu'à ce que le lait en jaillisse, et le mit entre les lèvres du petit garçon. Il commença immédiatement à téter, avec des grognements de satisfaction.

— Quand arriverons-nous au prochain village ? demanda-t-elle.

— Lorsque le soleil sera là, répondit Bazo en montrant le ciel à mi-hauteur. Tu n'en as pas assez de cette route ? Nous avons tant marché.

— Je n'aurai de cesse que nous ayons passé le mot à tous les habitants du Matabeleland, homme, femme ou enfant, répondit-elle ; puis elle se mit à bercer son bébé en fredonnant :

Tu t'appelles Tungata, car tu seras un chercheur.
Tu t'appelles Zebiwe, car ce que tu chercheras est ce qui a été volé, à toi et à ton peuple.

Bois mes paroles, Tungata Zebiwe, comme tu bois mon lait.

Souviens-t'en chaque jour de ta vie, Tungata, et transmets-les à tes propres enfants. Souviens-toi des blessures à la poitrine de ton père et des blessures dans le cœur de ta mère, et apprends à tes enfants à haïr.

Elle transféra l'enfant sur son autre hanche et à l'autre sein, et elle continua à fredonner jusqu'à ce qu'il ait bu à satiété et commencé à s'endormir. Elle le remit ensuite sur son dos, puis ils traversèrent la rivière et poursuivirent leur chemin.

Ils atteignirent le village une heure avant le coucher du soleil. Ils étaient moins d'une centaine de personnes à vivre dans des cases disséminées. Ils avaient aperçu de loin le jeune couple et une douzaine d'hommes sortirent pour les accueillir avec respect et les conduire à l'intérieur.

Les femmes leur apportèrent des galettes de maïs grillé et du lait fermenté dans des calebasses. Les enfants venaient regarder les étrangers avec curiosité et ils se murmuraient à l'oreille : « Ce sont les vagabonds. Ce sont les gens qui viennent des collines des Matopos. »

Lorsqu'ils eurent mangé et que le soleil fut couché, les villageois préparèrent le feu. Tanase se plaça dans la lumière du foyer et tous s'assirent autour d'elle, silencieux et attentifs.

— Je m'appelle Tanase, dit-elle. Naguère, c'est moi qui étais l'*umlimo*.

A l'énoncé de ce nom, ils eurent un murmure de stupéfaction et d'effroi.

— J'étais l'*umlimo*, répéta Tanase. Mais ensuite les pouvoirs des esprits m'ont été retirés. Une autre est maintenant l'*umlimo* et vit dans la caverne secrète au milieu des collines, car l'*umlimo* ne meurt jamais.

Il y eut un petit bourdonnement d'assentiment.

— A présent, je ne suis plus que la voix de l'*umlimo*, le messager qui vous apporte la parole de l'*umlimo*. Écoutez bien, mes enfants, car voici quelles sont ses prophéties.

Elle marqua une pause. Le silence était maintenant chargé d'une terreur religieuse.

— *Lorsque le soleil de midi sera obscurci par des ailes et que les arbres perdront leurs feuilles au printemps, affûtez vos lames, guerriers matabélés.*

Tanase s'interrompit de nouveau. Les flammes se réfléchissaient dans les centaines d'yeux qui la regardaient.

— *Lorsque les bestiaux seront couchés sans pouvoir se mettre debout, la tête tournée jusqu'à toucher leur flanc, il sera temps de se lever et de frapper avec l'acier.*

Elle étendit les bras en croix et cria :

— Telle est la prophétie. Prêtez-y l'oreille, enfants de Machobane. Écoutez attentivement la voix de l'*umlimo*. Car les Matabélés retrouveront leur grandeur.

A l'aube, les deux vagabonds repartirent en portant « Celui-qui-cherche-ce-qui-a-été-volé », leur enfant, vers le prochain village, où les anciens sortirent pour les accueillir.

Au printemps austral de l'année 1896, sur le rivage d'un lac proche de l'extrémité méridionale de la vallée du Rift, gigantesque faille géologique dans le bouclier continental africain, une étrange éclosion se produisit.

Les masses énormes d'œufs de *Schistocerca grega-*

ria, la sauterelle du désert, enfouies dans les terres meubles situées en bordure du lac, libérèrent des multitudes de nymphes incapables de voler. Les œufs avaient été déposés par les femelles au cours de la phase solitaire de leur cycle, mais les couvées avaient été si abondantes que, par manque de place et bien qu'elles aient été réparties sur une zone de près de cent cinquante kilomètres carrés, les nymphes avaient été forcées de se monter dessus les unes les autres.

L'agitation et la stimulation constantes provoquées par leur contact mutuel provoqua un changement miraculeux dans cette marée grouillante d'insectes. Ils prirent une couleur orange vif et bleu nuit, bien éloignée du marron terne de leurs parents. Leur taux métabolique s'éleva, ils devinrent hyperactifs, la longueur et la puissance de leurs pattes augmentèrent. Ces sauterelles se mouvaient en une masse compacte pareille à un organisme unique et monstrueux. Elles étaient entrées dans la phase grégaire de leur cycle vital, et lorsqu'elles eurent mué pour la dernière fois et que leurs ailes toutes neuves eurent séché, la colonie entière s'envola spontanément pour son baptême de l'air.

Leur température corporelle élevée, augmentée encore par leur activité, les aiguillonnait. Elles ne pouvaient s'arrêter avant la fraîcheur du soir, et elles se posaient alors en essaims si lourds que les branches des arbres cassaient net sous leur poids. Elles se nourrissaient avec voracité toute la nuit, et, le matin, la chaleur croissante les poussait à s'envoler de nouveau.

Elles formaient un nuage si dense que le bruit de leurs ailes évoquait le grondement des ouragans. Les arbres qu'elles laissaient sur leur passage étaient complètement dépouillés de leur feuillage printanier. Quand elles passaient, leurs ailes éclipsaient le soleil de midi et une ombre épaisse tombait sur la terre.

Elles se dirigeaient vers le sud, en direction du Zambèze.

La région qui s'étend du Grand Sud, où le Nil naissant se fraie un chemin à travers des marais impénétrables couverts de papyrus flottants, au Zambèze et au-delà, et entre deux, les immenses savanes du centre-est de l'Afrique étaient sillonnées par d'énormes troupeaux de buffles.

Ils n'avaient jamais été chassés par les tribus indigènes, qui préféraient le gibier plus facile. Seuls quelques rares Européens équipés d'armes sophistiquées s'étaient aventurés sur ces terres lointaines, et même les lions qui suivaient les troupeaux ne pouvaient enrayer la croissance vertigineuse de leur population.

Les grands bovins couvraient les herbages d'une marée noire. Les troupeaux de vingt ou trente mille têtes étaient si denses que les bêtes qui fermaient la marche mouraient littéralement de faim, car l'herbe était mangée avant qu'elles aient pu l'atteindre. Affaiblis par leur nombre même, les buffles étaient vulnérables à l'épidémie venue du nord.

C'était la même calamité dont le Dieu de Moïse avait frappé le pharaon d'Égypte, la peste bovine, une maladie virale qui attaque le bétail et tous les ruminants. Les animaux touchés étaient aveuglés par le mucus épais qui coulait de leurs yeux. Ils contaminaient ainsi l'herbe et les animaux qui venaient à leur suite.

Leur corps émacié était secoué de spasmes provoqués par la dysenterie. Lorsque, finalement, ils s'écroulaient, les convulsions leur tordaient le cou vers l'arrière, de sorte que leurs narines venaient toucher leur flanc et qu'ils ne pouvaient plus se relever.

La maladie était si fulgurante qu'un troupeau de dix mille bêtes était anéanti entre l'aube et le crépuscule. Leurs carcasses pullulaient au point de se toucher, et l'odeur fétide caractéristique de l'infection se mêlait à la puanteur de la chair en décomposition, les vautours gavés étant incapables de dévorer le millième de la macabre moisson laissée par la mort.

Véhiculée par les vautours et les troupeaux de bêtes beuglantes et hagardes, l'épidémie gagna rapidement la région du Zambèze.

Sur les rives du puissant fleuve, près d'un autre feu de camp, Tanase répétait la prophétie de l'*umlimo* :

Lorsque le soleil de midi sera obscurci par des ailes et que les arbres perdront leurs feuilles au printemps...

Lorsque les bestiaux seront couchés sans pouvoir se mettre debout, la tête tournée jusqu'à toucher leur flanc...

Telles étaient ses paroles, et les Matabélés écoutaient, reprenaient espoir et regardaient leurs sagaies.

"Femme de pharaon"

(Pocket n°10014)

Égypte, 4000 ans avant J.-C. Taita, esclave eunnuque, raconte : son maître, le Grand Vizir Intef, lui a confié la charge de sa fille, Lostris. Secrètement amoureux d'elle, Taita sait que celle-ci aime de tout son cœur Tanus, un jeune militaire. Ce que Lostris ignore, c'est que son propre père voue une haine terrible au père de Tanus. Quand le vieux pharaon la choisit comme épouse, Taita la convainc d'accepter...

Il y a toujours un Pocket à découvrir

"Le trésor de pharaon"

(Pocket n°10156)

Plusieurs siècles après l'enterrement du pharaon Mamose, le professeur Duraid Al Simma et sa jeune épouse, Royan, retrouvent les rouleaux de papyrus sur lesquels les funérailles du monarque sont précisément décrites. D'après ce qui est écrit, le tombeau de Mamose renfermerait un trésor extraordinaire. En route sur les traces de ces richesses, ils ignorent qu'ils ne sont pas les seuls à vouloir mettre la main sur ce fabuleux trésor...

Il y a toujours un Pocket à découvrir

Photocomposition Nord Compo
Villeneuve-d'Ascq, Nord

Impression réalisée sur Presse Offset par

BRODARD & TAUPIN

GROUPE CPI

22503 – La Flèche (Sarthe), le 03-03-2004
Dépôt légal : mars 2004

POCKET – 12, avenue d'Italie - 75627 Paris cedex 13
Tél. : 01.44.16.05.00

Imprimé en France